TODAS AS CORES DA ESCURIDÃO

Copyrights © 2024 by Chris Whitaker

Licença exclusiva para publicação em português brasileiro cedida à nVersos Editora. Publicado originalmente nos Estados Unidos em língua inglesa sob o título *All the Colors of the Dark* pela editora Crown Publising.

Diretor Editorial e de Arte: Julio César Batista
Coordenação Editorial: Carlos Renato
Produção Editorial, Projeto Gráfico e Editoração Eletrônica: Juliana Siberi
Preparação: Andressa Vidal
Revisão: Elisete Capellossa, Gabriele Fernandes e Jéssica Caroline
Foto de capa: Eerik/Getty Images
Pintura de capa: Jonathan Knowles/Getty Image

Dados Internacionais de Catalogação na Publicação (CIP)
(Câmara Brasileira do Livro, SP, Brasil)

Whitaker, Chris
   Todas as cores da escuridão / Chris Whitaker ; tradução Leonardo Castilhone. — São Paulo, nVersos, 2024

   Título original: All the colors of the dark
   ISBN 978-85-54862-85-5

   1. Ficção histórica inglesa I. Título.

24-245468   CDD-823

Índice para catálogo sistemático:
1. Ficção histórica : literatura inglesa
Eliane de Freitas Leite – Bibliotecária – CRB 8/8415

1ª Edição, 2025
Esta obra contempla o Acordo Ortográfico da Língua Portuguesa
Impresso no Brasil – *Printed in Brazil*
nVersos Editora
Rua Cabo Eduardo Alegre, 36
CEP 01257-060 – São Paulo, SP
Tel: 11 3995-5617
www.nversos.com.br
nversos@nversos.com.br

TODAS AS CORES DA ESCURIDÃO

CHRIS WHITAKER

TRADUÇÃO
Leonardo Castilhone

nVersos

SUMÁRIO

O Pirata e a Apicultora, 1975 — **7**

Os Amantes, os Sonhadores, 1975 — **93**

O Pintor, 1976 — **123**

Corações Partidos, 1978 — **203**

Policiais e Ladrões, 1982 — **235**

A Caçada, 1983 — **283**

Destino, 1990 — **317**

O Intervalo, 1995 — **395**

O Prisioneiro, 1998 — **425**

Mitos e Lendas, 2001 — **543**

O Pirata e a Apicultora

1975

1

Do terraço da cozinha, Patch olhava através das fileiras de carvalhos e pinheiros brancos até a silhueta imponente das Montanhas St. François, que cobria a pequena cidade de Monta Clare com sua sombra, independente da estação do ano. Aos treze anos, ele acreditava piamente que havia ouro além do Planalto de Ozark. Que existia um mundo mais promissor à sua espera.

Apesar disso, mais tarde naquela manhã, enquanto morria na floresta, ele se agarraria àquele alvorecer e o apertaria contra si até que as cores se esvaíssem, pois sabia que não poderia ter sido tão belo. Que nada jamais fora tão belo em sua vida.

Ele voltou para o quarto, vestiu um tricórnio e um colete, enfiou a calça azul--marinho dentro das meias e soltou um pouco na altura dos joelhos até que se parecessem com bombachas. No cinto, colocou uma pequena adaga, de liga metálica, mas o cuteleiro era bastante habilidoso.

Mais tarde naquele dia, os policiais vasculhariam os meandros de sua vida e descobririam que ele adorava piratas, porque havia nascido com apenas um dos olhos. Por isso sua mãe romantizava a ideia de ter um alfanje e um tapa-olho porque, muitas vezes, para crianças como ele, o fascínio com a ficção amenizava uma realidade cruel demais.

Em seu quarto, repararam na bandeira preta pregada para esconder um buraco na parede de gesso acartonado, o armário sem portas, o ventilador quebrado e o toca-discos Steepletone que ainda funcionava. O antigo baú de tesouro que sua mãe encontrou em uma feira de antiguidades em St. Louis, moedas cenográficas, uma réplica de uma pistola de pederneira de um disparo. Confiscariam um pacote de fogos de artifício e a *Playboy* de junho de 1965 como se fossem evidências de alguma coisa.

E então veriam os tapa-olhos.

Ele os examinou com cuidado, então escolheu o roxo com a estrela prateada. Sua mãe quem os fizera, e alguns deles causavam coceira, mas o roxo era liso como cetim. Tinha dezoito no total, porém só um ostentava o desenho da caveira com os ossos cruzados. Decidiu que talvez usasse aquele no dia do seu casamento, caso tivesse coragem de falar com Misty Meyer.

Ele tirou o chapéu. Seu cabelo ficava quase branco nos meses de verão e cor de areia no inverno, e ele o penteava, mas um tufo no topo da cabeça teimava em ficar de pé como uma antena.

Sua mãe estava sentada na cozinha. Os turnos da noite acabaram com o viço da pele dela.

—Você está captando sinais com essa coisa? — perguntou ela, e tentou arrumar o cabelo dele com a palma da mão. — Passe a margarina para mim.

Ele se esquivou enquanto ela ria. Patch gostava da risada da mãe.

No fim de semana anterior, ela o levara a Branson para ver um emprego. Ivy Macauley preferia estar sempre "quase conseguindo" um trabalho, pois aceitar suas limitações seria um pecado mortal. Ele enchia o tanque do Fairlane com o mínimo de gasolina necessário, e ela enchia de empolgação o banco do motorista, dando os últimos retoques no penteado repicado; em seguida, apertava a mão dele e dizia "*Esse vai dar certo*". Ele esperava sozinho a hora da entrevista em cidades que não conhecia.

Ela preparava os ovos e ele ficava imaginando como era duro ser pai ou mãe, e se, de certa forma, todas as crianças pobres não passavam de uma espécie de arrependimento bem-intencionado.

— Hoje será o melhor dia da minha vida — ele disse.

E dizia isso com frequência.

Porque não tinha como saber o que estava por vir.

2

Ele ouviu o carteiro e correu para a porta na esperança de haver outra carta da escola, mas a mãe pegou o envelope dele, fechou os olhos e o beijou.

— Tem o selo postal de St. Louis.

Um mês antes, ela havia sido entrevistada no jardim botânico enquanto Patch sorria para famílias simétricas à sombra da Tower Grove House.

Ele prendeu a respiração até vê-la encurvar os ombros de desânimo.

A casa alugada em Monta Clare era o tipo de imóvel temporário que já estava criando raízes, os alicerces se enroscando nos tornozelos de sua mãe, não importava o quanto ela os atacasse com declarações de liberdade feminina ou o quanto tocasse Dylan para se lembrar de que os tempos estavam mudando.

— Cada pancada da vida nos traz algum ensinamento — disse ele, jogando a carta fora. Ele deu uma conferida nas prateleiras vazias da geladeira, e continuou:

— Black Bart Roberts capturou quase quinhentos navios em seu tempo. Mas tudo começou quando ele próprio foi capturado. Ele era um navegador lendário e seus captores perceberam seu potencial e o deixaram viver. Em pouco tempo, eles o nomearam capitão.

Às vezes, ela o via como se ele fosse a soma de seus fracassos. Todas as noites ele levantava halteres enferrujados até que seus braços magros queimassem, arruinando assim a sua infância.

Ela notou o hematoma na bochecha dele enquanto tirava seu colete, ajeitava sua calça e lambia a palma da mão para alisar seu cabelo.

— Andou lutando, Joseph? Não se esqueça de que você é tudo que tenho.

Ela tentou tirar o tapa-olho, mas ele segurou sua mão e ela relaxou.

— Então deve ser um saco ser você — acrescentou ele, com um sorriso.

Às vezes, ele pegava o álbum que a mãe tinha embaixo da cama para mapear a ascensão e queda dela.

— Você precisa tomar café da manhã — disse ela, enquanto ele empurrava o prato em sua direção.

— Na escola, se nos esquecermos, eles costumam dar alguma coisa para nós — mentiu ele, com uma naturalidade impressionante.

— Está nervoso? Meu pequeno pirata... De agora em diante, chega de confusão. Chega de roubar e brigar. Escola nova, vida nova, está bem?

— Cite um pirata que nunca se meteu em algum tipo de problema.

— Estou falando sério, Joseph. Não preciso de escola nenhuma vindo tirar satisfação. Aquela mulher que veio aqui em casa olhou para mim como se eu não pudesse nem cuidar de você. — Ivy segurou o rosto dele. — Prometa para mim.

Ele poderia ter dito a ela que não foi ele quem começou nenhuma das brigas.

— Sem mais confusões.

— Você vai com a Saint?

Ele assentiu.

Ivy repassaria todos esses detalhes com o socorrista, e depois com o Chefe Nix. Ela contaria a eles que não reparou se havia alguém por perto. E que também não tinha visto nenhuma van escura. Nem nada muito além do lento rastro da Avenida Rosewood.

E mais tarde, quando a situação se agravasse, ela se perguntaria o quanto havia perdido da vida do filho.

3

Do outro lado da rua, o Sr. Roberts empurrava seu cortador de grama novinho em folha. A casa dos Roberts, com suas ripas brancas e frontão azul-marinho, era pintada toda primavera. Naquela noite, em vez do *Havaí 5.0* de costume, os Roberts se sentaram na varanda para assistir às buscas dos policiais na casa dos Macauley. A Sra. Roberts trouxe para ela e para o marido dois dedos de bourbon para acalmar os nervos, enquanto o Sr. Roberts dizia que *era apenas uma questão de tempo até que algo ruim acontecesse com aquele garoto.*

Grama verde. Sedãs polidos. Bandeiras hasteadas. A casa deles era alta e talvez já tenha sido grandiosa, mas uma geração de negligências afetou dramaticamente o brilho. Mesmo sendo a única casa alugada na rua, Patch arrancava as ervas daninhas do quintal, tirava as folhas secas das calhas e martelava as ardósias do telhado depois de cada tempestade, como se não soubesse que estava construindo o futuro de outra pessoa. Ele assobiava enquanto trabalhava, acenando com a cabeça para os vizinhos que passavam. Sorridente. Sempre.

Na manhã seguinte, os policiais caminhariam pela mesma rua, batendo nas portas e fazendo perguntas, tentando encaixar as peças dos acontecimentos que afetariam a imagem da cidade pelos próximos anos.

Carros de reportagem se instalariam em frente à pequena delegacia de polícia e aumentariam a pressão sobre o Chefe Nix, que, diante dos flashes das câmeras, gaguejaria ao dar uma declaração mal preparada. Naquele dia, Patch tiraria Lynette Fromme e sua tentativa de assassinato contra Gerald Ford da primeira página do *St. Louis Post-Dispatch*.

Ele encontrou uma vara longa e cortou o ar, depois a transformou em uma arma e disparou tiros de advertência contra a armada que se aproximava.

— Maneje os canhões, bruxa do mar — disse ele à viúva Anderson, enquanto ela passava. Ela não manejou o canhão.

No fim da rua principal, ele procurou por Saint, com seu macacão azul rasgado nos dois joelhos e a trança única que usava todos os dias — porque, segundo ela, assim evitava que o cabelo caísse nos olhos quando subisse na macieira dos Morrison para pegar as melhores frutas.

Ele esperou cinco minutos e chutou uma lata ao longo da rua principal. Ao fazê-lo, imitou um narrador com um sotaque de *cowboy à la* Curt Gowdy:

— *Patch Macauley, o primeiro garoto caolho a dar um chute de mais de sessenta metros.*

Do lado de fora do Lacey's Diner havia um Ford Thunderbird vermelho-cereja. Chuck Bradley e seus irmãos mais velhos estavam encostados no carro.

— Bárbaros — Patch sussurrou.

Ele tentou se virar para não ser visto, mas Chuck o notou e cutucou os outros dois.

Os policiais levariam dois dias para chegar a Chuck e seus irmãos, mas apenas meia hora para confirmar seus álibis.

Patch fugiu abaixado pelo beco atrás das lojas.

Ouviu passos, virou-se e viu os três, então se encurralou num canto.

— Não tem para onde correr — disse Chuck.

Era um rapaz alto, mais velho e razoavelmente bonito. Seus irmãos, quase cópias dele. Chuck namorou Misty Meyer, a bela jovem por quem Patch era profundamente apaixonado desde o jardim de infância.

Os irmãos avançaram devagar. Patch deu mais uma recuada até sentir a parede de tijolos fria, e foi quando sentiu algo cutucando suas costas.

Tirou a adaga do cinto e a apertou com força.

— Não acredito que tenha coragem de usar isso — disse Chuck, embora Patch ouvisse a dúvida em sua voz.

Patch fitava a lâmina enquanto seus joelhos tremiam.

— Em novembro de 1718, Robert Maynard finalmente capturou o lendário Edward Teach. Vocês o conheceriam como Barba Negra.

Chuck olhou para seus irmãos. Um deles riu.

— Maynard o cortou vinte vezes com uma faca igual a essa. Em seguida, pegou um punhado de seu cabelo e o decapitou.

— Você não é um pirata. É só uma aberração de um olho só.

— Maynard pendurou a cabeça do Barba Negra no mastro de proa de seu navio para que os outros soubessem que não deveriam mexer com ele.

Ele estendeu a adaga.

E, então, caminhou em direção aos valentões, com o coração pulando no peito enquanto eles recuavam apenas o suficiente. Um metro depois, ele correu.

As ameaças foram lançadas.

E ele não parou enquanto não deixou isso bem claro.

4

Os pinheiros se erguiam em meio às sombras douradas e azuis, as folhas claras eram varridas para o lado enquanto ele seguia as trilhas que contornavam os limites da cidade. Bem acima, ele avistava as colinas Loess açoitando o rio Missouri, a baixa camada de ar industrial pairando sobre cidades e terras agrícolas pontilhadas por silos prateados.

Um Dodge sem para-lama estava afundado no barro, sem rodas, apenas largado ao deus-dará para as crianças lançarem pedras no para-brisa.

Um panfleto preso nos ramos de uma olaia oriental. As flores cor-de-rosa caídas envolviam um Jimmy Carter sorridente, com as mangas da camisa arregaçadas, como se tivesse o mesmo estilo de vida daquela gente para quem agora estava pedindo votos.

O lago surgiu à vista. Uma placa desbotada alertava sobre o perigo da correnteza. No verão, as crianças pulavam de pedras escorregadias da cor de esmeralda. Um garoto chamado Colson tinha ido nadar e nunca mais voltou, e havia rumores de que ele vivia lá no fundo, observando as garotas enquanto elas batiam as pernas, sempre à espreita do momento certo para atacar e agarrar uma delas.

Patch pegou uma pedra chata e contou seis ricochetes sobre a superfície enquanto a água ondulava em direção a folhas de junco.

Ele caminhava se equilibrando com os braços estendidos pelos trilhos vermelhos, enferrujados e retorcidos da antiga ferrovia Monta Clare.

Observou um pássaro papa-moscas de rabo bifurcado sair voando do poleiro.

O grito o paralisou.

Um grito forte.

Lá embaixo, em um vale profundo, ele avistou o que parecia ser uma van azul-marinho, porém, devido à mata densa, teve que se aproximar para enxergar melhor. Talvez fosse um Rat Rod ou um Ford.

Ele se ajoelhou no chão quando a viu.

Misty Meyer.

Por um momento, achou que ela estivesse saindo com aquele rapaz e que ele tivesse interpretado mal a situação. Ela frequentava a mesma turma de matemática que ele. Eles eram da mesma idade, mas ela facilmente aparentava ser mais velha.

Em seguida, ele viu as costas de um homem, com a cabeça coberta pelo capuz, apesar do calor.

Patch procurou desesperadamente por alguém. Alguém que pudesse lidar com essa situação, que pudesse aliviar a responsabilidade, o fardo enorme de ver uma garota em apuros.

Outro grito.

Ele praguejou, ergueu a mão e tocou o tapa-olho, enquanto sua mente recorria a Martin Língua de Prata e ao selvagem Ned Low. O bando dos destemidos.

Então, resolveu agir.

Misty gritou quando Patch escorregou pela ribanceira.

Ele se abaixou e desejou ter seu estilingue quando pegou uma pedra do chão.

A três metros de distância, o homem ouviu seus passos e se virou.

Uma balaclava escondia tudo, menos a ânsia assassina de seus olhos.

Patch prendeu a respiração, arremessou a pedra e se abaixou para derrubar o homem pelos joelhos.

— Corra — gritou Patch.

Misty ficou paralisada, o medo tomando conta de seus músculos. A camisa rasgada, a bolsa jogada na terra. Atordoada, como se tivesse sido arrastada para um pesadelo.

O homem rolou para cima dele.

— Corra — Patch conseguiu sussurrar, com os pulmões vazios. Ele sentiu uma mão em sua garganta e implorou a Misty com os olhos.

Acorde para a realidade.

Finalmente, ela o viu.

Ela era alta, uma estrela do atletismo. Seus olhos se encontraram e, então, ela se virou, ergueu os braços e saiu em disparada pela floresta.

O homem se levantou para correr atrás dela, mas Patch logo o alcançou.

Ele puxou a adaga pela segunda vez naquela manhã.

O homem agarrou seu pulso e o torceu.

O sol bateu na lâmina até ela atingir o estômago de Patch.

Ele caiu de costas no chão, agarrou-se ao ferimento e a floresta ao redor virou noite, mas ele não viu lua nem estrelas.

No dia seguinte, um exército de andarilhos vasculharia a floresta e encontraria um tapa-olho roxo com uma estrela prateada.

O Chefe Nix investigaria cada indivíduo de má índole num raio de cento e sessenta quilômetros.

A mãe de Patch desmoronaria por completo.

Saint, sua melhor amiga, vagaria sem rumo pelas ruas depois que a esperança já tivesse se esgotado, metendo-se em mais uma série de problemas.

Nenhum deles tinha como saber da tragédia contínua que viria a ser suas vidas.

5

Naquele mesmo dia, Saint acordou ainda de madrugada, desceu as escadas sorrateiramente e saiu para a varanda dos fundos.

A sete ruas de distância, Patch assistia ao mesmo nascer do sol.

Ela esfregou os olhos enquanto a névoa subia da grama como fogo queimando por baixo.

A rotina matinal dela era a mesma todos os dias desde que chegaram.

Ela estava prestes a entrar, quando ouviu.

Ou não.

Ela atravessou o quintal, de pés descalços no orvalho, parando a poucos metros da colmeia.

Saint se agachou e olhou para dentro da colmeia, observando os retardatários.

Ela deu uma olhada ao redor, para a casa alta logo atrás, para os vizinhos, para a copa das árvores.

Seus olhos se arregalaram enquanto tentava compreender o que havia acontecido.

As abelhas tinham sumido.

Lá dentro, ela subiu correndo a velha escada e entrou num rompante no quarto da avó.

— Alguém roubou as abelhas — gritou ela, resfolegante.

Norma se afastou da janela, virou-se e disse:

— Você não está usando seus óculos. Talvez as abelhas estejam lá, mas você não está conseguindo...

Saint saiu correndo do quarto.

— E escove os dentes — advertiu Norma.

Ela subiu a escada caracol até seu quarto no sótão. Pegou os óculos redondos na mesinha de cabeceira e observou o mundo ganhar nitidez através de lentes tão grossas que deixavam seus olhos imensos, como se estivessem em perpétuo deslumbramento.

Ela vestiu o macacão de brim, com os joelhos remendados recentemente.

Saint escovou os dentes usando o dedo e um pouco de creme dental, pois havia usado a escova para tirar a lama de um fóssil que Patch havia trazido — o qual, depois, descobririam se tratar de cocô seco de cachorro.

Do lado de fora, ela encontrou a avó em pé diante da colmeia vazia, semicerrando os olhos em direção ao céu.

Norma, com seu cabelo grisalho curtinho e músculos fortes nos antebraços indicando que havia aço ali debaixo, pigarreou e disse:

— Mas por que fariam…

— Podem ser formigas. Mas coloquei as armadilhas, tudo certinho — disse Saint, com um tom de pânico na voz.

— Então não pode ser.

— Tipo, se você ficar interferindo, elas vão embora. Mas eu…

Norma suspirou.

— Você fica aqui fora com elas todos os dias, às vezes por horas.

— Elas já me conhecem. Faz quatro anos.

— Será que foi um gambá? — sugeriu Norma.

Saint ficou pensativa.

— Um gambá velho e nojento. Vou buscar meu estilingue.

— Apesar de que li sobre um apicultor no Condado de Wayne… Ele foi preso por roubar colmeias.

Saint ficou atônita, torcendo o nariz pequeno e fazendo uma careta.

— Será que alguém roubou minhas abelhas?

Ela começou a andar de um lado para o outro, sem se dar conta do arrependimento crescente no rosto da avó.

— Aposto que foi o Sr. Lewis. — Saint cuspiu ao pronunciar o nome dele.

— O velho diácono? Ele é…

— Ele é um velho diabético ganancioso…

— Olha a boca — advertiu Norma.

— Ele colheu três amostras na última vez que expus minha barraca. Lambeu aqueles dedos gordos e não comprou nem um potinho sequer. Eu disse ao Patch para limitar os provadores. Eu vou até lá e vou…

— Você não vai a lugar nenhum.

— Então vou procurar o Chefe Nix. Talvez ele possa algemar aquele velho gordo…

— Já chega.

Saint se virou e saiu correndo pelo portão lateral.

Norma suspirou e balançou a cabeça em desespero.

6

Saint passou mais de uma hora vagando pelo bosque que se abria como uma concha atrás da casa alta e em direção à fazenda dos Tooms, fazendo pausas ocasionais e pedindo a Deus que ouvisse o zumbido baixo de suas abelhas, torcendo para que elas simplesmente tivessem se agrupado em um olmo alto enquanto as batedoras procuravam um novo lar.

Quando chegou à rua principal, sua trança já estava um pouco frouxa e o suor começava a pontilhar seu lábio superior. Na pequena delegacia de polícia, ela estava pronta para pedir a prisão e a decapitação imediata do Sr. Lewis, quando viu Misty Meyer diante de um policial.

Jovial, assustada e ofegante.

Seus joelhos estavam ralados.

Saint viu uma pilha de papéis esvoaçar quando a garota desfaleceu como se os ossos de seu corpo tivessem sido roubados. O policial a apanhou e a ajudou a se sentar em uma cadeira.

— Respire fundo — disse ele, ajoelhando-se na frente dela.

— Ele está lá — disse Misty, espiando a claridade da rua, com o corpo todo tremendo enquanto mantinha os olhos fixos em Saint.

Saint reparou na marca vermelha em seu braço. Uma mão. Uma mão grande. Um leve inchaço no olho, a camisa rasgada na altura do pescoço.

—Você está segura agora — disse o policial. — Não há ninguém lá fora.

—Você não está entendendo — disse ela, ainda ofegante. — Ele me salvou.

— Quem a salvou?

Misty tomou um gole d'água, seus lábios carnudos e rosados contrastando com o cabelo tão claro que parecia de platina. Uma auréola para uma garota que já ostentava um excesso de brilho.

Saint provavelmente teria se virado, deixado para outro dia a questão das abelhas, mas, então, ela ouviu algo que fez seu sangue gelar e sua pele arrepiar; foi como se ela soubesse que, dali para a frente, nada seria como antes.

— O garoto pirata — disse Misty.

Saint se aproximou deles, guiada pelo instinto. Instinto e aquele tipo de pavor arrepiante.

— O garoto bateu nele. Mas o cara era grande demais — disse Misty, com as lágrimas começando a escorrer.

Saint sentiu sua pulsação disparar.

— Joseph Macauley?

Ambos se viraram e notaram sua presença. Saint estava ali, pequenina, com os óculos equilibrados num nariz pequeno e cheio de sardas. Suas clavículas eram vistosas, com uma trança grossa sobre um dos ombros. Ela trazia em um colar fino uma singela cruz de ouro. A avó dela havia dado a Patch um colar igualzinho.

— Onde ele está agora? — perguntou Saint.

O policial se agachou, com os músculos tensos sob a camisa clara e impecável.

Saint sabia muito bem o que era choque, a maneira como ele eliminava o pensamento racional. Ela aprendeu isso no dia em que chegou em casa da escola e encontrou seu avô deitado na cozinha enquanto sua avó bombeava o peito dele, com uma expressão fria, como se estivesse batendo um bolo.

— Misty. — Saint tentou sorrir. Seu avô costumava dizer que era um sorriso bonito, do tipo que iluminava as manhãs de janeiro, que lembrava a primavera na barriga do inverno do Missouri.

— Onde isso aconteceu, Misty? — tentou o policial.

Misty não emitiu nenhum som quando o policial pegou uma jaqueta e cobriu a jovem para evitar que ela tremesse.

— Mas que droga! Onde diabos está o Patch? — Saint perdeu a paciência, conforme o policial se levantava.

— Na clareira. Perto da antiga ferrovia — respondeu Misty.

Saint ouviu o policial pegar o rádio e, em seguida, saiu correndo pela rua principal, atraindo olhares ao se dirigir para a floresta.

7

As árvores balançavam enquanto Saint abria caminho pela cortina de um salgueiro, revelando raízes que se erguiam como mãos estendidas, exigindo dela grande cautela a cada passo.

Ela passou pelos álamos tremulantes, de troncos brancos, finos e fortes, com manchas escuras. Uma velha placa de metal enferrujada, com as letras apagadas demais para serem lidas. O bosque se adensava. Ela sentiu cheiro de poeira e Natal. Às vezes, quando chovia, ela e Patch caminhavam cerca de cinco quilômetros, até a confluência, só para soltar barquinhos de papel nas ondulações dos rios.

As árvores bloquearam a luz à medida que foi chegando ao platô de uma colina baixa. A mente dela só pensava no amigo, em como ele sorria demais para um garoto com tantas restrições, em como sua mãe lhe contava histórias de piratas, pois isso transformava seu sofrimento em peculiaridade.

A respiração dela ressoava nos ouvidos.

Ela passava depressa por árvores caídas que delimitavam a clareira. Com a cabeça erguida, vasculhou o local, mas só o avistou ao chegar ao pé do vale.

A camiseta.

O sangue.

8

A notícia se espalhou pela cidade. As engrenagens do comércio local pararam por completo, deixando a rua principal deserta enquanto as pessoas se aglomeravam à beira da mata. As crianças chegavam correndo, bochechas vermelhas, abandonando suas bicicletas com os pedais ainda girando enquanto se juntavam à procissão, observando e esperando por um menino morto que obscureceria para sempre as cores de sua infância.

Saint se manteve distante da multidão e acompanhou o Chefe Nix passar com sua viatura diante das fileiras de jornalistas locais, que já estavam recuados e agrupados por um cordão de isolamento feito de cones de trânsito e fita de sinalização.

Ele desceu e bloqueou o sol com o chapéu. Na maioria dos dias, seu bigode emoldurava um sorriso. Ele avistou Saint enquanto ela observava um homem fotografando as marcas de pneus, como se elas não estivessem incrustadas na lama, o tipo de pesadelo fossilizado que Saint viria a celebrar nas semanas seguintes.

Saint olhou para o rosto bonito dele e depois para a lama outra vez. Uma dor subjacente se alastrou por seu estômago. Um aperto em seus ombros ossudos que se desenvolveria e a impediria de dormir todas as noites até que ela não pudesse mais reconhecer a si própria. Cada cantinho daquele bosque estava repleto de lembranças delicadas, por isso ela lutava contra as lágrimas. Ela e Patch empunhando espingardas de pau e perseguindo bandidos imaginários. Ela se pendurando de cabeça para baixo nos galhos retorcidos de liquidâmbar, avisando-o para não tentar, pois a falta de um olho prejudicava seu equilíbrio. Ele tentando ficar parado numa perna só para provar que ela estava errada. Ela ajudando-o a se levantar.

Nix passou diante dela, bradando para os outros policiais:

— Atenção, todos. Bloqueamos a porra do condado inteiro. Da Rodovia 42 à Rodovia 86, ninguém entra nem sai sem que haja uma lanterna na cara.

— Interestadual 35 — ela falou com um sussurro que chegou aos ouvidos do delegado, o qual se aproximou dela.

— Você é a neta da motorista do ônibus?

Ela concordou com a cabeça.

— Você é amiga desse garoto?

Ela assentiu mais uma vez.

— Ele foi muito corajoso.

Ela poderia ter gritado que ele não era forte o suficiente. Poderia ter contado que uma vez ele ficou sentado no telhado baixo ao lado da janela do quarto dela durante uma noite inteira de inverno, quando ela ficou doente com uma gripe forte, e que, de madrugada, Norma o encontrou azul e o levou para dentro para se aquecer. Que ele passou seis horas recolhendo pequenas traças, besouros e até mesmo uma mariposa-da-lua quando ela lamentou que seu hotel de insetos estava vazio. Que ele roubava apenas o que precisava, e nunca o que queria.

Cães saltaram da traseira de um Taurus branco.

O grito chegou até eles.

Um policial se manteve firme, com um braço envolvendo a cintura de Ivy Macauley, que lutava para se desvencilhar dele.

O Chefe Nix acenou com a mão para o policial, que a soltou de bom grado. Ivy caminhou lentamente em direção a eles, sem perder o controle, até ver a camiseta ensanguentada na sacola. Ela estava bem arrumada, como sempre, mesmo enquanto fazia faxina à noite, enquanto esfregava o mijo do chão dos banheiros e varria o tabaco das mesas de mogno.

Ivy se abaixou, arqueou as costas e deu o tipo de grito que afetou todos que ali estavam. O eco que Saint ouviria quando ela se sentasse no quintal naquela noite, tremendo, embora estivesse calor, fazendo de tudo para não gritar quando a notícia se espalhasse pela cidade.

Uma moradora local, Pattie Rayburn, tinha visto a van.

Ela virou à direita na Rodovia 35.

Patch havia desaparecido.

9

Aquela primeira noite foi diferente de tudo que Saint já tinha vivido.

Ela se sentou de pernas cruzadas na varanda da frente, com a sola dos pés preta de sujeira. Sua avó estava de pé quando as luzes baixas de uma viatura policial passaram pela rua. Norma não a consolou nem lhe disse trivialidades. Saint não conhecia mulher mais durona a ser temida ou para se ter como exemplo.

Ela não conseguia sentir o cheiro da fumaça do churrasco, nem ver as lanternas da igreja, nem a exuberância dos campos de Monta Clare, tão belos que não desgrudavam da memória. As notícias sobre Patch pairavam pela pequena cidade como uma névoa poluente, de modo que as mães arrogantes levavam seus filhos para dentro de casa e se certificavam de que as notícias permanecessem do lado de fora. Saint sentiu a permeabilidade daqueles minutos fugazes quando os policiais chegaram das cidades de Pecaut e Lenard Creek. O Chefe Nix os enviou armados e munidos de uma fotografia que mostrava seu amigo com um sorriso largo e usando o tapa-olho.

Às nove horas, a avó subiu as escadas e disse a Saint que ela não deveria ficar acordada até tarde, pois o garoto provavelmente voltaria logo e ela precisaria de energia para recebê-lo.

Às dez, Saint subiu em sua bicicleta enferrujada e pedalou vigorosamente rumo à rua principal, descumprindo o rigoroso toque de recolher da avó.

A rua principal estava iluminada por causa da concentração de moradores em frente ao Lacey's Diner. Ela apoiou a bicicleta no lado de fora da Funerária Aldon e ficou ouvindo comentários sobre as ligações que chegavam de Jefferson City, Cedar Rapids e até mesmo de uma das colônias de Amana. Mais tarde naquela noite, ela fixaria alfinetes no mapa pendurado acima de sua prateleira de livros.

Ouvi dizer que eles pegaram um cara em Pike Creek.
Eu soube disso.
Mas ele tem um bom álibi, estava fazendo jornada dupla na Usina Elétrica Roan Arnold.
Pode ser. Uma tempestade no Meio-Oeste destruiu uma torre de resfriamento.

E assim prosseguiram.

Ela se esquivou de um grupo de curiosos e chegou até a janela da delegacia. Lá dentro viu o tipo de agitação que a acalmou um pouco. O telefone tocava enquanto os policiais se reuniam em torno de mapas e examinavam arquivos. Na extremidade oposta da sala, viu o Chefe Nix apertar a base do nariz, dando a entender que o caso estava ficando cada vez mais complexo.

No estado do Missouri, duas meninas do ensino médio e um universitário haviam desaparecido nos últimos oito meses. Policiais apareceram na Monta Clare High School e orientaram os alunos sobre a importância de ficarem vigilantes, enquanto encaixavam os polegares no cinto, com os dedos tocando o aço de suas pistolas calibre 39. Durante algum tempo, pairou sobre a cidade uma espécie de pânico crescente que impedia Saint de sair do quintal assim que o sol se punha.

Eles vão pegar esse demônio, disse sua avó enquanto tragava um Marlboro e se balançava em sua cadeira.

—Vá para casa, garota. Você não ouviu falar que tem um bandido à solta? — alertou um policial de Pecaut ao passar por ela.

10

Às onze horas, ela desceu de bicicleta pela rua principal. Cravada no meio de um vale, a cidade de Monta Clare se ergueu e avançou pelo relevo de baixas montanhas, com as estradas cuidadosamente forjadas em hectares de vegetação irregular.

Ela pedalou com calma e, em seguida, acelerou para chegar ao pé da subida de ruas sinuosas, repletas de campânulas-da-virgínia, asclépias e acantos. Era cor que não acabava mais. Até dava para sentir o calor humano que brotava daquelas casas opulentas. Quando a trilha ficou muito íngreme, ela largou a bicicleta sobre um amontoado de arbustos e caminhou as poucas centenas de metros restantes.

Onde diabos você se meteu, Patch?

Seguiu as curvas íngremes de uma entrada de automóveis, na direção do longo muro de estuque e vidro chumbado; telhados com torres de ardósia azul encimando um alpendre de pedra natural coberto com madeira de demolição, suficientemente retorcida para que se pudesse perceber que tinha viajado um longo percurso só para adornar um lugar tão lindo. Saint se virou e viu a cidade cintilando lá no vale.

Ela nunca tinha visto a casa dos Meyer tão de perto. Mas ela a conhecia. Todos na cidade a conheciam.

A porta se abriu antes que ela pudesse bater. Um homem apareceu, e ela reparou em seus olhos cansados e nas treliças do pavilhão atrás dele, além dos pés descalços no piso de parquet.

Ela reprimiu incontáveis formas de nervosismo.

— Sr. Meyer?

Ele a encarou com apatia, como se o ocorrido tivesse destruído tudo o que ele achava que soubesse acerca da cidade e de como a sua filha se encaixava nesse contexto.

— Você é amiga da Misty? — perguntou ele, demonstrando não saber nada sobre a vida da filha.

Uma lamparina queimava atrás dela, e sua sombra ofuscava o brilho.

— Ela está...

— Ela está dormindo. Você não deveria ficar na rua até tão tarde.

Saint se esforçou para não ver tudo o que a família Meyer possuía, mas sim o quanto poderiam ter perdido.

Ela olhou para trás e só conseguiu distinguir a copa dos pinheiros brancos. Lá embaixo, Patch Macauley havia salvado a vida da filha dele. Saint piscou para conter as lágrimas.

— Preciso muito falar com ela.

— Ela falará com o Chefe Nix depois de descansar. A mãe dela... — Ele engoliu em seco. — Vá para casa agora.

Saint sabia que algumas pessoas confundiam dinheiro com educação; raiva com força.

Quando ele fechou a porta, tudo o que ela sentiu foi o medo dele.

11

Ela não dormiu nada naquela noite. Em vez disso, ficou encarando o mapa e marcando com uma caneta marca-texto amarela a rota que a van havia seguido. Suas prateleiras estavam cheias de livros; as paredes não continham pôsteres ou fotografias. Ela não possuía maquiagem nem perfume, e seu guarda-roupa se limitava ao que precisava para ir à escola e à igreja.

Ao amanhecer, ela encontrou a avó sentada à mesa de carvalho, e a cara de cansaço daquela senhora dizia que ela não havia pregado os olhos, embora, naquela manhã, fosse dirigir o ônibus que saía de Monta Clare, passava por seis cidades e pela ferraria de Palmer Valley.

— E as abelhas? — Saint perguntou, e a avó balançou a cabeça.

No andar de cima, ela molhou uma toalha e limpou o rosto e as axilas, já notando em seguida o vermelho em seus olhos e os fios rebeldes que escapavam da trança. Seu dente da frente estava torto porque ela havia perdido seu retentor enquanto corria atrás de Patch pelo milharal da velha fazenda Hinton. E depois, quando ela o alcançou, os dois se sentaram juntos, seus braços nus se tocando. Ela se lembrou do rosto dele como se fosse o próprio, de seu cabelo todo bagunçado, de como ele também era magro e bonito, e quando ele acertou o sorriso na medida certa.

Deus, permita que ele volte para casa hoje.

A avó preparou ovos que nenhuma delas comeu.

— A escola está fechada hoje — disse Norma.

Linhas profundas se estendiam pelos cantos de seus olhos, como riachos forjados pelas lágrimas quentes derramadas no dia em que a mãe de Saint faleceu.

— Eu não ia mesmo — replicou Saint, olhando para cima, através das lentes dos óculos como se estivesse esperando uma repreensão.

A menina nunca havia faltado a um dia de aula sequer. Alguns poderiam até pensar que era porque Norma era rígida com ela, mas, às vezes, Saint achava que a verdade era menos palatável. Ela gostava de aprender mesmo.

— Eles vão encontrá-lo — disse Norma. — Pode ter certeza que sim.

Depois do café da manhã, Saint foi para a floresta.

O Chefe Nix havia feito o chamado já tarde, dizendo que precisavam de homens para percorrer a floresta em uma daquelas jornadas sombrias em que o sucesso e o fracasso eram a mesma coisa.

Monta Clare respondeu, e quase cem pessoas ficaram em silêncio sepulcral ouvindo o Chefe Nix dizer o que eles já sabiam. Andem em fila e mantenham a boca fechada e os olhos abertos.

O Chefe Nix os reduziu apenas aos mais capacitados, e Saint engoliu em seco quando ele balançou a cabeça para ela.

Atrás dela, cerca de cinquenta trabalhadores rurais, operários e adolescentes com cara emburrada e bochechas cheias de espinhas tentavam disfarçar o entusiasmo. Os mosquitos fumegavam da terra e eles os espantavam vez ou outra, concentrados na emoção de encontrar as roupas ensanguentadas do garoto.

12

Passando por flores brancas de espinheiro, ela subiu a Avenida Rosewood. As casas eram velhas e grandes, e era fácil identificar onde ficava a dos Macauley, porque Patch havia esculpido uma caveira e ossos cruzados na casca do carvalho vermelho que guardava o quintal.

Saint usava um par de tênis Nike desbotado e não ouviu o zumbido dos cortadores de grama. O Sr. Hawes havia deixado sua cerca parcialmente pintada. A corda de pular dos gêmeos Atkinson estava jogada no jardim da frente.

Ivy Macauley usava um vestido elegante bem decotado, como se quisesse mostrar ao mundo que eles eram pessoas decentes, mas não possuía as roupas certas para a ocasião.

Saint entrou com ela, passando por painéis de madeira, papel de parede de tijolos e persianas cor de areia em contraste com paredes brutalmente floridas. O tipo de incompatibilidade que gritava "móveis de casa alugada", ou seja, o completo fundo do poço.

Saint observava o gingado nos quadris de Ivy e, às vezes, tentava copiar seu andar.

— Mas que droga, Saint — disse ela, e a garota deu-lhe um abraço, sentindo na mulher um cheiro que mesclava fumaça, vodca e perfume.

Havia um gotejamento constante de uma torneira vazando, como um metrônomo que aumentava a tensão no ar.

— Eu ouvi o Nix dizendo que uma equipe virá revistar a sua casa de novo — disse Saint.

— Revistar para quê? Você acha que ele andou roubando de novo?

Saint balançou a cabeça, embora soubesse que, apenas uma semana antes, Patch havia roubado as abotoaduras de ouro da maleta do Dr. Tooms, quando ele foi à casa fazer uma visita. Ela foi com Patch de bicicleta até uma loja de penhores a duas cidades de distância para coletar míseros nove dólares.

— Olhe para você, Saint. Está com quantos anos agora?

Saint se endireitou um pouco.

— Treze.

Ivy abriu um belo sorriso, apesar do esforço. Sua mão tremia quando ela acendeu um cigarro. Saint notou a protuberância dos quadris de Ivy, a maneira como sua pele era preenchida acima de cada cotovelo. Às vezes, ela se perguntava se um dia se transformaria numa mulher, e quanto tempo isso demoraria para acontecer, uma vez que a maioria das garotas de sua sala já tinha seios fartos, como se elas tivessem comprado na pré-venda e, na vez de Saint, estivesse tudo esgotado. Na maioria das vezes, ela chegava à conclusão de que eles não serviriam para nada, a não ser atrapalhá-la na hora de correr e escalar, e provavelmente impossibilitariam que ela se esgueirasse por baixo da varanda dos Fullerton em busca de moedinhas caídas.

— Eles vão encontrá-lo hoje — disse Ivy, prendendo a fumaça nos pulmões. — Não é... quer dizer, todo mundo sabe o que esses homens fazem com essas meninas. Como o caso daquelas garotas de Lewis County e do universitário — disse Ivy sem papas na língua, pois até Saint sabia bem do que ela estava falando. — A maioria dos homens consegue manter uma aparência de decência; já os outros não são tão bons nessa brincadeira. — Ela soprou a fumaça em direção à janela. — Há muitos desse tipo hoje em dia. Foi perto da floresta, não é?

Saint assentiu.

— Aquela garota é quem deveria estar desaparecida. Aqueles Meyers, eles têm tanto... — Ela se conteve, levantando a mão para Saint, como se pedindo desculpas para uma plateia invisível. — E a Misty? Ela está bem?

— Acho que sim.

— Eu queria ter ido lá hoje, mas o Nix falou que eu não podia, para o caso de alguém ligar. Quem ligaria, *caralho*?

Um calor se espalhou pelas bochechas de Saint quando ouviu Ivy xingando daquele jeito.

Ivy apontou para que Saint se acomodasse na cadeira de madeira da cozinha, e, em seguida, começou a refazer sua trança com uma perícia que Saint jamais teve. Como se tal habilidade pudesse ser transmitida apenas de mãe para filha.

— Ele está vivo — disse Ivy. — Eu sentiria se ele não estivesse.

13

Às dez horas, Saint se encostou num caminhão e observou o grupo de buscas.

— Ele está morto.

Ela se virou e deu de cara com Chuck Bradley e dois de seus amigos.

Saint ouviu umas risadas ao longe, mas não duraram muito; como se fosse uma reação automática, como se até eles tivessem percebido que não era apropriado.

— Que merda esses repórteres na cidade fazendo o garoto parecer um herói.

— Não passa de um ladrãozinho. Eu me lembro de quando ele invadiu a garagem dos Johnsons. Roubou um cortador de grama.

— Já se passaram vinte e quatro horas, certo? — comentou Chuck. — Qualquer um sabe que depois disso... certeza que o garoto já era.

Saint engoliu em seco quando Chuck se virou para ela.

— Está com saudade do seu namoradinho? Vá chorar para aquela sua avó sapatão.

— Já chega.

Saint olhou para o Dr. Tooms, que mandou os garotos saírem dali. Usando uma jaqueta esportiva, ele se aproximou com um sorriso gentil.

— Dr. T — disse ela.

Ele se virou.

— Todo aquele sangue...

— Sangue sempre impressiona... costuma parecer pior do que realmente é.

O Chefe Nix se aproximou, deu um leve toque no braço do médico e mandou que ele se juntasse ao restante do pessoal que faria as buscas. Então, se agachou para ficar na mesma altura dela. Imediatamente, ela sentiu aquele cheiro de colônia misturado com suor.

— Eu estive fazendo algumas perguntas por aí. Soube que você e ele... vocês são próximos. São como família, certo?

— Você tem que trazê-lo de volta... agora — disse ela.

— O cara queria a garota, só que acabou pegando seu amigo no lugar. Achamos que isso possa ser um bom sinal. Você precisa manter a fé.

Ela viu Sammy, o bêbado que é dono da Monta Clare Fine Art, esbanjando elegância com sua camisa branca engomada, colete de cinco botões e sapatos de cano baixo. Seus olhos deixavam claro que ele também não havia dormido, assim como o restante da cidade.

— Como está a garota Meyer? — Sammy perguntou.

Nix estava prestes a falar, quando ouviram alguém chamar.

Eles pararam quando uma mulher levantou a mão.

Nix tentou impedir Saint, mas ela conseguiu escapar de suas mãos e correu até lá, parando ao se deparar com aquilo.

Nix pôs uma luva e ergueu o pequeno tecido contra a luz.

Saint olhou para o roxo e a estrela prateada e quase gritou.

O grupo continuaria com as buscas naquela terra por mais três dias, entre folhas de corniso, respirando madressilvas, hamamélis e sabugueiros. O grupo diminuiria, mas Saint continuaria ali com eles, implorando ajuda aos jovens da região.

Ela não dormiria mais do que algumas horas por noite.

Estaria lá para ver cada segundo do verão deles morrer.

14

Saint encontrou a colmeia Langstroth no dia em que se mudaram para a casa alta na estrada do Cemitério Pinehill, enterrada sob arbustos anões, suculentas e bulbos. Ela pegou um machado enferrujado no depósito de lenha e abriu caminho. Sua avó estava ocupada com os carregadores, dois primos distantes que tinha um caminhão de mudanças que quase tombava quando fazia curvas porque a suspensão estava arrebentada.

Ela olhou para as caixas, para o aspecto desgastado da estrutura, para a madeira com menos de dois centímetros, cada corte tão perfeito que foi possível passar os dedos pela borda serrada. Com o verão instável, eles atravessaram uma tempestade em Burlington antes do calor de Jefferson City, com as janelas abertas para uma parede de ar denso e a promessa de algo novo. Ela foi seduzida com a conversa sobre um quintal, espaço para seus brinquedos, um bairro onde não era preciso sair da rua quando o sol se punha.

Ela arrastou a avó até o quintal, enquanto seus primos sem camisa carregavam o estrado da cama até o quarto do sótão.

— É uma colmeia — disse Norma, que se virou e a deixou sozinha.

— Posso...

— Não.

Saint passou a maior parte daquele primeiro ano em Monta Clare convencendo sua avó de que criar abelhas seria uma boa ideia. Ela pegou um livro emprestado na biblioteca, falou de mel todas as manhãs estalando os lábios, perseguia as abelhas pelo quintal para convencer Norma de que ela não tinha medo algum e até conseguiu conter as lágrimas quando uma operária se aproximou dela e fincou a cauda no lóbulo de sua orelha.

— Está feliz agora? — disse Norma, equilibrando Saint em seus joelhos, enquanto retirava o ferrão com uma pinça.

— Muito — fungou Saint.

Ela economizou sua mesada e encomendou exemplares das revistas *The Hive* e *Honey Bee*, mas não conseguiu os cinco dólares anuais necessários para assinar o *American Bee Journal*.

Saint foi metódica no processo de convencimento da avó. Todos os sábados de manhã fazia o trajeto do ônibus de Norma e se sentava no banco logo atrás, com a boca na altura da orelha da avó para que pudesse impressioná-la com fascinantes curiosidades sobre as abelhas. Saint lhe disse que uma em cada três garfadas de comida que ela consumia dependia de polinizadores. Que a abelha de cauda lustrosa tinha um cérebro do tamanho de uma semente de papoula. Que ela já havia plantado prímula, buddleja e calêndula para incentivar a produção de néctar, que ela não sabia qual era a palavra certa para isso, mas Norma não questionou.

Foi então que ela colocou em prática sua melhor estratégia. A dança da bundinha. Talvez fosse uma técnica de comunicação, talvez fosse uma celebração da vida das abelhas — os cientistas não tinham certeza —, mas Saint foi para o corredor central quando Norma subiu a Parade Hill, agachou-se um pouco e começou a balançar o bumbum enquanto fazia um zumbido com a boca.

— Jesus — disse Norma. E ela não era do tipo que solta blasfêmia.

No fim de semana seguinte, com a promessa de que seria o presente de Natal e de aniversário de Saint pelos próximos duzentos anos, Norma ligou para um fornecedor em Boonville e fez a encomenda.

Elas passaram o verão no quintal. Saint observava atentamente enquanto Norma instalava os arames na estrutura, passava-lhe os pregos da caixa de charutos antes que ela pedisse, e ia buscar chá gelado assim que ela começava a suar. Saint lia as instruções limitadas enquanto a avó fazia os reparos, reforçava o favo, substituía o saco de lona, xingava a maldita armadilha de pólen.

— Como é que você consegue fazer tanta coisa? — perguntou Saint, enquanto a avó pegava uma plaina para alisar uma ondulação.

— Você já fez essa pergunta ao seu avô quando ele era vivo?

Saint fez que não com a cabeça.

Norma continuou.

Saint ficou na entrada da garagem esperando por três horas, e depois deu um berro quando viu o branco da van se aproximando.

— Eles chegaram — gritou ela, enquanto corria para dentro de casa e puxava a avó pela mão.

Norma não dormiu na noite seguinte à chegada das abelhas, caminhando no escuro pelo jardim para ver como elas estavam e acordando Saint por causa do zumbido.

— Por que elas não estão dormindo? — perguntou Norma.

Saint ficou no escuro, de bermuda e colete, e não parava de esfregar os olhos.

— Elas estão resfriando a colmeia. Todas batem as asas ao mesmo tempo, e soa como um ventilador elétrico.

— Pensei que estivessem morrendo.

Saint segurou a mão dela enquanto caminhavam de volta para a casa.

— Fico feliz que você se preocupe com as abelhas, vovó.

—Vinte dólares. Quero meu mel.

Norma amarrou um pano na árvore ao lado da colmeia para fazer uma espécie de barraca, e Saint fazia suas lições de casa embaixo dela, observando as operárias e, às vezes, cantando *Be Thou My Vision* e *Abide with Me*.

Saint não fazia amigos, embora sorrisse para todos. Não levantava a mão com tanta frequência, embora soubesse as respostas. E convidou todas as meninas de sua sala para ver a colmeia, passando uma hora fazendo cada convite, decorando-os com abelhas desenhadas à mão e coloridas com cola glitter e papel crepom.

Ela aperfeiçoou as técnicas para fugir do zangão e foi picada dezenas de vezes, aparecendo na mesa do café da manhã com inchaços e um sorriso.

A temporada foi boa. As chuvas de agosto impediram que a seca fosse total e, em setembro de 1973, enquanto a avó chorava por Jim Croce, ela pegou o último fluxo de néctar. O mel foi tampado e duas melgueiras foram preparadas. Ela não tinha dinheiro para comprar uma escova de apicultura, então, com Norma observando da segurança da janela da cozinha, ela sacudiu as abelhas, lembrando-se de, na manhã seguinte, liberar as que restaram do velho depósito que sua avó havia reformado e transformado em seu apiário.

No início do outono, depois de uma série de tentativas e erros, de desânimo com a extração e preocupações com a filtragem, ela engarrafou seu primeiro lote. Elas guardaram um pouco para si mesmas. Saint deu um pouco para as meninas que haviam demonstrado algum interesse em sua produção e em uma possível amizade, e o restante ela colocou em uma toalha de mesa de guingão sobre uma mesa dobrável no centro da rua principal.

Sammy, o bêbado, saiu da Monta Clare Fine Art para exigir sua licença de comerciante, até que Norma ameaçou ir buscar sua pistola Colt Python na garagem. Saint sorriu para seus vizinhos e ofereceu degustações em biscoitos de água e sal; ficou bem perto de fazer a dança da bundinha e vendeu cinco potes.

—Vou reinvestir o lucro. Talvez compre um tanque, uma nova caixa de criação, talvez até uma terceira melgueira. Pense só no rendimento. Dinheiro doce.

Norma franziu a testa.

— Tecnicamente, você teve uma perda considerável.

Foi no último dia das férias de verão, enquanto Saint estava deitada de bruços na grama macia, com os pés chutando o ar, que ela reparou no menino parado ao lado do portão que não tirava os olhos dela.

Ela o conhecia da escola — difícil não o ver com aquele pano chamativo cobrindo um dos olhos.

Ele usava jeans e camiseta, e quando bocejou e se espreguiçou, ela notou um buraco embaixo de cada braço.

Saint se levantou, encarou-o, e estava prestes a expulsá-lo dali quando viu o pequeno cartão em sua mão. Um dos convites que ela tinha feito à mão, com glitter e bolinhas de algodão formando um rastro de abelha. Embora, ao se aproximar, ela tenha notado que ele havia riscado grosseiramente o nome da garota a quem se destinava e o substituiu pelo dele.

—Vim aqui por causa do mel — disse ele, olhando para além dela, como se estivesse procurando um pote só para si.

— Ah, sim.

— Recebi este convite, que acredito valer uma amostra, e talvez um *tour* pelas instalações.

Claramente, ele era um imbecil.

Ele notou a colmeia e deu um longo assobio.

— É Manuka, certo?

— O mel de Manuka é produzido na Austrália e na Nova Zelândia.

Ele fechou o olho solitário e acenou com a cabeça, como se estivesse testando os conhecimentos da menina.

Seus braços eram mais osso do que carne e seus cabelos eram compridos. Ele exalava um cheiro estranho de lama e doces, tinha arranhões nas juntas dos dedos, como se tivesse sido tirado de uma briga, e usava um cinto de couro enrolado duas vezes na cintura, no qual um sabre de madeira estava enfiado.

Provavelmente ela o teria mandado embora, mas então ele sorriu. E foi a primeira vez que um garoto havia sorrido para ela desde que chegara a Monta Clare. E era um sorriso simpático. Com covinhas. Dentes perfeitos.

— Ouvi dizer que esse é o melhor mel desta parte da...

— Trabalhei seis meses inteiros na colmeia — disse ela.

Embora estivesse na cara que tinha problemas, ele foi o primeiro garoto a demonstrar um interesse genuíno; então ela pegou a mão dele e o puxou em direção à colmeia Langstroth, aproveitou a oportunidade e brilhou, impressionando-o com fatos sobre abelhas que ele rapidamente afirmou já conhecer. Às vezes, ele fazia comentários absolutamente sem sentido.

— E essas abelhas são puras? — perguntou ele.

Ela fingia não ouvir.

Quando chegaram ao apiário, seus olhos se arregalaram ao ver as prateleiras. Duas dúzias de potes, alguns reluziam em tons dourados.

Ela lhe entregou um e disse para ele esperar enquanto ela ia até a cozinha para buscar uma colher, alguns biscoitos, guardanapos e um avental.

Saint voltou e o encontrou sentado embaixo de um arbusto de borboletas, com o pote pela metade e a mão coberta de mel.

Ela marchou na direção dele, colocou as mãos nos pequenos quadris e fez uma careta.

Ele olhou para ela enquanto o mel escorria de seu queixo.

— Acho que essa é a coisa mais doce que eu já vi... e, então, eu vi você, Becky.

— Quem diabos é Becky?

Ele coçou a cabeça, deixando um depósito de mel nos cabelos. Em seguida, pegou o convite.

— Becky Thomas é a garota para quem este convite foi destinado — disse ela.

— Bem... então quem colocou meu nome nele? Talvez o destino tenha intervindo. O Cupido apontou seu arco.

Patch fez um "O" com o indicador e o polegar da mão esquerda, antes de penetrá-lo com o dedo indicador da mão direita.

— O que foi isso? — perguntou Saint.

— Eu vejo os mais velhos fazerem isso. Acho que é a flecha do cupido cravando no meu coração.

Ela revirou os olhos.

— Dá para passar isso no frango. Ou talvez em costelas de porco. Deveríamos abrir um negócio juntos. Traficantes de mel. Primeiro, na cidade; depois, em todo o país. Talvez na América Latina. É altamente viciante.

Ele lambeu toda a mão, como se fosse um gato.

Os dois olharam para cima quando se depararam com a sombra imponente de Norma.

— A motorista do ônibus — disse Patch, oferecendo-lhe a mão toda lambuzada.

Norma se virou para Saint, exigindo explicações.

Saint deu de ombros.

— Aparentemente, foi o Cupido que o enviou.

Mais uma vez, Patch fez um "O" com o indicador e o polegar da mão esquerda, antes de penetrá-la com o indicador da direita.

— Saia da minha propriedade — disse Norma.

15

Quatro dias se passaram, e só restavam lembranças do que ela já tinha sido.

Dormia e comia pouco, caminhava pela floresta do amanhecer ao anoitecer, comparecia à delegacia de polícia e se sentava na cadeira de madeira como se precisassem de um lembrete. Os policiais já não aguentavam mais mandá-la embora.

A semana havia terminado com uma falsa sensação de progresso, em meio a agitação do padrão de jovens desaparecidos, cartões de denúncia e arquivos de incidentes escolares.

— Esse garoto — disse o oficial Cortez, enquanto folheava as pequenas infrações como se fossem portais para algo maior. Sua camisa aberta revelava uma faixa de peito bronzeado, e suas costeletas eram grossas como gotas de piche.

— Esse lance de pirata — replicou o policial Harkness.

— É por isso que ele rouba?

— Não, ele rouba porque eles não têm merda nenhuma. Você viu a casa dele.

— O garoto estava carregando uma adaga e a puxou quando se viu em menor número. Quanta valentia.

— Funcionou direitinho para ele.

Cortez riu.

Saint se perguntou como eles podiam rir, como podiam tomar café, comer bolos e falar de futebol.

Ela ouviu a menção de uma análise de padrões pessoais e ouviu o nome John Stokes e um pouco de seu histórico. Ela sabia que esses homens existiam, todo adolescente tinha que saber quando chegava a uma certa idade.

— A mãe nem sequer conseguiu encontrar a certidão de nascimento dele. Vai vendo aí... Mesmo assim, que bunda que ela tem — disse Cortez.

Na sexta-feira, Saint tinha ido ver Daisy Creason, do *The Tribune* e, a seu favor, Daisy não a enxotou às gargalhadas de seu escritório bagunçado no andar de cima da Monta Clare Seguros. Em vez disso, dedicou um pouco de tempo para ouvir e saber mais sobre o garoto pirata que salvou a garota mais rica da cidade. Saint ficou sentada ali por duas horas e contou tudo o que sabia.

— Parece que o garoto gosta mesmo de mel — disse Daisy, conforme a conversa se encaminhava para o fim.

Saint foi embora com a promessa de que Daisy não deixaria a história morrer.

— Que tal uma recompensa? — disse Saint.

Mais uma promessa foi feita. Se Saint conseguisse arrancar alguns dólares dos moradores da cidade, Daisy publicaria a história na primeira página, imprimiria os pôsteres e faria telefonemas para as cidades vizinhas.

Nada disso aliviou a dor que se alastrava por seu sangue e lhe dizia que já havia passado muito tempo.

Quatro dias era tempo demais.

16

Ela estava vestida com um macacão azul-marinho e uma blusa branca, e no andar de baixo encontrou a avó na mesa lendo *The Tribune*.

—Você está magrinha demais — disse Norma.

Saint baixou a cabeça e olhou para os ossos salientes do quadril.

— Estou bem.

—Você está com sujeira embaixo das unhas.

— Minhas unhas estão sempre assim.

— Use suas sandálias de salto. Igreja.

Sob a pedra castanha, Saint estava parada de pé, inundada pelas cores das janelas sagradas, e não cantava com os outros nem ouvia o velho padre. Em sua homilia, ele disse que o Deus deles não era vingativo, e Saint lutou contra o impulso de perguntar "por que diabos não?".

Enquanto faziam coro a respeito da falta de ajuda e da ausência de consolo, um silêncio cruel se abateu sobre Ivy Macauley, que entrou pelos fundos e se sentou sozinha. Ela usava um vestido de veludo cotelê com abotoamento até em cima, os cabelos escuros puxados para trás, a traição oculta em seus olhos apenas pela recusa em encará-los.

Um garoto de sua classe, Jimmy Walters, carregava um turíbulo de corrente única, mas Saint não viu fumaça, apenas o sorriso que ele lhe dirigiu.

Ela o ignorou, e sua avó repreendeu o desprezo.

— Ele sorriu para você — disse Norma.

— O cérebro dele deve estar danificado de tanto inalar incenso. Ele nem deve saber que está sorrindo.

Norma suspirou.

— Está tudo bem ter mais de um amigo.

— Eu não preciso de mais de um amigo.

O padre puxou uma oração pelo jovem desaparecido. Nesse momento, Saint se ajoelhou no chão frio e apertou as mãos com uma força exagerada, parecendo que seus ossos estavam sendo moídos em súplica. Ela nunca teve a ânsia de pedir muita coisa a Deus em seu curto período de vida, mas ela se ofereceu totalmente, fez promessas que ainda não entendia, se Ele trouxesse de volta seu amigo são e salvo.

No final, ela abriu caminho por entre uma multidão dispersa de ex-enlutados.

Misty Meyer usava um vestido azul-marinho elegante e sapatilhas rasteiras, e estava sem nenhuma maquiagem. Seus lábios eram carnudos e seus cabelos grossos.

Juntas, elas se sentaram em pedras secas.

— Você é amiga do pirata — disse Misty.

Saint assentiu, sentindo um certo orgulho por Misty saber disso.

— Todo inverno, as pessoas dizem que Monta Clare fica muito bonita. É como se o crime tivesse sido mais grave, não acha? Justamente porque aconteceu aqui. É como se nenhum de nós estivesse preparado para o exterior se infiltrar — disse Misty.

Saint se perguntou como Misty, com tão pouca idade, podia ser tão equilibrada, tão bem-formada, quando deveria ser apenas inconveniente e contraditória.

— Os policiais não conseguem encontrá-lo. — Os olhos de Misty eram azuis cálidos e transmitiam todos os pensamentos antes que chegassem à boca. — Meus pais não querem falar dele... do garoto pirata. Nem do homem. Não querem falar sobre o que ele poderia ter feito comigo.

— Você quer conversar sobre isso?

— Se eu tivesse ido direto para a escola... em vez de cortar caminho pela floresta. Você acha que ele teria tentado na rua? Eu continuo olhando para as pessoas e me perguntando quem elas são de verdade. Eu não consigo ver o rosto dele. Quando me sento com o Chefe Nix, ele é tão paciente, e eu quero dizer a ele, mas... o cara, ele usava uma máscara. E, tipo, estou meio que acostumada a ignorar os meninos.

Saint estava lá quando os Meyers chegaram à delegacia e, pela janela, ela os observou folheando as páginas, aguardando o aceno, o chamado para ir a algum lugar — provavelmente no norte do estado, talvez perto da estrada, onde havia uma dúzia de cabanas de caçadores. A maioria sabia que provavelmente havia uma centena de outras que não constavam em nenhum tipo de mapa, apenas escavadas em terras alimentadas pelo remanso. O zumbido baixo de um gerador enterrado sob o baldaquino da natureza. Eles o encontrariam morto. Com certeza. E pegariam o cara, mas não haveria motivo para isso.

— Minha avó diz que algumas pessoas nascem para fazer as outras trabalharem mais — disse Saint.

— A sapatão que dirige o ônibus?

— Ela não é sapatão.

— Ela tem o cabelo curto e fuma charutos.

Saint deu de ombros.

— Na verdade, ela não fuma muito. Só gosta de sentir o cheiro deles.

— Ela deveria tomar cuidado, sabe. Pode dar câncer no focinho.

— O que foi que você disse?

— Meu avô fumava trinta cigarros por dia, e o cachorro dele desenvolveu câncer no focinho por cheirar a fumaça.

Saint não soube como reagir diante daquela informação.

— Mas sua avó não é um cão de caça — disse Misty.

Saint também não soube como reagir àquela afirmação.

— Por que você cortou caminho naquela manhã, Misty?

Misty olhou para ela, analisando-a com tanta atenção que Saint sabia que só podia decepcioná-la.

— É que eu não estudei para a prova de matemática.

— Mas você se sai bem em todas as provas, Misty. As pessoas acham que você é burra porque se faz de boba para os meninos. Mas você...

— É uma mentira estúpida... — disse Misty.

Elas observavam homens de terno, com cabelos compridos sobre a gola, calças um pouco largas e botas com salto. As barrigas pendiam por cima dos cintos.

Saint arrancou uma flor da grama longa, descascou as pétalas e esperou. Quando falou, a respiração dela ficou acelerada.

— Eu vi alguém, e queria ajudá-lo.

— Quem você viu, Misty?

Misty finalmente tirou os olhos da pedra e olhou para Saint.

— Eu vi o Dr. Tooms.

17

—Você tem que parar com isso, menina — disse Nix do outro lado da mesa.

O cansaço arrastava seus pensamentos para um lugar sombrio que lhe dizia que as buscas estavam diminuindo, a angústia se dissipando e uma aceitação silenciosa começava a se instalar.

Não havia fotos em sua mesa, nem de esposa, nem de filhos, nem de apertos de mão com homens endinheirados e amigos do clube de golfe. Seu foco era total. Ele apenas não conseguia encontrar o amigo dela.

Ela tirava a lama sob as unhas, mexia na trança e empurrava as armações do óculos para cima de um nariz pequeno demais para carregar tanto peso. Ela sabia que quando ele olhava para ela, quando a maioria das pessoas olhava para ela, viam uma garota pobre. Não pobre como Patch, porque a avó dela dirigia um ônibus e elas tinham uma casa decente porque o avô fizera um seguro, mas pobre de uma forma muito mais complexa. Uma garota pobre que não tinha senso de estilo ou feminilidade, nenhuma chance de encontrar um rapaz e depois um homem. Uma garota que procurava nos livros respostas para perguntas que nunca lhe seriam feitas. Perguntas pesadas que não tinham nada a ver com moda, culinária ou com a construção de uma merda de casa.

— O Dr. T estava lá naquela manhã, na floresta, bem perto de onde tudo aconteceu? — perguntou ela.

Nix olhou para trás dela, para a porta de vidro, como se estivesse tentando chamar a atenção de alguém que pudesse vir salvá-lo.

— Ele estava lá, Saint.

Ela era muito pequena, com os pés enfiados em sapatos que lhe serviram um ano antes, os braços arranhados e cortados em cada cotovelo. Ela sabia que garotas como Misty já passavam pó de arroz nas bochechas, pintavam os lábios e faziam as sobrancelhas.

Ao chegar à porta, ela parou e se virou.

— Mas por que ele estava lá?

— Ele estava procurando o cachorro dele. O bicho fugiu. Sua amiga Misty o estava ajudando a procurar.

Ela enfiou as mãos nos bolsos, enrolou restos de tecido e fiapos nas pontas dos dedos e olhou fixamente para o grande policial.

— Mas ele não tem cachorro nenhum.

— Como disse?

— A casa da minha avó dá fundos para a fazenda dos Tooms. No inverno, quando as árvores estão desfolhadas, consigo ver os vários quilômetros até a casa dele. Patch e eu costumávamos correr até a fazenda. Eu nunca vi cachorro nenhum, Chefe Nix. Nunca.

Nix estava prestes a responder quando o telefone tocou.

Saint observou a cor dele se esvair.

Naquela tarde, a notícia se espalharia por Monta Clare.

Outra garota havia desaparecido.

18

O nome dela era Callie Montrose.

Ela morava em uma cidade a mais de cem quilômetros de Monta Clare, e não havia retornado da escola.

Quando Norma soube da notícia, pegou o revólver que deixava na garagem, verificou se estava carregado e dormiu com ele na gaveta da mesa de cabeceira.

Naquela noite, Saint pegou sua pequena mochila e a carregou com uma lanterna portátil, um estilingue, uma caixa de fósforos e um canivete tão enferrujado que o eixo agarrava.

Ela caminhou pelas ruas adormecidas e, na casa de Macauley, entrou pela porta da cozinha e encontrou Ivy desmaiada no sofá. Saint a cobriu, notando a garrafa vazia, e subiu as escadas. No refúgio do quarto de Patch, ela pegou a pistola da lata de biscoitos amassada e parou alguns instantes para observar a cama vazia.

—Vou trazer você de volta para casa — disse ela, baixinho. — Eu juro que vou.

A pistola pesava em suas mãos, mas a origem dela pesava em seu peito.

— O que você ganhou de aniversário? — perguntou ele.

— Essa Spyder — disse ela, e apontou para a bicicleta esmaltada com freio a tambor e selim acolchoado. — Ela tem uma cestinha para as minhas coisas.

Até aquele momento, suas coisas se limitavam a livros, um colar de margaridas e uma pequena pedra que ela levaria mais tarde para a biblioteca em Panora, onde vasculharia a seção de geologia e descobriria que não era uma esmeralda.

O garoto deu aquele assobio longo de costume. Ele usava um lindo colete de hussardo azul-marinho com detalhes entremeados em fios dourados e botões de pérola, e seu olhar implorava para que ela lhe devolvesse a mesma pergunta.

Ela esperou um minuto inteiro, até que ele não se aguentou.

— O colete. Eu ganhei o colete, Saint.

— Ainda não é seu aniversário.

— Eu o encontrei escondido no armário da minha mãe. Quem consegue esperar por uma coisa dessas?

Ela viu que tinha sido feito de uma camisa velha, já que a mãe dele era uma costureira bastante habilidosa.

— É uma lindeza mesmo, Patch. Sem dúvida nenhuma.

Às vezes, ela ficava até tonta por ter um amigo para chamar de seu. A princípio, ela tinha consciência de que ele só estava atrás de seu mel, mas então ele deu a ideia de correrem juntos pelo milharal, e foi aí que se estabeleceram as primeiras raízes da amizade entre os dois. Ela teve o cuidado de não o sobrecarregar com informações que as outras crianças, por vezes, achavam que era coisa de nerd. Ela mordia a língua quando ele falava de piratas, porque ela havia lido três livros para entender melhor do assunto, e as histórias que ele contava estavam quase sempre repletas de imprecisões. Ela não corrigia seu inglês, sua gramática, não fazia cara feia quando ele falava palavrões, o que era frequente, e era algo que ela tentava imitar, o que deixava sua avó superfeliz. Ela resistia à vontade de convidá-lo para jantar depois que descobriu que a mãe dele trabalhava em turnos que não permitiam que ela tivesse tempo suficiente para cuidar dele. Para ela, ele era uma criatura exótica que ela faria bem em não agarrar com muita força por medo de afugentá-lo.

— Acho que é do mesmo tipo que Henry Every usava quando massacrou as embarcações do Império Mogol — disse Patch, tirando em seguida um telescópio monocular enferrujado do bolso e o apontando para a floresta congelante.

Saint puxou um galho fino e corajosamente se juntou a ele.

— Eu li que sua tripulação também estuprou as escravizadas.

Ele franziu a testa, olhou para o colete e depois franziu a testa novamente.

— Então eu pareço um estuprador?

Nossa Senhora...

— De jeito nenhum, na verdade, você parece o completo oposto disso... como se estupro fosse a última coisa que passaria em sua cabeça.

Ele franziu a testa novamente.

Amizade era uma arte difícil de dominar.

A deles floresceu depois que ele apareceu na casa dela com uma colher roubada e um único biscoito; floresceu quando ele se sentava ao lado dela no almoço todos os dias, olhando para a lancheira dela para ver se tinha mel. E agora ela sabia vários fatos convincentes sobre ele.

A mãe dele trabalhava à noite, bebia vinho e, às vezes, desmaiava por causa dessa combinação.

Ele acreditava que seu único olho era mais poderoso do que os dois dela, e que ele podia ler impressões digitais a cem metros. Uma teoria que eles testaram deixando no quintal dela um exemplar que ele tinha da Playboy.

— Ursula Andress. Nasceu em 10 de março de 1936. Conhecida como Honey Ryder — ele gritou, espremendo o olho para a página.

— Honey... Sempre fascinado com o mel — disse Saint, embora maravilhada com suas habilidades.

Ele era corajoso e estúpido de uma forma que ela não conseguia entender, como se ele não compreendesse o significado de risco ou consequência. Em sua segunda saída, ela confidenciou a ele seu desejo de comprar uma segunda colmeia para expandir seu império. Naquela mesma noite, ele tentou roubar uma colônia da fazenda dos Meltons. O massacre resultante o fez faltar à escola por três dias.

— Acho que posso lhe dar seu presente mais cedo também — disse ela, e correu de volta para dentro de casa enquanto ele esperava no quintal.

Ela o fez fechar os olhos enquanto colocava a réplica da pistola de pederneira de um tiro em suas mãos pequenas.

E quando ele a viu, ficou boquiaberto. Ele olhou para ela, depois para a arma, depois para ela novamente.

— Como você...

— Um achado de sorte.

Ela não quis dizer a ele que a sorte era fruto de uma busca no brechó, nas lojas Goodwill e nas lojas de penhores na rota de ônibus da avó e muitos outros. De ter esvaziado seu cofrinho e ainda assim ter ficado sem dinheiro, e então ter feito um acordo de empréstimo com Norma, cujos termos envolviam Saint cortar a grama e arrancar ervas daninhas pelos próximos setenta anos.

Em seguida, ele a abraçou.

Inesperado.

— Espere só até ver o que eu tenho para você — disse ele.

Ela esperou e, uma semana depois, estava encantada com o broche de borboleta que ele lhe deu, até que viu um apelo apaixonado da Srta. Worth, no quadro de avisos da igreja, para que devolvesse o broche em segurança.

19

De volta ao seu quintal, Saint observava a colmeia vazia e, em meio aos raios penetrantes do luar, caminhava pelas trilhas de suas terras, com as árvores como guardiãs que oscilavam apenas em um único ponto que ela havia encontrado com Patch naquela mesma noite, porém dois anos antes.

Ela vinha logo atrás, ao passo que ele abria uma trilha com a espada de madeira.

— Esculpi nossas iniciais no carvalho perto do cemitério — disse ele.

— Desfigurando a natureza por mim... assim meu coração não aguenta — ironizou ela, mordendo o lábio para conter o riso.

— Eu gosto da ideia de que, quando formos embora, ainda estará lá. Vai durar muito tempo.

— Você quer vir ao meu jantar de aniversário hoje à noite? — perguntou ela, não se atrevendo a respirar por muito tempo.

Ele parou, de repente, caiu de joelhos e afastou as folhas com a mão pálida.

— Fezes de lobo.

Ela torceu o nariz e fez uma nota mental para borrifá-lo com Lysol quando voltassem para casa.

— Deixe a pistola engatilhada — ele avisou.

Saint empunhou a réplica da pistola de pederneira de sua bolsa e a engatilhou, empolgada por ter-lhe sido confiada tamanha responsabilidade.

— Ela dispara? — perguntou a menina.

— Não precisa. Só de olhar para esse cano, você entrega seu segredos e mais o que tiver nos bolsos. Ou sai correndo. Se vir um, mire no olho — disse ele.

— Que selvagem. Ainda mais vindo de você.

Eles seguiram em frente.

Ela limpou a garganta com um pigarro.

— Você vem nesse meu jantar de aniversário ou não? Porque muitos meninos podem querer ir...

— Vai ter bolo? — perguntou ele, sem olhar para trás, por cima do ombro.

Ela seguiu a silhueta dele, seus ombros ossudos e o estreito "V" de sua cintura. Suas calças paravam a um centímetro do tornozelo. Ele tinha um forte cheiro de colônia, um tipo que ela não conhecia, um tipo que ele encontrara em uma caixa com as coisas de seu pai, que poderia muito bem ter sido enterrada com o homem, mesmo que servisse apenas para afastar os necrófagos.

— Que festa de aniversário não tem bolo?

— Sim, mas bolo de quê?

—Ah, sei lá... vem com uma caveira e ossos cruzados... Era o único que tinha sobrado lá na loja.

Suas bochechas arderam um pouco com a mentira. Ela passou quase uma semana trabalhando no Anuário Wilton de Decoração de Bolos, pediu à avó que arranjasse biscoitos de menta, um pouquinho de alcaçuz e dois pacotes de cobertura de chocolate para que ela pudesse moldar o navio.

Ele se virou lentamente, um sorriso tão largo que ela resistiu muito para não o copiar.

— Você tem um bolo de pirata?

— Isso aí.

— Eu estarei lá. E levarei uma pequena oferta. Um corsário cavalheiro não aparece de mãos vazias.

Mais tarde, naquela noite, ele apareceria com meia garrafa de aguardente de damasco, a qual faria questão de servir como se fosse vinho para a avó dela, que não pôde fazer nada além de balançar a cabeça diante de toda aquela situação lamentável.

Eles se depararam com uma urtiga tão densa que seus braços ficaram riscados quando finalmente conseguiram chegar às terras dos Tooms, com campos esburacados e valas esporádicas.

Ao longe, havia uma casa solitária e, acima dela, um céu escuro que logo desabou e fez chover torrencialmente sobre a terra. Saint quis se refugiar nas árvores, mas Patch se sentou em um tapete de grama e depois se deitou.

— Quando o céu se abre, temos mais chances de ver o paraíso — disse ele.

Ela se deitou ao lado dele.

Suas cabeças lado a lado; os pés deles eram o norte e o sul de uma bússola.

— As coisas serão diferentes agora que sou um ano mais velha? — ela perguntou.

— Talvez seus peitos finalmente apareçam.

Ela acenou com a cabeça para isso.

— Não que você precise deles nem nada.

— Como é que é?

— Você é inteligente, certo? Você já sabe que é inteligente. Mas também, sob a iluminação ideal, você se parece um pouco com Evelyn Cromer. Ela era a pirata mais bonita que já navegou pelos mares. Claro, ela usava o cabelo trançado, e massacrava...

— Você me acha bonita?

Ele fez que sim com a cabeça.

— Completa e absolutamente.

A chuva diminuiu para uma garoa suave, e ela se virou para ele e sorriu, passou a língua sobre o dente da frente torto e se perguntou se um dia ele se endireitaria sozinho.

— Por que seu nome é Saint?

A respiração dela ficou entrecortada.

— Meus avós me deram esse nome.

— Porque sua mãe morreu antes de ter tido a chance?

Ela concordou com a cabeça.

— Mas e o nome...?

— Eles disseram que eu era tudo de bom, Patch. Você acredita nisso?

Ele virou a cabeça para olhar para ela.

— Claro que acredito. Completa e absolutamente.

20

Saint se desligou daquelas lembranças quando se virou e olhou para a casa alta uma última vez. Apenas o roxo suave de sua luminária de lava no sótão impedia a completa escuridão.

Ela encontrou a clareira e atravessou campos áridos, um caminho trilhado por invernos gelados enquanto eles faziam dela sua porta de entrada.

Uma borda preta marcava o início do Parque Estadual Thurley.

A casa era grande e antiga como a maioria das propriedades de Monta Clare.

Ela conhecia o Dr. T, assim como todos na cidade, porque quando ela teve amidalite, foi para os seus olhos gentis que ela olhou. Ele era o homem que fazia visitas à escola e conversava com as meninas sobre menstruação, sobre mudanças hormonais e do corpo.

Ela caminhou por fileiras de pessegueiros, ameixeiras, macieiras e cerejeiras. E, no escuro, respirava madressilva.

Saint ouviu um chamado furioso e sacou seu estilingue, suas mãos tremiam só de pensar em fazer o caminho de volta, subir na cama e puxar o lençol por cima da cabeça.

Ela bateu na porta e esperou; e ao fazê-lo, acalmou-se um pouco. A menina tomara emprestado da biblioteca *O Manual dos Detetives de Peterson Davies*, e nele dizia que ela deveria ser inteligente, contornar a história que ele havia contado e, quem sabe, encontrar uma maneira de entrar em sua casa para que ela pudesse procurar por seu amigo.

Na janela lateral, ela colocou as mãos em concha sobre o vidro, mas não viu muita coisa além do reflexo dos próprios olhos em pânico.

Saint esmurrou a porta com ainda mais força, afastou-se e olhou para as janelas duplas, tão escuras que ela jamais poderia imaginar tal lugar sendo o lar de alguém.

Na varanda dos fundos, ela subiu os degraus e apontou sua lanterna na viga com frisos desgastados, nas colunas e através da porta envidraçada que dava para uma cozinha de carvalho. Saint rastreou o feixe ao longo de bancadas escuras. Ela viu um armário aberto cheio de potes e ervas, e no topo aplainado um único cinzeiro, uma bituca de charuto equilibrada na borda.

Ao longo do chão de ladrilhos, ela não conseguiu distinguir o comedouro do cachorro, nem sua caminha, nem a guia pendurada nos ganchos de bronze perto da porta.

Sacudiu a porta, mas estava trancada; chutou-a uma vez e xingou. Resolveu, então, tentar abrir as janelas e, apesar da finura dos painéis de vidro simples e de certa folga nos caixilhos, não conseguiu abri-las.

— Patch! — gritou ela, embora duvidasse que ele pudesse ouvi-la ou responder. E, verdade seja dita, talvez nem acreditasse que ele estivesse sendo mantido lá, apenas que o médico havia mentido e ninguém o havia chamado.

Saint apontou a lanterna de novo para os campos e, embora sentisse um peso enorme no coração por conta de mais um fracasso, começou a andar lentamente de volta para casa.

Foi quando ela ouviu.

Um grito.

Um grito tão forte, desesperado e aterrorizante, que ela começou a chorar.

Ela se virou de volta para a casa e, embora suas lágrimas se transformassem em soluços de medo, caminhou lentamente em direção ao som.

— Patch — ela gritou de volta.

Saint saiu correndo para a frente da casa.

Então, assim que contornou o lugar, sentiu uma mão em seu ombro.

Ela berrou, e o Dr. Tooms ergueu as mãos, com o rosto pálido e aflito.

Saint se afastou dele, mantendo uma boa distância.

Ela não se moveu para enxugar as lágrimas, nem pediu que ele explicasse ou a levasse até seu amigo. Em vez disso, ergueu a lanterna, e somente quando a luz azul--esbranquiçada encontrou o sangue carmesim em suas mãos, ela se virou e correu.

21

Com a chuva refrescante martelando as janelas, Saint se sentou ao velho piano para tocar o prelúdio de asfixia de Chopin, enquanto a avó estava sentada na cadeira de balanço ao seu lado.

Saint finalizou as notas sombrias, os dedos finos como o resto do corpo, as bochechas descoradas e a pele lívida. Nas semanas que se passaram, a percepção de que haviam perdido Joseph Macauley a consumiu por completo. Ela não comia nem dormia muito, e na escola ficava muda, se remexendo na cadeira ocasionalmente, só para notar a carteira vazia no fundo da sala de aula.

Na noite em que fugiu do médico, ela pensou que estivesse perto de solucionar o caso. Norma encontrou a neta sentada no chão de madeira da cozinha, e a porta bem trancada logo atrás.

— É ele — sussurrou a menina.

O Chefe Nix chegou, e Saint foi na traseira da viatura ao lado da avó, e depois permaneceu sentada do lado de fora da casa da fazenda Tooms, enquanto o médico saía de lá e os dois homens conversavam por um longo tempo.

Ela ouviu Nix se desculpar, e observou Tooms dar um sorriso compadecido na direção do carro.

Saint passou horas no bosque atrás de sua casa, deitada de bruços e observando a terra dos Tooms através do telescópio espião de Patch. Norma disse que ele era médico, e que sangue fazia parte do seu ofício. Que o grito poderia ter sido de lobos acasalando. Algumas vezes, ela notou a presença de um veículo do outro lado, sob as árvores, porém a cor e o motorista permaneciam encobertos pelas sombras, e ela se perguntava se o médico atendia visitas domiciliares.

Após uma semana, o valor da recompensa aumentou para dois mil dólares, depois que Saint entregou cartas manuscritas para o pessoal de Parade Hill.

E o caso saiu das manchetes e passou a ser apenas um burburinho.

Uma briga de bar acabou em assassinato lá em Cedar Rapids; um bêbado cruzou o sinal vermelho em Mount Vernon e matou uma gestante. Um grupo armado de militantes incendiou uma clínica da Planned Parenthood em Columbia. Saint estava lendo sobre leis de regulamentação para clínicas de aborto e sobre os centros de apoio psicológico para vítimas de estupro, e resolveu abordar o assunto com Norma.

— Deveríamos ter controle total sobre os nossos corpos — disse Saint.

— Se tivéssemos, você não estaria aqui hoje — disse Norma, sem tirar os olhos do jornal.

— Mas minha mãe estaria.

— É um pecado.

— Diga isso a Jane Roe — retrucou Saint.

— Essa luta não é sua.

— Só porque você não me deixa lutar. Eu queria ficar lá com a Misty e as outras garotas. Eu queria carregar o cartaz e mostrar meu apoio na primeira página do *The Tribune*. Isso não é justo.

— Justiça não tem nada a ver com religião e política.

A vida, com sua justiça imperfeita, seguiu em frente. À medida que o verão se esvaiu, o ar do outono trouxe uma crisálida de tranquilidade. O verde sucumbiu ao marrom e ao dourado, o que passou despercebido por Saint. Ela fez longas caminhadas pela floresta escura, mas sem desgrudar os olhos do chão, por mais que se forçasse a olhar para cima. Ela se esqueceu do toque de recolher; caminhou perto da rodovia como isca. Se o homem ainda estivesse caçando, ela desejava ser levada. Nix a encontrou e a levou para casa, e sua avó passou da raiva para o medo e, depois, para o desespero.

Norma queria que ela visse um psicólogo em Cossop Hill.

Saint disse que estava bem, engoliu com esforço uma colherada do cozido, mas em seguida disse que estava sem fome. Ela perdeu mais peso, as maçãs do rosto ficaram salientes, o cabelo ainda grosso era pesado demais para seu corpo emaciado. Ela não tinha quadris e ainda não tinha peito, mas não se importava mais com essas bobagens.

As noites crepitavam com a fumaça da fogueira.

Aqui e ali, o nome de Patch era mencionado de passagem pelas pessoas que agora fumavam no frio.

Saint observou a mudança em Ivy Macauley a cada domingo na igreja. Como as mãos da mulher tremiam enquanto rezava. Como o perfume, agora, era superado pelo cheiro de vodka.

Saint assistiu na TV quando Ronald Reagan resolveu tentar a sorte na disputa eleitoral, prometendo o tipo de mudança que não daria orgulho a ninguém, nem mesmo em um milhão de vidas... É isso, vocês verão.

Saint não sabia exatamente o que isso significava, mas na manhã seguinte, quando assistiu às bandeiras da Ford se erguerem bravamente nos pátios cobertos de gelo, não conseguiu pensar em nada de bom.

22

Na floresta, numa bela manhã congelante, ela encontrou o Chefe Nix com uma vara de pesca à beira do lago. Ela se sentou em silêncio ao lado dele, porque ele era o mais próximo que ela podia ficar de Patch — agora, ele era seu único elo, sua única chance. Trazendo à boca a caneca de café com conhaque, ele respirou o vapor.

—Você precisa conferir se está tudo bem com a Sra. Macauley — disse Saint.

— Eu já faço isso.

Apesar do frio, ele estava com as mangas da camisa arregaçadas. Pelos macios e escuros cobriam seus braços. Saint ouvia as mulheres da cidade falarem dele, talvez fosse o homem mais cobiçado de Monta Clare. Ela nunca o viu sair com nenhuma delas e, por algum motivo, isso a deixava feliz.

— Ela está usando drogas agora — disse Saint.

Ela observou o rosto bonito dele, seus olhos azuis e o bigode escuro. Ele acendeu um charuto retirado de um estojo prateado.

Saint mexeu os dedos para recuperar a sensibilidade.

— Se o Patch... se ele estiver morto, sei que não vou conseguir...

— Vai sim — disse ele com extrema convicção, observando o chanfro das lâminas de gelo derrubando os topos de junco, como se a neve estivesse prestes a cair. —Você tem que seguir em frente, Saint.

— Eu estou...

—Você não dorme. Eu passo pela sua casa e vejo sua luz acesa, não importa a hora.

Ela não contou a ele que estava analisando seus mapas. Que ela saía batendo de porta em porta; que lotou seu quadro-negro não com equações matemáticas, mas com nomes e endereços que conseguiu implorando a um policial de Cedar Rapids que teve misericórdia dela. Verificava todo proprietário de van azul-marinho. E que, às vezes, depois da escola, vigiava casas e garagens de madeira apodrecida.

— O jornal disse que Callie Montrose veio vê-lo um mês antes de ser raptada — disse Saint. — Por quê?

Ele lambeu os lábios ressecados e observou a água.

— Isso é entre mim e a garota.

— Mesmo que ela esteja morta?

Ele enrolou o molinete lentamente e ela observou o flutuador.

— Mesmo assim — ele disse, finalmente.

— O pai dela é policial — disse Saint.

— E dos bons, pelo que eu soube.

— É mesmo...

Nix exalou.

— Ele está destruído. Igual à Sra. Macauley. Igual a você.

— E igual a você?

Ele observou o flutuador.

—Você acredita em Deus, Saint?

Ela não hesitou.

— Sim, senhor.

— Então reze pelo seu amigo. E deixe o resto comigo. Prometa isso para mim.

Ela não respondeu.

— Estou falando sério, menina. Sua avó... você é tudo o que ela tem. Jure que vai deixar isso para lá, agora mesmo.

Ela se levantou e mentiu, então seguiu seu caminho.

23

Ela passou por bulbos adormecidos. Barbas-de-velho pendiam dos frontões, junto com pingentes de gelo que gotejavam e derretiam ao amanhecer, e tranças de carvalho venenoso envolviam a casa dos Macauley como se soubessem que não seriam arrancadas. Três semanas se transformaram em três meses, quando o inverno despiu Monta Clare, avançando pela encosta deserta, com os galhos nus das árvores formando um céu branco ininterrupto.

A avó de Saint comprou para ela um casaco de lã de carneiro que viu na vitrine de uma loja Goodwill, deixando seu ônibus parado do lado de fora, enquanto os clientes resmungavam alto.

O colarinho era forrado de pelagem, e o negócio era tão pesado que era uma luta para Saint vesti-lo, mas ela não se importava mais com sua aparência, não ligava mais quando as outras crianças riam dela, ou diziam que sua avó era a sapatão que dirigia o ônibus. Ela puxou o chapéu para baixo, protegendo-se da fúria do vento, e passou um instante olhando para as treliças apodrecidas, que antes eram envoltas com rosas de diferentes nomes e cores.

Saint não entrou mais na casa de Macauley. Ela tinha ouvido de sua avó que Kim, o proprietário, estava tentando recuperar a casa sem muito alarde. Ivy Macauley tinha parado de pagar o aluguel e, apesar da promessa de crescimento, recuperação e prosperidade econômica, quase todos estavam sentindo uma pequena amostra do que viria a ser um dos invernos mais longos.

Na janela de cima, em meio a persianas desalinhadas num dos cantos e amarelecidas por terem sido esquecidas no sol, ela viu a silhueta de Ivy Macauley. Esquelética, seu corpo era a própria personificação da rendição. Alguém havia sugerido, da forma mais delicada possível, a realização de outra cerimônia. O Chefe Nix, de pronto, disse não; o velho padre ficou parado no vão da porta, agarrou seu livro e olhou em volta para os telefones tocando, distintivos e coldres pendurados nas cadeiras, como se não pudesse acreditar que o mundo de Deus precisava de uma proteção tão fervorosa.

Saint levantou a mão e acenou para Ivy, que desceu as escadas para abrir a porta.

Ela estava de shorts e colete, e sua pele tinha o tom cinza-azulado dos moribundos.

— Você é muito jovem para isso — disse Ivy, com a fala arrastada.

E Saint se segurou para não dizer que o mesmo valia para Patch.

Saint caminhou até a floresta e tentou se manter atenta, para não acabar seguindo pistas vazias e incertas, para notar o sol a pino derretendo um pouco do gelo da estação, e ouvir o cair das gotículas que faziam os pinheiros tremer.

Ela encontrou a garota sentada no chão duro, olhando para a água.

— Eles estão seguindo em frente — disse Misty.

Saint observou um pássaro provar a água, depois sair voando bem alto, bem longe.

— Você acha que ele está morto? — Misty perguntou, as mãos enfiadas nos bolsos, as pernas bem cruzadas, o rosto acabrunhado de tanta preocupação. Saint sabia que nem sempre havia um momento exato para as crianças se tornarem adultos. Para os mais sortudos, era um longo e penoso processo de aceitação de responsabilidades e oportunidades. Mas para ela e para Misty, a transição foi brusca e fatal.

— Algumas pessoas acham que sim — continuou Misty, como se suas palavras não chegassem aos ouvidos de Saint. — Ele é só uma criança, como nós. As outras garotas ficam falando de meninos, filmes, cortes de cabelo e... ah, vai se foder. Vai tomar no cu, aquele desgraçado filho de uma puta.

Saint se sentou no chão congelante ao lado dela.

— E se ele estiver com frio? E se ele estiver passando frio em algum lugar e não tiver casaco nem luvas? — disse Misty.

Saint fitou os galhos das árvores, evitando cruzar seus olhos com os da garota, pois não queria que ela visse... não queria que visse que ela não tinha o direito de se preocupar com Patch, porque ele não pertencia a ela, como pertencia às outras pessoas. Ela não sabia nada sobre ele.

— Eu continuo tentando me lembrar de algo. Mesmo que meus pais... eles estão pagando uma pessoa para me fazer esquecer. — Saint observou as lágrimas de Misty. — Conte-me algo sobre ele.

Por muito tempo Saint ficou calada. E então ela falou. E ela esqueceu que não estava sozinha, e se permitiu ser levada pelo conforto daquela lembrança.

24

A primeira vez que ela tocou piano para ele foi numa quinta-feira fria, em meio à Super Onda de 1974. Mais de cem tornados em vinte e quatro horas, e ele ainda tremia, assustado com as trovoadas tão estrondosas que sacudiam as janelas da casa e ameaçavam arrancar o telhado do apiário. Norma acendeu a lareira e foi para a varanda, onde se sentou em sua cadeira de balanço, protegida da chuva forte que caía sobre as árvores, já quase sem folhas.

Patch havia chegado encharcado, assim Saint pegou um cobertor enquanto ele tirava a roupa para ficar só de cueca, sentando-se, então, numa poça de água da chuva conforme as chamas criavam reflexos em seus olhos. Ele não sorriu naquele dia.

— *Por que sua avó fica do lado de fora durante as tempestades?* — *sussurrou ele.*

— *Houve uma tempestade no dia em que meu avô morreu.*

Quando a chuva cessou e o vento apaziguou, ele a levou até o quintal, e da pequena bolsa que trouxera, retirou um estilingue Sportsman profissional e uma caixinha de bolinhas de aço. Ele pegou latas de sopa vazias do lixo, então, com cinco delas, construiu uma pirâmide na grama encharcada, e ficou ao lado dela, a seis metros de distância, atirando em uma por vez.

— *Você pode caçar com isso aqui* — *disse ele.*

Ele ficou atrás dela e lhe ensinou sobre técnicas de mira, memória muscular e a arte do tiro ao alvo. Disse-lhe para puxar a malha para trás, abaixo de seu olho dominante, e ela seguiu as instruções.

Eles praticavam com pedras.

A primeira vez que ela acertou a lata mais alta da torre, virou-se com um sorriso, mas o encontrou com um olhar distante. Ela não sabia que ele estava preocupado em não ter dinheiro para pagar o aquecimento de sua casa naquele inverno. Que a geladeira permaneceria vazia. Ela não sabia que garotos se preocupavam com essas coisas.

Algumas horas depois, e ela já havia aperfeiçoado sua postura, aprimorou sua noção de trajetória e do peso da pedra, e acertou todos os cinco alvos com facilidade. Ele a ensinou a espreitar, a posicionar corretamente os pés, a avançar contra o vento e o momento mágico. Aquele último vislumbre de luz do dia, quando os coelhos se aventuram pela mata.

— Você já matou um? — ela perguntou, e prendeu a respiração até ele fazer não com a cabeça.

— Mas eu poderia. Quer dizer, se eu precisasse matar. Eu faria isso sem problema, viu?

Ela concordou com a cabeça, sabendo que jamais seria capaz de fazer isso.

— Você está diferente hoje — disse ela.

— Só estou cansado, eu acho.

— Cansado de quê?

— De ser eu.

Ele a seguiu para dentro de casa quando chegou a hora do treino.

Ela se sentou ao piano e tocou, e logo nas primeiras notas, ele tirou o olho das chamas e observou as pequenas mãos dela enquanto ela tocava a música.

Saint sentiu quando ele se sentou ao lado dela no banquinho.

O calor dele.

E embora ela tivesse certeza de que ele zombaria dela, ela cantou sobre Mona Lisas e Chapeleiros Malucos, e como as roseiras nunca crescem na cidade de Nova York.

Ele não a interrompeu.

Não riu dela.

— Esta é a música mais bonita que já ouvi — disse ele.

— Sei.

— Os Parkers demitiram a minha mãe do emprego de faxineira. Eles disseram que ela roubou. — Ele falou enquanto observava o fogo.

O peso dele agora era dela.

— Você pode vir comer conosco — disse ela. — E se estiver com frio, pode vir dormir aqui também.

Ele se virou, sua perna pressionada contra a dela.

Ela falou baixinho:

— Posso te ajudar com o dever de casa. E se sua mãe precisar pegar emprestado algum...

Patch, então, chorou.

Seus ombros pequenos tremiam.

Saint o observou e sentiu aquilo como uma dor no peito, como se ela nunca tivesse sentido nada antes.

Ela estendeu a mão e enxugou as lágrimas dele.

— Há um lugar onde as abelhas fazem mel roxo.

Ele ouviu.

— A planície costeira da Carolina do Norte. Os montes de areia. Ninguém sabe ao certo por que elas fazem isso. Mas é roxo de verdade. Ele brilha. É como se fosse uma prova, Patch. Coisas mágicas que estão esperando você por aí.

Ele enxugou o olho no braço.

— Jura?

— Juro por Deus.

— Podemos ir vê-las um dia? Onde essas abelhas fazem o mel roxo? — pediu ele. Ela assentiu enfaticamente.

— Claro que podemos. Será o nosso lugar.

— Onde poderemos nos esconder do mundo.

— Não precisaremos nos esconder. Porque seremos novos por lá. Vamos começar do zero. Eu não serei mais a garota que ninguém vê. E você, bem, você não precisa mudar muito. Porque, eu estava pensando, para mim você é meio que perfeito. Mesmo com um olho faltando. Você é o garoto que...

Então, ele a beijou.

O primeiro beijo dela.

E dele.

No dia seguinte, na escola, Chuck Bradley pegou o estilingue da bolsa de Saint, partiu-o em dois e a empurrou no chão.

Patch cruzou a multidão e se aproximou do garoto mais alto, cerrando o punho e dando o primeiro soco. Sempre. E assim os amigos de Chuck caíram sobre ele e o espancaram até muito depois de a luta ter acabado.

— Isso foi muita estupidez — disse Saint, enquanto o ajudava a se levantar e limpava o sangue de seu lábio.

— Você é tudo que tenho — disse ele.

E ela pensou: *Eu sou tudo de que você precisa.*

25

Eles realizaram a vigília na cidade de Darby Falls, a cerca de cem quilômetros de Monta Clare.

Antes de ter sua vida roubada, a filha do policial Callie Montrose costumava sair com os amigos para vê-los pescar robalo com isca de superfície às margens do Hunter Bayou.

Norma levou a neta até lá numa tarde fria de novembro.

Saint conhecia a história, como todos num raio de cento e sessenta quilômetros, de como Callie estava voltando da escola para casa com seus amigos, despediu-se deles e cortou caminho por uma trilha de cascalhos e árvores altas, e nunca mais apareceu em lugar nenhum.

Norma usava a velha boina de caçador do marido e luvas grossas. Estava anoitecendo e, sob a luz do luar nebuloso, havia por volta de cem pessoas sendo conduzidas em oração por um pastor.

Lanternas de papel foram acesas e colocadas para flutuar em águas tão calmas que elas não seguiram para lugar nenhum, apenas ficaram brilhando em fileiras desordenadas.

O pastor pronunciou palavras que Saint não conseguiria ouvir diante da imagem de vidas tão profundamente tocadas pela perda. A música tocou e um pequeno coro de jovens do ensino médio com casacos de inverno deixou o ar marejado com suas canções. Quando terminaram, Saint saiu de perto de Norma e foi ao encontro do pai de Callie, que estava presente na cerimônia, mas não chorava como os outros. Cerca de dez policiais ficaram de guarda ao redor dele em um gesto de respeito.

— Meus sentimentos — disse Saint.

Ele usava uma longa barba e um boné, e não estava fardado.

— Você conhecia Callie? — perguntou ele baixinho.

— Eu sou de Monta Clare.

— O garoto.

Ela confirmou com a cabeça.

— Não sei por que vim... eu só... você pode me contar alguma coisa sobre a Callie? Tipo, meu amigo, Patch. Nos jornais, nunca disseram como ele realmente era. Eles apenas o descreveram como alguém... comum.

Ele hesitou por um momento; depois, tirou o boné e alisou o cabelo oleoso.

— Ela é... ela é muito espirituosa. Se ler os jornais, vai parecer que ela era um anjinho.

Saint olhou para Norma, que estava parada observando as lanternas queimando.

— Eu a peguei roubando cigarros do meu caminhão. E bebendo escondida no Dia de Ação de Graças. Essa é a ideia, entende? É exatamente disso que sinto falta. Dos defeitos. Das coisas que certamente teriam mudado conforme ela fosse crescendo e amadurecendo.

Ele pressionou o boné contra o peito por um instante, como se a verdadeira dor começasse e terminasse ali.

— Sr. Montrose — ela disse. Os olhos dele se encontraram com o reflexo das chamas nos olhos dela. — O senhor acha que eles vão voltar?

Por um bom tempo, ele ficou parado, mas não respondeu.

Ela se virou para as águas, e então o notou, de pé num canto, cruzando grupos de pessoas que já estavam indo embora. Ele se ajoelhou, acendeu sua vela, colocou-a na lanterna e a empurrou.

O Dr. Tooms olhou para Saint. Ela viu as lágrimas dele. E viu muito mais em seu rosto.

— Tarado.

Saint virou e se deparou com uma garota ao seu lado, talvez alguns anos mais velha e uma cabeça mais alta, com um rosto oval e cabelo curtinho.

— Ele é um tarado.

— Por quê? — perguntou Saint.

— Mais de uma vez eu o vi sentado em seu carro, na frente da nossa escola.

Saint olhou para Tooms.

— Fazendo o quê?

— Observando as meninas passarem.

26

No Natal, a avó comprou para ela uma Nikon tão antiga que a tampa da lente estava remendada com fita adesiva.

—Você tem um só rolo de filme. A revelação está muito cara. Escolha com sabedoria o que vai fotografar.

Saint pegou um livro de pássaros na biblioteca, caminhou por bosques cobertos de neve e fotografou tentilhões, picoteiros-americanos e, só uma vez, um falcão de cauda vermelha.

Ela viu o ano de 1976 ser coberto por um manto ainda maior de neve, às vezes, formando uma camada tão profunda que os flocos chegavam a entrar pela beirada de suas botas, encharcando suas meias e pés, enquanto observava um gari percorrendo a rua principal e removendo lentamente os cartazes do garoto com o tapa-olho. Ela pegou um da mão dele e, em casa, o colocou na prateleira mais alta de seu armário. Saint não parava de estudar sobre trauma e amígdala. O livro de medicina legal de Polson. A cabeça dela enterrada em livros que de alguma forma mantinham viva sua ligação com ele. Ela leu sobre uma equipe em Nova Jersey que poderia tirar impressões digitais de cascas de árvores, até mesmo de folhas. Ela levou essa informação para Nix, que olhou para ela com tanta tristeza que quase a partiu em dois.

Ela via Ivy cada vez menos; agora, a mulher raramente saía de casa. Às vezes, Norma assava alguma coisa, e Saint deixava no chão da varanda. No dia seguinte, a avó recolhia o prato, intocado. Saint soube que ela havia perdido o emprego, e que Kim entrara com uma ação judicial para despejá-la. Saint quebrou seu cofrinho e colocou um envelope na porta de Ivy. Dentro dele, estava cada centavo que ela já havia economizado, seja por varrer o quintal ou pela venda do seu mel.

Ela tinha aulas de piano com a Sra. Shaw, que morava num pequeno vilarejo a uns dez quilômetros de Monta Clare. E naquele salão amplo, Saint realizava os exercícios de aquecimento. Escalas, acordes e arpejos. Elas costumavam repassar tudo no final, mas, agora que Saint já estava bem avançada, ela podia simplesmente tocar o que lhe desse na telha nos últimos quinze minutos de aula.

Então, enquanto olhava pela janela, para a casa arrumada do outro lado da rua, ela tocou Arabesque em Dó Maior, op. 18. Pensando em Schumann e em seus humores contrastantes, quase fechou os olhos ao se aproximar do epílogo, até que o viu lá fora.

O Chefe Nix morava em frente, e Saint o viu sair de casa com uma pá.

Ele passou pela entrada da garagem e, cuidadosamente, abriu um círculo em volta das raízes de uma cerejeira-okame.

Enquanto esperava por sua avó, Saint atravessou a rua e se sentou ao lado de Nix no pequeno banco ornamental ao lado da árvore.

— É muito bonita — disse ela.

— Eu limpo a neve ao redor das raízes para que ela possa sentir o sol. Esta árvore floresce muito cedo para que os frutos se formem. Ela permanecerá eternamente bela e impassível.

Saint sentiu a mão dele levemente em seu ombro.

— Eu queria trazê-lo de volta para você. Queria que Callie Montrose ficasse bem — disse ele.

— Eu sei.

— Sinto muito.

Naquela tarde, ela levou sua Nikon até o reservatório onde o arame farpado foi pisoteado. Ela se agachou à beira d'água e fotografou um martim-pescador-cintado assim que ele mergulhou.

Na caminhada de volta, ela se viu no local onde tudo havia acontecido.

Ela não chorava mais.

27

Na rua principal, Saint viu Dick Lowell e alguns outros sentados em frente à sua loja de ferragens, curtindo o tipo de ressaca lamentável resultante do décimo Super Bowl.

Saint não entendia como eles seguiam com suas vidas, como se qualquer outra coisa pudesse ter alguma importância outra vez.

Naquele inverno, tão frio e sem graça, ela se perguntou se aquilo duraria pelo resto de sua vida. Norma disse que ela precisava de outro hobby, ou que, talvez, ela precisasse fazer terapia, porque não seria tão ruim assim compartilhar seus sentimentos. Então, Saint pegou um livro emprestado na biblioteca que a ensinou a tricotar e, em pouco tempo, estava passando noites sentada diante da janela, igualzinho à avó. Fez um cachecol para si própria; depois, um gorro para ela e outro para a avó; às vezes, pegava Norma observando-a como se ela fosse a criança mais velha da história, como se em breve seu cabelo fosse ficar grisalho e sua mente mais lenta.

Jimmy Walters procurou por ela numa manhã de sábado, e sua avó o deixou entrar. Saint se irritou por dentro. Norma preparou chocolate quente para os dois e, juntos, eles se sentaram na varanda dos fundos, as bochechas de Jimmy corando quando viu um rato selvagem entrar no matagal.

— Aquele carinha vive só uns cinco meses — disse Jimmy, em pé.

— Menos, se eu estivesse com o meu estilingue.

— Tem um pântano se você seguir a linha da floresta em seu quintal. Pode ser uma tartaruga-pintada.

— A Saint já viu um castor indo nessa direção — disse Norma, juntando-se à conversa.

O rosto de Jimmy se iluminou.

— Poderíamos dar um passeio por lá.

Saint tentou sorrir, e não disse a ele que o pântano era onde ela e Patch já foram colocar barcos de papel para velejar.

Ela ficou acordada até tarde naquela noite para assistir ao combate entre George Foreman e Ron Lyle. Norma ficou de pé no quinto *round*, gritando e trocando socos com as sombras, derramando sua bebida e fazendo Saint sorrir.

Juntas, elas se sentaram para assistir ao noticiário noturno, enquanto tornados destruíam cidades, um carro capotava, fazendeiros baixavam as cabeças nas mãos, com os olhos fechados em oração, enquanto as colheitas eram arrancadas e levadas embora, e celeiros, dizimados.

— Meu Deus — disse a avó. — Trezentos mortos e cinco mil em estado grave.

Norma se levantou devagar — por causa de uma curvatura nas costas que Saint não reparou que havia piorado —, mudou de canal e se serviu um dedo de bourbon para ver *Um estranho no ninho*, baseado no livro de Randle McMurphy, levar todos os prêmios do Globo de Ouro. Norma pegou o exemplar de bolso todo amassado que tinha e o jogou para Saint.

— Você precisa escapar mais da realidade — disse ela.

Mas Saint não sabia mais como fazer isso.

Em um sábado embranquecido, Jimmy Walters apareceu com um ramalhete de flores congeladas, amarradas com fita roxa.

Saint disse a Norma que não queria vê-lo.

— Ele é resiliente — disse Norma, puxando-a para fora da cama.

— Gripe também.

Enquanto passeavam pela neve, Jimmy apontou para os caules e contou a ela a respeito da verbena e do dictamo.

— Por que você tocou nesse assunto? — perguntou ela.

— Eu só queria mostrar a você que, às vezes, as coisas sobrevivem, mesmo diante das piores adversidades.

28

No primeiro degelo, quando sincelos começaram a pingar e os mais novos solidagos irromperam por baixo da branquidão, Saint parou para pensar e percebeu que não se lembrava de muita coisa daquele inverno, nem de como ela havia notado a primeira florada efêmera. A única evidência pôde ser encontrada em sua câmera, onde fotos muito bem escolhidas capturaram gerânios selvagens rosa, tradescantias e as delicadas anteras brancas da Escada de Jacó. Ela assistiu a um desastre na cidade de Yuba no noticiário noturno e se perguntou como poderia haver espaço para tanta devastação, como Patch poderia competir pela atenção de um Deus que tinha planos tão cruéis e abjetos.

No aniversário de Patch, ela foi para a cama e disse a Norma que estava doente demais para ir à escola naquele dia. Norma se ofereceu para levá-la à sorveteria Lacey, mas Saint disse que ela não era mais uma criancinha. Norma comprou para ela um quebra-cabeça de mil peças e, a cada noite, um pouco mais do Monte Rushmore podia ser visto.

Sob um céu de brigadeiro, Saint se sentou num banco no meio da rua principal, distraída por um clarão de rosas corais que transbordavam de cestos pendurados ao lado dela. Ela ficou respirando aquele aroma enquanto esperava o ônibus.

Jimmy Walters sentou-se ao lado dela.

— Oi.

Saint não respondeu.

— Eu vejo você na escola, e você... sinto falta de ver o seu sorriso. — ele disse, assentindo, como se estivesse dando a deixa após o fim de sua fala.

— Como está aquela raposa que você está alimentando? — ela perguntou.

— Teve filhotinhos. Agora estou cuidando de quatro.

Saint tentou sorrir, tentou sentir qualquer coisa, mesmo que apenas por um momento.

— Vejo você por aí com sua câmera. Sabe, se você quiser ver um veado-de-cauda-branca, eu conheço um bom lugar.

Ela olhou para ele e pensou em como sua vida era fácil, quão pequenos eram seus problemas. Ele demonstrava uma autoconfiança que sua avó dizia ser oriunda de uma fé verdadeira. Como se ele não soubesse que os outros meninos o chamavam de viadinho da igreja, e, mesmo que soubesse, ele simplesmente não dava a mínima.

Quando o ônibus da avó chegou, Saint subiu e viajou no poleiro de couro roxo logo atrás do banco do motorista. Quando era pequena, Norma a deixava empurrar a alavanca, seu rosto ficava tenso de tão concentrada, porque sua avó lhe dizia que era a função mais importante, que sem ela a população de Monta Clare não era capaz de ir aonde precisava.

—Você quer empurrar, pelos velhos tempos? — perguntou Norma, olhando para o grande espelho.

Saint sorriu, mas fez que não com a cabeça.

O ônibus era um brinco. Embora houvesse uma equipe de faxineiros no terminal, Norma trazia um velho paninho de couro para tirar as marcas de líquido. Ela fazia sua própria inspeção, resmungava quando encontrava um cinzeiro cheio. Às vezes, encontrava histórias em quadrinhos descartadas e as levava para casa, para Saint ler.

As pessoas diziam que era muito nobre da parte da avó, sair para trabalhar daquela maneira. Ocupando o assento que seu marido havia ocupado na cidade, dirigindo por quase trinta anos.

Essa garota aqui tem que comer, Norma costumava responder, embora Saint soubesse que o propósito, em suas muitas formas, era o que mantinha os vivos em movimento. Em momentos mais tranquilos, envergonhados, ela desejava que a avó fosse como as outras, especialmente naqueles dias em que Norma aparecia na escola e se destacava das outras mães, fumando um Marlboro e usando seu boné de sempre.

Elas subiram a Marshall Avenue, com o motor lento e barulhento, enquanto Saint olhava para o Edgewood Canyon, o rio esmeralda tomado pelo capim-limão que cobria a margem do rio. Árvores cresciam em meio a pedras de ardósia. Um velho moinho d'água aposentado diante do arco de uma ponte de madeira tão desbotada que quase se confundia com a cinzenta muralha que afastava a melancolia. Ela se inclinou para a frente e tirou uma foto com sua câmera; em seguida, muito acima, viu dois homens a cavalo emoldurados por aquela manhã do Missouri, tão nítida e bela, que ela não se aguentou.

— Sinto falta das abelhas — disse Saint.

Norma não se virou quando falou.

— Podemos encomendar mais algumas.

— Não. Eu quero as minhas abelhas.

— Abelhas são abelhas. Todas vão picar, se estiverem de mau humor. Só fico me perguntando onde diabos elas podem estar.

— Mortas. Já estão mortas a essa altura.

Um penhasco íngreme de calcário. Líquenes, musgos e hepáticas caíam em um frontão exuberante, e as árvores se retorciam. E, à medida que avançavam, ela avistou rochas de um milhão de camadas de espessura.

Na pequena cidade de Fallow Rock, as pessoas embarcaram e sorriram para Saint, como se lembrassem da garotinha que ela costumava ser.

Sua avó havia combinado de fazer uma parada de revezamento em Alice Springs, a quatro cidades de Monta Clare, então elas desceram, caminharam em direção ao parque e se acomodaram num banco.

Saint tirou os sanduíches da cesta de piquenique, desembrulhou-os e pegou duas latas de limonada e duas maçãs.

— Quer conversar sobre o assunto? — perguntou Norma.

— Não.

— Eu também sinto falta dele.

Norma demorou a se aproximar de Patch, confundindo seu sorriso com problemas, suas roupas de pirata com ilusão. Ela passou a vê-lo de outra forma durante uma caminhada num fim de tarde, na primavera de 1974, quando elas passaram em frente à casa dos Macauley e viram a porta da rua entreaberta. Norma foi seguindo a neta até a casa, porém as duas pararam quando viram, pela janela, Patch limpando o vômito do chão ao lado de sua mãe, que estava recostada no sofá. Patch a deitou, pegou um xale e a cobriu, depois voltou ao trabalho, com seu balde e uma esponja.

Saint fez menção de entrar na casa, mas Norma, gentilmente, colocou uma mão em seu ombro, sorriu com tristeza e tirou a garota de perto de uma negligência que Saint ainda não era capaz de entender. Elas terminaram sua caminhada em silêncio. Quando Patch apareceu de novo na casa delas, Norma preparou muffins de banana e não disse nada quando o menino pegou um para comer na hora e outro para depois.

— É isso o que acontece? As crianças são levadas e nunca mais voltam, e ninguém jamais descobre o que aconteceu com elas? — perguntou Saint.

— Você sabe que é assim.

Ninguém mais tinha desaparecido desde Callie Montrose. Quem quer que tivesse começado, parecia ter parado. Algumas noites, Saint fantasiava que Patch o havia matado e estava tentando encontrar o caminho de volta para casa. Que ele havia descoberto um caminho, como Edward Low. Às vezes, ele navegava, inclinando-se sobre o gurupés conforme seu navio abria caminho na direção dela.

Lá embaixo, ela observava o vento do rio serpenteando por entre árvores e rochas, seu dorso tão límpido e de um azul impressionante.

—Você ainda reza — disse Saint.

— Rezo, assim como quando seu avô morreu.

Saint queria perguntar-lhe como era perder a coisa que define quem você é. Talvez ela soubesse a resposta: você se transforma em outra pessoa. Um estranho que você não tem outra escolha além de tolerar, ver e temer.

— Será que essa dor vai embora? Porque eu não consigo...

Norma pegou a mão dela.

— Quero que tudo signifique alguma coisa, que leve a algum lugar.

— Eu vi o garoto Walters sentado com você — disse Norma. — Você pode gostar de tê-lo como amigo. Você poderia arranjar mais algumas abelhas e fazer um pouco de mel e...

— Jimmy Walters é muito chato.

— E como é que você sabe disso?

— Ele só sabe falar de animais. E de Deus.

— Talvez valesse a pena dar uma chance a ele.

Norma tirou o boné e o colocou na cabeça da neta, depois pegou a câmera dela e mostrou a língua.

Quando Saint não reagiu, Norma se lembrou da vez em que Patch tentou apresentá-la à merendeira de Monta Clare, que também usava o cabelo curto.

— Claro, depois ele descobriu que ela tinha câncer. E um marido. E que eu não sou lésbica — disse Norma.

E, com isso, Saint finalmente sorriu. E Norma tirou a última foto do filme.

Levou quase duas estações inteiras para completar aquele primeiro rolo de filme, tão parcimoniosa ela era quanto ao que julgava ser digno de ser registrado.

— Sempre que puder fazer alguém sorrir, ou melhor ainda, fazer alguém gargalhar, você tem que aproveitar a chance. Todas as vezes, sem falta — disse Norma.

— E se for às suas próprias custas?

— Mais ainda.

—Vou me lembrar dele para sempre — disse Saint.

Norma sorriu, pois sabia que a eternidade de uma criança não durava tanto assim. Como se não fosse ser sempre assim. Como se ela subestimasse a neta por completo.

29

Elas voltaram para a cidade, e sua avó caminhou até um pequeno café onde alguns motoristas estavam sentados. Saint seguiu em frente, parando ao lado da fonte de pedra enquanto um grupo de crianças se equilibrava na borda.

Ela ficou olhando para as vitrines de dezenas de lojas, quase parou quando viu a réplica de uma moeda espanhola da época colonial que ela sabia que Patch faria de tudo para ter.

Na loja de fotografias, ela passou um tempo examinando lentes FD, Super 8s e de zooms automáticos. O cara no balcão usava um avental azul e uma gravata larga, e falou sobre desvio cromático e resolução, equilíbrio de cores e redução de reflexo com um cliente.

Saint gostou do cheiro, algo entre o químico e o novo, os estojos de couro e as bolsas de lona marrom. Quando chegou sua vez, o homem notou sua câmera, apontou para um crachá que dizia que ele se chamava Larry e, em seguida, perguntou se ela gostaria que ele desse uma olhada em seu trabalho.

— Não é trabalho — disse ela.

Enquanto esperava que ele registrasse seu filme, viu o quadro de avisos ao lado do balcão, repleto de anúncios. Pessoas vendendo equipamentos antigos... uma série de números que não significavam nada para ela.

E então ao lado dele.

Ela se aproximou, deixou Larry com a mão no vácuo enquanto olhava para o pôster.

ELI AARON — FOTOGRAFIA

Saint o puxou e olhou para a garota no anúncio.

Misty Meyer sorrindo com ligeira timidez, os braços cruzados sobre um longo colete de tricô.

— Não acredite em tudo o que dizem sobre ser modelo — disse Larry, limpando as mãos no avental. Ele limpou a garganta, como se tivesse falado algo de errado. — Quer dizer... Se você quer fazer um ensaio fotográfico, há profissionais melhores no quadro. Conheço garotas como você, todas querem ser modelos, certo?

Saint olhou para o macacão e os tênis desbotados.

— Procure Sandy Wheaton, ele é bom.
Saint colocou o papel no balcão.
— Este cara aqui...
Larry demonstrou certo incômodo ao ser perguntado.
— Nós revelamos algumas coisas para ele.
— E?
Larry baixou os olhos.
— Olha, menina...
— Por favor — disse ela, já cansada.
— Ninguém fez uma queixa formal, mas ouvi algumas coisas estranhas. Não o suficiente para chamar atenção dos policiais. Ou para impedi-lo de colocar seus anúncios por toda a cidade. Digamos que se eu tivesse uma filha da sua idade, não deixaria que ela desse dinheiro para esse cara.
Saint colocou o papel em sua bolsa e saiu, deixando o filme para trás.
Larry correu e conseguiu alcançá-la na porta.
— Tem mais uma coisa. Não sei se eu devia falar isso, mas...
— Mas?
— Ele é o fotógrafo de meia dúzia de escolas por aqui. Avise suas amigas para não desperdiçarem o dinheiro delas.

30

Naquela mesma noite, ela subiu as escadas para seu quarto no sótão.

Na parede havia uma série de teias de aranha que Saint havia construído com extremo cuidado. Os jornais diziam que ele provavelmente era um oportunista, e que Misty era linda, tal como as outras, mas isso já era o bastante.

Ela fixou o pôster em seu quadro de investigação.

No corredor, ela pegou o telefone e discou para a delegacia. Ela nem precisava mais conferir o número.

Nix atendeu, como se fosse o único que ainda estava lá trabalhando numa noite de sábado.

— Acho que encontrei algo — disse ela.

Houve silêncio por um longo tempo, apenas o crepitar da linha enquanto ela se sentava no chão com os joelhos puxados contra o peito.

— Eu fui a uma loja e...

— Você precisa parar com isso agora — disse ele, e ela quase podia vê-lo lá sozinho, tão exausto quanto ela.

— Mas você...

— Estou falando sério, Saint. Para você, isso acaba aqui, agora. Está na hora de seguir com a sua vida, volte a ser uma adolescente de novo. Você já perdeu muito tempo com isso.

— Você não está entendendo. Eu vi esse cara, e depois um pôster e...

Ela não conseguiu terminar a frase antes que a linha fosse cortada.

Saint desceu as escadas e, pela janela, viu Norma na varanda, observando a rua.

Na cozinha, Saint encontrou a estante de livros e, na parte de baixo, dispostos em fileiras organizadas, estavam os álbuns. Ela começou a passar as fotos, olhou para a foto da mãe por alguns instantes, vendo os olhos iguais aos dela. Ela viu férias esquecidas, cidades e sorrisos.

Saint chegou às fotografias de sua escola, catalogadas numa ordem em que via uma lenta progressão, seu corpo parecia determinado a proteger sua infância.

E lá estava.

Um pouco mais de um mês antes do ocorrido.

Ela olhou para si mesma e se perguntou como poderia ter dado aquele sorriso aberto.

Saint tirou a fotografia de onde estava e a virou.

Ela nem sequer titubeou quando viu o logotipo.

ELI AARON — FOTOGRAFIA

31

A arma era um Colt Python de seis disparos com acabamento em níquel polido, pesando pouco mais de novecentos gramas.

Quando Saint a tirou da caixa de sapatos da garagem, parecia chumbo. Ela sabia que havia dois projéteis, que havia uma caixa contendo mais uma dúzia escondida em algum lugar, e que, se sua avó a pegasse encostando naquilo, ela provavelmente seria executada.

Saint estava usando um macacão desbotado, com um colete branco por baixo, e quando apontou a arma para a frente, seus bíceps ficaram visíveis em seus braços magros, o olhar cheio de determinação. No dorso da mão direita, havia uma caveira e ossos cruzados desenhados em tinta preta.

Ela encontrou o endereço de Eli Aaron impresso no pôster.

No raiar do dia.

As nuvens brilhantes da noite começavam a se dissipar. Ela passou a bolsa por cima do ombro e fez a caminhada sinuosa até a rua principal. A delegacia estava toda apagada.

A única luz vinha da igreja, onde as primeiras velas tinham sido acesas, os folhetos da missa dispostos nas estantes próprias e os sinos preparados para soar.

— Aonde você vai?

Saint não diminuiu o passo ao ouvir a voz de Jimmy Walters, que estava na porta da igreja, com a Bíblia na mão.

— Vou me encontrar com um fotógrafo chamado Eli Aaron.

— Por quê? — ele chamou de volta.

— Para matá-lo a tiros. E trazer meu amigo de volta para casa.

32

Ela pegou o primeiro ônibus do dia, ao lado dos trabalhadores que trocavam de turnos, de cabeça baixa para que dormissem um pouco mais enquanto o motor roncava.

A estrada cinzenta abria caminho através de fileiras de trigo dourado, tão alto quanto Saint, ondulando como se Deus tivesse puxado o tapete debaixo da terra que os fazendeiros trabalhavam antes que ela pudesse se acomodar. Os postes estavam em formação desleixada como um grande exército de aço. Uma caixa d'água vermelha queimada e nenhuma cor no céu.

Na cidade de Chesterwood, Saint trocou de ônibus. O motorista muito interessado enquanto ela se sentava sozinha atrás dele, observando o destino se aproximar, o horizonte contendo respostas que ela não estava pronta para encontrar.

A oito quilômetros de distância, uma placa indicava 15 South enquanto o mundo se achatava, a grama amarelava e a beira da estrada se transformava em cascalho da cor do sal.

O ônibus se arrastava, a caixa de câmbio rangia, a suspensão saltava como um passeio em um parque de diversões.

Ela desceu longe de qualquer lugar, o motorista relutante em deixá-la ali, seguindo-a pelo retrovisor até que ela desaparecesse de vista; as subidas e descidas da encosta a escondiam de cada lado.

Da estrada reta, ela encontrou uma floresta que cobria quatrocentos hectares e verificou seu mapa uma dúzia de vezes antes de encontrar uma placa amarela e rígida.

CUIDADO: ESTRADA DE MANUTENÇÃO MÍNIMA
INSPEÇÃO NÍVEL B
ENTRE POR SUA CONTA E RISCO

Ela caminhou pela estrada de ferro de pista dupla, a grama entre os trilhos era tão alta que se dobrava sob seus tênis. As colheitas firmemente enroladas em fardos variados cobriam os campos de forma aleatória. Um trator estava todo respingado de lama, com a pá enfiada na terra. A trilha dava para a entrada de um bosque tão denso que ela diminuiu a velocidade quando as folhas de uva-do-mato deslizaram para um barranco, com seus frutos vermelhos brilhantes contra a sombra atrás.

Saint passou por um riacho, e seus tênis se encharcaram com a água gelada.

Ela contornou o gramado por muito tempo e, ao longe, havia veados e guaxinins e, acima, corvos que a observavam como uma presa.

Com a primeira queda da chuva, ela olhou através da copa das árvores e viu a luz tremular conforme o vento as abria.

A casa apareceu. Era térrea, com uma fachada de madeira desgastada até que os marrons fossem reduzidos a giz, com alguns tons mais escuros onde a água rompia a vedação. O telhado era de aço corrugado, e ela contou três dependências, inclinadas como se o solo estivesse cedendo ao peso delas. Outro trator com correntes enferrujadas enroladas em pneus da altura de uma criança. Outro barracão à esquerda, apodrecendo, com sua estrutura exposta como costelas carbonizadas.

Saint se movia com cuidado. Folhas soltas flutuavam como flocos de neve.

Ela descobriu que o primeiro anexo estava vazio quando olhou através dos vidros fumê, embaçados pela bruma de uma dúzia de estações.

Ela não sentiu nenhuma pontada de medo até chegar ao celeiro maior e, por entre as frestas da parede, ver o aço de uma van.

Azul-marinho.

O para-lama cromado pendurado na frente.

Ela ouviu um barulho e se virou, com a respiração curta, até ver um esquilo subindo pelo largo tronco de uma faia-americana.

— Merda — ela falou baixinho, olhou para cima, e a chuva parou tão depressa quanto havia começado.

Ela pisoteou tranças de urtiga, chegou a uma varanda de tábuas avermelhadas e parou diante da porta para ouvir melhor.

Dentro de sua bolsa estava seu estilingue.

E, junto dele, a arma de seu avô.

33

— Posso ajudá-la?

Eli Aaron parecia pertencer à floresta. Ele usava uma camisa xadrez, botinas rígidas de trabalho e jeans rasgados em um joelho.

Saint deu um passo para trás antes de pegar o pôster em sua bolsa.

—Você pode me tornar uma modelo? — ela falou baixinho, a brisa roubando suas palavras, enquanto ele se inclinava um pouco e analisava as árvores atrás dela.

—Você veio aqui sozinha?

— Eu caminhei pela estrada de acesso.

— Precisa ter cuidado. Tem cobras selvagens nos campos. Eu capturo todas que consigo... mas as serpentes são esquivas.

Mais do que tudo, ela reparou no tamanho dele. Quase dois metros de altura e uns cento e cinquenta quilos. Ombros caídos e fortes. Suas mãos pendiam como bifes ao seu lado. Os olhos estavam vazios, até que ele sorriu, com dentes brilhando contra a pele com barba por fazer, seus cabelos longos e repartidos pela oleosidade. Ela não conseguia se lembrar dele na escola, em vez disso, lembrava-se de alguém totalmente diferente. Como se ele mudasse de aparência quando precisasse.

Ele esfregou o queixo como se estivesse coçando. Saint havia lido na biografia de Roger Gable, um detetive de Nova York, sobre algo chamado intuição, que mais tarde se tornaria sua melhor amiga, e, sob nenhuma circunstância, ele a ignoraria. Mais do que medo ou desconfiança, era uma sensação que ia até os ossos, penetrava as camadas de pele, sangue e tripas, era algo que doía, algo que lhe dizia que, em breve, você precisaria sacar sua arma, e que era melhor estar pronto para dar fim a uma vida.

Eli Aaron deu um passo para o lado e ela entrou.

Ele pegou o pôster dela e olhou para ele.

—Todas vocês acham que consigo deixá-las com essa aparência. Inveja... um sentimento terrível — ele disse devagar. —Você trouxe o dinheiro?

Ela confirmou com a cabeça.

— Ninguém sabe que você está aqui?

Ela balançou a cabeça em negação.

O grande homem ficou de conversa furada. Disse a ela que a avó havia falecido e deixado uma máquina Leica para ele, e que sua paixão era mexer com mato, mas que ele pegava esses trampos nas escolas porque o preço da gasolina não parava de aumentar. Xingou os embargos e Israel.

Ela viu fotografias em molduras pretas de cenários pelos quais ela havia passado. Mesmo lá, em sépia e preto e branco, o desespero podia ser sentido, como se a terra fosse algo a mais, de alguma forma que não se podia explicar.

Na parede havia um grande crucifixo de madeira serrada. Havia um único prego martelado bem no meio. A cozinha tinha só um fogão e panelas penduradas em arame, e as janelas atrás eram tapadas com lençóis, que deixavam passar a luz através da trama fina de seus fios.

Saint sabia mantê-lo à sua frente, a uma distância segura. A tubulação exposta percorria na horizontal e na vertical, e atravessava buracos na madeira para os outros cômodos.

— Misty Meyer, a garota do seu anúncio, ela está na minha classe na escola.

Ele se recostou em uma lareira coberta por cedro espesso. Algumas velas queimaram até a metade e desfiguraram.

— Eu vi no noticiário.

Seus olhos apontaram para cima de uma só vez.

— Você lembra onde estava na manhã em que aconteceu? — ela perguntou, querendo ser casual, mas cada palavra saía trêmula.

— Brooks Falls. Os ursos saem da hibernação e caçam salmão do rio. Eu gostava de assistir ao espetáculo desde criança. Você fica vendo todo aquele sangue ao redor de suas bocas.

— Você se hospeda em algum motel por lá?

— Prefiro acampar.

— Você mora sozinho aqui? — perguntou ela, olhando em volta novamente.

Ele sorriu como se ela o divertisse, como se ele pudesse ler cada pensamento em sua cabeça e adivinhasse seus movimentos antes mesmo que ela os percebesse.

A pia estava cheia de panelas, com o metal escuro desgastado até revelar a parte prateada. Ele abriu uma porta e ela olhou para um pequeno quarto com um colchão amarelado de suor. Ele pegou alguns lençóis de uma cômoda.

Ela viu livros empilhados do chão ao teto.

— A melhor lição que você pode aprender — disse ele. — Ver o mundo através dos olhos de outra pessoa te faz entender melhor todas as coisas.

Ele colocou uma bolsa transversal de couro no ombro.

Ela imaginou Patch ali, talvez sob a terra que ela pisou. O pensamento a aguçou.

Seus olhos caíram no celeiro vermelho.

— Minha câmara escura.

—Você revela seus filmes? — perguntou ela.

— Eu costumava fazer isso nas farmácias, mas está caro demais.

— Que tal a loja em Alice Springs?

Ele se irritou um pouco.

— O cara que trabalha lá... ele não entende de arte. Ele não vê o que eu vejo.

Eli Aaron caminhava sobre as folhas, olhando para trás a cada três passos.

Naquele momento, Saint ansiava por ouvir um motor, talvez sirenes, qualquer coisa que lhe dissesse que havia mais do que ela, a arma de seu avô e um gigante naquelas florestas do Missouri.

Ela deu uma última olhada para trás e o seguiu.

Lá dentro, a luz estava vermelha e baixa. Os cantos da sala se perdiam nas sombras, um labirinto de mesas e máquinas e o chiado baixo de um gerador. O cheiro chegava a causar um ardor na sua garganta.

De repente, ela percebeu que estava em apuros.

Não do tipo em que uma criança se mete, do tipo que faz os professores gritarem, do tipo que sua avó poderia perdoar.

Esse era o tipo de apuro que ela lia nos jornais e via nos noticiários.

O tipo de problema do qual ninguém se recupera.

34

Em uma sala separada por cortinas pesadas, ele arrastou uma caixa de madeira e disse a ela para se sentar. Ela colocou a bolsa no chão enquanto ele preparava a iluminação contínua. Ele amarrou um lençol atrás dela, murmurando baixinho enquanto trabalhava. Ela se esforçou para ouvi-lo.

E então o gerador parou.

E Saint ouviu as palavras que ele falou, seu sangue congelando ao reconhecê-las.

Leva-me para junto das águas de descanso.

Refrigera-me a alma.

A mesma passagem que sua avó havia recitado uma vez.

O Senhor é meu pastor.

Uma oração fúnebre.

Ela estava prestes a falar, quando a luz se apagou.

Ele mostrou a câmera e por um momento ela o viu em sua frente.

— Tire os óculos.

Com a mão trêmula, ela tirou a armação e a pousou no chão.

— Não sorria. O sorriso esconde você.

Outro flash, desta vez ela o viu à sua esquerda.

Saint respirou fundo.

— As garotas do ensino médio que desapareceram... a universitária.

Mais um flash.

— Eu nem sei seu nome — ele a interrompeu.

Ela disse a ele, e mesmo na escuridão, ouvia certo contentamento na voz dele.

— Você reza?

— Sim.

— O que você pede?

Outro flash. Ele se misturou com as sombras.

— *Um fim justo e adequado* — ela disse, o mundo ao redor ficando desfocado, com as bordas claras.

Ele riu.

— *Eu sou o caminho, a verdade.*

— *E a vida.*
—Você conhece as Escrituras.
Ela engoliu em seco.
— Eu sei distinguir o certo do errado.
— *Então o Senhor mandou entre o povo serpentes ardentes, que picaram o povo.* Não se preocupe, eu não vou te morder. Você seria linda... um dia você será.
Lágrimas se acumulavam nos olhos dela.
— O jornal disse que essas meninas foram arrastadas para uma van azul.
— Eu tenho uma van azul.
—Você as levou, Sr. Aaron?
— Levei.

35

Ela não conhecia um medo assim.

Medo que afetava seus músculos, seu sangue, sua respiração, sua mente. Medo que lhe dizia para se levantar, fugir e correr. Que dizia que ela estava cometendo um ato de bravura imprudente, o mesmo tipo que Patch havia cometido.

Saint caiu de joelhos e engatinhou à procura dos óculos, mas, em vez disso, encontrou sua bolsa, e sua mão tocou o metal frio; ao levantar a arma, apontou para a escuridão.

A arma foi arrancada de suas mãos com facilidade.

Outro flash enquanto ele se movia de volta para as sombras.

—Você diz que é uma santa, mas talvez seja uma pecadora como as outras.

Ela encontrou seu estilingue e a caixa de bolinhas de aço.

Suas mãos tremiam tanto que ela derramou uma dúzia no chão antes de carregar uma.

Saint chorava quando atirou uma única vez na escuridão, na direção que ele deveria estar. Ela se levantou, todo o seu corpo tremia quando sentiu o vidro esmagando sob seus sapatos.

Saint pegou as lentes estilhaçadas, colocou a armação no rosto e viu o mundo ao redor por entre as rachaduras.

A cortina se abriu e uma luz vermelha tomou a sala vazia.

Ela foi nessa direção, rumo ao celeiro principal, para longos corredores de caixas empilhadas em quatro andares. Luzes vermelhas ardiam intensamente.

Quando ela chegou ao final de um corredor, virou e entrou em outro.

Foi só então que ela olhou para cima.

E quando o fez, perdeu o fôlego como se tivesse levado um soco no estômago.

36

As fotografias estavam penduradas em arames entrecruzados no alto. Centenas delas. Ela pegou um punhado e viu as meninas, sorrindo para um estranho, porque seus pais queriam um lembrete de cada fase de suas vidas.

E então ela viu as marcas nelas.

Círculos desenhados grosseiramente acima de cada cabeça. Auréolas. Ela avançou, viu outra fileira, sem marcações. Saint sentiu o corpo gelar quando olhou para Misty. Saint contou uma dúzia de fotos. Uma mostrava Misty na capa de um jornal. Em outra, ela estava na página de esportes, com o taco de lacrosse relaxado ao seu lado.

Ela ouviu um barulho à sua esquerda.

Saint largou a pilha de fotos, seguiu em frente, depressa até chegar à parede do outro lado.

Foi só quando ela viu o conjunto de monitores na parede, o vídeo granulado em preto e branco de uma dúzia de câmeras fixadas por toda a casa e na floresta, que ela soube exatamente o que havia encontrado.

Em cada tela, ela via os cômodos por onde passara, as árvores, um quarto mais limpo e agradável e, finalmente, um tipo de bunker, e ali, no colchão, uma silhueta.

O gerador desligou.

— Eu não deveria estar aqui — ela sussurrou, buscando consolo no som da própria voz. — Eu quero ir para casa.

Saint passou lentamente pelas caixas, mantendo-se abaixada.

Ela encontrou uma porta e entrou em outra sala igualmente escura. O cheiro de produtos químicos estava mais forte.

No bolso do macacão, ela encontrou sua cartela de fósforos e acendeu um.

Conseguiu distinguir algumas formas e sombras, e por um instante permitiu-se ficar mais calma, até que o tiro quase a atingiu, gerando um eco brutal quando uma bala estourou na parede acima dela.

Ela ouviu risadas, como se ele estivesse brincando com ela. Como se ele estivesse caçando e ela fosse sua presa.

Saint colidiu com as prateleiras e ouviu os vidros espatifarem, assim que ela deixou cair a cartela de fósforos e saiu correndo.

Ela encontrou degraus que descem para um túnel largo, que seguia na direção da casa principal. Saint avançou rapidamente e em silêncio, atravessando o túnel e subindo as escadas, achando-se novamente na sala de estar.

Saint, quando olhou para a porta da frente aberta para a floresta, soube imediatamente que deveria fugir e correr para as árvores, voltar pela estrada e pedir ajuda.

E então ela viu outra porta. E pensou em Patch, e no que ele faria se ela estivesse em apuros.

Saint abriu a porta. Escadas que levavam de volta ao subsolo, como se todo o complexo tivesse sido construído para que Eli Aaron pudesse se mover sem ser visto. Ela se agarrou à parede enquanto descia pela escuridão, seu estilingue empunhado ao contornar uma curva fechada.

Ela sentiu cheiro de terra e umidade. O calor aumentou. Súbito e úmido.

Saint foi tateando a parede, encontrou um interruptor de luz e o acendeu.

Por um momento, ela ficou sem reação ao vê-las.

Uma dúzia de tanques. As cobras pareciam selvagens, como se ele as tivesse tirado da floresta apenas para mantê-las vivas em cativeiro. Algumas delas, ela já tinha visto em seus livros. Serpente-mocassim-cabeça-de-cobre. Cascavel Massasauga.

A luz foi apagada.

— Patch — ela chamou.

Ela ouviu Eli Aaron na escada, vindo atrás dela, e então ela correu até as profundezas da escuridão.

Outro tiro.

O som ao seu redor ficou abafado. Saint caiu de joelhos e rastejou.

Ela fechou os olhos com força.

E pediu a Deus para que tudo acabasse.

37

Cada célula de seu corpo estremeceu de medo.

E então ela viu a luz.

Só que piscou de uma forma que lhe disse que ela estava em um novo mundo de problemas.

Ela sentiu o cheiro da fumaça, mas não conseguia ver as chamas que a perseguiram desde os gravetos do celeiro até a casa principal de madeira.

Ela fez uma concha com a mão próxima à boca enquanto gritava o nome dele.

No final do túnel, ela olhou para cima e viu uma janela basculante, o vidro era preto, mas alguns raios de luz penetravam rachaduras na tinta.

A fumaça fez seu peito e sua garganta contraírem.

Ela se levantou e enganchou as pontas dos dedos no parapeito, tentou se levantar, mas não conseguia encontrar forças.

Tentou novamente, gritou quando sentiu seu pé na parede áspera e enfiou a ponta do tênis com força.

Com o cabo do estilingue, ela quebrou o vidro uma vez, quebrou-o pela segunda vez.

Saint se contorceu, o vidro rasgando sua pele.

Ela gritou quando mãos pesadas a agarraram por baixo dos braços e puxaram seu corpo inteiro para fora.

Ela não sabia de quem eram as mãos, por isso xingava todos os palavrões que conhecia, chamava-o de cuzão, de filho da puta, e só quando as chamas alcançaram mais produtos químicos e explodiram as janelas que ela caiu mole e desfalecida nos braços dele.

— Eu te peguei, garota — disse Nix. — Está tudo bem agora.

38

Ela estava sentada na rampa traseira de uma ambulância enquanto via o fogo se alastrando.

Não conseguia ouvir quase nada enquanto a mulher falava, jogava a luz da lanterna em seus olhos e fazia uma pergunta atrás da outra.

Um cobertor estava enrolado em seus ombros, cobrindo até bem alto no pescoço, e ela espiou através de suas lentes quebradas.

Os policiais recuaram diante das chamas que se revoltavam e se contorciam, e correram sobre folhas secas até os celeiros ao lado da casa.

Saint contou a Nix o que sabia, e, sem demora, eles montaram uma equipe para rastrear o sangue pela floresta.

Saint engolia baforadas de ar gelado e se perguntava por que o bosque não parecia diferente, por que o céu ainda estava azul e a luz do sol ainda fazia sombras nos olmos brancos. Ela foi para trás de uma viatura e vomitou. Sentiria o cheiro de fumaça por semanas.

Saint ficou ali parada à beira do anoitecer e ignorou os olhares enquanto observava e aguardava, pois levou uma hora para controlar o fogo.

E quando Nix finalmente emergiu e balançou a cabeça, só então ela correu até ele, cerrou os punhos e os golpeou em seu peito largo.

Ela chorou até seu corpo sucumbir aos últimos meses, e desejou que a terra ficasse nublada e as cores se esvaíssem.

Ele a segurou com um braço ao redor de sua cintura enquanto ela tentava entrar mais uma vez. Para queimar com ele. Para queimar com todos eles.

— Ele está lá dentro — ela disse, desesperada, convicta. — Sei que está.

— Não tem ninguém lá dentro.

— Mas eu vi...

— Você mandou bem, Saint.

Ele alisou o cabelo dela e a abraçou com força.

Os policiais se espalharam por aquela terra implacável, a fuligem cobria seus rostos conforme o esqueleto da casa lançava brasas para o ar como sementes de dente-de-leão.

O luar pairava nas profundezas do leste, atrás de rastros de fumaça branca enviados como um sinal de que, agora, estava tudo acabado, que eles se renderiam e admitiriam uma derrota esmagadora.

A chuva caiu tarde e veio com força, transformando o mato num lamaçal tão espesso que as pessoas mal conseguiam se deslocar pelo terreno. Encontraram dois cursos d'água próximos ao pântano, cujas margens desembocavam em uma encosta. Um dos policiais do condado de Ames caiu e torceu o joelho, e eles levaram algumas horas para tirá-lo de lá. A essa altura, Saint já sabia o que estava por vir, mas mesmo assim resistiu a dar um grito quando Nix deu o dia por encerrado.

Eles divulgaram boletins de todos os pontos, seguiram o protocolo habitual e sabiam que Eli Aaron não poderia ter ido muito longe, e também sabiam que ele tinha o terreno mapeado melhor do que eles. Também sabiam que ele poderia ter morrido lá dentro, que poderia ter se queimado até não restar nada além de ossos.

— Vou levá-la de volta. Sua avó está esperando na estação.

Ao ouvir essas palavras, Saint se afastou e saiu correndo.

Ela ouviu gritarem seu nome.

Xingamentos.

Saint os despistou por quase uma hora, suas roupas pesadas, seus tênis arrastando a terra com ela, destruindo os próprios rastros.

— Agora já chega — disse Nix, com os cabelos emaranhados pela chuva.

Ela manteve a cabeça baixa enquanto o vento a empurrava para trás.

— Saint!

— Fodam-se todos vocês — disse ela. — Foda-se *você*. Vão todos para o inferno.

Ela ouviu Nix chamando-a, depois viu as luzes de uma viatura aos pés de uma trilha, mas elas não atenuaram o breu daquela noite.

Ela sentia seu sangue fervendo. Respirava a poeira densa e ouvia o lamento de uma coruja-listrada.

Caiu novamente e ficou deitada por um tempo, depois se levantou com dificuldade, já com o macacão rasgado.

Foi só quando deu meia-noite, ao atravessar adagas de urtigas e um poço de água acumulada entre rochas cobertas de musgo que subia por seus pés dormentes, que ela o viu.

Saint desatou a correr.

Seus joelhos afundaram na lama enquanto ela sustentava a cabeça dele. O olho dele fechado com força, como se estivesse preso em um pesadelo.

Ela o abraçou forte, com as lágrimas caindo quentes sobre a pele dele.

Saint não percebeu que os policiais a rodearam.

— Ele está respirando — gritou Nix.

Os Amantes, os Sonhadores
1975

39

Primeiro dia.

Patch tremia e chorava. Estendeu a mão, tateando o olho, e estava aberto, mas não havia nada para ver, porque ele havia alcançado o limite do seu mundo e estava encarando o abismo. Tão escuro que ele não conseguia discernir formas, distâncias ou silhuetas; nenhuma ilusão de ótica nas bordas das portas, ou nas janelas, ou nas lacunas do ambiente. Ele ergueu a mão e a manteve a poucos centímetros do rosto, mas não conseguia distinguir os dedos nem o sangue ressecado nos vincos das palmas das mãos. Onde quer que estivesse, qualquer que fosse o estado em que se encontrasse, ele poderia muito bem estar cego.

O frio ardia em sua pele, sua vida era um turbilhão de escuridão e vermelho. Sua mandíbula estava travada com tanta força que ele a esfregou até que seus dentes se soltassem e o sangue saísse de sua boca como tinta de uma fita adesiva.

Ele se perguntou se estava morto.

A maioria das pessoas em Monta Clare passava as manhãs de domingo na Igreja de São Rafael, e uma vez Patch resolveu se juntar a elas, sentou-se na última fileira e não se ajoelhou nem cantou, apenas observou o homem lá na frente enquanto ele acendia velas, tocava as cabeças das pessoas e lhes dizia que estavam fraquejando, mas que o fracasso já era esperado.

Patch soube naquele momento que tudo não passava de uma encenação, e que a morte, quando chegasse, não significava luz ou confissão, nem perdão, nem paz, nem fogo. Era aquele período curto de frio antes de você nascer, aquela olhada nos livros de história que lhe dizia que o mundo existia antes e continuaria existindo depois, independentemente de quem estivesse lá para testemunhar.

Ele ponderou que a prova de vida mais verdadeira era a dor, e descobriu isso no dia em que o carro preto parou na frente de sua casa e dois homens de uniforme e cabelo raspado bateram à sua porta e disseram à mãe que seu marido voltaria num avião com mais uma centena de cadáveres — homens jovens demais até para identificar o Vietnã em um mapa.

Aos dez anos de idade, ele percebeu que as pessoas nasciam inteiras e que as coisas ruins iam removendo camadas de sua personalidade, diminuindo a compaixão, a empatia e a capacidade de construir um futuro. Aos treze anos, ele descobriu que essas camadas, às vezes, podiam ser reconstituídas quando as pessoas o amavam. Quando se amava.

Quando Patch colocou a mão na barriga, encontrou suturas espaçadas com fios de algodão que adentravam o inchaço da pele inflamada.

Logo acima, sentiu hematomas doloridos no peito.

E mais para cima, seu crucifixo pendia de um fino cordão em volta do pescoço. Um crucifixo que Norma dera a ele para, segundo ela, mantê-lo longe do perigo. Ele não acreditava em Deus, apenas na Saint, na avó dela, e, às vezes, em sua mãe.

Ele estava deitado em algo macio e, embaixo disso, havia cimento e pedaços de terra e cascalho de areia, como se a camada superior tivesse sido raspada. O pânico viria, ele sabia disso, mas havia perdido a noção do tempo de tal forma que se sentia à deriva, e a vida estava flutuando em fragmentos inatingíveis, o rosto de sua mãe, a loja de conveniência Green, Misty Meyer.

Ele ouviu gritos, mas não sabia que eram seus.

A escuridão era uma bênção e uma maldição, e em momentos de lucidez ele se perguntava se estava no hospital. Uma UTI onde ninguém além de Saint foi visitá-lo para acompanhar seu coma e segurar em sua mão.

A dor vinha em rajadas violentas, tão intensas que ele levantava para vomitar uma espuma que secava e formava crostas nos cantos da boca.

Ele não sabia o suficiente para sentir medo.

Patch sentiu uma mão deslizando e segurando a sua.

Tomou um susto.

Ele não estava sozinho.

40

Patch sabia que os sonhos consistiam em experiência e expectativa, vestígios de lembranças e ações proporcionais.

A garota tinha um cheiro de ar livre, de protetor solar, chiclete de cereja e fumaça de madeira.

— Abra a boca e engula esta pílula.

Ele não conhecia o sotaque dela. Talvez tenha vindo de algum lugar distante do Sul, onde cresciam algodoeiros e as pessoas bebiam bourbon.

A mão dela era lisa e quente, e tocou em sua mandíbula para inclinar sua cabeça para trás, colocar uma pílula em sua língua e posicionar uma garrafa em seus lábios.

— Diga-me algo que eu não sei.

Seu hálito era quente e doce.

Ele não conseguia falar.

— Vou lhe dizer uma coisa, então. O coração do camarão fica na cabeça. Portanto, eles provavelmente são impulsivos e práticos. Minha mãe disse que eu sou toda coração, mas isso simplesmente não é verdade. As pessoas falam sobre cair de amores por alguém, como se uma queda fosse sempre uma coisa boa.

A dificuldade para encontrar a voz o fez suar.

Ele ouviu o som de seus dedos no chão, nas paredes, como se ela estivesse mapeando enquanto falava.

— As pessoas dizem que não há um grande plano. Você já ouviu a palavra "serendipidade"? Talvez. Você definitivamente sabe sobre o destino e toda essa ideia lamentável.

— O que você é? — perguntou ele, finalmente, num sussurro que soou errado, como se ele tivesse esquecido a ordem das palavras.

— Apenas uma garota tentando encontrar o próprio caminho através da escuridão.

Ele foi falar novamente, mas ela percebeu.

— Sem nomes ou lugares. O homem está ouvindo. Você está vivo, certo?

— Sim.

Sua voz era um coaxar.

— Então talvez seja melhor não fazermos nada que possa alterar esse fato. Se estiver doente, você me conta. Se sentir fome ou precisar de mais água. Um balde para se lavar, outro para as necessidades. Quinze passos até a porta e você pode deixá-lo lá, e ele será trocado rapidamente.

— Há quanto tempo estou aqui? — perguntou ele.

— Dez dormidas.

— Deve ter sido mais do que...

— Sua cabeça está elevada n...

— Nas nuvens — disse Patch.

— O pico das nuvens, com o anjo. Talvez você veja a Lua Nebulosa lá de cima.

— Nebulosa? — perguntou ele, numa confusão densa. — Que dia é hoje?

— Sabia que, em inglês, os dias da semana receberam os nomes dos planetas da astrologia helenística? Saturno, Sol e Lua. *Saturday, Sunday... Moonday.*

Ela se aproximou até que sua perna nua pressionou a dele.

— Você é real?

— Tão real quanto esta vida é — disse ela, reduzindo a voz a um sussurro.

— E o homem, ele é... o diabo ou algo assim?

— Cada um é o seu próprio diabo, certo?

Ele sentiu a febre começando a subir e, quando ela colocou a mão sobre a dele, ele a ouviu respirar e praguejar brevemente.

— Mais quente que Hades — disse ela.

— Havia piratas no Golfo Pérsico... — Ele apertou os olhos como se pudesse vê-los.

— Os predadores. Quando sentiam a febre chegando, acreditavam que ela os carregava o bastante para queimar seus inimigos, então eles se dirigiam para a batalha.

— E acabaram se ferrando no processo — ela disse, e ele sentiu uma brisa quando ela cortou o ar com uma espada imaginária.

— Preciso ir para casa agora — disse ele.

Ela ficou calada por um tempo, então ele estendeu a mão e roçou no ombro dela e a encontrou como uma luz na noite mais sombria de inverno.

— O que eu faço? — perguntou ele.

— Reze.

Ela segurou o rosto dele com força.

— Se você quiser sobreviver aqui embaixo, ajoelhe e reze quando ele estiver por perto. E é bom que tenha fé.

— Mas, eu não...

— Há um motivo para eu ainda estar aqui e as outras garotas não.

41

Ela lambeu a palma da mão e afastou o cabelo do rosto dele.

— Minha mãe costumava cantar para mim quando achava que o mundo havia parado de girar e se sentia perdida na escuridão. Ela dizia que quando cantava sobre o lugar além do arco-íris, Deus se lembrava de tudo de bom que Ele havia criado, então levantava a bunda da cadeira e dava uma nova chacoalhada no mundo. E antes que percebesse, o sol chegava até você e iluminava o mal, até brilhar tanto que você não conseguisse mais olhar para ele.

Ele falou com uma voz distante:

— Acho que há saídas de ventilação. Acho que elas deixam o ar entrar, mas não a luz.

Ele sentiu o colchão afundar quando ela se acomodou.

Patch pensou no metal que perfurou seu estômago, que talvez tenha sobrado algum pedaço dentro dele, algo de ação lenta, mas que poderia mudá-lo lentamente. Uma ferrugem. Vermelho-escuro e marrom rastejando por sua carne saudável, até que a decomposição se espalhasse como a podridão nas madeiras.

— Há quanto tempo você está aqui? — perguntou ele.

— Nosso universo é completamente preto. Galáxia, estrelas e matéria escura; planetas, pessoas e organismos. Tudo está dentro desta sala sem luz alguma. Mesmo quando sairmos, vamos levá-lo conosco, nosso próprio buraco negro particular, que vai engolir todas as coisas boas.

— Preciso saber seu nome — disse ele.

Eles ouviram barulho.

Ela ergueu a voz e falou em tom claro:

— *Seja forte e corajoso. Não os tema nem tenha medo deles, pois é o Senhor, o seu Deus, quem vai com você. Ele não o deixará nem o abandonará.*

— Eu tenho que ir para casa agora — ele balbuciou.

Mais alto:

— *Confie no Senhor de todo o coração, e não se apoie em seu próprio entendimento. Reconheça-o em todos os seus caminhos, e ele endireitará as suas veredas.*

Ele implorou.

— Reze e continuará vivo — ela falou num sussurro.

— Meu nome é Patch. E eu fui levado de...
A chave encontrou a porta.
A mão dela encontrou a dele.
Ele não a deixaria ir.
Ele já se sentia assim.

42

Um dia, ele conseguiu se sentar e identificar a parede de *drywall*. Pintada de preto.
 Ele vasculhou a sala, mapeando cada centímetro com a palma da mão, procurando uma fenda, uma tábua solta, algo que pudesse usar em seu favor. Ele não carregava nada nos bolsos. Não usava camisa, porque estava calor. Não o calor da febre, mas um calor úmido, como se tivesse sido levado para longe, para o sul do país, para um lugar que, mesmo que se libertasse, não reconheceria.
 Sem algemas no tornozelo, sem correntes. Sem sapatos.
 Nenhuma luz entrou quando a porta se abriu, como se tudo o que estivesse do lado de fora estivesse tão escuro quanto ali dentro.

A garota fluía e refluía. Às vezes, ela respondia; às vezes, se escondia tão bem que ele sabia que ela poderia desaparecer quando quisesse.
 Quando, certa vez, lembrou-se de sua mãe com muita clareza, ele se sentou ereto e gritou, a garota o tranquilizou para que se deitasse novamente.
 E quando ele bateu na porta e gritou para ser libertado, ela o levou de volta ao colchão e pediu que ele se acalmasse.
 — Eu estava dormindo? — perguntou ele. — É difícil dizer. Eu parei de sonhar aqui embaixo. É muito escuro. Eu não sei onde estou.
 —Você acha que está no inferno. Mas Deus pode levá-lo a algum lugar melhor.
 — Por que você fala desse jeito? — perguntou ele.
 — Estou nos mantendo vivos. E se não tiver jeito, então é melhor que eu pelo menos garanta nossa ida para um lugar bom após a morte, certo?
 — Conte-me sobre os outros.
 —Você é o primeiro garoto.
 — Mas havia outras garotas...
 Ele a ouviu engolir.
 — E agora sou só eu.

43

Ele ouviu passos perto da porta.
— Não consigo respirar aqui embaixo.
—Você precisa se acalmar, ajoelhar e rezar — disse ela.
— Mas eu...
— *Não temas, porque Eu estarei contigo; não temas, porque Eu sou o teu Deus; Eu o fortalecerei, o auxiliarei, o sustentarei com a minha destra justa.*
Eles ficaram em silêncio até que os passos pararam.
Ela apalpou sua barriga com o dedo. Então, tateou os ossos das costelas que pareciam fossilizados. Depois, percorreu com o dedo pela clavícula, passando pela parte mais funda, e foi subindo até a garganta. Sentiu seu queixo, boca e dentes.
Seu nariz.
Ela circulou o olho dele e sentiu os cílios. Foi preciso usar o resto de suas forças para que ele conseguisse segurar o pulso fino da moça quando ela se aproximou do outro lado do seu rosto — mesmo no escuro, ele desejava estar com o tapa-olho.
—Você sabia que está faltando um olho?
— As crianças da escola gostam de me lembrar.
Ele pensou no Dr. Klein e em seu consultório repleto de coisas maravilhosas em potes, como modelos do ouvido interno e do sistema reprodutivo. Eles não tinham dinheiro para especialistas, mas Patch também estava longe de ser especial. *Você simplesmente não tem um olho, enquanto o resto de nós tem.*
— No que diz respeito às órbitas, está facilmente entre as três mais legais que já senti.
— Ele está sempre ouvindo o que a gente fala? — Patch perguntou sussurrando.
— Talvez.
Ele prendeu as mãos sob as axilas, e lutou contra um arrepio que começou a subir a partir das rótulas e se espalhou pelo corpo, e na nuca sentiu mechas de cabelo loiro subirem. Ele não ficava doente, pelo menos não desde que era criança, quando seu pai morreu e ele pegou uma gripe que não cedeu pela maior parte daquele ano. Seus músculos resistiam todas as manhãs quando ele descia as escadas e lentamente notava a vida deles se esvaindo. Era uma trajetória rumo à pobreza

que ele não havia previsto, que nenhuma criança jamais prevê. As refeições foram ficando cada vez mais escassas e a fome cada vez maior, até que ele notou que a calça jeans estava frouxa na cintura quando precisou fazer novos furos no cinto. A mãe dele oscilava como as estações do ano, às vezes era calorosa, quando o abraçava e dizia que as coisas iriam melhorar, e depois frágil e ausente, quando ele perguntava o que poderiam fazer com pão velho, um saco de aveia e algumas latas de molho de tomate. Ela arranjava e perdia empregos com tanta frequência que ele não sabia se chegaria em casa para sentir o cheiro do seu ensopado irlandês ou para se deparar com a energia elétrica cortada ou com o Dr. Tooms esperando à mesa da cozinha, pois sabia da necessidade de Patch.

— Eu não sou forte o suficiente para isso — disse ele.

E começou a chorar em seguida.

— Você é durão — ela disse.

— Eu...

Ela colocou a mão na bochecha dele.

— Você é, sim. A gente sabe reconhecer um semelhante. Uma criança que não teve nem um pingo de sorte na vida. Olhamos para os outros com problemas triviais e pensamos quanto tempo eles durariam com um gostinho de nossa infância.

Ele soluçava.

Ela alisou o cabelo dele, sua voz um sussurro.

— Quando você sair daqui, ninguém saberá como você perdeu tudo, como você encarou um fim que eles jamais poderão compreender. Isso lhe dará poder. Isso vai fazê-los desejar nunca ter mexido com você.

44

— Tem alguém procurando por você? — ela perguntou.

— Há um policial que passa na frente de casa de vez em quando.

Ele se lembrou da vez em que o Chefe Nix apareceu, depois que o vizinho chamou a polícia de novo porque Ivy estava caída sobre o volante do Fairlane, e Patch não conseguiu carregá-la a tempo para dentro de casa. Ele nunca registrou uma ocorrência, simplesmente a carregava e a ajudava a ir para a cama, depois tirava algumas notas de sua carteira e as entregava a Patch. Ele nunca contou isso para Saint, pois aprendeu cedo que um sorriso podia esconder muita coisa.

— E seus amigos?

— Saint.

Ele pensou nela, pequenina e inteligente, e sempre procurando um jeito de torná-los mais próximos. Como ela aprendeu a manejar o estilingue um dia mais rápido do que ele. Como ela se sentava ao lado dele para fazer as lições de matemática, guiando-o a respostas que estavam muito além de sua capacidade, insistindo e conduzindo até que só lhe restasse uma única opção, e como, por fim, ela sorria como se ele tivesse descoberto sozinho. Ele pensou em Norma, em seu coração, suas comidas, sua tolerância. De como ele tentou existir à margem de suas vidas, para que elas não precisassem reparar muito nele. Ele experimentou abordagens próprias, para ser engraçado, para ser charmoso e cativante. Para mostrar sua utilidade. Uma vez, ele cuidou do quintal delas quando Saint foi passear de ônibus com Norma. Outra vez, ele pintou os batentes descascados da janela frontal do casarão das duas. Lembrou-se dos dias em que foi convidado para jantar, e a comida estava tão quente e farta que chegava a dormir até a noite seguinte, nem mesmo acordando quando sua mãe voltava para casa. Daqueles dias em que ficava porque havia merecido.

— Ela é... ela faz de mim uma pessoa melhor — disse ele.

— Fale mais sobre ela.

— Ela é inteligente. E ela toca piano tão bem que eu paro só para observar seus dedos. Ela é magrinha, usa óculos grandes e o cabelo está sempre preso em uma trança.

— E os pais dela? — ela perguntou.

— A mãe dela morreu alguns dias após o parto. Ela era jovem. Saint disse que se o aborto fosse legalizado, ela não existiria. O pai dela fugiu da cidade pouco tempo depois. Não deu nenhum dinheiro aos avós. Ela encontrou cartas que sua avó escreveu para ele. Todas devolvidas ao remetente.

— Essa tal de Saint, ela te ama?

— Não. Ela faz isso por gentileza, ou talvez por pena. Às vezes acho que esses dois sentimentos combinam muito bem. Mas não estou disposto a recusar nenhum dos dois.

— Você não precisa de caridade. E aposto que Saint já sabe disso. Ela está sendo gentil porque te ama.

Ele balançou a cabeça.

— Ela vai perceber agora que eu fui embora.

— Perceber o quê? — ela perguntou.

Ele falou despretensiosamente, apenas com uma sinceridade brutal e irrestrita.

— Quão pouco deixei para trás.

Ele sentiu a pele do braço dela tocando a sua.

— Preciso saber seu nome — disse ele.

Sua voz se reduziu a um sussurro, a uma respiração quente enquanto ela se aproximava e colocava as mãos em concha ao redor de sua orelha.

— Grace.

45

Ele se ajoelhou ao lado dela, e ela conduziu uma oração. Grace citou as escrituras em voz alta até o homem na porta se afastar.

— Talvez um dia eu seja a primeira a vê-lo após a Ressurreição. E se eu for a escolhida, ele me mandará de volta para a Trindade. E elas hão de me santificar. Verão meu sangue escorrer sobre a pedra escura como se eu nunca tivesse existido.

— Amém — disse ele.

— Pronto para esse dia? — ela perguntou.

Ele não sabia se era a ausência de luz que intensificava suas palavras ou apenas o fato de que ela tinha a voz mais doce que ele já ouvira. Ela assumiu o comando e dividiu suas horas em escola e fim de semana. Nos dias de escola, ela fez um planejamento, e ambos se deitaram lado a lado e fingiram que podiam ver o quadro-negro acima deles e sua delicada letra cursiva sendo traçada.

— Segunda-feira de manhã — ela anunciou, e Patch se perguntou se não seria, na verdade, madrugada, e também se a garota não era um pouco louca.

Ela pigarreou e os levou duas décadas de volta ao passado. Falou do canal que divide a França da Inglaterra e como, numa tarde de quinta-feira, panfletos choveram do céu e disseram aos habitantes de Paris para fugir de sua cidade e seguir para a escuridão vazia do interior. Contou sobre os bombardeiros que cruzaram o espaço aéreo cauterizado.

— Como é que se divide o ar? É só ar! — disse Patch, inconformado.

— Você não pode simplesmente deixar qualquer *Spitfire* velho lançar coisas na sua cabeça — disse ela, impacientemente.

Ele não sabia o que era um *Spitfire*, mas ficou em silêncio assim mesmo. Ela não gostava de ser interrompida.

Ela contou a ele como, embora Paris já tenha sido incendiada uma vez, seus tesouros permaneceram intactos porque Von Choltitz ignorou uma ordem direta. Ela mudou completamente de assunto e começou a falar de Anne Frank e suas incontáveis contradições. E quando Patch soube desse medo, contido por setecentos e setenta e um dias, ele sentiu o nó em seu estômago se afrouxar um pouco.

— E assim concluímos a Segunda Guerra Mundial. Alguma pergunta? — disse ela.

— Quer dizer que eles também...

— Excelente. Avançando rapidamente. Das ruínas da Europa veio nossa maior forma de arte, unindo comunistas e capitalistas. Falo, é claro, do balé.

Patch soltou um longo suspiro e sentiu sua carranca na escuridão.

Ela detalhou a vida de Pierina Legnani quando ficou de pé.

— Se você pudesse me ver agora, seus olhos se arregalariam de espanto. Estou fazendo piruetas com a elegância de Marta C. Você pode até me confundir com um cisne.

— Um cisne?

— Um cisne tão lindo e gracioso que você provavelmente arrancaria seu outro olho, porque saberia que nunca mais veria tamanha beleza.

— Você fala muito do meu olho.

Ele sentiu uma leve brisa quando ela começou a girar.

— O segredo é fixar no mesmo ponto enquanto rodopia. Ajuda no equilíbrio. Eu pratiquei quando jovem e chacoalhei aquelas tábuas de madeira com meus sapatos de sapateado até meu coração disparar e minhas pernas tremerem como as de um cachorro cagando.

— Tão graciosa ela é.

— Com a velocidade que estou alcançando agora, provavelmente poderia gerar energia suficiente para acender a árvore de Natal do Rockefeller Center.

Patch revirou os olhos.

— Você irá para Nova York, Patch. E vai assistir *O lago dos cisnes,* e sentir cada movimento que eles fazem. E no final, quando eles se reunirem na morte, você será o primeiro a se levantar, bater palmas e assobiar.

— Ou o primeiro a dormir no meio do espetáculo.

— Movimento perpétuo. As pessoas virão de longe para assistir à garota sequestrada que se tornou a bailarina principal. A imprensa vai me batizar de Dona Pirueta, e eu vou quebrar o recorde de mais voltas consecutivas, sem perder o equilíbrio.

Com isso, ela caiu, e desabou com tudo no colchão.

— E Grace desaba — disse ele.

Ela pegou a mão dele e a apertou com força, inclinou-se para perto de sua orelha, como se estivesse prestes a falar, quando ouviram a fechadura girando.

46

— Olá, sou Johnny Cash — disse Grace, com uma voz profunda e arrastada.

Ela começou lento, quase falando. Ela atirou num homem em Reno. E então acelerou o ritmo, e em pouco tempo ela estava cantando tão alto e estridente que Patch quase sorriu.

Ela foi de Folsom a Sue, andando na corda bamba até declarar que eles tinham cinco minutos de vida.

— Ele usava preto porque se identificava com os oprimidos. E não há ninguém mais oprimido do que você, Patch.

— Sei.

— Mas não se preocupe, ficarei bem atenta a esse seu coraçãozinho.

Patch se moveu silenciosamente, tateando o caminho. Ele contou dezenove passos em vez de quinze. Ele não conseguia alcançar o teto e, por um tempo, achou que aquele poderia ser o caminho da saída. E, por um tempo, tentou encontrar algum tipo de padrão matemático entre as visitas; quanto tempo até que o balde fosse trocado; a água e a comida fosse trazida.

— Pinte para mim — disse ela.

— O quê?

— Sua vida. Ou um pedaço dela. Pinte-o com todas as cores que você conhece, para que eu possa vê-la, para que possamos vê-la juntos.

Ele contou a ela sobre a velha casa na Avenida Rosewood, sobre seu primeiro dia de aula e em como as outras crianças o evitavam, até que sua mãe comprou para ele o tricórnio e o colete, e fez o tapa-olho com a caveira e os ossos cruzados.

— Ela parece uma boa mãe.

— Ela é — disse ele, acreditando nisso plenamente. E então acrescentou: — Não ouvimos nenhum outro som.

— Eu te disse, não há mundo lá fora. A porta se abre para o espaço sideral. Um bilhão de estrelas tão próximas que você pode alcançá-las e tocá-las. Eu preciso de água, caso contrário, não serei capaz de cantar esse refrão.

— Para onde o cara vai? — Patch perguntou, entregando-lhe sua garrafa.

— Caçar.

— Caçar o quê?

Ela pressionou os lábios suavemente na orelha dele.

— Pessoas más, como você e eu.

Então, ele pensou em sua mãe, e novamente foi traído por suas lágrimas.

— Nós não choramos mais — disse ela, enxugando o olho dele. — Ele não merece nossas lágrimas. Ninguém merece.

47

Contra a parede oposta havia uma muralha de tijolos tão grossa quanto uma pequena árvore e, às vezes, eles se sentavam nela, e Grace dizia a ele que estavam de frente para o Pacífico e apontava para imensos cruzeiros, cargueiros e navios refrigerados. Ela sabia tantos nomes de aves marinhas que ele chegava a se perguntar se ela os inventava. Torda-de-penacho. Erin Spencer. Ela explicou para ele que o pôr do sol era lindo, porque a luz percorria um caminho mais longo pela atmosfera, assim ela podia espalhar os raios violeta.

— Como você sabe tanta coisa? — perguntou ele.

— Eu vivi uma vida plena.

Enquanto ela falava, ele cravava as unhas no cimento e se dedicava ao sulco que estava entalhando. E quando ela dormia, ele usava o resto de suas forças para mover o tijolo mais alto para a frente e para trás, afrouxando-o cada vez mais.

Ele se levantava quando o homem aparecia. Embora a escuridão fosse total, ele não tinha permissão para se virar. O homem não falava, embora Patch sentisse sua presença e seu poder, que lhe causavam medo.

Ele se punha de joelhos ao lado de Grace, que falava com calma.

— *Deus é a minha salvação; terei confiança e não temerei. O Senhor, sim, o Senhor é a minha força e o meu cântico; ele é a minha salvação!*

Ela o cutucava levemente.

— Isaías 12:2 — dizia ele, com a voz forte, como haviam treinado.

Patch sentia cheiros nele. Pêssego. Suor. Colônia. Mofo.

E quando ele os deixava, eles voltavam a respirar.

Grace os obrigou a fazer exercícios, tão longos e difíceis que ele perdeu horas e dias com músculos inflamados. No começo, sua barriga doía tanto que ele esperava até que ela dormisse para chorar.

Ele sentiu os dedos dela levarem algo à sua boca.

— Bolinhos de manteiga de amendoim e chocolate — disse ela.

— Como você conseguiu?

Ele nunca tinha comido nada tão doce.

— Eu sou genial mesmo.

Eles se sentaram juntos, de costas para a parede.

— Diga-me do que você sente falta — disse ela. — Vou lhe dizer do que eu sinto falta. Sinto falta de ver a lua deslizar para dentro d'água e deixar tudo azul. Sinto falta das quatro faces do tempo. Sinto falta de caminhos de tijolos amarelos e homens-de-lata. Sinto falta do outono.

— Eu não sinto falta de nada… às vezes, acho que nem quero voltar para casa.

— Por que não? — ela perguntou.

— As pessoas dizem que sou um ladrão.

— Por quê?

— Porque eu roubo coisas.

Ela começou a rir, devagar no início, e então seus ombros tremeram quando a barragem rompeu.

Então, ele também começou a rir.

Naquele vácuo que sugava tudo o que havia no passado e o transformava, Patch e Grace riram muito alto.

Dessa vez, a mão dele percorreu os contornos do rosto dela, a definição de suas maçãs do rosto, as covas rasas nas têmporas.

— Pinte-me — disse ela.

— Eu preciso ver você.

— Estou parada numa costa ao norte, um cor-de-rosa sob meus pés porque as tempestades do nordeste expõem riólitos tão belos que mal dá para acreditar. Talvez eles me preservem ou algo parecido. A setenta quilômetros de profundidade junto com os cristais. Mumificada em rosa. Tomara que isso mantenha minha aparência.

— Há pessoas procurando por você? — perguntou ele, e a pergunta de alguma forma tornou aquela sala mais escura, de alguma forma roubou um pouco mais do ar que eles respiravam.

— Não sobrou ninguém lá fora. Ninguém.

Naquela noite, depois que o homem a tirou dele, ele passou a destinar todo seu empenho para soltar aquele tijolo.

Ele continuou entalhando cada vez mais fundo aquele sulco.

A unha foi arrancada de seu dedo, mas ele não chorou.

48

Quando ela foi embora, ele a visualizava em campos de papoulas, na areia clara ou flutuando no mar morto. Ele não tinha como imaginar um rosto ou um corpo para ela, então, em vez disso, via através dos olhos dela. Tirava umas férias da escuridão, onde ela andava entre pessoas normais. Esses pensamentos giravam em torno de uma raiz ainda mais escura que ele tentava proteger com todas as forças.

E quando ela regressou, o medo o levou para junto dela, à medida que ele criava coragem para se aproximar um pouco mais e passar o braço pelo ombro dela. E, muito lentamente, ela se aproximou dele e repousou a cabeça em seu peito. Ele a inspirou. O corpo dela se moldou ao dele.

— Há pessoas procurando — disse ele. — Há policiais e moradores locais, cartazes e anúncios de TV, e linhas de apoio. E além disso, há um grupo armado com o tipo de treinamento mais adequado para fazer o tipo certo de perguntas.

— Às vezes, eu quero que ele morra.

Ele não disse nada de volta, porque ficou se perguntando quando é que ela não queria.

Patch sabia que compaixão podia ser uma força ou uma fraqueza, e que era ela quem deixava a consciência dividida. Às vezes, ele queria que ela ficasse em silêncio, pois assim se sentia mais próximo dela; outras vezes, desejava que ela o fizesse viajar em suas histórias.

— Conte-me sobre o tal chefe de polícia — pediu ela.

— Quando minha mãe trabalha no turno da noite, ele deixa o carro parado do lado de fora da nossa casa.

Ele não contou a ela como ficava esperando por aquele som; como só naquele momento ele conseguiria se deitar e relaxar o suficiente para dormir. Como uma vez ele foi até a janela e o policial levantou a mão e acenou de volta, dizendo "vá em frente, pode descansar, porque amanhã tem escola, e você é muito jovem para ficar nessa casa grande e velha sozinho".

— Ele se importa com você — disse ela.

— Mas onde estamos agora e onde ele pode estar procurando, pode ser que não haja nenhuma semelhança entre as duas coisas.

— Você tem que pensar que ele não é o único. O único bom nisso.

— Tem um médico também. Dr. Tooms. Ele é gentil.

— Quando você estiver lá fora, não precisará de nenhum deles — disse ela.

Quando ela saía dali, ele rezava para que ela não voltasse. Para que ela encontrasse o caminho de casa.

— Quando você sair daqui... desta sala — ele disse, e não conseguiu terminar seu pensamento, ou frase, ou respiração.

Ela se empurrou para trás em sua direção, pegou o braço dele e envolveu a própria cintura, pressionando-o contra a barriga.

— Quando eu sair daqui, não é o que você imagina... o que você teme. Aqueles pensamentos que te dão vontade...

— De morrer — disse ele. — De matá-lo. Para proteger você.

Ele sentiu a cavidade, o lugar fundo onde os ossos do quadril dela se projetavam. Ele sentiu suas costelas inferiores.

— Nunca mais poderemos voltar — disse ela. — Não é a mesma coisa lá fora. Nada é igual. As Montanhas Rochosas não estão cobertas de neve. O rio Colorado secou e a Trilha Apache não fica em Phoenix. Uma igreja em Mesa Verde perdeu seu Deus, então as pessoas oram umas para as outras, como se não fossem demônios. É diferente. Tudo é diferente agora.

Em sua mente, o cabelo dela brilhava como ouro fiado, e por um momento ele se preocupou com a própria aparência. Que ela pode não gostar dele, porque ele não era nem um pouco parecido com a pintura dela.

— Eu tenho um espaço entre os dentes — disse ela.

— É mesmo?

— E esses dentes são grandes. Iguais aos de coelho. Eu poderia abrir uma lata com eles. No meu melhor ângulo, acho que sou adorável para um bom caçador.

Ele sorriu.

— Não se preocupe, eu olhei para aqueles celeiros de carros em vez de querer reparar no Rio Charles — disse ela.

— Eu nunca sei direito do que você está falando.

— Eu vejo o que os outros não veem.

De repente, o tilintar de chaves numa fechadura.

— Então vamos para outro lugar — disse ele, em seu ouvido.

Mais tarde, naquela noite, ele finalmente arrancaria o tijolo.

Passos pesados pelo chão conforme ele virava de costas e se ajoelhava em oração.

Desta vez, ele cheirava a acelga e metal.

Só mais tarde ele perceberia que era o cheiro de tiros.

49

Ela trouxe coisas para ele: uma escova e pasta de dentes, um cortador de unhas.

Às vezes, ela lhe dizia a data como se soubesse, como se significasse alguma coisa, como se os dois não fossem tudo o que importava.

E ela ia avançando pelas estações do ano, contou-lhe sobre o furacão de Galveston e os oito mil mortos. Sobre a tempestade de areia do Dust Bowl, e como as pradarias incendiaram e racharam até que nada pudesse crescer, nem mesmo trigo ou cevada.

— A corrida do ouro. Da Califórnia ao verão no Reino do Colorado. Claro, não se trata apenas de metal precioso enterrado numa terra de ninguém, mas você me entendeu.

Ela transitava sutilmente para Steinbeck e os Joads e os mil *Okies,* correndo atrás da esperança em terras depreciadas. Ela pintou o Dust Bowl tão vividamente que ele podia ver nevascas escuras transformarem o dia em noite, e senti-las secar sua garganta e encobrir seus sonhos.

— Talvez esta seja a nossa grande depressão — disse ele.

Ela falou para ele não ser tão dramático.

Ela ensinava francês com tanto sotaque que mal dava para entender uma palavra do que dizia. Mas, ainda assim, ela seguia em frente, com a voz anasalada, buscando os Rs lá no fundo da garganta, e quando ele tentava copiá-la, ela aplaudia efusivamente e o chamava de seu *chéri*, seu *coquelicot*, seu *chouchou*.

—Você já se preocupou em não estar bem? — ele perguntou, depois que ela o forçou a cantar *La Marseillaise*.

— "Bem" é um privilégio daqueles que não têm inspiração, *Patchwork*. Prefiro viver e morrer nos extremos do que ter uma existência medíocre.

Ela o deixava refletir sobre as coisas que dizia. Testava-o quando voltava, iluminando o cômodo quando ele se lembrava. E para sua surpresa, isso acontecia com mais frequência do que na escola.

— Hoje é meu aniversário — disse ela.

— Como você sabe? — Patch estava fazendo flexões de braço.

O suor escorria sem parar do nariz ao chão de pedra. Ele não contava, apenas ia fazendo até que seus braços começassem a tremer. Ele descansava e começava de novo.

— Gosto de comer panetone no meu aniversário. Minha mãe abastecia a despensa todo mês de dezembro.

Ele nunca tinha ouvido Grace fazer menção à sua mãe.

— Como ela é? — perguntou ele.

E quando ela respondeu, também houve um silêncio.

— Decente. Fraca. Às vezes me pergunto se as duas coisas andam de mãos dadas.

— Ser decente exige força.

Ele a ouviu engolir em seco, percebendo que ela estava mais perto do que ele imaginava.

— Quando sairmos, vou te dar um presente.

— Numa caixinha azul? Somos muito jovens e fodidos para nos casar, Patch.

— O que você gostaria? — perguntou ele.

— Eu quero que você me encontre. Você vai fazer isso, certo? — ela perguntou.

— Você deveria fazer flexões comigo.

— Não posso fazer flexões no meu aniversário, Patch.

— Eu vou tirar a gente daqui — ele falou tão baixinho que ela precisou se inclinar para perto dele. — Prometo que vou te levar de volta para casa.

— Ah, agora você é durão? — perguntou ela, e ele ouviu o sorriso.

A chave, o arranhão suave do metal, a curva apertada quando o homem entrou na sala. Ela se encolheu, tremeu de uma maneira que não havia feito antes.

Ele não tinha nada para dar a ela, nenhum presente para consertar a situação. Mas ele sabia que havia algo que ele poderia fazer para tornar o dia dela mais tranquilo.

Os dedos dela escorregaram dos dele.

Os dois ficaram de pé juntos, ele se aproximou dela enquanto eles se ajoelhavam lado a lado em oração. Patch estendeu a mão e removeu o tijolo solto.

Pesado e áspero.

E pronto.

— Meus amados, não façam justiça com as próprias mãos, mas deem lugar à ira de Deus, pois está escrito: "A mim pertence a vingança; eu é que retribuirei, diz o Senhor" — ela falou alto e claro, e depois o cutucou gentilmente.

— Feliz aniversário — disse ele, ficando de pé e partindo para o ataque, com força e rapidez; o único som foi o forte estalo de osso quebrando. E então o baque quando o homem caiu no chão.

Ele perdeu a mão dela, lutou por ela, mas sentiu outra em torno de seu tornozelo.

Os gritos dela ficaram distantes enquanto o homem subia por seu corpo. Uma mão em seu braço, arrastando-o para baixo.

Seu olho se fechou.
Ele não chorou.
Sua vida tinha gosto de metal, e outras coisas amargas.

50

—Você está doente — disse Grace.

Ele sabia disso há algum tempo, talvez horas ou dias. Sua pele estava escorregadia de novo, e embora ela dissesse que sua cabeça e corpo estavam queimando, ele não podia fazer nada além de tremer e se encolher contra o colchão. Ele tentava não demonstrar; falava sem que seus dentes batessem, seu peito estremecesse, sua respiração ficasse curta, por mais que tentasse se concentrar. A náusea era avassaladora.

— A pista de gelo. Rockefeller Center — disse ela.

— Está de noite? — perguntou ele.

— Sim. E está nevando. E somos as únicas duas pessoas em toda a cidade de Nova York. E estamos cheios.

— Cheios?

— Estivemos no Barbetta.

Às vezes, ela falava de lugares que ele se perguntava se ela havia inventado, porque pareciam reais, ou se na verdade o mundo dela era uma galáxia para seu grãozinho de areia.

— Comemos tanto macarrão que mal conseguimos respirar. Você está vestindo uma camisa branca e há uma respingo de molho de tomate, mas está do seu lado cego, então você nem notou.

Ele franziu a testa, e ela pareceu sentir isso porque riu.

— Eu me inclinaria para a frente e limparia para você. Daria uma cuspidinha no meu guardanapo e esfregaria.

— E então pediriam para que nos retirássemos.

Ela riu novamente, e o som foi suave.

— Eu diria a eles que estavam na presença de um pirata, e que eles deveriam tomar cuidado com seus passos ou ele os cortaria com sua espada.

— Sabre.

— Com a merda de um sabre, então.

Ele gostava quando ela xingava. Soava estranho. Como uma freira ou um professor xingando.

Ele tossiu e sentiu o gosto do sangue, mas não contou a ela, porque havia coisas mais importantes a dizer.

— Antes, eu estava perdido.

—Você ainda está perdido, Patch.

— Duas pessoas estão menos perdidas do que uma só.

—Você já pensou em escrever poesia?

— Eu sei andar de skate — ele replicou.

— Não acredito nisso. Com um só olho... você deve cair muito.

— Nunca saí direito de Monta Clare. Não sei onde estamos agora, mas deve ser o mais longe que já viajei.

—Você precisa conhecer outros lugares. Há um mundo enorme lá fora. Confie em mim e eu vou mostrar para você.

— Eu confio em você.

— Bem, então feche os olhos para que eu possa pintá-lo.

Ele encontrou uma cidade que nunca havia visitado. Viu gelo e neve caírem como cinzas de um fogo branco. Prédios tão altos que se inclinavam em sua direção. Luzes refratadas, vidro, aço e vapor subindo das grelhas. Ela pintou tudo com suas palavras, e ele podia sentir a lenta combustão daquela energia, conforme ela fumegava de Wall Street e deslumbrava na Broadway. Vozes e motores, o farfalhar dos jornais.

E música.

— Patch — ela disse baixinho.

—Você ouviu isso?

— É real?

Ela o ajudou a se levantar.

A dor era muito forte.

— O que faremos?

Patch sentiu que Grace estava olhando em sua direção, e ele sabia. Não havia nada que pudessem fazer. Nunca houve nada que pudessem fazer.

— Estamos no gelo — disse ela, focada.

— Estamos no gelo e há tantas estrelas que não podemos deixar de olhar para cima. Paramos no centro e deitamos de costas no chão.

— Essa música — disse ele, quando finalmente se permitiu ouvi-la.

—Você acha que é onde estamos?

— Onde?

— O fim escuro da rua.

Ele se inclinou um pouco, e ela sustentou o peso dele, puxando-o para perto até que seu queixo descansasse sobre a cabeça dela e ela falasse palavras diretamente ao seu coração.

Ele não sabia que a escuridão poderia ser tão bonita. Ele não sabia que dentro de seu peito uma de suas costelas havia perfurado seu pulmão. Esse ar estava vazando para a cavidade pleural.

Ou que seu baço havia se rompido e, aos poucos, por dentro, ele estava sangrando até a morte.

— Você já dançou com uma garota antes, Patch?

Ela se virou. Ele a seguiu. E lentamente eles se moveram.

— Podíamos dançar no gelo, e as pessoas veriam — ela sussurrou.

— Não gosto que fiquem olhando para mim.

— Bem, então você escolheu a garota errada para dançar.

Pois naquele momento perfeito, eles eram nada além de dois adolescentes se apaixonando.

— Eles vão nos encontrar — disse ela suavemente.

Quando a música suavizou e tudo o que ouviam era o mais fraco estalo do disco, ela inclinou a cabeça para cima e os lábios dele encontraram os dela.

51

Grace disse a ele que estava amanhecendo, o centro do sol dezoito graus abaixo do horizonte, a luz dele se espalhando pela frágil atmosfera. Ela disse a Patch que não importava o que acontecesse, ele tinha que respirar, ser corajoso, ser um pirata.

A consciência dele ia e vinha.

Ele sonhou que emergiria por algum alçapão numa floresta muito parecida com a do tipo de onde havia sido tirado. Ou talvez numa rua de um bairro desconhecido, de uma cidade desconhecida, onde eles sinalizariam para um carro e este os levaria à polícia, ou talvez ao hospital.

Ele ficou imaginando o furor, as dezenas de flashes para fotografar aqueles dois jovens há muito desaparecidos. Acima de tudo, ele se preocupava com ela, que ela seria levada para outro lugar, que ele simplesmente não sobreviveria sem ela.

— Não durma — disse ela, apertando a mão dele com muita força.

— Há muita coisa que você ainda não viu. O céu em Baldy Point, como o Lago Altus-Lugert derrama da barragem, abrindo caminho ao longo do Rio Vermelho de North Fork.

— Conte-me algo real — disse ele, sem reconhecer a própria voz.

— Eu cresci numa grande casa branca. Um quarto para mim, um para minha mãe e mais três que alugávamos para quem quer que passasse por ali. Uma vez, teve uma garota, de talvez dezenove anos, e ela me ensinou a arte de aplicar maquiagem. Decadência, Patch. Não há palavra mais decadente. Outra vez, foi um pastor a caminho do condado de Pearl River. Você já viu o pantanal de Hemmsford? Cara, aquele lugar precisa ser exorcizado.

Ele sussurrou:

— Pinte sua casa para mim.

— Uma longa entrada para a garagem, com árvores altas de ambos os lados. Árvores que se estendem como se estivessem dando os braços para proteger as pessoas que andam por baixo delas. E grama tão verde que parecia realmente ter sido pintada. E nos canteiros de flores sob as janelas de guilhotina, asclépias brilhavam como fogueira de acampamento.

Ele tentou sorrir.

— Há persianas nas janelas e uma varanda que circunda toda a construção. Há uma escada que serpenteia do quintal para o quarto, e no inverno você pode vê-la, porque as árvores que rezam perdem folhas até que a casa surja como um floco de neve num dia de verão.

Grace o fez tomar toda a água, então ela pressionou os lábios nos dele, e quando ela se afastou, ele estava sem fôlego.

—Você quer rezar?

Ele balançou a cabeça.

— Bom, porque, até onde sei, rezar envolve pedir muito perdão, e isso melhora as coisas. Mas sabe qual é a minha opinião?

Ele balançou a cabeça novamente.

— Às vezes, a única maneira de curar uma ferida é causando uma maior na pessoa que o machucou.

— Estou cansado, Grace.

— Alguém me disse, uma vez, que dá para ouvir um sorriso — disse ela.

— Nem ferrando.

— Diga alguma coisa e eu lhe direi se você estiver sorrindo.

— Embora esteja escuro, sempre vou te encontrar. Embora você seja mais forte do que eu, sempre me certificarei de que você esteja segura. Para mim, você sempre virá em primeiro lugar.

—Você está sorrindo.

— Porque é verdade.

Ele não se lembrava de ter caído. Ele não se lembrava do plano dela, ou de seus gritos, ou dos tapas de Grace em seu rosto para tentar acordá-lo.

Ele não se lembrava dos tiros do lado de fora da porta.

Patch não se lembrava de sentir o cheiro da fumaça.

Ou do calor do fogo.

Ele não se lembrava de como Grace tinha ido embora.

O Pintor

1976

52

Os jornais vasculharam toda a vida de Eli Aaron, mas não encontraram quase nada. A devastação causada pelo incêndio foi completa. Provavelmente usava um nome falso, pois não acharam nenhum registro de seu nascimento, de sua vida.

Os policiais trabalharam com a teoria de que ele havia encontrado a casa abandonada na floresta e a tomou para si. Ocupou e reformou o lugar, tornando-o seu. Também trabalharam com a teoria de que ele estava morto, embora corressem rumores de que houve avistamentos e quase acidentes; uma clínica em Woodward, onde um homem chegou cambaleando com queimaduras graves antes de receber alta; um roubo de carro no condado de Buchanan, onde a descrição se encaixava. O pouco que não foi destruído pelo fogo foi minuciosamente analisado. Encontraram recortes de jornais carbonizados sobre garotas desaparecidas de lugares tão distantes quanto Oklahoma City. Umas cem fotos recuperáveis. Uma estava bem clara. Callie Montrose.

Os policiais foram a cada escola que Eli Aaron visitou, conversaram com milhares de crianças que disseram a mesma coisa, que não se lembravam dele. Que ele não deixou nenhuma impressão.

No terceiro dia, os cães identificaram um local a doze quilômetros da casa, onde encontraram a primeira menina enterrada numa cova tão profunda que atingiram um aquífero, o que os atrasou.

A imprensa pressionou até que Nix falasse palavras escolhidas a dedo sobre coragem, e a dedicação demonstrada pelo Departamento de Polícia de Monta Clare, e a bravura de uma jovem que os levou àquela floresta. Ele mencionou fé e emoção, paciência e como extrair positividade de uma tragédia. O reencontro de uma mãe e seu filho destemido. E então ele confirmou que sim, eles já haviam encontrado os restos mortais de três moças desaparecidas, e que suas famílias poderiam enterrá-las. Eles continuariam a busca por Callie. Eles não sabiam quantas vítimas ainda estavam por aí, se é que havia outras. Não houve mais perguntas, apenas um acerto de contas que permitiu aos presentes testemunharem lágrimas nos olhos do grande policial.

53

Saint dormiu numa cadeira de hospital.

Ela fazia suas refeições no refeitório do hospital junto com os porteiros noturnos e médicos residentes, e às vezes com Norma, que observava a neta com grande preocupação.

— Por favor — dizia Norma, e tentava insistentemente, todas as noites, mas sabia que Saint estava com uma ideia fixa da qual não se desapegaria em razão de conversas fiadas sobre faltar à escola ou à igreja. Ela não arredaria o pé dali. Às vezes, ela deitava a cabeça no peito dele e esperava sentir a pressão contra sua bochecha, porque não confiava na tela com linhas que definiam sua vida.

Eu não vou tirar meus olhos de você.

Ela repetia isso como o refrão de uma música cujos versos não importavam mais. Ele era dela novamente. Ela não o perderia jamais.

Por seis dias e seis noites, durante os quais ela saiu de seu lado apenas quando os médicos a forçaram, ele respirou com a ajuda de aparelhos, e sua pele ficou fria e seu olho inabalado pela histeria que causara.

Norma lhe trouxe várias mudas de roupa.

Saint ergueu os vestidos e torceu o nariz até que sua avó voltou com seus macacões.

— Eu preciso estar exatamente igual à última vez que o vi — disse Saint.

Norma tocou seu ombro esquelético.

Na segunda noite, um código foi chamado e um alarme soou, e Saint observou os médicos e enfermeiras entrarem no quarto de Patch e trancá-la para fora.

Ele não pode morrer agora.

Ela disse isso para eles.

Sua avó lutou para que ela fosse consigo até a capela do hospital, e Saint chorou ao se ajoelhar e unir as mãos mais uma vez.

— Isso fortalece sua fé, agora que você tem seu amigo de volta — disse Norma.

Saint olhou para ela.

— Deus começou o fogo. E agora ele quer o crédito por apagá-lo.

54

Patch não morreu naquela noite.

Na sala de espera, ela estendeu sua jaqueta sobre duas cadeiras, até que um enfermeiro teve pena e trouxe cobertores e um travesseiro. Ela respirava ar desinfetado, bebia refrigerante da máquina, os dentes cheios de placa, a pele ressecada e oleosa ao mesmo tempo.

Saint ouviu conversas sobre outra infecção. Uma sonda intravenosa bombearia Patch com drogas poderosas; agora que o estabilizaram, estancaram a hemorragia interna, drenaram ar de seu pulmão e deixaram um dreno torácico para reinsuflá-lo.

Uma semana depois, ela encontrou Misty Meyer sentada como um assombração na cadeira em frente ao quarto, educada demais para olhar para o estado lastimável de uma garota que constava nas primeiras páginas de todos os jornais locais num raio de mil e quinhentos quilômetros. Eles chamavam Saint de heroína. E o menino, de herói.

Na cadeira ao lado de Misty havia flores, e ela parecia profundamente envergonhada de as ter recebido.

— Ele está acordado? — Misty perguntou.

Saint se sentou.

— Às vezes desperta.

— Ele vai...

Saint não sabia o que viria a seguir, mas poupou a garota.

— Eles não me deixam vê-lo.

— Mas ele não vai morrer — disse Misty, sua voz arrastando a última palavra. Ela se sentou com as mãos no colo, seus sapatos Mary Jane afivelados sobre meias brancas.

— Não — disse Saint, com convicção.

— Foi mesmo o fotógrafo quem fez isso?

Saint esfregou os olhos cansados.

— Sim.

— Ele usou a minha foto da escola em seu pôster?

Saint assentiu.

— Ele era assustador. Ele me fez uma tonelada de perguntas, perguntou sobre coisas em que eu acredito. Se eu tinha namorado. Mas o Patch...

— Talvez ele tenha se libertado e estava perdido naquelas terras.

Misty não pertencia àquela sala de espera àquela hora. A sala era reservada para os lutadores, para os incertos e para os desesperados.

— Dizia no jornal que você pode tê-lo matado quando começou o incêndio.

Ela sussurrou as palavras, como se pesassem tanto que caíram de sua boca e destruíram as chances de Saint de voltar à normalidade.

— Sim.

— Mas eles não conseguem encontrá-lo.

— Não.

Ela ficou mais uma hora, e Saint não teve energia para conversar, então se deitou e puxou os joelhos contra o peito, e em pouco tempo adormeceu. Ela não sentiu Misty cobri-la com o cobertor.

E quando ela acordou com os primeiros raios de sol, viu que Misty havia sido substituída pelo Chefe Nix, cujo chapéu estava sobre a mesa ao lado do cinto e da arma, a camisa desabotoada no pescoço, o pelo escuro brotava do peito.

Saint sentou-se quando o medo a atravessou.

Nix levantou a mão, disse-lhe para se acalmar, que ele não conseguia dormir, então dirigiu durante a noite e observou o garoto por um tempo.

— Como você está? — perguntou ele.

Ela não respondeu.

— Você precisa ver alguém... por conta do que passou.

— Eu preciso ver o Patch, e mais ninguém.

— Você fez uma coisa incrível, menina. Sinto muito por não ter dado ouvidos a você.

Nix tomou um gole de café de um copo descartável, como se precisasse de uma injeção de cafeína antes de falar coisas estúpidas sobre como ela tinha feito a diferença.

— Como está a Sra. Macauley? — perguntou Saint.

— Não estou pronto para isso. O Dr. Tooms está com ela. Ele tem dormido na cadeira do escritório da casa dela. Não sei se ela percebe, com tantas pílulas que tem tomado.

— Será que o Patch voltará a ser o mesmo de antes? — ela perguntou.

Ele se levantou, espreguiçou e recolheu suas coisas. E ele tocou sua bochecha ao sair.

— Nada será como antes, querida.

Ao amanhecer do oitavo dia, quando ela conseguiu passar pela equipe noturna, rastejar-se para a cama ao lado dele, curvar seu corpo ossudo ao redor dele e se aconchegar com cuidado ali, Patch acordou.

E por um longo tempo ela soube que ele estava acordado, pela mudança em sua respiração e pela percepção catastrófica de que o mundo deles juntos se abriria até que não fosse mais só dos dois. E durante esse tempo, ela se manteve por perto e conteve as lágrimas, e não o deixou ver o quanto os últimos meses a haviam destruído.

Quando ela finalmente olhou para ele, prendeu a respiração.

— Os policiais levaram sua *Playboy*.

55

O Chefe Nix dirigiu.

Patch se sentou ao lado de Saint no banco de trás da viatura da polícia.

Ele sentiu a maneira como ela o observava, como fizera na semana anterior, procurando por uma pista, por algo que a deixasse saber se ele era ou não o garoto que aparecera em sua casa para roubar seu mel.

Ela estava lá quando ele gritou o nome.

Grace.

Gritou até que as enfermeiras viessem e apertassem um botão, até que as memórias se embaralhassem e começasse uma nova fase de sua vida. Iluminações na escuridão, seus pensamentos não mais do que o clarão da luz do fósforo numa tempestade. Quando tudo estava escuro, ele sentiu seus ossos se desconectarem enquanto flutuava pelos rios da meia-noite. Ele não conseguia se lembrar de suas últimas horas juntos. Às vezes, ele via a enfermeira e implorava que ela parasse com as medicações para que ele pudesse pensar direito, e outras vezes ele implorava por mais, para que pudesse apagar novamente.

— Preciso que você a encontre — disse ele.

Nix o olhou pelo espelho.

Por seis horas ao longo de três dias, os policiais se sentaram com ele, tomaram depoimentos e se entreolharam como se soubessem que a garota lá embaixo com ele provavelmente estava morta.

— Estamos todos trabalhando nisso — disse Nix.

— E eu também — disse Saint ao lado dele, a mão no assento entre eles como uma oferenda.

Ele sabia que poderia colocar sua mão na dela e devolver o amigo que ela queria. Ele se virou, olhando de dentro de si mesmo, sua mente como fios de náilon esticados ao máximo, mas resistindo. Ele juntaria as memórias de volta, apenas para as medicações as desfazerem mais uma vez.

Eles tomaram depoimentos, fizeram as mesmas perguntas de maneiras diferentes. Ele falou de Grace e do que ele se lembrava, que era muito, mas não o suficiente, os dois policiais estaduais trocando olhares que ele não conseguia compreender.

Depois disso, ele não seria capaz de falar, comer ou respirar.

As enfermeiras iluminaram seus olhos com pequenas lanternas, verificando seu pulso contra os pequenos relógios prateados. Ele arrancou os acessos de sua mão e observou o sangue se acumular e pingar até que Saint percebeu e gritou para a enfermeira vir consertá-lo.

Um médico disse a ele que era normal que estivesse deprimido. Névoa mental, estresse. Esquecendo as coisas. Sistema imunológico enfraquecido.

— Precisamos de luz para sobreviver — disse o médico.

— Nem todos nós — disse Patch.

Ele observou a cidade aparecer, saindo e voltando sob o céu azul. Os últimos meses poderiam ter sido um piscar de olhos, se não fosse por ela.

— Ela precisa de mim — disse ele, enquanto a floresta passava, e então se corrigiu. — Eu preciso dela.

Ele sentiu Saint ao seu lado.

— Ela me salvou. Ela me arrastou para fora.

Ele disse isso mais de uma vez. Seu joelho ficava inquieto, e ele olhava sem conseguir pará-lo, como se não pudesse controlar nada.

— Você se lembra disso? — Nix disse e olhou para ele.

Lá fora, o céu estava nublado, o cinza-escuro permanecia traçado nas curvas das montanhas. Saint havia comprado óculos de sol na loja de presentes, porque a luz estava machucando seu olho. O médico disse que levaria tempo. O tempo tinha voltado a valer.

Havia crostas em seus dedos, joelhos e cotovelos e, embora ele tivesse sido limpo, podia ver os restos de sujeira sob as unhas.

Nix praguejou quando eles entraram na rua de Patch, as vans dos noticiários paradas na frente da casa. Os vizinhos sorriam como se ele fosse a estrela de um desfile, como se algum deles já tivesse sorrido para ele.

Ele puxou o capuz para cima e se escondeu enquanto Nix abria um caminho para eles com seu distintivo e os levava pela lateral da casa para o quintal.

Patch viu o rosto de sua mãe e, embora a maquiagem escondesse muito, quando ela o pressionou junto de si, ele soube que a maior parte dela havia morrido.

— Meu bebê — ela gritou num lamento.

Ele amoleceu nos braços dela.

Ela cheirava levemente ao perfume Sweet Honesty e decadência.

— A grama está cortada — disse ele.

— O Sr. Roberts tem vindo.

Ela enxugou os olhos e o nariz, e riu gentilmente da primeira coisa que o filho havia reparado.

56

O quarto de Patch não era mais dele.

Suas roupas, colchas e papel de parede. Sua cômoda e pôsteres, sua caveira e ossos cruzados. A pistola de pederneira que Saint disse a ele que havia emprestado e devolvido.

Sua pele não era dele. Ele coçava suas feridas porque temia que não deixassem cicatrizes.

Naquela tarde, sua mãe o viu saindo do chuveiro e viu um corpo que não reconheceu, e ele viu nela aquela mistura de medo, tristeza e um pouco de repulsa. Ela se perguntou, tal como os policiais, os repórteres e as outras crianças faziam. De quantas e quais maneiras ele não era mais o mesmo de antes?

Mais tarde, quando ela dormiu, ele desdobrou o mapa que encontrara no sótão. Abrangia o país com detalhes suficientes, cada estado tinha uma cor, desde os tons rosa do Arkansas até a Louisiana, o tom de aço de Michigan e o verde mais ousado de Montana e além.

— Você pode estar em qualquer lugar — disse ele.

Lá fora, ele passou por uma única van de notícias, caminhou pela rua e se perguntou como a noite podia ser tão brilhante.

No Palace 7 na rua principal, ele viu as crianças da escola enfileiradas.

Ele viu os jovens casais e famílias enfeitando a janela do Lacey's Diner. Ele observava através de uma longa lente que ficaria com ele para sempre, como se ele agora existisse a duzentos quilômetros de qualquer pessoa.

E então ele a viu.

De pé com seu grupinho de amigas.

Ele estava prestes a sair dali, para fugir da cena como o crime que era, quando Misty Meyer olhou para a frente.

Ele se moveu na direção dela por instinto, suas pernas operando contra sua mente.

Ela largou a mão de Chuck e, em seguida, saiu correndo.

Misty o atingiu com força total no meio da estrada, passou os braços ao redor dele e enterrou seu choro em seu ombro.

Ele não sentiu a dor em suas costelas, em vez disso, apenas o peso dela, tão leve enquanto ela tremia em seus braços.

Os carros passavam, recorrendo às buzinas, mas os dois nem percebiam.

Ela segurou o rosto dele com força e olhou para ele como se não fossem estranhos, como se já tivessem conversado outras vezes.

Ela usava um vestido branco e sandálias, e cheirava tão bem que ele quase não conseguia recuperar o fôlego.

Outro carro passou com tudo por eles.

E então Chuck a tirou da estrada, puxando sua mão com força. Ela olhou para trás, presa a Patch como se ele fosse algum tipo de fantasma que só ela podia enxergar.

Ele observou enquanto ela soluçava, enquanto Chuck a levava ao cinema, e então ele se virou e caminhou lentamente pela cidade, mas abraçou as sombras e viu a vida seguir em frente como ele sabia que seria, como ele sabia que era.

Ele não notou que Saint estava parada do lado de fora da loja de conveniência Green. Ele não ouviu quando ela o chamou, porque era um sussurro. Ele não notou que ela seguia à distância até que ele estivesse em segurança em casa, sua bolsa no ombro, um estilingue ali dentro.

Ele pegou os jornais empilhados na varanda.

E seguiu sem perceber as manchetes.

MENINO LOCAL DESAPARECIDO

Ele colou folhas na janela, uma após a outra, até que nenhum indício de Monta Clare entrasse em seu quarto. E, então, fechou a porta e bloqueou as aberturas com roupas de cama, puxou o colchão do velho estrado e o colocou no chão.

Ele não diria às pessoas que queria voltar para lá.

Elas não entenderiam.

Somente quando a escuridão era total o suficiente, ele se deitava.

E estendia a mão para ela pegar.

57

Saint não o viu naquela primeira semana.

Todas as manhãs, ela ficava diante da velha casa na Avenida Rosewood e esperava, observando sua janela coberta, às vezes entrando sorrateiramente no quintal e se acomodando numa cadeira de jardim enferrujada. Ivy saía e acariciava seu cabelo, dizia que ele estava dormindo, que estava cansado. Saint passou horas fazendo um cartão de piratas, esboçando o mastro e o corpo, detalhando o cordame e lançando uma carranca à sua imagem, antes de decidir que era infantil e jogá-lo no lixo.

Ela sofreu na escola, enfrentou rumores sussurrados de que Patch havia voltado desfigurado, que o homem mau da floresta havia arrancado o outro olho e agora ele vagava cego.

Misty se aproximou na sala de aula.

— Como ele está? — ela perguntou.

Saint não respondeu, embora quisesse mentir, dizer que não estava pronto para ver ninguém além dela, que ela sabia de tudo sobre o tempo que Patch passara longe deles, mas não era muito o papel dela.

— Acha que posso assar um *strudel* para ele? — Misty perguntou.

Saint não sabia o que era um *strudel*.

Jimmy Walters a acompanhava todos os dias depois da escola, muitas vezes colhendo flores silvestres para ela, que ela agarrava desajeitadamente até que ele partisse, e depois jogava no quintal dos Baxters.

— Obrigado por me deixar caminhar com você — disse ele.

Ela deu de ombros.

— Poderíamos ir andando novamente um dia desses — disse ele.

Ela franziu a testa.

— Eu poderia vir ver seu castor.

— Você é algum tipo de tarado? — perguntou Saint.

Jimmy se segurou e ficou com o rosto tomado por um carmesim.

— Eu não... Eu quis dizer no pântano.

— Onde você espera que eu lhe mostre meu castor?

Jimmy começou a suar enquanto afrouxava o colarinho.

— Eu só quis dizer... Eu poderia ajudá-la a fotografá-lo.

Saint bufou.

Jimmy olhou para o céu, depois para os sapatos.

E então Saint começou a rir. E ela olhou para o rosto dele, tão aberto, honesto e horrorizado, e apertou a barriga e riu tanto que Jimmy pouco pôde fazer além de enxugar o suor de sua testa e se juntar a ela.

Quando eles se acalmaram, ela semicerrou os olhos para o sol da tarde e não conseguia se lembrar da última vez que riu. Ou sorriu. Ou havia sentido alguma coisa que não a agonia do ano anterior.

58

Saint foi chamada à delegacia, onde ficou ao lado de Nix, que pegou a pequena mão dela e a apertou com firmeza, enquanto lhe dava um certificado e um cheque de dois mil dólares. Daisy Creason tirou sua fotografia. A avó, discretamente orgulhosa, comprou uma dúzia de exemplares e os arquivou em algum lugar.

Saint fez a avó descontar o cheque.

Naquela segunda segunda-feira, ela chegou um pouco mais cedo e colocou cada dólar num envelope, que deixou na caixa de correio dos Macauley.

Ela encontrou uma caixa ao lado do lixo e, bem dobrada, viu a bandeira dele. Saint pegou e embaixo dele viu seu antigo baú de tesouro e dobrões que brilhavam em amarelo.

E então ela ouviu a porta da rua se abrir e se virou para ver seu amigo.

Ela sorriu.

Ele usava jeans e uma camiseta azul-marinho simples. Estava muito magro.

— O que é tudo isso? — ela perguntou.

— Eu não sou pirata.

Ela examinou o lixo cuidadosamente.

— A pederneira não está lá.

— Ela foi um presente.

Por dentro, ela se animou um pouco.

Eles caminhavam até a escola num silêncio que ela tentava desesperadamente quebrar com uma conversa sobre o mistério das suas abelhas, de como ela viu um Olds bater na traseira de um Chevy, e os dois homens saírem e começarem a gritar um com o outro. Ela disse a ele que sua avó havia parado de fumar Marlboro e mudado para Virginia Slims; que Sammy, o bêbado, havia se trancado do lado de fora da galeria de arte e perfurado a janela, e então acordou sem nenhuma lembrança disso, e relatou a invasão ao Chefe Nix.

Ela mal respirou, mas quando o fez, notou a maneira como ele andava, um bocado mais quieto, o queixo um pouco mais baixo, sua mente longe dela e das bobagens que ela falava.

Ele não sorria mais.

No dia seguinte à sua chegada em casa, ela montou em sua Spyder e foi até a biblioteca e pegou emprestado um livro sobre trauma e deficiências psicológicas. Ela sabia que não deveria se intrometer, que ele provavelmente estava sofrendo com pesadelos, flashbacks, talvez sensações físicas. Raiva, vergonha. Ela tinha lido a noite toda. Ela estava pronta para o que ele precisasse.

— Preciso roubar um carro — disse ele.

Para isso, ela não estava pronta.

59

Ele caminhou pelos corredores da escola com a cabeça baixa, os olhos não se desviando do chão polido. Ele se sentou no fundo da classe, mudo diante dos sussurros. Os professores não iam até ele nem questionaram por que ele ficou sentado por cinquenta minutos sem pegar a caneta.

O diretor o chamou e perguntou como ele estava, e então mencionou a guerra e como homens bons foram forjados pelo medo e pela bravura. Esta era sua chance.

Ele saiu da escola e, na rua principal, viu o Sr. e a Sra. Roberts indo para o Lacey's Diner para almoçar. Na casa deles, ele pegou a chave reserva debaixo do tapete, entrou furtivamente no local desprotegido e pegou as chaves do Aspen mostarda. Ele se sentou em assentos de couro cor de creme e olhou para a própria casa pelo para-brisa.

Ele estacionou o Fairlane de sua mãe mais vezes do que podia contar. Engatou a primeira no carro novo dos Roberts e saiu lentamente pela rua.

Ele dirigiu até a biblioteca pública em Panora.

Uma senhora olhou por cima dos óculos, misericordiosamente ofereceu um sorriso e alguma ajuda usando a microficha. A tela era grande, o case pesado e o foco um pouco ruim. Por duas horas, ele vasculhou relatórios de pessoas desaparecidas de todos os jornais num raio de mil e quinhentos quilômetros, classificando por data.

Muitos desapareceram e nunca foram encontrados, e ninguém nunca foi acusado. Às vezes, publicavam informações complementares e Patch reparava no preço cobrado, nos pais que não conseguiam ficar juntos no sofrimento que compartilhavam e, assim, carregavam suas dores e envenenavam novos parceiros, mas bebiam do conforto deles, pois a única dor que conheciam era tão insignificante que nem contava.

As meninas superavam os meninos em cinquenta para um. Elas variavam em aparência, mas era sempre a mesma coisa. Jovens. Na maioria das vezes, jovens demais para perceber que haviam nascido com alvos que só se acentuavam com o tempo, invisíveis no início, tomando forma durante os anos de formação e ardendo em brasa durante a puberdade e a adolescência.

Saint se acomodou no assento ao lado dele.

Ele notava mais cheiros agora.

Flores, lama e sabão de farmácia.

— A rota da minha avó passa por aqui — disse ela.

Ele olhou para o jornal *A Estrela da Manhã*. A garota era Callie Montrose. No preto e branco granulado, ela estava sorrindo, peso num pé, quadril inclinado para o lado. Tudo para ver, mas nada que ele pudesse identificar.

— Ela foi levada depois de mim? — perguntou Patch.

— A garota... Grace, quando ela chegou?

Ele não sabia dizer.

— Callie Montrose. Pode ser ela — disse Saint.

Ele escreveu o nome, como se pudesse esquecê-lo.

Patch passou para a próxima foto e eles olharam para uma garota asiática de treze anos. Algumas páginas depois, havia fotos de seu funeral.

— Você foi para a floresta naquele dia — disse ele.

Ela confirmou com a cabeça.

— Você roubou a Colt do seu avô?

Outra confirmação de cabeça.

— Você ficou corajosa quando eu fui embora — disse ele, e finalmente se virou para olhar para ela.

— Eu estava... Eu estava com medo. Não havia espaço para mais nada.

— Conte-me sobre Eli Aaron — pediu ele.

Ela disse a ele o que ele já sabia, o que ele exigiu que os policiais estaduais lhe dissessem. Que o homem fotografava garotas e talvez fosse atrás das que mais gostava. Que eles ainda estavam vasculhando suas terras, mas eram tão vastas que eles poderiam nunca terminar. Que havia marcas de uma dúzia de veículos. Que talvez ele não trabalhasse sozinho. Que os três corpos foram encontrados com rosários enrolados na garganta.

— É o carro novo dos Roberts que está aí na frente — disse ela. — Se eu der as chaves a Nix, digamos que as encontrei na rua, não seria tão ruim. Talvez ele pense que o carro foi descartado e não procure tanto por quem o pegou.

Ele enfiou a mão no bolso e colocou as chaves na mesa.

Ela respirou novamente.

— Eu tenho uma câmera agora — ela disse, sentindo-se sem graça de tudo. — Eu tirei uma foto de uma coruja-listrada. Você quer vir ver?

Ele não respondeu.

— Quer dizer, estava morta, mas ainda assim... — disse ela, piorando a situação.

Ele finalmente olhou para ela.

— Quando você vir Nix, deve dizer a ele que, se ele não procurar pela garota, eu vou.

Então Saint o olhou.

Ele se levantou.

— E vou queimar tudo que estiver no meu caminho até encontrá-la. Eu não vou hesitar. Nem vou olhar para trás, para as cinzas.

60

Ele encontrou os envelopes no compartimento de gelo do freezer.

ÚLTIMO AVISO

Houve ameaças de cobrança de dívidas, ação judicial, despejo.

Naquela tarde, ele ligou para a agência e disse que sua mãe voltaria a trabalhar.

Naquela noite, enquanto sua mãe estava morta para o mundo, ele vestiu uma calça de moletom, uma camiseta velha e um boné, e, na pequena garagem ao lado de sua casa, encontrou seus suprimentos e partiu em direção à rua principal com as chaves.

Ele tinha acompanhado a mãe até o trabalho uma ou duas vezes antes porque algumas noites ele não conseguia adormecer antes que ela saísse de casa e ele não queria se sentar e ouvir o chilrear dos grilos de verão ou pular cada vez que as trepadeiras chacoalhavam a vidraça.

Ele começou no escritório de advocacia de Jasper e Coates, sabia usar polimento extra no mogno porque sua mãe reclamava que Ezra Coates gostava de ver o reflexo de cada nota enquanto ele as contava. Arquivos ocupavam cada superfície, derramando segredos silenciosos da cidade. Patch soube que Mitch Evans estava processando a Missouri Ladder Company depois de sofrer uma queda, que Patch só poderia supor que fosse inteiramente por sua própria culpa, e que Franklin Meyer estava envolvido num caso de apelação que Patch não conseguia entender.

"*Olhamos para os outros com problemas triviais e pensamos quanto tempo eles durariam com um gostinho de nossa infância.*"

Ele aspirou o tapete, deixou as janelas brilhando, assim como o latão de cada interruptor e placa, esvaziou o lixo e limpou o mijo ao redor do vaso sanitário.

À meia-noite, ele foi para a J. Asher Accountancy e ficou sob pastas imponentes estampadas com uma variedade de nomes de empresas. Ele derramou água sanitária na pia, porque um bilhete lhe dizia que estava interditada. Na pequena cozinha, comeu um único biscoito de uma lata aberta.

Ele limpou a poeira dos cantos de cornijas, escovou e retirou as cinzas de uma lareira num escritório maior do que o andar térreo de sua casa. Numa mesa, ele pegou um porta-retratos e olhou para o menino e a menina de olhos azuis. Ele não perdeu tempo pensando se era justo ou não, então esvaziou o cinzeiro das pontas dos charutos, levantando uma nuvem de cinzas porque ele não sabia que precisava umedecê-las antes.

Quatro escritórios, uma loja de artesanato, uma loja de máquinas de escrever. Eram quatro horas da manhã quando ele finalmente chegou à última parada, seus braços queimando de maneira insuportável.

A Monta Clare Fine Art ocupava uma construção com fachada de estuque e porta dupla no início da rua principal.

Através de grandes janelas de vidro, ele olhou para uma pintura de um campo de batalha de Gettysburg, pressionou o rosto tão perto que sua respiração embaçou os mortos, as armas fumegantes e as bandeiras desgastadas, uma centena de sombras inclinadas como dominós na colina de Culp.

Patch respirou fundo e abriu a porta pesada para outro mundo. Paredes brancas se erguiam em linhas de luz que caíam fortemente sem sombras para embotar as pesadas molduras douradas. Ele pisou com cuidado, não querendo lançar um eco até parar diante de uma série.

O chão era de madeira escura, brilhava profundamente, o lugar tão imaculado que ele não podia imaginar que precisaria de limpeza por cem anos.

— Você é o garoto que salvou a garota Meyer — disse Sammy.

Patch se virou.

Sammy se apoiou numa bengala, embora não tivesse idade suficiente para precisar dela. Sua camisa desabotoada, sua jaqueta de tweed, seus pés descalços e seu cabelo uma bagunça de cachos. Bonito, embora carregasse um ar de caído em desgraça.

Seus punhos estavam virados para trás, para mostrar um robusto relógio de ouro. Ele segurava um copo, facetas de cristal captando a luz enquanto ele servia o conhaque e atraía a atenção de Patch com algo que divertia seus olhos.

Patch olhou para além dele, para uma pintura perturbadora, tão grande que ocupava metade da parede dos fundos. Patch imaginou o artista usando uma escada para alcançá-la. De perto, ele não poderia ter visto o que estava criando.

— A única coisa boa que já fiz — disse Patch.

— Ainda há tempo.

— Só não para mim.

— As pessoas têm memória curta quando você faz algo bom, e longa quando estraga as coisas — disse Sammy.

— Então...

— Então você continua fazendo o bem...

— Ou para de dar a mínima para o que as pessoas pensam.

Sammy sorriu.

— Não use produtos químicos para limpar aqui dentro — disse Sammy. — Não toque em nenhuma das peças. Não tire o pó das molduras. Não respire a menos de um metro delas.

Patch olhou para a esquerda, para o pequeno retrato de uma garota de não mais de dez anos, seu rosto tomado de surpresa ou talvez medo, como se houvesse uma diferença entre os dois.

— *A garota de Memphis.*

Sammy não tirou os olhos dela.

— Addison Lafarge a pintou há quase duzentos anos. Ela estava prestes a ser vendida para um comerciante, e estava ciente disso, e em seus olhos dá para ver que ela está prestes a ter sua infância destruída.

— É...

— Nada nesta terra é mais belo do que o sacrifício, garoto. É bom que não aprenda isso sozinho.

Patch conhecia aquele olhar, e, às vezes, ficava perturbado que agora ele também o portava.

Ele trabalhou com mais cuidado, acompanhando os rodapés com seu pano e varrendo a sujeira imaginária, e prendeu a respiração ao passar pela garotinha que observava cada um de seus movimentos. Quando terminou, sentou-se de pernas cruzadas. As tábuas do assoalho respiravam, e ele fechou os dedos sobre as fendas para aliviá-las. Atrás dele, havia uma pintura de um velho navio encalhado em águas estagnadas.

A memória voltou surpreendente.

— *Conte-me algo sobre piratas* — disse Grace.

— Em 1701, Sam Thompson capturou o Estrela Amaldiçoada. *Ele o equipou com vinte e oito canhões. Alguns meses depois, uma tempestade em Cape Cod o afundou. Mais de duzentos anos depois, eles encontraram seus destroços. Você pode ir ver artefatos dele em Provincetown. Deveríamos ir juntos até lá um dia desses.*

— *Se eu ainda estiver aqui.*

Ele se aproximou e sentiu as lágrimas dela caírem quentes em seu ombro nu.

Patch estendeu a mão, e desta vez ele tateou gentilmente pela escuridão e encontrou sua bochecha e as lágrimas.

— *Eu odeio quando você chora* — disse ele.

— *Então tire a mão de mim e me pinte sorrindo. No escuro, estamos sempre sorrindo. Somos todos iguais. Estamos todos bem, felizes e brilhando.*

— *Não sei pintar.*
— *Arte é sentimento, nada além disso. Você sabe como sentir, Patch.*

Numa sala nos fundos, ele encontrou um conjunto de lápis e um bloco vazio e roubou os dois.

Quando finalmente girou a chave na porta de sua casa, ele estava cansado demais para dormir, então se sentou e começou a esboçar.

Ela era fluida e rígida e estava bem na ponta de seu alcance, seus dedos batendo ao longo da borda dela.

Ela era constelações que ele não conseguia mapear.

Ela era linda e odiosa, nuvens de tempestade e chuva de verão.

Ele trabalhou e retrabalhou e descartou e construiu, sombreou e iluminou. Aqueles seriam seus primeiros esboços. Ele os enrolou com tanta força que sentiu dor nos nós dos dedos quando os jogou no lixo.

As estrelas desapareceram enquanto ele subia no colchão, cansado.

O alarme o despertaria dali uma hora para ir à escola. Ele o desligou e faltou à aula, suas prioridades vinham mudando a cada dia que passava.

Ele abraçou os joelhos contra o peito.

Sentia falta dela.

61

Depois de um mês faltando às aulas e andando de ônibus, colocando cartazes em quadros de avisos de cidades distantes e ligando para todos os hospitais do estado do Missouri, o Chefe Nix enfim apareceu em sua casa. Um pouco antes das oito, Patch abriu a porta e o grande policial passou por ele e entrou na cozinha, abriu uma sacola do Lacey's Diner e colocou alguns muffins de canela na mesa. Colocou uma segunda bolsa no chão e fez um gesto com a cabeça em direção a ela.

Patch olhou para dentro, viu sua velha cópia da *Playboy* e ergueu as sobrancelhas. Nix respondeu mostrando que tinha uma igual.

Nix se sentou.

Patch se sentou.

— Coma.

Patch comeu.

— O Harkness atendeu um chamado noturno, voltou muito depois de fecharmos. Disse que viu você limpando a delegacia.

Nix deu uma grande mordida.

— Bobagem. Não tenho idade suficiente para trabalhar.

O linóleo desgastado em todos os cantos, sulcado ao redor do fogão e se enrolando como manteiga. Um relógio parado pendurado ao lado de um calendário do ano passado, como se sua mãe tivesse simplesmente apertado o botão de *pause*.

— Você parece cansado — disse Nix.

— Você não consegue encontrá-la.

— Também não posso barrar o pessoal do Serviço Social. A escola me ligou porque eu disse a eles para ficarem de olho.

— Eu vou para a escola.

Nix deu uma mordida num muffin e não falou novamente até engolir.

— Como está sua amiga?

Patch estava completamente tomado pelo cansaço.

— Ela está tão bem quanto se pode estar.

— Não existem muitos amigos assim. O tipo que faria qualquer coisa por você.

— Eu não preciso de amigos. Preciso de policiais que façam o trabalho.

Nix olhou para ele, como se não reconhecesse o garoto que havia retornado.

— Você e sua vida. Nem preciso pegar outro caso, você já me dá trabalho o suficiente.

— Ache a Grace.

— Falei com os policiais estaduais novamente. Você ficou na escuridão total por um longo tempo. A tensão que isso gera em sua mente. No seu corpo. Você sabe o que é uma miragem?

— Vai se foder, Chefe Nix.

— Sua mente cria imagens para mantê-lo vivo. Proporciona salvação onde não há esperança. Você deveria conversar com o Dr. Tooms.

— Ele não pode me ajudar.

— Ele é o melhor que conheço. Ele é...

Patch o cortou:

— Ela é real. Ela é uma garota perdida. É seu trabalho trazê-la de volta em segurança, para garantir que ela não se machuque. Que ela viva uma vida.

— Isso precisa acabar antes que você se meta num mundo de problemas.

— Diga-me que ela está bem.

— Eu não posso fazer isso.

Patch olhou dentro dos olhos de Nix.

— Se ela não está bem, então não é o fim.

62

No almoço, Patch se sentou sozinho num carvalho caído e olhou para o mapa enquanto Misty Meyer caminhava em direção a ele, vestindo um suéter azul-marinho sobre uma gola alta branca, seu cabelo loiro puxado para trás com força. Ela pegou uma caixa grande de sua bolsa e a colocou ao lado dele.

— Você perdeu seu aniversário, quando desapareceu.

Ela abriu a caixa para revelar uma monstruosidade gelada com várias protuberâncias cobertas de glacê no topo.

— Minha mãe me obriga a fazer aulas de culinária toda semana.

Ele olhou para o bolo, observou a coroa inclinada e as rachaduras profundas de cada lado.

— Puxa.

— Tem uma caveira e ossos cruzados — ela disse, e sorriu.

Ele olhou para uma esfera preta. O corante alimentício escorria de um lado.

— O chef Pierre disse que minhas habilidades com esferas estão evoluindo.

Ele franziu a testa quando ela pegou uma espátula de prata de dentro de sua bolsa e cortou uma fatia tão grande que precisou das duas mãos para entregá-la.

Patch encarou as listras densas e pegajosas enquanto ela o observava atentamente. Ele deu uma mordida e conseguiu engolir.

— Salgado — ela disse.

— Sim.

— Gostei do seu tapa-olho de hoje — disse ela.

— Cetim — ele respondeu, instantaneamente arrependido.

— Meu tio trabalha com piratas.

Ele se interessou um pouco, mesmo contra a sua vontade.

— Ele ajuda a evitar pirataria de direitos autorais.

O interesse morreu logo em seguida.

Ela olhou para o almoço dele, o pão com manteiga e uma única maçã que ele pegou do quintal dos Baxters a caminho da escola.

— Você está de dieta? Se estiver, posso arranjar umas pílulas com a Christy Dalton. Quer dizer, você vai ter caganeira no começo, mas...

Ele olhou para os próprios braços ossudos.

Ela rapidamente recuou do assunto.

Naquela tarde, ele roubou papel do armário de suprimentos da escola e fez um lote de vinte cartazes que não davam muitos detalhes. Apenas uma média de idade, altura, tamanho e um nome.

Saint o alcançou na saída da escola e eles caminharam juntos em silêncio.

Ela ficou ao seu lado e embarcou no ônibus de sua avó, sentando-se ao lado dele.

Ele dormiu no assento de couro quente, sua cabeça estampando o vidro com suor enquanto o ônibus fazia a rota. Norma cuidando dele como se ele fosse o último de sua espécie. Enquanto dormia, Saint olhou para a mão dele e fez menção de pegá-la, até ver os olhos da avó pelo retrovisor e o leve "não" que ela fez com a cabeça.

Elas pingaram em diversas cidades vizinhas, de Fallow Rock a Alice Springs, do Cânion de Edgewood até a represa de Coldwater. Ele restringiu a idade de Grace para algo entre treze e dezessete anos por simplesmente estar juntando peças de suas histórias e formando uma espécie de linha do tempo que fazia pouco sentido para qualquer pessoa além dele. Ele sabia que quando ficavam de pé, o topo de sua cabeça se aninhava logo abaixo de seu queixo. Que, às vezes, o cabelo dela tocava os ombros; em outras memórias, chegava até o peito. Ela era magra o bastante a ponto dele conseguir sentir as protuberâncias de sua coluna e circular seu pulso com o polegar e o indicador.

Numa estação de ônibus, eles olharam para o quadro de avisos onde ainda havia uma única foto de Callie Montrose.

— O pai dela é policial, e ainda assim não conseguiram encontrá-la — disse Saint.

— Assim como não conseguiram me encontrar.

Ela deslizou sua mão na dele.

E tentou não o sentir recuar.

63

No dia seguinte, Misty apoiou uma travessa *Le Creuset*, tirou talheres de prata de sua bolsa e os entregou a ele enquanto removia a tampa esmaltada.

— Arroz de pato — disse ela.

Ele olhou para aquela gordura solidificada com medo profundo. Coçou a cabeça e mexeu no tapa-olho enquanto ela o observava comer.

— Consegue sentir o *moulard*?

Ele assentiu e fez uma promessa interior de descobrir o que era um *moulard* e puni-lo. E ele esperou que ela se virasse para cumprimentar as amigas antes de limpar a língua numa folha de espinheiro.

Mais ao longe, alguns garotos jogavam bola, de vez em quando lançando olhares para Misty para ver se ela os notava. Ela não notou ninguém, mas Patch reparou que Saint olhava da janela da sala de aula de matemática aplicada. E ela o viu e fez um "O" com o polegar e o indicador da mão esquerda, antes de penetrá-lo com o dedo indicador da direita.

Patch desviou o olhar rapidamente, sua mente de volta ao porão.

— *Isso significa que você quer transar com alguém, sabia?* — disse Grace.

— *Não.*

— *Pense nisso.*

Ele o fez. Por muito, muito tempo.

— *Jesus* — disse ele.

—Você apareceu muitas vezes nos jornais. Eu fiz um álbum de recortes — disse Misty, arrancando-o de suas lembranças.

E se espantou com cada hobby que ela tinha.

— Ou talvez você só queira esquecer daquela merda toda e eu fico vindo para me sentar com você todos os dias.

Aquele sorriso de novo.

Era um sorriso *bem* mais ou menos.

—Você não precisa fazer isso — disse ele.

— Quer dizer, eu gosto de cozinhar e tudo mais.

—Você não me deve nada, Misty.

Ela observou o céu, e o azul dos olhos dela combinava perfeitamente.

— Eu não dormi muito. Provavelmente, meu rosto vai se encher de rugas. Não vai demorar, vou estar parecendo um waffle. Toda esburacada. — Ela pigarreou e olhou para ele. — Fomos à igreja e rezei por você.

Ele queria levantar e se afastar dela, dessa garota que tinha coisas demais. Ele queria fugir pelos portões da escola e correr até a delegacia, e botar a porra daquele lugar abaixo.

— Estes talheres são de prata mesmo? — perguntou ele.

— Sim.

Ele fez um lembrete mental para fingir estar engasgando e enfiá-lo no bolso.

O sino da escola tocou, e ele juntou seus cartazes e se afastou do prédio, cabulando a aula de biologia.

Misty pensou por um instante e resolveu acompanhá-lo.

64

Naquela tarde, Misty Meyer subiu no ônibus com ele, e Norma não sorriu nem acenou com a cabeça, apenas os deixou sentar e não pediu a passagem.

Eles iam se esbarrando, as pernas roçavam, enquanto observavam os campos verdejantes pelo amplo para-brisa, a estrada passava por prados de capim do Kentucky, secos e amarelados, diante de casas de madeira construídas à beira das encostas rochosas.

— Eu nunca andei de ônibus — disse ela. — É só um carro comprido, na verdade.

Norma franziu a testa.

Eles desceram em Branton, e Patch pegou os cartazes de sua bolsa e pregou o primeiro num poste de pinheiro.

O calor aumentou enquanto trabalhavam e, quando terminaram, sentaram-se no ponto de ônibus, num banco entalhado em cedro canelado, com os tênis no cascalho. Ele arrancou um dente-de-leão, ficou passando os dedos sobre o pompom enquanto ela tirou um refrigerante da bolsa, bebeu e passou para ele. Ela começou a falar. Ele descobriu que ela colecionava globos de neve. Ela não tinha irmãos, mas gostava da ideia de ter alguém para quem passar conhecimentos. Tinha dois cachorros, e achava que eles eram parentes até flagrá-los acasalando.

— Mesmo assim, pode ser que tenham algum parentesco — Patch comentou.

— Saberemos quando a ninhada nascer. Duas caudas, olhos faltando e outras coisas.

Ele tocou seu tapa-olho.

Ela percebeu.

— Não estou dizendo que você foi produto de tal...

Ele coçou a cabeça.

Ela mordeu o lábio inferior.

Eles voltaram em silêncio, atraindo espiadas ocasionais de Norma. Ao chegarem em Monta Clare, foram caminhando distraídos até a beira do lago. Deitaram-se ali até o anoitecer, e Patch observou as estrelas tocando a água.

— Meu pai não consegue falar sobre o assunto. E olha que nem chegou a acontecer nada. Ele fala de você como se você fosse um herói e um câncer. Você voltou mais alto e as pessoas dizem que é preciso de luz do sol para crescer — ela foi falando com naturalidade.

— Como as plantas.

—Você até que é bonito, Joseph "Patch" Macauley. Quer dizer, seus cílios são longos. Talvez porque seu corpo focou tudo em um único olho.

Ele franziu a testa.

— Num menino, isso é um baita desperdício.

Ela ficou em silêncio ao ouvir a onda de cigarras.

E, de repente, ela chorou.

Quando seus ombros tremeram suavemente, ele se aproximou dela e em seguida segurou sua mão macia.

—Temos essa coisa entre nós. Esse homem e essa história. As pessoas continuam querendo saber como eu me senti. Eu só estava com medo. E larguei você pra trás.

Ele observou ondulações na calmaria das águas.

—Você tinha que correr. Não tinha outra escolha.

— Quando Chuck me levou ao cinema. Quando Laurie Beth me pediu para ir ao salão. Eu queria gritar com eles, porque você estava perdido. A pessoa que permitiu que eu estivesse lá com eles.

Patch não largava a mão dela.

—A psiquiatra que eles me obrigaram a ir fica batendo o lápis na prancheta e franze a testa para mim. E ela fica com um papo sobre como construímos nossos ideais a partir de nossos erros do passado. E eu me pergunto o que exatamente é um erro. Uma coisa que não deveríamos ter feito, certo? Mas se o aprendizado é construído por tentativa e erro, não pode haver erros, apenas degraus numa escada para algum lugar melhor.

Ele a acompanhou até o centro e eles pararam em frente ao Palace 7, onde seu grupo de amigos a esperava do lado de fora.

— O Dustin Hoffman é uma gracinha — ela disse, enquanto tirava um pequeno espelho da bolsa para arrumar a maquiagem, sobretudo para retocar as manchas em suas bochechas.

Quando viu Chuck observando-os de longe, Patch imaginou o futuro deles. Foi então que ele se viu por completo, a mancha na história deles, seu tempo com ela não passava de uma penitência.

—Você está bem? — perguntou ele.

Ela alisou o vestido plissado, e ele pensou nela sentada ao lado de Chuck, pegando sua mão, rindo e ofegando enquanto comia pipoca e a luz cintilava em seus olhos.

Ela borrifou o pulso com um pequeno frasco de perfume.

— Esta é a minha noite de sexta-feira. Por muito tempo, as suas foram gastas em algum lugar tão ruim que nem consigo imaginar. Minhas noites e meus dias.

Cada mordida de comida. Cada filme que assisti ou livro que li. Toda vez que eu ria ou minha mãe me abraçava. Tudo, Patch. Foi roubado de você.

Ele a observou virar para atravessar a rua.

Naquele momento, Patch queria dizer a ela para não perder seu tempo. Ela não tinha roubado muita coisa. Ele nunca teve nada, para início de conversa.

65

— Qual é o seu maior medo? — perguntou Grace.
— Nunca mais ver nada bonito.
— Você vai, sim.
— Não sair de Monta Clare. Trabalhar em algum lugar mais escuro do que aqui.
— Não há lugar mais escuro, Patch.
— Em algum lugar onde eu não tenha o seu... você.
— Você verá tudo. Todos os lugares bonitos. Você verá todos eles. Eu garanto que vai.

Patch acordou sem ar, os lençóis enrolados num nó. Grudando de suor, ele caminhou até o banheiro e batizou seus pesadelos com água fria.

O rosto dela ressurgiu em sua mente.

Ele subiu depressa pelas escadas, seu coração disparado enquanto corria pelas ruas, e abriu as portas da Monta Clare Fine Art.

No estúdio, ele encontrou uma resma e começou com uma cartela de cores e misturou tudo, desde amarelo-cádmio até viridiano e preto-carvão. Apenas dois pincéis, um Goldenedge tamanho três e um Simmons zero, ambos um pouco amassados. Um conjunto de aquarelas Pelikan. Tudo roubado da Goodwill quando esteve lá varrendo o chão algumas horas antes. Ele deu leves batidinhas e alisou a ponta com os dedos.

Ele não sabia hidratar o pigmento, espalhar com uma colher, limpar o pincel antes de escolher tons mais escuros. Na escola, ele aprendeu misturas básicas. Sua mente voltou às aulas da Srta. Frey, quando ela lhes apresentava os mestres da arte, falava sobre *sumi-ê,* pontilhismo, cubismo e pós-impressionismo. Ele não sabia o que era a delicadeza de contornar, de distinguir o que era claro do que era escuro até que as dimensões estivessem bem definidas.

Patch sabia o que era sentimento e nada mais. Ele sabia fechar os olhos até que seu mundo fosse ela e, em seguida, penetrar no que parecia escuro demais até que pudesse liberar as sombras da voz dela. A maneira delicada como ela formava vogais, o calor quando ela ficava com raiva, o frio de sua quietude. Ele ergueu a mão e se lembrou do rastro macio da pele dela, do arco do lábio superior, da delicadeza da mandíbula. Ele sentiu o contorno de cada um dos olhos dela, a sobrancelha macia acima, a saliência inigualável das maçãs do rosto. E o cabelo, o calor suave do couro cabeludo, o comprimento dos cílios.

Assim, ele começou a construi-la de dentro para fora em cada página. Não deu muita atenção ou cuidado à estrutura, mas dedicou trinta gravuras a cada um de seus olhos, repetidas vezes, até conseguir ver o que nunca tinha visto.

A seguir, começou a trabalhar nos cabelos, e em algumas imagens ela era iluminada por um vermelho ardente e, em outras, por um ruivo mais tênue. Um loiro que se mesclava com o branco, um escuro que se misturava com cada um dos tons de preto. Às vezes, longos e esvoaçantes, outras vezes tão curtos que ele chegava a delinear seu crânio.

Quando o amanhecer rompeu sua noite febril, ele se sentou e olhou para as cerca de cinquenta imagens que havia desenhado. Abjetas, abstratas, algumas se resumiam a uma única orelha e o cabelo que a cobria. Ele as agarrou com força e lentamente começou a juntá-las. Demorou muito tempo, as peças de um quebra-cabeça que não tinha solução. Ele não sabia nada sobre a criação, sobre como a incompletude costumava levar ao seu próprio fim. Ele mal conseguia levantar o braço, então se sentou no chão duro, cercado por fragmentos de uma estranha; em seguida, começou a puxar seus cabelos e sua pele, e xingou aos berros, pegando cada pedaço de papel e os amassando com os punhos cerrados.

66

Do lado de fora da padaria, Patch sentia um cheiro inebriante enquanto a Sra. Odell enfeitava a vitrine com pães de centeio acebolados e pães australianos. Tomado por aquele torpor, ouviu risadas cruéis e avistou o grupo liderado por Chuck, que subiu a rua principal rasgando cada um dos cartazes que Patch havia colocado.

Ele cerrou os dentes e ficou parado no meio da avenida, imóvel ao som da buzina quando um jipe pisou no freio, e gritou para o bando que eles eram uns covardes.

Os cinco pararam e se viraram, como um exército organizado em suas jaquetas, com o general a liderá-los na direção de Patch.

—Você está sujando nossa cidade — disse Chuck, tão fraco que Patch quase riu.

O garoto tinha aquela típica beleza insípida, com uma mecha de cabelos louros jogada para o lado, o bronzeado e o porte físico eram razoáveis, quase quinze centímetros mais alto. Patch olhou para os amigos de Chuck e ficou se perguntando como os caminhos dessa gente se cruzavam — gente tão parecida e tão desprovida de inteligência. Talvez no campo de futebol, ou talvez seus pais fossem do tipo que trabalhavam em bancos ou seguradoras, e suas mães do tipo que organizavam cafés da manhã e exibiam flores frescas em vasos de opalina.

Chuck ergueu alguns cartazes.

— Essa é a namoradinha que você inventou, certo?

Ele olhou para a Monta Clare Fine Art e viu Sammy apoiado na entrada e observando aquela cena; ao lado dele, viu as gravuras na janela. O piso de madeira e o exército de garotas adornadas com sapatilhas de balé e laços coloridos. Ele pensou em Grace girando e no que ela havia vislumbrado para si mesma e para eles dois.

— Cinco contra um — Chuck disse.

Patch o encarou.

—Você quer chamar mais alguém para equilibrar as coisas?

Ele não viu quem o empurrou, mas ainda conseguiu se manter de pé — porém, talvez tenha sido uma decisão equivocada, porque o empurrão foi seguido por uma enxurrada de socos e chutes. Ele não sentiu mais nada a partir daí, apenas caiu na calçada dura e não se moveu para se proteger. Ele sentiu o gosto de sangue e viu tremular o nome dela quando os cartazes caíram ao lado dele.

Ele pensou em Eli Aaron, como aquela, sim, foi uma surra de verdade. Eles recuaram um pouco quando o viram sorrindo para eles.

Patch ficou de pé. Espreguiçou-se. Ergueu os punhos, e sorriu, e acenou para que não parassem agora que ele estava aquecendo.

Patch não viu a garota entrando na sua frente até que ela tirou uma baguete de *sourdough* da sacola e bateu em Chuck com tanta força que o estalo ecoou.

Chuck agarrou a orelha, com os olhos ardendo.

O grupo quis voltar à pancadaria, mas Misty os impediu de agir apenas com sua determinação, com os olhos semicerrados como se estivesse escolhendo quem seria o próximo. Um letreiro da Coca-Cola girava enquanto Patch recolhia cuidadosamente seus cartazes.

Misty usava uma calça jeans boca de sino. Seus cabelos loiros estavam amarrados por cima do ombro como uma espécie de echarpe luxuosa.

Alguns garotos ficaram observando na calçada de tijolos vermelhos enquanto Chuck ponderava com cuidado sobre o que estava acontecendo.

Eles estavam ali, a bela garota rica, o garoto desaparecido, o rei da Escola Monta Clare e seus seguidores.

Eles se espalharam e foram embora devagar.

Patch enfiou a mão na mochila e tirou um rolo de fita adesiva.

Misty segurava os cartazes enquanto Patch os colava com cuidado.

Juntos, eles avançaram pela rua, de poste em poste.

— Meus pais querem que você venha jantar conosco — disse Misty, bastante concentrada no que estava fazendo.

— Por quê?

— Por gratidão. Ou talvez por culpa.

Ela entregou a baguete a Patch, que, ao sentir a dureza, fez uma careta ao pensar na orelha de Chuck, mas também de preocupação pelos próprios dentes.

— Fiz isso para o seu almoço.

— Tem um pouco de sangue do Chuck.

— Outro dia, você não devolveu o talher de prata.

— Eu sei.

67

Saint tinha aulas de piano todos os sábados de manhã com a Sra. Shaw, que expressava desaprovação sempre que Saint se atrapalhava com "Clair de Lune" — sua mão esquerda ferrava completamente a sequência de colcheias, até que a Sra. Shaw dava um basta e a mandava para fora, pois assim o ar da manhã poderia refrescar sua mente.

Ela viu Nix tomando café sob a cerejeira Okame do outro lado da rua. Ele levantou a mão, seu sorriso tão triste que ela resgatou todas as lembranças do ano anterior, voltou para o seu lugar e terminou o que havia começado.

— Não tenha pressa. Às vezes são as notas que você não toca que fazem a diferença — disse a Sra. Shaw.

Na segunda-feira, quando Patch não apareceu na aula, Saint pediu para ir ao banheiro e saiu andando pelo piso de tacos desgastados.

Ela espiou dentro das salas de aula, ignorando um sorriso de Jimmy Walters.

Encontrou Patch sentado sozinho num corredor. Ele parecia franzino, o garoto que ela havia perdido. O inchaço em seu olho já ficando com um tom esverdeado em contraste com a delicadeza de sua pele.

Saint puxou uma pequena cadeira de plástico para se sentar ao lado dele e olhou para o incessante ponteiro dos segundos, enquanto ele encerrava mais uma hora de suas vidas. Ela se perguntou se sempre ficaria presa naquele limbo confuso, entre ser criança e adulta; se isso estava impresso em sua pele, como um aviso de que ela não podia ser confiável ou desejada.

— Foi por causa do que aconteceu esta manhã? Eu soube do negócio com o Chuck.

A porta do diretor se abriu, e ele levou Chuck e o pai dele para fora. O nariz de Chuck estava coberto de sangue, o hematoma já circundando os dois olhos.

— O que ele fez? — Saint perguntou para Patch.

Luke Bradley, o pai caipira e grosseirão de Chuck, olhou fixamente.

— O Chuck trouxe um troféu de futebol, e o Joseph o roubou.

— Por que você roubaria o troféu dele? — Saint perguntou a Patch.

— Para que eu pudesse foder a mãe dele com aquele negócio. Aparentemente, o Luke não está dando conta do recado — disse Patch.

— Jesus! — Saint disse baixinho, enquanto Chuck e seu pai demoraram para reagir.

Eles teriam ido para cima do garoto se o diretor Rodriguez não tivesse impedido. Patch olhou para eles.

— Belo tapa-olho — disse ela.

Patch tocou a estrela azul com a cabeça distraída.

Saint falou:

— Pete Mãos de Gancho mudava a cor de sua estrela toda vez que tirava uma vida. Ele chegou a usar quase todas, porque era um homem mau. Porém, um dia, ele sacou sua pistola e apontou para um cara, mas estava tão bêbado que a bala não pegou no seu alvo e foi parar no coração de uma garota chamada Nancy Blue. Pete Mãos de Gancho nunca mais matou ninguém e, pelo resto da sua vida, passou a usar azul em homenagem a ela e pela culpa que carregava.

— Eu não sou um pirata — disse ele, enquanto o diretor o levava para sua sala e dizia a Saint para voltar para a aula.

Ela esperou os trinta minutos sozinha e, quando a porta se abriu, mais uma vez, ela se escondeu na quina do corredor. Somente quando ouviu os passos leves ela se juntou a ele.

— Suspensão — disse ele.

Ela o seguiu para fora da escola e, juntos e em silêncio, foram até a casa dele. Ele não a convidou para entrar, mas ela o seguiu e viu Ivy dormindo no sofá, o cobertor puxado sob o queixo, embora as pernas estivessem descobertas.

Ela seguiu Patch até a frente de novo e não disse nada quando ele abriu o Fairlane, e se sentou no banco do motorista, ligando o motor.

Saint abriu a porta do passageiro e se sentou ao lado dele.

—Você vai se meter em alguma merda — disse ele.

— Nós vamos nos meter em alguma merda — disse ela, conforme ele saía de casa.

68

Ele dirigiu por Monta Clare, e ela não perguntou para onde estavam indo. Saint baixou o vidro da janela, e a chuva, por um tempo, vinha em pancadas intervaladas por entre as árvores imóveis até formar espelhos d'água nas ruas. Ele dirigia razoavelmente bem, e ela se perguntou quantas vezes ele devia ter roubado aquele carro velho na calada da noite.

Durante um bom tempo, ela deu algumas olhadas para ele tentando identificar qualquer diferença, mas não havia nada, pelo menos não visivelmente.

Foi apenas na Eleven Valley Road, quando ele virou numa trilha não sinalizada e passou com o carro sobre esteiras de pinheiros mortos, que a respiração dela ficou mais ofegante ao perceber onde estavam e o que estava diante deles.

— Estamos...

— Você pode esperar no carro — disse ele.

Os dois desceram juntos, e ela silenciosamente passou pelas agitações do carvalho venenoso e pelo emaranhado do zimbro-comum. Ele pegou cones azuis-escuros, mas ficou completamente imóvel ao lado dela enquanto olhavam para o Lago White Rock.

— Monta Clare poderia muito bem ser o nosso mundo, certo? — ela perguntou.

Os rios das montanhas o alimentavam com sombras túrgidas que ondulavam.

Em silêncio, eles chegaram aos restos queimados da casa de Eli Aaron. A fita da polícia ainda estava pendurada, mas os policiais há muito tempo não pisavam no local. Os cães farejaram cerca de quarenta hectares junto com uma equipe especializada que retirou três corpos de seu descanso inquieto.

Ele se sentiu pequeno diante daquele imenso terreno carbonizado, com a estrutura destruída, mais espessa, corroída e repelente à água de que precisaria para se recuperar. Saint estava feliz que não haveria vida ali novamente.

— Para encontrar Grace, precisamos descobrir como ele a escolheu. E como ele escolheu Misty. E as outras — disse Patch.

Ele puxou o papel da bolsa e o segurou.

Saint olhou para ele.

— Esta é uma foto das contas do rosário — disse ele. Ele a furtou quando foi limpar a delegacia.

Ela olhou para os mínimos detalhes. Os azuis metálicos, a cruz do perdão. As contas maiores em intervalos, as flores marmoreadas tão bonitas que ela sabia que haviam sido pintadas à mão. Ela espremeu os olhos para se concentrar, mas não conseguiu identificar o santo exato nem a gravura.

— Posso ficar com a foto? — ela perguntou.

Mais tarde, ela a levaria para a biblioteca e vasculharia os arquivos, mas não encontraria nada.

A casa estava destruída. Os celeiros ainda estavam num crescente de plantações intocadas, e Saint não queria segui-lo, mas também não queria deixá-lo sozinho.

— Eu nunca cheguei a agradecê-la — ele disse.

— Você não precisava.

Ele enfiou a cabeça num rasgo nos painéis do sótão e não viu nada, porque os policiais haviam removido quase tudo.

Ele subiu e ela o seguiu, sujando suas calças com fuligem.

Eles vasculharam os escombros.

Saint se ajoelhou e viu os papéis podres, a tinta escorrendo por causa da chuva e as mangueiras de incêndio. As páginas dos livros, as lombadas ainda intactas.

Ela identificou palavras esparsas. *História. Arte. Guia.*

— Você acha que Eli Aaron está vivo? — perguntou Saint.

— Sim. Caso contrário, Grace já teria me encontrado.

69

Eles chegaram à primeira sepultura a uns quinhentos metros da casa, a terra escavada e não recolocada.

Patch se ajoelhou ao lado da cova.

Saint se sentou de pernas cruzadas sobre leitos de folhas prateadas.

— Elk Rock, Roberts Creek e Cordova Park. Milhares de hectares que não temos nem como começar a mapear — disse ela.

— Queria saber mais sobre essa garota que foi enterrada aqui.

— E, além disso, há mais milhares de hectares e algumas estradas. E um milhão de lugares para se esconder.

— Ela teria amigos, coisas favoritas. Talvez ela criasse abelhas — disse ele, e Saint sorriu antes de perceber que não tinha sido dito para ela.

Ele puxou a gola da camiseta para cima.

— E não estou falando apenas de nossos parques... nossos estados — disse ela.

Ele olhou para a sepultura, cavada cada vez mais fundo, as laterais de pedra, um sepulcro que não continha mais o que pretendia.

— Nix disse que eu preciso parar. Que devo seguir... — Patch começou.

— Não estou...

— Eli Aaron sabia, certo? Ele sabia de onde ela vinha e para onde estava indo. Eu não pertenço mais a este lugar. Eu não pertenço... — Suas palavras foram enterradas sob o canto de um pintassilgo.

— As pessoas dizem... que o mundo... está de braços abertos para nós. Mas talvez você esteja negando esse abraço, Patch. Você está bloqueando rotas até que reste apenas uma, e isso não leva a lugar nenhum.

— Eu me lembro de coisas. Às vezes, no meio da noite, eu me lembro de algo que ela disse e não consigo dormir depois. Pode ser que seja algo que me leve a ela.

— Você pode me contar, e eu anoto. Vou reunir tudo o que você tiver. Eu sou boa em... ser organizada — ela disse, e suspirou consigo mesma.

— Então me diga que você acredita que ela é real.

Ela pensou na maneira como ele a descreveu. O cabelo comprido, o cabelo curto. As vozes. Que não havia nenhum vestígio.

— Eu acredito que ela é real.

Ele deixou cair a cabeça em suas mãos e se enterrou tão totalmente que ela estendeu a mão, mas não conseguiu levá-la para baixo em sua pele, então a deixou pairando logo acima, sentindo o calor de seu desespero. Ela queria vê-lo sorrir novamente. Ela precisava disso.

Saint soube, naquele momento, que ela estava com problemas.

O mesmo tipo em que ele estava. O tipo do qual eles provavelmente nunca se libertariam.

— Eu vi você com a Misty — ela disse, e Deus sabe o quanto ela tentou manter seu tom de voz o mais neutro possível, enquanto puxava o tênis do pé para tirar uma pedra de dentro.

— Ela me alimenta com bolo e arroz e algum tipo de ensopado. Ela fala sobre ossos de vitela e tofu, e todo tipo de merda que eu nunca ouvi falar.

— Ela gosta de você.

— Você diz isso porque não provou aquelas coisas.

Saint queria caçar pedras, deslumbrá-lo com quartzo druso enquanto caçava galena, porque na luz certa, dizia ele, brilhava como um tesouro de pirata. Ela queria se sentar ao lado dele e assistir Mister Rogers e Lady Aberlin, e Joe Negri, mostrar seu acordeão. E congelar como estátua quando ele a pegasse, ficando tão imóvel que depois de um tempo ele a cutucava até ela não aguentar mais e cair na gargalhada. Ela queria que ele fosse um pirata outra vez.

— E agora ela quer que eu vá jantar naquela mansão do cacete.

— Minha avó disse que você pode vir comer conosco... até mesmo aos domingos, quando ela faz o cordeiro.

Apesar de onde eles estavam, e o que estava ao seu redor, Saint ainda sentiu o rosto ruborizando.

— Nem sei como... os Meyers. Eles vão agradecer, mas não sei direito o que isso significa.

— Significa que você fez uma coisa boa e, às vezes, na vida, precisa ser lembrado das coisas boas que faz. Porque se você esquecer...

— O Nix disse que você se sentava na delegacia todos os dias para que os policiais não se esquecessem.

Ela mexeu na trança e não olhou para ele enquanto passava a língua sobre o desnível do dente.

Ele estendeu a mão e cobriu a mão dela com a dele, e ela exalou como se estivesse prendendo a respiração há um ano.

— Se não tivesse sido exatamente do jeito que foi, talvez as pessoas não soubessem sobre Grace e que ela é incrivelmente brilhante, e que ela merece ser citada, e que ela merece ser encontrada.

—Você a ama? — Saint perguntou, e seu pequeno corpo estava tenso.

A pergunta pairou no ar.

O ar cauterizou.

Ele não respondeu.

70

Ele pegou livros da pequena biblioteca em Pecaut.
Arte moderna; *Paisagens urbanas*; *Desvendando retratos*.
Ele os estudava nos trajetos de ônibus.

O 74 ia para Lewisville, onde ele caminhava pela rua principal e colocava os cartazes em cada um dos postes de luz. Uma vez, ele tentou colar um nas janelas caiadas de uma velha barbearia, mas atraiu a fúria de um policial local. O cara amoleceu quando viu o desenho; neste, Patch deixou o cabelo dela mais claro e sua mandíbula mais delicada. Em seus cartazes, constava o número de telefone da Delegacia de Polícia de Monta Clare. O Chefe Nix reclamou do número de ligações que vinham recebendo de gente querendo tomar o tempo dele. Patch teria dado o seu próprio número, mas suas contas estavam tão atrasadas que a Southwestern Bell finalmente cortou sua linha.

Ele embarcou no 50 até Le Masco, Saint ao lado dele enquanto enchiam a cidade de cartazes.

Três ônibus para Afton, um município de não mais do que algumas centenas de casas, algumas delas trailers. Botijões de gás enferrujados ameaçavam tombar quando batiam às portas finas e eram recebidos com olhares vazios.

Ele viajou sozinho para Saddlers Clay e Lenard Creek, Newton Bale e mais de uma dúzia de colônias. Ele sombreou partes de um mapa tão grande que não aguentava mais desdobrá-lo por inteiro.

—Você sabe que minha neta não dormiu enquanto você estava fora.

Norma contornou um buraco.

— Eu sei.

— Acho que você também sabe que ela faltou à escola numa tarde dessas. Ela é toda coração. Isso a torna mais fácil de ser quebrada — disse Norma.

— Também sei disso.

— Não tenho certeza se você sabe — disse ela, e não foi cruel.

Um pequeno rádio tocava Sinatra, a única música que ela permitia no ônibus.

Norma o deixou na esquina da Loess Hills.

—Vou passar por aqui às quatro.

— Mas não está na rota de volta — disse um velho atrás.

Norma franziu a testa.

— O ônibus é *meu*, e vou levá-lo para onde *eu* quiser. E se achar ruim, talvez queira fazer uma caminhada.

Na cidade de Darby Falls, ele parou na porta da casa dos Montrose. Richie Montrose o deixou entrar, e Patch o seguiu até uma sala de estar deprimente, onde na televisão passava um jogo de beisebol e havia algumas dezenas de latas de cerveja vazias formando uma torre ao lado dela.

Richie se sentou e, com os olhos vermelhos, olhou para Patch com um misto de confusão e desinteresse. Patch viu seu uniforme jogado sobre o encosto de uma cadeira, com o cinto e o distintivo, e o boné caído no chão.

—Você é o garoto que fica me ligando?

Patch assentiu.

—Você acha que ficou preso com a minha Callie?

— Existe uma chance.

— Quero crer que você esteja errado. Quero crer que ela… que esse homem não a levou.

Richie não tirou os olhos do jogo.

— Posso dar uma olhada no quarto dela? — perguntou Patch.

— Subindo, primeira porta à esquerda. Não toque em nada.

Cortinas e colcha cor-de-rosa, e um tapete laranja-ocre. Patch ficou no centro sob uma luminária baixa, e observou a organização e a cômoda, e os dois pôsteres colados na parede. Bowie e Hendrix, e ninguém que ele pudesse se lembrar de ouvir Grace mencionando. Na estante, havia uma foto emoldurada, e ele olhou para o rosto dela e tentou reconhecer as formas, a parte plana de sua testa, o arco de suas sobrancelhas.

Você é ela?

Ele respirou fundo e se perguntou se conseguiria se lembrar dela. Sua pele e cabelo, e, às vezes, seu suor.

Então ele ouviu.

Patch desceu as escadas lentamente.

Richie Montrose estava afundado em sua poltrona e, no canto, girava o velho toca-discos.

Patch parou no vão da porta.

E ouviu o baixo-barítono de Johnny Cash.

71

Na escola, Misty levou *goulash* com um bife tão duro que precisou ser mastigado durante a maior parte da tarde, a mandíbula de Patch doía enquanto ela não parava de falar em sua orelha sobre a técnica utilizada, e de como ela provavelmente abriria seu próprio restaurante na cidade.

— Sementes de cominho — disse ela, como se respondesse a uma pergunta que ele não havia feito. — Eu os esmago à mão, sem necessidade de ferramentas.

Ele tirou uma grande semente presa entre os dentes.

O jantar com os pais dela parecia avultar-se como um caminhão de dezoito rodas na estrada mais estreita.

Misty olhou para as Graces crescendo em número, detalhes e sutileza. Um menino possuído, sentado em seu tronco protegido da chuva enquanto alisava a pele dela com o lápis.

Ele pescou algo branco no ensopado e estalou os lábios para disfarçar um pouco e fingir que estava gostando.

— Que tipo de queijo é esse?

— É peru.

Ele abaixou a cabeça.

— É um pagamento — disse ela, passando uma escova pela sua espessa cabeleira loira. — Por salvar minha vida.

— Acho que estamos quites agora. Quer dizer... o *goulash* estava muito bom. E o bolo. E aquela coisa com as cabeças de peixe...

— Então, tecnicamente, você está me devendo agora.

Ele chegou em casa e encontrou o Dr. Tooms sentado na cozinha.

— Onde está a minha...

— Dormindo — disse o Dr. Tooms.

Patch se sentou na frente dele e disse ao médico que estava bem. Tooms deu aquele sorriso triste de sempre, e Patch ficou só imaginando o que havia acontecido com o homem enquanto ele esteve fora. Seus olhos brilhantes, agora opacos e rodeados pela escuridão. Sua camisa pendia sobre os ossos, e seus dedos tamborilavam na mesa como se ele não conseguisse relaxar.

— Estou preocupado com você.

— Estou bem — disse Patch.

— Eu só... Queria saber se as suas memórias já estão voltando.

Tooms o observou atentamente, seus olhos escuros fixos em Patch, como se estivesse procurando uma pista, algo que lhe mostrasse que o garoto estava se afogando.

— Memórias?

— Se você consegue se lembrar mais desse homem.

Patch deu de ombros.

— Tipo, o nome dele é Eli Aaron, certo? Mas eu nunca o vi. Nunca ouvi sua voz.

Tooms suspirou, depois falou sobre terapia, sobre comer direito e talvez fazer exercícios leves.

— Eu vi seus cartazes pela cidade — disse Tooms. — Vou colocar um no consultório.

Tooms ficou de pé, todo esticado, e estava prestes a sair e então parou perto de Patch.

— Você conseguiu sair de lá, Joseph. Eu me preocupo que ainda não tenha se dado conta disso.

Patch se virou e viu sua mãe na porta, o rosto dela com uma expressão confusa, até perceber que o médico estava ali. Ela sacudiu o maço para tirar um cigarro e lhe oferecer um, mas Tooms recusou com a cabeça, dizendo a ela que nunca fumou, mas não disse isso como um aviso.

— Essa garota, você não tem ideia de quem ela seja — disse Tooms.

— Não tinha. Mas, agora, talvez eu tenha — disse Patch.

— Essa garota... — Ivy disse e despenteou o cabelo.

— Diga-me — disse Tooms, aproximando-se de Patch.

— Acho que ela poderia ser Callie Montrose. Se eu... Eu poderia ter ficado inconsciente por muito tempo?

Tooms sorriu, seu rosto tomado por uma dor, seus olhos cheios de muitas coisas que Patch não conseguia entender.

— Eu preciso de uma receita. Meu Quaaludes está acabando.

Ivy segurou o rosto de Patch com carinho.

Patch se virou para Tooms, mas viu que ele já estava do lado de fora da porta. Ele não olhou para trás.

72

Naquela noite, ele fez mais faxinas. De tão cansado, seu corpo lutava contra cada movimento com o resto de forças que tinha, tensionando seus músculos até doerem. Ele chegou à galeria às três. Suas costas doeram quando ele ficou de joelhos e esfregou a madeira. E, então, ele notou um livro sobre uma mesa de vidro no centro da sala. Grande e pesado, ele virou as páginas, parando numa mulher deitada de costas na água, segurando flores silvestres em uma das mãos. Patch olhou, hipnotizado. Os salgueiros e urtigas, os tons de verde, o formato de seu crânio.

— Ofélia. Você já leu *Hamlet* na escola? — Sammy perguntou.

Sammy usava sapatos brogue, sem meias, os tornozelos bronzeados. Suas calças eram tão apertadas quanto o colete. E, por baixo de tudo, uma espécie de gravata que Patch só tinha visto num livro. Na luz certa, que na verdade era muito fraca, Patch concluiu que o homem poderia se passar por um pirata. Talvez um corsário, um bucaneiro do porto de Saint Malo.

— Não — respondeu Patch.

— Você está frequentando a escola?

Patch preferiu não responder.

Ambos se viraram quando uma mulher desceu as escadas, ligeiramente corada. Ela segurou uma bolsa contra si mesma.

— Então eu já vou indo — ela disse, e sorriu para Sammy.

— Sua carruagem a aguarda — disse Sammy e, do lado de fora, um táxi estava parado.

Patch a observou sair devagar, como se estivesse esperando algo mais.

— Nunca mais quero que volte aqui — disse Sammy, quando a porta se fechou.

— Eu só estava olhando para...

Sammy expirou, olhando para a bebida em sua mão enquanto ele falava, como se a decepção quase combinasse com a falta de surpresa.

— Você não pode roubar de mim, garoto. Você já ouviu falar de honra entre ladrões?

Patch ficou ali, o esfregão atrás dele, o balde ao lado de seu tênis. Ele usava um tapa-olho preto, uma camiseta cheia de buracos.

— O senhor é o único de quem eu não... de quem eu não roubei nada.

— Os moradores da região devem achar que tenho o dever de proteger as pequenas empresas de Monta Clare. A verdade é que estou cagando para os outros. Preciso tomar conta de mim e dos meus interesses, e tem sido assim desde quando eu era não muito mais velho que você. Aprendi uma lição difícil, a sua será mais fácil.

— O que foi que eu roubei?

— Uma resma de papel. Você pesquisou, descobriu a qualidade e o custo. Pegou algo que pensou que eu não notaria. A garota magrela, a neta da lésbica. Ela diz que você é um pirata.

— Eu não sou nenhum pirata.

Sammy amoleceu um pouco, seus ombros cedendo quando ele terminou sua bebida.

— Seja como for, você não é mais problema meu.

— Você vai contar à agência?

— Preciso comunicá-los.

Patch pegou o balde e o esvaziou na pequena pia ao lado do vaso sanitário. A mente dele foi imediatamente às contas para pagar, ao dinheiro que faltaria no orçamento. Sua mãe atenderia a ligação e descobriria que havia sido demitida de um emprego para o qual não era boa o suficiente. Talvez fosse a última gota d'água. Seu estômago deu um nó.

— A maioria dos homens se vê numa encruzilhada pelo menos uma vez na vida.

— Vá se foder — disse Patch.

Ele parou na porta, abriu a bolsa e tirou o papel pesado que pegara, os esboços de Grace em cada folha.

Ele os jogou na direção de Sammy e não ficou para ver os fragmentos de sua memória flutuarem.

73

Ele se viu na Igreja São Rafael e parou logo na entrada. Eram nas horas entre o pôr e o nascer do sol que ele se sentia mais perto dela; quando a cidade dormia, como ele sempre o fizera. Naquele momento, seguindo os passos dos penitentes, ele deixou a exaustão e o total fracasso levá-lo ao edifício que nunca trancava suas portas. Patch não conseguia compreender essa confiança imprudente.

Velas queimavam, e o silêncio tinha um peso tão familiar que ele se sentiu impelido a se sentar no banco da frente, e até pensou em pedir ajuda, quando olhou para o outro lado e notou o homem na mesma fileira.

— Dr. Tooms — disse Patch.

O médico permaneceu ajoelhado por mais algum tempo, e só quando terminou sua conversa com Deus, ele se levantou, se aproximou e se acomodou ao lado de Patch.

Ele cheirava a acelga e metal, e seu rosto jovial estava sorumbático.

— Você estava orando — atestou Patch.

— Sim, estava.

— Tem algum padre aqui?

Tooms balançou a cabeça. Então Patch disse:

— Se eu confessar todas as coisas ruins para Deus...

— Então você ainda as terá feito, e elas ainda serão ruins.

— Eu não quero perdão.

Patch olhou para o retábulo, para o relevo de ouros, cremes, e as janelas com arte sacra.

— Então, o que você quer?

— Ajuda.

Tooms sorriu como se soubesse a pergunta e qual seria a resposta.

— Quando eu estava lá embaixo, nós citávamos as escrituras para nos mantermos vivos — disse Patch. — E eu as repito para mim mesmo, mas parece tão vago.

— Alguns dizem que a tradução não é literal. É um conjunto de diretrizes aproximadas que nem sempre se encaixam.

— Eu ferrei com tudo, Dr. T — disse Patch, desesperado.

— Isso acontece com a maioria das pessoas que vem à igreja.

— Mas eu não sei o que fazer para consertar.

— Não cabe a você consertar as coisas, Joseph.

Ele pensou nos sinos do santuário, como eles tocavam durante a liturgia, e como as pessoas sabiam que deveriam se concentrar nessa parte, bloquear todo o resto.

— Por que você está aqui agora? — perguntou Patch.

— Para pedir perdão por atos que sei, em meu coração, que voltarei a cometer.

Patch o observou por algum tempo, embora o médico parecesse em paz. Ele usava sapatos elegantes com uma crosta de lama na sola. Sua camisa tinha um pequeno rasgo ao longo da costura.

— Mas você pede mesmo assim — disse Patch.

Tooms olhou para a cruz.

— E assim mesmo Ele ignora.

74

Saint ajudou Patch a escolher roupas da caixa com as coisas do pai dele.

Ela desviou o olhar enquanto ele tirava a camiseta, com os braços relaxados cruzando à frente, preservando um pouco a cena. Na janela, ela viu o reflexo dele, da cicatriz que ainda estava visível, de uma história tão profundamente esculpida que ela desistiu de tentar superar e, em vez disso, passou a trabalhar aos poucos para trazê-lo integralmente para casa. Ela escreveu para a Unidade Federal de Pessoas Desaparecidas no Nebraska. Para o Centro Nacional de Pessoas Desaparecidas no Texas. Ela se sentou na varanda da casa alta, enquanto a avó foi dirigir o ônibus, e ligou para a Fundação Aileen Plattas, no Arkansas, e contou à senhora do outro lado da linha tudo o que sabia, que era quase nada. Na biblioteca, ela encontrou mais agências com grandes títulos, mas logo percebeu que nenhuma delas era credenciada ou oficial, mas apenas pequenas associações de parentes de pessoas desaparecidas, tentando manter vivas as lembranças e a esperança, ao mesmo tempo que reuniam informações e as compartilhavam com os departamentos de polícia de todo o país.

—Você não precisa estar aqui — disse ele.

Ele não percebeu que ela usava uma túnica nova, com estampa no mesmo tom de castanho dos olhos dela.

—Você está nervoso — Saint disse, com uma perspicácia certeira.

— Eu não estou de gravata — disse ele.

Ela jogou para ele uma gravata-borboleta vermelha e brilhante.

Ele a vestiu e dobrou os punhos da camisa, e seu cabelo caiu sobre o olho. Ela pegou um pouco da pomada de cabelo do pai e o alisou para cima.

— Estou parecendo um mágico gorduroso — disse ele.

— Como se houvesse outro tipo.

Ela arrumou o nó de sua gravata-borboleta, como o avô dela havia ensinado.

— Senti sua falta, Saint. Quando eu estive longe. Senti sua falta.

Discretamente, ela virou o rosto para o outro lado, para que ele não percebesse há quanto tempo ela esperava por aquelas palavras.

Eles caminharam juntos até o fim da rua principal e, na loja de conveniência Green, ela escolheu um buquê cor de pêssego e pagou por ele com o dinheiro do mel, agora cada vez menor, que ela havia escondido tão bem.

— Eu não quero fazer isso — disse ele.

— Só não roube dos ricaços — disse ela.

Ela observou a relutância dele em se mover entre os álamos, que se curvavam para cima e em direção às casas grandes.

— Gostei da sua blusa.

Ela se virou e deu de cara com Jimmy Walters. Ele usava uma camisa e calça elegantes, com o cabelo bem repartido por uma mãe que Saint uma vez vira limpar a bochecha de Jimmy com cuspe num lenço.

— Não tenho te visto muito, agora que Joseph está de volta — disse ele.

Saint assentiu.

— Eu rezei por isso — ele disse em silêncio.

— Eu também, Jimmy.

Ela deu uma olhada nele, seus olhos muito azuis e sérios, como se ele nunca tivesse visto nada de ruim. Naquele momento, ela ansiava por olhar o mundo através de suas lentes, certa de que era mais simples e mais puro, e mais fácil ver tudo de bom.

— Eu nunca te agradeci — ela disse.

Ele a encarou, e ela notou que seus cílios eram tão escuros quanto seu cabelo, sua pele tão pálida quanto a dela.

— Pelo quê? — perguntou ele.

Ela observou o arco do cupido em seu lábio enquanto ele falava, notou os pelos finíssimos logo acima.

— Naquele dia... se você não tivesse contado ao Nix para onde eu estava indo...

— Aí você teria se virado muito bem sem ele.

Saint sorriu diante da mentira, sentindo uma onda de gratidão quando ele se virou e a deixou.

Ela voltou para a casa alta, vestiu seu macacão e pintou o rosto com verdes, marrons e pretos, e sentiu o apego de sua infância enquanto caminhava pelo matagal e tomava seu lugar num cobertor pesado na grama alta.

Saint olhou através das lentes de sua Nikon e observou a casa dos Tooms.

Ela pensou em Patch.

A cada dia, ela perdia mais um pouco dele.

75

Patch poderia ter voltado atrás, mas viu Misty ao pé de uma entrada de automóveis sinuosa, com a imponência de uma casa colonial branca oprimindo-o na sombra.

Ela usava um vestido vermelho simples e, em outro dia, em outra vida, ela o teria matado ali mesmo na rua.

Misty não o olhou de cima a baixo nem notou a gravata-borboleta, a camisa amarrotada e as calças que brilhavam em cada joelho.

Ele estendeu as flores e ela as pegou.

— Ela está aqui há uma hora, preocupada que você não apareceria.

— Mãe! — disse Misty, fuzilando a mãe com o olhar.

A Sra. Meyer era alta e severa, e caminhou direto até Patch, apertando ligeiramente sua mão. E então, ela o examinou de uma maneira que sua filha não fez.

— Você gosta de flores, Joseph? — perguntou ela, enquanto seguia com ele na direção da casa.

Ela falou de mil-folhas, serralha e coníferas. Apontou para uma área que ela havia perdido para a alumã. Os canteiros floresciam com cores veranis brilhantes demais para aquela noite de outono, como se os Meyers fossem ricos o suficiente para vê-las o ano todo, como se não conhecessem a palidez do inverno de sua morada tão alta.

Patch prestava atenção em tudo o que a Sra. Meyer apontava, ouviu histórias de árvores doentes que eles haviam resgatado para preservar a paisagem da casa mais antiga da cidade.

O Sr. Meyer os recebeu na porta e apertou a mão de Patch com muita força, como se, com aquele simples gesto, estivesse tentando transmitir que ele também teria levado uma facada no estômago pela vida de uma garota que nem sabia o nome.

Franklin Meyer tinha um metro e oitenta e usava uma calça de sarja creme e uma camisa com três botões abertos. Ele olhava para Patch de cima a baixo, mas mantinha o sorriso no rosto, com dentes grandes e brancos.

A Sra. Meyer arrastou Misty até a cozinha para procurar um vaso, enquanto Franklin levava Patch até uma sala de estar formal.

Ele lhe entregou um copo com algo marrom, que Patch bebeu e quase se engasgou com a queimação.

— Não conte à Mary que eu lhe dei isso.

Aquele sorriso novamente, e Patch ficou imaginando se conseguiria aguentar aquele ritmo a noite inteira antes que os músculos fraquejassem e relaxassem, como se o homem rico estivesse tendo um derrame.

Em uma sala de jantar com cortinas pesadas e tapeçarias de seda, cadeiras de *maple* e porcelana plúmbea. Patch sofreu com os cinco pratos, de vez em quando olhando para Misty para ver exatamente como se comia uma lagosta. Ele a abocanhou devagar, pois não queria espirrar manteiga quente nem derrubar uma peça da antiguidade.

Misty falava de competições de natação e atletismo, ao passo que os pais dela o orbitavam, Franklin falando de esportes, Mary sobre artes, aparentemente desconhecendo por completo seu público. *Tristão e Isolda*, *Otelo* e *Tosca*.

— A Misty quer entrar para a política — disse Franklin com naturalidade.

— Como se você tivesse ficado muito orgulhoso quando fiz campanha em prol de Jane Roe — rebateu Misty, depois se virou para Patch e sorriu. — Eu saí na primeira página do *The Tribune*.

— Isso é uma questão religiosa, não política — disse a Sra. Meyer.

— Ah, sim, esqueci. Em qual igreja mesmo que *Roe vs. Wade* teve maior repercussão? — Misty ironizou.

A Sra. Meyer se virou para Patch, perguntou se ele já tinha estado em Chicago ou Boston, bebeu outra taça de vinho e apalpou o calor das bochechas com um guardanapo quando ele disse que nunca havia saído do estado.

Patch perguntou sobre *O lago dos cisnes*, e Prince e Odette.

O rosto da Sra. Meyer ficou iluminado; ela pegou a mão dele e o levou para outra sala, onde vasculhou a gaveta de uma escrivaninha de carvalho.

— Teatro Estadual de Nova York, há quase seis anos.

Ela encontrou um pequeno folheto e entregou a ele.

— Cynthia Gregory era divina, embora, é claro, Franklin a achasse pouco inspiradora.

Patch olhou para a imagem, para a fonte em negrito e a ordem de execução.

— Eles têm uma lista de pessoas que compraram os ingressos?

— Acho que não — disse a Sra. Meyer, ainda olhando na gaveta.

— Eu mantive os esboços... lembranças tão maravilhosas.

Ela começou a falar de Dr. Coppelius e falou de Franz e sua garota de brinquedo, mas Patch não ouviu nada disso, sua mente estava focada em Grace.

— E no final, quando eles se reunirem na morte, você será o primeiro a se levantar, bater palmas e assobiar.

Ela assumiu o comando de todos os seus pensamentos.

76

Misty o levou para um quintal que parecia não ter limites, simplesmente não tinha fim, como se eles não conhecessem limites de qualquer tipo.

Havia uma piscina coberta, e um pagode florido, e assentos de pedra que ficavam de frente para uma mulher esculpida sem braços. Os dois se acomodaram em balanços à sombra do luar das montanhas exuberantes.

As sandálias dela estavam na grama, as panturrilhas suavemente flexionadas enquanto ela se movia. Ele imaginou o tipo de festas que eles davam e o tipo de rapazes que ela namorava. Ele não os odiava, apenas não se atrevia a tentar compreendê-los.

— Você quer vir me ver na sessão de *dressage* algum dia? — ela perguntou.

— Não sei o que é isso.

— É quando faço meu cavalo dançar.

— Por quê?

Ela deu de ombros e eles ficaram quietos por um longo tempo.

— É difícil, não é?

— É um cavalo dançante, Misty. Claro que não vai ser fácil ir contra a natureza dele.

Ela balançou a cabeça.

— Estou falando desta parte, o depois.

Ele nunca disse a ela que tinha sido difícil antes, apenas de uma forma diferente e mais fácil de lidar.

— Nunca vi meu pai chorar — disse ela.

Ele observou as formas geométricas dela, os cones, esferas e cilindros, e se perguntou o que também poderia pertencer a Grace.

— Naquele dia em que eles chegaram à delegacia e ele viu meu rosto... então, mais tarde, pensaram que eu estava dormindo, porque o Dr. T tinha me dado todas aquelas pílulas. Sentei-me na escada e observei seus ombros tremendo enquanto minha mãe pressionava a bochecha contra as costas dele.

Ele não disse nada, pois sabia que seu papel já havia sido desempenhado.

— Não foi nada, Patch. Não comparado...

Seu mundo perfeito pode ter trincado uma vez, mas não estava sequer perto de quebrar. Naquele momento, ele estava feliz.

— Agora, você conseguiu, Misty. Você estendeu a mão, e eu sou muito grato e tudo mais...

— Mas?

Ela tinha o infinito a perder.

— Toda vez que você se senta comigo. Fala comigo. Repara em mim. Não passa de um lembrete de que as coisas não estão certas com o seu mundo.

Ela balançou a cabeça.

A tinta estava grudada sob as unhas dele.

— Então o que eu faço? — perguntou ela, com a voz embargada.

— Você come lagosta. E você se senta no seu balanço.

Ela olhou para si mesma, toda linda.

— E depois?

Ele parou de balançar.

— E, depois, você volta para o seu lado da rua, Misty.

Patch agradeceu aos Meyers. E ele desejou boa-noite à Misty.

E ali ele soube que, na segunda-feira, quando ele se sentasse no carvalho tombado, ela não viria se sentar com ele.

77

Patch se apoiou nos arcos de tijolos e agarrou o folheto, e contornou as letras com o dedo.

O lago dos cisnes.

Ele sabia que Grace viajava, que ela era culta o suficiente para ir ver balés, educada o suficiente para saber sobre quase tudo. Quando esse tipo de garota desaparece, ela deixa um vazio. Ele sabia que haveria um registro, pais e amigos e uma escola.

Ele viu um de seus cartazes no quadro de avisos ao lado de anúncios de "procura--se", ofertas de aulas de piano e serviços de jardinagem, serviços de faz-tudo e um quarto para alugar. A escrita já esbranquiçada pelo sol, o número da DP de Monta Clare tão desbotado que ele não conseguia ler os dois últimos dígitos.

Ele não sentiu o homem ao lado dele até ser arrastado para fora.

— Siga-me — Sammy disse, como se o chamasse para um trabalho.

Adentrando o ar gélido da galeria.

Dentro de um escritório branco, Sammy tomou seu lugar atrás de uma mesa coberta pelos papéis que Patch havia levado, estendidos até que ele pudesse ver cada esboço.

Sammy o observou por um momento, franziu a testa para a camisa que estava vestindo, depois para sua gravata-borboleta.

—Você tem praticado magia?

Patch xingou Saint por dentro.

— Esses esboços… — disse Sammy, apoiando a mão na barriga, os cachos em seu cabelo arrumados sobre os olhos verdes. — Foi você quem fez?

— Achei que talvez quisesse pendurar um na janela — disse Patch.

— Ou eu poderia simplesmente espalhar cocô humano no vidro. Você é um problema, garoto.

Seus dentes eram brancos e retinhos, as unhas dele cintilavam como se tivesse acabado de sair de um salão de beleza. Ele exalava um leve odor de colônia, gengibre e vinho quente. Patch olhou-o nos olhos e não viu nada além de determinação, aceitação e uma autoconfiança absurda.

— Talvez. Mas eu não sou seu problema — disse Patch.

Sammy revirou os olhos rapidamente; um gesto que Patch reparou que as pessoas faziam com frequência ao falar com ele.

— O que você sabe sobre mim? — Sammy perguntou.

Certa vez, ele perguntou a Norma sobre Sammy quando eles andavam de ônibus.

— *As pessoas bebem assim para lembrar ou esquecer. Eu diria que ambos são verdadeiros no caso de Sammy.*

— As pessoas dizem que você é um bêbado.

— Eu sou.

— E um cafajeste.

— Você sabe o que é um cafajeste?

Patch balançou a cabeça.

— Um cafajeste é um cavalheiro muito filho da puta.

— Isso já dava para notar — disse Patch. E Sammy quase sorriu.

Havia uma seleção de pincéis.

Sammy pegou um deles.

— Pincel Kolinsky. A espinha dorsal perfeita com as fibras mais raras. Daqui a cinquenta anos, ele ainda será capaz de reter tinta a óleo tanto quanto hoje. Gostaria de poder dizer o mesmo sobre seu cabelo, moleque.

Em pensamento, Patch xingou Saint novamente.

Sammy pegou outro.

— Um Filbert.

E mais um.

— Língua de gato.

Ele moveu a mão por cima dos pincéis enfileirados.

— Um cabeça chata, um filete, dois *riggers* e um arredondado. Uma variedade de tamanhos, usa-se um número seis para cabelos mais finos, um quatorze para trechos largos de pele.

Sammy destravou a tranca de uma caixa de cedro esburacada e a direcionou para Patch.

— Tinta a óleo *Sennelier*. Há uma loja ao lado do Musée d'Orsay; era a preferida de Matisse, Ernst, Monet e do próprio Picasso. Óleo de cártamo que não amarelece, fixa na tela por cem anos sem desbotar ou reluzir. Será um total desperdício nas suas mãos.

Patch não disse nada.

— Telas da *Old Holland*. — Sammy pegou uma pequena pilha delas e largou sobre a mesa com um leve baque. — Cem por cento linho belga. Duas camadas de gesso. Alguns dirão que a *Daveliou* de três camadas é superior. Apesar de que tem gente que fala que é preciso ir à igreja todos os domingos.

Sammy encheu o copo até a boca.

— Para retratos, você pintará com óleo. Sobre tela. Sob luz natural. Pincéis de pelo de porco. Boa ventilação. Terebintina, se quiser me agradar...

— Com certeza, vou querer...

— ... caso contrário, óleo de nozes. Ou de linhaça, se não tiver outro jeito.

Patch vasculhou sua bolsa em busca de papel para tomar notas. Ao fazê-lo, deixou cair seus pincéis no chão.

Sammy os inspecionou como se fossem feitos de um material alienígena.

—Você usa isso para limpar ralos, né?

—Você disse sementes de terebintina?

— Ai. Minha. Nossa. Tenho cavaletes que serão adequados. E uma sala atrás desta. Luz do norte. Propagação é tudo, você pode vir a aprender sobre isso, ou pode continuar produzindo aquela mesma porcaria sob uma lâmpada de cinco mil kelvins. Só o tempo dirá.

— Não estou entendendo — disse Patch.

—Você vai pintar aqui.

Patch balançou a cabeça.

— Eu não vou aceitar...

—Você não vai aceitar nada. Isso é um empréstimo. Com o passar do tempo, você exercerá um ofício, provavelmente em alguma fábrica ou mina, e saldará sua dívida, da qual manterei um registro minucioso. Um homem de verdade quita suas dívidas.

— Eu não posso...

— Eu te perguntei alguma coisa?

Patch balançou a cabeça.

Sammy saiu e Patch o seguiu.

Ele destrancou uma porta escondida atrás de uma grande escultura, um pedaço irregular de rocha de quase cinco metros de altura, sua face uma curva de escuridão lisa.

Lá dentro, a sala era branca. O chão, as paredes e o teto. Vazio, exceto por um único cavalete. Sem banquinho. Nada além de uma janela, levemente protegida por algum tipo de papel.

—Vou dar-lhe uma única chave. Você trabalhará aqui quando sentir vontade. Você não vai se dirigir a mim nem a qualquer pessoa que me visite. Você sairá do estúdio nesta condição. Colocará seus pertences num pequeno armário que eu fornecerei.

Patch olhou ao seu redor.

— Por que você está fazendo isso? Por que não contou à agência que eu roubei?

Sammy se inclinou na porta e por um momento olhou para Patch como se o conhecesse, como se conhecesse a agonia silenciosa de cada minuto que passava. Então mudou o foco dos pensamentos, olhou para trás e deixou seus olhos se fixarem na garota prometida.

— Todos os dias eu dou um passeio até Parade Hill para me lembrar por que não deixei esta cidade de merda há uma vida. Você salvou a garota Meyer. E por isso sempre serei grato. Você quer encontrar sua Grace?

Patch assentiu.

— Então, traga-a de volta à vida.

78

— *Você virá me encontrar?* — *perguntou Grace.*
— *Eu não vou precisar. Vamos sair deste lugar juntos. E vamos sair grudados, um do lado do outro. Porque ninguém vai perceber. Ninguém saberá como nós sabemos.*
— *Eles vão pensar que sim, Patch. Eles vão pensar que podem imaginar. E eles vão inclinar a cabeça para um lado em um gesto de empatia. Eles nos farão ver psiquiatras que se sentaram em bibliotecas chiques, em universidades chiques, e leram histórias como a nossa. Eles farão referência a Charcot e Freud, e a William James e Pierre Janet. Eles vão ler os mesmos livros que eu. E eles tirarão as mesmas conclusões. Mais cedo ou mais tarde.*
Ele pegou a mão dela.
— *Que conclusões?*
— *Que pessoas como nós existem num estado de crise. Que será um milagre se morrermos de causas naturais. Vamos recorrer à bebida ou às drogas, e não construiremos relacionamentos íntimos, porque nos esconderemos muito dos outros.*
— *Não precisamos de mais ninguém* — *disse ele.*
— *Precisamos, sim. Você só não percebe isso ainda. Atividades insalubres. Existiremos nos extremos, porque, no meio, é onde repousam os saudáveis.*
— *Nós vamos ficar bem?* — *ele perguntou, e não conseguiu impedir que as palavras saíssem de seus lábios.*
— *Nem um pouco.*

A memória o desviou de um sono leve.
Seu estômago estava vazio. A exaustão o encobriu. Ele sabia que não aguentaria por muito mais tempo. Algo vital estava por desmoronar.
Ele usou a chave e empurrou a porta, e meio que esperou o disparar de um alarme. Sammy morava no apartamento de cima, e Patch tinha passos bem leves.
Na sala dos fundos, ele acendeu uma pequena lâmpada e viu o armário de armazenamento industrial restaurado, e dentro encontrou os óleos e pincéis, e no centro da sala estava o cavalete e uma tela à espreita.
Ele passou uma hora se familiarizando.

Ele usava botas de lenhador porque, embora fossem dois tamanhos maiores, eram quase novas. Ele encheu a ponta com jornais amassados para impedir que o pé ficasse escorregando ali dentro, então enrolou os dois calcanhares com algodão para evitar as bolhas. No dia anterior, ele havia caminhado dezessete quilômetros infrutíferos pelo condado de Ellis até um estacionamento de trailers, porque leu que não tinha energia nem linhas telefônicas lá, e imaginou que eles deveriam saber que uma garota estava desaparecida por aí.

Algumas gotas de orvalho se prenderam ao vidro quando ele encontrou um lápis chato e começou a esboçar. O papel era grosso e ele sentia o forjar de cada marquinha.

A mão dele tremia enquanto segurava o pincel.

— Segure bem na ponta.

Sammy estava de terno, camisa e gravata da noite passada, e o observou, mas não disse mais nada.

Uma hora depois, Patch viu uma mulher passar e ficar na porta antes de sair para a rua, onde lançou um olhar saudoso para a varanda do piso superior antes de sair andando.

— Era a viúva do Sampson? — Patch perguntou conforme Sammy descia.

— Ouvi um boato de que ela fodeu o último marido até a morte — Sammy disse, sem camisa e descalço. Ele carregava uma garrafa de vinho, a cor verde contra sua pele bronzeada.

— Era verdade?

— Bem, ainda estou aqui, não estou? Para ser honesto, estou um pouco desapontado.

— Assim como a maior parte da cidade, acredito eu.

Patch deu oito pinceladas em marrons e vermelhos. Seu cabelo queimava. Ele diluiu com acetona e circulou os olhos de Grace. Ele escureceu as linhas suaves com ocre, branco-titânio antes de perdê-la momentaneamente.

Ele se virou e andou de um lado para o outro, antes de bloquear a janela com lençóis que encontrou num pequeno armário. Apenas quando a escuridão se tornou total ele parou e a encontrou novamente.

Patch ouviu a porta abrir e fechar, e quando por fim puxou o lençol para baixo e voltou ao trabalho, notou uma pequena xícara de café no chão. Ele bebeu e seu coração disparou pelas próximas duas horas.

Na janela, viu a escada de emergência de aço do prédio ao lado, a ferragem mastigada com a ferrugem, e pegou aquela cor e fez o cabelo dela.

Ele usou a tinta com muita moderação.

Sabia que era loucura.

Tudo isso era loucura.
Ele xingou.
— Paciência — disse Sammy do vão da porta.
— Eu não tenho tempo para isso.

79

Ao longo de três semanas, sua Grace emergiu.

Sammy ia e vinha; uma vez lhe contou sobre Caravaggio nas primeiras horas da manhã, falando para seu conhaque como se estivesse recitando uma peça para um público cativo de um só. Uma nova mulher chegou, e Sammy a mandou subir as escadas e ficou com Patch, que trabalhava enquanto ouvia, do esboço à gravura, de Caravaggio no trabalho à sua noite hedonista.

Na noite seguinte, outra mulher foi ignorada quando Sammy contou a Patch sobre Frans Hals.

— E com essas mesmas mãos, ele mais tarde iria para casa e bateria em sua esposa.

E Paul Gauguin.

— Guardar o absinto para tomar durante o dia, e deixar o vinho para beber à noite.

Patch percebeu a nota de admiração na voz de Sammy.

Cada vez um pouco mais competente, cada pincelada ainda era considerada um insulto à tela, uma vergonha para os pincéis usados para criá-la. Sammy bebia, não importava a hora ou o dia, e, uma vez, após terminar de beber quatro garrafas de vinho antes de uma exibição noturna, estava tão bêbado que foi para a cama enquanto o grupo de visitantes formou a própria fila na rua e esperou uma hora na chuva antes de desistir, praguejando.

E, quando Sammy pensou que estava progredindo, Patch pegou a tela e a rasgou ao meio.

— Não é ela. Ainda não é ela.

Ao longo de um outono ameno e entrando em um inverno rigoroso que abafou tudo, exceto a cor naquela pequena sala, Patch estabeleceu um propósito de rotina rigorosa. Ele dormia no estúdio num pequeno sofá que aparecera no primeiro dia do Ano Novo, um cobertor pesado e um travesseiro leve dobrados ordenadamente em cima dele. Sammy não mencionou o novo arranjo, e Patch fez questão de ser um fantasma pelo prédio, sem perturbar as senhoras que ligavam. Algumas noites, sua mãe reparou nessa nova vida, e ele disse a ela que estava hospedado na casa da Saint. Na maioria das noites, ela não perguntava nada.

Ele caminhou pelo gelo até janeiro, sacudiu a neve de si mesmo como um cachorro molhado antes de tirar as botas e trabalhar com os pés de meia por algumas horas antes e depois da escola. Seus dedos estavam cobertos de curativos, onde os pincéis os deixavam tão machucados que ele mal conseguia segurar sua caneta.

Ele passou por Misty no corredor; seus olhos se encontraram, e ele lutava contra o desejo de deixá-la saber que pensava nela com frequência, que ficava feliz quando a via correndo na pista, ou rindo com seus amigos, ou mesmo que ela parecia ter acertado as coisas com Chuck. Ele seria um pequeno arranhão no registro de sua vida, não profundo o suficiente para alterar o ritmo perfeito.

Ele fazia caminhadas de fim de semana com Saint. Ela aparecia na casa com pratos de comida e dizia a ele que estava atravessando os campos de Baker porque queria fotografar as linhas de cultivo congeladas. Eles caminhavam principalmente em silêncio, embora, às vezes, ela dissesse a ele como queria que sua avó parasse de dirigir o ônibus após uma pequena colisão no ápice da Masterton Avenue. Patch não percebeu quando ela usou um tom claro de batom ou um casaco novo, ou enrolava o cabelo. Ele não percebeu que ela usava um aparelho, óculos novos com uma armação mais leve, que ela havia crescido cinco centímetros, que finalmente precisava usar um sutiã.

Nos primeiros sinais da primavera, Sammy disse que ele precisaria parar de limpar e começar a ajudar na galeria. Seu tom não deu muita margem para negociação e, uma semana depois, Patch recebeu calças novas, algumas camisas elegantes e um par de sapatos engraxados. A dívida só aumentava, embora no curto prazo ele tivesse conseguido cobrir as despesas com o aluguel e as contas. Sammy comprou uma pequena grelha e fazia churrasco de cortes finos de carne na varanda, temperando com açafrão, e cardamomo, e insistindo que Patch levasse o jantar com ele, fingindo não notar quando o menino embrulhou costeletas em guardanapos para levar escondido para sua mãe.

Às vezes, Saint aparecia na galeria e ficava perto da janela, na esperança de encontrá-lo lá dentro, até Sammy a assustar com um olhar sério.

— Aquela garota — disse ele, e Patch não entendeu nada.

Sammy fez uma viagem a Cuba na semana seguinte ao fim da proibição, trouxe consigo uma caixa de charutos e um bronzeado mais intenso, e contou a Patch sobre um choque entre o velho e o novo.

— Ela se chama Salsa, garoto. Confesso que meu pau não amoleceu a viagem inteira.

Na sala escura, Patch respirava terebintina até seu nariz escorrer um pouco e sua cabeça ansiar pelo ar frio e fresco. Às vezes, ele fazia café para as mulheres visitantes e se sentava com elas.

— Sammy fala de mim? — perguntou uma jovem loira, a expectativa em seus olhos fumegantes.

— O tempo todo — disse Patch, enquanto pegava Sammy descendo as escadas, vendo a presença da loira e recuando rapidamente.

—Você sabe se ele quer se casar algum dia?

Patch assentiu.

— E ainda fala que quer ter filhos.

Esse último comentário acrescentou uma multa de cem dólares à sua conta.

Sob aquela tutela mordaz, Patch secou fundos lavados, pintou cada tom da pele de Grace em camadas, e levantou, e floresceu, e emplumou. Em seu contorno, ela ganhou dimensões até que seu rosto flutuou para longe da tela. Ele aprendeu a esboçar primeiro com um lápis 4H pesado, do geral ao específico, difícil com seu pequeno *rigger*, mas foi ganhando confiança e técnica. Ele bloqueou nos matizes escuros, brasa queimada e cobalto, apertando os olhos enquanto trabalhava; as áreas claras ainda intocadas, sua pele resfriada com pigmentos emplumados. Ele encobriu o cabelo dela deixando uma mão de tinta mais clara visível, solta e gestual, e ela emergiu da noite com uma idiossincrasia que lhe tirou o fôlego; às vezes, uma estranha e, às vezes, tão exigente, tão perfeitamente *ela* que ele virava as costas e saía e trancava a porta e não voltava por um dia inteiro, tamanha era a agonia.

Não houve elogios de Sammy. Sua habilidade era incipiente, mas inegável. Patch não pensava nisso como um presente. Um presente era dado. Ele forjou sua competência, de forma lenta e árdua.

E então, enquanto vislumbres do verão abençoavam a cidade de Monta Clare, dez meses e incontáveis fracassos depois, quando Reggie Jackson colocou outro em órbita na pequena televisão, Sammy entrou na sala e tirou o pincel da mão de Patch.

—Você concluiu — declarou Sammy.

Patch deu um passo para trás e observou.

— Seja ela ou não — disse Sammy —, esta pintura está concluída.

80

Dentro da pequena delegacia, Sammy colocou a pintura na mesa de Nix.

— *Grace Número Um*. Pode copiar.

Nix poderia ter dito alguma coisa, poderia ter descarregado nele toda a loucura daquela situação, mas a pintura, assim que ele olhou para ela, absorveu toda a sua atenção. Naquela luz tão intensa, ele não viu nada que pudesse ter sido tirado da imaginação, uma impressão tão clara e com nível de detalhamento forense, era como olhar para uma fotografia. Se ele não soubesse da origem assombrada, Nix poderia muito bem ter pensado que aquela jovem havia posado para algum mestre experiente.

Ele não se mexeu por um bom tempo, congelado de pé, olhando para aquele rosto.

— Você fez isso?

Patch assentiu.

E ao lado dele, Sammy apenas estava entediado com a admiração nos olhos do chefe de polícia.

— É ela? — perguntou Nix.

— *Grace Número Um* — Patch disse.

Nix manuseou a gravura com muito cuidado, levantou a tampa pesada da velha copiadora acima dele para não fazer contato.

Patch observou de perto, conhecia a mecânica envolvida porque havia lido sobre imagens de pólvora, carga negativa e fotocondutores. Quando a máquina cuspiu imagem após imagem, ele ergueu uma e ficou satisfeito com o resultado.

Nix imprimiu cinquenta cópias.

— Vamos divulgá-las. Envie uma para os departamentos de polícia em todos os estados do país — disse Patch.

Sammy tirou um pequeno frasco do bolso e bebeu dele.

— Farei isso — disse Nix, ainda olhando para a garota. — Vou me certificar de que cheguem aonde tiver que chegar.

Patch voltou para a galeria e se sentou, olhou para sua Grace e se perdeu nos contornos mais minuciosos dela.

Misty apareceu na porta, só notada porque seu doce perfume sobrepujava o cheiro de produtos químicos e tirou Patch de seu transe.

Ela estava lá num vestido verde, o cabelo preso para trás com uma faixa branca entre os cadáveres espalhados de quase cem Graces. Misty se pôs diante da tela final.

— Ela é tão... ela é tão linda!

Ele olhou para os pés dela enterrados sob o lago de telas.

— Deveria estar na parede... na janela ou algo assim. Numa grande galeria.

Ela se ajoelhou e pegou as garotas perdidas e as folheou, a diferença entre cada uma quase invisível, mas Patch sabia que seu progresso circunspecto um dia a aproximaria, até que ele teve certeza de que a viu diante dele, ouviu sua voz e sentiu a ponta dos dedos sondá-lo inteiramente.

— Há tantas — disse Misty.

Na última contagem, Patch devia a Sammy mil dólares. Patch não tinha certeza da matemática envolvida, apenas que um golpe errante poderia, de alguma forma, acrescentar muito à contagem.

Ele largou o pincel gentilmente e se virou, e por fim viu as idiossincrasias da garota que estava ao lado dele, os traços finos e os tons ousados. Ele viu Misty em misturas de tintas: sua pele, titânio com amarelo ocre e alizarina chamuscados; seus olhos prussianos; seus cabelos, tons escuros suavizados com Siena antes de aplicar camadas de luz.

— Vejo você na escola. Sinto sua falta — ela disse.

Ele olhou para ela e viu cádmio-azulado com violeta Winsor e azul ftalo.

— Você me olha como ninguém — disse ela, e suas bochechas ficaram vermelhas.

Em sua mão havia um envelope. Ela entregou a ele, virou-se e saiu.

Ele ficou na porta e a observou ir embora.

Patch soube na mesma hora: ele poderia usar todas as cores que possuía tentando pintar Misty Meyer, mas, ainda assim, não ia capturar tudo o que ela era.

81

Elas foram até o Castor River Shut-Ins e, através das lentes de sua Nikon, Saint capturou o granito rosa. Ela encheu os ouvidos da avó falando sobre aquela formação rochosa, ao mesmo tempo que observaram um são-bernardo andar em direção às piscinas naturais, que eram tão belas que Saint gastou um rolo inteirinho de filme antes mesmo de chegarem às corredeiras.

E lá a avó pegou em sua mão, e as duas cruzaram o caminho plano através da Área de Conservação do Memorial Amidon. Na floresta de madeiras de lei, Norma diminuiu o passo.

— Quanto preciso me preocupar com você?

Saint olhou para a avó e viu as rugas de preocupação, os olhos azuis lacrimejantes, os cabelos finos ficando mais grisalhos a cada dia.

Ela mudou de filme e fotografou pinheiros de folhas curtas, musgos, carvalhos-anões. Ao lado do líquen que reluzia um verde profundo, sua avó suspirou.

— Você não tem como salvá-lo — disse Norma.

— Tenho, sim.

Saint apontou sua câmera para a água, tão clara que mais tarde veria a sombra da escultura e do robalo.

— Saint.

Saint finalmente abaixou a lente.

— Estou bem, vovó.

— Ele deixa mensagens em nossa secretária eletrônica. Às vezes, no meio da noite. Ele divaga sobre um sonho que teve, uma frase que a garota teria dito.

— Eu disse a ele que podia. Vou guardar as fitas, pois um dia elas me levarão até ela — disse Saint.

— Levar você até ela? Você ficou… você não sorri mais. Não da mesma maneira. A vida dele não é sua.

Saint respirou fundo.

— Ele é o meu melhor amigo…

Norma observou.

— Voltaremos aqui na primavera para ver as flores silvestres.

— Por que você não gosta dele?

Norma fechou os olhos. Alguns diziam que ela era severa, a maneira como cortava o cabelo mais curto, o modo desajeitado como lidava com sua altura. Seus braços esguios carregavam músculos, e Saint, quando era pequena, ficava se perguntando se um dia seria alta e forte como ela, e Norma respondia que sim.

— Quando eu... se eu olhar para ele agora, como costumava olhar antes, não consigo vê-lo da mesma forma, Saint. E eu sei que ele não voltará... e para você eu quero tudo de melhor. E sei que estou no meu direito de querer isso para você.

— Não é justo — disse Saint, de repente e abruptamente. Ela não queria chorar, e se esforçou ao máximo para isso. — Reparo em seixos e coisas que ele pode gostar, mas ele não gosta mais de nada.

Norma observou as corredeiras.

— Encontrei o Dr. Tooms na cidade. Ele disse que vê você do lado de fora, observando a casa dele. Às vezes, tarde da noite.

— Ele mentiu naquela noite — disse Saint.

— Ele...

— Eu ouvi um grito. Eu vi sangue nas mãos dele. E quando o Nix voltou lá, ele já tinha se lavado.

— Você pegou o homem, Saint. Você salvou a vida do seu amigo. Você não deve...

— Não se trata de dever.

— Dentro de dois anos, você vai para a faculdade, e no Natal você vai voltar, e eu ainda estarei dirigindo o ônibus. Mas eu vou sorrir, todos os dias eu vou sorrir quando pensar em você neste mundão. E vou ficar um pouco triste quando pensar em Joseph, vou mesmo. Mas você é o meu tesouro. Não ele.

— Ele não tem ninguém. Ele não tem o suficiente.

— Ele está correndo atrás de uma insanidade. Essa garota não é real. Eu vejo isso nos olhos do Nix, cacete. Eu vejo isso nos seus olhos.

Saint agarrou sua câmera com força.

— Eu vou encontrá-la para ele.

— E vai acabar se perdendo no processo.

Elas voltaram em silêncio.

Do lado de fora da casa alta, Saint encontrou o convite que havia sido deixado em sua caixa de correio.

Saint olhou para cima e para baixo na rua como se esperasse que alguém pulasse dos quintais vizinhos e revelasse a piada.

— O que foi? — perguntou Norma, enquanto se sentava em sua cadeira e observava a fumaça de chaminés distantes.

— Misty Meyer está fazendo dezesseis anos. Tem uma festa hoje à noite.

Norma não quis comentar que o convite veio meio em cima da hora, mas Saint sabia que só a intenção já tinha seu valor.

— Você vai — disse Norma.

— Eu não tenho um vestido bonito.

— Joseph estará lá.

Saint balançou a cabeça, embora não tivesse certeza. O tempo deles, agora, era dedicado apenas àquela busca incessante.

— Você irá, e se Joseph estiver lá, suponho que você vá lembrá-lo.

Saint olhou para o papel, para as letras extravagantes e para a palavra "cordialmente".

— Lembrá-lo de quê?

Norma pegou sua pequena mão e a apertou com força.

— De que ele não perdeu tudo quando se foi.

82

Do lado de fora, duas garotas usando blusas em estilo camponesa passaram.

Garotas com cabelos ondulados esvoaçantes usavam jeans largos e saltos vertiginosos, engrossando o ar com perfumes roubados de suas mães.

Patch se sentou no meio-fio ao lado de sua bolsa, enquanto Monta Clare, ensolarada, se aproximava do fim. Os meninos ao longo da calçada usavam jaquetas e camisas floridas, desabotoadas para mostrar um pouco da pele pálida do peito, com os cabelos quase compridos.

Havia muitos sinais de alerta pairando no ar. Joias Hanes e carros Rewalt; Café Braybart; o vermelho, branco e azul da Pepsi-Cola. Mais garotas de vestido sorrindo ao lado de garotos em estado de choque, com a intenção de fazer a noite valer a pena de uma forma que os emocionasse e aterrorizasse.

Do lado de fora do cartório da cidade, ele se encostou no mapa envidraçado da planície de inundação e ficou lá até que a escuridão caísse totalmente e a luz do salão da igreja brilhasse.

No bolso de sua calça jeans estava o convite que Misty lhe entregara, sua promessa improvisada de comparecer, um arrependimento que ficou entalado como um nó em sua garganta à medida que o dia se aproximava.

Ele carregava uma pequena caixa; dentro dela, um globo de neve que ele tinha visto na vitrine de uma loja de artesanato enquanto observava o povoado de Wellbray Creek. Dentro do globo havia uma cidade em miniatura banhada pela neve, tão delicada e detalhada, que Patch passou a olhar para ela todas as noites quando se deitava para dormir. Custou-lhe um dólar. Ele lamentou o desperdício.

Em um aglomerado ao lado da porta, o grupo de Chuck passava uma pequena garrafa de licor de mão em mão. Lá dentro, serpentinas pendiam das vigas e balões de neon flutuavam em direção a uma bola cintilante que ricocheteava em fendas de luz.

Grupos de garotas dançavam, seus pés se movendo em uníssono, e naquele momento ele se perguntou o que havia perdido. E do que Grace mais sentiria falta.

Patch quase conseguiu atravessar a multidão quando a caixa foi arrancada de suas mãos.

Ele ouviu risadas. Provocações por conta de suas roupas, de seus tênis velhos, do comprimento de suas calças. Ele tentou seguir em frente, mas foi bloqueado; tentou voltar para fora, mas foi empurrado para o chão.

E, no momento mais cruel, sentiu o tapa-olho sendo puxado de seu rosto.

E então as risadas cessaram, e talvez algo na maneira como ele olhou finalmente os fez parar. Então alguém jogou o pano de volta para ele. Rapidamente, Patch o passou sobre a cabeça e o ajustou no lugar.

E então a caixa foi jogada em sua direção.

Patch ouviu o vidro quebrar ao atingir o chão.

Ele ficou lá, ajoelhado, enquanto eles saíam de perto.

Naquele momento, ele ansiou estar de volta na escuridão.

Ao lado dela.

83

Saint passou uma hora na loja da Srta. Kline, na rua principal. A senhora mantendo o lugar aberto após o horário comercial porque leu a súplica nos olhos de Norma enquanto Saint desaparecia no provador com um vestido midi de veludo cotelê cor creme.

— Estou parecendo uma tortinha.

A voz de Saint veio de trás da cortina.

A Srta. Kline pegou um vestido com estampa aquarelada.

— Posso aparecer lá vestida como a mãe da aniversariante. Isso, sim, é uma ótima ideia.

Uma estampa psicodélica vermelha abstrata.

— Estou um pouco enjoada.

E, finalmente, um vestido longo vermelho e azul, com decote em V profundo.

— Você também vende peitos para preencher essa coisa?

A Srta. Kline olhou para Norma, que olhava ansiosamente para a porta.

Por fim, o vestido escolhido era um preto floral com gola branca.

Saint desfilou no caminho de volta para a casa alta.

— É um pouco longo — disse Norma, enquanto Saint segurava punhados de tecido para evitar que arrastasse no chão.

— Eu não sou tão alta — Saint retrucou, com a cara amarrada.

Saint vasculhou a caixa de maquiagem de sua avó e franziu a testa.

— Acho que passaram da validade.

— Maquiagem é como vinho — começou Norma, interrompendo a frase no meio, quando Saint ergueu um pote de base de 1955.

Dez minutos depois, Norma voltou com a Sra. Harris do outro lado da rua. Saint observou o cabelo de colmeia da mulher, a sombra nos olhos azuis e a caixa de maquiagem industrial, e lançou um olhar de pânico para a avó.

— Relaxe. A Sra. Harris faz maquiagem para o Sr. Nathaniel — disse Norma.

Os olhos de Saint se arregalaram de horror.

— Sr. Nathaniel... da Funerária?

A Sra. Harris a empurrou para uma cadeira com a mão pesada.

— Se posso trazer um cadáver de volta à vida, posso dar um jeito em você.
— E o show de horrores está completo — disse Saint.
—Você quer que eu faça alguma coisa com essa trança?
— Sim. Não chegue nem perto dela.
— É por isso que não trabalho com os vivos.

Vinte minutos e alguns palavrões depois, Saint desceu as escadas. Sua avó tirou uma dúzia de fotos enquanto Saint lutava contra o desejo de desligar a câmera.

84

Ela atraiu olhares na festa ao contornar a borda da pista de dança, encontrou a mesa de presentes e colocou o dela no chão. Um suéter cor-de-rosa que ela tricotou enquanto Patch estava fora, um modelo um pouco grande para ela, então provavelmente seria um pouco pequeno para Misty.

— Ele está aqui?

Saint se virou quando Misty a atordoou em silêncio num vestido branco que roçava seus joelhos e saltos combinando. Suas unhas estavam pintadas, seus cabelos cacheados em camadas, seus olhos com um pouco de sombra mais clara, que dizia a Saint que a garota provavelmente não havia sido embelezada por uma manipuladora de cadáveres.

— Não sei — disse Saint.

Misty olhou em volta, atraindo olhares de todos os meninos do ano delas e da maioria das meninas.

— Feliz aniversário — disse Saint.

Misty deu um sorriso, mas estava vazio.

— Então ele não veio com você?

Saint balançou a cabeça. E então compreendeu. E nesse instante, ela sentiu o ar se esvaindo do salão da igreja. Ela soube, então, por que Misty a havia convidado.

— Não o tire de mim — disse Saint, sentindo o rubor em seu corpo inteiro, a vergonha por suas palavras.

Misty olhou para ela.

— Eu sei como isso soou. Mas você... você pode ter... você *já tem todos que quiser*.

Saint observou o flash de luzes e olhou para a grande família de Misty.

— Não estou entendendo bem o que você...

— Por favor, Misty. Se é pena, se é algum tipo de obrigação, então...

Ela não conseguiu terminar o que começou, porque a música diminuiu, e enquanto o violão começou a dedilhar, Chuck agarrou a mão de Misty e a puxou para o centro da pista, onde ela pertencia.

E passando pelas portas abertas, Saint o viu, afastando-se lentamente deles.

Se tivesse tido tempo, talvez tivesse gritado, mas, ali, de vestido e maquiagem, ela se sentiu tão tola que não pôde fazer nada além de olhar enquanto Misty empurrava Chuck para longe e saía do salão para o ar quente da noite.

— Você está linda.

Saint se virou e deu de cara com Jimmy. Ele usava um blazer e calça social, a gravata de seu pai.

— Não pensei que estaria aqui — ela disse.

Ele deu de ombros.

— Minha mãe conhece os Meyers.

Ela se virou.

— Saint, você gostaria de dançar?

Ela balançou a cabeça.

Jimmy sorriu, e foi caloroso e gentil.

— Quando Joseph se foi... e eu te disse que rezava por ele... Eu queria que ele voltasse em segurança, é claro. Mas, mais que isso, eu queria que você ficasse bem. Eu precisava disso.

— Por quê? — ela perguntou.

Ele manteve seus olhos azuis nos dela e, desta vez, ela não corou nem se esquivou.

— Eu vejo você, Saint. Eu vejo o jeito que você se importa. Eu vejo a maneira como você fecha os olhos por alguns segundos antes de rir. Eu vejo você tentar esconder seu dente quando sorri. Mas você não precisa, porque você é... porque seu sorriso é perfeito.

— Jimmy...

— Eu já sei... Eu sei que não sou sua primeira escolha. Mas ainda assim, dance comigo.

Saint olhou para trás mais uma vez, para o lado de fora, para onde Misty caminhou em direção a Patch.

E ela pegou a mão de Jimmy.

85

—Você está atrasado — disse Misty.

Patch se virou.

— Eu...

— Eu estava achando que você não iria aparecer.

— O que você ganhou de aniversário?

Eles ficaram lado a lado e olharam para o salão enquanto a música diminuía e os pares eram formados.

—Você acha que será sempre assim tão difícil? — ela perguntou.

Ele viu os pais dela. O pai com as costas retas e os braços rígidos. A mãe elegante em seu vestido longo e um pesado colar de pérolas. Ele se perguntou como era ter seu futuro pintado daquela forma, ter seu mundo perfeito tão bem definido. Talvez ele já soubesse, apenas de uma maneira diferente.

— Eu me preocupo em nunca mais encontrá-la — disse ele, e quase não suportou falar tais verdades.

—Você pode continuar procurando — disse ela. — Mas pode perder o que está bem na sua frente.

Ele não conseguiu erguer os olhos.

— Talvez o que aconteceu com você... Você não é como eles, Patch. Todo mundo é... Ninguém te conhece. Não de verdade.

— Essa música — ele disse, naquele momento, sob aquele céu perfeito em sua pequena e perfeita cidade. Embora ela tivesse segurado sua mão, seus pés não se moviam, então simplesmente permaneceram enraizados.

—Você acha que é verdade, que só o amor pode partir seu coração? — perguntou ela.

A lua estava muito brilhante. Havia muitas estrelas lá no alto.

Às vezes, ele queria apagar todas elas.

— Se o seu mundo desmoronar — ela falou.

Ela deslizou o braço dele em volta de sua cintura e envolveu seus ombros. E gentilmente chutou seus sapatos de salto para longe e deixou os pés descalços afundarem na grama.

Não era a primeira vez que ele dançava com uma garota.

Ele a cheirou.

—Você não me disse o que ganhou — perguntou ele.

Ela olhou para ele com olhos tão azuis e profundos que ele sabia que provavelmente se afogaria.

— Exatamente o que eu queria.

— E o que foi?

Ela sussurrou:

— Ganhei uma dança com o garoto que salvou a minha vida.

Corações Partidos

1978

86

Misty esperava o ônibus 42 todos os dias no fim da aula.

E quando Patch descia dele, agora com um pouco mais de um metro e oitenta, macacão amarrado na cintura, camiseta branca insinuando novos músculos e seu cabelo dourado preso para trás sob um boné escuro, ela atravessava correndo a rua principal, pulava em seus braços e envolvia as pernas com força em volta da cintura dele. Os dois sozinhos em seu beijo, as outras garotas olhando.

Aos dezesseis anos, ele abandonou os estudos e arranjou um emprego na Bell Lewis Company, pegando quatro ônibus todas as manhãs até o pé das minas, onde apanhava seu colete e capacete, e trabalhava com homens que tinham o dobro de sua idade. Na primeira vez que desceu pela dolomita até a entrada da mina, ele se encostou em um pilar e ficou olhando para cima, para um ambiente que tinha o tamanho de um ginásio escolar. A iniciação foi rápida e árdua. Ele acompanhou os homens que carregavam o minério nos caminhões de transporte, aproximou-se demais da casa de britagem e, quando voltou aos guinchos, seus ouvidos estavam zunindo. Levou alguns dias para se acostumar com o cheiro, a umidade e o frio. Mais alguns dias até se lembrar de fazer o sinal da cruz em frente à pequena placa de Santa Bárbara antes de descer. Patch passava oito horas por dia embaixo da terra, muitas vezes em um tipo de escuridão interrompida apenas pelo cintilar do minério e por suas lembranças de Grace. Perfuração, detonação e transporte. Os homens resmungavam sobre o preço do aço enquanto comiam sanduíches lado a lado em bancos de madeira, sob o tremeluzir de lâmpadas alaranjadas.

— Você tem namorada? — perguntou um dos homens no final de sua primeira semana.

Patch assentiu.

— Tenho uma namorada, sim.

Patch passou pela vida acompanhado por uma garota que estava rapidamente se tornando uma jovem belíssima. Embora a adolescência maltratasse grande parte de seus colegas de turma com espinhas e ângulos estranhos, Misty surfou essa onda com graça e determinação inigualáveis.

Eles passavam invernos branquinhos percorrendo os bosques; nas belas manhãs de primavera, enfrentavam o lago gelado e atravessavam a correnteza, às vezes, deitando-se de costas e boiando. Na primeira vez que Misty ficou só de maiô, Patch desviou o olhar, mas ele a viu revirando os olhos quando olhou de volta. A confiança de Misty como cozinheira aumentou, ainda que sua habilidade não, e ele engoliu com determinação maravilhas como coelho *bourguignon*, espetinhos de caranguejo e um chili autoral tão picante que ele passou a maior parte do último outono suando.

Na televisão, eles assistiram a uma nevasca que levou a Nova Inglaterra ao caos. Misty passou os pés descalços por baixo da perna dele, como se pudesse sentir o frio que se infiltrava pela televisão. Os Meyers encaravam seu romance em ascensão como uma espécie de diversão, certos de que em breve a filha saldaria suas dívidas.

Patch passava as manhãs de sábado na galeria, franzindo a testa quando Sammy chorou abertamente no dia em que Larry Flynt foi baleado na Geórgia. *Ele nos deu tanta coisa. Muita, muita coisa.*

No outono de 1978, Misty tirou sua carteira de motorista e, naquele inverno, os dois atravessaram o estado de carro até a cidade dos globos de neve chamada Petra, no condado de Marion. Eles percorreram rodovias cobertas de neve até avistarem o Moinho de Vento Cupler. Patch deixou Misty no aconchego de seu Mercedes e se encontrou com uma senhora chamada Carol Birch, cuja filha havia desaparecido quatro anos antes. Ele havia encontrado os detalhes dela no jornal *Marion County Herald* e trocaram cartas. Juntos, eles vestiram seus casacos de inverno e caminharam pelas ruas geladas do Nine Fork Canal. Enquanto Carol contava a Patch sobre sua filha, eles observavam um casal de cisnes que se agraciava na água congelada. O nome da garota era Melinda, e não havia nada que sugerisse que ela fosse ou não Grace. Carol carregava consigo aquela sensação de pavor, como se por quatro anos estivesse esperando a triste batida a sua porta. Patch se perguntou se a esperança era seu próprio tipo de punição, às vezes pior do que a certeza, do que o longo e fechado caminho para a cura.

Ele saiu com uma fotografia de Melinda tirada em um pôr do sol em Mount Vernon. Eles voltaram de carro quase em silêncio e, quando ele chegou em casa, Patch fixou a fotografia no quadro de avisos de seu quarto enquanto Misty subia no terraço. Patch a seguiu e, juntos, deram as mãos e esperaram pelas estrelas para que ele pudesse contar a ela histórias de gregos antigos e lendas eternas.

— Como é lá nas minas? — perguntou ela, e passou o braço dele por cima de seus ombros.

— É tranquilo, Misty.

— Eu me preocupo que uma pedra caia em sua cabeça.

— Por isso uso capacete.

—Você compartilhou meus cupcakes com os outros rapazes?

Patch pensou nos bolos apodrecendo lá embaixo sob as brechas e fez que sim com a cabeça.

— Bom. É assim que se faz amigos, Patch.

Enquanto as notas de Misty subiam, ele perseguia pistas em todo o estado. A maioria não deu em nada. Às vezes, as pessoas não apareciam nem atendiam suas ligações, e, às vezes, ele sentia aquela dor no estômago dizendo que nunca mais a encontraria e, talvez, que ela já tivesse morrido.

87

Numa manhã fresca na cidade de Huntersville, ele conheceu outra mãe e ganhou mais uma fotografia, e então se sentou com Misty no fundo da basílica. Ela se ajoelhou enquanto ele olhava para as colunas azuis e o teto estrelado.

— Hoje em dia, eu tenho lutado para rezar — disse ela.
— Por quê?
— Já tenho mais que o suficiente.
Ela o beijou.
Quando eles se separaram, ela segurou sua mão. Ela não queria perdê-lo de novo.

Ela não percebeu que ele comparava as contas do rosário penduradas nos ganchos de ferro forjado ao lado da porta com sua memória do modelo ornamentado com o qual Eli Aaron havia enterrado suas vítimas. Não haveria um único momento em que ele se esqueceria dela.

Ele passou grande parte de seu tempo livre na biblioteca pública, trabalhando por uma década torturante e próspera. Ele passou por notícias que se perguntou como havia perdido; uma nevasca em Buffalo; Harvey Milk e o prefeito George Moscone; um apagão na cidade de Nova York; um filme de ficção científica com sabres de luz; um rei morto e setenta e cinco mil pessoas nas ruas para ficar de luto por sua voz e pela maneira indecorosa que se movia no palco.

Ele ampliou sua pesquisa para os estados vizinhos e aumentou sua coleção de nomes e rostos. Ele fez uma cópia de cada um na loja de copiadora, duas cidades adiante, depois fez questão de deixá-los na mesa de Nix. O chefe não reconheceu mais sua situação; em vez disso, pegou as cópias dele e as arquivou na gaveta de sua mesa.

Sammy aperfeiçoava marinadas elaboradas e, todos os domingos à noite, os dois faziam churrasco juntos na grande varanda com vista para a rua principal. Patch bebeu um refrigerante enquanto Sammy falava sobre *Roots* e Kunta Kinte.

— Eu entendo o rito tribal de passagem e tudo mais, mas eles realmente precisam arrancar seu prepúcio? — perguntou Sammy, com uma mão protetora sobre a virilha.

— Uma mulher veio vê-lo esta manhã. Falou que o nome dela era Nina — disse Patch.

Sammy beliscou a ponta do nariz.

— Não deve ter lido o memorando.

— Peguei o número dela.

— E enviei a ela um memorando real agradecendo por seu serviço, mas deixando claro que ela não seria mais necessária na minha cama.

Patch esperou que ele risse.

Sammy não riu.

Para Misty, houve uma conversa hesitante sobre o baile. Ela não pediu para ser convidada, mas cada vez que passavam pela casa da Srta. Kline, na rua principal, ela parava diante do vestido amarelo na vitrine, com o detalhe de renda e colete, e suspirava tão pesadamente que Patch por fim criou coragem para levá-la a Elion Point, onde ele fez os movimentos esperados e ela o abraçou com força suficiente para causar danos.

Ele fazia o melhor que podia para cuidar de sua mãe, fazia questão de comprar seus remédios e preparar o café da manhã e o jantar, e ter certeza de que Misty jamais pisaria na soleira de casa. Com o que ele ganhou na mina, entre forçar Misty a pegar o dinheiro da gasolina, e aplacar o senhorio de sua mãe com apenas o pagamento atrasado, o pouco que restou não cobria os serviços públicos. Mais de uma vez por mês, sua mãe ligava para a galeria para dizer que a energia havia acabado, e ele voltava para se deparar com uma geladeira pingando e uma crescente sensação de desconforto.

Às vezes, ele passava por Saint na cidade e ela dava um pequeno sorriso, ao qual ele retribuía. Ele se consolava com o fato de que ela o esqueceria em breve.

E assim, ele existia naquele estado alterado, naquele meio-termo entre viver e não viver, seguindo em frente e protelando.

Se a viagem se tornou seu grito no vazio, suas pinturas se tornaram o verdadeiro norte, sua habilidade tão inebriante que Sammy não guiava mais, apenas recuava e observava em reflexão silenciosa.

Ele pintou a garota de Birch, depois a garota de Huntersville, cada uma levou meses e, quando terminava, pedia a Sammy que pagasse o frete e enviasse o trabalho dele para suas mães. Uma semana depois, Carol Birch fez a longa viagem até Monta Clare, parou na frente da galeria, pegou Patch nos braços e soluçou. E então, ele pintou Callie Montrose, em detalhes tão finos e habilidosos, que os moradores ficaram do lado de fora da janela da galeria o dia inteiro em que Sammy a exibiu. Ninguém por mais tempo do que o Chefe Nix, que ficou enraizado ali, o cabelo agora cortado um pouco mais curto, o rosto gentil ainda muito perturbado.

A pintura foi devidamente enviada para Richie Montrose, que a devolveu.

— O que você vai fazer com isso? — Nix disse uma tarde, enquanto Patch limpava a fachada de vidro da galeria.

— Sammy disse que podemos pendurá-la aqui até que ela seja encontrada. Por que o pai dela não quis?

Nix manteve os olhos na garota.

— Às vezes, dói demais.

88

Patch passou mais tempo na casa grande em Parade Hill. Uma vez, a mãe de Misty os arrastou para o Lakeland Mall. Mãe e filha o levaram a uma loja de departamentos onde folhearam fileiras de camisas de botão Oxford, suéteres xadrez e sapatos sociais engraxados.

Misty pegou um montante, empurrou-as para o balconista e disse a Patch que eram presentes de Natal antecipado. Ele recusou categoricamente, Misty quase chorando quando eles saíram de mãos vazias, sua mãe olhando como se Patch tivesse falhado em algum tipo de teste que ele nunca concordou em fazer. Ele tentou não se ver como seu projeto, uma extensão do trabalho de caridade de sua mãe.

Primavera de 1979 e a avó de Saint dirigiu sua última rota. Ela queria continuar, embora o DMV tivesse regras rígidas sobre idade e necessidade. Norma deu uma bronca neles, depois reclamou com Patch, que pegava carona com ela todas as manhãs. Ela ameaçou processar, fez uma reunião nos escritórios de advocacia de Jasper e Coates, que lhe disseram que o caso não tinha mérito. Norma ameaçou processá-los também.

Ele aprendeu tudo sobre Misty Meyer. A maneira como ela ria quando ele usava um boné achatado. As outras garotas começaram a notá-lo, talvez fosse a companhia festejada que ele mantinha, o consenso de que agora era um homem num mar de meninos, o tapa-olho que ele usava ou o fato de que uma vez ele arriscou sua vida para salvar alguém. Fosse o que fosse, o coquetel provou ser inebriante o suficiente para Anna Blythe, Christy Dalton e Heather Baxter revelarem suas intenções, cada uma fazendo sua jogada com poucos dias de diferença, aparecendo na galeria enquanto um Sammy, perplexo, observava. Misty as despachou com uma enxurrada de palavrões tão profanos que Patch quase se encolheu.

— Não se brinca com um texugo-do-mel — disse Misty, enquanto Heather lutava para conter as lágrimas e se afastava cabisbaixa.

— Tenho certeza de que isso faz de você o mel — Sammy sussurrou para Patch, que carregava mais do que um pouco de medo no olhar.

Alguns dias, eles pegavam seu velho Sting-Ray vermelho e desciam as curvas inclinadas em direção a Pike Creek, o sol cortando um lindo horizonte enquanto ela se sentava no guidão.

Eles tomaram banho de sol à beira do lago, onde ele criou coragem para remover o tapa-olho porque o algodão o desgastava e o incomodava, apenas para que uma brisa o enviasse para a água. Misty enrolou o vestido e entrou atrás dele, ficou lá, molhada, e colocou o tapa-olho de volta sobre a cabeça dele antes de beijá-lo.

Eles falavam sobre Grace com frequência, mas nunca em termos que ameaçavam Misty. Ele sabia que Misty se perguntava de que maneira ela tinha que competir com uma garota-fantasma.

E, depois que ele perseguia outra pista moribunda e se retirava para um lugar em que ela não conseguia alcançá-lo, ele sabia que ela se preocupava, embora talvez também se confortasse com seus fracassos. E assim o círculo miserável foi concluído.

Eles tiveram sua primeira briga numa tarde fria de maio. Ela comprou ingressos para um filme no Palace 7, mas recebeu um telefonema de uma senhora em Loess Hills que viu o pôster de Patch. No fundo, ele sabia que não era nada, mas foi do mesmo jeito. Misty ficou muito nervosa, mas ele não reagiu de forma alguma, o que apenas a deixou mais louca. Quando o ônibus partiu, ela o perseguiu e chutou a lateral com tanta força que seu pai teve que preencher um cheque para o transporte da cidade.

— Ela está puta — disse Patch.

Sammy ergueu o copo.

— Assim como a mãe.

Eles se sentaram na varanda, de frente para a rua principal.

Sammy havia perdido um pouco de peso e creditou isso a ver três mulheres diferentes ao mesmo tempo.

— A última passou por aqui e eu fiquei sem líquidos. Eu tive que fingir orgasmo. E as pessoas dizem que sou misógino.

Patch terminou outra pintura, conjurando imagens de cada palavra que ele conseguia se lembrar dela falando.

— Então essa é a casa? — perguntou Sammy, olhando para a pintura.

A casa branca sob a luz suave da manhã, pinceladas soltas e rodopiantes encontrando manchas de cores não misturadas. Amarelos de um prado atrás, o início de uma colina ondulada. O senso de lugar era impressionante, o detalhe, a fabricação da casa da família de Grace.

— Estou exibindo suas pinturas — disse Sammy.

— Para quem?

— Pra compradores, seu idiota.
— Elas não estão à venda.
Sammy encheu o copo e bebeu um pouco mais.
— Não me faça lembrar o que você me deve.
Patch limpou a garganta, seus olhos em qualquer lugar, menos em Sammy enquanto falava.
—Você sabe que há uma escola de arte em St. Louis. Acho que se eu for bom o suficiente, mais pessoas verão as pinturas. Isso deve ser uma coisa boa, certo?
Sammy acenou para ele, enviando um gole de bourbon pelo antebraço.
— A porra da escola de arte é o flagelo da origem. Você também pode pegar aqueles pincéis de cem dólares e limpar seu...
Patch ergueu as duas mãos em rendição.
— E a loira? Ela não se importa que você trabalhe num poço? — Sammy disse enquanto se acalmava.
— Ela vai terminar a escola. E depois faculdade. E então tudo isso vai terminar.
— E até lá?
Patch colocou o refrigerante gelado na cabeça e fechou os olhos.
— Que porra eu estou fazendo, Sammy? Fingindo ser normal. Eu tenho uma garota. Vamos ao cinema e comemos hambúrgueres, e finjo que não é uma clara perda de tempo. Cada segundo deve ser dedicado a encontrá-la. Em vez disso, eu estou...
—Você está precisando de um tempo, garoto.
Patch assentiu, embora soubesse que uma pausa por sua própria definição era uma coisa temporária.

89

Saint tocava Liebestraum No. 3.

Suas mãos pequenas eram um borrão sobre as teclas, a cadência rápida trazendo suor à testa e um nível de concentração que não permitia que ela notasse a avó entrar na sala.

A chuva da primavera formava espelhos na rua, caleidoscópios que refletiam o arco de trílio branco.

Quando ela se aproximou do meio da peça, a série de oitavas antes dos arpejos, sua avó veio ficar bem ao lado dela, um ato inédito quando ela estava praticando.

Saint olhou uma vez e viu o grande envelope que ela segurava.

— Tem um carimbo postal de Hanover — disse Norma. Ela passou a usar óculos, mais leves que os da neta.

Saint diminuiu a velocidade e rolou o acorde de suspensão. Ela disse à avó para abri-lo.

As mãos de Norma tremiam, não por ansiedade, mas porque ela não conseguia detê-las.

A aposentadoria a envelheceu da noite para o dia.

— Meu Deus. Você entrou, Saint. Você entrou.

Saint atacou as teclas com furor.

Norma ficou até o fim e aplaudiu suavemente quando terminou.

— Isso foi perfeito — disse ela.

— Eu perdi meu contrapeso — disse Saint, e olhou para a mão direita dela como se ela a tivesse traído de alguma forma.

— Você entrou em Dartmouth, Saint.

— Eu não quero deixá-la.

Norma pressionou a cabeça de Saint contra ela.

— Garota boba.

— Você é tudo... que eu já tive.

— Venha, vou levá-la para tomar sorvete no Lacey's Diner para comemorar.

Saint voltou para o piano.

Ela tentaria novamente.

Não sabia como desistir.

90

Aos fins de semana, Saint trabalhava na biblioteca pública em Panora, deixando sua bicicleta encostada nas grades pretas enquanto se dedicava às tarefas da biblioteca como um cisne num lago.

Lidava com consultas e empréstimos, pedidos e até mesmo simplificando o antiquado sistema de cartões. E em momentos de silêncio, que eram muitos, ela pesquisava.

Ela escreveu cartas para uma centena de legistas no maior número de jurisdições possível, falou com trinta e sete recepcionistas de hospital num raio de mil e quinhentos quilômetros da casa de Eli Aaron. Ela deu a descrição da menina na pintura, engolindo seus próprios protestos e os de sua avó.

— Ele não tem como saber a aparência dela — disse Norma, quando, certa tarde, foram ao Lacey's comer muffins de limão.

Saint não respondeu, apenas olhou para o outro lado da rua enquanto o ônibus 42 se aproximava e ele descia direto para os braços de Misty.

Ela soube por Norma que Patch vinha trabalhando em prol de um projeto paralelo, procurando os pais de adolescentes desaparecidas, fazendo anotações numa pasta vermelha enquanto viajava em direção às minas de St. François todas as manhãs. Saint passou um ano pesquisando registros públicos e estaduais. Ela se concentrou em certidões de óbito. O trabalho foi meticuloso e extenuante, embora a maioria pudesse ser filtrada apenas pela faixa etária. Ela trabalhou com a suposição infundada de que Grace poderia ser três anos mais velha porque isso lhe proporcionava uma margem um pouco maior para continuar, então ela procurou por licenças profissionais. Enfermagem, psicologia, direito e medicina. Quando ela encontrou possíveis correspondências, ela fez uma anotação e começou a mergulhar em suas vidas. Ela fez quase trezentas ligações para mulheres, mães, pais e avós desnorteados. Saint aprimorou sua abordagem, começando por suavizar a pergunta, passando rapidamente a fazer apenas a seguinte pergunta: "Você conhece um garoto chamado Patch?". Algumas pessoas deixavam que ela falasse um pouco sobre a história, mas outras simplesmente desligavam na cara dela.

Ela foi atrás de registros federais, mas rapidamente desistiu, já que só contava com um primeiro nome.

Saint perdeu o interesse em Dr. Tooms depois de um ano ficando de tocaia em frente à casa dele. O que quer que estivesse escondendo, ela sabia que não tinha nada a ver com Grace.

Patch ainda ligava no meio da noite, e encheu três fitas com suas divagações. Em algumas, era frenético, confuso e atrapalhado. Em outras, ele falava sobre o cheiro de Grace no que poderia ter sido uma manhã de inverno no porão em que estavam presos. Ele se lembrou de limão em sua pele, hortelã-pimenta em seu hálito. Ele mencionou o céu em Baldy Point, como o Lago Altus-Lugert transbordava da barragem, abrindo caminho ao longo do Rio Fork Red. Todas as noites, Saint cobria o telefone com um cobertor para que o toque não acordasse sua avó. Era uma loucura. Era o elo dela com ele.

Ela não levou a escola na brincadeira, ascendendo para primeira aluna da turma, mas completamente alheia aos papos animados sobre faculdade e baile. Parou de usar trança, passando, em vez disso, a prender o cabelo para trás, ignorando as principais modas e tendências efêmeras. Escovas em camadas, loiros platinados. Ela usava macacão de veludo cotelê e observava enquanto Misty deslumbrava com capas de ombro e cangas de renda.

Ela acordou um dia e viu uma trilha de rosas que levava da porta de entrada até Jimmy Walters, que segurava um grande buquê.

— Ele quer te convidar para o baile — disse Norma, ao lado dela.

— Estou sabendo.

— Ouvi dizer que o Patch vai com a Misty — disse Norma, como se precisasse ser dito.

— Estou sabendo disso também.

Norma amoleceu.

— Também ouvi dizer que Sammy vai expor as pinturas dele no fim de semana que vem.

— Ah é?

— Dê uma chance ao Jimmy. Por mim. E eu prometo a você, se não der certo, assumirei total responsabilidade.

91

Saint passou a semana seguinte fazendo ligações e arrastando sua avó para cidades distantes. Do condado de Camden a Dade, de Jasper a Ozark, ela pediu, insistiu e implorou, até que alguns repórteres locais concordaram em ver o garoto pirata que pintou a vida de uma garota que talvez nunca tenha existido. Para aqueles em cima do muro, ela usou a máquina da biblioteca para enviar cópias das gravuras por fax, e eles ficaram tão impressionados com seu talento que concordaram em publicar algo.

Na pequena redação do *The Tribune de Monta Clare*, Saint se sentou na frente da repórter Daisy Creason, que colocou os pés em cima da mesa e ficou mordendo a ponta de um lápis enquanto olhava para a gravura.

— Esta é a garota? — perguntou Daisy.

— Então, é possível que seja.

Daisy franziu a testa.

— Se você fizer uma matéria com ele, convenço o garoto pirata a parar de incomodá-la — Saint mentiu.

Daisy rapidamente concordou com a cabeça.

Na fatídica noite, Saint chegou uma hora mais cedo e viu Patch pela janela varrendo o chão, enquanto Misty pendurava lanternas de papel num bar improvisado que Sammy financiou. As obras estavam penduradas em cada parede, seis no total, todas brilhantes.

Saint esperou dar o horário no cemitério da igreja, e quando Norma finalmente concluiu a lenta caminhada, as duas se encontraram no portão para entrarem juntas.

— A mãe dele vem? — perguntou Norma.

Sammy olhou para seu conhaque.

— Não adianta ninguém vir. O idiota decidiu que não vai vender nenhum dos quadros. E eu chamei um cara que está vindo da cidade.

Saint se escondeu no canto escuro da galeria quando começou a encher de moradores locais, alguns repórteres e pessoas da cidade que ela não reconheceu. Os pais de Misty ficaram no centro da exposição, pois naquela noite estavam satisfeitos com o fato de sua filha ter escolhido um artista tão promissor para cortejá-la.

Ela não reparou em Jimmy Walters até sentir o cheiro de sua colônia, leve e fresca.

— Eu tenho um furão — disse ele, querendo puxar conversa.

— E suponho que você queira apresentá-lo ao meu castor.

Jimmy corou, mas conseguiu acrescentar uma risada. Ele usava uma camisa de cetim grudada no peito. Saint, às vezes, o via correndo pela velha ferrovia.

Ele limpou a garganta.

— O coração do furão bate duzentas e cinquenta vezes por minuto.

A julgar pelo tremor em sua voz e pelas manchas escuras sob cada braço, Saint arriscou que o de Jimmy estava pau a pau.

Às vezes, ela permitia que ele a acompanhasse quando ela se dirigia para a floresta com sua câmera. Ele tinha um talento especial para ficar em silêncio, embora ela sentisse sua ânsia como um constrangimento, sua necessidade de ser algo que ela notaria. Ela não sabia por que ele se importava, por que ele via algo nela que ela mesma sabia que não estava lá.

— Saint — disse ele.

Ela se virou.

— Eu sei que você não olha para mim como olha para Patch. Mas estou aqui te chamando para o baile, e ele não está.

Jimmy sorriu novamente e voltou para perto da mãe, que fitava o quadro de Callie Montrose.

Saint procurou por ele ao redor, então viu a porta dos fundos aberta e encontrou Patch sentado sozinho no terraço, o céu noturno repleto de estrelas tão brilhantes que preenchiam sua própria tela.

— Você é famoso agora.

Ele olhou para cima e sorriu pela primeira vez naquela noite.

— Oi, Saint.

— Oi, garoto.

Ele se levantou e por um momento ela pensou que ele iria abraçá-la, mas ele ficou para trás, perto do corrimão.

— Sammy está chateado comigo.

— Ele é um bêbado.

— Como você está, Saint?

Ela colocou o cabelo atrás da orelha. Ela usou um aparelho por dezoito longos meses e, quando sorria, ele não notava que seu dente havia se endireitado. Ela ainda era pequena, seu rosto dizia que ela poderia ser muito mais jovem. As sardas ainda cruzavam seu nariz, embora ela usasse armações mais claras agora.

— Eu estive... Eu estive aqui.

Ele sorriu. Ela tentou não sentir isso na boca do estômago, na dor do peito.

—Você trabalha numa mina.

— Não posso vender as pinturas.

Saint olhou para o céu.

— Quanto mais pessoas virem o que você vê... Se você as mandar para longe, talvez acabem na parede certa, na hora certa, e algo aconteça.

Patch olhou para as luzes de Monta Clare.

— Não é real, é? Esta não pode ser a minha vida, Saint.

Saint olhou para trás, pela janela, onde Misty estava conversando, embora seus olhos examinassem a sala em busca dele.

—Você conseguiu a garota, Patch.

— Algumas noites eu me deito no escuro e não consigo mais encontrá-la.

Ela queria dizer a ele que ainda procurava. Que quando olhou para ele, sabia que nunca desistiria.

— Minha mãe está lá dentro?

— Talvez. Tem tanta gente, sabe?

Ele viu através dela. Sorriu.

—Você acha que eu deveria vender minhas pinturas? — perguntou ele.

— Talvez você devesse levar um pouco da vida por aí e ver o que volta.

Lá dentro, Patch encontrou Sammy no bar e palavras foram trocadas.

Saint encontrou Norma sozinha diante da pintura da casa branca.

— É tão lindo — disse Norma.

Sammy apresentou Patch a uma senhora chamada Aileen, que ficou olhando para a cena da rua, *Grace na Rua Principal*, por quase uma hora. Ela disse a ele que era uma coisa linda, que ficaria pendurada no escritório de seu marido, como uma janela para algum lugar melhor. Sammy disse a ela um preço e ela apertou sua mão de leve, agradeceu gentilmente e pegou seu talão de cheques. Sua primeira venda.

Saint saiu por um momento e viu o Dr. Tooms do outro lado da rua.

—Você vai entrar?

Ele sorriu, balançou a cabeça.

— Ele está bem?

Tooms esforçou os olhos para distinguir Patch entre a multidão.

— Ele ainda está procurando a garota.

Ele se virou.

— Dr. Tooms. Desculpa. Pelo que eu fiz.

—Você estava cuidando do seu amigo.

— Eu estava. Mas, ainda assim, eu sinto muito.

—A garota na pintura. Grace. Espero que ele a encontre. Ela merece ser encontrada.

— Todos merecem — disse Saint.

Ela se virou e viu que ele observava a pintura de Callie Montrose.

— Lindo — Saint disse, embora quando ela se virou ele tivesse ido, rua acima, em direção à igreja.

Saint passou muito tempo se movendo de peça em peça, com Norma segurando seu braço. Mais uma vez, ela parou na casa branca, enraizada no local.

— Parece com onde minha mãe cresceu. Dá pra ver algo nessa imagem — disse Saint.

— Uma visão bem mais grandiosa.

— Mas ainda assim, isso me lembra dela.

—Você fez uma coisa boa para aquele menino, Saint.

Uma hora depois, todas as pinturas, exceto algumas, traziam um pequeno adesivo vermelho. Patch ficou de guarda sobre *Grace Número Um*, e embora um homem de St. Louis oferecesse uma quantia decente, e Sammy xingasse algo horrível, Patch não a venderia.

Mais uma hora e a bebida acabou. Nix apareceu tarde e olhou para Callie Montrose.

— Quanto? — perguntou ele.

— Sem preço. Disse que não é dele para vender — disse Sammy.

Nix sorriu com isso, tirou o chapéu para Patch e saiu.

— Eu te retribuo — disse Saint, sorrindo amplamente.

—Você nunca pede nada — disse Norma.

— Uma vez pedi abelhas, vovó.

Saint beijou a bochecha de Norma e a abraçou com força.

No dia seguinte, elas receberiam uma única pintura.

Saint pendurava a casa branca acima de seu piano e observava enquanto tocava.

Do lado de fora, ela encontrou Sammy acendendo um charuto.

— Ele é brilhante — disse Saint.

Sammy olhou para *Grace Número Um* através do vidro.

— Ele não é, ainda não. Muitos retoques. O menino não sabe quando parar.

92

O sol do final da tarde era muito ofuscante, a floresta de Monta Clare implacável em sua beleza. Saint apontou sua câmera para um veado à distância, as patas no ar, a cabeça inclinada enquanto disparava o clique da câmera. Esperou um pouco e depois seguiu em frente, como se soubesse. Acima, um sanhaçu-vermelho a observava. Sua avó uma vez lhe disse que o pássaro era um símbolo de paciência, uma forma de o universo avisar que você está sendo guiado. E, enquanto ela enrolava o filme e caminhava de volta pela trilha que já havia percorrido, ela respirava verão e se sentia tão perto da calmaria quanto há muito tempo não sentia. Os pesadelos, sobre os quais ela não contou a ninguém, a assombração do rosto de Eli Aaron, começaram lentamente a desaparecer.

Ela pegou o pequeno rolo de filme de sua câmera. E enquanto estava na fila da farmácia para depositar o filme, notou alguns meninos parados nervosamente no corredor oposto.

— Preservativos.

Ela se virou e viu Ivy Macauley atrás dela. Seu rosto magro, os olhos vermelhos.

— Baile de formatura — disse Ivy, revirando os olhos para os meninos, que examinavam as prateleiras com medo em seus olhos.

— É bom ver você — disse Saint.

Ivy estendeu a mão e gentilmente tocou sua bochecha.

— Você está igualzinha a... como eu te chamava antes. Você se parece com a criança de que me lembro.

Saint sorriu.

— Você vai hoje à noite? — Ivy perguntou.

— Sim.

Saint pensou em Jimmy Walters, como ele a havia convidado meia dúzia de vezes antes que ela finalmente cruzasse a igreja no domingo anterior e lhe dissesse que sim. Sua mãe sorriu tanto quanto o filho.

— Joseph vai. A escola permitiu que ele fosse.

Saint pensou em Patch vestindo uma camisa social azul-clara e quase sorriu. Então pensou em Misty de braços dados com ele. Eles se encaixam. De alguma forma, contra quaisquer probabilidades, Saint olharia para eles e pensaria em como eles se combinavam lindamente. Ela disse a si mesma que poderia fazer isso agora.

— Não me lembro se agradeci — disse Ivy.

— Agradeceu, sim.

Ivy pareceu lê-la ao olhar em seus olhos, mas sorriu porque, o que quer que ela tivesse dito ou não dito, tinha sido completamente enterrado.

—Você tem filhos e não se dá conta do quanto seu mundo se torna grande demais.

— Você já viu as pinturas dele? — perguntou Saint.

— Eu me pergunto de onde ele herdou isso. Ninguém na família pinta. Eu gosto da ideia de que foi um dom dado por Deus.

— Eu também.

— Ser mãe... não há ensaio para isso. Só porque você pode fazer, porque você é capaz, não significa que você seja boa nisso. E se você não for, não afeta só a sua vida...

Eles observaram os meninos fazerem sua seleção, então o mais alto olhou, viu Ivy olhando para ele e largou o maço. Os dois voltaram para a rua.

— Parece que alguém vai engravidar hoje à noite — disse Saint.

Ivy riu e passou a mão pelos cabelos, agora descoloridos, com raízes escuras e oleosas.

— Eles queriam fazer um funeral ou algo assim, naquela época. Ainda não consigo me livrar das memórias. Mesmo sem um corpo, o padre Adams queria enterrar meu filho. Queriam colocar uma caixa vazia no chão para que eu pudesse seguir em frente. Ou talvez assim, ele poderia seguir. Assim não precisaria nos mencionar a cada semana, sabe. Às vezes, acho que aquilo era real, e tudo isso agora é um sonho. Como se eu estivesse morta e aqui fosse algum tipo de purgatório.

Elas atraíram alguns olhares.

— Mas você é real, Saint. Você trouxe meu filho para casa.

— Sim, Ivy. Ele voltou para casa — Saint disse baixinho.

— A demora deste lugar... — Ivy disse, sua mão tremendo um pouco. — Ainda não consigo dormir sem as pílulas. Malditos pesadelos.

Saint se afastou, deixou Ivy ir na frente.

Ivy foi até o balcão, e Saint tentou não ouvir enquanto a garota dizia a Ivy que não poderia lhe dar mais pílulas, que ela precisaria renovar a receita médica.

— Ligue para o Dr. Tooms e verifique — disse Ivy. A garota pediu desculpas.

— Eu não preciso de desculpas, eu preciso dormir, porra. — Ivy agarrou a mão da garota. — Por favor.

A garota puxou a mão para si ao passo que Ivy se endireitava e xingava novamente enquanto caminhava de volta para a rua.

Saint juntou os papéis que a garota havia deixado cair. Ela olhou para o nome impresso na parte superior.

Martin Tooms. Sua prescrição pessoal.

Ela não tinha certeza se era curiosidade ou aquela intuição que nunca a deixava. Saint se levantou e examinou as páginas enquanto a garota e o farmacêutico seguiam Ivy para ver como ela estava. Antibióticos de amplo espectro. Analgésicos. Pílulas.

Ela olhou em volta, colocou os papéis no bolso e saiu.

Saint esperou até chegar em casa, subir as escadas e ver o vestido azul-bebê com bainha plissada pendurado em seu quarto. E então, tirou as receitas do bolso, sentou-se na cama e prendeu a respiração enquanto verificava quando a medicação havia começado.

Saint verificou duas vezes.

Seu sangue gelou.

Nove de setembro.

O dia seguinte ao que Patch foi levado.

93

Franklin Meyer entregou a Patch um pesado copo de cristal cheio de conhaque, serviu um para si mesmo e os levou para o terraço de pedra.

Ao longe, um jardineiro cuidava dos jardins. Uma passarela de madeira atravessava as árvores em direção a um lago onde jorrava uma grande fonte. Um longo canteiro de lavanda perfumava o ar, o sol começando a se pôr enquanto lanternas escondidas piscavam.

Atrás, o estuque branco se erguia com telhados de ardósia azul e cabeçalhos floridos em cada uma das quatorze janelas e frontões.

Franklin o levou até uma longa mesa de vidro fumê e eles se sentaram em cadeiras de vime acolchoadas. Por um momento, desfrutaram de suas bebidas e do som da noite se aproximando.

— Então esta é a noite? — Franklin disse, cruzando as pernas. Ele usava uma camisa branca com três botões abertos.

— Sim, senhor.

Ele olhou para o terno de Patch, azul-marinho, sob medida e emprestado de Sammy. Era um pouco grande, mas bem longe dos azuis e cremes com babados que ele tinha visto na caminhada até a casa dela.

Uma limusine parada na garagem; ao lado dela, um fotógrafo sentado em seu carro, esperando o sinal para capturar a garota mais bonita da cidade na noite de seu baile de formatura.

Franklin sorriu.

—É bem diferente dos filmes, né? Eu esqueci de quem ela gosta agora... o menino com as costeletas.

A mente de Patch correu para Danny e os T-Birds, Sandy e suas Pink Ladies. Ele já tinha sido obrigado a assistir a cinco exibições até agora. No sábado anterior, eles pegaram a matinê de retorno antes de Misty fazer beicinho até que Patch cedeu e eles pegaram a exibição da noite também. Não apenas assistiram; Misty cantou cada uma das músicas, antes de se declarar irremediavelmente devotada a Patch na caminhada de volta até a colina, sua voz tão estridente, tão terrivelmente em desacordo com o resto dela.

— Como está indo o trabalho? Você está na Bell Lewis, né.

— Tá indo bem.

Seu último turno foi nas profundezas. O pé-direito era de um metro e setenta, então Patch passou cada uma de suas nove horas de trabalho curvado. Endireitar-se depois quase o fez chorar de dor.

— É um trabalho honesto, Joseph. Trabalho importante. O coração da nossa terra… — ele parou. — Baile de formatura — disse ele, uma nota de melancolia em sua voz, como se a infância de Misty tivesse passado rápido demais.

— Sabe, nós queríamos mais filhos. Um filho. Suponho que todos os homens pensem nisso uma vez ou outra. Mas não era pra ser. Então, como você deve ter notado, Misty é tudo. E não digo da boca para fora, Joseph. Misty é tudo o que temos.

— Ela é uma garota especial, senhor.

— Você já provou a comida dela?

Patch assentiu.

Os dois homens olharam para longe com carrancas combinando.

— Vocês dois se aproximaram. Mas você sabe que Misty irá para Harvard em alguns meses.

— Sim, senhor.

Era algo ao mesmo tempo dito e não dito, pairando sobre o caminho deles como um trem de carga vindo em sua direção. Patch sabia que o dano seria grave, mas também sabia que estava no horizonte desde o momento em que ela se sentou ao lado dele no carvalho caído. De sua parte, Misty desviava sempre que ele tocava no assunto. Ele a imaginou lá, em seu uniforme sob medida, entre garotas como ela e garotos totalmente diferentes dele.

— Ela diz que não quer ir — disse Franklin. Ele tirou um charuto grande, ofereceu um a Patch, que balançou a cabeça. Ele acendeu e abanou a fumaça com a mão livre. — Para ser honesto, pensei que isso logo passaria.

Se ele estava sendo honesto, Patch também seria.

— Eu entendo o que levou a isso. Vocês dois… uma história romântica. Eu não sou velho demais para entender. É como se estivesse escrito nas estrelas.

— Todos acham que eu salvei Misty. Mas ela é a mais forte entre nós.

Franklin sorriu.

— Mas você deve saber que ela sente…

— Obrigação.

Franklin ergueu a mão, tentando esfriar os ânimos, embora Patch permanecesse calmo.

— Às vezes, quando você está na minha posição, quando você tem tanto… é fácil ser pintado como egoísta… era tudo o que eu costumava pensar sobre meu próprio pai. Nosso dinheiro vem de berço. Meu trabalho principal era não o perder, talvez até fazê-lo aumentar um pouco. Preservar nossa posição.

Patch olhou para a casa mais uma vez enquanto as luzes se manifestavam através do vidro. A fumaça lenta da chaminé, o cinza pairando acima antes de se dissipar. Uma janela do andar de cima se abriu com música. O som do violão, memórias da infância e cavalos selvagens.

E ele se sentou lá e esperou pelo que ele sempre soube que um dia viria.

—Temos que querer mais para nossos filhos, Joseph. Caso contrário, eles serão apenas nossos espelhos. Não é assim que o progresso é feito. Nós nos esforçamos. Minha filha é brilhante em muitos aspectos, mas nenhum mais do que no desejo dela de conquistar tudo o que puder. Cada erro que a mãe dela e eu cometermos será corrigido por Misty.

Patch olhou para o copo, refletindo uma dúzia de tons enquanto o segurava em direção à lanterna enterrada nas árvores. Ele se perguntou se a pessoa que fez isso sabia que era uma coisa perfeita. Ele olhou ao redor para o mundo deles e viu muitas coisas perfeitas. E apenas uma coisa que jamais pertenceria àquele lugar.

—Vou falar com ela — disse, quieto.

Franklin sorriu gentilmente e por fim olhou para ele.

— Não acho que falar seja suficiente neste momento. Ela se safou por pouco naquela manhã... estou apenas tentando ajudá-la a escapar novamente.

Patch sorriu, não porque não entendesse, mas porque entendia perfeitamente.

E, com isso, Franklin enfiou a mão no bolso, tirou um cheque e o colocou sobre a mesa.

— Morrerei grato a você, Joseph. Há muitas coisas que posso te dar, mas minha filha não é uma delas.

Ele se levantou, tocou o ombro de Patch, e então voltou para casa.

Tons de crepúsculo desmoronaram naquele plácido dia de verão.

Eles ficaram ao pé da grande escadaria enquanto Misty descia. Patch permaneceu lá no estroboscópio do fotógrafo, deslumbrado não pelo flash, mas por uma garota que ele não ousaria manter ao seu lado. Um vestido que ia até o chão, do mesmo tom de amarelo da faixa em seu cabelo. Ela o encontrou e pegou sua mão.

Seus pais se juntaram a eles.

Ele nunca tinha visto Misty sorrir tanto.

—Você está tão bonito — disse ela, enquanto passava a mão pelo cabelo dele.

— Roubando minhas falas.

Nada neles combinava. Nada neles funcionava. Ela o amava completa e absolutamente.

94

A casa dos Tooms estava completamente escura, a lua não mais do que uma faixa branca.

Saint estava em frente com seu vestido de baile.

Ela tinha ido ao salão e seu cabelo caía em ondas castanhas. Ela aplicou a maquiagem com cuidado, borrifou-se levemente com perfume e cuidadosamente afivelou suas Mary Janes.

— Você está linda, Saint. Seu cabelo está... — disse Norma.
— Escovado.
— E sua maquiagem está...
— Toda, toda.

Norma parou porque já estavam atrasadas.

E então, ela escapou dez minutos antes de Jimmy Walters bater em sua porta, carregando um sorriso e um buquê.

Saint cruzou a vegetação, ficou sobre blocos de concreto e olhou para mais de quatrocentos hectares de terra.

Ela pensou na garota. Grace.

Talvez ela estivesse lá fora em algum lugar. Talvez estivesse respirando, ou talvez estivesse enterrada tão fundo que nem mesmo os cães a encontrariam.

Na casa da fazenda, ela subiu por uma janela do andar de baixo e atravessou a escuridão, seu vestido arrastando-se nas tábuas do piso.

Na cozinha havia latas. Sopa Campbell e Van Camp's Pork and Beans, leite condensado e Hunt's Sloppy Joe.

Comida enlatada não estragava.

Tudo, exceto ração de cachorro.

Ela não sabia o que estava procurando, mas estava exausta demais até para sentir medo.

Pela janela, do outro lado da floresta, a luz da casa de sua avó brilhava.

No andar de cima, ela viu a porta do sótão.

E então ela ouviu.

Ela puxou a corrente e observou os degraus desciam.

— Dr. Tooms — ela chamou.

Seus joelhos tremiam um pouco enquanto subia.

Ela tossiu por conta da poeira. Seu vestido rasgou nas vigas serradas.

E então ela ouviu o mesmo barulho de novo, logo atrás dela.

Ela se virou, seus músculos tensos enquanto sufocava um grito.

95

Eles beberam ponche alcóolico no corredor da escola, que tinha sido redecorado. Serpentinas penduradas no teto, uma bola brilhante pendurada no centro enquanto a luz passava por entre casais que se moviam lentamente na pista de dança. Chuck e seus amigos ficaram juntos, às vezes lançando olhares para um menino que agora era um tanto mais alto do que o resto deles. As meninas olharam porque ele não era mais um deles.

— E agora você precisa dançar comigo — disse Misty.

— Você sabe que eu não danço.

E então a música acabou e a que tomou seu lugar afundou seu coração enquanto ele suspirava e os olhos dela se arregalavam.

Ela abaixou a cabeça um pouco, fez beicinho, até que ele pegou sua mão e a levou para o centro. Um espaço se abriu e ela agarrou as costas dele e se apertou.

Misty pegou a mão de Patch e a segurou no alto, girou lentamente diante dele e cantou sobre como o dela não foi o primeiro coração partido.

Ela acenou com a cabeça para ele, implorando, implorando.

Mal-humorado, ele disse a ela que os olhos dele não eram os primeiros a chorar.

— Olho — ela corrigiu.

Ele franziu a testa e ela riu.

Ela sussurrou as palavras, dedicou-se tão desesperadamente que ele a levantou e a girou em seus braços, as mãos dela em volta do pescoço dele.

— Eu te amo — disse ela.

O cheque pesava no bolso. Mais pesado ainda estava seu coração.

96

— Droga, menina — disse Nix, abaixando a arma.

Ele a ajudou a descer.

— Arrombamento e invasão de propriedade — disse ele, sua corpulência iluminada pela janela.

— É o Tooms.

— Isso de novo.

Ela olhou para o próprio vestido rasgado. Ela pensou em Jimmy Walters enquanto se movia de sala em sala e começou a abrir armários e jogar roupas para longe.

— Chega — disse ele, e ela passou por ele e foi para outra sala.

Seu coração disparou enquanto ela jogava as gavetas no tapete.

Ela tentou passar por ele novamente, mas ele a barrou com um braço forte em torno de sua cintura.

— Me larga, cacete!

Ele a segurou firme, não disse nada e não reagiu aos seus xingamentos.

Então, ela não conseguiu conter as lágrimas.

Pela frustração dos últimos anos, de perder seu amigo, do estranho que voltou para ela. Como ele não sorria. Na maioria dos dias, nem a notava na rua. Por Patch e pela Misty. Por Jimmy Walters.

Ela soluçou.

Nix a abraçou, não disse a ela que as coisas ficariam bem e, por um momento, ela o amou por isso.

— Sinto muito — disse ele, e ela sabia que ele estava falando sério.

Lá fora, eles encontraram o luar.

Ela respirou e se acalmou.

— Eu vi você na igreja quando ele se foi. Você orou por isso, menina. Aproveite essa vitória.

Ela olhou para a casa dos Tooms.

Ele limpou a garganta.

— Manter a fé... quando se faz esse trabalho. É algo que nunca consegui. Deus é um primeiro chamado e um último recurso, desde o batismo até o leito de morte. No meio é onde a fé é testada. A mundanidade. Qualquer um pode cair de joelhos quando está enfrentando uma crise, mas fazê-lo quando tudo está estável...

— Fiz uma promessa. Eu penso nisso todos os dias — ela disse, e não sabia por que estava compartilhando com ele naquela noite.

Ele a observou.

— Prometi a Deus que não pecaria. Se ele trouxesse Patch de volta.

Nix não riu nem zombou.

— Você fará o melhor que puder. Você vai receber seus aplausos e seguir em frente. Norma me disse que você vai para Dartmouth.

— A Grace está por aí — disse Saint.

— E você está aqui. E está perdendo seu baile de formatura. Vamos, eu vou te levar de volta.

Ela estava prestes a se virar quando outra viatura parou e o delegado Harkness saiu de dentro do carro.

— Não é nada — disse Nix, acenando de volta, mas Harkness aproveitou aquele momento para acender um cigarro.

Saint parou na frente, mantendo os policiais com ela no lugar louco em que ela existia.

— Eu sei que ele fez algo ruim. Por favor. Só por um momento, imagine que há mais uma garota desaparecida por aí. Mais um conjunto de pais. Todos vocês disseram que Eli Aaron poderia ter trabalhado com outra pessoa.

— O médico da cidade? — Harkness disse, levantando uma sobrancelha.

— Não faça isso porque eu peço, ou porque uma parte do Patch ainda está faltando. Nem faça isso porque você é policial. Faça isso porque ela deveria estar em algum lugar agora, de pé em seu vestido de baile e sorrindo para as câmeras. E...

— Já vasculhamos a casa — disse Nix.

Harkness cruzou o cascalho e parou diante de uma pilha de lenha.

— O quê? — Nix disse, seguindo-o.

Harkness franziu a testa e disse:

— Eu costumava vir por esse caminho quando era criança. Há uma trilha que leva aos fundos do terreno dos Adler, costumávamos correr pelo milharal, ficarmos perdidos e apavorados.

Ele começou a mexer na madeira.

Saint se curvou e o ajudou.

— Havia um porão por aqui. Bem aqui, eu tenho certeza disso.

O carro iluminou a montanha de lenha, folhas e restos de matéria orgânica. Quando chegaram à camada de base, estavam suando muito, o vestido dela manchado de terra.

— Não temos mandado — disse Nix.

Com isso, Harkness finalmente parou.

Saint implorou, disse que poderia ser alguma coisa, mas viu em ambos os olhos que estava acabado, que ela estava perseguindo a última causa perdida.

Nix a levou até o carro, deixou-a ficar no banco da frente enquanto Harkness ligava o motor.

As duas viaturas subiram na pista.

Saint ponderou que Nix estava certo, que seu amigo tinha voltado para casa. Por mais distante que estivesse, o que quer que ainda restasse dele, ele estava de volta a Monta Clare. E todas as noites ela agradecia a Deus por isso.

— Você quer se trocar? Eu posso levá-la ao baile — perguntou Nix.

Baile. Saint pensou em Grace. Também pensou em Callie Montrose.

Talvez eles não conhecessem ninguém como ela, ninguém lutando o suficiente.

Saint abriu a porta quando Nix pisou no freio.

Ela o ouviu xingar quando correu de volta para a lenha.

Ela caiu de joelhos e levantou camadas de madeira podre do chão, colocadas ali como cobertura.

— Que merda, menina — Nix gritou.

Ambas as viaturas se viraram e voltaram, formando um V, com seus faróis altos cruzados sobre ela.

E sobre as velhas portas de madeira que ela havia descoberto.

Saint abriu as portas duplas.

Os degraus levavam a uma escuridão mais profunda.

Saint desceu antes que eles pudessem alcançá-la.

Os passos tremiam um pouco, a madeira macia, a estrutura curvada e sofrida.

Harkness apontou sua lanterna para baixo.

Isso lhes deu luz suficiente.

Então Saint gritou. Com a mão sobre a boca.

Harkness se deitou de bruços, sem arriscar os passos. Ele jogou luz sobre a cena.

— Jesus!

Um colchão de solteiro.

E muito sangue.

97

Patch e Misty subiram a colina, e ela tirou os sapatos e os carregou, reclamando que seus pés doíam, até que ele se inclinou um pouco para que ela pudesse subir em suas costas.

Quando chegaram à casa dela, pararam na frente e observaram Monta Clare; a terra caiu tão bruscamente, como a cidade havia caído do céu e craterado seu lugar.

Ela segurou a mão dele, a cabeça em seu ombro.

— É tão lindo.

— É. Mas há um mundo muito grande além disso, Mist. Pelo menos é o que dizem.

— Sim, mas, às vezes, as pessoas saem em busca de algo que já têm.

— Boston. A cidade, todas aquelas pessoas inteligentes. Você pode caminhar pela Trilha da Liberdade... Quer dizer, você pode ter que pagar alguém para carregá-la até o último quilômetro, mas ainda assim.

Ela não riu.

— Faneuil Hall, é lindo, certo. Você pode andar nos pedalinhos de cisne, você já viu? Eles pegaram a Old North Church, a água e a Copley Square. E você sabe que no museu eles pegaram o *Grainstack*. Sammy disse que é uma visão. E isso antes mesmo de você chegar à Harvard Square.

— O que você está fazendo? — ela perguntou.

— Eu vi um livro na biblioteca. Eu queria saber como era... para onde você está indo.

Ela olhou para o corpete.

— Eu não vou. Já decidi.

— Besteira.

Ela olhou para cima, seus olhos brilhando rapidamente. Ele estendeu a mão para tocar sua bochecha, mas ela virou a cabeça.

— Você não pode simplesmente jogar tudo isso fora — disse ele.

— Você está falando igual aos meus pais.

— Talvez eles estejam certos.

Ela riu.

—Você odeia meus pais.

Ele enfiou as mãos nos bolsos.

— Eu, não. Estamos apenas... somos diferentes.

— O que há de errado com você? Por que você está agindo assim?

— Eu só... Eu não sei como isso vai funcionar.

—Vai funcionar porque eu te amo e você me ama.

E então ela percebeu, como não havia percebido antes, como se a música e a dança tivessem encoberto tudo.

Ele se virou, emoldurado por uma lua muito pesada, pela luz das estrelas que não era desejada.

—Você não pode se comparar a ela — disse ele.

Ele sentiu a mão dela em seu ombro.

—Você não quer dizer isso. Você só está dizendo isso para eu ir para Harvard.

Ele sentiu uma dor surda no fundo do peito.

— Se você realmente acha isso, então por que não consegue nem olhar para mim?

— Ela precisa de mim. Você, não. Vá ser você mesma em Boston. Você não terá mais que fingir ser burra.

— Eu não estou...

— Eu não disse o mesmo para você. — Ele cerrou os dentes. — Quando você disse que me amava. Eu nunca disse isso de volta. Porque eu...

Ela o empurrou. Ele deu um passo à frente. Ela o empurrou novamente e ele se virou. E ela deu um tapa no rosto dele.

—Você não vai terminar comigo.

Outro empurrão e ele caiu no chão.

— Eu não posso competir com ela porque ela não existe. Ela é a porra de um fantasma. Todo mundo sabe disso. A Grace não é real.

Suas calças estavam rasgadas no joelho.

— Sou eu quem decido se acabou. Alguém como você não larga alguém como eu.

Então ela parou, atordoada por suas palavras, arrasada por elas.

— Honestidade, Misty. Nunca se sinta mal por isso.

Seus pais saíram para a garagem. Sua mãe segurou a filha com força e tentou levá-la em direção à casa, mas Misty olhou para Patch sentado ali no chão, se desvencilhou e correu em direção a ele.

Ele se levantou e ela caiu sobre ele, agarrando sua camisa.

Franklin a tirou dele.

Patch se levantou e saiu de suas vidas. Ele não olhou para trás.

Policiais e Ladrões
1982

98

Eles dirigiram pela Rota 9.

Num posto de gasolina a quilômetros de qualquer lugar, Saint anotou uma declaração do velho que trabalhava nas bombas e depois assistiu a uma fita de segurança tão granulada que ela não conseguia distinguir muito além de um borrão, puxando uma arma e fugindo com pouco menos de cem dólares.

Nix olhou para terrenos baldios e casas semiconstruídas.

— Eles dizem que saímos da recessão. Alguns milhões de empregos perdidos. A meu ver, eles ainda não foram recuperados. Toda aquela conversa sobre petróleo e Bretton Woods.

Numa lanchonete de assentos vermelhos de couro rachado e estofamento saliente, um ventilador girou, uma máquina de milkshake chacoalhou e os caminhoneiros beberam refis intermináveis e olharam para jornais do dia anterior como se estivessem sempre um passo atrás.

— Gostei de ver — disse Nix.

Saint usava o uniforme azul-marinho, a menor camisa que eles tinham disponível, mas, ainda assim, as mangas terminavam a meio caminho entre o punho e o cotovelo.

— Pegar uma declaração não é como pegar um...

— Faz parte do fundamento — disse ele, e mordeu um sanduíche de queijo grelhado. — Não há uma refeição melhor nesta terra.

Ela bebeu seu refrigerante.

Nix enxugou o bigode com um guardanapo.

— Como está sua avó?

— Do mesmo jeito.

— Não tem que ter vergonha por usar um distintivo.

— Eu sei disso.

Nix mexeu outro torrão de açúcar em seu café.

— Você soube do garoto?

— Não.

— Ele está lá procurando por ela?

Patch comprou sua casa alugada quando a década terminou, dando à mãe o tipo de segurança que ela buscou durante grande parte de sua vida. Saint não perguntou de onde veio o dinheiro.

Depois do baile, ela o viu sair do ônibus 42 no final de cada dia, macacão amarrado na cintura, cabelo comprido preso para trás com uma bandana, mandíbula forte. Às vezes, ela pegava as garotas o observando, sussurrando e rindo daquela maneira de sempre. E por um tempo, ela viu Misty, por incrível que pareça, ainda mais bonita, enquanto ela se afastava de seu grupo e, às vezes, direcionava olhares para o garoto que salvara sua vida e partira seu coração. Após a formatura, Saint ouviu que Misty tirou um ano para viajar, para criar certa distância entre ela e Monta Clare e as memórias que isso despertou. Sua avó dizia que o primeiro amor era a mais terminal das doenças.

— Apresentei outro pedido de visitação ao Tooms — disse Saint.

— Ele não vai ver ninguém.

— Mas você vai lá todo fim de semana.

Nix deu de ombros.

— Eu só preciso vê-lo. Preciso olhar em seus olhos.

— Talvez nunca saibamos por quê.

Naquele outono, Martin James Tooms se declarou inocente pelo assassinato de Callie Montrose, encerrando um ano de preparação para o julgamento, durante o qual o promotor pressionou e as economias de Tooms se esgotaram. Ele perdeu a fazenda, mas, apesar de tudo, manteve o tipo de silêncio indigno que levava Saint a orar por sua morte todos os domingos.

Saint se sentou ao lado de Nix e do promotor quando eles analisaram os detalhes em suas minúcias, e eles prometeram impedir que o garoto Macauley aparecesse nos portões da prisão armado com uma adaga e uma promessa de estripar o homem se ele não lhe dissesse onde a garota estava. Uma promessa que eles não cumpriram em tantas ocasiões que os policiais do condado de Ellis não tiveram escolha a não ser prender Patch, mantê-lo durante a noite e libertá-lo sob a flotilha do nascer do sol.

Patch escreveu cerca de sessenta cartas para Marty Tooms; Saint leu cada uma delas antes de entregá-las. Às vezes, ele divagava por páginas sobre sua vida e para onde as pessoas diziam que ele estava indo. Outras vezes, ele implorava, suplicava, se oferecia para ir ver o Juiz Heinemann e pedir a salvação de seu captor antes da sentença. E em dias sombrios, ele xingava o homem, especulava sobre o tipo de inferno que estava esperando por ele, sobre como ele poderia ter trabalhado com Eli Aaron para trazer tal horror.

Eles trabalharam numa declaração de impacto. Saint escreveu enquanto Patch falava do tipo de horror que o mantinha acordado todas as noites, fantasiando sobre Grace, rezando que ela não fosse real. Ela não distorceu suas palavras nem salgou as feridas; por três páginas, ela simplesmente detalhou o que havia acontecido com ele: sua vida antes, sua vida agora e o que ainda poderia acontecer. Uma vida inteira de terapia, de dormir no chão na escuridão. De perseguir a sombra de uma garota que, se existisse, provavelmente estava morta ou desejando estar.

Tooms não falou, nem mesmo com seus advogados, que aproveitaram para fazer com que ele fosse declarado louco por esse motivo. O juiz notou seu nível de premeditação e prontamente descartou essa hipótese.

O caso se fortaleceu quando amostras de cabelo retiradas dos restos da casa de Eli Aaron corresponderam às de Marty Tooms. Saint e o promotor conectaram pontos que não eram tão difíceis de unir. E então veio o sangue.

Oito amostras foram retiradas do colchão no depósito subterrâneo da casa dos Tooms.

Todas as oito correspondiam à Callie Montrose.

Saint olhou para a esquerda dela enquanto Nix balançava a cabeça em desespero, depois fechou os olhos para tudo.

Atrás deles, na galeria, o pai de Callie Montrose gritou, xingou e chutou enquanto era arrastado para fora da sala pelos mesmos policiais com que costumava trabalhar.

A única emoção que Tooms mostrou foi quando perguntaram a localização do corpo de Callie, para que seu pai pudesse pelo menos ter o escasso conforto de colocá-la para descansar adequadamente.

Tooms permaneceu em silêncio em meio às lágrimas.

Os registros foram puxados e foi apresentado ao júri que Marty Tooms havia escrito prescrições para si mesmo de uma grande quantidade de analgésicos e pílulas para dormir, e os forneceu a Eli Aaron, que usaria para subjugar seus alvos. Saint tinha visto aqueles doze homens e mulheres enxugarem as lágrimas de seus olhos.

Na noite anterior à sentença, Patch seguiu o Juiz Heinemann até sua casa colonial no Condado de Elion. O juiz chamou a polícia. Enquanto esperava para ser arrastado pra longe de lá, Patch se sentou do lado de fora, recostando-se na porta e falando de Grace, do tipo de garota que ela era, da vida que deveria estar vivendo. Ele não sabia se o juiz ou suas duas filhas o ouviam mas, no dia seguinte, Marty Tooms foi condenado à morte. Uma punição que se espalhou pelo estado, já que Heinemann sempre foi liberal. Saint observou enquanto os repórteres especulavam que era uma manobra, que a sentença seria reduzida à prisão perpétua se Tooms revelasse a localização de Callie Montrose e da suposta garota desaparecida. Saint ficou maravilhada com Patch, que se manteve fiel à sua palavra.

Ele queimaria tudo e todos em seu caminho.

99

— Quando você recusou estudar em uma faculdade de prestígio, Norma pensou que era só uma fase — disse Nix.

—Você também — disse Saint.

— Era preciso um ano na função administrativa antes de você poder começar o treinamento. Não que você tenha dado ouvidos.

— E ainda me fez ser sua parceira — disse Saint.

Ele franziu a testa.

— Parceira? Você é uma novata sob minha supervisão, não tem nem distintivo ainda. Prometi à sua avó que cuidaria de você.

Em seu primeiro dia, ela começou a investigar a vida de Marty Tooms. E não parou até o inverno seguinte, quando, em uma tarde gélida, enquanto todos assistiam à posse de Reagan e ao fim da crise dos reféns no Irã, Patch pegou o Fairlane e atravessou o estado para seguir uma pista tão vaga que ele nem deu detalhes. Apenas pediu que Saint fosse ver sua mãe, que permanecia naquele estado de espera e apreensão enquanto o mundo girava ao seu redor.

Saint bateu na porta e esperou um pouco, depois bateu no vidro, mas não conseguiu ver ninguém lá dentro.

Talvez tenha sido o instinto que a levou para a lateral da casa e para o quintal. Ela caminhou até a varanda dos fundos, espiou pelas portas francesas e viu Ivy Macauley esparramada no chão da cozinha.

Ivy foi declarada morta no local.

Patch recebeu a notícia sem reação.

Ele não chorou no funeral. Ela havia morrido há muito tempo.

No dia seguinte, ele deixou a cidade de Monta Clare para trás.

—Você já se perguntou como Tooms e Eli Aaron trabalharam juntos nisso? — perguntou Saint.

— Eu rastreei o máximo que pude. Tooms viveu toda a sua vida em Monta Clare. Escola de medicina na Universidade de Michigan. Talvez eles se conhecessem de lá, mas eu não tive a impressão de que Aaron era alguém graduado ou algo do tipo.

Nix olhou para suas mãos, para as linhas de sua vida.

Ela pescou o gelo de seu refrigerante com o garfo, então se lembrou de onde estava e o colocou no chão.

— Eu acho que pessoas más têm uma maneira de se encontrar. Uma sentença de morte sem corpo.

— Todos nós temos a morte no final — disse ele.

— E a Grace?

— Você leu o arquivo do caso. O relatório desse psiquiatra. Você me diz o que pensa.

Nix sinalizou para a garçonete que completou seu café e acrescentou um sorriso. Saint mexeu com o saleiro.

— Como sua amiga ou como policial?

Nix a observou, como se ela precisasse perguntar.

Ela respirou fundo.

— Ele a conjurou daquele lugar escuro em sua mente, que lhe dizia que ele era um garoto de treze anos preso na sala com um monstro que fez Deus sabe o que com ele. Ele não aceitaria a avaliação. Não totalmente.

— Você sabe disso, mas perdeu seu próprio baile de formatura para perseguir um médico da comunidade. Você desistiu da sua vaga, uma vaga que você conquistou, numa das melhores faculdades do país. E você me diz que não está fazendo isso para encontrar essa garota?

Ela observou um casal no balcão.

Nix disse:

— Você ouviu as fitas da entrevista. Você as ouviu mil vezes.

Saint pensou nelas, nas gravações feitas com os policiais estaduais, com o próprio Nix, com o psicólogo. Seu objetivo era construir uma imagem, recuperar memórias claras que pudessem levá-los à garota. Ela não disse a Nix que havia feito cópias, que as palavras de Patch a deixavam num sono turbulento todas as noites.

— Detalhes — disse Nix.

— Ele deu muitos detalhes porque cada conversa ainda estava fresca em sua mente. E quando novas memórias vêm a ele, ele liga para minha casa, enche minha secretária eletrônica. Eu guardo as fitas. Guardo tudo.

— Mas os detalhes mudam. Uma vez ela tem um sotaque, na próxima ela é do Bronx. Ele acha que ela é uma loira texana; às vezes, uma ruiva da Virgínia Ocidental. Ela é mais velha. Às vezes, tem a sua idade. Ela é durona...

— Ela é sempre durona. Isso nunca muda.

— Ela é durona porque ele acha que não era. Transtorno dissociativo de identidade. É quando...

— Então ele é a garota agora?

Uma família entrou no estacionamento. A mulher carregava um bebê e Saint os observava por todo o caminho.

— Esse nível de trauma. Não significa que ele inventou.

— Digamos que não. Diga-me o que temos para poder continuar. Tantos casos, tantas pessoas fazendo coisas ruins. Eles nos superam em um milhão para um. E isso supondo que estejamos todos bem. Dar a um homem um distintivo e uma arma não significa que você deu a ele o código moral para usar corretamente. Máscaras, Saint. Um terno e gravata. Um jaleco. São apenas fantasias.

— Então, somos todos falhos — disse ela, enquanto ele deixava uma gorjeta decente.

— Alguns de nós atribuem maior mérito a essas falhas. Se somos dez por cento ruins, isso nos torna bons?

Ao sol, ela colocou a mão no capô da viatura.

— Depende de quão ruim é esse dez por cento?

— No calor do momento, eu atiro num homem por causa de uma dívida de jogo. Sou pior do que o homem que se deita com sua esposa toda semana? A lei diz que eu sou.

— A lei é idiota.

Ele riu.

— Agora você está começando a soar como uma policial.

Ao lado da lanchonete havia algumas lojas fechadas e, em vidro caiado de branco, ela viu um pôster já bem desbotado.

GAROTA DESAPARECIDA

— Desapega, Saint. Não cabe a nós lidar com o que resta.

— E se ela estiver por aí?

Uma brisa deslocou as nuvens até que se formasse uma sombra sobre eles.

— Se estiver, já está morta — disse ele.

— Você não pode ter certeza.

— Mas eu sei que o garoto não acreditaria, de qualquer maneira — disse Nix.

— É muito nobre de sua parte.

— Pois é. Atitudes nobres... nem sempre levam a um bom desfecho. Mas onde quer que esse garoto esteja, espero que não esteja se metendo em mais encrencas.

100

Patch estava na fila do First Union Bank.

O lugar era grandioso e antiquado. Os pilares de mármore com veios escuros sustentavam um teto de tinta descascada, e repousavam sobre um carpete cinza tão fino que se amontoava como cristas de ondas. Uma fileira de palmeiras areca, com as folhas de plástico amarronzadas pela poeira.

Atrás dele, uma mulher e sua filha estavam de pé; na frente, um velho segurava um talão de cheques e algumas notas de vinte. Através de grandes janelas de vidro, o calor girava sobre as distantes Montanhas Rochosas, cobertas pela neve e embaçadas pelo hálito de uma cidade como fumaça esperando para ser exalada. Ele se perguntou se era a pintura, se Sammy havia queimado seu cérebro para trocar o que era claramente bonito por algo mais.

Seu Toyota Celica 1972 estava estacionado a três quarteirões dali.

Ele empacotou o pouco que possuía e deixou Monta Clare uma hora antes do nascer do sol. Abriu a janela e ouviu o leve tremor de um avião enquanto dirigia para longe da única cidade em que já havia morado.

Ele não pegou trânsito até Des Moines, notou a passagem do tempo quando teve de mudar a luz, os ambulantes acenando do Kansas. Sua mente em Misty enquanto trocava a interestadual por duas pistas, concreto por Flint Hills e pradarias de grama alta tão exuberantes. Ele estacionou em Cottonwood Falls e caminhou com fazendeiros e suas famílias em direção ao centro da cidade de tijolos vermelhos, onde olhou pelas janelas das galerias enclausuradas.

Alguns quilômetros depois, ele parou no Lago Chase State Fishing e caminhou por sua orla em direção aos lodaçais onde os pescadores pescavam *saugeyes* e peixes-do-sol. Ele se encontrou com um casal, Drew e Sally, e eles deram as mãos e se sentaram num banco na costa norte e mostraram-lhe fotos de sua filha Anna May, que havia sido tirada da vida deles quase oito anos antes. Não poderia ser Grace.

Ele os deixara com uma promessa e, por sua vez, eles deixaram para ele uma fotografia de sua filha, algo tão precioso que Sally a agarrou por mais um momento enquanto a entregava a ele.

Cinquenta quilômetros subindo a estrada secundária, ele encontrou um local e desdobrou seu cavalete e tela e pintou Anna May como pano de fundo por terra inalterada em mil anos, o espírito do Kaw e do Osage mergulhado na terra enquanto ele perseguia lentamente a luz do norte.

Ele falou com Mitch e Sally que, em vez de pedir a pintura, perguntaram se poderiam exibi-la em algum lugar. Onde pudesse ser vista. Onde sua filha não seria esquecida.

Um mês depois, ele saiu da Trilha do Sagrado Coração e, numa pequena agência dos correios, embalou cuidadosamente sua tela e rabiscou "Anna May" e a data em que ela foi vista pela última vez no verso. Ele enviou a fotografia de volta para seus pais, junto com uma nota dizendo que a pintura ficaria na Monta Clare Fine Art, onde Sammy faria o que pudesse para destacá-la.

Ele ficou preso à Interestadual 35, imune às luzes de Oklahoma City. Dormiu no carro, abriu a janela para um céu noturno texano, as estrelas seu cobertor. Ele comia grãos em lanchonetes de beira de estrada, uma refeição por dia, porque o pouco que tinha era gasto em gasolina. Ele se lavou em seus banheiros e encheu seu frasco com água de suas torneiras.

Uma semana na varredura do Texas, interminável enquanto ele rastejava quilômetro após quilômetro, parando apenas para se encontrar com duas famílias que ele rastreou nos arquivos de jornais. Em Corpus Christi, ele viu o oceano pela primeira vez em sua vida e passou um dia observando suas dobras e respirando ar salgado, tão seco e perfeito que ligou para Sammy e lhe disse exatamente como sentiu a água quando ele encontrou um trecho deserto, despido de suas roupas e vadeando fundo.

— Pare de me ligar — disse Sammy, embora fosse apenas a primeira ligação.

Por oito semanas naquela mesma praia, ele pintou Lucy Williams e Ellen Hernandez. Os carros pararam quase na estrada enquanto os caminhões abriam suas camas e as famílias construíam dosséis e passavam o dia num luxo tão despretensioso.

Patch trouxe os desaparecidos de volta com pinceladas praticadas, indo para a cidade quando terminava, com as telas enroladas.

—Você é um pirata? — perguntou um garotinho, enquanto Patch passava por ele até os correios para enviar seu trabalho para Sammy.

— Eu era — disse Patch, seu sorriso alcançando as palavras.

Naquela noite, ele caminhou pelo movimentado porto enquanto o sol se punha e espalhava cores pelo oceano. E então ele viu os barcos.

Patch perdeu aquela noite inteira para os conveses reluzentes, iates, catamarãs e cruzadores de cabine. As passarelas alimentavam pequenas ilhas, e Patch pulou uma barreira enquanto os capitães guiavam seus navios em direção à marina, as mãos nos bolsos, um sorriso largo no rosto.

O pesado barulho dos motores, a torre de vigia com fachada de vidro, um espelho de admiração. Seus olhos se fixaram nos cascos gêmeos de um pontão que deslizava com tanta elegância que ele pensou em Misty. Ele caminhou lentamente naquela direção e o observou atracar enquanto um menino não mais velho do que ele pulava descalço no convés de madeira para amarrá-lo.

Patch o estudou atentamente, certo de que ele poderia ser o garoto mais sortudo que já tinha visto.

Enquanto o sol se afogava, a marina fazia coro com pessoas sentadas em seus decks, com bebidas na mão. Ele não tinha certeza se era a água, ou talvez o balanço suave, mas quando notou uma mulher com o tom certo de cabelo lavando o casco de um veleiro imponente, sentiu aquela dor baixa, não exatamente dor, apenas uma sensação de que ele iria persegui-la até o dia em que morresse, e que ele sempre se sentiria menos sem saber que ela estava bem.

Por dez meses, ele pulou de estado em estado, perseguindo os elos mais fracos. Como menor indício de que estava rastreando algo real, ele se deslocava. Ele vivia com uma única bolsa, comprava apenas o que considerava essencial. Ele corria quando podia e fazia algumas centenas de flexões todas as manhãs.

Ele lia jornais no encosto dos assentos dos ônibus, via fotos coloridas de tropas muito jovens sendo enviadas para um lugar que não conseguiam identificar no mapa do mundo e lutariam sob um sol totalmente estranho, contra um inimigo que treinariam duro para não entender. Mortes seriam vitórias. Patch conhecia aquelas crianças. Eram como seu pai, a história simplesmente condenada a se repetir.

Ele conheceu uma dúzia de famílias à procura de uma dúzia de garotas perdidas, e, às vezes, elas eram hostis porque já haviam passado pelo luto e não desejavam viver aquilo novamente, e outras vezes ele se sentava com mães solitárias que seguravam suas fotos e bugigangas, e ambos esperavam e temiam que sua Grace fosse delas.

Num vilarejo do Kansas, ele passou uma semana numa pequena fazenda com um pai.

Patch soube em poucas horas que eles não estavam procurando pela mesma alma perdida, mas o homem se apoiou nele, porque os mais próximos não eram fortes o suficiente para falar da garota. Com bourbon, eles se sentaram num balanço da varanda e observaram a pradaria crepuscular. Às vezes, havia beleza suficiente para amenizar a dor.

Ele trabalhou numa fazenda na Louisiana por um mês, no final da temporada, as nuvens tão baixas e pesadas que ele quase podia tocá-las. E, aos domingos, ele contornava o Lago Martin, porque nos arquivos ele encontrara a foto de uma garota que poderia ter sido Grace, que desapareceu quando seu pai estava pescando. O homem estava morto há muito tempo, mas Patch pensou que talvez ele sentisse algo enquanto andava pelo pântano, cortava as trilhas e observava as garças, as rãs-touro e os íbis.

Um mês depois, ele abraçou a costa texana, conheceu um homem na Galveston Strand e caminhou pelo paredão, e quando o homem lhe mostrou uma foto, à sombra de Moody Gardens, Patch contemplou sua própria sanidade. Procurando por uma garota que ele não conseguia localizar, de uma época tão distante, ele foi recebido apenas pelos mais desesperados.

E então, ele ficou sem dinheiro. Ligou para Sammy, que reclamou da mordida da recessão, xingou a estagflação e contou a história de um casal que queria comprar uma garota desaparecida e fez uma oferta tão irrisória que teve que expulsá-los da galeria com uma bengala apenas para cauterizar o insulto. Nix tinha vindo, ameaçado prendê-lo, e ele respondeu com um convite para duelar.

E assim, naquele banco de Tucson, Patch esperou que o velho passasse antes de caminhar até o balcão de mogno, puxar uma arma de seu cinto e apontar para o caixa.

Demorou um momento para que entendesse, para que o sorriso diminuísse e o medo aparecesse. Ventiladores pesados giravam o ar espesso enquanto o suor estourava e pingava do nariz do homem.

— Encha o saco — disse Patch. Ele usava jeans, camiseta preta e óculos escuros, e na cabeça, uma bandana amarrava o cabelo.

O homem olhou em volta para chamar atenção de um segurança adormecido, mas decidiu que não valia a pena.

Uma mãe com sua filhinha ficou longe o suficiente, e quando Patch se virou, ele chamou atenção da garota e sorriu. A mãe respondeu com um também.

— Lamento que isso tenha acontecido — disse ele ao caixa.

O homem enxugou o suor. Ele usava mangas curtas e gravata azul-marinho com um clipe de ouro e um relógio digital.

— Eu tenho uma esposa e dois filhos.

— Esta arma não está carregada.

Patch pegou a bolsa e saiu para a rua, entrou em seu carro e dirigiu.

Atrás dele não havia alarme ou perseguição.

No dia seguinte, no *The Post*, o caixa alegaria que Patch havia ameaçado sua vida e a de sua esposa e dois filhos. A essa altura, Patch estaria sob o céu aberto de Utah, onde veria uma garota, sabendo no fundo de seu coração que não seria ela. No caminho, ele doaria tudo, exceto algumas centenas de dólares, para a instituição de caridade de pessoas desaparecidas.

101

Eles jantaram com Norma, que ignorou a neta e, em vez disso, sorria para Jimmy Walters enquanto servia o prato dele com bife de porco, batatas fritas e legumes cozidos no vapor.

— Todo esse estudo deve deixá-lo com fome — disse Norma, enquanto passava manteiga num pãozinho que colocou num pratinho perto dele.

Saint comia suas batatas enquanto Jimmy contava a Norma sobre seus estudos e seus fins de semana como assistente no Zoológico de Culpepper.

Ele foi contando histórias sobre um lobo com cinomose canina, uma tartaruga com varíola e um hipopótamo que precisava extrair um dente.

— Parece difícil — disse Norma.

Ele balançou a cabeça.

— Difícil é descobrir o sexo de um arganaz.

— Tenho quase certeza de que eu poderia prendê-lo por isso — disse Saint. Jimmy sorriu para ela, mas Norma, não.

Eles concluíram o jantar com um bolo amanteigado. Norma cortando para Jimmy uma fatia de pelo menos o dobro do tamanho da que serviu para a Saint. E quando terminaram, depois que Norma agradeceu a Jimmy por uma oração tão maravilhosa antes da refeição, Saint o seguiu e juntos caminharam até a rua principal.

Eles ficaram namorando a vitrine do Antiquário de Monta Clare, onde ele apontou para um relógio de parede feito de nogueira, um Wingback caroleano de arco conopial e uma coqueteleira.

— Eu poderia gastar todo o meu salário em uma hora — disse ele, pegando um globo terrestre opaco, tão surrado que ela nem conseguia ler os detalhes.

Não demoraria nem isso, ela pensou, e mordeu a língua, porque sabia que estudar para um exame de medicina veterinária ao mesmo tempo que trabalhava nos fins de semana era bem pesado. E que, a longo prazo, quando tirasse sua licença como veterinário, ganharia um salário muito bom.

Sob o dossel da loja de ferragens de Monta Clare, ele pegou a mão dela.

— Vai ficar mais fácil com a sua avó.

— Só se eu desistir de meu distintivo e voltar a estudar — disse ela.

— Isso seria uma coisa ruim?

Ele manteve os olhos nas janelas, num casal que passava, na alta torre da igreja.

— Quer dizer, você terá que parar um dia, quando começarmos uma família — continuou ele.

Ele usava um suéter bege, calças brancas e sapatos quadradões que ela tentava não reparar. Na maioria das noites, eles comiam com sua mãe, de frente para uma parede dedicada a fotografias de Jimmy que detalhavam o quão pouco ele havia mudado desde o jardim de infância. Embora fosse bonito e tivesse ombros largos, ele era apenas alguns centímetros mais alto do que Saint. O pessoal da igreja dizia que formavam um casal fofinho.

— Minha mãe perguntou se você gostaria de vir jantar conosco no sábado. Ela vai fazer seus famosos sanduíches de carne moída.

Ela já os havia experimentado, pelo menos, umas dez vezes, e ainda tentava descobrir o motivo de sua fama.

— Claro, Jimmy.

Ele apertou a mão dela, depois beijou levemente sua bochecha.

— Eu te amo — disse ele.

— Também — replicou ela.

— Você poderia usar o vestido verde que comprei para você.

Ela pensou no vestido, em como ele cobria seus tornozelos e abotoava até em cima, no pescoço.

— Sem muita maquiagem, você sabe como é minha mãe — disse ele, revirando os olhos.

Ela riu.

Depois que ele a levou para casa, Saint se retirou para o quarto do sótão e se sentou com sua cópia do arquivo do caso Joseph Macauley e folheou as páginas sem dar muita atenção ao conteúdo. Ela parou na parte do Eli Aaron e das contas do rosário. Ela visitou cada igreja num raio de duzentos quilômetros, cada supermercado chinês, lojinhas de presentes, joalherias e livrarias católicas; consultou uma dezena de padres que coçaram a cabeça e raciocinaram que havia um milhão de tipos de contas de oração, cada uma ligeiramente diferente da outra, cada uma com sua própria carga de promessas. E pela milésima vez, ela repassou tudo que já tinham sobre o caso. Fotos de meia dúzia de meninas. Uma delas, Misty Meyer. Uma delas, Callie Montrose. Ela rastreou Eli Aaron em mais de dez estados onde ele tirou fotos em mais de vinte escolas. Ela não conseguia colocar nomes nas outras meninas. Marty Tooms havia trabalhado com ele. Em algumas ocasiões, talvez Tooms as tenha distraído. Em outras, Aaron as teria capturado.

Era confuso, as peças não se encaixavam.

Ela adormeceu com o arquivo no peito.

Igual a *todas as noites*.

102

Seu nome era Walter Strike. Ele andava com uma bengala e mancava, e contou a Patch sobre seus ancestrais, patriotas da Guerra Revolucionária e de um governo secessionista que falava de independência acima de tudo.

O pano de fundo de montanhas rolou em direção à Virgínia, uma veia tão teimosa que Patch sentiu a luta no homem enquanto caminhavam sob a sombra padronizada da palmeira.

— Eu costumava pensar que não precisávamos de ninguém — disse Walter.

Patch alisou o cabelo por baixo do boné e enterrou as mãos nos bolsos.

— Os policiais não servem pra nada. Minha Eloise tinha quinze anos, e eles agiram como se ela fosse maior de idade. Como se ela não fosse mais uma criança.

Eles passaram por uma mulher com quatro filhos enroscados em volta dela, falando uma língua rápida, alta e doce.

— Gullah — disse Walter, acenando com a cabeça para a senhora e sorrindo para as crianças. — Amigos dizem que ela fugiu com um deles, mas eu sei que ela não faria isso.

Patch ouviu atentamente essas histórias, tentando construir Grace a partir de suas memórias e sempre perdendo as informações de que mais precisava.

— Minha esposa ainda dá sobressaltos na cama quando ouvimos um carro desacelerando à noite. Como se estivesse esperando que ela entrasse na garagem, talvez um pouco bêbada, chacoalhando os armários ao preparar um sanduíche, como costumava fazer. Tocar meus discos do Johnny Cash e começar a chorar.

Ele riu.

Eles passaram a tarde em Middleton Place, uma plantation no Rio Ashley, com jardins tão elegantes que Patch se perguntou como algo de ruim poderia ter acontecido por lá. Walter contou a ele sobre o dia em que ela desapareceu, como os policiais seguiram uma trilha tão longa que levava a pântanos de águas escuras.

Patch e o senhor reduziram os passos perto de um gazebo, mantendo certa distância enquanto um casal posava para fotos, a noiva corada por causa de seu vestido branco.

Nenhum deles chegou a dizer em voz alta, mas a filha de Walter, Eloise, provavelmente estava morta. Ele jamais poderia levá-la ao altar em seu casamento, nem a veria sorrir, nem daria a mão dela a alguém, nem veria as lágrimas de sua esposa.

— Eu tenho um filho, Coop, e ele surtou quando a Eloise... Ele trabalha em uma biblioteca hoje em dia. Vive calado, porque o mundo perdeu o som, o sabor... É difícil.

O dia foi terminando e a última cambaxirra da Carolina cantou.

— O quê? — perguntou Patch, quieto como se estivesse com medo da resposta.

— Dizer adeus. Quantas pessoas como eu você já viu?

Patch pensou nos quadros de avisos em seu antigo porão. Os rostos. O mapa pontilhado em Wild Basin, Kitt Peak, Chesapeake. E assim por diante. Ele sabia os primeiros nomes de duas dúzias de trabalhadores voluntários que dedicaram suas vidas a encontrar desaparecidos.

— Muitas — disse Walter.

— Mas não o suficiente.

O homem estendeu a mão, segurou um pouco mais e puxou Patch para perto.

— Eu sei que você já ouviu isso antes e provavelmente ouvirá de novo. Você só tem uma chance... Pode não parecer justo, mas se fizer o certo, será o bastante. Eu nunca vou esquecer que você veio me ver. Só de ouvir alguém falar o nome dela por algum tempo já foi a melhor coisa do mundo. Se você aprender com os seus erros, poderá comemorar quando não errar mais.

103

Na manhã seguinte, Patch entrou num banco do Atlântico Sul, colocou sua arma no rosto de um garoto não muito mais velho do que ele e encheu sua bolsa. Quando ele virou na Interestadual 95, um policial o seguiu por quase cinco quilômetros antes de passar por ele. Patch imaginou que, se eles o pegassem, teria apenas um único arrependimento. E percebeu que isso era melhor do que a maioria das pessoas teria.

Ele doou quase todos os centavos para a Fundação Harvey Robin, que cobria vários estados do sul em seu trabalho incansável e vital.

Ele pintou as meninas de outras duas famílias e embalou as telas para Sammy. Não pensou muito sobre seu lar, porque já não sabia mais onde era. Ele ainda era dono da casa em Monta Clare, e até pensou em vendê-la, mas sabia que ela era tudo o que lhe dava o menor elo com a cidade onde tudo começou.

Um mês depois, ele se mudou de Silverton para Red Mountain Pass, através de Calf Creek Falls até chegar a Bryce Canyon. Seus pés agitavam a poeira, seu pincel raramente saía da tela quando ele encontrava pais, avós e amigos que nunca conseguiram superar. Ele assistia a filmes caseiros granulados, sentava-se em sofás e se esforçava para ouvir as vozes de suas filhas, seu coração afundando toda vez que ele não conseguia imaginá-las.

De madrugada, ele ligou para Saint, esperou o bipe da secretária eletrônica e contou uma lembrança tão nítida que acabou com suas dúvidas.

— Todos no mundo têm uma voz única apenas para eles — Grace disse, enquanto se deitava ao lado dele, sua própria voz chegando perto da escuridão.

— Como uma impressão digital? — perguntou ele.

— O comprimento e a tensão de suas cordas vocais. A profundidade de seus pulmões. A caixa torácica.

— Às vezes, acho que você sabe demais.

— Eu me consolo com isso — disse ela.

— Em quê?

— Nos gritos que ouço. Aquele último grito neste mundo. Tão pessoal que nunca mais será ouvido.

Ele pegou uma rota do rio Colorado até Sedona, do árido ao exuberante, das dunas ao pinheiro. E, em Phoenix, ele se juntou à Trilha Apache.

Ele assistiu ao nascer do sol enquanto percorria as Montanhas Rochosas, a Million Dollar Highway disparou e, em Mesa Verde, parou numa pequena igreja e se juntou à missa matinal, abaixou a cabeça e pediu perdão. Quando a cesta passou por ele, enfiou cem dólares nele; a mulher ao lado pegou seu braço e o agarrou em gratidão, como se não soubesse nada sobre a mácula em cada nota.

Ao lado da igreja, uma mulher estava sentada numa cadeira de balanço, com as mãos trabalhando numa tapeçaria de macramê. Em sua cesta havia mais uma dúzia, e ao lado deles, numa mesa, havia bugigangas e contas de rosário.

Patch olhou para eles rapidamente.

— Uma corrente de rosas — disse a mulher. Sua pele era escura e seu cabelo branco espreitava por baixo de um lenço. Seu avental estava desbotado e seus olhos afundados profundamente, sua visão do mundo se estreitou.

— Eles contam orações — disse ele.

— E nos lembra dos três mistérios que a história não pode ensinar. Do alegre ao glorioso. Do nascimento de Cristo à ressurreição. Meu filho foi enterrado com o dele.

— Por quê? — perguntou ele, então se conteve e ofereceu suas condolências.

— Nós os colocamos sobre os mortos e depois cortamos o rosário para impedir que outra morte se seguisse.

— O alegre e o glorioso. São apenas dois. Você disse que havia três — ele disse.

Ela semicerrou os olhos, a luz do sol cegando.

— O triste. Sofrimento e morte.

— Os mortos. O que acontece se as contas do rosário não forem cortadas sobre eles? — perguntou ele.

Ela fez o sinal da cruz lentamente e continuou seu trabalho.

104

Saint atendeu a ligação.

Uma prostituta em St. Louis, parecia jovem, mas Saint manteve a guarda. Ela não deu um nome, apenas disse que havia uma nova garota sendo empurrada, não poderia ter mais de dezesseis anos, e talvez parecesse um pouco com um desenho desbotado que ela tinha visto num pôster enquanto passava por Alice Springs. Ela deu o nome de uma rua que trabalharia naquela noite, o que não era comum. Embora Saint verificasse o relógio e pensasse em Jimmy e sua mãe, que a esperavam para que pudessem jantar juntos, ela pegou as chaves e saiu.

Uma hora até que ela visse os arranha-céus, o Gateway Arch e as lanternas brancas ao longo da Herald Street. As pessoas esvaziaram os bares barulhentos e turbulentos.

As luzes estavam apagadas na North Street. Carros alinhados de frente para a estrada, os prédios brancos atrás muito degradados. Cabos elétricos caíam do telhado como entranhas amarradas. Um grupo de caras a observavam passar, cada um fixando os olhos nela enquanto ela parava sob um poste de luz quebrado.

Ela verificou sua arma, como sempre, e viu os homens perderem o interesse e voltarem ao jogo enquanto uma garota saía das sombras. Final da adolescência, apesar da maquiagem pesada. A saia roçava sua bunda; seus olhos eram jovens, embora Saint só pudesse imaginar tudo o que já haviam visto.

Saint abaixou a janela e a garota jogou um pedaço de papel no carro. Ela continuou andando antes de desaparecer atrás de uma porta de aço, tão amassada que não se fechou atrás dela.

Saint encontrou o endereço no papel, a uma milha da cidade.

Naquele momento, enquanto observava a velha casa na esquina da Fairshaw com a Brooklyn, teve uma sensação tão forte que sacudiu os joelhos quando ela saiu.

Ela ligou e deu detalhes suficientes para que a central enviasse uma equipe.

Saint não queria notar a luz baixa do andar de cima, ou ver a forma como uma jovem passava pela janela, com um grande homem a seguindo.

A música estava alta.

A parte de trás da rua se iluminava em azul.

Os policiais locais assumiram o controle enquanto Saint afundava em seu assento e a prisão era feita.

Eles libertaram a garota.

Saint seguiu para o Departamento de Polícia de St. Louis.

A garota, Mia, tinha dezesseis anos e havia se envolvido com um grupo do qual não conseguia escapar.

Saint se sentou no estacionamento até o amanhecer, quando os pais da menina chegaram, a pegaram nos braços e soluçaram.

Ela dirigiu para casa sob a luz do sol.

Foi a primeira vez que Patch salvara uma garota desaparecida.

105

Sob o céu de aço mais ameaçador que Patch já conhecera, ele entrou no Merchants National e não notou o guarda extra posicionado na porta lateral, sentado atrás de um jornal. E quando ele puxou sua arma, não viu o homem puxar a dele também.

O caixa enfiou as notas num envelope e olhou por cima do ombro direito de Patch, enquanto lhe entregava o dinheiro.

O tiro soou como um foguete.

A divisória de vidro quebrou.

Os gritos o jogaram no chão com o resto.

Ele rastejou pelo tapete enquanto o inferno se formava ao seu redor. Um alarme soou; os aspersores lavaram seu pânico enquanto ele se acomodava atrás de uma mesa e respirava fundo.

Houve gritos enquanto o guarda avançava, a arma trêmula estendida na frente enquanto ele atirava.

Patch não conhecia o histórico do homem, mas sabia que o Modelo 36 carregava seis balas e ele havia contado cinco tiros.

Então, quando ele ouviu o sexto baque no fundo da mesa, ele se levantou e correu para a porta.

Até aquele momento, tudo não passava de um jogo. Uma forma de redistribuição de riqueza para onde ela era mais necessária.

Ele enviou o dinheiro para a instituição de caridade Forever United. As notas ainda molhadas enquanto ele selava o pacote.

106

Patch não respirou novamente até três dias depois, quando conheceu o frio de Washington, D.C.

Eles jantaram cedo numa churrascaria no centro da cidade, tão fantasiosa que Patch não conseguia decidir se os setenta e sete rabiscados ao lado do filé mignon eram o preço ou o número de anos que ele estava envelhecendo.

Patch sinalizou para um garçom e tentou pedir uma Coca-Cola e sanduíche de trinta centímetros.

— Por que você faz isso toda vez que eu te levo a algum lugar bom para comer? — Sammy disse, enquanto Patch mordia o lábio inferior.

Sammy pediu duas garrafas de Chateau Palmer, pediu ao garçom que entregasse as rolhas, deu uma a Patch e guardou a outra para si.

— Em trinta anos, você encontrará isso em algum lugar e se lembrará do dia em que bebeu quando um lobista de Washington pagou dez mil dólares por uma de suas garotas perdidas.

— Envie o dinheiro...

— Metade para a família, metade para alguma obscura instituição de caridade para pessoas desaparecidas. Eu sei, garoto.

Patch pegou um palito de pão, agarrou-o entre os dentes e pediu a Sammy para acendê-lo.

Sammy suspirou.

— Todos querem saber sobre você. Os colecionadores. Eu dou um pouco a eles... apenas o suficiente. O herói pirata que lamenta seu amor perdido. Inferno, eu consideraria comprá-las se fossem muito, muito, muito melhores.

Patch ergueu o copo, fingiu que podia sentir o gosto das frutas pretas, dos taninos.

— Final prolongado — disse Sammy, e estalou os lábios.

— Não do jeito que você bebe.

Sobre frango, cebolinha e batatas confitadas, eles conversaram sobre arte, o progresso que Patch estava fazendo, cada peça que ele enviou, agora tão valiosas que Sammy enviava um serviço de correio para fazer as coletas.

— Precisamos de outra exibição. Precisamos que as pessoas vejam essas garotas — disse Sammy, enquanto xingava o chef por usar *vadouvan* demais.

Patch usava uma camisa preta com três botões desabotoados, os tênis mais elegantes que ele possuía, que não eram tão estilosos assim. Uma garçonete chamou sua atenção, e o ângulo de sua mandíbula, o S de sua clavícula, o toque de vermelho em seu cabelo.

— Eu tenho uma amiga em Nova York e ela é...

— Estou indo para a Nova Inglaterra — disse Patch.

Sammy suspirou mais uma vez, pediu outra garrafa, com as bochechas vermelhas.

— E de onde você está tirando dinheiro? Você paga impostos sobre uma casa em que não mora. Você deveria vender a *Grace Número Um* e...

— Minha mãe sonhava em ser dona daquela casa.

Sammy podia ter dito a ele o que já sabia, mas em vez disso voltou para o prato.

— Tenho visto Saint.

— Ainda não consegue acreditar que ela é uma policial?

— Estamos jogando o jogo em que você finge que não sabe o motivo?

O cabelo de Sammy estava bem repartido, seu bronzeado profundo e seus dentes brancos.

Patch o ignorou, concentrando-se na garçonete.

— Ela tem um namorado.

Patch sorriu com isso.

— Jimmy Walters.

— Aquele merdinha, coroinha, viadinho, filho de uma puta.

Patch suspirou.

— Ele criticou Callie Montrose. Disse que sua blusa estava curta demais na pintura. Acredito que ele usou o termo *imodesto*.

— Mas ele ama a Saint.

— O que amor tem a ver com isso? Seguindo com as notícias, eu comi Trisha Mason.

Sammy olhou para o copo com remorso.

— Do laticínio?

— Digamos que eu tenha que encontrar outro lugar para pegar meu gruyère...

Ele balançou a cabeça, como se não fosse culpa sua, passou a falar de um fornecedor na cidade enquanto Patch deixava de ouvi-lo.

Patch olhou para o forno a lenha aberto, os chefs de avental marrom, os homens de terno ao redor.

—... aquela filha da puta tentou me vender queijo Jack maturado a seco. Como se eu não soubesse o pH. Como se eu já não tivesse dito a ela que queria derretê-lo com Bellota.

Quando a garçonete passou, Patch estendeu a mão e pegou a mão dela.

Ela girou, prestes a xingar mais um figurão de mão-boba, quando viu seu rosto e sorriu.

— Qual é o seu nome? — perguntou ele.

— Melissa.

Aquele sorriso de novo. Ele notou seus dentes, a maneira como ela formava suas palavras, e perdeu o interesse assim que a familiaridade morreu.

—Você vai ser preso agarrando garotas assim — disse Sammy.

— A voz da experiência.

— Eu gostava mais de você quando estava limpando o mijo do meu banheiro.

Sammy pediu uma quarta garrafa, e Patch se acomodou em sua cadeira, sentindo o calor do lugar.

— Quer sobremesa? — Sammy disse.

— Qualquer coisa com mel.

Sammy pediu ricota *brûlée* para si mesmo:

— E um pote de Manuka para o Ursinho Pooh viadinho.

—Você já viu Misty Meyer?

— Eu vejo a mãe dela.

— Como estão?

Sammy sorriu, bêbado.

— A que escapou. Misty está em Harvard.

— Então tudo está bem.

— Não tudo. A garota também trabalha de bartender agora.

Patch levantou uma sobrancelha.

— Aposto que seus pais adoram isso. Não que ela precise do dinheiro.

— É em um lugar chamado Barqueiro. O mesmo lugar em que sua mãe costumava beber antigamente. Acho que aquela fase de perambular com você ampliou o mundo dela. Daquela família.

—Você os conhece bem?

Sammy acenou com a mão.

— Ninguém conhece ninguém bem, garoto.

Quando os últimos comensais se acomodaram e Sammy ameaçou adicionar a conta ao que Patch lhe estava devendo, a garçonete passou e colocou o número dela no bolso de Patch.

— Me fala que você vai usar isso — disse Sammy.

Do lado de fora, Patch o jogou no lixo.

Patch estava prestes a se virar para seu carro para dormir ali mesmo, quando Sammy o colocou num táxi. Ele observou as ruas se confundirem antes de pararem do lado de fora de um prédio de belas artes, tão grandioso que ele ficou tonto olhando para as janelas arqueadas.

Um porteiro estava prestes a dar um passo à frente quando viu Sammy, afastou-se e tirou o chapéu para Patch, que se curvou.

— Não se curve, caralho — Sammy sussurrou.

Patch segurou o braço dele enquanto cambaleava em direção ao elevador. Eles subiram até o último andar, onde Sammy ocupava a cobertura.

Patch o ajudou a ir para a cama. Sammy se jogou nela e ficou vendo o quarto girar, enquanto Patch olhava toda a opulência ao seu redor.

— Como você tem tanta coisa?

— Pintura — Sammy balbuciou.

— Você pintou?

— Comprei uma pintura. Eu era um pouco mais jovem do que você é agora. Rothko. Eu vi o estado mental dele, enquanto outros apenas viam cores.

— Você comprou uma pintura de Mark Rothko? — perguntou Patch.

— Eu era pobre. Um moleque pobre igual a você.

— Você não tem cara de quem já foi pobre. Você foi para Harvard.

— Fui para Harvard para encontrar com uma garota. Aqueles cuzões não tinham nada para me ensinar.

— Ah, sei. E você era tão pobre que teve dinheiro para comprar uma obra de arte — disse ele, pressionando a testa contra o vidro e ficando maravilhado com o monumento.

— Vendi minha alma a um homem rico. Amor perdido, não há uma dor tão requintada.

Patch se virou para olhar para ele.

— Não entendi nada.

Sammy falou numa só expiração:

— Quando os ricos têm algum problema, eles abrem a carteira para fazê-lo desaparecer.

— Isso eu entendi perfeitamente.

— Tem um frigobar ali.

Patch pegou um Johnnie Walker em miniatura e, quando chegou à cama, Sammy estava roncando alto.

Pela janela, ele olhou para as luzes da cidade e para a zona rural mais distante.

E ele pensou em quanto seu mundo havia se ampliado.

Ele observou a lua cheia brilhar sobre a cidade, fechou o olho enquanto sua memória lhe tirava o fôlego. Discou o número dela, esperou o aparelho funcionar e falou do pico das nuvens, da Lua Enevoada e dos dez sonos. Não fez nenhum sentido.

Ele a encontraria.

Ele morreria antes de desistir.

107

Ela encontrou Jimmy esperando na varanda de sua avó, deitado no assento de balanço, sua jaqueta como cobertor. Saint havia trabalhado até tarde, atendeu uma ligação com Harkness e foi até um carro queimado na velha Eastern Avenue, perto de onde Patch havia sido levado. Saint havia apontado sua lanterna sobre a terra como se ainda pudesse ver seu sangue escorrendo.

Saint ficou lá e o observou dormir.

Ela tinha ido vê-lo no dia seguinte ao baile perdido, aguentando um pouco de desaforo da mãe dele enquanto era conduzida para dentro da casa, onde o terno de Jimmy estava pendurado de volta na sacola de aluguel — uma visão que ainda lhe apertava a garganta de vez em quando.

Ele era seis meses mais velho, sabia a maioria das coisas sobre a maioria dos animais. Ele votou nos republicanos, porque seu pai o fez; foi à igreja, porque sua mãe o fez e porque ele acreditava de uma forma que deslumbrava até mesmo sua avó.

Ela se sentou em seu quarto de infância e notou a roupa cuidadosamente dobrada, os lençóis recém-lavados. Sua mãe bateu na porta com biscoitos de aveia. Ele era o tipo de menino que se tornaria o tipo de homem que precisava de cuidados.

— Não há outro tipo de homem — disse Norma, uma noite, enquanto comiam frango grelhado antes de um pôr do sol em St. François.

Patch era outro tipo, pensou Saint, derramando molho de churrasco em sua camisa.

— Joseph é diferente porque ele não tinha uma mulher para fazer as coisas por ele — disse Norma, lendo sua mente enquanto enxugava a camisa com um guardanapo. — Assim como ele não sabe como se importar. Como conduzir uma amizade. Como ser um homem.

— As mulheres ensinam os homens a serem homens? — perguntou Saint.

— É claro. De que outra forma você acha que eles aprendem?

Jimmy a beijou, mas nada mais. E não era o tipo de beijo de boca aberta que ela tinha visto Misty e Patch compartilharem, o tipo de beijo que levava ao sexo que ela via nos filmes; o tipo que antes a fazia corar, mas agora a fazia se perguntar sobre o acordo que ela havia feito com Deus. Nunca mais do que quando ela usava um vestido, bebia duas taças de vinhos e colocava a palma da mão contra o peito musculoso de Jimmy, empurrando-o levemente em direção à cama em que dormia. Sua respiração estava irregular quando ele parou o beijo e saiu para tomar um pouco de ar.

Na sexta-feira seguinte, ele a levou ao Palace 7 para assistir a um filme. O protagonista era tão bonito em seu terno azul-marinho que Saint se viu apalpando Jimmy antes que ele pudesse passar pela porta. Ele pediu para que ela sentasse e lhe disse que não acreditava em sexo antes do casamento.

— Ele passou por aqui ontem à noite e me pediu sua mão — disse Norma.

Saint hesitou por um momento.

— Mas eu sou apenas...

—Vocês estão namorando há algum tempo. Você sabe como o Jimmy é, como ele adora você.

Saint bebeu seu café, pensando na jovem prostituta.

— O pecado é uma coisa real?

Norma se sentou de frente para ela.

— Eu vi uma garota outra noite e ela tinha feito coisas... e eu sei que ele não é um Deus vingativo e tudo mais, mas certamente ela não pode ser julgada.

Norma pensou por um instante.

— Ela é a garota que Joseph está procurando?

Saint balançou a cabeça.

— Estamos todos tentando nosso melhor, Saint. Algumas pessoas se apoiam em outras. Algumas pessoas lhe dão um impulso quando você precisa. Você sabe que tipo Jimmy é?

Saint balançou a cabeça novamente.

—Às vezes, o comum é mais do que suficiente — disse Norma.

— Ele quer viver uma vida como a dos pais dele.

— Eles parecem felizes.

— O que você disse a ele?

— Que sua mão não é minha para dar ou dele para receber. Só você pode dizer.

— Não me arrependo de não ter ido para a faculdade — disse Saint, um desafio em seus olhos.

Norma ficou atrás de Saint e colocou a mão em seu ombro.

Saint inclinou a cabeça para o lado e encontrou o calor da pele de sua avó.

— O que devo fazer?

— Eu diria para seguir seu coração, mas é aí que mora a loucura. Você acredita em destino?

Saint levou um momento e depois assentiu.

— Naquele dia, quando você pegou a arma do seu avô e foi para a floresta...

Saint ainda via a dor no rosto de sua avó.

— Me desculpe...

— Se Jimmy não tivesse dito ao Chefe Nix para onde você estava indo, se ele não tivesse se importado o suficiente para fazer isso, então talvez eu não tivesse conseguido você de volta. E Ivy não teria seu filho de volta.

— Então eu devo a ele? — perguntou Saint.

Norma balançou a cabeça.

— Não. Mas direi que há um grande plano para todos nós, e Jimmy Walters faz parte do seu.

— Como posso saber se o amo? — perguntou Saint.

— Quando se trata de casamento, o amor é apenas um visitante ao longo da vida. Respeito e gentileza são os verdadeiros alicerces. Para ser honesta, acho que você deveria se casar com ele.

— Jimmy é um bom homem — disse Saint, engolindo em seco, os olhos se enchendo de lágrimas. — Mas ele não é...

— Eu sei.

108

Após a bagunça no Merchants National Bank, Patch vendeu seu carro e passou um mês transportando cargas. Às quatro da manhã, ele vestia um moletom com capuz e carregava carne congelada na carroceria de caminhões que a transportavam pelo estado.

Enquanto caminhava, o amanhecer o perseguia como um lembrete de que, mais cedo ou mais tarde, o tempo o empurraria. Ele pegou um quarto no topo de uma casa velha e pagou o dinheiro adiantado, porque a velha senhora olhou para ele como se conhecesse sua espécie.

Os dias ficaram mais longos e mais difíceis, e só quando estava realmente escuro, quando ele bloqueava os postes de luz com fita adesiva e pressionava jornal sobre o vidro tão fino quanto cinco folhas de papel, quando ele abria espaço no pequeno quarto, arrancava o tapete do chão e tirava as impressões dos nenúfares, ele puxava o colchão para o chão, fechava os olhos e dormia. Ele não sabia em quais noites a encontraria, mas elas estavam diminuindo agora.

Ele notou algumas garotas com o tipo certo de cabelo, quase a maneira certa de falar. Garotas que emergiam dos degraus de escolas de elite, bebiam em bares universitários e logo se cansavam do mesmo tipo de cara. Elas olhavam em sua direção e confundiam a luz em seu olho com algo que poderia refletir nelas. Ele sondava o passado delas, mas não encontrava nada além de simetria e saía de seus dormitórios antes do amanhecer.

Depois de um longo dia, ao chegar no dormitório, encontrou sua mala do lado de fora. A velha senhora lhe disse que não aprovava a reforma que estava fazendo em seu quarto.

Por um mês, ele parou sua caçada porque sabia que a pouca sorte que restava não poderia ser usada toda de uma vez, então, numa marina de Gloucester, ele parou em cada traineira e perguntou se eles precisavam de alguém para fazer o tipo de trabalho que o alto preço das lagostas permitia terceirizar.

Ele limpava as algas das linhas de metal, sangue, vísceras e tendões. Ele montava armadilhas, cortava iscas e media lagosta do olho para trás. Separava as capturas, descartava as de casca nova, marcava as reprodutoras e prendia elásticos nas azaradas.

— Firme, garoto — disse Skip, enquanto navegavam nas ondas. Ele ficou ao lado do console central e segurou o volante enquanto observou os homens de Skip puxarem armadilhas amarelas do fundo do mar enquanto a névoa da noite surfava nas ondas. Atrás, a costa da Nova Inglaterra escondia cidades e montanhas além de praias de areia branca.

Alguns homens caçoavam de seu tapa-olho, como se ele estivesse brincando de ser um pirata. Na primeira vez que ele se sentou na amurada do barco, sua garganta ficou seca pelo ar salgado e o rosto dolorido pelo sorriso. E então, quando chegaram à marina, ele descarregou a carga e começou a limpar enquanto Skip pegou um cooler e distribuiu cervejas.

Patch ficou no barco e bebeu sozinho, observando o sol poente.

À noite, ele dormia em uma parte da praia cercada por penhascos baixos, com a camisa enrolada para fazer um travesseiro na areia fina. Cansado do dia, ele não comeu o suficiente, guardou o pouco que Skip lhe deu porque sabia que logo seguiria em frente, para encontrá-la.

109

Duas semanas depois, alguns membros mais jovens da tripulação o obrigaram a sair. O táxi cheirava a colônia barata e desespero, enquanto passavam uma garrafa de Jim Beam e especulavam sobre a atração de homens de verdade por garotas universitárias. Oitenta quilômetros num velho trailer, algumas horas até que ele visse as luzes de Boston aparecerem.

Eles rastejaram pela JFK Street, Patch vestindo seus jeans velhos e botas de couro, tão desbotados que ele não conseguia se lembrar exatamente de que cor deveriam ser. No primeiro bar irlandês, duas garotas sorriram em sua direção, uma se aproximou, conversou, a mão no peito dele enquanto ela jogava o cabelo para trás e ria de algo que ele não se lembrava de ter dito.

— Merda, preciso arranjar um tapa-olho para mim — disse um dos garotos, enquanto se amontoavam na rua e seguiam em frente.

Num bar chamado Barqueiro, ele examinou os rostos de todas as garotas lá dentro e conjecturou se alguma tinha a postura dela, se alguma sorria do jeito que ela deveria sorrir. Ele captava trechos de conversas e ouvia a forma de suas palavras, o tom de suas risadas. Grace estava em toda parte e em lugar nenhum.

Patch se sentou sozinho numa banqueta, viu alguns policiais passarem, seu medo racional, mas sem fundamento. Seu mundo era pequeno. Ninguém o conhecia.

Ao abrir caminho em meio à multidão, ele ouviu uma voz um pouco mais alta do que as demais, clara o bastante para mostrar que a garota estava em apuros. Ele olhou para o lado e viu um casal tendo algum tipo de briga, a garota alta e loira estava de costas para ele, enquanto o homem com quem estava colocou a mão em sua bunda.

Ela empurrou seu peito com firmeza, mas ele riu, puxou-a para mais perto enquanto ela tentava desfazer o nó de suas mãos.

Patch viu alguns dos amigos do homem rindo do que estava acontecendo.

O homem era alto e corpulento; seus cabelos claros pendiam para um lado. Patch notou o anel de sinete e o relógio de ouro. Ele estava quase chegando até eles quando a garota deu um passo para trás novamente, libertando-se com dificuldade. Patch deu um soco forte.

Acabou rápido.

O grandalhão desmoronado no chão, a garota ainda cambaleando, quando Patch se inclinou para a frente e a pegou em seus braços.

Foi só então que ele finalmente a viu.

Ela olhou para ele, a boca ligeiramente aberta.

Os amigos do cara se reuniram.

Ao lado dele, Patch viu seu próprio grupo, com os punhos em riste, sorrindo.

Uma garrafa passou raspando por sua cabeça e espatifou na mesa ao lado dele.

Após enfrentar o caos de uma briga de bar numa noite de sexta-feira, Patch pegou Misty Meyer nos braços e a carregou para o bálsamo de uma noite perfeita em Boston.

110

Misty segurou sua mão e o conduziu através do *paifang*, dos leões que vigiavam a Beach Street e a Surface Road.

— Tudo embaixo do céu pertence ao povo — disse ela por cima do ombro.

— E acima dele? — perguntou ele, desbaratado com o barulho de Chinatown, com os cheiros, as luzes e a agitação.

Ele olhou para os murais, os mil fios.

Descendo uma rua lateral em frente ao parque, eles se sentaram em caixotes virados para cima e beberam saquê quente em copos de madeira, suas bochechas um pouco coradas enquanto ela passava os dedos sobre a ondulação dos dele.

Ela pegou o boné de sua cabeça e o colocou na própria, sorrindo para ele, seus olhos ainda eram demais. Ela parecia diferente, mas ele não tinha certeza do quanto, talvez fosse o efeito de estar longe de Monta Clare; ela parecia mundana. Se possível, ainda mais inalcançável.

—Você está igualzinho em 1975 — disse ela.

Ele observou os jeans descoloridos, a camisa de seda, os saltos e a maquiagem leve.

— Mas agora você tem músculos. — Ela cutucou o braço dele.

— Eu trabalho num barco.

Ela se iluminou.

— Um navio pirata?

— Nós saqueamos a Baía de Casco em busca de lagosta.

Misty riu, um som que trouxe memórias.

Ao lado deles, letreiros de neon giravam. Um salão de beleza no porão sob uma escada de incêndio gradeada, o lixo empilhado no brilho cada vez mais espesso dos postes de luz.

Eles mencionaram Grace, a razão pela qual ele havia partido, seus pais e o fim de tudo o que haviam compartilhado, e por um momento feliz eles eram apenas dois jovens conhecendo as melhores partes um do outro numa cidade que brilhava sem limitação.

Enquanto bebiam, ela ficava um pouco mais barulhenta, um pouco mais apaixonada quando contava a ele sobre seu curso, suas aulas e professores.

— Quer dizer, pessoas como meu pai votaram nele porque ele sabe que eu nunca vou ter problema em encontrar emprego. Ele quer que essa camada de isolamento fique mais espessa. Você deveria ter visto o rosto dele quando eu disse que estava cuidando do bar, que queria ganhar meu próprio dinheiro. Como você fez quando saiu da escola. A Nova Direita não é tão nova assim, Patch. Quer dizer, ele nos tirou da recessão mergulhando-nos em dívidas. A economia do gotejamento só funciona se o dinheiro chegar lá embaixo, certo?

Ele bebeu um gole de saquê e esperou e rezou para que ela não esperasse algum tipo de resposta.

— Isso soou inteligente? Eu tirei de um livro — ela disse.

— Você está em Harvard, Mist. Acho que você não precisa se emburrecer, nem mesmo para mim.

Enquanto eles ainda podiam andar, ela o conduziu por uma série de ruas e apontou pontos turísticos.

Ele a chamou de volta para ver um artista de rua de Bay Village que aqueceu a noite com seu violão e a alma em sua voz.

A cidade diminuiu a velocidade para eles, e ele estendeu a mão e a colocou na parte inferior das costas dela.

Ele pegou a outra mão dela e eles ficaram de frente um para o outro.

— Pensei que você não dançava — disse ela enquanto dava um passo mais para perto.

O artista de rua sorriu e cantou enquanto sentia a terra se mover em suas mãos.

Misty respirou fundo como se estivesse se preparando para se afogar, mas queria ficar consciente o tempo todo.

Juntos, eles se moveram, e ela pressionou a bochecha contra o peito dele.

— Você não apenas partiu meu coração.

— Sinto muito.

— Você a escolheu em vez de mim.

— Todos escolherão você. Todos.

— Mas não você.

Ele se inclinou e pressionou a cabeça na dela.

— Olhe para nós aqui, Patch. No mundo.

Acima deles, as estrelas brilhavam como se fosse destino.

E ao redor deles, as pessoas paravam e assistiam, porque a música era linda, ou talvez porque sabiam que os dois jovens dançando juntos foram arrancados de algum tipo de livro de história trágica.

Ele a levantou suavemente, as mãos dela em volta do pescoço dele enquanto ele a girava lentamente. À distância, ele ouviu sirenes e se perguntou se era assim que terminariam.

— Eu não sei como te esquecer — ela sussurrou, bem no ouvido dele, suas palavras entrando no cérebro dele e forjando seu próprio lugar ali; para chamar caso houvesse momentos de dúvida, momentos de fraqueza que lhe dissessem que ele poderia ser bom, por baixo de tudo o que ele tinha feito e tudo o que ele faria, ele poderia ser bom o suficiente para ela.

— Feche os olhos, Misty. E quando você os abrir, eu não estarei mais aqui. E você vai viver isso... essa vida maravilhosa. Você vai para suas aulas e vai conversar com outros jovens que têm coisas pra dizer, que têm opiniões e ideias. Em breve você esquecerá meu rosto e o som da minha voz. Porque você vai perceber que eu nunca tive muito a dizer. Ela balançou a cabeça ferozmente.

Ele odiava quando ela chorava.

111

Depois, ela o conduziu ao longo da escuridão do rio Charles, a Eliot House tão grandiosa que ele olhou para as janelas brancas exaltadas, e quando ela finalmente o arrastou pelo chão quadriculado e subiu as escadas com painéis até seu quarto, ele ficou tonto com o pensamento de que Misty poderia morar em tal lugar.

Ela o beijou e ele a beijou.

Ela puxou a camiseta dele, deu um passo para trás e o observou, seus olhos traçando a sobriedade dele; as cicatrizes carregadas para ela. Patch ficou atrás da sombra de sua cômoda, como se, onde quer que estivesse, lamentaria o espaço que ocupava em seu mundo.

Horas antes de chegar a manhã, ele acordou e escorregou para fora da cama onde ela dormia, e pela janela observou o céu brilhar sobre o Charles. Ele pegou um lápis e papel de sua pequena mesa e esboçou a forma dela num detalhe que ele sabia que nunca esqueceria.

Enquanto rabiscava seu nome e deixava a ilustração para ela, ele viu da janela a elevação da cúpula e, além dela, o JFK Park.

E enquanto Patch roubava a vida de Misty, ele seguiu essa visão e ficou onde sabia que Grace uma vez estivera, pisando sobre os passos dela.

Ele sabia então que não voltaria para Skip.

Ele sabia que as coisas piorariam e talvez nunca melhorassem.

112

Naquela manhã, ela se sentou ao piano de roupão, com os óculos repousados na tampa, o fallboard apoiado nas letras douradas simples. Lá fora, um vento forte soprava o pecíolo de folhas avermelhadas até que elas se soltavam e caíam, e Saint se perguntou se algo no mundo morria de forma mais bonita.

— O que é isso? — disse Norma.

Saint não se virou para notar que sua avó usava um vestido azul-marinho com um chapéu de estampa de flor de tojo, como se ela não pudesse decidir se comemorava ou lamentava.

— É uma música de um sapo com uma alma introspectiva — disse Saint, enquanto assistia à estação como se fosse a última, como se não fosse digna de notar novamente.

— É triste — disse Norma.

— Não é. É para os amantes e sonhadores.

Saint olhou para a pintura da casa branca enquanto tocava, e ela pensou na maneira como os dedos dele agarravam o pincel com delicadeza, a maneira como ele respirava enquanto trazia cor ao mundo dela. Na noite anterior, ela se sentou no corredor e ouviu o telefone tocar, lutou contra a vontade de atender e, em vez disso, ouviu sua voz na máquina enquanto ele falava sobre a Corrida do Ouro. Ela acordou a avó e a fez prometer que manteria as gravações depois que ela se mudasse.

Saint e Norma tomaram café da manhã juntas pela última vez. Foi decidido que Saint se mudaria para a pequena casa na Alexander Avenue, um presente da mãe de Jimmy quando seus pais fugiram de Monta Clare para se aposentar no calor da Flórida. Uma casa em que antigas memórias cantavam tão alto que ela esqueceu seu próprio ritmo. Ele disse a ela que eles iriam decorar juntos, que iriam para a loja de ferragens e escolheriam as cores que ela gostava, e removeriam o antigo banheiro e cozinha.

Saint usou um vestido de marfim com um corpete de renda, que temia ser simples demais, mas quando ela desceu a escada rangente, o sorriso de sua avó lhe disse que ela havia feito o suficiente por ele, pela igreja e pelas pessoas da cidade que estariam lá para testemunhar a policial novata se casar com o veterinário novato.

— Achei que você usaria sua trança francesa — disse Norma.
— Hoje não.

Ela queria alugar um carro, mas Jimmy se recusou a pagar as despesas, e então a avó e a neta partiram juntas em direção à igreja, andando devagar para aproveitar uma manhã que já começava a virar.

Alguns vizinhos saíram e sorriram, e uma garotinha acenou e bateu palmas. E quando eles encontraram a encruzilhada com a Avenida Rosewood, Saint respirou fundo.

A igreja era um desbotamento de cinza variegado; os pináculos se ergueram e, diante deles, Saint pegou a mão de Norma no final de um caminho sinuoso que ela havia percorrido mil vezes antes, com ansiedade e medo e, principalmente, alívio.

— Estas lágrimas são de felicidade? — perguntou Norma, e enxugou cuidadosamente as bochechas de Saint. E então ela se ajoelhou e usou o mesmo lenço para limpar a lama e a grama dos sapatos de Saint. Norma ficou lá embaixo, com o joelho no chão úmido enquanto olhava para a neta diante da igreja que havia sido o cenário dos melhores e piores momentos de suas vidas.

— Ele será gentil com você. Eu prometo — disse Norma.

113

Lá dentro, metade da cidade apareceu, e quando chegou a hora, sua avó a levou diante dos olhos de todos, e ela ficou em frente a ele em seu terno de dois botões, sua lapela de cetim e gravata *paisley* sálvia.

Ela fez o possível para sorrir, fazer seus votos, fazer promessas de longo prazo. E só quando tudo estava quase dito e feito é que ela cometeu o erro fatal de olhar para o fundo da nave.

Patch estava sentado sozinho e, por um momento, ela encontrou seus olhos.

Ela pegou a mão de Jimmy. Quando os aplausos soaram e ele a levou até o altar, ela o procurou novamente. E viu que ele tinha ido embora.

Do lado de fora, na garoa, enquanto o fotógrafo se preparava e os moradores se reuniam para jogar confetes, Saint escapuliu da mão do marido e voltou pelo caminho.

— Ei — ela chamou.

E ela respirou fundo antes que ele se virasse.

— Como você...

Patch sorriu.

— Sammy.

— Certo.

— Você não vai ficar para a festa.

Ele balançou a cabeça.

Logo seu cabelo ficou emaranhado com a chuva, mas por um longo tempo eles ficaram lá, tão familiares e estranhos.

— Ele parece...

— Ele será veterinário — disse ela.

— Você sempre gostou de animais.

Ela sorriu e se perguntou se ele ainda via aquela garota com o dente torto, o macacão rasgado em cada joelho.

— Ele te trata bem? — perguntou Patch.

Ela queria dizer a ele que Jimmy disse que não havia espaço para seu piano. Que, às vezes, ela preparava o jantar dele e ele se esquecia de agradecê-la. Que ele não era esquisito de forma positiva. Ela queria dizer a Patch que Jimmy não gostava do fato de ela ser policial. Que ele queria ter filhos imediatamente, e que quando o fizessem, ele esperava que ela renunciasse a sua vida e se tornasse apenas mãe. Acima de tudo, ela queria dizer a ele que estava com medo. Ela era uma policial que havia feito muitas coisas corajosas. Mas estava com medo.

— Ele me trata bem.

Ele a pegou em seus braços e ela sentiu a força dele, o calor enquanto suas mãos pressionavam a parte inferior de suas costas, seu peito contra o dele.

— Sinto sua falta — sussurrou ela em seu ouvido.

— Todos os dias — disse ele.

— Há muito a dizer, Patch.

— Mas nada que mude muita coisa.

Ele enxugou as lágrimas dela.

— Seja bom, garoto — disse ela.

E então ela voltou para a igreja, onde Norma a levou para a sala ao lado e a secou, arrumou seu cabelo e a pouca maquiagem que usava.

— Você está linda — disse Jimmy.

— Obrigada.

— Eu estava preocupado que você usasse aquela trança no cabelo como quando éramos crianças — acrescentou ele com uma risada. — Onde você estava?

— Eu tive que me despedir de uma pessoa.

Saint conseguiu sorrir para as fotos, conseguiu apertar as mãos, beijar as bochechas e conversar com todos que encheram o salão da igreja naquela noite.

E foi só quando a pista de dança esvaziou, e os holofotes a iluminaram, e Jimmy a pegou em seus braços, que ela sentiu uma leve pontada de alívio por Patch ter ido embora antes da recepção.

A pequena multidão se reuniu em volta deles e sorriu enquanto os alto-falantes crepitavam com as notas de abertura.

— Por que você escolheu essa música? — Jimmy perguntou, enquanto eles balançavam suavemente.

— Só porque eu gosto.

Saint se moveu com ele e não encontrou seus olhos; em vez disso, fechou os dela com força.

Ela cantou num sussurro, sobre Mona Lisas e Chapeleiros Malucos, e como as roseiras nunca crescem na cidade de Nova York.

114

Nix se sentou, com sua linha na água, o rosto sombreado por seu chapéu de pesca. Ele puxou bagre e *walleye,* seu cesto tão cheio que ele jogou alguns de volta na água enquanto tomava uma cerveja gelada.

—Você queria me ver — disse Saint.

—Você veio até aqui. Deveria estar em sua lua de mel.

— Recebi sua mensagem e vim.

O sol caiu sobre o reservatório de Glenn Hook, abrangendo o condado de Calder e Winton. Saint observou os alevinos quebrarem a superfície enquanto jogava a isca entre os juncos e viu o robalo caçar o sável.

— Eu disse a Norma que poderia esperar até você voltar — disse Nix.

— Eu não... não vamos a lugar nenhum. Estamos economizando para reformar a casa. E as provas do Jimmy estão chegando.

Ele dirigiu o trailer e o estacionou no acampamento perto da Crook City Causeway.

— Então, do que você precisa? — Saint perguntou enquanto ele tentava passar uma cerveja para ela, que recusou.

Ele a colocou de volta no cooler.

—Vamos conversar um pouco.

Nos últimos anos, Saint trabalhou sete dias por semana; uma vaga sensação de que o tempo estava passando apenas pela mudança das estações e nada mais. Ela assistiu ao golpe do inverno, mas não sentiu o frio. Pisoteou a floresta verde na primavera e se jogou nas mundanidades, nas patrulhas e entradas forçadas, nas multas de estacionamento e contravenções.

Ela olhou para a simples aliança de ouro em seu dedo e pensou na noite de núpcias. Como Jimmy ejaculou antes que ela pudesse tirar suas calças. E como ele ficou bravo e saiu do quarto de motel barato e fumou um cigarro em seu carro. Quando ele voltou, dormiu, e ela observou o teto e imaginou sua vida e pensou em seus erros. Assim que amanheceu, ele subiu em cima dela e grunhiu em seu ouvido. Acabou tão rápido. Ela pensou que poderia doer. Ela pensou que pelo menos sentiria alguma coisa.

—Você gosta de ser casada? — Nix disse.

Ela girou o anel, grande demais para seu dedo fino.

— É bom, Chefe.

— E aposto que Norma está feliz.

Saint sorriu.

— Ela queria que eu me casasse com Jimmy. Ela acredita que ele é um bom homem.

—Você acha que essa é a única razão?

Saint se virou para ele.

Nix alisou o bigode.

—Você se casar com Jimmy talvez signifique que ela não terá que ter tanto medo de Joseph.

— Como assim?

—Toda vez que você fez algo imprudente, toda vez que você se desviou do seu caminho, foi por causa dele.

Nix sorriu.

— Ela está me protegendo.

—Você é tudo o que ela tem. E vale a pena protegê-la, Saint.

Ela corou um pouco.

—Você ama esse cara? — perguntou ele, e não procurou os olhos dela, porque não era uma pergunta confortável para se fazer.

— O amor é um visitante.

Ele riu, mas não foi cruel.

— Bem, então espero que visite logo.

—Você nunca foi casado.

Ele bebeu sua cerveja.

— As pessoas falam sobre uma vida... uma chance. Mas acho que uma única vida é composta de uma dúzia ou mais de responsabilidades e atribuições. Posso contar as versões de mim mesmo como amigo e inimigo. Os erros são os desvios que te lembram o verdadeiro caminho, Saint. Amar e ser amado é mais do que se pode esperar, mais do que suficiente para mil vidas comuns.

— Não sei se isso é verdade.

— Espero que um dia você o faça.

Ela abanou moscas.

—Você nunca quis ter filhos?

— Fico maravilhado com as pessoas que assumem essa responsabilidade. Que planejem trazer outra pessoa a este mundo.

— Nem sempre é planejado.

— Um milhão e meio de abortos no ano passado. E em cada clínica tem algum maldito com uma opinião e um cartaz.

Ela observou a água.

— Indo na direção certa.

— Um pouco tarde para alguns.

— Esta pode ser a pior lua de mel que alguém já teve.

Ele riu profundamente.

— Eu criei um cachorro. Amei aquele vira-lata como se fosse humano. Talvez mais. Isso soa estranho?

Ela assentiu.

Ele riu.

— Há mulheres na cidade que querem namorar você — disse ela.

— A ideia de mim, talvez. Meu verdadeiro eu, bem, ele perdeu o coração trinta anos atrás.

Ela sorriu.

— O que aconteceu?

— O que sempre acontece. Um dos dois abandona o outro.

Ele ergueu a cerveja em direção à água, e ela não conseguia imaginar uma mulher que o deixaria.

— Para onde você vai agora?

Ele lançou a linha, recolheu, sentou-se e bebeu.

— Farei uma longa viagem até a cidade de Severy. Talvez eu pesque de caiaque. Fiquei de olho naqueles peixes-lua.

— Meu avô era pescador de robalo.

Nix assobiou e seguiu com um sorriso largo.

— Rio Alabama. Durante toda a primavera no Norte, talvez o melhor *largemouth* que já peguei.

Saint não disse que Nix parecia mais triste desde então. Ela não sabia dizer o por quê, apenas que algo permanente havia sido escrito para ele no dia em que Joseph desapareceu, ou talvez no dia em que Marty Tooms perdeu o resto de sua vida. Como se ele não pudesse começar a entender as coisas que não havia questionado antes. Como um assassino vivia em sua cidade.

— Às vezes, acho que percorremos um longo caminho — disse ela.

— E outras vezes não demos um único passo.

— Penso em Callie Montrose — ela disse.

— Ouvi dizer que o pai dela se aposentou mais cedo. Também ouvi dizer que ele causou um pequeno problema na outra noite.

Nix pressionou a garrafa contra a testa.

— Talvez todos devêssemos ter parado antes. Apenas desistir e ir para casa. Richie Montrose verá seus dias no fundo de uma garrafa de uísque. Não posso dizer que o culpo.

Enquanto o ar esfriava, ele se inclinou para trás e observou a luz diminuir.

— O FBI quer você — disse ele. — Recebi um telefonema de um homem chamado Himes. Executivo e sei lá mais o quê. Eles querem que você voe para a cidade do Kansas e se encontre com eles.

— Tudo bem.

Ele acendeu um charuto.

Eles ficaram até que o céu tingisse a água de malva.

Em seu carro, ela o abraçou com força. Ela não conhecia um homem melhor do que o Chefe Nix.

115

Jimmy pegou o frango que ela havia assado.

— Já é ruim o suficiente eu não conseguir dormir à noite me preocupando com você em Monta Clare.

Anéis escuros circulavam sob seus olhos. Ele não se barbeava nos fins de semana, e barba preta salpicava suas bochechas e pescoço. Na maioria das noites, ele estudava até tarde, surpreso com suas próprias limitações. Ele tinha tirado boas notas na escola, nunca questionou o próprio futuro, suas habilidades, sua fé em si mesmo e o fato de que tudo ficaria bem. Era uma das coisas que ela mais admirava nele.

—Você não precisa se preocupar comigo.

—Você é minha esposa.

— É a minha carreira, Jimmy. É importante para mim.

Ele bebeu um gole de água.

—Você acha que eu não sei por que você faz isso?

— Eu quero fazer a diferença — disse ela, e deu uma garfada, mas não conseguiu engolir. Atrás dele, o papel de parede havia sido removido, mas deixado em pilhas molhadas.

Ela se levantou para lavar os pratos.

Ele a puxou para o colo e ela sorriu.

— Nós temos um ao outro. Temos nossa fé. Eu faria qualquer coisa por você — disse ele.

— Eu sei disso. Eu também faria qualquer coisa por você, Jimmy.

— Exceto aparecer para o baile.

Ele beliscou a cintura dela e ela riu; ele riu de volta.

Ele a beijou.

— Não vá para o Kansas. Eu não paro de pensar que sou casado com uma policial.

— Jimmy, eu...

Ele alcançou o seio dela.

— Deveríamos tentar de novo... esta noite. Agora.

— Os pratos...

—Você pode lavar isso depois.

Ele puxou a mão dela e a levou escada acima.

116

Saint pressionou o rosto contra a janela enquanto seu estômago caía com os motores do avião.

Ela nunca havia voado antes. Educadamente recusou bebidas e não se preocupou com a fumaça pesada de uma dúzia de cigarros, mesmo o homem ao lado parecendo ter a intenção de embaçar sua visão.

Felizmente, levou menos de uma hora até que o voo aterrissasse e ela pisasse pela primeira vez no Kansas. Um carro a levou ao prédio federal e, lá dentro, ela se juntou a setenta e três agentes e quarenta e três funcionários de apoio cobrindo o Distrito Oeste do Missouri e todo o estado do Kansas. Ela passou pela segurança, pegou o elevador e entrou numa onda de barulho. As pessoas trabalhavam ao telefone em pequenos cubículos com paredes de feltro cinza, como se ter uma vista pudesse distraí-los da tarefa a ser realizada.

Um quadro de avisos mostrava rostos, nomes e crimes que variavam de assassinato a tráfico de drogas e fugas da prisão. As recompensas chegavam a milhões. Ela pensou em Nix, no Departamento de Polícia de Monta Clare, com um aperto nervoso no estômago ao ser levada a um escritório com paredes de vidro.

Ela se encontrou com Himes, duas décadas mais velha, que tinha um título tão longo que ela parou de prestar atenção depois de *executivo*. Diplomas pendurados na parede emolduravam fotos dele com vários dignitários que ela não conhecia. Ele contou algumas histórias, de Eberstein a Bonnie Parker e Clyde Barrow. Ela se perguntou quantas vezes ele as havia contado, quantos novatos haviam se sentado naquela cadeira, todos com os olhos arregalados e uma ambição ardente.

Himes se concentrou no massacre em 1933, quatro homens da lei mortos nas mãos de Adam Richetti e Charles Floyd, enquanto Frank Nash estava sendo transferido de volta para a prisão de Leavenworth. Ele começou a falar sobre Ollie Embry, enfiou um lenço na camisa, partiu um bagel em dois e ofereceu a ela a metade menor.

Ela recusou com a cabeça.

— Uma coisa sobre este trabalho é que você precisa comer quando pode. Você nunca sabe quando será chamada.

— Com todo o respeito, senhor, ainda não sei o que estou fazendo aqui. Você está falando sobre como é ser um agente, mas ainda faltam dois anos para eu atingir a idade mínima necessária.

— Podemos recrutar quem nós...

— Então você está me oferecendo um emprego? Acho que vocês cometeram um erro. Deve saber que sou uma novata...

Ele apoiou o bagel na mesa, levantou-se e bateu as migalhas de suas calças.

— Não cometemos erros. Não é um trabalho... é mais uma missão. E você pode começar...

— Mas você está presumindo que eu quero.

Ele sorriu com isso.

— Eu puxei seu registro. Histórico impressionante. O caso Eli Aaron. Eu vi a fotografia.

Saint se lembrava da foto. Havia sido publicada na capa do *The Post*. Ela estava ali, mirrada, diante das chamas da casa de Aaron, suas bochechas escuras pela fuligem. Poucas horas depois, ela encontraria Patch e salvaria sua vida.

— E você se formou como oradora da turma. Recusou as maiores universidades.

— Há alguma coisa que você não saiba sobre mim?

—Você é casada?

— Sim.

Ela pensou em Jimmy, como ele havia saído de casa antes dela e não lhe desejou boa sorte porque não queria que ela fosse.

Himes pegou o bagel novamente, mordeu-o e um pedaço de alface ficou pendurado no canto da boca.

— A maioria de nós esteve em algum momento. Você ainda está estudando. Curso por correspondência. Se graduando em Psicologia com especialização em Ciências Comportamentais.

Ela não contou a ninguém além de Jimmy que estava estudando, e isso só porque ele encontrou a papelada.

— Por quê? — perguntou ele.

— Exatamente por essa razão. Estou interessado nos porquês.

— Nada a ver com uma garota desaparecida. Grace.

Ele jogou um arquivo na mesa, e ela o abriu, viu o corpo, ou a ausência dele, apenas os ossos.

— Encontrada perto do Tensleep Creek. Próximo ao Lago da Lua Enevoada.

— Mas...

Ele virou a página para ela. Seus olhos o examinaram e depois se fixaram na fotografia. Ela sentiu o sangue gelar quando o ar saiu de seus pulmões.

As contas do rosário.

— Angela Rossi. Não é possível precisar a data do óbito. Um dos seus, certo?

Saint pensou em Eli Aaron.

Himes limpou a boca com o dorso da mão.

— Nós podemos ajudá-la. E acho que você seria uma boa adição à equipe.

— Fazendo o que exatamente?

Ele jogou outro arquivo na mesa entre eles.

As letras em negrito e preto.

ASSALTO A BANCO

— Eu não entendo — ela disse.

A primeira página. A imagem estava granulada. O homem usava um boné e óculos escuros.

— Quanto ele levou? — ela perguntou.

— Alguns milhares de dólares.

Himes lhe entregou mais três páginas.

— Seis bancos agora. De Lawton a Austen, a Kingsville. Quase levou um tiro no Merchants National.

Ela folheou entrevistas com testemunhas que contaram sempre a mesma história. Ele era calmo e educado.

— Pode não ser o mesmo cara — ela disse, locais tão distantes.

— É sim.

— Como?

— Ele puxa a mesma arma.

Ela franziu a testa.

— Sinto muito, mas ainda não entendi como posso ser útil. Por que você me mandou vir de avião até aqui, quando, com todo o respeito, eu sou mais inexperiente do que qualquer um por aqui? Você tem um excelente pessoal, provavelmente pessoas que sabem algo mais do que nada sobre roubo a bancos. E...

— Ele puxa uma pistola de pederneira — disse Himes, recostando-se na cadeira e observando-a atentamente. — Provavelmente uma réplica. Realmente incomum.

Sua respiração acelerou um pouco.

Uma arma de pirata.

A Caçada

1983

117

Ela respirou fundo a cidade, foi ao teatro e assistiu ao assassinato de Hamlet, depois se sentava sozinha numa churrascaria e comia frango assado. Voava de volta todo fim de semana e via Jimmy, que não falava muito desde que foi reprovado nos exames.

Quando ela disse a ele que passaria os dias da semana e alguns fins de semana no Kansas, ele não ficou feliz. Quando ela lhe disse o porquê, ele deu um soco na geladeira, o que causou um dano a sua mão, que precisou ser enfaixada por Saint.

— Ele fica com raiva — disse Saint.

— A raiva é um medo equivocado — disse Norma.

— Então ele tem medo da geladeira? Você não pensaria isso se o visse sem camisa. Seus peitos agora são maiores que os meus.

Norma mordeu o lábio e se virou.

Saint começou a se exercitar, correndo ao amanhecer, percorrendo as ruas matinais até ganhar velocidade e distância. Ela encontrou um salão no leste da cidade e fez luzes loiras para iluminar seu cabelo marrom. Ela observou a mudança de moda, cabelos grandes e ombreiras e calças largas de nylon. Ela viu cores neon e roupas esportivas, cada tendência apenas destacando que ela havia parado no tempo.

Aos domingos, uma feira de agricultores tomava conta da esquina do Bleaker Park, e Saint passava o tempo escolhendo verduras, dobrando as folhas para trás e reprovando a tonalidade delas, em um gesto que teria agradado a avó. Ela pesou quiabo com as mãos e cutucou melancias para avaliar seu interior, seu apartamento vazio logo se encheu com os ricos cheiros de casa. Ela cozinhava o suficiente para um mês, comia sozinha numa mesa redonda e, quando terminava, começava a longa limpeza. Era um conforto silencioso ter seu próprio espaço e, se fosse realmente honesta, notaria que era principalmente porque Jimmy não estava lá. Às vezes, ela ligava e era atendida pela secretária eletrônica; outras vezes, ela o perguntava sobre seu dia e ele ficava quieto, nunca perguntando sobre o dela.

À noite, ela se acomodava em seu novo sofá, fechava as persianas, apagava as luzes e colocava a fita no aparelho de som.

Ouvia a voz jovem de Patch nas fitas das entrevistas.

— *Sinto falta dela.*

A voz dele ecoava pelo apartamento.

A troca era bastante simples. Saint iria procurá-lo, porque Himes disse que uma vez ela o encontrou quando ninguém mais tinha conseguido. E, em troca, ela poderia usar os vastos recursos do FBI para procurar por Grace.

Ela treinaria com a equipe de Himes.

— Roubo a bancos é coisa de gente grande — dizia Himes todas as manhãs, sem sorrir, enquanto comia um muffin farelento.

Durante um almoço, Saint finalmente perguntou por que Himes se importava tanto em encontrar um homem que não levava tanto dinheiro assim.

— Alguns casos buscam você. Eu tenho uma filha. Gostaria que, se algum dia ela estivesse em apuros, houvesse um garoto como Joseph Macauley para ajudá-la.

Saint ergueu os olhos de seu sanduíche.

— E?

Himes mergulhou uma batata frita em molho barbecue.

— Se o pegarmos agora, ainda há uma chance para ele. Até agora, ele teve muita sorte. Porém, se você não o encontrar, outra pessoa o fará.

118

Saint dirigiu cento e quarenta quilômetros ao longo da Rodovia 177, passando por andarilhos no meio dos pastos enquanto se dirigia ao Tribunal do Condado de Chase. Ela estacionou seu sedã em frente ao First Kansas Bank e viu os moradores de Cottonwood Falls olhando em sua direção.

Ela foi conduzida a uma sala de reunião onde se encontrou com uma garota de não mais de dezenove anos. Sorriso cheio de dentes e cabelos castanhos grossos, em seu crachá estava escrito *Dawn,* e suas unhas estavam pintadas de vermelho intenso, como seus lábios.

—Você se importa se eu almoçar enquanto conversamos? — Dawn perguntou, desembrulhando um sanduíche tão fino que não poderia conter muito recheio. Ela deu uma mordida e franziu a testa. — Gruda no céu da boca, então talvez eu fale com a língua presa.

Um homem alto voltou com uma fita e entregou a Saint, lançou um olhar para Dawn e saiu.

— Ele quer sair comigo — disse Dawn. — Sua família possui fazendas que ele herdará. Aquelas vacas fedem tanto.

—Você pode me dizer o que aconteceu? — perguntou Saint, encarando-a e tentando manter a calma.

Dawn apoiou o sanduíche na mesa e sorriu.

— Olha, aquele sim era um cara que eu namoraria.

— Um ladrão de banco?

Dawn apertou o peito, cheia de teatralidade.

— Ele só roubou meu coração apaixonado.

Saint revirou os olhos.

— Olha, já faz um tempo, mas penso nisso todos os dias. Ele entrou e eu estava sozinha, o que não é incomum numa manhã de quarta-feira. Ele caminhou até o balcão e sorriu... e não era um sorriso comum. Aquele sorriso iluminou o lugar. Ele usava um boné diferente, meio que um boné achatado, meio cáqui.

— E o que ele disse?

— Ele disse que ia roubar o banco — disse ela, com um sorriso aberto.

—Você não ficou com medo?

— Pode-se dizer que ele era um cara decente, e eu entendo que isso possa soar estranho. Ele nem sacou a arma, apenas abriu um pouco a jaqueta. E ele tinha uma arma... era muito bonita. E seu jeans era apertado e...

Saint ergueu a mão.

— O que mais ele disse?

—Abri a gaveta do dinheiro e não tinha muitas notas, então fui procurar a chave do outro caixa, e então ele olhou por cima de mim e para a fotografia na parede. Você viu? Meus pais e eu quando eu era mais nova, no dia em que assumiram o banco da minha avó. Então esse rapaz começou a me perguntar sobre essas coisas.

— Que coisas?

— Eu disse a ele que era difícil, sabe. Somos um banco familiar, e só lidamos com a economia local, a comunidade agrícola, os matadouros e granjas. Eles estão produzindo, mas ninguém está comprando. Com o preço do trigo e tudo mais. Os fazendeiros do Kansas pararam de alimentar o mundo.

Saint viu o primeiro indício de tristeza sob toda aquela frescurite.

— Ele apenas ouviu enquanto eu falava. E isso... você sabe como os caras só querem olhar para os seus peitos... — Dawn olhou para o peito de Saint e fez uma leve careta.

Saint suspirou.

— Quer dizer, esse garoto estava me ouvindo. E ele tinha essa pele, meio que dourada, e seu cabelo era um pouco loiro, mas mais escuro, e aposto que por trás daqueles óculos escuros seus olhos eram...

— Então você entregou o dinheiro a ele e ligou para a polícia?

Outro sorriso, desta vez pensativo.

— Essa é a questão. Ele não levou nada. Só deixou as notas no balcão e saiu.

— Ele deixou o dinheiro?

— E a mim.

Outro suspiro.

— Eu nem o teria denunciado, mas eles verificam as fitas, sabe.

Ela seguiu Dawn até um pequeno escritório onde um homem alto colocou a fita de segurança na máquina.

—Vocês estão prestes a assistir ao início de uma história de amor — disse Dawn.

Quando Saint o viu, não pôde deixar de sorrir. Ela estendeu a mão e parou a gravação antes de tocar na tela. Seu coração pesado, sua boca seca com a constatação. Ela já sabia que era ele, mas era diferente realmente assistir.

— Que merda você fez, garoto? — disse Saint baixinho para si mesma.

119

Ela dormiu num hotel de beira de estrada ao longo da Rodovia 33. Condado de Payne e quilômetros de verde fraturados pelo armazenamento de petróleo bruto de cúpula branca, a encruzilhada do oleoduto abaixo dela enquanto ela estava deitada numa banheira tão quente que respirava vapor.

Do lado de fora, seu sedã esfriava, o motor estalando. Ela já se sentia um pouco como uma caixeiro-viajante vendendo a ilusão de segurança.

O telefone estava ao lado dela, o fio esticado enquanto ela discava...

— Oi — disse ela.
— Oi — disse Jimmy.
— Como você está?
— Indo.
— Você pode tentar de novo.

Ele não respondeu, e ela podia vê-lo, sentado em sua poltrona reclinável. Ela perguntou pelos animais, por seus pais e se ele havia comido. Saint ouviu o *SportsCenter*, e o lacre de uma cerveja se rompendo.

— Sinto sua falta — disse ela.
— Volte para casa, então.
— Falta da casa, falta da gente. Foi assim que você imaginou que seria?
— Você já encontrou uma igreja, Saint?
— Ainda estou procurando.

Ela ainda não havia procurado uma igreja no Kansas para frequentar.

Ele expirou com força pelo nariz.

— Eu te amo muito. E sei que te decepcionei. E aos meus pais, e sua avó. Mas eu...
— Você não decepcionou ninguém. Vai ficar tudo bem, Jimmy. Você precisa se concentrar e...
— Você acha que eu não estudo o suficiente? Talvez seja porque eu fico acordado até tarde me preocupando com minha esposa, e pensando no motivo de ela não estar em casa.
— Jimmy...

Por um tempo, ela ouviu e esperou. E então ela ouviu a frieza do sinal da linha, pois a ligação tinha caído.

Um minuto depois, o telefone tocou.

Suas ligações eram encaminhadas para onde ela fosse, principalmente para que sua avó pudesse contatá-la. Norma havia sofrido uma queda, disse que não era nada, mas Saint pediu a Nix para ir até lá ver como ela estava, já que Jimmy não foi. Os dois se sentaram na varanda e beberam tanto conhaque que Norma caíra novamente.

— Jimmy? — ela perguntou.

— Havia um pirata chamado François l'Olonnais.

Saint sentou e se endireitou.

— Quer dizer, esse cara era bem ruim. Ele tinha um ódio pelos espanhóis que beirava a loucura. E eu conheço loucura.

Saint lutou contra um sorriso.

— Um dia ele capturou uma frota espanhola, arrancou o coração ainda pulsando do capitão e o comeu. Ele poupou um de seus tripulantes para que pudesse contar às pessoas o que tinha visto ali. Ele navegou por talvez uma década antes de ser capturado pelo povo Kuna. Eles o despedaçaram. Há rumores de que partes dele tenham sido devoradas.

— Que lindo.

— Há certa poesia no karma, não acha?

Ela fechou os olhos e a lágrima escorreu.

— Como vai, garoto?

— Sinto que estou me aproximando dela, Saint.

Ela respirou fundo. Doeu.

— Onde você está? Você usa a jaqueta com as letras amarelas e o boné, ou isso é só nos filmes?

— O Sammy lhe contou?

— Eu me sinto melhor ao saber que você está por aí lutando do lado certo, Saint. Como o Jimmy está tratando você?

— Ele é... está tudo bem.

—Você sabe que merece o mundo, certo? Qualquer um que diga outra coisa, eu vou dar um tapa na boca.

Ela sorriu e quase chorou.

A torneira pingou.

— Hoje eu estava em Cottonwood Falls. No First Kansas Bank.

Ouviu apenas o crepitar da linha por um longo tempo.

— Mas então — disse ele, e ela o imaginou numa cabine telefônica no fim do mundo, a testa contra o vidro frio enquanto olhava para um vazio tão vasto que ele não tinha como saber se estava flutuando ou apenas caindo.

— O amanhecer faz você sorrir? — perguntou ele.

— Você precisa parar.

— Eu sei.

— Você não pode fugir para sempre, Patch.

— Eu não estou fugindo. Estou investigando. Eu ofereço às pessoas meios para que elas também consigam investigar. A rede vai aumentando cada vez mais. Não apenas por ela. Mas por cada Grace perdida.

— Você está comendo?

Ela imaginou seu revirar de olhos.

— Sim, mamãe. Eu comi um porco na semana passada.

Ela se sentou, os olhos marejando, sua mente foi transportada direto para aquela clareira, o pequeno corpo dele, que se agarrava à vida de forma tão resoluta. Sua avó agora diria que havia um propósito renovado para ele.

— Eu encontrei Misty — disse ele.

— Como ela está?

— Ela está... Ela é perfeita, você sabe.

— Eu me lembro.

— Ela me disse que você queria falar comigo — disse ele.

— Pedi à mãe dela... Ela me disse que Misty havia esquecido você há muito tempo, mas eu a fiz prometer, por via das dúvidas.

— É bom garantir mesmo.

— Eu preciso ver você. Preciso falar com você pessoalmente.

— Aposto que sim, senhora policial.

Silêncio.

E então ele falou, e desta vez ele estava mais calado, com menos certezas, o Patch que só ela conseguia ver quando eles eram crianças.

— Então é isso. É você quem está procurando por mim.

Ela afastou o bocal do rosto, porque não confiava em sua voz.

— Você sabe que não posso ir vê-la, Saint.

— E por que isso, moleque?

— Dizem que sou um pirata. E você é uma mulher da lei.

Por um longo tempo, ela sincronizou sua respiração com a dele, e quando ela finalmente falou, fechou os olhos para deixar as lágrimas caírem.

— Quando chegar a hora, eu vou te pegar.

— Eu sei disso.

— Você vai acabar se matando.

— Também sei disso.

120

A pouco mais de mil quilômetros de distância, Patch passou por opulentas mansões de Charleston, parou diante de cada uma e olhou para os detalhes, imaginou-as nas cores certas, talvez antes de serem alteradas. Ele tocava campainhas nos portões e passeava pelas vielas, respirando aromas divinos. Ele foi recebido por uma governanta que lhe disse que a mesma família abençoada morava ali há quase cem anos.

— Recebi uma carta que foi enviada daqui, há alguns anos. Os pais de uma garota chamada Mya Levane, pelo que escreveram.

A governanta apontou para a porta meio afobada. Os dois saíram para a rua, e quando ela os fechou para fora, disse a ele que o corpo de Mya havia sido encontrado seis meses antes.

— O que aconteceu com ela?

Ela suavizou um pouco o tom de voz, sorriu e tocou o braço dele.

— Nada que você queira saber, filho.

Ele falou um pouco sobre Grace; ela o interrompeu e disse que Mya não era sua garota, que ela estava do outro lado da fronteira com o México na época.

Uma hora depois, ele entrou no Banco da Carolina do Sul. Saiu de lá com mil dólares, mas só ficou com duzentos, pois deu todo o restante a um grupo de sem-teto perto do rio Ashley. Uma garota de menos de quatorze anos o abraçou por um longo tempo.

Ele viajou de ônibus durante a noite toda, atravessando uma paisagem que se transformou do pôr do sol queimado sobre as montanhas Blue Ridge para um céu noturno que dava vários indícios de vida nas colinas exuberantes.

Ele não dormiu, apenas manteve a mão em sua cicatriz, sua mente pulando de uma vida para outra. Seu olho, quando captava a passagem da luz dos caminhões solitários, via através de uma lente de quinze anos, como se não carregasse o assombro da caça, a ferroada faminta de um milhão de horas infrutíferas. Ele se perguntou como isso terminaria. Qual seria sua última aventura, quando a cortina cairia, já que os interessados já tinham partido há muito tempo. Sua mente se fixou em Eloise Strike, seu pai Walter. Algo naquele homem, talvez a força dele, dizia a Patch que eles poderiam estar procurando pela mesma garota. Era um palpite. Porque era só o que lhe restava.

121

Portas pesadas destrancadas, as câmaras entre elas grandes o suficiente para dois.

Barras cortavam a luz do sol enquanto ela esperava no chão encerado no tipo de silêncio que ela não imaginava ser possível em tal lugar. Saint estremeceu um pouco, se preparou e foi levada a uma sala longa e estreita. Vazia, exceto por uma mesa e duas cadeiras.

Tooms estava esperando, algemado pelas mãos e pés.

Ainda assim, ele sorriu.

— Você queria me ver? — perguntou Saint. A carta havia chegado à casa de Norma, que ligou para ela imediatamente.

Ele havia perdido muito peso. Sua pele estava opaca. Quando ela olhou em seus olhos, não viu o homem que uma vez a ajudou quando ela caiu da bicicleta.

— Recebi suas cartas — disse ele.

— Você as ignorou.

— O futuro começa hoje, certo?

Acima, a luz era muito forte, a lâmpada enjaulada atrás de uma fiação preta. Ela sentiu o cheiro, aquele cativeiro, sob suor, detergente e vinagre.

— Você é policial — disse ele e conseguiu sorrir. — Sempre pensei que você poderia ser uma boa médica.

— Por quê?

Ela olhou para a boca dele enquanto ele falava, um leve corte no lábio superior, um vergão no pescoço.

— Fiquei sabendo que se casou com Jimmy Walters. Ainda me lembro de quando você costumava almoçar sob o carvalho. Sempre sorrindo. Parece outra vida. Minha casa...

— Se foi — disse ela.

Ele provavelmente já sabia, mas ainda assim ela pegou o recuo.

— As memórias estão nas pessoas, não nos lugares e nas coisas.

— Você queria me ver — disse ela novamente.

— Joseph escreve para mim.

— Você sabe onde ele está?

Ele balançou a cabeça, fechou os olhos. Quando ele os abriu novamente, ela viu algo.

— Diga-me — disse ela, em tom baixo, como se fosse ficar só entre eles.

—Vejo os carimbos postais. Ele está viajando. O último veio de Baton Rouge. Ele está no Sul agora.

Às vezes, à noite, ela fechava os olhos e o via na praia, talvez com jovens de sua idade, uma garota em seus braços.

— Ele está procurando por ela — disse Saint, mantendo seu olhar nele. — Não apenas procurando... ele está morrendo sem ela.

— Eu queria que ele ficasse bem.

—Você sabe como isso soa?

—Você já sentiu como se estivesse vivendo a vida de outra pessoa? Pagando por erros que você nem se lembra de ter cometido?

— A garota desaparecida. Grace.

— Os relatórios médicos dele naquela época, todos eles vieram até mim por ser o médico de família. A mãe talvez não estivesse apta a cuidar dele. Eu tinha o dever de denunciá-la. Eu peso essas decisões. Todas as noites, quando eu não durmo.

— Ele não conseguirá seguir em frente até que saiba. Devolva-lhe a vida. Você já tomou o suficiente.

Tooms olhou para ela, súplica em seus olhos, em sua voz.

— Não consigo lavar o sangue das minhas mãos.

— Diga-me onde ela está. Faça isso pelo Patch. Deixe-o em paz com isso. Minha avó disse que todos somos capazes de ter compaixão. Não é tarde demais para você.

— Não tem como ele deixar isso pra lá?

Ela ouviu tanto desespero, tanta dor enquanto balançava a cabeça.

Ele respirou fundo e falou.

Se ela soubesse, talvez tivesse se preparado, prendido a respiração, cerrado os dentes, não desmoronado por Patch, não fugido daquela sala, passando pelo diretor e seus homens, apenas se segurando até conseguir sair e vomitar no chão.

122

Desde a batida final do verão até as chamas do outono, Saint rastreou os movimentos dele como se fosse um peão num jogo que ele não conseguia entender.

Ela dividia seu tempo entre seu cubículo taciturno no Kansas, hotéis de beira de estrada decadentes, e seu sedã azul-marinho, agora cheio de embalagens e latas de uma dúzia de refeições comidas na estrada. Nix disse a ela para ficar em forma, então ela acordava às cinco da manhã e corria para onde quer que estivesse, pela floresta de Wichita que lembrava Monta Clare; pelas ruas de ferro no centro de Dodge, Hell on the Plains; sua arma nunca saiu do lado dela.

Após o telefonema, Patch desapareceu completamente. Saint trabalhou com a equipe de Himes, aprimorando suas habilidades e ganhando reconhecimento. Com os sentidos apurados, Himes a incentivou a seguir em frente.

Ela estava sentada num carro sem identificação, do lado de fora de um bloco de apartamentos comum, a cinquenta quilômetros da cidade. Ela rastreou um homem do Missouri de Lee's Summit passando por Kansas City até Odessa. Micky Hubert entrou na Summit Ridge Credit Union, acenou com uma Smith & Wesson 9 mm na cara do caixa e saiu com pouco mais de três mil dólares. Ele largou tudo, exceto setecentos dólares, enquanto entrava numa minivan que o esperava, cuja placa uma senhora no salão do outro lado da rua anotou. Cinco mil dólares do Banco Central do Centro-Oeste e dois mil do Banco de Odessa.

Ela rastreou a placa até o apartamento, passou alguns dias observando em rondas e se perguntou se todos os seus casos seriam tão simples quanto Hubert e outro homem entrando na mesma minivan.

Seu coração nem disparou quando ela viu um sedã interceptá-los. Sacou sua arma e ordenou que Hubert saísse e se deitasse de bruços. Ele usava um roupão e, no bolso, ela encontrou uma pilha de dinheiro marcado, seus números de série registrados. Hubert estava em liberdade condicional após uma condenação criminal anterior por assalto a banco.

— Que porra mais ele ia fazer? — Saint perguntou a Himes, que balançou a cabeça em desaprovação pelo linguajar dela, mas acenou com a cabeça com o sentimento.

Ela investigou os antecedentes de um homem de Southaven que roubou o banco onde trabalhava como segurança, mas não conseguiu obter informações sobre o roubo em si porque o Departamento Federal de Álcool, Tabaco e Armas de Fogo prendeu o cara um dia antes no estacionamento de uma loja de conveniência.

— Esses filhos da puta não têm contrabandistas para perseguir? — perguntou Saint, enquanto Himes tentava acalmá-la com um croissant.

Ela se afastou mais de Monta Clare, da vida que ela deveria levar, de Jimmy. Às vezes, eles passavam dias sem se falar. A mãe de Jimmy ligou para ela, disse que estava preocupada com o filho. Disse a ela que Jimmy havia faltado à igreja, que não estava acostumado a falhar em nada e que talvez fosse um pouco por culpa de Saint, já que ele não conseguia manter o foco enquanto sua esposa não estava no lar conjugal. Quando ela voltou, ele alternou entre atencioso e taciturno, apaixonado e frio. Ela viu flashes do garoto que a amava, de um homem se cansando da mulher que ela estava se tornando.

Ela se acomodou no ritmo da unidade, dormiu com arquivos ao pé da cama e levou cada caso tão pessoalmente que era como se cada dólar tivesse sido roubado de sua própria conta corrente. Ela pressionou um informante no andar de baixo, que lhe deu o nome de mais sete pessoas que estavam sondando o Standard State Bank em Independence. Ela flexionou músculos e orçamento e, sob o olhar de Himes, montou duas vans de vigilância e grampeou a sala dos fundos de um bar no Southwest Boulevard. Na noite anterior ao assalto, ela não dormiu, o frio na barriga não permitia. Com os sete presos, ela chegou à segunda página do *The Kansas City Star*.

— Meio milhão de dólares recuperados, e eles deram a primeira página para a porra do golfe — disse Saint.

— O mais próximo da vitória que chegamos desde o empate...

Saint lançou um olhar.

Himes voltou para seu hambúrguer.

123

No Dia de Ação de Graças, ela foi para casa por dois dias, sentou-se na parte de trás da igreja enquanto sua avó assistia à missa.

Com Jimmy assistindo futebol em casa, ela assou um peru, cozinhou purê de batatas, inhame caramelizado e uma caçarola de feijão verde assado. Além de milho e pãezinhos, serviu cranberries com açúcar mascavo e suco de laranja. Ela colocou a mesa, e os três comeram juntos.

— Você quer biscoitos amanteigados? — ela perguntou.

— Se eu comer um décimo do que já está aqui, provavelmente morrerei — respondeu Norma, e então olhou para Jimmy, que estava com os olhos avermelhados de um homem que bebeu algumas cervejas antes do almoço e depois algumas vodcas durante. Ele ganhou peso, culpou Saint por não estar lá para preparar suas refeições, o que o fez comer marmita na maioria das noites.

Norma desligou o rádio antes que a notícia tocasse e levou seu conhaque para a varanda dos fundos, onde Saint se enrolou num cobertor e se sentou ao lado, com a cabeça no ombro da avó enquanto esquentava o ar gelado com a flutuação da fumaça do charuto e o redemoinho de seu copo.

— Você não me liga — disse Norma.

— Eu vou melhorar.

— Volte um fim de semana e eu te levo para tomar sorvete no Lacey's Diner.

— Estou velha demais para sorvete.

— Estou preocupada com você — disse Norma.

— Eu ando armada, vovó.

— Eu me preocupo com Jimmy e o que está acontecendo com ele. O ego masculino é…

— Frágil.

— Uma aflição. Eles sabem como encontrar o bem em si mesmos, a decência e o respeito, mas, às vezes, perdem a bússola.

— O amor é um visitante.

Norma pegou a mão dela.

— Você se casou com ele porque eu pedi?

Saint não encontrou os olhos de sua avó.

— Eu não faço nada do que você me diz para fazer.

Através da luz das estrelas, ela viu a forma da colmeia. Ela se lembrou daquele tempo, como cada momento era uma pérola de verão, perfeita e sem mancha, o sol se punha tão tarde e se levantava tão cedo, como se mal houvesse espaço para a escuridão.

— Dificilmente era noite quando eu era menina.

Norma sorriu.

— Deve ser difícil, estar cercada por tudo de ruim. Eu rezo por você. Você sabe disso.

— Eu sei.

— Ele nos dá as ferramentas para sermos melhores, para construirmos um futuro melhor. E se usarmos essas ferramentas para atacar os outros, para desfazer qualquer bem que tenha sido construído, então não podemos acusá-lo de não nos guiar ou proteger.

Saint pegou o copo de Norma e inspirou o calor e os temperos.

— Rezo por Joseph — disse a senhora. Havia tanta coisa escrita em cada linha de seu rosto, tanta dor e tristeza escondidas completamente pelo maior sorriso que Saint já conhecera.

— Eu preciso vê-lo — disse Saint.

Norma usava um velho suéter roxo que Saint uma vez tricotou para ela.

— Eu gostaria que os jornais não o tivessem chamado de Patch todos esses anos. Eu guardo os recortes. De quando eles te chamaram de heroína.

— Eu não era.

— Silêncio, menina.

Norma pegou o copo de volta.

— Quando você protegia as abelhas, eu costumava sair todas as manhãs antes de você acordar para verificar se havia algumas mortas e removê-las. As amigas delas costumavam se reunir e me atacar.

Saint sorriu.

— E sabe por que eu fazia isso? Porque aquilo acabaria com o seu dia. Porque você pega os problemas... as falhas corriqueiras, e as leva para o lado pessoal.

— Ele ainda é uma criança.

— E o que isso faz de você? Ele sabe o certo e o errado. E...

— E?

— E ele sabe pintar. Deus, aquele menino entende de beleza.

Saint olhou para cima.

—Você não viu?

124

Elas deixaram Jimmy dormindo no sofá. Saint usava suas velhas botas de caminhada com forro de pele.

Passaram por um conjunto de casas coloniais revitalizadas, e em cada janela, Saint via cenas natalinas que pareciam ter saído de um cartão de felicitações. Árvores enormes, castiçais e o brilho suave das luzes de fada enquanto caminhavam pela Rua Principal congelada.

Apenas uma loja não tinha nenhuma decoração, porque não era necessária, e Saint sorriu ao ver sua nova pintura na vitrine.

Ela passou muito tempo tão perdida quanto a garota na pintura, incapaz de se afastar.

Sammy veio até a porta. Ele usava um smoking, sua gravata-borboleta solta.

— Agente Especial Saint Brown.

— Como você está, Sam?

— Caloroso e rico.

Norma caminhou lentamente.

Os dois ficaram em silêncio por algum tempo, olhando para as cores.

— Você pode simplesmente deixá-lo em paz? — Sammy disse, por um momento com os olhos claros, como se soubesse o peso da pergunta.

— Você sabe onde ele está, Sammy?

Sammy não disse nada.

— Talvez eu peça a alguém que dê uma olhada em seus impostos, talvez isso refresque sua memória.

Ele balançou a cabeça, desapontado.

— Você está trazendo merda para um concurso de mijo?

— Você sabe onde ele está?

Sammy acenou com a cabeça para a garota na pesada moldura dourada.

— O nome dela é Eloise Strike, e na maioria das noites, quando me deito para dormir, vejo seu rosto assim que fecho os olhos. Você sabe onde ela está, Saint?

Saint manteve os olhos na garota.

Sammy falou baixinho e sem desafios:

— Anna May. Summer Reynolds. Ellen Hernandez. Você sabe onde alguma delas está?

— Não, Sammy. Não sei onde elas estão.

— Então talvez, você e o resto deveria procurá-las primeiro. E depois de encontrar as garotas, procurem os idiotas desalmados que as levaram. E, se sobrar tempo, então você vai atrás do menino. Mas espero estar morto há muito tempo antes que isso aconteça.

—Você sabe onde ele está, Sammy?

Sammy olhou para a tela. Ele recusou trinta mil dólares de um colecionador do Deerbank que viajou metade do país apenas para vê-lo.

— Não.

Ela também manteve os olhos na pintura.

— Mas se soubesse... se soubesse... então eu seria a última pessoa a quem você contaria.

Ele concordou com a cabeça e poderia ter dito a ela que entendia sua dor, mas ela não precisava de sua compaixão. Então ela seguiu sua avó até a Igreja São Rafael e, no cemitério, parou ao lado do túmulo de Ivy Macauley por um momento antes de entrar na igreja fria, onde acendeu uma vela e se sentou ao lado de Norma no banco da frente.

— Da última vez você rezou aqui — disse Norma.

— Eu me sentia tão desesperada quanto agora.

—Você não precisa se sentir assim.

Saint fechou os olhos.

— Mas eu me sento aqui e não sinto nada além de medo. Não ouço nada além de silêncio.

— Os maus são poucos, mas muitas vezes gritam mais alto do que muitos. Não confunda silêncio com fraqueza.

E assim, ao lado de sua avó, ela se entregou.

Saint fechou os olhos e orou a Deus para que ela não pegasse Joseph Macauley.

E quando ela os abriu, ela se virou para sua avó.

— Estou grávida.

125

As pessoas iam e vinham. Mochileiros conseguiam carona com um motorista gentil demais para a rota. Um casal de idosos reclamou baixinho, furiosos com o intruso. Patch fechou o olho no condado de Hamilton, abriu-o para as luzes da meia-noite de um barco a vapor com rodas de pás do Tennessee. Ao raiar de um novo dia, ele observou uma mulher a cavalo, o sol atrás dela.

Outro ônibus, e ele chegou a Stillwater; e de lá, o ônibus encheu tanto que Patch ofereceu seu assento a uma garota que não tinha idade suficiente para carregar a vida que crescia dentro dela.

Ele viajou cinco dias por três estados e mais de uma dúzia de condados. Em Oklahoma City, ficou sentado a noite toda numa estação de ônibus, encontrou um telefone público e discou.

— Eu estava pensando em Callie Montrose — disse ele.

— Sim — disse Saint.

Ele se recostou no vidro, o frio atravessando sua camisa.

— Ela era como nós, certo? Mesma idade. Talvez ela tivesse um amigo como eu. E eles saíam, caçavam e disparavam armas de brinquedo em bosques cobertos de neve.

— Estou implorando para você parar agora. Você está ficando imprudente, garoto.

— E Marty Tooms simplesmente a matou. Para quê?

— Não sei.

— E Eli Aaron. Todas aquelas garotas iguais a você, iguais a Grace.

— Eu preciso ver você. Preciso ver seu rosto e falar com você e lhe dizer algo.

— É bom? — perguntou ele.

— É...

— Você está grávida? Você seria a melhor mãe, Saint. Melhor que a minha, sabe. Você criaria um bom filho.

— Você é um bom garoto.

— Não sou, Saint. Não importa o quanto se olhe para o passado, antes ou depois, eu estava sempre à beira de alguma coisa, sempre perto de cair. Você me segurou. Você e Misty. Mas eu sempre estive destinado a cair.

—Você é meu amigo, Patch.

— Sammy diz que sou um vigarista. Mas, tipo, não é uma coisa ruim, na verdade. Isso só torna mais difícil para as pessoas ao seu redor saberem se estão sendo enganadas ou não.

—Você está me enganando, garoto?

— Acho que talvez eu tenha feito isso com a Misty. Eu deixei rolar porque foi bom. Foi uma coisa boa ver o que ela viu. Por um tempo, pelo menos. Você soube de alguma coisa sobre as contas do rosário?

— Ainda não. Ainda estou procurando. Ainda procuro.

— Obrigado, Saint.

—Você nunca precisa dizer isso para mim.

Ele fechou os olhos e, embora ouvisse outra coisa em sua voz, talvez um desejo ou um aviso, ele a ouviu falar por algum tempo. E ela contou a ele sobre Monta Clare, Norma e o Chefe Nix. E então ele disse boa-noite a ela. E ela não conseguia encontrar as palavras para dizer isso de volta.

Ele não sabia que, do outro lado, Saint havia rastreado sua ligação.

Ele cruzou o limite da cidade a pé.

Carregava um mapa coberto com rabiscos enquanto se sentava num banco diante da Catedral de São Joseph.

—Você é um pirata?

Ele olhou para a esquerda e viu uma mulher com cerca de noventa anos, o chapéu cobrindo seu rosto contra o sol.

— Eu costumava ser. Agora eu tenho uma esposa. Grace.

Outro sorriso.

—Vivemos no Oeste, casa pequena, mas muita terra.

— Fico feliz que você tenha alguém.

— Ela é tudo de que eu preciso. Eu sabia disso desde o início.

— Quem sabe, sabe.

— Eu também sei que os piratas usavam tapa-olhos para se ajustar à luz e à escuridão acima e abaixo do convés durante os ataques.

Ela descansou a mão na dele e a apertou suavemente.

— Então você está na luz agora, mas veio da escuridão.

Naquela tarde, ele roubou o MidFirst Bank.

Saint chegou apenas quinze minutos depois.

O cerco estava se fechando.

126

Centro Derry Younger. Um nome tão sem graça que não era necessário muito para mantê-lo escondido.

Um prédio de dois andares, pintado com um tom de rosa, com o telhado mosqueado de verde. Em qualquer outro dia, Saint poderia ter se deparado com cartazes, talvez alguns homens que reivindicavam o direito de posse sobre as mulheres e seus corpos, como se fossem estupradores lutando por uma causa nobre. Seu corpo, minhas regras.

Lá dentro, Saint deu seu nome, se sentou, e não levantou os olhos para reparar nas outras.

Há trezentos e vinte quilômetros de Monta Clare, de Jimmy e de suas conversas fiadas, seus olhos cansados e o tom de suas decepções. Às vezes, Saint limpava a pequena casa e Jimmy nem sequer levantava as pernas para o aspirador de pó.

Ela marcou uma consulta para ele com o Dr. Caldwell. Achou que talvez ele precisasse de alguns remédios para lidar com o estresse por ter sido reprovado nos exames. Ele não foi.

— Dói?

Ela olhou para a adolescente ao lado dela.

Saint queria dizer à garota que ela imaginava que isso aconteceria, em algum momento inesperado no futuro, quando ela pudesse olhar para trás de uma perspectiva diferente e não sentisse aquela corda que a prendia tão esticada. A corda que a ligava a ele e àquela vida em que ela não era a protagonista, nem mesmo uma coadjuvante. Talvez doesse na época do Natal. Ou quando uma amiga engravidasse.

— Você vai ficar bem — disse Saint.

Numa pequena tela em preto e branco, ela assistiu ao noticiário do canal 9 enquanto os policiais rastreavam James e Linwood Briley e seis outros presos no corredor da morte que fugiram do Centro Correcional de Mecklenburg.

— Há algo de romântico numa fuga da prisão — disse a garota.

— Assassinos em série à solta: assim meu coração não aguenta!

A garota riu e Saint quis saber sobre a vida dela.

— Não sei como cheguei aqui — disse a menina.

Saint sorriu, mas tinha quase certeza de que ela sabia, sim. Como todas sabiam.

— Existe diferença entre erro e arrependimento? — perguntou a menina.

— Se você aprender com o erro, o arrependimento será menor.

— Eu nunca mais vou fazer sexo.

— Esse é o espírito da coisa.

Saint ouviu seu nome ser chamado.

No balcão, ela entregou seu formulário. Atrás da recepcionista cansada, ela viu uma fotografia, e nela, viu uma fila de pessoas no primeiro dia em que a clínica abriu. O Dr. Tooms ficou um pouco longe do resto. Ele não sorriu.

Saint manteve os olhos nos dele enquanto era conduzida.

127

Ela encontrou Jimmy dormindo no sofá.

Estava passando uma partida de hóquei, embora a TV estivesse no mudo.

Três latinhas de cerveja vazias sobre a mesa de centro de vidro. Ele não limpava nada quando ela estava fora, então ela passava a maior parte do primeiro dia juntos cuidando da casa. Ela limpava o mijo do piso do banheiro. Lavava camisas amareladas embaixo dos braços. Ela sugeriu que eles arranjassem uma faxineira, para lavar e passar uma vez por semana, mas ele não quis saber disso.

Saint levou a mão à barriga e observou o sobe e desce do peito dele.

Ela recolheu as embalagens de comida para viagem e não se intimidou com o cheiro e a gordura solidificada. Ela esvaziou o cinzeiro e nem quis pensar em quando ele teria voltado a fumar. Persianas cor de creme com estampa de flores de outono. Uma mesa de TV de madeira cheia de revistas e alguns de seus livros. Um videocassete, um aparelho de som e uma luminária que ela não se lembrava de ter comprado.

A cozinha tinha armários cor de creme e puxadores de madeira. Ela queria o branco, mas Jimmy disse que o creme o lembrava da casa da mãe dele.

Ela tomou um susto quando sentiu a mão em suas costas.

— Achei que estivesse dormindo — disse ela.

Ele estava de moletom e com os olhos vidrados de um bêbado.

— É bom ver você em casa.

Ela preparou sanduíches para eles, embora fosse noite.

Ele se sentou à mesa e a observou, e não fez comentários quando ela colocou o prato na frente dele.

A parede de gesso não estava pintada porque ele estava ocupado, mas ela não sabia com o quê. Ela perguntou como tinha sido o dia dele, e ele contou a ela como um grupo de crianças havia visitado o zoológico, e um vomitou tanto que ele teve que buscar dois baldes. Ela empurrou o sanduíche para longe.

—Você já pegou seu namorado? — perguntou ele.

Ela bebeu seu suco e começou dizendo:

— Ele não é...

Ele levantou a mão, interrompendo.

— Calma, só estou brincando.

—Você foi lá na minha avó para ver se ela está bem, se precisa de alguma coisa?

— Outra hora eu vou lá.

E assim foi. Até que ela ouviu a batida na porta e, em vez de convidar Nix para entrar, decidiu sair, e eles se sentaram lado a lado no degrau da frente.

—Vi seu carro — disse ele.

— Que bom que você veio.

Ele sorriu, e ela sentiu falta disso. Em seus olhos, ela viu refletido o orgulho e o esgotamento dos últimos anos. Não importava o que ele dizia, como ele tentava pregar sobre se importar só até certo ponto, e depois desligar; alguma coisa no caso Macauley o entristecia profundamente.

— FBI, hein? — disse ele, e soltou um assobio baixo. — Alguma coisa sobre o garoto Macauley?

Ela balançou a cabeça, sentiu sua respiração deixá-la por um momento que ainda doía.

— Daisy publicou um artigo sobre a galeria, sobre a nova garota na vitrine. Você já considerou a hipótese de que algo bom pode sair de algo tão ruim? — perguntou ela.

— Algo bonito, talvez. Um amanhecer. Uma realização. Mas nada de bom, mocinha. O preço é alto demais.

As luzes da rua piscaram e os sinos da igreja soaram ao longe. Saint se lembrou de uma época em que o contentamento descia sobre ela todas as noites para reconfortá-la.

— Eu fui ver se estava tudo bem com a Norma.

Ela tocou o braço dele.

— Ela não está aceitando muito bem. Isso de você ficar longe — Nix disse.

— Eu sei.

— Ela disse que as agentes do FBI provavelmente ficarão estéreis devido ao estresse antes de chegarem aos trinta.

— Estéril?

— Como o deserto do Mojave. Sem chance de ter uma ninhada de ovos.

— Uma ninhada? Como se eu fosse um maldito animal.

Ele pegou um cigarro, e ela viu um leve tremor em sua mão que ela não havia notado antes.

— Eu fiz merda, Chefe.

— Todos nós fazemos merda, Saint.

Ela balançou a cabeça porque ele não conseguia entender, e ela adorava que ele não perguntasse.

— Como faço para dar um jeito nas coisas? — ela perguntou.

—Você nem sempre é capaz. Mas você respira e tenta se lembrar onde fica o seu Norte. Mas tenho a sensação de que você já sabe disso.

Eles ficaram encostados na viatura.

— Por que você veio? — ela perguntou.

— Não é só a velhinha que sente falta de ter você por perto.

Ele a abraçou.

— Fui ver Tooms — disse ela.

— E?

Ela o olhou nos olhos, sorriu e balançou a cabeça.

Nix cheirava a charutos e colônia, e talvez a tudo que se pode imaginar.

— O que eu faço? — ela perguntou.

— Faça algo relevante. Ou talvez apenas faça tudo com relevância — disse ele.

128

— Eu engravidei.

Houve um momento antes de Jimmy reagir, e ela manteve os olhos na televisão porque não suportava continuar esperando.

Ele se levantou e se moveu para atravessar a sala, o sorriso iluminando o rosto dele.

— Fui à clínica da cidade.

Então, ele parou. A poucos centímetros dela.

— Fui lá para tirá-lo. Sinto muito. Mas eu tenho que ser honesta. Porque se não formos honestos, então...

Ela não estava contando com o soco.

Durante seu treinamento, Saint fez um estágio na unidade para Denúncias Criminais do FBI e outro em Assistência às Vítimas. Ela acompanhou uma agente chamada Dana Cowell durante três das mais angustiantes semanas de sua vida. Noites que passaram na sala de emergência de hospitais, observando somente as carcaças de mulheres condenadas a uma vida de choque eterno. Às vezes, havia olhos roxos e lábios inchados, marcas de mão azuladas e avermelhadas. Às vezes, havia drogas e álcool envolvidos; as agressões sexuais eram mais frequentes do que se imagina. Ela viu quão baixo os homens podiam chegar, roubando a dignidade alheia sem se darem conta da miséria que deixavam para trás. E viu o impacto que isso teve em Dana, que certa vez lhe dissera que todos os homens tinham de extravasar sua culpa antes mesmo de o crime ter sido cometido. Só de serem capazes já bastava. Confiança era a coisa mais difícil de se conquistar.

Quando Jimmy a derrubou no chão em um acesso de pura selvageria, ela se encolheu.

Enquanto ele prosseguiu com sua enxurrada de socos e chutes.

Saint fechou os olhos e se deparou com o rosto de Patch.

E, em meio às lágrimas, ela gritou para que ele a ajudasse. Como ele fazia quando eles eram pequenos.

129

Ele acordou suando frio, gritou na escuridão enquanto ela lhe dizia para pintá-la.
Que ela estava parada numa costa norte.
Ele pegou o telefone e discou.
Patch tentou controlar a respiração enquanto esperava por sua chamada.
— Alô.
Ele olhou para o receptor, conhecia a voz do outro lado tão bem, mas ainda assim, por um momento ele estava com vergonha de falar.
— Joseph?
— Olá, Norma.
Ele a ouviu suspirar, imaginou-a sentada, acordada, enquanto a cidade dormia ao seu redor. Ele ainda podia imaginar seu rosto tão claramente, seu sorriso e, mais frequentemente, sua carranca.
— Por favor, Joseph. Se entregue.
— Eu não posso — disse ele, e sabia que ela ouviria a dor em sua voz.
— Você é um bom menino.
E ele ouviu a dor na voz dela.
— Eu queria que você…
— Diga-me, Joseph. O que você queria?
Ele engoliu em seco.
— Eu queria que você fosse minha família. Você e Saint. Eu queria…
— Não é tarde demais para você. Você volta e eu vou levá-lo para tomar sorvete no Lacey's Diner.
Ele sorriu.
— Sinto falta de vocês duas.
— Você está magoando demais a minha neta.
Sua voz ficou embargada. Ele enrolou o fio do telefone em volta do dedo e piscou para conter as lágrimas; tentou e não conseguiu contestar aquela afirmação, pois sabia ser verdadeira.
— Sinto muito — disse ele.
— Você tem que deixá-la em paz, Joseph. A Saint não precisa mais de você.

130

Saint se sentou em seu pequeno apartamento e olhou para o mapa.

Era grande, cobria metade do chão, e ela deu um passo cuidadoso ao redor dele com os pés descalços. Ela não dormiu nem comeu, apenas entrou em seu carro e voltou para o Kansas, onde entrou num chuveiro quente e não se atreveu a se olhar no espelho.

—Você não veio me ver? — disse sua avó ao telefone naquela noite.

Norma não conseguia ver o inchaço ao redor dos olhos, o lábio rasgado e o corte na orelha. A maneira como doía para se sentar, falar, como se Jimmy tivesse arrancado de dentro para fora cada molécula que a constituía.

Ela ainda sentia gosto de sangue.

— Eu tive que voltar para o trabalho.

— Sua voz está estranha.

— Estou com um resfriado.

—Você está trabalhando demais.

— Eu sei, vovó.

Saint olhou para suas unhas, curtas, funcionais. Em sua bolsa, ela guardava rímel, brilho labial e um perfume leve que havia comprado no seu último aniversário.

Ela pensou em sua árvore no quintal de Norma, em como ela se sentaria sob o dossel surrado e deixaria a chuva manchar seu casaco. Onde antes ela envasava seu mel e realizava seus afazeres escolares, e sonhava com outras crianças vindo para que ela pudesse deslumbrá-las com seus conhecimentos. Ela tentou visualizá-la, mas sabia que agora nada seria como antigamente. Nenhuma memória seria pura, porque seu caminho a levou para muito longe de casa.

Ela entendia de dissonância cognitiva. Ela sabia que associações negativas podiam ser desaprendidas e desvinculadas. Eram tantas as coisas que ela sabia.

—Você está bem? — perguntou Norma.

— Estou.

— Quando passar por aqui, vou te levar para tomar sorvete no Lacey's Diner.

Saint sorriu e sentiu a dor aguda em sua mandíbula, seu dente ainda frouxo.

— Estou velha demais para tomar sorvete.

131

Saint não saiu de seu apartamento por duas semanas. Ela deu satisfação a Himes, dizendo-lhe que estava rastreando o pirata. Ela ouviu horas de entrevistas, debruçou-se sobre transcrições e fitas da secretária eletrônica de sua avó e traçou sua rota como se houvesse algum tipo de método em resmas de loucura. Ela comeu pouco, dormiu no sofá, consolou-se com a voz de Patch enquanto desligava toda a luz e aumentava o volume do pequeno aparelho de som ao lado da televisão.

— *Ela me contou sobre o céu em Baldy Point, como o Lago Altus-Lugert derrama da represa, abrindo caminho ao longo do rio Fork Red.*

— *Você acha que ela vem daquela região?*

— *Sei apenas que ela viu essas coisas. Ela conhecia lugares dos quais nunca ouvi falar. Como eu poderia saber disso se ela não fosse real?*

Saint levou os joelhos ao peito, pegou a caneta e marcou o local em Oklahoma em seu mapa.

— *Ela me contou sobre como o sol paira em Fort Sumter antes de se pôr no porto de Charleston. No White Point Garden, é possível sentir o cheiro de pêssego e violeta. Você sabe que é um lugar assombrado, certo? Eles penduraram trinta piratas no pântano vizinho. Stede Bonnet. Ela até sabia mais do que eu sobre piratas.*

Saint marcou esse ponto na Carolina do Sul.

Ela comeu sopa enlatada. Não deixou o sol entrar em nenhum momento. Apenas se separou de si mesma e se mudou para o mundo dele para não ter de enfrentar o seu.

Quarenta horas. Lá estava ela, sua mente transportada para Monta Clare, Patch com quatorze anos outra vez.

— *Ela fez com que eu visualizasse as vilas de mineiros, aqueles elegantes edifícios vitorianos. Podia ouvir a debandada de bisões, ver a vista do degrau de uma milha acima do nível do mar no capitólio estadual.*

Saint assinalou Denver.

Por mais cinco dias, ela peneirou as migalhas das lembranças de Joseph Macauley, ouviu-o falar de Cottonwood Falls a Nova York, da Nova Inglaterra a Montana. Ela assinalou o mapa e desenhou suas rotas.

E então, treze dias depois de começar, ela ouviu a última fita, cotejou-a com o lugar de onde ele enviara cartas para a última garota e desenhou um círculo vermelho com caneta grossa.

— Ela me disse que, de Tucson, dava para ver melhor o universo. Contou-me sobre a "lei do céu escuro" do condado de Pima... como Kitt Peak fazia com que nos sentíssemos menores, sabe? Não, você não sabe. Você não sabe de nada, porque está olhando para mim como se eu fosse um moleque louco, quando deveria estar lá fora procurando por ela.

Eles achavam que aquela ordem dele era aleatória.

Ela andou um pouco de um lado para o outro, e então pegou o telefone e ligou para Himes.

— O pirata. Ele está indo ver o que a garota viu. Acho que sei qual é a próxima parada dele.

132

Uma semana depois, à sombra da bela igreja missionária de San Xavier del Bac, a trilha a levou por extensões de dunas endurecidas, planaltos e morros, os laranjas e cinzas do saguaro.

Saint via hematomas e sangue; ouvia gritos e esperneios; sentia o cheiro da colônia de Jimmy, então abriu a janela para mudar de ares.

Ela dirigiu o sedã por terras cobertas de prata, sobre as quais havia aprendido na escola, a vida agitada da fronteira, os mineiros e fazendeiros e o Salt River. Ela se hospedou em um pequeno hotel na cidade de San Carlos, em frente ao Chase Bank. Durante três dias, ficou sentada perto da janela, com o sol amortecido pelo toldo desbotado. Rangia os dentes, dormia de mau jeito na velha poltrona, às vezes via o rosto de Jimmy tão real que esfregava os olhos até que só restassem as cores. Ela se comunicava com Norma e dizia que estava ocupada quando ela percebia sua conversa fiada e exigia saber o que estava acontecendo com ela.

E então, na calmaria de uma manhã de terça-feira, quando ela saiu do banheiro embaçado, o rádio tocou. Ela desceu as escadas correndo e foi para a rua.

Saint chegou bem antes dos policiais locais, falou com um caixa abalado que contou a mesma história que ela estava acostumada a ouvir, só que dessa vez ele havia perseguido o garoto na frente da casa, viu-o entrar em um Chevy velho e seguir na direção da Apache Trail cinco minutos antes.

Ela entrou em seu carro, ligou o motor, engatou a marcha e abriu a janela rumo às histórias das Montanhas Supersticiosas. Saint agarrou o volante com força enquanto a estrada serpenteava e subia ladeiras tão íngremes que seu estômago revirava.

O rádio crepitou ao passar por um barco a vapor no Canyon Lake, mas ela o desligou, com os olhos fixos na trilha. Passando por Tortilla Flat e com o espírito dos foras da lei, depois que terminou o asfalto liso em Fish Creek Hill, ela seguiu sacolejando pela estrada, diminuindo muito pouco a velocidade, apesar das descidas íngremes e da ausência de proteção na pista.

E então, a no mínimo dezesseis quilômetros de qualquer lugar, ela saiu da pista e estacionou na terra atrás da picape.

Ele ficou parado sob a luz do sol, com o mundo se descortinando à sua frente, de costas para ela, mas ela manteve certa distância dele.

— A estrada acaba daqui a trezentos metros. Mas tem mais alguns zigue-zagues — ele disse, e então se virou. E pela primeira vez em muito tempo, Saint olhou para o rosto bonito do garoto pelo qual ela havia dado tudo de si.

Ele parecia mais alto, bronzeado, seu cabelo quase dourado. E quando ele sorriu, ela precisou de muito esforço para não voltar atrás.

— E aí, Saint.

Ela sacou a arma com firmeza, com a mente focada em seu treinamento.

— E aí, garoto.

Ele olhou para a arma, o sorriso substituído por tanta tristeza que ela quase quebrou novamente.

— Eu gosto quando você me chama de garoto. Isso me faz sentir que ainda dá tempo.

— E dá.

— Estou chegando mais perto — disse ele. — Eloise Strike. Acho que ela pode ser minha Grace. O nome e o olhar dela. Seu pai ouve Johnny Cash.

— Assim como o pai de Callie Montrose. E mais cem milhões — ela disse, percebendo a frieza em suas palavras, mas ainda assim ele sorriu.

Ao longe, colinas verdejantes irrompiam através do paredão alaranjado das formações rochosas, o céu tão claro que ela quase não conseguia respirar de admiração.

— Está vendo aquelas famílias no lago, Saint?

— Claro.

— Crianças com mapas do tesouro, procurando ouro de tolo. Percebo sorrisos. Talvez eu não os tenha visto antes. Eu preciso vê-la sorrir. Apenas uma vez. E então eu vou seguir meu caminho, vou ficar na minha e não vou incomodar ninguém de novo. Eu só preciso ver o sorriso que eu costumava ouvir. Porque se ela conseguir isso, apenas uma vez por mim, então eu saberei, certo?

— Eu vou ter que prendê-lo, Patch.

Ele olhou para ela.

— Eu não peguei mais do que eles vão perder. Essas instituições de caridade, Saint. Que não têm o suficiente. Eles não vão encontrá-la se não tiverem um mínimo de dinheiro.

— Não funciona assim, garoto.

O sol o dourou.

— Eu te vi há alguns quilômetros... por esta estrada — ele disse, e coçou a cabeça, a camisa subindo, os músculos do abdômen definidos. Ele usava um tapa-olho azul.

Ela fez tudo o que pôde para não ver o garoto nele, como eles correram juntos no dia em que ele a ensinou a rastrear veados de cauda branca. O distintivo dela pesava demais.

Ele deu um passo na direção dela.

— Por favor — disse ela.

Então, ele viu o rosto dela mais de perto.

— Minha nossa! — exclamou ele, com tanto zelo, tanta preocupação.

Ela percebeu que não podia mentir para ele.

— Eu disse ao Jimmy que tinha abortado o bebê dele.

Ele olhou para ela, os hematomas e inchaços persistentes, não importava quantas compressas de gelo ela colocasse, como se sua pele fosse mais frágil do que o normal.

— E *ele* fez isso com você?

Ela viu aquela escuridão nele, e ergueu a mão para trazê-lo de volta.

— Eu mereci. A distribuição de tarefas. É o que mantém nosso mundo sob controle.

— Saint...

Sua mão pousou suavemente atrás do pescoço dela. Ela não sentiu nada além de acolhimento.

Ela se aconchegou nele e fechou os olhos, e pela primeira vez desde aquele ocorrido sentiu-se ligada a algo, sentiu-se em casa.

Eles ficaram ali juntos, e Saint deixou que ele a abraçasse, e ela pensou no que havia feito e soluçou em seu peito. Acima deles, um falcão de cauda vermelha circulava e, quando ele guinchou, ela o empurrou para trás.

—Você tem que se virar e colocar as mãos para trás.

Sua voz se conteve.

— A pista dá uma piorada. Você não pode ir muito rápido por ela, não se tiver um mínimo de cuidado com sua vida. Você merece tudo de bom, Saint.

—Vire-se e coloque as mãos para trás.

— Eu não posso fazer isso.

— Ela está morta.

Ele a observou.

— Tooms a matou. Ele me disse. Ele a enterrou no Thurley State Park. Não vou dizer mais do que isso.

—Você está mentindo.

As lágrimas dela começaram a cair.

—Você sabe que não. Eles vão acrescentá-la à sentença dele. De toda forma, ele já está condenado à morte.

Ele balançou a cabeça.

— Mentirosa.

— Por favor, Patch.

— Não posso deixá-la de novo. Eu não vou.

— Por favor — disse ela baixinho. — Se não for eu, será outra pessoa. Alguém que não te vê como eu vejo. Só pelas coisas que você fez e pode vir a fazer novamente.

—Você é forte o bastante. Faça o que tiver que fazer.

Ele sorriu novamente, desta vez menos efusivo, e em seu rosto ela viu tudo o que ele havia perdido. Ela pensou em Misty e nos garotos de sua classe, garotos que haviam ido para a faculdade, para empregos, para uma família e para tudo o que *ele* merecia.

Ela sussurrou:

— Por favor, por Deus, não me obrigue a fazer isso.

E então ele se virou e correu para o carro.

Saint prendeu a respiração.

E puxou o gatilho.

Destino

1990

133

Saint estava sob a luz do sol, apesar da geada, cristais que brilhavam como joias na mais preciosa das manhãs. Ela dirigia um Bronco do ano anterior, um trambolho tão grande que sua avó lhe disse que ela parecia uma uva-passa em cima de um *monster truck*, mas, no fim, acabou valendo a pena, pois ela conseguiu cruzar sem dificuldades a rua toda branca quando caiu uma tempestade de neve.

A Penitenciária James Connor ficava em meio a campos de soja arados, uma construção baixa para que não pudesse ser vista da rodovia.

Fechaduras pesadas se viraram e ele apareceu.

Ela sorriu.

Ele sorriu.

Patch caminhou mancando um pouco. A bala passou por sua coxa, cortando o osso, mas errando todos os nervos e vasos sanguíneos importantes. O cirurgião disse que teve sorte. Patch sabia que a sorte nascia das horas de Saint passadas no campo de tiro, acertando o nove com os olhos fechados.

— Ei, Saint.

— Ei, garoto.

Ele abriu os braços e ela se envolveu neles, pressionou a cabeça contra o peito dele e apertou até que ele pediu misericórdia. Ele usava uma camisa cáqui, o cabelo cortado rente, o olho ainda brilhante.

Ela usava perfume, um pouco de maquiagem, seus óculos trocados por lentes de contato.

Eles percorreram esses quilômetros na Interestadual 44 com Patch observando caminhões e postos de gasolina que passavam, inclinando-se sobre torres de água e silos distantes de ferro contra um céu pálido. De vez em quando ela olhava para ele e lutava contra o desejo de perguntar se ele estava bem, porque ela não sabia como você poderia passar seis anos enjaulado e sair sem ter algum tipo de diferença.

Eles almoçaram numa lanchonete desorganizada, perto da Will Rogers Turnpike, onde pediram hambúrgueres e batatas fritas, e ela não pôde deixar de pensar em todas as coisas, importantes ou não, que ele havia perdido. Ele havia emagrecido um pouco, mas era ainda tão bonito que a garçonete acrescentou um sorriso enquanto pegava o pedido.

— Como está Norma? — perguntou ele.

— Na mesma.

Saint tentou visitá-lo mais de uma dúzia de vezes, mas Patch não a recebia nem respondia suas cartas, embora ela continuasse a escrevê-las. Cem páginas de nada, de contar a ele sobre sua pequena vida, de como ela havia sido promovida a agente especial de supervisão, o que não significava muito mais do que ganhar o suficiente para alugar um apartamento maior. Contou sobre como mudou de departamento e trabalhou com fraude por dois anos, encerrou um caso importante, lidou com dezenas de acusações e apelos. Como ela subiu os degraus de pedra e entrou no tribunal na State Avenue e assistiu a um jovem juiz distribuir sentenças que levariam muitos a morrer na prisão. Como ela sabia que tinha feito uma coisa boa, mas sentiu um distanciamento frio.

Ela escreveu sobre como pensou em conseguir um animal de estimação, talvez um Maine Coon ou um Ragdoll, mas ficou apenas com um pequeno aquário. Como ela voltou a tocar piano. Pensando agora, não ficou surpresa por ele não ter respondido.

A algumas centenas de metros da linha do Kansas, eles quebraram as ondas de uma tempestade de neve que os levou ao Missouri.

— Eu vi você no jornal — disse ele.

— Eu vi você em alguns também.

Ele sorriu.

— Eles me chamaram de pirata.

— Chamaram mesmo.

— Os homicídios de Gower. Você trabalha com assassinatos agora?

— Sim.

Ela não tinha pressionado tanto o Himes, só disse que queria fazer algo significativo. Ele entendeu. Sabia que, na verdade, ela queria se manter mais conectada à garota morta desaparecida.

— Havia um aparelho de televisão — disse ele, enquanto mantinha o olho no monte de neve. — Eu vi, sabe. O Hubble rompendo o céu. Alguns caras gritaram quando aquele muro caiu na Alemanha.

— Por quê? — ela perguntou.

— Prisioneiros não gostam de paredes, Saint.

— Sei.

— Pensei um pouco em Monta Clare, Misty e... Droga, éramos tão jovens, né? Quando tudo aconteceu, éramos todos tão jovens. Eu vejo todos aqueles meninos indo para o Iraque, como se não tivéssemos aprendido nada com...

Ela freou ao ver um trator, sabia que a mente dele havia encontrado com seu pai.

— E então eu estava sentado lá quando o repórter cortou para um tribunal... o homem estava algemado, com a Bíblia descansando em seu colo. Estávamos todos assistindo porque algo estava mudando, sabe. As pessoas que disseram ser inocentes, que eram a maioria, ficaram sentadas em silêncio depois. Tommy Lee Andrews.

Ela não conseguiu evitar que a preocupação chegasse ao seu rosto.

— DNA — ele disse.

Ela ficou quieta por muito tempo.

— Podemos voltar — disse ele.

Ela limpou levemente a garganta.

— Eu disse uma vez que nada de bom poderia vir de tudo isso.

— A fazenda Tooms ainda está de pé? — perguntou ele.

— Está vazia. Ninguém vai comprá-la depois do que ouviram. O banco é dono da terra.

Ele se inclinou para trás e, por um momento, ele tinha quatorze anos e Nix estava levando-os de volta do hospital, suas esperanças ainda agarradas às margens.

— A cor se foi — disse ele, e ela esperou que ele continuasse. — Quando penso no passado. Sei que houve verões, mas não me lembro de uma época em que não estivesse frio, em que não fosse inverno. Eu escrevi para Tooms novamente.

—Você escreveu para o juiz também — disse ela, porque Heinemann a chamou.

— Raro que uma vítima testemunhe em nome do agressor.

— Quase tão raro quanto uma policial testemunhando em nome de um ladrão de banco, depois de ter atirado nele.

Saint sorriu.

— Se Tooms morrer, ele a leva com ele — disse Patch.

— Ele não sabe onde a enterrou.

— Besteira.

— Se não encontrarmos nada de novo, o que acontecerá? — ela perguntou, e ele podia ouvir a maneira como ela prendia a respiração levemente.

— Um fio de cabelo. Algo que nos dê uma chance. Eloise Strike. Seu pai, Walter, me escreveu. Disse que sua esposa faleceu, então agora ele não tem motivo para não começar a procurar novamente.

— O que ele vai encontrar? — ela perguntou.

—Talvez nada. Talvez seja o que o impede de morrer também. A esperança é...

— Esperança é expectativa. Qualquer um que diga menos está mentindo para si mesmo.

Enquanto dirigiam para Monta Clare, ele olhou para as ruas como se esperasse que algo tivesse mudado.

— Minha avó cuidava do quintal... e pintamos as janelas no verão passado —

disse ela, calada enquanto eles entravam na Avenida Rosewood.

Ele pegou a pequena mão de Saint.

— O que você disse durante o julgamento, e depois do que você passou. Tentando me manter por perto. Eu não sobreviveria numa prisão do Texas.

— Charles Vane incendiou um membro de seu próprio bando e o enviou contra as forças do governador Rogers durante um duelo brutal. Sangue de pirata. Você cai lutando.

Ele sorriu.

— A gente cai lutando, garoto.

— Roubando minhas falas.

Ela olhou para a velha casa, ainda de pé, a única praga naquela rua, naquela cidade.

— O que aconteceu com ele? — perguntou Patch.

— A mesma coisa que acontece com todos os piratas.

— Não gosto das minhas chances, Saint. — Ele saiu do carro, parou e se virou.

— Edward Low. Temível. Alguns acham que ele foi enforcado na França. Mas uma história diz que ele escapou para o Caribe e passou seus dias na praia, no paraíso.

Ela parou no início do caminho enquanto ele caminhava até a porta, e sentia isso cada vez que ele mancava.

— Patch.

Ele se virou.

— O que eu disse sobre a esperança… Ainda espero que você encontre seu paraíso. Completa e absolutamente.

134

O inverno lavou Monta Clare com resolução; o céu branco se confundia com a copa das árvores brancas, e a cidade parecia um brinquedo em que flocos de neve ficam flutuando, independentemente da hora.

Naquela primeira semana, ele não saiu da velha casa, apenas removeu os lençóis empoeirados e abriu as janelas para arejar, mas estava tão frio que passou a usar o sobretudo de gabardine do pai, boné de caçador e luvas sem dedos.

— Que merda de modelito é esse? — disse Sammy, quando entrou e foi decantar uma garrafa de Glen Grant que ele estava guardando, servindo dois copos.

Na sala de estar melancólica, Sammy olhou em volta.

— Que lugar sem vida! Se eu tivesse uma arma, explodiria meus miolos apenas para trazer cor à decoração.

—Vou buscar a Smith do meu pai para…

Sammy se sentou numa cadeira de jardim de vime e a quebrou por completo, xingando enquanto implodia, seus pés chutando para o alto à medida que ele foi caindo de bunda, embora tenha demonstrado um controle impressionante ao manter o copo nivelado. Patch riu tanto que teve que ir para o quintal para aliviar a dor no estômago.

—Você precisa comprar alguns móveis.

Com isso, ele tirou um cheque do bolso e o colocou no balcão da cozinha.

—Vendi uma pintura.

Patch tentou protestar, mas Sammy levantou a mão para apaziguá-lo, com o dedo médio erguido para que não houvesse margem para discussão.

—Você disse para cuidar da casa. Impostos.

— O que você vendeu?

— Relaxe. Nenhuma das garotas. Eu vendi o gelo.

Patch fechou os olhos e viu, as duas figuras disformes, Sirius lançando a única luz no lago congelado enquanto uma dúzia de cores chovia ao redor deles, da esmeralda mais brilhante ao cobalto mais frio, embora os dois pudessem ver apenas um ao outro.

— Quem comprou?

— A mesma mulher em Jefferson City. Eu tive sete lances.
— Você acha que um dia vou conseguir comprá-lo de volta?
— Não. Você pinta outro.
Ele balançou a cabeça.
— Então, pelo menos, venha recolher a correspondência.
— Claro, Sammy.
— E essa merda.
Sammy apontou com a cabeça para as duas grandes bolsas que ele carregava. Fitas de vídeo. Notícias obtidas dos últimos seis anos.
— Você que fez? — perguntou Patch.
Sammy fez um gesto de indiferença.
— Eu estava transando com a garota do Canal 7. São arquivos. Tive até que levá-la para jantar. Ninguém merece.
— Obrigado por tamanho sacrifício — disse Patch.
Sammy se levantou e esfregou a lombar, praguejando contra o que restava da cadeira e contra Patch.
— E aí? Como foi a prisão? Seu cu ainda está intacto?
Patch franziu a testa.
— Recebeu os presentes que eu enviava todo Natal? — Sammy perguntou.
— Os guardas pegavam o queijo.
— *Beaufort d'été*. O príncipe dos *gruyères*. E o sashimi?
Patch negou com a cabeça.
Sammy ergueu as mãos em desespero.
— Nem a porra do Wagyu?
— Você sabe que eles não deixam cozinhar a própria...
— Diretor do caralho. Proporcionei um banquete para aquele desgraçado seis anos seguidos. Agora, quase me sinto mal por adicioná-lo à sua dívida.
— Quase.
Sammy bebeu três copos.
Patch o acompanhou até a porta.
Sammy pigarreou e falou:
— É bom...
— Eu sei.
— Quero dizer. Esta cidade sem...
— Tranquilo.

135

Patch saiu para passear quando a cidade ficou em silêncio e a neve suave solidificou. Ele evitou a rua principal, manteve a cabeça baixa e respirou aquele ar livre tão fundo que seu peito queimava com o frio. Na prisão, ele conversou com um velho chamado Terrence Roots nas semanas que antecederam sua saída; ele teria cumprido os quatorze anos inteiros se Saint não tivesse aparecido nas audiências da condicional, elegante em seu terno, com seu título impressionante. Patch não havia saído de sua cela, mas Roots explicou tudo e o preparou para voltar, como se ele estivesse prestes a enfrentar uma atmosfera tão hostil que talvez quisesse voltar para onde estava.

Ensinaram-lhe sobre a importância de buscar mentores, construir relacionamentos essenciais, localizar recursos e servir aos outros. Roots falou sobre desenvolver rotinas diárias, como se os milhares de dias de hábito ainda não tivessem deixado marcas. Encontrar ajuda, evitar problemas. Patch assentia quando necessário, anotava o que precisava ser anotado, mas não dizia ao homem, ao juiz ou ao oficial de condicional que não precisavam se preocupar com ele, que seu propósito tinha morrido de vez naquele primeiro ano, quando ele ficava acordado todas as noites em sua cama, estendendo a mão e não conseguindo encontrá-la. Ele havia lamentado a morte dela em silêncio, de forma completa. Saint telefonava todas as noites, e ele fazia questão de dizer que estava indo bem, sorria enquanto falava, porque um dos seus companheiros de cela concordou que, de fato, era possível ouvir um sorriso.

Ele trabalhou na entrada da garagem, abriu um caminho pelo gelo e começou a quebrá-lo com o salto da bota.

Saint abasteceu seu freezer com pratos e instruções claras de como aquecer cada um deles. Ele comeu frango frito, hambúrgueres de salmão, bolo de carne, costeletas de porco e pudim de banana.

Sammy apareceu com outra garrafa, uma Martell Very Old Pale 1950. Ele serviu dois copos e bebeu os dois, depois abriu uma garrafa de Courvoisier para Patch e terminou o próprio Martell.

—Você não sentiria o gosto certo com essa sua língua de prisioneiro.

Ele estava tão bêbado que Patch o ajudou a voltar para a galeria, sua primeira viagem à rua principal, que não havia mudado muito desde que ele estivera fora. Algumas lojas foram substituídas por outras que ele não conhecia. Ele levantou a gola do casaco e passou pela porta enquanto Sammy desabava em uma poltrona e apagava por completo.

Foi só quando Patch acendeu as luzes fortes que ele as viu.

Cada garota contra a alvenaria, emoldurada e pendurada com tanto cuidado e talento. Por um longo tempo ele não se moveu, apenas olhou como se tivessem sido dragadas de um naufrágio de memória há muito afundado. Ele andou entre elas, com medo de fazer eco, eram quatorze delas. Sammy não se livrou delas, não abriu espaço para pinturas que pudesse vender. Patch se foi de Anna May para Lucy Williams, Ellen Hernandez para Mya Levane. Somente em Eloise Strike ele parou e olhou nos olhos dela e procurou sua Grace. E em Callie Montrose, ele estendeu a mão e parou pouco antes de acariciar seu cabelo.

Por duas horas, ele percorreu pelas gravuras que simbolizavam mais de uma década de sua vida. E então ele viu o saco de correspondência, enviado para a galeria que continha suas pinturas, dos pais dos desaparecidos, desesperados para encontrá-lo.

Ele pegou uma manta de sarja de seda, a estampa de diamantes de algum arquivo italiano lendário, e gentilmente a colocou sobre o amigo.

—Você fez uma coisa boa, Sam. Mas agora acabou.

136

Na velha casa, ele vasculhou uma coleção que gritava sobre sua loucura, itens que ele não via há dez anos, que costumavam aproximá-lo de Grace.

As prateleiras se curvaram com *a Time*, jornais locais e recortes. As paredes forradas com mapas antigos, ruas coloridas com caneta marca-texto e, ao lado delas, recortes de uma dúzia de catálogos, Junior Bazaar, Misses Fashion, Sears. Roupas remendadas a partir de trechos de conversas que lhe ocorreram principalmente na calada da noite, quando ele acordava com tanta urgência, descia as escadas e escrevia em diários que chegavam perto de cinquenta. Palavras que não combinavam muito. Xadrez, solto, esmeril, baunilha. Ele os interpretou de maneiras diferentes em dias diferentes; às vezes, sons ou cheiros e visões. Ele cortou rostos de revistas, juntou-os a penteados de jornais; às vezes, mudava a cor dos olhos com o tom de um pincel.

Ele não sabia se era aquela certeza pesada de que ela tinha partido ou o fato de olhar para sua tolice com uma mente afastada, mas reuniu as coisas, arrancou tudo das paredes de seu antigo quarto e encheu uma lata de lixo de metal no quintal. Ele pegou uma lata de gasolina na garagem e encharcou tudo completamente e incendiou suas memórias.

Enquanto respirava a fumaça e fechava os olhos, ele se viu de volta lá, as chamas iluminando outro momento em que ele pensou que passaria a eternidade na escuridão.

— *Acorde* — *ela gritou.* — *Porra, acorde, Patch. Vou tentar puxá-lo para fora. Vou tentar mantê-lo comigo.* — *Ela tossiu, engasgou-se e puxou seus braços.* — *Eu não sou forte o suficiente para salvá-lo. Eu não sou forte o suficiente para fazer nada disso sem você.*

E só quando a fumaça se contorceu em sua ascensão ele olhou para cima através de suas lágrimas e procurou o céu noturno que ele não notava há tantos anos.

137

Saint voltou para Monta Clare e o arrastou de uma casa velha para outra, onde ele se sentou com a avó dela na varanda e ouviu a velha alternar entre soprar gaita e fumar um cigarro, uma vez perdendo o ritmo e enviando uma nuvem de fumaça pelo bocal. Norma tossiu com tanta força quanto Patch riu, até que Saint saiu para a varanda congelada e brigou com os dois, porque a vizinha tinha um bebê recém-nascido e não queria uma idosa e um prisioneiro acordando a todos.

Às vezes, ele se sentava e ouvia Saint tocar piano, e só nesses momentos ele sentia alguma coisa.

Naquele primeiro mês, sua vida zumbiu, não alcançando um rugido, mas Saint e Sammy evitavam que caísse num sussurro. A neve permaneceu e, em pouco tempo, eles estavam se aproximando do recorde de 1978; crianças pressionando seus rostos nas janelas todas as manhãs, torcendo para que o antigo sistema de aquecimento da Escola Monta Clare não desse conta do recado. Os termos de sua liberdade condicional significavam que ele tinha que encontrar um emprego remunerado, então ele passou a ficar na galeria num reflexo do tempo passado, só que agora as pessoas entravam e olhavam para seu trabalho. Às vezes perguntavam sobre o preço, e ele respondia as direcionando para outra galeria há oitenta quilômetros ao sul dali, que continha peças melhores.

— Estou adicionando cada venda perdida à sua dívida — disse Sammy.

— Qual é a contagem?

— Duzentos e quarenta e sete mil dólares.

Do fundo dos pulmões da galeria, ele observou os primeiros brotos da primavera quando o grande degelo começou.

Na loja de conveniência de Green, ele pegou o café especial que Sammy pediu e, ao lado dele, observou uma garotinha loira roubar uma barra de chocolate e enfiá-la no bolso.

—Você será pega fazendo isso — disse ele.

Ela inclinou o queixo pequeno para cima.

— Foda-se.

Ele se agachou.

—Tenta enfiar pela manga da roupa, garota — ele sussurrou.

Ela observou de perto enquanto ele demonstrava, notou a facilidade de sua técnica e o observou sair.

Ele parou no beco ao lado, a memória foi tão forte que ele pressionou a mão contra o estômago. Enquanto caminhava, viu um aglomerado de pastemon roxa brotando de um vinco no concreto e notou as trombetas violetas, a garganta branca que chamava o verão. E então, pela janela da costureira, ele a viu.

Ela estava ao lado da mãe e, embora usasse um chapéu de lã de carneiro cor creme, ele viu a nuca dela, o branco pálido de seus braços, sua cintura fina.

Ele ficou hipnotizado, sem ouvir a passagem do tráfego.

E então ela se virou.

Ele quase havia se esquecido de como o sorriso de Misty Meyer poderia desacelerar seu mundo.

138

Os limpadores de para-brisa não conseguiam dar conta do aguaceiro naquela manhã.

A chuva martelava o teto da caminhonete enquanto ela parava em frente à pequena casa. Saint correu pela entrada da garagem e o viu no banco; a copa da árvore o protegia o suficiente, embora a chuva ainda caísse continuamente sobre seus ombros, escurecendo sua camisa.

— Você sabe que está chovendo — disse ela, sentada ao lado dele.

— É hoje? — Nix disse.

— Sim.

— E você espera encontrar…

— Eu nem sei. Algo dela. Algo que nos dê um nome. Um passado. Uma identidade.

Nix bebeu seu café, olhando para a árvore e as raízes como se fossem algo sagrado. Saint olhou em volta, e mesmo na chuva era lindo, como um refúgio do mundo exterior.

— Como faço para lidar com isso? — ela perguntou.

— Você sempre sabe, Saint.

— E, ainda assim, sempre pergunto para você.

— Você encontra algo, e o garoto sai correndo atrás da história dela. Seus antecedentes. Você não encontra, e ele vai dar um jeito de continuar investigando. Eu costumava achar isso loucura.

— E agora?

— Agora eu acho… Se ele a ama, se ele se importa tão profundamente assim, não é nem mesmo uma escolha a fazer.

— Você já se sentiu sozinho? — ela perguntou.

Ele observou o céu através das árvores.

— As memórias são suficientes. Talvez você diga isso ao garoto.

— Minha avó diz que você reza uma hora por semana. Antes do início do serviço. Pelo que você pede?

Ele bebeu um gole de café e ela sentiu o cheiro de caramelo, flores e fumaça amarga.

— Peço compreensão.
— Pelo quê?
— Pelas coisas ruins que eu faço.
Ela não conseguia imaginá-lo fazendo uma única coisa ruim.
— Não te vejo mais na igreja — disse ele.
Ela sorriu, mas era um sorriso amarelo.
— Não tenho certeza se sou bem-vinda...
— Jimmy Walters não decide a quem pertence à igreja, Saint.

A mãe de Jimmy contou à cidade de Monta Clare o segredo de Saint. Que ela havia acabado com uma vida. Que ela havia quebrado um pacto com Deus. Norma não tinha falado muito com ela naquele verão.

— Eu rezo em casa. Às vezes, à beira do lago. Eu não me ajoelho ou junto minhas mãos, mas digo o que precisa ser dito — ela disse.

Ele estendeu a mão e deu um tapinha no joelho dela.
— Você é uma boa pessoa, Saint.
— Diga isso à minha avó.
— Ela te ama.
— Ela ama. Só que menos agora.
— Isso não pode...
— Eu testo a fé dela — disse Saint.
Ele sorriu.
— Os melhores sempre fazem isso.

139

Nas trilhas de lama, Saint viu uma única van branca.

Três mulheres estavam vestindo trajes forenses.

Patch apareceu, embora ela tivesse dito a ele para não fazer isso, e ele ficou bem atrás entre as árvores ainda esparsas da ressaca do inverno.

A velha casa de fazenda Tooms permaneceu firme; resistiu a tempestades maiores do que proprietários errantes. Construída um ano antes do tornado de St. Louis em 1896, que tirou algumas centenas de vidas. Saint havia reivindicado a propriedade por nenhum motivo além do fato de Tooms se importar tanto com um prédio e tão pouco com a vida humana.

Terras distantes se tornaram selvagens; pequenas flores desabrochavam; ao longe, o capim alcançava dois metros de altura antes de se afinar em direção às bétulas brancas, com troncos como leite que erguiam braços já começando a ganhar cor.

Saint olhou para a casa com admiração, as tábuas de madeira escuras como se tivessem acabado de ser envernizadas. Os hectares ao redor ainda pareciam cuidados, como se alguém estivesse esperando o retorno da vida ao solo em pousio pela história mais triste.

Ela não seguiu a equipe para dentro da casa, ficou para trás e os deixou trabalhar. Ela sabia de uma onda crescente de condenações sendo anuladas; sete no corredor da morte tiveram seus futuros restabelecidos graças a sequências que ela não entendia completamente. Himes contou a ela sobre dupla hélice, instruções genéticas e marcadores moleculares.

Eles trabalharam a maior parte daquele dia antes de partirem para a parte subterrânea.

Saint se sentou no Bronco, olhou no espelho e o viu lá, mas não o chamou, sua presença por si só era uma bandeira vermelha que poderia ser hasteada caso algo acontecesse algum dia. Ela não sabia como eles vasculhavam tantos restos humanos, atribuindo cabelos a cabeças, pele a corpos.

Quando terminaram, ela observou a van pressionar o cascalho profundamente enquanto seguia as árvores e se curvava para a estrada.

—Você ficou lá por sete horas — disse ela, enquanto ele se aproximava, aquele leve mancar ainda preso em sua garganta.

— Quando você terá notícias?

Ela deu de ombros porque não sabia. Foi um ato construído com favores que ela um dia teria que retribuir.

Eles se sentaram numa rocha escorregadia, os joelhos se tocando enquanto ela servia café de uma garrafa térmica; o preto e amargo deixando suas bocas secas.

Ela se inclinou e pegou uma folha de magnólia, inspecionou-a e a colocou cuidadosamente no bolso.

A garoa fraca não os incomodava.

— Pode ser isso — disse ele.

— Se ela estiver no banco de dados. E se não...

Ele segurou o plástico e respirou seu vapor.

— Eu só quero me despedir. Talvez encontrar sua família. Eu não sei.

— Compreendo.

Ele precisava encerrar um capítulo que já havia se estendido por tempo demais.

140

Patch olhou para a casa de perto pela primeira vez. Procurou por rachaduras que vazavam sangue, esticou os ouvidos para o eco de seus gritos.

— Eu não consigo ver nada disso. E eu sei como isso soa... mas eu só...

— Você viu Misty desde que voltou? — ela perguntou.

— Vamos sair hoje à noite.

Na semana anterior a que foi solto, Saint estava sentada no salão enquanto a mulher clareava o cabelo. Ela tinha ido ao salão de beleza, comprado maquiagem e perfumes novos e até alguns vestidos. Estava em forma, seu corpo magro, seu rosto agarrado à juventude. Ela atraia olhares de homens, comentários de idiotas.

— Eu fico de olho nela quando estou na cidade. Talvez ela não ande mais pela Rua Principal. Agora eles têm aquela loja de departamentos em Palmer Valley, com vestidos chiques e tudo mais.

— Sammy me contou o que a mãe de Jimmy fez.

— Eu sou a primeira mulher a se divorciar em Monta Clare.

— Norma deve estar orgulhosa.

Saint pensou em sua avó. Em como ela parou de pedir que ela frequentasse a igreja todos os domingos. Algo que doeu mais do que aquele dia fatídico. Saint pensou no verão seguinte, como ela não havia retornado a Monta Clare, recusando-se a deixar sua avó ver os hematomas, a maneira como sua mandíbula estalava quando ela comia, a maneira como seu corpo havia se esvaziado. Como ela havia tirado um período sabático de seis meses, só saía de seu apartamento para dar um passeio todas as manhãs. Ela leu, assistiu à televisão e cozinhou. Falou com Norma ao telefone e disse que estava ocupada demais para voltar. O verão mais difícil de sua vida. E havia muita competição nesse quesito.

— Ainda somos jovens — disse ele.

Ela colheu a flor de uma margarida-amarela e se perguntou como ela havia sobrevivido.

— Você sabia que esta é a primeira flor a crescer após um incêndio ou desastre natural? — ela disse.

Ele pegou a flor e admirou suas pétalas.

— Somos fortes, não é?

— Compre um barco, Patch. Vá velejar pelo Oceano Índico.

— Por que não consigo senti-la... aqui? Por que não consigo sentir nada?

— Dissincronia circadiana. Uma falha de informação de luz. Os cegos não têm sentidos aguçados.

— Eu estava cego lá embaixo.

— Grace não estava. Ela viu o que viu. Ele a deixou sair e a prendeu de novo e ela carregou isso com ela. E o que ela viu... As pessoas dizem que é um horror inimaginável, mas todos nós podemos imaginá-lo. Você sofreu. Você sobreviveu.

— Em parte.

Ele cutucou um musgo da rocha até arrancá-lo com a unha.

— Eu te conheço, o quê? Há mais de vinte anos — disse ela. Numa árvore ao lado havia buracos forjados com um machado pesado, a seiva seca como dedos de verniz. Os amentilhos de amieiro preto circulavam a base como grãos de pimenta na mesa de um gigante.

—Você já viu Jimmy? — ele perguntou.

— Ele saiu da cidade. A mãe dele disse à minha avó que ele não suportava a vergonha.

— Você pensa no bebê? — perguntou ele. Ninguém havia perguntado isso a ela antes.

Ela não conseguia falar, então concordou com a cabeça.

Patch beijou o topo de sua cabeça.

Por muito tempo, eles deixaram o vento soprar sobre eles.

Ele se moveu em direção à área subterrânea da casa antes que ela pudesse detê-lo. Antes que ela pudesse chamá-lo, dizer que não valia a pena. Nunca valeria a pena passar por isso novamente.

Ela escorregou na lama, xingou a chuva e desceu os degraus atrás dele.

Ele ficou em silêncio no centro.

Sob seus pés estava o concreto sobre o qual ele poderia ter se deitado.

Saint então entendeu.

Ele morreria assim que soubesse como Grace vivia.

— Feche a porta — disse ele.

Ela balançou a cabeça.

— Por favor, Saint.

Ela fechou a pesada porta da escotilha e prendeu a respiração.

E ela ficou ao lado dele.

E ela viu seu olhar, por um momento confuso, e então algo mais claro. Ela entendeu, porque a sala não estava escura, a luz se estilhaçava de mil frestas no ambiente, cortando tudo o que eles achavam que sabiam.

Por um longo tempo, ele caminhou pela área, traçando as paredes com os dedos. Ele andou de um lado para o outro, os olhos dela nele enquanto ele contava em voz alta.

— É muito maior — disse ele.

Ele se ajoelhou e tocou o chão, olhou em volta como se pudesse ver o que não tinha sido capaz de ver.

Ele se levantou e se virou para ela.

— Você acha que Tooms me pegou e me deu a Aaron.

— Eu nunca disse isso.

— Então me diga o que você pensa.

— Não sei o que pensar. Nada está claro. Pode ser que Aaron tenha levado você direto para a casa da fazenda. Talvez tenha sido só Callie Montrose que foi mantida aqui. Ou talvez encontremos DNA que nos faça entender que outras garotas estiveram aqui. Ainda existem perguntas que talvez não consigamos...

— Mas Tooms estava lá naquela manhã em que fui levado. Nos mesmos bosques. A menos de cem metros de onde aconteceu.

— Procurando por um cachorro — ela disse. E mesmo assim, para ela, não parecia certo.

— Grace também não estava aqui — disse ele.

Ela olhou para ele e estava prestes a raciocinar, mas sabia que não adiantaria nada.

— Não consigo sentir nada, Saint. Eu nunca estive aqui.

141

Misty usava um vestido azul e pérolas, o cabelo preso, as maçãs do rosto altas sob os olhos felinos que pareciam divertidos enquanto ela olhava em sua direção.

— O ladrão de bancos em pessoa — disse ela.

—Você disse à sua mãe com quem iria jantar esta noite?

— Ela me disse para tomar cuidado com a minha bolsa.

Ele a seguiu até o Lacey's Diner, onde eles pegaram uma cabine nos fundos. Ele olhou em volta para os bancos de couro verde, o balcão cromado e o piso quadriculado.

— Não consigo decidir se este lugar está diferente ou se eu que estou — disse ele.

— Iluminação nova — disse ela.

— O lugar, então.

A própria Lacey se aproximou, disse que era bom vê-lo, embora não sorrisse enquanto dizia isso.

Ele pediu uma banana split, o que fez Misty revirar os olhos enquanto ela beliscava camarões com grits.

Ele lançava olhares furtivos para o rosto dela, mais magro agora. Sua pele mais pálida.

Ela contou a ele como havia abandonado a faculdade, como a vida é cheia de reviravoltas.

Patch disse a ela que sentia muito.

Ela contou a ele que seu pai morreu um ano atrás enquanto jogava golfe ao lado dos Ozarks. Que seu coração não era tão forte quanto seus princípios, sua crença num bem maior que, às vezes, só ele podia ver.

Patch disse a ela que sentia muito.

— Faz pouco tempo que voltei para Monta Clare. Para passar algum tempo com minha mãe. Às vezes, parece que você pode desacelerar um pouco a vida nesta cidade — disse ela.

— E é isso o que você quer?

— A vida passa muito rápido.

Ela pagou a conta antes que ele pudesse, e lá fora o sol já havia se posto, tingindo o céu com tons de tinta.

— Boa noite — ela disse, e ele não a alcançou até que ela chegasse ao topo da rua principal. Diante da silhueta da Serra de St. François, o contorno recortado contra um horizonte que ele um dia desejou cruzar. Um novo relógio fixado no antigo prédio que abrigava os escritórios de advocacia Jasper e Coates lhe dizia que eles haviam passado apenas uma hora juntos.

— Sinto muito — ele falou mais alto.

Misty parou, de costas para ele. Ao lado dele, as luzes das janelas da Livraria Monta Clare iluminavam capas de livros que ele não conhecia.

Ela se virou.

— Isto é o que você sempre quis, certo? Eu do meu lado da rua.

Patch saiu para o meio da estrada.

— Você sente muito pelo quê? — ela perguntou.

— Por ter te deixado.

— Você acha que me arrependo daquela noite?

Ele se perguntou como ela não se arrependeria. Ele se perguntou como ela não poderia se arrepender de cada momento que desperdiçou com ele, cada vez que segurava sua mão vazia, preparava comida intragável para ele e se juntava à sua busca por uma garota morta.

— Minha mãe... quando ela viu que você estava de volta à cidade. Quando ela soube que eu estava te encontrando hoje à noite. Ela me contou o que meu pai fez.

Atrás dela havia uma nova loja que vendia tigelas de ferro, pratos de barro e frigideiras de metal. Ele viu panos de prato orgânicos e toalhas de linho e imaginou os casais que vinham ali em busca de peças melhores para substituir seus conjuntos básicos. Lentamente, trocando o temporário pelo permanente, o superficial pelo essencial. Ele soube, então, que o que havia tirado dos Meyers era mais do que dinheiro, mais do que uma chance de dar à mãe o que ela tanto buscava.

Ela parou no meio da rua.

— Diz pra mim que agora você está casada — disse ele, porque ela usava um anel simples no dedo anelar. — Diz que você mora nas colinas e faz caminhadas matinais com seu labrador. Seu marido é gentil e decente. Você tem dois filhos, mas um dia vai voltar a estudar e...

— Minha vida é boa, Patch. Mas minha mãe pensou que me contar me faria ver você.

— E fez?

— Eu sempre soube que não poderia competir.

— Não foi uma...

— Você está certo. Foi uma derrota esmagadora. Eu vejo isso agora.

— Quer dizer, tecnicamente nós dois marcamos pontos naquela noite.
Ela finalmente abriu um sorriso.
— Aff. Como posso ficar brava com o garoto que salvou minha vida?

142

Misty comprou uma garrafa de vinho no Green e, juntos, subiram a colina até a beira da estrada, sentaram-se na grama e olharam para o alto sobre a luz de Monta Clare, para a escuridão das montanhas, alinhadas como uma plateia esperando por seu bis.

— Eu sei que foi há muito tempo, mas nós nos amávamos, certo? Eu preciso saber disso.

Acima, eles observavam a chuva, os pedaços de rocha que viajaram um milhão de quilômetros apenas para morrer em seu mundo.

— Claro, Misty. Nós nos amávamos.

Ela estremeceu e ele deslizou o braço em volta dela, seu dedo deslizando pela curva de suas costelas.

Misty perguntou a ele sobre sua vida. Ele falou por um longo tempo. Ela engasgou quando ele falou sobre ter sido baleado por um guarda do Merchants National Bank, que mancou para a prisão e encarou uma sentença de doze anos. Como ele talvez não tivesse sobrevivido se não fosse por um agente penitenciário que impediu que tudo começasse, um homem grande em todos os sentidos. Ele contou a ela sobre a vida na prisão. Algumas noites, ele via lanternas sinalizando as novas câmaras de isolamento, porque alguns presos haviam tentado escapar e falharam, e agora seriam vigiados para que não pudessem tentar novamente. Quando completou oito anos de prisão, ele saiu de sua cela e viu um velho limpando o sangue derramado de um pulso recém-cortado. No banheiro comum, onde quarenta homens se lavavam, escovavam os dentes, tentavam não respirar merda dos banheiros.

Ele contou a ela como comia aveia e depois trabalhava na lavanderia industrial da penitenciária. Oito horas por dia; a cada mês cuidando de um milhão de libras em linho de hospitais e instituições vizinhas. Ele aprendeu a mexer no maquinário, a verificar as telas do filtro e as mangueiras de enchimento, trocar as correias e as escovas desgastadas e limpar as juntas.

O cardápio mudava com as estações, a comida nada mais era do que combustível depois de algumas repetições.

E então ele falou de Grace. Daqueles primeiros anos em que ele lamentava, quando todas as noites ele lia os livros de que ela havia falado. De Heathcliff e amor perdido para Holden Caulfield e sua revolta contra os hipócritas. Ele fechava os olhos e vagava pela ilha tropical observando os restos dos ideais selvagens de Ralph. Ria de Scout e ouvia Atticus Finch nos discursos mais nobres de Grace.

Mas era quando as luzes se apagavam e o sono não vinha, que ele sentia falta dela de verdade, e de Saint, e, claro, de Misty.

—Você pintou? — ela perguntou.

— Eu perdi a razão para pintar.

— Sinto muito que ela tenha partido.

— Eu penso sobre isso e não consigo ver. Tooms e ela. Parque Estadual Thurley... Saint levou os cães para lá. Uma equipe. Ela voltava todos os meses. Eu quero ir para lá. E não quero, ao mesmo tempo. Não acho que vou encontrá-la nem nada, mas preciso ver.

— Então vamos ver.

143

Misty dirigia um Mustang 1985, acionou o motor enquanto eles entravam na Interestadual 35. Ela usava botas, capa de chuva, cabelos loiros escondidos sob um chapéu de lã creme. Ela diminuiu a velocidade pelo rio Gold Run quando ele abriu a janela para penhascos altos e não ouviu nada, as esperanças há muito perdidas.

Eles pararam o carro ao lado de um cânion estreito e profundo, e ele imaginou Grace lá embaixo, seu corpo há muito devolvido à terra.

Misty reclinou o assento e fechou os olhos e, em pouco tempo, ele a ouviu dormindo.

Patch ficou acordado até o amanhecer, desceu do carro e olhou para a floresta pálida, as árvores finas em alguns lugares, o chão coberto de folhas como um cobertor colocado em cima dela. Patch sabia que tinha mais de quatrocentos mil hectares.

Misty pegou sua mão. As árvores se inclinavam com uma colina tão íngreme que tomavam um caminho mais longo, cruzando vigas caídas tão grossas quanto sua cintura. Tooms não soube dar mais detalhes além de que havia pegado uma das centenas de trilhas até que ela ficasse densa demais, então parou e cavou, tirou o corpo de uma jovem de seu carro, deixou-a na terra e jogou terra sobre sua pele.

Acima deles, um grande carvalho sustentava o céu de bronze em seus galhos. Patch procurou um riacho que brilhasse como vidro polido quebrado sobre rochas que caíam do leito para que os maçaricos tivessem um local para pescar.

As instruções de Saint tinham sido claras e vagas o suficiente.

Patch avançou pelos pinheiros, Misty um passo atrás.

Eles pararam perto da placa enferrujada.

— É aqui.

Ela respirou com dificuldade, então eles pararam por um tempo, botas na estrada de cascalho para todos os climas que há muito tinha fechado. Saint mapeou a área, transmitiu tudo o que Tooms disse e adivinhou a rota que ele havia tomado de Monta Clare, o lugar mais provável em que parou, a próxima estrada de acesso era a cerca de cento e dez quilômetros ao longo de rodovias que ele não gostaria de viajar.

— A trilha do telhado — disse ele.

Eles andaram devagar.

A trilha subia íngreme, cerca de cento e cinquenta metros acima das clareiras de dolomita, cercadas por árvores-da-fumaça americanas que se abriam para um horizonte de carvalhos espessos, nogueiras e nozes.

— De jeito nenhum ele a carregou tão longe — disse Patch, sem emoção, tão frio que Misty puxou o chapéu para baixo sobre as orelhas e abraçou a capa de chuva ao seu redor.

De lá, eles desceram de volta, Patch parando em cada clareira das árvores, cada planalto, antes de cavalgar a cascata de bancos cobertos de musgo escorregadios com o orvalho da manhã e as ervas daninhas.

Por horas, eles pararam em vários lugares, olhando para a sujeira como se houvesse um método para aquela loucura. Foi só quando eles voltaram à vista da estrada de acesso que Misty parou.

— Esta é a estrada de Turners Breach? — ela perguntou.

Ele assentiu.

— Houve uma tempestade... quando você foi levado. Derrubou trechos de floresta. Lembro que eles não limparam até o outono porque a barragem de Danby estourou. Meu pai possuía terras mais acima e processou o Departamento de Recursos Naturais. Saiu no *The Tribune*. Então, se a estrada estava bloqueada...

— Não tinha como ele tê-la enterrado aqui — disse Patch.

— Não há outra maneira de entrar nesta área. A próxima trilha fica a uma hora ao norte. Ele arriscaria dirigir tudo isso com um corpo no porta-malas? — Misty disse, as palavras não soando muito reais quando saíram de sua boca.

Eles voltaram em silêncio, Patch contemplando o que sabia.

Na velha casa, ele pegou o telefone e discou.

Saint respondeu como se estivesse esperando.

Ela fez suas verificações e ligou de volta.

— Não significa...

— Ele mentiu, Saint.

— Talvez ele tenha se enganado sobre o local. Era noite.

— Ou talvez ela ainda esteja viva.

144

Eles passaram o verão se aproximando, construindo o tipo de amizade que ambos precisavam. Todos os domingos de manhã eles saíam cedo e caminhavam pelas trilhas do Meramec, que se estendia como um caminho dourado sufocado pelo verde, sob árvores que se inclinavam sobre as margens. Misty contou a ele sobre hidrotropismo, o cabelo puxado para trás, as bochechas coradas pela caminhada. Ela contou a ele como seu pai costumava levá-la para as montanhas, com as bicicletas sendo carregadas no bagageiro de teto. Os dois percorriam quilômetros que pareciam intocados desde a era do resort.

Eles pararam antes da várzea, a floresta inundável drenada. Ela desempacotou Tupperwares, talheres e guardanapos.

— Caçarola de salsicha com batatas.

Ele sentiu um pouco de bile subir.

— Minha mãe quem fez.

Ele engoliu em seco.

Eles comeram sob um céu sombrio, e ela perguntou a ele sobre Tooms. Ele disse a ela que havia feito outra dúzia de pedidos de visitação, escrito pra ele novamente, oferecido perdão, um caminho para a reparação. Saint tinha feito o mesmo, embora sua crença tenha diminuído, certa de que Tooms havia mesmo matado a garota e gostava de brincar com eles, o último vestígio de poder para um homem que havia sido despojado até os ossos.

—Você vai continuar procurando? — perguntou Misty, enquanto tomava um gole de café de uma garrafa térmica e observava os estorninhos se moverem para uma orquestra tão bem conduzida.

Ele a observou, externamente tão estoico que era como se algo ou alguém tivesse roubado sua paixão por completo.

— Hidrotropismo. Quando você ficou tão esperta, Mist?

— Eu também sei que, em inglês, o coletivo de joaninhas é *loveliness*. Eu gosto de como algumas coisas são simplesmente perfeitas, sabe.

Ele olhou para ela e soube.

145

Às vezes, Misty ia até a galeria e se sentava no banquinho ao lado da janela, como um manequim vivo enquanto Patch borrifava o vidro e o limpava, o sol aquecendo sua pele enquanto as garotas desaparecidas o observavam.

Aos sábados, ele tomava café da manhã com Saint e sua avó no Lacey's Diner. Saint observava Norma com terna preocupação, apesar das farpas que ela lançou para a avó quando pediu à garçonete que preparasse seu café. Norma perguntou a Patch se ele tinha visto os tumultos em Los Angeles, os saques e tiroteios, disse-lhe que a perturbação civil implicava civilidade para começar.

— Ela está ficando enfadonha na velhice — disse Saint, para uma carranca.

O Palace 7 fechou suas portas no outono de 1986 e permaneceu vazio enquanto Sammy, o novo proprietário, brigava com "os cuzões da prefeitura" para alterar a finalidade do negócio. Tinha os tetos altos e as janelas largas que ele desejava. Durante anos, a batalha foi travada. E então Walt Murray, o projecionista do Palace 7 por mais de trinta anos, se aproximou de seu nonagésimo aniversário. A esposa de Walt, uma dama de rosto duro chamada Mitzie, abordou Sammy sobre abrir as portas antigas por uma noite apenas como uma surpresa para o marido. Pego numa névoa de Remy Martin, Sammy concordou prontamente, apenas para esquecer na manhã seguinte. Uma semana depois, quando um pôster apareceu na janela do 7, tão horrorizado ficou com seu ato de generosidade, Sammy foi até os escritórios de advocacia de Jasper e Coates e ameaçou todo tipo de ação legal.

— Aquela cadela velha me pegou de surpresa. Todo mundo nesta maldita cidade sabe que eu comemoro a morte de Jackson Pollock em 11 de agosto. Porra da técnica de gotejamento.

Patch o puxou de volta do outro lado da rua, os dois parados do lado de fora do cinema vazio enquanto Sammy se afastava.

— Eles podem ver isso com bons olhos. Você está retribuindo à cidade — Patch tentou.

— Não faço nada além de dar. As pessoas podem passar pela minha janela e se transportar para longe deste lugar bastardo com um único olhar.

— Todo mundo sente falta do 7.

— O lugar só trazia prejuízo.

— As pessoas adorariam se você o reabrisse. Bom karma, Sammy.

— O dia em que eu me importar com o que as pessoas pensam de mim será o dia em que eu vir provas concretas de que o karma é real. Que coisas boas acontecem aos bons.

— Apenas por uma noite, então. Você não pode voltar atrás agora, Sammy. Simplesmente não pode.

Sammy balançou a cabeça em desespero.

— O que eles vão exibir? É melhor que seja algo com Catherine Deneuve.

Patch olhou para a janela e então viu o pôster.

— Ah, Jesus.

146

— Eles estão exibindo *Grease* no antigo Palace 7 — Misty disse, pelo menos uma dúzia de vezes enquanto faziam trilha. Patch foi desviando com conversas sobre aluviões, água de degelo glacial e batuíras-de-coleira.

— Sabia que eu ainda sei a letra de todas as músicas? — disse ela. — Quer que eu prove isso?

— Muita gente confunde a juruviara-de-coroa-cinzenta com uma carriça.

— Acho que ainda posso caber naquele vestido amarelo que usei na primeira vez que assisti.

— Uma vez, na prisão, um homem se cagou em protesto contra os padrões de higiene precários. A ironia disso, Mist.

Ela franziu a testa para aquilo.

— Eu amo esse filme, sabe — ela disse.

Ele mexeu no tapa-olho, limpou a garganta enquanto ansiava por um deslizamento de terra varrê-lo dali.

Misty ergueu uma sobrancelha.

— Provavelmente farão um grande bolo para o velho Walt. Talvez Mitzie consiga. Ela era dona da padaria no número quatorze. Minha mãe disse que seus bolos eram um pedaço do céu.

— Sammy disse que ela tem psoríase. É tão ruim que ele me faz varrer o chão depois que ela vai na galeria. Provavelmente vai cair muita pele nesse bolo, Mist.

Ela baixou as sobrancelhas.

Eles caminharam mais um quilômetro e meio. Misty manteve a cabeça baixa, sem olhar para a clareira das borboletas, os papa-léguas ou os pastos exuberantes.

Ela não tocou em seus muffins ingleses, embora ela mesma não os tivesse assado.

E então, finalmente, de volta ao carro, ele respirou fundo.

— Então, eu estava pensando, este filme no...

— Eu adoraria ir. Muito obrigada.

147

A cidade era Breckenridge, e Saint estava em frente à antiga cabana, à sombra da Cordilheira Tenmile, enquanto os policiais do Condado de Summit guardavam a cena com o tipo de silêncio que só acompanhava a morte de uma jovem.

O local estava preservado para ela, congelado no tempo por seis policiais uniformizados que fecharam as ruas ao redor e isolaram a floresta atrás da cabana com fitas. Ela conheceu o chefe local, magro com um bigode em formato de ferradura, sua palidez um pouco verde, como se ele tivesse passado as primeiras horas curvado sobre um banheiro tentando limpar a memória. Ela não disse a ele que não ficaria mais fácil. Que a lembrança não desapareceria.

Ela usava luvas e vestia um macacão branco. Sacos sobre os sapatos enquanto ela se abaixava sob a fita e o seguia por uma encosta íngreme até uma planície de árvores derrubadas, máquinas e operários um bom caminho de volta, capacetes na mão enquanto a observavam.

— Novas casas — disse o chefe.

Saint viu o amontoado de pedras grandes e, ao lado dele, montes de terra úmida.

As roupas aguentaram bem o suficiente. Embaixo delas, ossos.

E a razão pela qual ela tinha vindo.

Com as mãos enluvadas, ela removeu cuidadosamente as contas do rosário.

Saint ergueu as contas azuis marmorizadas contra a luz e olhou para o medalhão.

A menina havia sido enterrada com suas roupas, sapatos e mochila. Saint arrancou uma bolsa dos escombros e passou o polegar sobre o tecido de poliéster e depois a desabotoou cuidadosamente.

— Você a conhece? — perguntou o chefe.

— Conheço todas elas — disse Saint.

148

Naquela noite, ela ligou para ele de um telefone público do lado de fora de seu hotel, respirando os lilases que cresciam três metros de altura. As luzes subiam em sua direção enquanto os carros seguiam as estradas que circundavam a base da montanha. Ela passou uma longa tarde no Departamento de Polícia do Condado de Summit, ligou para Himes e enviou seu relatório por fax, comeu pizza velha e examinou suas anotações até a tinta borrar, e então fez a ligação.

— É meia-noite — disse Patch.
— Desculpe.
— Você está bem?

Ela podia vê-lo sentado ali no escuro, sem uma única luz acesa na velha casa.

— Estou numa cidade que os locais chamam de Breck e, de onde estou, posso ver uma montanha que faria as nossas parecerem pequenas. Se ela simplesmente caísse... ela... esmagaria todos nós.

— Acho que Misty tem marido ou algo assim.
— Por quê?
— A gente só se vê aos domingos de manhã. Eu não sei muito sobre a vida dela agora. Falamos sobre o passado, mas nada além.
— Você vai se encontrar com o oficial de condicional?
— Sim, senhora.

Ela riu.

— Eu me preocupo com você — disse ele.
— Roubando minhas falas.
— Pensava em você todos os dias, Saint. Pensei em Jimmy e no que ele fez.
— Foi há muito tempo — disse ela, como se não pensasse nisso também. Como se ela ainda não sentisse dor cada vez que via uma mãe empurrando um carrinho de bebê. Como se por muito tempo depois ela não tivesse evitado a seção infantil nas livrarias, não tivesse acelerado o passo ao passar por playgrounds. Ela não imaginava uma vida diferente, onde ela pudesse ser o que não merecia ser. Onde Jimmy tivesse passado em seus exames e não tivesse levantado os punhos. Onde, embora ele não pudesse ser o homem que ela queria, ele pudesse ser um pai. Eles poderiam ser o tipo de pais que ela mesma não teve.

—Você se lembra de Summer Reynolds? — ela perguntou.

— Forte Worth. Seu cabelo é amarelo-cádmio, ocre e violeta. Olhos verde--viridianos que diziam a seus pais que ela estava sempre um passo à frente. Lembro que a mãe dela disse que ela era um problema, mas disse isso com um sorriso, sabe?

Ela contou pra ele.

E ouviu o clique e o tom de discagem.

149

Na manhã seguinte, ela acordou cedo e passeou pelo centro da cidade, passando por prédios coloridos que datavam da primeira corrida do ouro e das escavações em Blue River. Ela ergueu sua câmera para a lavanderia chinesa, a Pollock House, juntou-se a uma trilha e capturou a Iowa Hill Boarding House, imaginando o que aqueles mineiros fariam com tudo aquilo. Eles estavam construindo os alicerces para uma cidade que ignoraria os incêndios florestais, um chamado para a modernização, um lugar onde uma jovem perderia a vida nas mãos de um homem que permanecia fora de alcance, apesar de tudo o que sabiam sobre ele. Ela encontrou uma castanha e a abriu, tirou o fruto e o guardou no bolso.

Numa pequena loja de brinquedos, ela olhou para um trem de madeira e o estudou com cuidado. Ela olhou para prateleiras de livros sobre assuntos tão variados quanto o espaço sideral e as belas artes, a história americana e a vida selvagem. E, claro, livros de histórias de Dr. Seuss a Rudyard Kipling. Saint observou uma mãe e seu filho; o garotinho sorrindo e Saint sorrindo de volta. Eles escolheram *Onde vivem os monstros*. Saint anotou o título.

Em seu hotel barato, ela viu o velho Buick no estacionamento, Patch apoiado no capô.

Ele parecia exausto, como se tivesse pegado as chaves no momento em que a ligação terminou, dirigido durante a noite e grande parte do dia.

— Os pais dela estão aqui? — perguntou ele.

Havia tanta coisa que ela poderia ter dito. Em vez disso, ela simplesmente acenou com a cabeça e o levou de volta pela rua principal até a delegacia. Ele carregava um grande pacote e, quando viu a Sra. Reynolds, ela saiu de seu lugar sob o velho relógio e o encontrou. Embora muitos anos tivessem se passado, ela o abraçou como se ele fosse da família.

Ela os deixou sozinhos no escritório, onde Patch desembrulhou a pintura de sua filha e deu de presente a eles. Saint tinha ouvido os números de Sammy, e sabia que era um presente no valor de muitos milhares de dólares. Ela também sabia que era um presente do qual eles nunca se separariam.

Durante uma longa tarde, ela se sentou com Patch no Blue River Café enquanto ele lamentava a memória de outra garota que ele nunca teve a honra de conhecer.

— Recebi os resultados do DNA da fazenda Tooms — disse ela. — Muitas amostras, mas nenhuma delas correspondeu. Não significa que ela não estava lá. Foi há muito tempo. Provavelmente foi limpo com alvejante... Eu não...

Ele bateu na mesa com a palma da mão com tanta força que as xícaras caíram no chão e se quebraram. Saint ergueu a mão em direção à garçonete enquanto ela o levava para fora.

E quando a tarde terminou, ela o fez prometer que dirigiria de volta para casa. Ele havia quebrado os termos de sua liberdade condicional. Ela não ofereceria a verdade, mas também não mentiria por ele se fosse perguntada.

— Summer Reynolds. Há quanto tempo ela estava lá? — perguntou ele.

— Muito tempo.

— Callie Montrose. Nada sobre ela?

— Nada — disse Saint, sua mente em Richie Montrose. A última notícia que Saint teve foi que uma briga de bar tinha saído do controle e Richie passou a noite na cadeia do condado. Só se safou por causa de quem ele costumava ser, e talvez porque todo mundo sabia.

— Quantas mais deles, Saint? Quantas mais dessas garotas que eu pinto estão enterradas por aí?

150

Patch dirigiu por sete horas, às vezes tão cansado que o velho Buick desviava das linhas brancas da estrada, até ele abrir a janela e permitir que o ar úmido o deixasse sóbrio. Vinte milhões de hectares de escuridão.

Ele carregava um velho mapa topográfico, mas a maior parte estava perdida sob as marcas que ele havia feito. Ele olhou para o rio, mas não encontrou nada como aqueles velhos garimpeiros encontraram, nenhum brilho no lodo, apenas um lembrete de que, se sua história tivesse um fim, não seria do tipo que ele esperava, onde ele encontrou Grace, onde ela viveu uma vida cheia de tudo o que merecia. Ele saiu da Interestadual 70 e teve um sono agitado.

Ao primeiro sinal para Monta Clare, as memórias vieram como um turbilhão e seu coração afundou no peito.

Ele passou pela Rosewood Avenue e dirigiu em direção a Parade Hill, deixou sua caminhonete do outro lado da rua e se aproximou.

— Eu perdi o filme — ele disse.

Misty concordou com a cabeça.

— Sinto muito. Tive um imprevisto.

— Não é nada — disse ela. — É só um filme.

Ele queria contar a ela, mas supôs que ela já soubesse. Qualquer que fosse o motivo, ela tinha aprendido a esperar por isso. A esperar menos dele porque, tantos anos atrás ele havia se mostrado menor em todos os sentidos.

— Eu posso... poderíamos sair para algum lugar...

— Eu preciso parar com isso agora, Patch. O que quer que estivéssemos fazendo, não posso mais.

— É claro.

— A gente se vê por aí, então — ela disse e se inclinou para a frente, ficou na ponta dos pés para estender a mão e beijar sua bochecha, e ficou lá por um tempo, como se o momento significasse algo que ele não entendeu completamente.

Quando ele se virou, aos pés da trilha, viu uma faixa de cabelo amarela jogada nos arbustos. Ele se lembrou dela de tantos anos atrás.

Ele se abaixou e pegou, então se virou e voltou pelo caminho dela, sem saber exatamente o que diria, apenas que precisava dizer algo mais.

Patch estava prestes a bater na porta quando a luz refletiu na janela ao lado. E ali, através dela, ele a viu. E viu com quem ela estava.

Houve um momento antes de as peças se encaixarem. Antes que o mundo voltasse, mais uma vez, a girar sem ele.

151

O nome da garota era Charlotte, e ela estava em frente a um grande aparelho de televisão.

Seu cabelo era dourado e chegava à cintura.

Misty os deixou sozinhos.

Patch olhou para a filha e ela olhou para trás friamente.

— Você gosta dos Muppets? — perguntou ele, observando os brinquedos de pelúcia.

Ela usava macacão jeans, os pés descalços no chão de madeira que captava o brilho do sol da manhã.

— Você é amigo da minha mãe — disse ela, segurando o olhar dele com tanta atenção que ele soube que ela havia sido abençoada com a confiança de sua mãe. Essa maneira de ver o mundo como se seu lugar fosse garantido. Merecido. Ele sentiu um profundo alívio.

— Sim — disse ele.

— Como é que eu não te conheço, então?

— Eu estive procurando por alguém.

— Quem?

Ele limpou a garganta levemente.

— Uma garota que eu conhecia.

— Qual é o nome dela?

— Grace.

Ela tinha os olhos dele, ele notou. Castanho-claros com cílios escuros pesados.

— Mamãe disse que era amiga de um pirata, mas eu pensei que era besteira.

Ele observou o arco de seus lábios enquanto ela falava.

— Ela também me disse que você é o garoto mais corajoso que já viveu, o que eu também acho que é uma besteira.

Ela se aproximou tanto que ele podia sentir o cheiro da loção em sua pele enquanto ela estudava seu rosto.

— A garota que você está procurando, talvez ela não seja real. Isso é o que minha avó disse. O que eu acho que significa que você é louco.

Ele sorriu, mas ela não.

— Ela é... Ela era real — disse ele, combinando com seu sussurro.

— Então ela é isso — disse Charlotte.

— O quê?

— Sua conexão com o arco-íris.

— O que é isso?

Ela revirou os olhos num movimento que o lembrava de Misty.

— Todos nesta terra são colocados aqui para outra pessoa. Você segue seus sonhos e os encontra, e você faz uma combinação e nada mais importa. Você não ouviu o sapo cantar?

Ele balançou a cabeça.

Ela ficou ao lado dele e juntos eles observaram o sapo verde segurar um banjo.

Ela murmurou as palavras, disse a ele que um dia eles encontrariam.

Na porta, Misty estava de pé.

Patch poderia ter parado ali. Bem ali, naquele momento, ele poderia ter apertado o botão de pausa, e o mundo deles teria estremecido, gemido e, por fim, chegado ao fim.

— *Os amantes, os sonhadores e eu* — disse Charlotte.

152

— Por isso você abandonou a faculdade — disse ele, enquanto se sentavam lado a lado nos balanços.

— Sim.

— Você poderia ter contado a Sammy.

Misty riu, mas foi um riso frio.

— E arrastá-lo de volta para lidar com uma responsabilidade para a qual você claramente não estava pronto? Que merda, Patch. Eu não estava preparada para isso. Minha mãe…

— Ela sabe?

— Ela não quer você perto da Charlotte.

Ele não conseguiu responder nada.

Misty pegou sua mão.

— Eu queria te contar. Mas eu queria conhecê-lo novamente primeiro.

— Como ela é? — perguntou ele, ousando perguntar, como se tivesse o direito.

Misty sorriu novamente; desta vez de verdade.

— Ela é… Eu nem sei por onde começar. Ela é durona. Mais esperta do que eu. Ela gosta de animais. Seu lugar favorito na terra é o Zoológico de Culpepper. Ela xinga, o que me faz rir e minha mãe querer morrer. Nós nem sabemos como ela descobre essas palavras. E ela… rouba coisas. Também não sabemos de onde isso vem.

Ele franziu a testa.

— Barras de chocolate, principalmente. Às vezes, bugigangas. Eu costumava vasculhar seus bolsos e encontrar de tudo.

— Ultrajante — disse ele, mantendo os olhos baixos.

— Acho que é apenas uma fase, já que não encontrei nada ultimamente.

Ele não diria a ela para checar as mangas da garota.

— Ela é você, Patch. Às vezes, ela é tão você que eu não posso nem suportar.

— Não diga a ela — disse ele, repentino e desesperado.

Ela apertou a mão dele.

— Ela precisa de certeza, não de um pai que a abandone toda vez que uma carta chegar, ou o telefone tocar, e que depois atravesse o país, sem ela saber quando o verá novamente. Ela precisa de raízes. Estabilidade.

— Eu não tenho... Eu não sou alguém de que ela possa se orgulhar.

Ela tentou falar, mas ele balançou a cabeça.

— Isso não é nada além da verdade, Misty. Ela é essa coisa perfeita, com essa mãe perfeita, que é tudo. Por favor, não diga a ela.

Sua respiração ficou curta, então ele olhou para o céu. Nesse momento, as nuvens carregadas cederam como bolsões de chuva, o céu emoldurado detonou como se não pudesse mais ficar azul.

Misty chamou Charlotte, que saiu e ficou ao lado de sua mãe, suas cabeças inclinadas para trás, os jardins tão bem cuidados que a casa pintou um novo tom de amarelo.

Patch sabia que uma tempestade viria e, por um tempo, eles teriam que se agachar e enfrentá-la, esperando por uma pausa.

153

Naquela noite, ele se sentou com Sammy na pequena varanda acima da galeria. Trovões distantes vieram das montanhas de St. François enquanto esperavam os vendavais que se agitariam pelo estado, arrancando caminhões das estradas, telhados de casas de fazenda, as famílias embaixo agachadas em seus abrigos. Mataria noventa, feriria mais algumas centenas e desapareceria a apenas oitenta quilômetros deles.

Patch não se atreveu a pensar em Charlotte como sua filha, porque ela era da maneira que menos importava. Ele havia dito a Sammy, que abriu uma garrafa de Rhum Clément 1940 para *brindar ao bebê*.

— Ela tem sete anos — disse Patch.

— Dalí começou aos seis.

A primeira chuva caiu. Eles ficaram sentados imóveis enquanto o calor ainda pairava. Sammy protegia sua bebida com a palma da mão.

—Você está preocupado.

— Eu não tenho o direito de me preocupar. De conhecê-la. De falar o nome dela.

Sammy sorriu.

— Há quanto tempo te conheço?

— Muito tempo.

— E eu nunca lhe fiz um elogio. Certo?

Patch pensou um pouco, então assentiu.

— Não vou começar agora. Mas vou dizer isso: a garotinha tem um pai que eu vi se transformar de menino em homem. E eu não conheço muitos caras assim. Você usou metade de sua vida em busca de alguém que precisava de você. Talvez agora seja a hora de recuperar um pouco desse tempo. Não por você, mas pelo que você poderia dar a ela.

— Misty disse que precisa de estabilidade. Ela precisa de raízes.

— Então ofereça isso a ela.

Patch observou a chuva.

— Não sei como.

Sammy virou o copo.

— Sabe, sim. Você só tem medo de fazer o que é preciso.

— Fico pensando nos genes dela, no pai da Misty e em como ele olhava para mim.

— Franklin Meyer era um cuzão, mas não do tipo bacana. O pai de Franklin também era um cuzão. Quando crianças, eram todos uns cuzõezinhos. Uma linhagem de cuzões, cada um mais cuzão que o outro.

— Eu me pergunto qual é o coletivo de...

— Uma *cuzãozada* — afirmou Sammy, com ar de autoridade.

Patch tomou um gole e observou a chuva.

— A Grace precisa de mim mais do que a Charlotte.

Sammy esticou o braço e pousou a mão pesada no ombro de Patch.

— Não fique esquentando a cabeça. Eu nunca conheci meu pai, e olha como deu tudo certo para mim.

No dia seguinte, Patch instruiu Sammy a vender meia dúzia de pinturas.

Ele criaria raízes em Monta Clare.

154

O calor do verão aumentava enquanto Patch tirava a camisa e começava a levar os móveis para o jardim da frente. O sofá, as estantes, a pequena mesa de jantar e o aparador. Demorou menos de uma hora para livrar o andar térreo de suas vidas; sua mãe entrelaçada em cada objeto, a forma dela em almofadas, o cheiro dela nos armários da cozinha.

Ele encaixotou utensílios e arrastou a geladeira para o gramado sem vida.

No andar de cima, ele tirou a roupa de cama, ensacou roupas, toalhas, maquiagens e perfumes. Uma garrafa de algo caiu e quebrou, e as memórias que o cheiro carregava brilharam em sua garganta enquanto ele trabalhava.

Em seu quarto, ele encaixotou as recordações de piratas. Ele não era um pirata. Era um homem de trinta anos com antecedentes criminais.

No almoço, ele buscou a avó de Saint, que estava no jardim da frente, quando uma pequena van veio e recolheu o que poderia ser usado. Norma falou de projetos habitacionais e instituições de caridade.

Ela acendeu um cigarro e observou Patch voltar de Monta Clare Hardware com uma marreta e começar a balançá-la. Ele arrancou portas de batentes, arrancou rodapés e enrolou carpetes. Seus músculos se contraíram enquanto ele atravessava a casa com brutalidade; derrubando corrimãos; dividindo o balcão da cozinha em dezenas de pedaços. Ele quebrou a banheira e a pia de porcelana, mirou em si mesmo no grande espelho e o golpeou.

A velha casa reagiu, um prego errante pegando seu ombro e rasgando a pele, a parede de gesso tossindo tanta poeira que, quando ele voltou para o sol da tarde, estava grisalho.

Ele ficou lá, suando e sangrando, recuperou o fôlego e voltou para dentro para uma segunda rodada.

Saint se juntou à avó.

— Acho que ele enlouqueceu — disse Norma.

— Você está insinuando que ele era são, para começar.

Naquela noite, a Avenida Rosewood brilhava em chamas enquanto a fumaça subia do quintal da velha casa de Macauley. Patch se sentou no que restava da varanda e observou as madeiras soltando fuligem.

Misty e Charlotte desceram da colina alta e assistiram ao show, junto com Sammy, que vagou pela rua principal, decantador na mão, oferecendo uma taça.

— Château Léoville... Las Cases Saint-Julien Deuxième Cru — ele disse, indicando a bebida.

— Ela é uma criança — Misty disse, dando um tapa na mão de Charlotte enquanto ela se movia para pegar um copo.

Patch ficou diante das chamas e observou sua filha. Não foi apenas o calor da velha casa que o aqueceu naquela noite.

155

No dia seguinte, ele dirigiu uma grande escavadeira de esteiras pela rua e direto para a frente da casa. Os vizinhos se reuniram e observaram enquanto a concha reduzia o que restava a escombros.

Ele ficou no topo da pequena montanha por um momento, depois trouxe uma escavadeira e começou a despojar a terra.

Patch dormia em seu carro, não fazia a barba, lavava-se no lago e comia suas refeições com quem quisesse; na maioria das vezes, Saint e sua avó.

— O que vai fazer agora? — Saint perguntou, durante um jantar de frango frito, macarrão com queijo e pão de milho.

— Construir — disse Patch.

Saint olhou para a avó, que balançou a cabeça como se o homem barbudo tivesse perdido o último fio de sanidade.

Ele não contratou um arquiteto, em vez disso, trabalhou a partir de pinturas, de uma memória que ele sabia que não era totalmente confiável.

Madeiras eram entregues na carroceria de caminhões que ressoavam pela cidade e acordavam os vizinhos em horas impróprias. Para se redimir, Patch prometeu abrir as portas para uma festa assim que tudo estivesse pronto.

— Provavelmente tudo irá desmoronar se mais de duas pessoas subirem as escadas — disse Sammy, de seu lugar no gramado, onde todas as tardes ele se sentava numa cadeira dobrável, bebia e observava o homem louco com cinto de ferramentas, serrote, vários martelos, cinzéis e brocas olhar através de uma série de esboços e coçar a cabeça sob o temível sol do meio-dia.

Quando o dinheiro acabava, ele andava pela galeria e selecionava outra pintura para abrir mão, cada vez perdendo um pedaço de seu mundo que ele não poderia recuperar.

Misty levou Charlotte para a galeria, e Patch contou a ela sobre as garotas desaparecidas e um pouco de sua situação.

— Louco de pedra — disse a menina à mãe, que pouco pôde fazer além de concordar.

Ele gastou uma pequena fortuna num torno mecânico; uma fortuna maior ainda em madeira e vidro.

Ele cavou fundações à mão, do nascer ao pôr do sol, uma vez trazendo holofotes industriais para tentar trabalhar durante a noite até que os vizinhos se reunissem, liderados por um Mitch Evans de aparência nervosa, e dissessem a ele que ninguém conseguia dormir. Patch coçou a barba e se ofereceu para escurecer todas as janelas com jornal e fita adesiva.

Logo Misty parava diariamente com Charlotte em sua caminhada de volta da escola, e as duas olhavam para a barba, agora caindo quase até o peito, o cabelo desgrenhado e a pele bronzeada, e davam risadinhas uma para a outra.

Sammy, cansado do espetáculo, trouxe vários arquitetos da cidade, que olharam para os desenhos de Patch, franziram a testa e balançaram a cabeça. E vários construtores, que Patch permitiu ajudar com a condição de que, se sugerissem uma única mudança de projeto, seriam obrigados a caminhar pela longa prancha que se projetava por baixo da empena imponente.

— Você não pode ameaçar os empreiteiros — disse Saint, enquanto comiam pedaços de carne queimadas e salada de repolho.

Patch assentiu.

— Mas a casa está ficando bem bonita — a avó dela disse, enquanto o pórtico tomava forma, a colunata tão alta que Patch começou a transportar ladrilhos com um sistema de roldanas que muitas vezes falhava e fazia Sammy correr para se proteger enquanto ardósia chovia do céu de Monta Clare.

Patch se desviou tanto das normas de construção que prendeu a respiração quando o inspetor, um homem feito mais de arame do que de carne, seus membros como fusos fixados a um ancinho de um corpo, espiou por cima dos óculos e balançou a cabeça várias vezes.

Saint pegou o homem pelo braço e lhe contou um pouco da história de como a casa havia surgido. Após algumas emendas e uma multa simbólica, Patch voltou ao trabalho no mesmo dia.

No inverno, o trabalho diminuía à medida que o solo congelava. O céu ficou branco e Patch usava um chapéu de lã que Charlotte lhe deu no Natal. Em troca, ele deu a Charlotte um retrato dela e de sua mãe enquanto estavam diante da casa em chamas. Charlotte o acusou de deixar seus olhos muito grandes, então, silenciosamente, pendurou-o em seu quarto quando soube quanto aquela obra valia em dinheiro.

Ele acompanhou Misty e sua mãe ao recital de piano de Charlotte, a geada começando a derreter pela cidade, embora não entre Patch e a Sra. Meyer, que não o reconheceu uma única vez.

Ele largava as ferramentas sempre que alguma pista se apresentava. Às vezes, na calada da noite, seu Camaro surrado deslizava pela rua e apontava para a rodovia, cruzava mil e quinhentos quilômetros para que ele pudesse falar com pais idosos agarrados a poucas chances, menos sagazes, mais esperançosos. Foi uma espécie de compromisso. Ele não deixaria Grace ir embora, mas provaria a Misty que sempre voltaria.

156

Quando a estrutura foi concluída e o estuque secou, ele passou uma semana inteira pintando-a de branco, as venezianas com um tom de Egeu que mudava cada vez que ele se deitava na escuridão e arrancava memórias como penas de pavão que atiçavam sua mania.

— E eu chacoalhei aquelas tábuas de madeira com meus sapatos de sapateado até meu coração disparar.

Patch decifrou um código que não estava lá, decidiu que precisava de pisos de tábua de pinho e passou mais um mês vasculhando os depósitos de material de demolição até encontrar uma persiana que combinasse com o que estava imaginando.

— Um quarto para mim, um para minha mãe e mais três que alugávamos para quem quer que passasse por ali. Uma vez, teve uma garota de talvez dezenove anos, e ela me ensinou a arte de aplicar maquiagem. Decadência, Patch. Não há palavra mais decadente. Outra vez, foi um pregador a caminho do condado de Pearl River. Você já viu o Pantanal de Hemmsford? Cara, aquele lugar precisa ser exorcizado.

Cinco quartos para um homem que moraria sozinho. Um antro cavernoso e uma cozinha, uma sala de jantar, porque Grace mencionou as formalidades do jantar de Ação de Graças. Um laranjal, nome dado por Saint, porque Patch não fazia ideia de que porra era um laranjal, apenas que o teto de vidro permitia que a luz matinal fosse projetada sobre as paredes brancas.

A escada da parte externa dava uma trabalheira dos infernos, o fazendo cair de joelhos quando ela não encaixava nem fixava. Por fim, ele aceitou a ajuda do primo de Saint, Patrick, um carpinteiro de Brookfield que a consertou no fim de semana do Dia do Trabalhador. O resultado final ficou tão próximo de como ele havia concebido em sua imaginação que abraçou o homem por tempo demais — tanto que Patrick lançou um olhar de socorro para Saint o libertar.

— Pare de assustar as pessoas — disse Saint, enquanto comia um ensopado e broas de milho.

Patch assentiu.

— Mas a casa ficou muito bonita mesmo — disse a avó dela.

157

No outono seguinte, Patch cumpriu sua palavra e abriu as portas de sua casa ampla e vazia. Norma cuidou dos convites, e quase trezentas pessoas apareceram, inclusive Daisy Creason, do *The Tribune*, que publicou um artigo de primeira página, que Patch só permitiu porque poderia de alguma forma chamar atenção dela.

Sammy se declarou a única personalidade digna de cortar a faixa de inauguração, e ele ficou lá com seu *smoking* de cauda, dando um discurso tão arrastado e desconexo que as pessoas começaram a olhar para seus relógios e dar de ombros umas para as outras. Ele falou de papelada, burocracia e dos cuzões da Secretaria de Urbanismo. Houve murmúrios de desaprovação, suspiros de surpresa e uma gargalhada estridente de Charlotte, que acabou arrancando uma bronca de sua mãe.

Sammy resolveu chamá-la de Casa dos Loucos, e Patch quase abriu um sorriso ao ouvir a declaração.

Misty se encarregou do serviço de bufê, levando os moradores a coçar a cabeça com *vol-au-vents* de camarão cremoso e pizza de peito de peru.

Sammy decidiu pendurar algumas pinturas, o que gerou um pequeno burburinho e levou um punhado de senhoras solteiras a procurar o artista e perguntar se ele não sentia falta de companhia quando ficava perambulando por uma casa tão grande e solitária.

— Ninguém merece — Misty disse, tomando-o pelo braço e levando-o pelas portas francesas até o quintal, onde as grinaldas de luzes haviam sido enfiadas por entre as árvores.

Eles se sentaram num banco esculpido num tronco de carvalho com uma motosserra, que Patch descartou posteriormente por medo de que um dia recuperasse a sanidade e começasse a destruir as fundações da Casa dos Loucos.

— Esta casa — disse ela, olhando para a torre.

— O que você vê, Misty?

— Pureza de execução. Parece suas pinturas.

— Em algum lugar lá fora há uma casa como esta. E dentro dela, ela viveu.

— Você acha que as pessoas gostaram da minha pizza? — ela perguntou.

— Como não poderiam? — perguntou ele, as duas fatias que ela empurrou para ele agora cobrindo os canteiros de flores.

— Metade de nossas vidas, agora — disse ela.

Pela grande janela, eles viram o Chefe Nix conversando com Saint e sua avó.

— Por que você voltou, Misty?

— Para que Charlotte pudesse ter o que eu tinha. Para que minha mãe pudesse conhecê-la. Por que você voltou?

Ele colocou sua garrafa de cerveja vazia na grama.

— É muito grande lá fora. Se você perder alguém, provavelmente reencontrará se ficar num só lugar, certo. Mas com as duas pessoas se movendo... — Patch se levantou.

— Tem mais uma coisa — disse ela.

Ele se virou e, pelo rosto dela, sabia que não era coisa boa.

— Estou doente, Patch.

— Doente?

Ele olhou para a forma dela, para as cores que conhecia melhor do que qualquer outras. Sob a luz do luar, ele viu as nuances que a compunham, os traços finos e os matizes acentuados. Ele a viu em misturas de tintas: sua pele, titânio com ocre e alizarina chamuscados; seus olhos, prussiano; seus cabelos, tons escuros suavizados com siena antes de aplicar camadas de luz. Em toda a sua glória ofuscante. Ela não podia estar doente. O mundo não permitiria tamanha tragédia.

— O tipo de doença que não tem cura.

Ele a tomou nos braços, e sabia que, mesmo que usasse todas as cores existentes pintando Misty Meyer, elas jamais chegariam aos pés de sua majestade.

158

O Parque Estadual da Montanha de Quartzo.

Saint foi recebida na Cedar Creek Trail por um vice-xerife que usava um chapéu de abas largas e a conduziu em silêncio absoluto. Os arbustos ressecados das terras da Black Jack Pass Trail foram pisoteados.

Ao longe, o paredão de granito de Baldy Point se erguia. Cerca de cem metros de altura. Ela havia passado por Hobart e Lone Wolf, e em seu estômago havia um pavor contido, porque o delegado era habilidoso e não podia fazer nenhuma determinação.

Ela viu alguns alpinistas à distância.

—Vai ser insuportável quando o calor subir — disse o delegado.

Ela não conseguia ler sua idade em seu rosto, embora adivinhasse que ele era um veterano, já que não reagiu quando chegaram ao local do enterro.

Eles o guardaram da melhor maneira possível.

Seria impossível entrar com carros ali.

Saint se ajoelhou na terra e ficou na sombra do delegado.

— Um cachorro a encontrou? — perguntou Saint.

— Sim, senhora. O pessoal da Associação de Montanhistas de Wichita estava instalando novos pontos de ancoragem. Acharam melhor abrir uma trilha nova.

Saint olhou para os restos mortais.

— Acho que ele não conseguiu enterrá-la fundo o suficiente. Muita pedra. Talvez o chão duro demais quando ele fez isso.

Sem roupas ou bolsa. Sem lixo. Apenas um único item permaneceu intacto ao lado dos ossos.

Ela olhou para os detalhes. Os azuis metálicos, a cruz do perdão. As contas maiores intercaladas.

— O mesmo cara? — perguntou o delegado.

Saint assentiu, com calma, porque ela já havia intuído muito antes de saber com certeza.

— O mesmo cara.

159

Patch não estava preparado para a velocidade com que o câncer devastou o corpo de Misty.

No verão de 1993, ele moveu a cama dela do outro lado do quarto até a grande janela saliente para que ela pudesse ver o outono se aproximar antes que o inverno varresse as cores na memória.

Ele passava o tempo na casa grande em Parade Hill, onde existia principalmente no fundo de cenas que começavam a escurecer. Charlotte se enrolou ao lado de sua mãe, às vezes lendo seus livros didáticos, outras vezes ouvindo Misty falar de seu passado, como Patch uma vez enfrentou um valentão de quase o dobro de seu tamanho.

— Chuck Bradley? Ele é o careca que trabalha na concessionária Ford? — Charlotte disse.

Patch assentiu. A mesma concessionária onde ele levou seu novo F-150 para manutenção.

A televisão exibiu um pano de fundo de um descarrilamento de trem da Amtrak que ceifara quarenta e sete vidas e deixara mais de cem feridos. Patch olhou para os destroços da ponte Big Bayou Canot. O repórter era jovem e ficou diante da tragédia num choque que estremeceu suas palavras, mas nelas ele ouviu algo tão familiar que ficou paralisado, até que Charlotte gritou com ele para buscar sua avó enquanto a febre de Misty aumentava.

Durante o verão mais frio e o outono incolor, aqueles meses difíceis perseguiram a promessa de um Natal onde ele poderia comprar um presente adequado para sua filha, embora a essa altura Misty estivesse com tanta dor que Patch levava uma Charlotte taciturna para a galeria todas as noites enquanto as enfermeiras chegavam. O dano aos nervos de Misty pode ser entorpecido com morfina; o luto presciente em sua filha não podia.

Ele a ensinou a pintar, trancou Sammy fora do pequeno estúdio e a encorajou a encontrar seu centro e trabalhar a partir dele. No armário, ele encontrou pincéis que não usava havia quase vinte anos.

Enquanto ela lavava os pincéis, Sammy emergiu, olhou para a tela e balançou a cabeça.

— Horrível pra caralho.

Charlotte fez uma careta e ele a repreendeu, quase provocando um sorriso em um rosto tão determinado a ficar atribulado.

Eles se viraram quando uma mulher surgiu e desceu as escadas, olhou rapidamente para Charlotte antes de sair.

— Aquela era a minha professora de coral? — perguntou Charlotte.

Patch olhou para Sammy, que deu de ombros.

— Essa, sim, sabia cantar no microfone.

— Jesus amado — disse Patch.

— Teve uma hora que ela o mencionou também — disse Sammy.

— Deve ter sido algo como "Jesus, tire esse velho de cima de mim" — Charlotte disse.

Sammy se virou e ambos observaram seus ombros tremerem enquanto ele se esforçava para reprimir o riso.

Na virada do ano novo, os três se sentaram na cama de Misty e observaram a luz do céu de Monta Clare com fogos de artifício. Charlotte pressionou o rosto contra o vidro quando foguetes deixaram rastros no céu e fontes brilharam, numa exibição ocorrida na rua principal que Sammy concordara em financiar durante um porre para comemorar o primeiro aniversário da morte de Audrey Hepburn, *a primeira donzela para quem descabelei o palhaço pela primeira vez.*

Um pouco depois da meia-noite, quando o céu esfriou e apenas a luz das estrelas permaneceu, Patch deixou mãe e filha dormindo, e encontrou a Sra. Meyer no amplo terraço.

— Joseph — ela chamou, e ele subiu os degraus de pedra para se juntar a ela.

O terreno se iluminou, o mesmo local em que ele se sentara com o pai de Misty tantos anos antes.

— Você é bom com ela... com as duas.

— Não sou, mas obrigado.

Ela era muito parecida com a filha, elegante e altiva, embora fosse gélida até a alma. Seu cabelo ainda loiro, sua pele de alabastro, como se ela desviasse os raios nocivos com sua frieza.

— Você vai ficar... depois?

— Sim.

— Mas vai mesmo? Por completo, ou apenas a parte que pertencia à minha filha? Eu me pergunto isso. Eu me pergunto o que você pode ser para outra pessoa. Isso parece duro?

Ele balançou a cabeça.

— Eu não sinto falta dele. Franklin. Eu sei como parece, mas a maneira como ele via o mundo e a maneira como ele escolhia lidar com as tribulações... É uma tradição dos Meyer: derrame dinheiro sobre o problema e faça-o desaparecer...

— Eu era um problema — disse Patch.

— Ah, o maior de todos — disse ela, acrescentando um sorriso. — Ele nunca me fez rir. E eu sabia disso, antes de conhecê-lo. Eu conheci o amor e o riso, e como a vida poderia ser doce.

— Ainda assim, você se casou com ele.

Ela olhou para Patch como se ele fosse uma criança, como se ele não soubesse como o mundo girava.

— Às vezes, as pessoas reservam muito de si mesmas. É como guardar um bom vinho para uma ocasião que nunca se materializa.

— Então, é só beber. Numa terça-feira, quando o sol estiver brilhando, ou quando pairar uma nuvem de tempestade, é só beber — ele falou, pensando em Sammy.

— Por muito tempo fomos só nós três. Charlotte é tudo, ela tem que ser.

— Eu sei.

— Não tenho certeza se sabe mesmo, mas espero que com o tempo você compreenda.

160

Eles dirigiram para Lake Pine no dia em que começou o congelamento. Patch ajudou Charlotte com seus patins de gelo e se aconchegou ao lado de Misty, enquanto observavam a garota fazer piruetas, girando com tanta velocidade que Patch temeu que ela fosse penetrar o gelo como um saca-rolhas — e ele tivesse que mergulhar para salvá-la.

— Obrigada por não me perguntar se estou bem a cada trinta segundos — disse Misty.

— É porque eu não me importo muito.

Ela riu, um som que ele guardaria em uma memória já fugaz, seu controle sobre o tempo deles era frenético e frouxo ao mesmo tempo. Charlotte ficou mais alta, mais bonita, curiosa e irritada.

— Eu quero contar a ela — disse Misty, amarrada sob camadas de cobertores e um chapéu de lã rosa.

— Não.

— Mas em breve. Ela vai te amar. Ela vai ver o quão brilhante você é, Joseph Macauley.

— Quietinha, você está doente demais para ter qualquer noção sobre as coisas.

Toda semana, eles dirigiam até uma clínica em Alice Springs, onde Misty tinha acesso às melhores instalações. Quarenta hectares de campos verdejantes do Missouri. A placa indicava que era um centro privado de cuidados paliativos. Misty ficava na casa grande em Monta Clare, mas gostava de visitar os amigos que fizera durante suas terapias. Patch se sentava do lado de fora, Charlotte frequentando a escola, a Sra. Meyer tirava um tempo para si mesma. Ele esbarrou no Chefe Nix, que agora dedicava seus domingos ao voluntariado. Nix sorriu enquanto empurrava uma jovem numa cadeira de rodas. Claro, Patch sabia do câncer e da sua incidência, mas até então seu alcance parecia ilimitado, secular.

No caminho de volta, eles pararam na Igreja São Rafael.

— Estou com medo — ela disse.

Ele a abraçou com força.

161

Numa manhã fria, ele atendeu o telefone dos Meyers e descobriu que Charlotte havia faltado à escola. Ele a encobriu corajosamente, disse à professora que ela havia pegado um resfriado e então partiu por Monta Clare para encontrá-la. Ele permaneceu calmo, raciocinou que ela não poderia ter ido longe quando ele acordou Sammy e o mandou procurar nas ruas mais altas.

Patch a encontrou perto do lago, onde ela estava sentada sozinha, segurando um girassol com poucas folhas, seus dedos pequenos envolvendo a curta lança da bráctea enquanto ela removia as pétalas e as colocava para flutuar na água.

— Se importa se eu me sentar? — perguntou ele.

— Sempre.

Ele se sentou longe o suficiente para não tocar o joelho dela com o dele.

— Eu costumava fugir da escola e vir para cá quando tinha a sua idade.

— Eu não estou fugindo. Eu escolhi não ir. Não é uma prisão.

— Você está com medo... sua mãe.

— Não estou com medo.

— Eu estou.

— É por isso que Sammy te chama de covarde.

Ele franziu a testa.

— Eu vi fotos da minha mãe quando ela era jovem, e ela era linda como é agora. Mas ela escolheu você — ela disse, como se fosse um desafio, como se não pudesse haver algo menos compreensível. — Porque você a salvou. Minha avó fala sobre pena. Porque você era pobre. Eu vi nas fotos em que você está. Você era magro e suas roupas não serviam. Sua mãe não te amava o suficiente.

— Eu era difícil de amar.

— Você foi ruim.

Ele assentiu.

— Mas ela fica doente e você não.

— Você acredita em Deus? — perguntou ele.

Ela levou um momento e depois balançou a cabeça.

Ele lutou contra o desejo de estender a mão, e ela sentiu e olhou para ele com tanto calor.

— Eu nunca vou querer você como meu pai.

— Eu...

— Todos vocês acham que eu não sei.

Atrás dela, um pato-de-cabeça-branca mergulhou, e círculos concêntricos se formaram na água até se tornarem grandes demais, até que não houvesse mais nenhum vestígio.

—Você precisa saber que eu nunca vou segurar sua mão. Nunca vou te abraçar. Nunca serei sua de forma alguma.

Ele assentiu.

— Não é justo — disse ela.

— Raramente é.

Ela voltou para casa.

Ele esperou um pouco e a seguiu, mantendo-a à vista, longe o suficiente para que ela não precisasse senti-lo ali.

162

À medida que Misty enfraquecia, seu humor azedou, apesar de sua determinação de manter as coisas estáveis para sua filha. A pedido de sua avó, Charlotte decidiu fazer um show e encenar o filme favorito de sua mãe no grande terraço. Uma ideia que atingiu Patch com um novo tipo de medo quando ela disse que ele faria o papel de Danny para sua Sandy, e que era melhor ele tentar.

Patch passou uma semana montando luzes, construindo um cenário rudimentar e coletando adereços da loja Goodwill na rua principal. Charlotte escreveu um roteiro e repreendeu sem piedade quando ele não conseguia se lembrar das falas que ela mudava diariamente.

Numa noite perfeita, Patch redefiniu o caótico, perdendo deixas e se atrapalhando enquanto Misty ria tanto que sua mãe se preocupava ainda mais com sua saúde. A Sra. Meyer assumiu o papel de ajudante de palco, mirando um holofote enquanto sua neta habilmente cantava músicas, alternava entre figurinos e mudava de penteado.

Quando chegou o número final, Patch pegou Misty em seus braços, tentou não notar como ela era leve, como seus dedos se aninhavam entre seus ossos perfeitos.

— Você sabe que ainda sou irremediavelmente devota a você, certo? — ela perguntou em seu ouvido.

Mais uma semana se passou.

Misty estava lá.

E então ela não estava.

163

Patch se sentou com Saint na área traseira enquanto o carvão esfriava e uma brisa que ele não conseguia sentir levantava cinzas brancas da grelha.

Naquela manhã, Patch entrou nos escritórios de advocacia de Jasper e Coates, ambos agora endinheirados com seus ternos azul-marinho, cabelos grisalhos, abotoaduras douradas e relógios. Ele não tinha certeza de por que havia sido convocado e se sentou ao lado da Sra. Meyer, que estendeu a mão e pegou a dele num ato de compaixão tão inesperado que só poderia ter nascido de uma tragédia. Os dias desde então a roubaram de algo vital. Completamente abatida, ela parecia uma mulher que havia sobrevivido à filha.

A leitura do testamento foi breve. Misty havia deixado seus bens para a filha, é claro. Uma pequena quantia para caridade, seus fundos seriam anulados e, eventualmente, redirecionados e reaproveitados. Ela deixou uma foto para Patch.

E então Jasper se endireitou um pouco, limpou a garganta e removeu seus óculos de aro de chifre de ouro.

— Charlotte Mary Grace Meyer será deixada sob a custódia exclusiva de Joseph Henry Macauley.

Patch bebeu cerveja, cruzou as pernas e observou Saint na cozinha, raspando seus pratos no lixo. Ela voltou e se acomodou ao lado dele no assento do balanço, os pés cruzados embaixo dela.

— Aposto que a Sra. Meyer tinha algo a dizer — disse Saint.

— Ela já sabia.

— Ela está velha agora. Só não tão velha quanto a mulher dentro de casa. — Ela olhou pela janela para onde sua avó cochilava numa poltrona de couro. — Ela não pode dar a Charlotte a vida que você pode. A garota precisa sair e ver o mundo fora desta cidade.

— É por isso que ela fez isso? — perguntou Patch.

— Nós dois sabemos a resposta para essa também.

— A menina, ela rouba.

Saint mordeu o lábio inferior.

— Não como eu roubava — disse ele.

— Crianças fazem coisas estúpidas.

— Como a vez em que você me deu um novo olho de papel machê.

— Isso não foi estúpido.

— A saliência.

— Para você conseguir enxergar de canto de olho.

— Você não pode achar que a garota ficaria melhor comigo. Você viu a casa Meyer, a vida...

Saint perseguiu a vibração errante com os olhos como um morcego.

— Eu vi. E você viu. Mas vendo e...

— Sabendo?

— Compreendendo. Todos nós apoiamos você, Patch. Todos nós dizemos para você seguir em frente, mas onde exatamente está a frente? Não há outro lugar para onde possa ir. Enfrentar o passado é momentaneamente virar as costas para o agora. E quando você faz isso, você perde muito.

— E daí?

— Misty está te libertando.

— E se eu não quiser ser livre?

— Então você passará sua vida naquele porão, tentando entender a escuridão.

Patch exalou.

— Conte-me sobre a garota de Oklahoma.

Saint exalou.

— Não está na sua lista ou na nossa. Não há como saber exatamente quanto tempo ela ficou lá. A mãe dela está morta. Outra garota de Eli Aaron. Eu estudei a vida dela da melhor maneira que pude. Mas não encontrei uma razão.

— Precisamos de uma pausa em tudo isso. Nós nunca tivemos uma pausa.

— Uma multa de estacionamento. Um carro roubado.

— Qualquer coisa, Saint.

Saint bocejou e se espreguiçou.

— Pausas tendem a acontecer quando você para de procurar.

— Essa garota poderia ser Grace — disse ele.

— Sim. Mas você não acredita nisso.

— Não.

164

Eles a enterraram no pequeno cemitério ao lado da igreja São Rafael, num dia em que a névoa se espalhava nas colinas e o céu se desdobrava em um cinza sombrio em direção ao Vale do Cedro; onde apenas a fumaça da fábrica da John Deere, em Pecaut, lembrava Patch de que as pessoas ainda seguiam em frente, mesmo em um dia tão cruel.

Charlotte usava um vestido azul-marinho e não chorou. Seus sapatos eram sandálias de couro envernizado. Ele olhou para os dedos dos pés dela, para as orelhas e para seu cabelo loiro e fino. Ele pensou que poderia levá-la ao Lago Clear Spring para caminhar e talvez ir para a água para pescar *walleye* e robalo.

Ela fez perguntas pontuais sobre sua vida e seu passado, e ele respondeu com muita sinceridade, o que irritou a avó da menina, que, às vezes, olhava para Patch como se ele pudesse fazer pouco além de quebrar o coração de sua neta da mesma maneira insensível que fez com o de sua filha.

Patch reconheceu mulheres que já foram garotas com quem ele havia estudado, e elas enxugavam os olhos encobertos por óculos. Quando os homens altos baixaram o caixão polido, a mãe de Misty finalmente gritou.

Ele queria dizer a Charlotte que ficaria tudo bem.

Ele não queria mentir.

Patch seguiu sua filha e, em sua mãozinha, ela agarrou pétalas e as jogou na caixa de madeira que continha o corpo de sua mãe.

— Não se chora porque acabou, se sorri porque aconteceu — disse ela.

Ele pensou nos livros de Charlotte, mas ainda assim, ele não conseguia sorrir.

Quando terminou e Charlotte foi levada para o pequeno salão, Patch caminhou até o Chefe Nix, que ficou sozinho de um lado.

— Que dia — Nix disse. Ele usava óculos escuros, mas eles não conseguiam esconder sua tristeza. Ainda era sua cidade, as pessoas sob seus cuidados. — É bom vê-lo, Joseph.

Patch finalmente sorriu e os dois homens apertaram as mãos. O aperto do chefe estava frouxo, como se ele não carregasse força alguma. Saint contou a Patch sobre o derrame que Nix sofreu enquanto estava pescando. Disseram que foi por pouco.

Eles olharam para o chão. As flores em abundância. Um grosbeak, um pássaro raro, chamou a atenção e os dois homens o observaram.

— Monta Clare... em qualquer outro dia seria uma bela cidade — disse Nix.

— Eu não acho que pode voltar a ser. Não da mesma maneira.

— Como você está, Joseph? Diga-me que você fez algo bom. Que tudo aquilo não te destruiu.

Patch se perguntou sobre sua franqueza e pensou que talvez fosse o derrame. Ele não tinha tempo para conversa fiada.

— Ainda estou procurando por ela.

Nix fechou os olhos lacrimejantes e acenou com a cabeça, e quando os abriu novamente, uma lágrima caiu, mas ele não se moveu para enxugá-la.

— Saint disse que você nunca vai desistir.

— E você desistiu? — perguntou Patch.

— Eu nunca desisti de você. Eu nunca parei de esperar que você encontrasse seu caminho para outra vida. Um melhor...

Ele engoliu em seco.

— Minha mãe... ela sempre falou muito bem de você, chefe.

— Só me chame de Nix agora. Eu não sou chefe desde aquele dia, Joseph. Não de verdade.

Nix olhou para o túmulo, fez o sinal da cruz e se virou para ir embora.

— Vou encontrá-la? — Patch perguntou e se sentiu como uma criança.

Nix se virou.

— Naquele dia, quando tudo aconteceu, você voltou diferente. Você estava forte e focado.

Patch pensava nisso com frequência. A divergência. Às vezes, ele imaginava uma versão alternativa, onde ouvia Misty gritar e não intervinha. Ele imaginou a si mesmo e a vida que levaria. Sua mãe ainda viva. Os pedaços de suas vidas se juntaram como um vaso quebrado, reconstruído com tanta força que mal deixou uma falha.

— Mas o seu antigo eu, que eu costumava ver às vezes... Talvez tenha sido ele que você deixou no escuro. E só ele.

— Eu nem me lembro de mim mesmo antes daquele dia.

— Você voltou todo garanhão, garoto. Tão quente que havia apenas um lugar para onde poderia ir. Fiquei triste quando soube, mas surpreso? Não.

Patch olhou para trás, em direção à cidade de Monta Clare, e viu o que Nix devia ter visto: uma vida inteira de ordem e decoro, de ser convidado para um café, de aparecer na escola primária e deixar as crianças segurarem seu distintivo. E então aquele dia.

—Você acha que as pessoas são boas? — perguntou Nix, e não havia nada de zombeteiro em seu tom.

— Todos nós somos capazes de bondade.

— Yin e yang nasceram do caos para existir em perfeita harmonia.

— Isso é uma fábula — disse Patch.

— As pessoas acham que talvez o bem e o mal encontrem uma maneira de coexistir, de manter o equilíbrio, o mal lembrando a todos da necessidade de um limite.

— Então Marty Tooms foi colocado nesta terra apenas como um conto de advertência?

Nix suavizou o tom.

— Marty Tooms é... — Ele limpou a garganta. —Você já foi a Yellowstone? Uma cidade chamada Cody fica na planície... uma imagem de fronteira. O Ramo Norte do Rio Shoshone. Você vai até lá, vê algo tão bonito, conhece certas pessoas e simplesmente... você sente.

— O quê?

— Que não há um Deus lá em cima. É tudo tão perfeito que não há como ele nos deixar soltos aqui para arruiná-lo.

— Estou cansado, chefe.

—Você tem uma filha agora. Tire um pouco de tempo para ela. E quando ela não precisar tanto de você, volte para sua busca. E desejo-lhe a melhor vida. Não há ninguém que mereça mais.

165

Charlotte chegou à porta da Casa dos Loucos com uma pequena mala branca decorada com borboletas azuis. Sua avó parou no final do caminho e acenou com a cabeça para Patch, e naquele simples gesto, ele entendeu o peso exato de sua responsabilidade.

Ela entrou no corredor e lançou um olhar crítico sobre os detalhes. Em cada tira de piso de parquet colocada por Patch em comprimentos exatos.

Charlotte não tocou em nada, manteve o casaco cor-de-rosa abotoado e o estojo agarrado ao peito. Ela olhou para as obras de arte, que revestiam cada parede, depois para o sofá chesterfield, o tapete de couro e as cortinas pesadas.

— Você quer ver seu quarto?

— Nada aqui é meu.

Ele a levou escada acima.

A cama era branca, a moldura ornamentada com rosas e folhas esculpidas. Um dossel cor-de-rosa pendia acima, caso ela quisesse se isolar do mundo. E, para esse fim, as persianas brancas que ele mesmo tinha feito, adaptadas com lâminas inclinadas porque o quarto dela ficava voltado para o céu ao sul. Ele temia que ficasse muito quente no verão, então ventilou as molduras; muito frio no inverno, então derrubou o drywall e adicionou outra camada de lã mineral antes de construí-lo novamente. Pintou várias vezes, vários tons de rosa que pareciam certos e errados enquanto pensava. Uma prateleira, porque Misty disse que Charlotte tinha muitos livros. Um armário triplo porque Misty disse que ela tinha muitas roupas. Uma dúzia de peluches porque gostava ela de animais.

Ela se virou e desceu de volta, e no quintal viu um grande carvalho, e dele pendia um balanço. Ela caminhou até lá, passando os dedos sobre o assento.

— É o balanço da minha mãe?

— Sim.

Ela se sentou lá sob a luz do sol, mesmo estando frio.

Ele não sabia como estar perto dela.

Demorou quase três horas para ela tirar o casaco, e outra para tirar os sapatos.

166

Naquela primeira noite, eles comeram pizza que ele mesmo fez porque temia que houvesse muito sal na comida da rua.

—Você cozinha igual a minha mãe — disse ela e se afastou.

Ele preparou suco de laranja para ela, mas também não sabia ao certo como diluir, então ela não o bebeu.

—Você quer um doce? Quer que eu faça uma banana split?

— Que porcaria é essa de banana split?

Ele descascou uma banana e acrescentou duas bolas de sorvete para ela e a observou franzir a testa e afastá-la.

— Parece mais uma merda de banana.

Ele preparou um banho para ela, depois ligou para Sammy, porque não sabia a que horas deveria colocá-la na cama.

— Meia-noite.

— Não é um pouco tarde? — perguntou ele.

— Onze e meia, então. Caralho. O que eu sei sobre criança?

Ele havia comprado uma televisão nova.

—Você quer assistir TV? Tem uma no seu quarto.

Ela se levantou abruptamente e subiu as escadas.

Ele esperou quinze minutos e a encontrou na cama, com seu pequeno corpo virado para longe dele.

— Quer que eu lhe conte uma história?

— Histórias são para crianças.

—Você quer que eu conte mesmo assim?

Ela não respondeu.

Ele contou a ela a história de um homem louco que dirigiu por toda Califórnia, do Lago Tahoe, passando por Mammoth Lakes, até a Bacia de Badwater, porque uma garota perdida uma vez lhe contou sobre torres de tufo e uma floresta de pinheiros que continha os seres vivos mais antigos da Terra. E das cem horas dirigindo pela Rodovia do Alasca, dormindo do lado de fora dos postos de gasolina, esperando que fossem abertos porque o próximo estaria a mais de um tanque de distância, e porque aquela mesma garota uma vez lhe disse que o Lago Muncho era exatamente da mesma cor de esmeralda de seus olhos.

Ele pegou uma pequena cadeira de madeira e a colocou do lado de fora da porta, sentou-se e se esforçou para ouvir sua respiração mudar.

Patch poderia ter ficado sentado lá a noite toda se não fosse pela batida na porta.

Ele abriu a porta para Sammy, que atravessou a casa e saiu para o quintal, onde lanternas se fixaram na pele dupla de tijolos, iluminando a copa quente.

Patch o conhecia bem o suficiente para pegar um copo da cozinha e segui-lo.

Eles se sentaram juntos enquanto Sammy se servia de uma garrafa de Blue Label.

— Não vai querer?

Patch acenou com a cabeça em direção à janela do andar de cima.

— Ah, sim, a princesa chegou.

— Existe uma razão para o Blue Label?

— Ligaram de Nova York.

Patch suspirou.

— *Grace Número Um*. Você não quer ouvir qual é a oferta? Divirta-me.

— Eu não me importo muito, e você sabe disso.

— Vai parar agora? — Sammy disse.

A pergunta pairava no ar fresco da noite.

— Eu me vejo na menina — disse Patch.

Sammy explodiu as bochechas.

— Então você tem que cuidar da criança.

— Não sei como.

— Você não sabia pintar.

— Você me ensinou.

Sammy riu baixinho, ainda desarmantemente bonito, embora os anos tivessem acrescentado cinzas.

— Você deve saber que isso não é verdade.

— Mas você acredita que nada é dado por Deus.

— Para isso, eu teria que acreditar em Deus, em primeiro lugar.

Ele acendeu um charuto e Patch olhou para cima, para se certificar de que a janela de Charlotte estava bem fechada.

— Você já pensou em Marty Tooms?

Patch sabia que os recursos estavam se esgotando, as suspensões, as apelações. Logo, a única pessoa que poderia levá-lo até ela estaria fora de alcance.

— Votaram em um novo governador — disse Sammy. — O nome dele é Mark Conrad Bracklin. As pessoas estão cansadas de velar pessoas. Será um momento sangrento o governo dele.

— Tooms deveria morrer pelo que fez.

Sammy fumou.

— Não sei qual é a minha opinião sobre isso. Isso muda dependendo de quanto eu tiver bebido. Você vai voltar a pintar?

— Não.

— Bem, então não vou perguntar de novo.

Naquela noite, Patch subiu as escadas e viu a luz fraca do quarto de sua filha. Ela dormiu profundamente com o controle remoto na mão. Estava prestes a desligar a TV quando viu a notícia do jovem que entrou em um hospital da base aérea com um Mak-90 e abriu fogo. Quatro mortos e mais de vinte feridos.

Patch sentiu o peso imenso de manter outra pessoa viva contra probabilidades tão implacáveis e aleatórias.

167

Eles encontraram o corpo na praia de Iona.

Saint atendeu a ligação tarde, ainda em sua mesa, Himes do outro lado da linha. Ela ouviu o toque da base de Newton, deu um gole no café e, finalmente, ouviu Himes mordendo alguma coisa.

—Você sempre consegue comer — disse ela.

— Sempre.

— Mas não significa que deveria.

— Ou que não deveria.

O fax demorou um pouco, Saint andando de um lado para o outro em seu escritório enquanto as imagens surgiam lentamente.

— Areia rosa — ela disse.

— Algo a ver com o paredão rochoso, as ondas e blá-blá-blá.

— Eu gosto quando você fica técnico.

Oito páginas. Ela se recostou na cadeira e olhou para o local, cavado longe e fundo. Nada além de ossos. Com o tempo, eles descobririam que o nome da garota era Crystal Wright.

Saint olhou para a preservação das contas do rosário.

— Ele viajou — disse ela.

— Foi pra longe mesmo.

— Quantas mais?

Com isso, Himes finalmente parou de comer.

— Uma já é muito.

168

Charlotte não falou muito naquele primeiro mês.

Ele a levou para a pequena biblioteca pública, surpreso que uma leitora como ela nunca tivesse ido lá antes.

— Então outras pessoas tocaram nesses livros, talvez até os tenham lido no banheiro, e então você simplesmente vai lá e os leva para casa? — ela perguntou.

Sua surpresa diminuiu.

Ela observava outras crianças com suas mães, constrangida, até que ele se agachou ao lado dela, escolheu alguns, e a conduziu até os pufes, onde ela se sentou com as costas retas por meia hora, com o livro fechado ao seu lado.

Ele escolheu quatro livros, de Louisa May Alcott a Robert Louis Stevenson, lembrando-se dos favoritos de Grace.

Na Casa dos Loucos, ela os deixou no balcão da cozinha, e ele passou a ler em voz alta todas as tardes. No começo, ela o declarou louco, disse-lhe para usar sua voz interior, calar a boca. Ele continuou dando vida a Jim Hawkins e Smollett, os amotinados e os *Hispaniola*.

Charlotte não se sentava perto dele; em vez disso, ele a via refletida na janela, encolhida atrás do sofá, escutando. No dia seguinte, ele colocou o tapete de lã fina em frente à lareira crepitante enquanto flocos de neve flutuavam do lado de fora da janela. Ela estava deitada como um gato, imóvel, com os olhos fechados, tentando não ofegar quando o assassino, Silver, atacou.

Ela se levantava cedo como ele, e antes do café da manhã, eles caminhavam até o sopé de sua terra em silêncio, onde ela recolhia as cinzas e ele as cortava. Eles encheram um carrinho de mão tão grande que ele lutou até que ela tomou um lado e juntos eles o levaram de volta para a casa.

Ela decidiu que gostava mais do cheiro de bétula, embora queimasse mais rápido e os depósitos de resíduos se tornassem mais difíceis de limpar.

Depois do café da manhã, eles caminhavam até a rua principal e passavam um pouco de tempo na galeria, onde Sammy olhava para a garota como se ela fosse uma espécie de touro, recuando cada vez que apontava os chifres na direção de uma pintura, insistindo que ela tirasse as botas antes de entrar, uma vez até sugerindo que ela usasse luvas de látex depois de voltar do banheiro.

Charlotte despachou cada pedido com uma selvageria que deixou Sammy silenciosamente impressionado.

Patch a colocou no estúdio, abaixou o cavalete e o banquinho e ignorou o olhar de Sammy enquanto colocava um pouco de tinta a óleo no quadro e dava a ela seus primeiros pincéis.

— Jesus — disse Sammy, mordendo o punho antes de encher o copo.

— De que outra forma ela vai aprender?

— Com os malditos lápis de cor — Sammy sibilou.

Patch não trabalhava havia um ano, apesar das ligações, das intermináveis cobranças de negociantes de Nova York desesperados para manter longa uma onda de popularidade.

Eles almoçavam no Lacey's Diner, onde Charlotte comia novas iguarias a cada vez. Hambúrguer de porco no café da manhã, batatas fritas caseiras, picadinhos de carne enlatada, bolinhos com molho rústico.

— Ela está com a boca suja de comida — disse Sammy, uma mão na sua com o horror.

— Ela é uma criança — Patch retrucou.

— Acho que não gosto disso — disse Charlotte, levantando os olhos de seu chili de carne.

— E ainda assim você lambeu o prato — disse Sammy, ainda sofrendo com sua tentativa de ensinar Lacey a preparar um croque madame. — Acho que o bechamel é maionese — disse ele a ninguém em particular.

Todas as tardes, Charlotte passava um tempo com a avó enquanto Patch se sentava no quintal sob a cobertura de um gazebo ornamentado que a mãe de Misty uma vez imaginou sua filha se casando embaixo.

Às vezes, Charlotte ia até o antigo quarto de sua mãe e tirava uma soneca, levando Patch a questionar se ela realmente deveria ter permissão para ficar acordada até meia-noite.

A Sra. Meyer lhes servia café e eles se sentavam na grande cozinha, olhando para o St. François coberto de neve.

— Você está se saindo bem — ela cochichou.

— Ela ainda me odeia — ele cochichou de volta.

— Ela está com raiva. Eu também estou.

— Eu me preocupo que ela não fale sobre a Misty — disse ele.

— Você já tentou?

— Ela muda de assunto. Ela não chora. Ela não quer visitar o túmulo.

— O tempo muda nossa capacidade de ver as coisas que nos machucam.

— Mas não muda a dor.

— Não. A dor, não.

169

Todas as noites, Charlotte sorteava receitas de uma pilha que sua mãe havia deixado para ela, e Patch dava o melhor de si para descobrir exatamente por que Misty o provocava do além.

Ele ficou próximo ao balcão de pedra e coçou a cabeça.

Charlotte usava um avental e coçava a dela.

— Então você assa, mesmo sendo um sorvete. E ele não derrete. E você faz uma esponja. E então você taca fogo nela — disse ele.

— Sim. E fica com gosto de Alasca.

Quase duas horas depois, eles se sentaram à pequena mesa de carvalho, cada um com sua colher, e comeram os destroços carbonizados.

— Acontece que o Alasca tem gosto de merda — disse Charlotte.

— Talvez devêssemos guardar essas receitas no porão. Numa caixa com cadeado.

— Eu nem sabia que existia um porão — disse ela.

Ele a levou para baixo e ela ficou diante das paredes, cada uma coberta de esboços, pinturas, recortes de jornais, cartas, mapas, cartões postais e fotografias. Ele não disse nada no início, apenas a deixou olhar ao redor enquanto caminhava e apreciava o auge da loucura de seu pai.

Por uma hora, ela folheou as últimas duas décadas de sua vida, até dizer que estava cansada e que queria dormir.

Ele a deixou um pouco sozinha e depois se aproximou, e em seu quarto ela estava enrolada para longe dele, apenas as estrelas do teto evitavam a escuridão total.

—Você quer descer? Assistimos a filmes todos os sábados à noite — disse ele.

— A garota — disse Charlotte, sem se virar.

Ele se acomodou no chão ao lado dela. No alto, notou Polaris um pouco para fora, empurrando a Ursa.

—Você me lembra dela — disse ele.

— Eu sei que você salvou a vida da minha mãe. Isso é uma coisa nobre, não é?

— Não sei.

— Por que você não sabe?

— Porque eu não escolhi. Se eu tivesse avaliado as opções e tomado a decisão de... de ajudá-la, então talvez as pessoas pudessem dizer que foi um ato corajoso. Mas se você apenas faz algo, se for algum tipo de reação instintiva, como podemos ter certeza de sua intenção?

— Ela disse que eu deveria ter orgulho de você.

— Acho que tenho que merecer isso, Charlotte.

— Eu queria você. Antes. Eu queria um pai.

— E agora?

— Agora eu sei que você não vai estar por perto. Você construiu uma casa e me acolheu. Mas... mas isso não é real. Você não tem uma vida, não tem amigos nem...

— E quanto à Saint? — perguntou ele.

— Ela atirou em você.

— Sammy?

— Mamãe disse que ele é seu cafetão — ela se virou. — Sabe o que mais ela disse?

— O quê?

— Ela disse que nosso coração só tem espaço para um tanto de amor, porque uma vez que ele é partido, ele encolhe.

Ele pensou em Misty, nas coisas que ele tinha feito.

— É com isso que você se preocupa, que eu não tenha espaço no meu coração para te amar?

Ela não respondeu.

E quando ela dormiu, ele se inclinou para perto e quis muito dar um beijo em sua bochecha macia.

— Eu sempre estarei aqui por você. Eu juro.

170

Uma hora depois do primeiro dia do novo semestre, ele abriu a galeria e vasculhou a correspondência, preocupado porque Charlotte havia lhe contado tarde demais que seus tênis estavam machucando seus pés. Quando ele foi colocar a correspondência na pilha para Sammy que viu o envelope caído na parte de trás da mesa.

Ele estava prestes a jogá-lo no saco, ignorando-o quando viu o selo postal.

Ao meio-dia, eles pegaram a Rota 63. Charlotte saiu da escola, a senhora na secretaria olhou para Patch como se estivesse ocorrendo um sequestro, mas ela era educada demais para intervir.

Charlotte assistiu ao verde interminável passar pelo lado de fora, esticando o pescoço quando passaram por Jefferson City e pelo rio Missouri.

Eles pararam para almoçar em Columbia, em frente à universidade, com suas colunas e gramados. Charlotte comia suas batatas fritas observando os alunos subirem os degraus de pedra.

— Você já pensou no que quer ser? — perguntou ele.

— Talvez escritora. Vou contar histórias e deslumbrar as pessoas com minhas palavras. Eu quero ir para Harvard.

— Como sua mãe.

— Mas não vou largar no meio.

— Ela era inteligente.

— Até você a engravidar. Eu sei que fui um acidente. Uma bastarda de Boston.

— Esse pode ser o seu pseudônimo.

Ela comeu duas fatias de torta, insistiu que queria uma terceira até que ele cedeu, e então ela vomitou pela janela ao passarem pelo Parque Estadual Finger Lakes.

— Eu me sinto melhor agora que coloquei para fora — ela disse, e vomitou mais uma vez do lado de fora do Templo Budista Silver Fork.

— Tenho certeza de que é um crime de ódio — disse Patch, enquanto enxugava a boca dela com um guardanapo.

— Você precisa se purificar antes de alcançar o nirvana — disse ela, e ele questionou os livros da biblioteca que ele permitiu que ela escolhesse.

Ela dormiu um pouco, acordando quando a vastidão de Minneapolis se descortinava em um horizonte que desaparecia.

Eles percorreram as ruas da cidade enquanto funcionários de escritório saíam de arranha-céus, rastejavam no trânsito pelo rio Mississippi, Charlotte observando as luzes enquanto conhecia a arborizada Saint Paul Street.

A casa era de tábuas cinza; a cerca de arame impedia que a erva daninha de folha larga chegasse ao vizinho. Eles bateram na porta e esperaram, embora estivesse claro o suficiente que o lugar estava vazio há muito tempo.

Naquela noite, enquanto ela dormia no quarto de hotel barato, ele levou o telefone para o pequeno banheiro e se fechou lá dentro, a porta bloqueando o fio enquanto ele discava.

— Onde você está? — perguntou Saint.

— Não sei.

— Como está a garota?

— Eu também não sei disso.

Ele sentiu o cheiro do mofo, o manto de fumaça em cada tecido, e ao lado ouviu o leve gemido de uma mulher exercendo seu ofício.

— Recebi uma carta — disse ele.

— Achei que tinha parado de dar importância a essas cartas.

— Esta foi como um sinal. E tinha o selo postal de Saint Paul. Grace mencionou uma vez a maneira como as luzes da cidade refletem no rio Mississippi.

Ele ouviu o cansaço em sua voz.

— Então você dirigiu quinhentos quilômetros até uma casa vazia.

— Mas consegui o nome. O vizinho saiu e disse que os Carter se mudaram um pouco depois do desparecimento da filha. Disse que me chamaria se descobrisse para onde eles foram.

— Charlotte deveria estar na escola.

Ele agarrou os joelhos até ficar totalmente escondido no escuro.

— O nome da garota desaparecida era Rosie. Você pode investigar se eu der o endereço?

Ela suspirou, quieta por um tempo.

— Você sabe que sim.

— Você já pensou na criança que você costumava ser, Saint?

— Leve-a para casa.

Sua voz ficou embargada.

— Estas... as desaparecidas, elas são como um lampejo de luz num mapa da escuridão. Eu descubro uma e vou em direção a ela, mas ela some antes de eu chegar. E depois de novo. E elas são apenas...

— Estou trabalhando num assassinato. Temos uma confissão, mas ainda investigamos cada ângulo. Compilamos até que essa janela de dúvida seja fechada.

Extratos e antecedentes, registros telefônicos e recibos de cartão de crédito. Respondemos a cada pergunta antes que elas sejam feitas. Eu ainda acompanho casos de sequestro sem me aprofundar muito. Ainda faço isso.

Ele abriu a porta. O luar estava sobre sua filha.

— Falei com o juíz. Eles vão garantir mais uma suspensão para o caso do Tooms — disse Patch. Ele já tinha feito umas doze ligações assim na última década; em uma delas até escreveu umas duas mil palavras pedindo ao juiz que fosse leniente. As pessoas achavam que ele estava fazendo algo nobre, que havia encontrado um deus que lhe roubara a sede de vingança, o desejo de restaurar algum equilíbrio.

— As pessoas são egoístas, Patch.

— Você não pode...

— Você tem uma filha. E a arrasta de um estado pra outro porque precisa de absolvição.

Ele olhou para a pia de calcário, sentiu o cheiro da água cheia de cálcio e magnésio, o quarto desolado.

— O que você acha disso?

— Você já ouviu falar da culpa do sobrevivente? — ela perguntou, sua voz uma nota mais baixa.

— Boa noite, Saint.

— Ei. Nós não fazemos isso.

Ele ficou sentado em silêncio por algum tempo.

— Por que... Por que você nunca me pintou? — perguntou Saint, quieta.

— Porque você nunca precisou de mim.

Ele ouviu Saint respirar. E depois de muito tempo perguntou se ela estava dormindo. Ela não respondeu.

171

No quarto, ele pegou um cobertor do armário e o colocou na frente da porta. Ele verificou se as janelas estavam trancadas e depois se deitou. Sua cabeça ao lado de uma saia que cheirava a poeira enquanto ele verificava sua filha e sabia que ela não deveria estar lá.

O telefone tocou e ele atendeu antes que pudesse perturbá-la.

O vizinho havia encontrado um endereço de encaminhamento para os Carter. Ele anotou. Demorou dez minutos para descobrir que eles não estavam na lista de contatos.

Dakota do Norte estava no mínimo a oito horas de distância.

Nas estrelas, ele viu o destino, e não sabia como mudar o roteiro desbotado. Ele tinha visto coisas inteiramente belas. A Rodovia Kancamagus, o azul rasgado do Lago Crater. O nascer do sol sobre o Lago Tahoe, dois milhões de anos para esculpir aquele lugar.

O pôr do sol sobre um vale de primavera Skagit, as tulipas absolutas em cada tom. Ele estava sob o dossel de dois mil metros de Angel Oak. E cada uma dessas vezes ele foi lembrado de que não era obra de Deus, pois ao lado de cada uma dessas visões ele viu rostos perdidos e almas bombardeadas.

Patch soube naquele momento que havia chegado à sua última encruzilhada. Durante grande parte da noite, ele reviveu a primeira metade de sua vida.

Ele pensou que aquilo não o havia levado a lugar nenhum.

Mas o levou até Charlotte.

E quando a terra girou o suficiente, e seu quarto de hotel barato recebeu os primeiros raios de sol, ele pegou o endereço, rasgou-o ao meio e o jogou no lixo.

— Tenho espaço para você — disse ele, tão quieto que ela nem se mexeu.

Naquele momento, ele soube que havia encontrado sua filha.

E que havia perdido Grace.

O Intervalo

1995

172

Um ano tranquilo se passou desde aquele dia em que ele se despediu de Grace.

Um ano em que ele acompanhou sua filha para a escola e notou as estações mudando de acordo com as roupas que ela usava. Em janeiro, eles se sentaram na Casa dos Loucos com Saint e a avó dela e assistiram aos San Francisco 49ers destruírem os Chargers no Joe Robbie Stadium. Naquela noite, Charlotte encontrou uma velha bola de futebol no sótão, foi para o quintal congelado e praticou até conseguir fazer passes longos, escolhendo Patch como recebedor na zona de pontuação próxima à cerejeira, seus dedos tão vermelhos que ele a levou para dentro para descongelar.

— Acho que talvez eu queira ser jogadora de futebol — disse ela durante um jantar de ravióli torrado.

— Esportes de contato podem te deixar estéril — disse Norma.

— O que é estéril? — Charlotte perguntou.

— Incapaz de ter filhos — disse Norma.

Charlotte deu de ombros.

— Talvez eu nem queira ter filhos. Eu posso ser lésbica, como você.

Norma suspirou.

Eles dirigiam até o cinema Alamo e assistiam a um filme na última sexta-feira de cada mês, compartilhando pipoca. Charlotte tremendo de medo enquanto Freddy Krueger abria caminho através de um Novo Pesadelo.

— Tem certeza de que isso é adequado? — perguntou ele.

— Sim — disse ela, com o rosto enterrado nas mãos.

Na primavera, eles se amontoaram e assistiram a uma bomba arrancar o coração de Oklahoma, Charlotte incapaz de dormir naquela noite, sua mente nas famílias, nas dezenove crianças. Ele se sentou na cadeira ao lado da porta dela até o nascer do sol. Às nove, eles se juntaram a um grupo na Igreja São Rafael, baixaram a cabeça e acenderam velas.

Charlotte leu sobre uma mãe que havia perdido a filha nos escombros. Por sete horas, a mulher temeu sua morte até que a garota fosse retirada dos escombros, seu rosto enegrecido de poeira, seu reencontro capturado por uma única câmera que se transformaria na lente do mundo enquanto era veiculada em todos os jornais, não como um símbolo do que foi perdido, mas como um símbolo de esperança e promessa contra as mais duras probabilidades.

No dia seguinte, ela perguntou a Patch sobre as meninas desaparecidas.

173

Ao longo de um mês, ela fixou as fotografias num quadro e reuniu nomes e locais, recebendo um pouco da loucura de seu pai, embora ela estivesse mais ordenada e bem equipada.

Durante uma onda de calor em julho, enquanto a cidade de Monta Clare suava, Patch pegou seu pincel pela primeira vez em mais de uma década. Desta vez, ele manteve horários regulares durante o dia, certificando-se de passar tempo com sua filha, de que ela praticasse no piano de cauda que ocupava boa parte da sala de estar. E somente quando ela dormia ele fazia esboços, e somente antes que ela acordasse ele pintava à luz da manhã.

Sammy notou a cor salpicada no jeans de Patch, a tinta seca sob suas unhas. Ele não perguntou, não sorriu, apenas respirou um pouco mais fácil, como se ele também tivesse encontrado o que parecia perdido.

Três meninas em mais de seis meses. Patch conversou com seus pais durante as ligações noturnas, aprendendo sobre suas vidas, suas características e esperanças. Ele não podia imaginar como aquele contexto afetava o instante que ele trazia à vida, apenas que conhecê-las tornava mais fácil encontrar seu tom. Enquanto outro inverno chegava, os dois foram assistir à *Toy Story* no cinema Alamo, Charlotte declarando que era um filme infantil de merda antes de enxugar os olhos quando Buzz descobriu sua verdadeira identidade. Patch observou que as meninas começaram a se vestir como sua mãe: jeans boca de sino e cabelos longos e lisos.

— Os anos 1970 estão de volta — disse Charlotte.

— Então finalmente estou na moda de novo?

— Não.

Diante da tranquilidade da lareira, Charlotte se deitou de barriga para baixo no tapete grosso e respondeu cartas que remontavam a uma década atrás, ao mesmo tempo em que Patch alinhou as meninas desaparecidas, cada uma em seu próprio cavalete, antes de ligar para Sammy.

— Eu tenho algo para você — disse ele.

— Finalmente — Sammy respondeu.

174

— Isso é novidade — disse Saint, enquanto Patch colocava o ensopado de Brunswick em sua tigela.
— Charlotte que fez.
— Sob coação — disse Charlotte.
Saint deu um gole e estalou os lábios.
— Posso até sentir o gosto da coação.
Charlotte revirou os olhos e desceu para o porão.
— Lembro da mãe dela fazendo esse mesmo gesto — disse Saint.
Patch sorriu.
— A maneira como você olha para Charlotte...
— O quê?
Ele bebeu seu vinho.
— Você, sei lá...
Ela jogou um pedaço de pão nele.
— Coma. Você está magro demais.
Depois, ela deixou Patch lavando a louça e desceu para o porão onde Charlotte trabalhava em seu quadro de avisos, seu nariz pequeno virado para cima, bastante concentrada, pés descalços no chão.
Saint ficou maravilhada com os detalhes, a escala do mapa e o grande número de nomes e datas colocados nele.
— O que cada cor representa? — perguntou Saint.
— As garotas em azul foram definitivamente sequestradas. Verde, fugiram. Laranja, desapareceram sem deixar vestígios.
Do Texas até as Dakotas, do Oregon à Virgínia.
— E as em vermelho?
Charlotte manteve os olhos no mapa.
— Essas são as garotas mortas.
Patch se juntou a elas, entregou a Saint uma taça de vinho e se acomodou no sofá baixo.
Por um longo tempo, Saint apenas encarou. A tarefa era grande demais.

Ela reconheceu alguns dos nomes.

Saint avançou e acrescentou Crystal Wright em vermelho.

Charlotte a observou em silêncio, respeitosamente.

— Eu as conheço de cor — disse Charlotte, e não foi uma ostentação, apenas um fato que deixou os três tristes.

— Angela Rossi — Saint disse baixinho enquanto olhava para o mapa.

Charlotte apontou.

— Summer Reynolds — Saint disse.

Charlotte a encontrou.

—Você escreveu Colorado's Kingdom — Saint disse, e apertou os olhos para o rabisco da garota.

— Nome antigo para Breckenridge. Eu gosto mais.

E foi então, depois de duas taças de vinho, duas porções de ensopado de Brunswick e uma fatia decente de bolo de chocolate, que Saint teve um estalo.

Ela lhes desejou boa-noite.

O coração batendo forte enquanto corria de volta para o carro.

175

Saint ouviu as fitas da entrevista em seu apartamento. Fitas que ela não escutava havia mais de uma década.

Ela ficou sentada lá a noite toda, a cortina aberta para a lua minguante e os sons da cidade e o conforto dos motores dos carros.

Seu próprio mapa pregado na parede.

No aparelho de som, a voz do Patch de quatorze anos enquanto ele contava literalmente cada palavra que Grace havia dito.

— *Ela me contou sobre o céu em Baldy Point, como o Lago Altus-Lugert derrama da represa, abrindo caminho ao longo do rio Fork Red.*

Saint marcou o Parque Estadual da Montanha de Quartzo e o local do enterro de Sky Jones.

— *A corrida do ouro. Da Califórnia ao verão no Colorado's Kingdom. Claro, não é apenas um metal precioso enterrado na terra de ninguém, mas você entendeu.*

Saint marcou Breckenridge. Summer Reynolds.

Ela andou pela sala, com a cabeça leve enquanto respirava fundo e tentava acalmar o jorro de adrenalina.

— *Há quanto tempo estou aqui?* — perguntou ele.
— *Dez dormidas.*
— *Deve ter sido mais do que...*
— *Sua cabeça estava nas...*
— *Nuvens* — disse Patch.
— *Sim, mas o pico das nuvens, com o anjo. Você consegue ver a Lua Enevoada lá de cima?*

Saint marcou o Tensleep Creek. Alimentado do Pico das Nuvens. Angela Rossi.

Ela andou de um lado para o outro novamente. Sentou-se por mais duas horas.

— *Pinte-me* — disse ela.
— *Eu preciso ver você.*

— Estou parada na Costa Norte, um cor-de-rosa sob meus pés porque as tempestades do nordeste expõem riólitos tão belos que mal dá para acreditar. Talvez eles me preservem ou algo assim. A setenta quilômetros de profundidade junto com os cristais. Mumificada em rosa. Tomara que isso mantenha minha aparência.

Saint marcou os setenta quilômetros a partir do passeio panorâmico da Costa Norte. Junto à praia cor-de-rosa. Cristal Wright.

Saint se sentou, a sala girando, ainda tonta quando pegou o telefone e discou para Himes.

— Grace.

— O que tem ela? — perguntou ele.

— Ela estava nos levando para as outras meninas.

Ele recebeu a notícia com uma tranquilidade que não dava para entender.

— Quantas?

— Quatro. Até agora. Mas ainda tenho algumas horas de gravação.

— Mais alguma coisa?

Saint tocou novamente. Alto.

— "Talvez um dia eu seja a primeira a vê-lo depois da Ressurreição."

— Maria Madalena foi a primeira a ver Jesus após a Ressurreição — disse Himes.

— "E se eu for escolhida, ele me mandará de volta para as três pessoas."

— A Trindade — disse Himes.

— "Verão meu sangue escorrer sobre a pedra negra como se eu nunca tivesse existido".

— O que isso significa? — perguntou Himes.

— Alguma coisa — disse Saint. — Tudo isso significa alguma coisa.

176

Vinte graus no Central Park.

Patch passou pelo monumento no lado sul e por homens e mulheres de terno e babás empurrando carrinhos cheios de crianças de olhos arregalados tentando entender a cacofonia. Por um momento, ele desejou encontrar a água, a balsa e cavalgar até que a ilha não fosse nada mais do que um pedaço de terra sem expectativas tão pesadas.

Charlotte o guiou pelo labirinto como um nativo, disparando carrancas para todos que chegavam perto demais, mostrando o dedo para um motorista de caminhão que buzinava insistentemente, antes que Patch pudesse fechar a mão em torno do dedo ofensivo.

— Em Nova York é matar ou morrer — disse Charlotte, olhando para o motorista e imitando uma decapitação com a unha do polegar na garganta.

Ela acenou com a cabeça para um porteiro, moveu-se para entrar quando Patch olhou para cima, o prédio tão grande que pesava sobre ele.

— Sua avó te hospedou no Plaza? — perguntou ele.

— É o dinheiro dela. Ela continua dizendo que não pode levá-lo para o túmulo. Será que ela não sabe como funciona a herança?

Sammy os encontrou no bar de champanhe às seis, vestindo um smoking azul-marinho, camisa branca e gravata dourada, com relógio de platina fina e abotoaduras que brilhavam quando ele pediu três doses de Macallan dezoito anos e depois disse a Patch que iria pedir o reembolso de cada uma delas como parte das despesas.

Patch franziu a testa para Charlotte, que tentou "batizar" sua Coca-Cola enquanto Sammy acenava com a cabeça em aprovação.

— Que tal um *mint julep*? Vamos ler *Gatsby* no próximo semestre — Charlotte disse ao barman.

— Quando em Roma... — Sammy completou.

— Ela tem doze anos — disse Patch.

Sammy acenou para ele.

— Tomei meu primeiro dedinho de *Châteauneuf du Pape* quando eu tinha só uns...

Patch respirou novamente quando a Sra. Meyer atravessou a grande sala. Lustres pendiam diante de cortinas douradas que emolduravam a vista da Quinta Avenida e da Fonte Pulitzer.

Elegante num vestido verde e saltos, ela chamou Charlotte para trocar de jeans e tênis.

— Nervoso? — ela perguntou a Patch.

Ele deu de ombros, embora ela o lesse, estendeu a mão e tocou seu braço quando ela saiu.

Sammy o avaliou cuidadosamente, desde a jaqueta escura até a calça creme, a camisa branca por baixo com três botões abertos para a pele bronzeada de tanto trabalhar no quintal.

—Você está parecendo…

— Um cuzão? — Patch sugeriu, baixinho no ouvido de Sammy.

Ele observou a cidade pela janela, pensou na noite que se aproximava, por um momento querendo voltar para o hotel e se esconder, para deixar Sammy fazer o que sabia e relatar os resultados quando acabasse.

—Você está fazendo isso por elas — disse Sammy. — E pela garota.

Patch não sabia exatamente à qual garota ele se referia, mas supôs que fossem às duas. Ao futuro de Charlotte e à memória de Grace.

Patch tentou pedir um Yoo-hoo ao barman, e Sammy suspirou.

—Você nunca se cansa de me envergonhar, né? — disse Sammy.

— Não sei do que você está falando.

— Precisamos levar um Van Winkle Reserva Especial para comemorar — retrucou Sammy, sinalizando ao barman.

Patch verificou o cardápio, viu os preços e morreu um pouco por dentro.

177

A galeria ocupava um prédio de tijolos vermelhos na Wooster Street. Patch saiu do barulho e tirou um momento para respirar, observando os carros passarem pela estrada de paralelepípedos, os motoristas se esforçando para dar uma olhada pelas janelas de altura dupla onde duzentas pessoas que Patch não conhecia, mas que pareciam conhecê-lo, olhavam para os melhores trabalhos que ele já fez na vida e não vacilavam com os números quando perguntavam. Charlotte havia coligido com Sammy, e Patch viu esboços de que mal se lembrava, trabalhos iniciais tão rudimentares que quase sentia vergonha de que as pessoas estivessem lançando seu olhar crítico sobre sua curva de aprendizado.

As estrelas eram as garotas desaparecidas, intituladas apenas por seus primeiros nomes, de Lucy a Anna, de Ellen a Eloise. As pessoas competiam para ficar diante deles, para ler as pequenas notas ao lado que não diziam o suficiente sobre suas vidas.

As pessoas estavam ao redor delas, em blazers monocromáticos, camisas engomadas e sorrisos fáceis. E logo houveram lances para as obras que saíram de sua mente; uma senhora de Sacramento pagou uma pequena fortuna por um esboço que ele havia feito em uma noite tão miserável que ele dormiu no chão de carpete em um quarto de motel velho; nu, sob a luz da lua que iluminava o mofo preto no revestimento de alumínio. Não havia glamour em nada daquilo.

Ele perguntou à senhora por que ela queria.

— Você não consegue ver como você faz a tragédia ser bela?

— Não — ele disse, e Sammy o conduziu para fora, preocupado que ele pudesse arruinar cada venda.

Através do vidro, ele observou sua filha, luminosa num vestido cor-de-rosa que a fazia parecer sua mãe, e por um momento ele sentiu falta de Misty; a dor ainda capaz de pegá-lo, como se a perda fosse para sempre fresca.

— Você está fugindo da sua própria mostra?

Patch se virou e a viu, seu sorriso genuíno pela primeira vez naquela noite.

— Olá.

— Ei, garoto.

Ele abraçou Saint com força, segurou-a por tempo demais, porque quando ele parou, viu aquela preocupação ali e se perguntou se ele sempre teria quatorze anos para ela.

— Eu gosto do tapa-olho.

Ele estendeu a mão e o tocou com a mente distraída, sua filha insistindo que aquela noite seria o mais próximo que ele já chegou de um casamento enquanto ela jogava a caveira e os ossos cruzados nele antes de partir.

— Estou surpreso que você tenha vindo — disse ele.

— Estou trabalhando em algo perto daqui.

— É claro.

— E eu queria vê-lo. Para ver o seu sucesso. Tem muita gente lá.

— Sammy.

— Sei.

Ela se aproximou da janela, colocou as mãos em concha para bloquear o brilho.

— Por um momento pensei que era Misty Meyer. Porra, ela é...

— Eu me preocupo que não sirva para nada. Tudo isso.

— Já passamos por isso tantas vezes, Patch.

— Eu sinto que estou atuando. Quando estou sendo pai, quando estou sendo amigo. Quando faço algo para comer ou quando tomo banho. Estou desempenhando um papel numa história que no fundo você sabe que não pode terminar bem.

— Então, como isso termina? — ela perguntou.

Ele olhou para a Washington Square, com as botas na calçada.

— Que tal numa praia em algum lugar longe daqui.

— Ou em um navio.

— Ou em alguma cidade distante...

— Fazendo mel.

— É assim que chamam hoje em dia? — Ela riu, uma adolescente mais uma vez.

— Às vezes, eu me convenço de que ela não era real. Sabemos que Tooms é louco, ele dirá qualquer coisa, mas ela... Você nunca encontrou nada. Nada. Então, se ela não fosse real, eu já saberia a esse ponto. Mesmo tendo que olhar para trás e encarar tantas perdas que nem podem ser contadas.

— Você já pensou que talvez não tenha sido uma perda?

— Como assim? — perguntou ele.

— Ela abriu seu mundo. Você viveu. Quantos de nós podem dizer isso, realmente?

Ela viu a pintura pendurada no centro.

Grace Número Um.

Ele não iria vendê-la.

— Olhe para nós, Saint. Olhe onde estamos.

—Você descobriu? — ela perguntou.

Ele parecia intrigado.

— Se rosas crescem na cidade de Nova York. Não me diga que você esqueceu, garoto.

Ele sorriu.

— Diga-me que você ainda toca piano.

— Eu toco. Eu fiquei preocupada, achei que poderia ter me esquecido, mas acontece que algumas coisas ficam, sabe.

Embora a rua se enchesse apenas com os sons de carros e a rajada silenciosa de vapor das aberturas, ele a pegou nos braços e lentamente começou a se mover com ela.

—Você está tonto? — ela perguntou.

— Um pouco. Eu culpo Van Winkle.

— Porra, Sammy.

Patch pressionou a cabeça contra a dela.

—Agradeço ao Senhor por haver pessoas como você.

178

Uma hora depois, ele atravessou a rua e não olhou para trás enquanto subia a Sexta Avenida, perdido entre estranhos enquanto respirava amêndoas caramelizadas que o lembravam de que ele não havia comido o dia todo. Ele se movia com facilidade, seus músculos se soltavam a cada passo enquanto passava pelo carrossel adormecido no Bryant Park, o coração pulsante de Midtown West e teatros brilhantes.

Às dez, ele encontrou uma cantina em Barbetta, sentou-se sozinho e comeu *garganelli* com molho de tomate e manjericão. Ele bebeu vinho tinto e deu gorjetas gordas.

— Como estava? — perguntou o garçom.
— Quase perfeito — disse Patch.

Ele caminhou a noite toda, sozinho e à deriva, embora certo de seguir seus passos.

O sol nasceu sobre Manhattan e Patch passeava à sombra da ponte do Brooklyn enquanto caminhões se alinhavam diante do mercado de peixes. Ele pensou em Skip e sua tripulação, naquela noite fatídica em que viajou para Boston e o universo conspirou.

Ele se juntou à agitação no Union Square Greenmarket e, sob tendas pontiagudas, observou as pessoas comprarem frutas frescas e queijos de fazenda, pão artesanal e carnes tradicionais. Ele se juntou a mil passageiros que inundavam o metrô antes de desaparecer em prédios prateados revestidos de vidro verde. Ele viu turistas, famílias, ouviu falar de Battery Park e barcos. As Torres Gêmeas, tão proeminentes que ele parou por um longo tempo e memorizou o horizonte.

Quando a hora parecia oportuna, ele entrou no Plaza e encontrou um canto tranquilo.

Sammy foi o primeiro a descer, ainda com energia porque não tinha ido para a cama.

Juntos, eles se sentaram numa mesa vestida de branco e Sammy disse a ele que venderam tudo na primeira hora. Na segunda, novos compradores procuraram os anteriores e ofereceram o dobro do que aqueles pagaram. Sammy não tinha visto nada parecido em duas décadas de vendas severas.

—Você enviará o dinheiro para…

— Eu sei, garoto. Eu sei.

Não era uma quantia que levantaria sobrancelhas no mundo da arte, mas era uma quantia que daria às famílias das meninas desaparecidas um pouco de liberdade para procurar, lamentar ou talvez apenas tirar um tempo para si mesmas.

Às onze, Charlotte carregou um jornal para o lendário bar de champanhe, onde Sammy bebia um bloody mary ao lado da Sra. Meyer.

Charlotte espalhou o papel sobre a mesa, depois se virou para a seção de Artes, onde viram a página inteira, a fotografia, a manchete.

PIRATA INVADE MANHATTAN

Charlotte se virou porque não conseguia conter o sorriso.

Seu pai estava no *The New York Times*.

179

A via expressa de Long Island.

O aquecedor soprou ar sonolento, e Saint quebrou a janela do carro alugado e observou o acúmulo de tráfego do túnel Queens-Midtown e além. Através do condado de Nassau e Suffolk, os cinzas ficaram verdes e ela sentiu um aperto no estômago ao encontrar a floresta em direção a Riverhead.

A voz de Patch falou através do aparelho de som.

Como aconteceu em todas as viagens que ela fez desde então.

Ela precisava ouvir a voz de Grace uma última vez para fazer a viagem valer a pena.

— *Talvez um dia eu seja a primeira a vê-lo após a Ressurreição. E se eu for a escolhida, ele me mandará de volta para as três pessoas. E elas hão de me santificar. Verão meu sangue escorrer sobre a pedra escura como se eu nunca tivesse existido.*

Saint abriu caminho por pequenas cidades e comunidades litorâneas há muito tempo expostas para a aproximação do inverno, o brilho do verão raspado pelos ventos revigorantes. Ela estacionou bem longe da igreja e levantou o colarinho enquanto caminhava por uma ampla pista de árvores esqueléticas e grama dormente que corria para as casas das famílias, a maioria já fechada.

A cidade era Black Rock.

Ela deu um passo para trás e olhou para a placa.

ST. MARY MAGDALENE
ESTRADA DA TRINDADE

180

Saint observou o campanário que se erguia de uma torre escura como ferro e, abaixo dela, a loggia com arcos cobertos com mosaicos finos.

Atravessou a porta principal e deu numa sala tão impressionante que, por um momento, Saint pouco pôde fazer além de desejar que sua avó pudesse vê-la.

Ela pensou em Grace.

Do porquê exatamente ela a levou a esta igreja, nesta cidade.

Saint se perguntou se havia outra garota enterrada ali. Ela havia pesquisado os arquivos de até quatro décadas atrás, mas não conseguiu encontrar nada.

Através de um labirinto de salas e de um pátio dos fundos, ela foi para um prédio menor onde os livros se erguiam de caixas de madeira manchadas de preto. Uma mulher estava sentada atrás de uma caixa registradora que Saint imaginou não ter muito movimento.

Seu crachá dizia Irmã Isabelle.

Do lado de fora, Saint circulou para o prédio de trás, a casa das crianças, o concreto ao lado colorido com linhas de giz e números e rostos sorridentes. Ela viu uma pena perfeita e a ergueu contra a luz. O cinza de uma pomba de luto. Norma uma vez disse a ela que representava proteção, amor e anjos da guarda. Ela a colocou no bolso.

Por duas horas, Saint tentou decifrar um código que não estava lá. Ela parou os moradores e perguntou sobre a história, passeou pelo cemitério e verificou cada uma das pedras.

Ela mostrou fotos de arquivo de Eli Aaron para a freira no caixa e depois para os velhos reunidos na porta da igreja.

No púlpito, ela rastreou o latim, passou os dedos sobre as esculturas de cada um dos bancos.

— O que você está tentando me dizer, Grace? — ela sussurrou diante da capela principal.

Saint deu um passo para o lado enquanto as irmãs passavam.

Embora ela mantivesse a cabeça ligeiramente baixa, notou a maneira como elas caminhavam, a maneira reverente como se comportavam.

Ela olhou para as sandálias delas.
Notou seus véus e túnicas, suas medalhas e penteados.
E então.
As contas do rosário que elas seguravam.

181

— Me mostre — disse a Irmã Cecile.

Saint tirou a bolsa de sua maleta e cuidadosamente colocou as contas do rosário sobre a mesa.

— Sim — disse a Irmã Cecile.

— É possível comprá-las? — perguntou Saint.

— Não ficam à mostra... não temos espaço suficiente nas prateleiras. As pessoas escolhem as opções mais baratas hoje em dia. Mas estas são madeira de cedro. Vidro preto. Irmã Agnes as fez, e ela tinha um olhar refinado. A medalha. É Maria Madalena.

— A padroeira dos pecadores arrependidos — disse Saint.

— Na minha experiência, não há outro tipo de pecador. Não no fim.

A mente de Saint correu para Marty Tooms enquanto ela tirava as fotos de arquivo de Eli Aaron e as colocava na mesa.

Irmã Cecile recolocou os óculos e olhou.

— Robert. Ele era coroinha. Eu me lembro de todos eles.

— Robert? — perguntou Saint.

— Robert Peter Frederick. Eu não o vejo desde...

— Ele desapareceu. Provavelmente morreu.

Ela recebeu a notícia sem choque.

— E você encontrou as contas do rosário com ele, é claro.

— Por que você acha isso?

— Robert era... desafiador. Ele tomou a Palavra ao pé da letra.

— É isso o que vocês ensinam, certo?

Irmã Cecile sorriu levemente, como se estivesse lidando com uma criança.

— Ensinamos o perdão. O nosso Deus não é vingativo. Robert estava sob os cuidados da Irmã Agnes antes de ela falecer.

— Ela dava os rosários para aqueles que ela acreditava que precisavam ser salvos? E por que ela achava que Robert precisava ser salvo? — perguntou Saint.

Irmã Cecile limpou a garganta.

— Uma mulher local engravidou antes do casamento. Ela se confessou, Robert a ouviu e a seguiu até em casa.

Saint olhou para ela.

O primeiro indício de cor apareceu nas bochechas da mulher mais velha.

— Nada aconteceu.

—Você disse isso à polícia? — perguntou Saint.

— A mulher saiu ilesa. Ela não quis registrar uma queixa.

— E Robert?

— Foi embora logo depois.

— Nós o conhecemos como Eli Aaron — disse Saint.

Irmã Cecile suspirou.

— Aquele que permanece como juiz.

— Como você...

— Eli, filho de Arão. Ele ocupou o cargo de juiz no Antigo Testamento.

— E o que aconteceu com ele?

— Ele foi decepcionado por seus filhos. Ele não os puniu com firmeza suficiente quando pecaram, então Deus o amaldiçoou.

— Ele não foi duro o suficiente — repetiu Saint.

Eli Aaron foi criado num orfanato. Ele viajou. Provavelmente havia mais sepulturas por aí em algum lugar. Mais desaparecidas que nunca seriam encontradas.

Ela a seguiu de volta para a livraria, onde a caixa registradora estava sem vigilância. Irmã Cecile foi até uma gaveta e pegou o último conjunto de contas do rosário.

Saint os pegou e já estava de saída quando encontrou Irmã Isabelle. As duas quase saíram para o ar frio quando ela ouviu.

— É o segundo conjunto desses que vendemos este ano.

Saint parou.

Frio.

E se virou.

— E quem os comprou? — perguntou Saint.

A Irmã Isabelle talvez tivesse a mesma idade que Saint, seu rosto austero, sua pele lisa e imaculada.

— Um homem.

Saint empalideceu.

— Não pode ser — disse a Irmã Cecile. — Ele... Como ele morreu?

— Eu botei fogo nele — disse Saint, pegando a fotografia.

Houve um momento em que ela soube. Apesar do tempo que passou.

Ela leu o olhar nos olhos da irmã Isabelle.

O olhar de uma mulher que acabara de ver um fantasma.

182

— Há uma chance de que ela esteja enganada — disse Himes.

— Eu vi isso em seus olhos.

Eles se sentaram juntos num café do lado de fora do escritório, um lugar para onde iam quando precisavam de consolo, para esquecer ou talvez para lembrar por que deram tanto de si mesmos.

Saint passou a semana investigando a vida de Eli Aaron. Com um pouco mais de informação, encontrou um registro que indicava a data em que ele chegou ao abrigo. Com apenas seis anos de idade. Sua mãe tinha antecedentes: uma mulher que vendia o corpo por dinheiro. Vício. Overdose. Uma história tão repetida que Saint nem sequer piscou enquanto lia.

Ela pegou o nome da mulher que ele havia seguido até em casa após aquela confissão. Não conseguiu nenhuma informação além das que Irmã Cecile já havia fornecido.

— Eu realmente pensei que o tinha matado, Himes. Ele está morto — disse Saint.

— Então ele comprou mais contas de rosário este ano? — perguntou Himes.

— Sim.

Himes pegou seu hambúrguer.

— Você sabe o que isso significa.

Ela fechou os olhos.

— Isso significa que você tem que matá-lo novamente.

183

— Posso ver o lugar onde seu olho deveria estar? — Charlotte perguntou.

— Posso pensar em presentes melhores para te dar. Não é todo dia que uma garota completa treze anos.

As mudanças começaram um pouco menos de um ano antes, com Charlotte alegando que atingir a adolescência provavelmente a mudaria a ponto de torná-la irreconhecível. Ela disse que precisaria de um sutiã novo, do tipo que lhe deixasse com decote. Ele ligou para a avó da menina imediatamente, e ela apareceu naquela tarde e levou a garota para a cidade para a loja da Srta. Delaine. Provas e compras foram feitas. Patch se escondeu no quintal até ter certeza de que o assunto havia sido resolvido.

Charlotte também alegou que precisaria de uma cópia da chave da Casa dos Loucos, que ele fez na Monta Clare Hardware. Ela precisaria de um vestido para o dia e outro para a noite. Outra visita à Srta. Delaine, mas desta vez Patch ficou na calçada enquanto a menina e sua avó atacavam as prateleiras com ferocidade.

— E eu vou precisar dar uma festa — ela disse durante um café da manhã de muffins e bacon.

Patch olhou para cima.

— Que tipo de festa?

— Elegante, extravagante, selvagem e opulenta.

— Eles precisam mudar a lista de leitura da sua escola.

— Tem que ter uma bandeja de profiláticos caso as coisas fiquem turbulentas.

— O quê? Tipo antibióticos?

— Não. Mas pegar um pouco de penicilina não é uma má ideia.

Ele a manteve longe da escola no dia, falou com sua professora, Srta. Lyle, que franziu a testa e mencionou a política da escola. Também disse que tinha visto seu trabalho pendurado na vitrine de Sammy. Patch concordou em dar uma aula de arte e uma troca foi acordada.

Às seis, ele a levou até a cozinha, onde uma caixa de joia estava no balcão.

Ela removeu o colar e o segurou, uma única pedra pendurada numa corrente, do mesmo azul que seus olhos.

— Como o da mamãe — ela disse, por um momento em silêncio antes de se recuperar. — Quer dizer, não é o que eu escolheria, mas talvez eu possa penhorá-lo um dia e isso me impeça de fazer pornografia de verdade.

— É tudo o que peço.

E então ele entregou a ela o pedaço de papel.

O esboço que ele havia concluído quase quatorze anos antes, enquanto sua mãe dormia. O esboço que Misty deixou para que ele pudesse se lembrar de que em seu mundo, em sua vida, algo especial havia acontecido.

Charlotte encarou por um longo tempo.

— Eu desenhei isso no dia em que você foi concebida.

— Que nojo! — Saint apareceu como se pudesse sentir o cheiro dos muffins, e do lado de fora, na calçada, sob o cair das folhas de outono, ela parou um trailer, e em cima dele havia um favo de mel com sete alvéolos e uma colmeia de cedro com janela de observação.

Charlotte circulou.

— Lindo. O que é? Algum tipo de laboratório móvel de metanfetamina?

Saint falou sobre cera de alta temperatura, favos de fluxo automático e chaves para mel.

— Muito mais simples do que o que eu tinha.

— Você está bem, Agente Especial Brown? — Patch perguntou.

— Estou bem — disse ela, e se perguntou se isso já tinha sido verdade para qualquer um deles.

— Alguma novidade?

— Não.

Ela havia contado a ele sobre Eli Aaron. Como os policiais em todos os estados tinham uma foto e uma descrição que estavam muito desatualizadas. Ela passou uma semana vasculhando imagens de câmeras de segurança num raio de oitenta quilômetros da igreja onde Eli Aaron pegou as contas do rosário. As irmãs não tinham certeza da data, apenas da estação. O trabalho foi meticuloso. Ela ainda não tinha chegado a lugar nenhum.

— Existe uma chance... todos esses anos? — perguntou Patch.

— Há uma chance.

— E se você o encontrar...

— Então ele pode nos levar à Grace.

184

Meia hora depois, Sammy chegou, e os três se reuniram enquanto ele colocava um grande estojo de latão e couro no balcão, abriu a fechadura e levantou a tampa de pinho sólido.

Charlotte olhou para dentro, cabelos loiros caindo sobre os olhos esfumados com sombra.

— Você comprou uma espingarda para ela? — perguntou Saint.

— Boss and Co., Londres. 1912. A história diz que foi usada para despachar um irlandês por dívidas de jogo.

Charlotte soltou um longo assobio enquanto a segurava e engatilhava.

— Ela é... é simplesmente perfeita. Obrigada, gentil Samuel.

— Isso vai manter os meninos afastados — disse Sammy. E piscou para Saint.

— Ou talvez atraia o tipo certo — disse Charlotte. E piscou para Saint.

— E então você pode prendê-los — disse Patch. E piscou para Saint.

— Tecnicamente, é apenas um piscar de olhos quando você faz isso — disse Saint.

Patch franziu a testa.

Saint teve que voltar para o Kansas, então eles fizeram a viagem de cento e trinta quilômetros apenas pai e filha, Charlotte falando da festa, sobre um garoto chamado Dallas, que Patch não gostou logo de cara.

— Quer dizer, ele já tem três namoradas, mas elas não vão ceder, então eu acho que tenho uma chance de verdade. E se não der certo, agora eu posso dar um tiro de verdade — Charlotte disse, enquanto eles andavam pela rodovia de quatro pistas, com árvores que cortavam o cinza.

Ele a observou falar animadamente. Seu ponto de referência, sua âncora para todas as coisas boas. Depois que o artigo foi publicado no *The New York Times*, as cartas chegaram ao ponto em que Sammy ameaçou o carteiro com uma ação judicial, então elas foram redirecionadas para a Casa dos Loucos, onde Charlotte continuou a agrupá-las, prometendo responder a cada uma, mesmo apenas para dizer que seu pai não tinha planos de pintar. A história foi divulgada por vários meios de comunicação e foi de Nova York ao longo da costa até grande parte do país.

Antes de partirem, eles pararam no túmulo de Misty, e Patch deixou Charlotte lá com sua mãe enquanto ele caminhava pelo perímetro da Igreja São Rafael. Em seu retorno, ele viu seus olhos vermelhos, ofereceu-lhe a mão, da qual ela se esquivou.

— Um pássaro cagou no meu olho — disse ela.

Eles estacionaram e atravessaram os portões do Zoológico de Culpepper.

Sob um sol fresco, ele observou enquanto ela desenrolava um mapa, tirava uma caneta do bolso e marcava uma rota que passava por todos os recintos, permitindo-se ser criança por um momento.

Ele comprou ração para os animais de fazenda, e ela segurou a mãozinha espalmada enquanto as cabras chegavam à cerca. Na tonalidade suave do aquário, ela pressionou o rosto contra o vidro ao passar por uma bótia-palhaço. Quando ela abriu a porta pesada e levou o pai para a casa dos répteis, ele começou a sentir algo. O calor subiu por sua pele fria e úmida.

Ele tentou se acalmar, atribuindo a aceleração do pulso ao excesso de café. Ele conseguiu sorrir para ela, mas estendeu a mão e agarrou a parede de pedra lisa para se manter em pé. Ele pressionou a mão no peito, depois no pescoço.

Ele a ouviu chamando para ver as cobras, mas seus músculos se contraíram. Ele praguejou baixinho, concentrou-se nela e na maneira como ela observava os répteis enquanto ele tentava encontrar equilíbrio. Piorou, suas mãos começaram a tremer enquanto seu corpo lutava contra ele. Ele a viu quando fechou os olhos. O rosto de Grace tão presente e real.

A última coisa que ele ouviu foi o choro de sua filha em seu aniversário.

185

Patch acordou numa sala de cirurgia, por um momento tão perdido que achou que tinha quatorze anos novamente, procurando a enfermeira ou o médico para lhes dizer exatamente onde esteve no ano passado. Talvez ele tivesse sonhado tudo, e ele andaria pela rua principal e veria Misty Meyer nos braços de Chuck, sua mãe dormindo no turno da noite. Outra chance de cometer novos erros, esses menores em todos os sentidos.

À sua frente, as janelas se abriam para a copa das árvores esparsas, o céu um lago claro, a vista de guarda-chuva de mil flores brancas.

Ele viu um carrinho de metal, um computador e, acima dele, um aglomerado de luzes alienígenas que floresceram de uma haste de aço. Na parede havia um monitor, e ao lado dele uma mesa branca com um homem sentado atrás dela.

Patch levou mais um momento para se lembrar, e então ele se sentou e fez o carrinho chacoalhar.

O homem se virou e levantou a mão com um gesto para acalmar, olhou em seu olho como se o conhecesse.

— Sua filha está com a guarda Jen. Eu acredito que elas estão alimentando os suricatos nesse momento. Você desmaiou. Não é a primeira pessoa a desmaiar no zoológico, então não se preocupe com isso. Geralmente acontece no verão, quando o calor aumenta. As pessoas não usam chapéus, não se hidratam.

— Foram... as cobras. O cheiro delas ou algo assim.

Ele tinha um rosto gentil, embora não sorrisse.

— Você está doente?

Patch balançou a cabeça.

— Você está tomando algum medicamento?

— Não.

— Sugiro que visite seu médico. É sempre melhor quando essas coisas acontecem.

Patch se levantou, com uma leve dor de cabeça.

— Você não é médico?

— Não. Quer dizer, não de humanos. — Ele sorriu e entregou a Patch uma garrafa de água.

—Vou ter que te desinfectar. Tenho um lobo com tuberculose.

Patch agradeceu novamente, depois se virou, e foi quando viu o nome do homem gravado na porta.

Jimmy Walters.

186

Houve um momento antes que ele entendesse, antes que ele questionasse a trilha fria do destino, e naquele momento ele viu sua filha usando seu novo colar e cuidando de suas abelhas, assim como Saint havia feito com a avó.

Ele olhou para o homem, para suas mãos e braços, sua boca, lábios e olhos. Patch sabia bem sobre a podridão que se instalava no fundo, como você não podia dizer nada sobre alguém pela aparência ou pelo trabalho que fazia. Para ver a verdade, você tinha que estripá-los; tinha que olhar no fundo para o veneno em suas veias.

Jimmy disse outra coisa, acrescentou uma risada, mas Patch não ouviu nada disso, apenas viu Saint, sua amiga, em toda a sua pureza e bondade. Ele a viu rastejando pela floresta emaranhada, a mordida do inverno no fundo de seus ossos enquanto ela continuava olhando, procurando-o enquanto o mundo ao redor o enterrara havia muito tempo. Ele viu a maneira como ela cuidava de sua avó, a maneira como ela era com Charlotte, como esse homem havia tirado tanto de alguém que só dava.

Patch sabia que havia momentos em que você tomava uma decisão ruim, mesmo quando estava totalmente ciente do que viria.

Ele também sabia que não permitiria que sua filha crescesse num mundo onde os bons ficam ociosos. Num mundo onde seu pai não defendia os poucos de quem gostava. Certa vez, ele disse a Nix que havia deixado a versão antiga de si mesmo na escuridão. Mas ele sabia que isso não era totalmente verdade. Certa vez, ele disse a Saint que eles eram uma equipe. Um por todos, todos por um.

— Jimmy — Patch disse.

Jimmy concordou com a cabeça.

— Você se lembra de mim?

— Eu me lembro, Joseph — disse Jimmy.

— E você se lembra de Saint. Se lembra de espancá-la. De contar a todos na cidade...

— Que ela assassinou meu filho.

Patch conhecia a noção de propósito, de livre-arbítrio e um objetivo divino. Ele sabia sobre o determinismo e a necessidade de moldar o próprio futuro.

Ele sabia que poderia ter sido a única coisa ruim que Jimmy Walters já havia feito. Que talvez ele pudesse reescrever aquele capítulo e salvar sua própria história.

Patch sabia de tudo isso.

Mas nada que pudesse mudar o que aconteceria a seguir.

O Prisioneiro

1998

187

A janela era alta e estreita como uma caixa de correio virada de lado.

Com a largura de uma cabeça humana, espelhava uma luz no teto, de modo que, de seu beliche, Patch, às vezes, imaginava que o telhado estava aberto para o céu.

Sua visão do mundo se erguia por quatrocentos hectares de prisão e, além disso, uma torre de água apoiada em seis fusos, o mesmo branco da nuvem de inverno, com o ventre escurecido e cheio de chuva. Cabos telefônicos se cruzavam e, às vezes, ele os ouvia crepitar com mil vozes correndo para serem ouvidas. Ele imaginou mães e filhas analisando Monica Lewinsky, a situação de Hillary e sua conspiração no *Today Show*, enquanto Bill permanecia forte e nobre, erguendo camadas à sua casa de cartas, com fundamentos inquestionáveis. Talvez alguns caras falando sobre Dale Earnhardt e a natureza de uma vitória difícil. Uma linha para as grandes cidades onde os comerciantes falavam sobre seus negócios, o Dow atingindo recordes à medida que o desemprego despencava. Um tiroteio na escola Thurston, outro no Arkansas. Um tornado em Minnesota, outro em Birmingham.

A prisão era a terceira mais antiga do país, e seus anos podiam ser contados nas ranhuras das paredes de pedra e na eletricidade intermitente, na poeira encontrada nos vãos e no sangue do comércio de escravizados derramado cento e cinquenta anos antes.

Daquela janela, ele observou a nova prisão tomar forma; as fundações de cimento estavam em blocos enquanto retroescavadeiras amarelas dirigiam estradas esburacadas e escavavam o solo solto por britadeiras tão altas que as paredes de sua cela tremiam. Ao final de dias difíceis, os homens se sentavam em suas máquinas, fumavam e olhavam para a prisão. Patch levantava a mão, sabendo que eles não podiam vê-lo. E quando terminavam, eles passavam por verificações onerosas antes de pegar a estrada de doze quilômetros que levava de volta à civilização, onde podiam ficar em chuveiros escaldantes e lavar a sujeira de sua pele e da memória.

Embora a prisão fosse diferente, desde a sentença até rota de entrada, Patch continuou de onde havia parado, seu tempo fora um adiamento temporário de um julgamento que começou havia muito tempo.

Ele saiu de sua cela às sete, comeu um pouco, depois foi para a biblioteca da prisão no esterno do bloco central, por corredores caiados de branco que poderiam ser de um velho hospital se grades e fechaduras pesadas não acompanhassem cada porta. Após um ano de cuidados meticulosos, ele recebeu uma única chave que deveria buscar em uma central de serviços, atendida por um preso sem liberdade condicional que nunca sorria. Dentro da biblioteca da prisão, ele acendeu as luzes tão brilhantes que seu olho levou um momento para se ajustar à claridade, esvaziou a caixa de coleta e começou a arquivar os retornos. Quatro mil livros. Ele trabalhou com onze outros presos em rodízio, supervisionado por dois bibliotecários que vieram de cidades vizinhas e responderam às perguntas principalmente sobre direito e negócios. Patch trabalhou na seção de referências, construindo a coleção de arte como um complemento ao direcionamento dos novos para autoajuda, meditação e terapia cognitivo-comportamental.

Às nove, o bibliotecário Cooper apareceu com o jornal enfiado debaixo do braço, reclamando sobre o trabalho de construção, doze quilômetros respirando poeira enquanto seguia um caminhão de concreto.

Ele usava óculos, o cabelo um pouco comprido demais para a moda atual. Com um metro e oitenta de altura, largo e magro, ele manteve a ordem com o tom de sua voz, seguiu o protocolo porque estava arraigado. Ele começou a trabalhar um mês depois que Patch chegou, os dois tateando seu caminho juntos. Patch ofereceu apenas o necessário, fazia suas obrigações e acrescentava sorrisos quando necessário. E então, depois de quinhentos e treze dias, ele escreveu sua carta ao Diretor Riley.

Dois meses depois, Patch foi retirado de sua cela uma hora após o almoço, algemado e conduzido do andar principal até o quintal. O nome do guarda era Blackjack, e ele não falou uma palavra até que eles estivessem fora do centro de recepção.

— Escritório do diretor, o que diabos você fez, Patch? — Blackjack disse.

Patch lançou um olhar para o homem. Um e noventa e cinco de altura, cento e quarenta quilos. A maioria dos presos o chamava de Muralha, e diziam que o estado do Missouri poderia ter economizado alguns milhões de dólares em segurança apenas colocando Blackjack para tomar conta do portão principal.

— Eu sei que você não estava brigando. Eu teria visto o lençol.

— Como está sua menina? — perguntou Patch, e o grandalhão sorriu.

— Acertou.

A menina era a filha de Blackjack. Aos onze anos, ela havia sido encarregada de um projeto escolar sobre metais preciosos. Patch apontou Blackjack na direção de Gustav Klimt.

Eles andaram devagar porque Blackjack sabia que aquela sensação de sol na pele era maravilhosa.

— Eu sempre pensei que te conhecia, que seu coração estava no lugar certo. Por que diabos você foi matar aquele funcionário do zoológico? — Blackjack dizia todas as vezes.

188

Lá dentro, eles esperaram enquanto uma secretária se ocupava com um telefonema da 25ª Circunscrição Judiciária. Patch ouviu uns papos sobre suspeição e mudança de juiz enquanto a mulher fazia anotações.

Eles esperaram em silêncio por vinte minutos, Patch contente por deixar o confinamento de sua cela, observando os painéis de madeira, o carpete estampado e os suportes de bandeira dourados.

Blackjack o entregou ao Diretor Riley, que lhe disse para soltar as algemas.

— Somos cavalheiros — disse Riley, como se fossem tomar chá gelado com vista para sua plantação de almas perdidas. Ele apertou a mão de Patch com um pouco de força demais, seu rosto uma explosão de vasos capilares rompidos, olhos caídos e cicatrizes de gilete. Ele usava risca de giz, sua camisa um pouco apertada no pescoço, de modo que o excesso de pele transbordava como carne em um tubo enquanto ele conduzia Patch para se sentar diante da mesa de mogno.

Riley se afundou numa cadeira de couro marrom e, enquanto se movia para puxá-la para mais perto, Patch viu a grande parede atrás dele e a única pintura pendurada no centro sob uma luz de parede de níquel acetinado, como se tivesse sido colocada lá pela mão de Deus como um lembrete.

Houve um momento em que Patch olhou em volta, como se estivessem lhe pregando um peça.

E então ele olhou por um longo tempo para o quadro.

A rua principal repleta de cores que ele conhecia bem. Um restaurante tomou um lado, uma vista de colinas alimentadas por telhados de ardósia azul sob um pôr do sol que deslumbrava com duas dúzias de tons.

— Lindo, não é? — perguntou o Diretor Riley, virando-se para olhar. — Não há uma pessoa que venha aqui que não passe um bom tempo perdida naquela pintura.

Patch não o via fazia quase vinte anos. Sua primeira venda, seu toque bruto, ele viu apenas imperfeições. Manchas onde ele havia sobrecarregado o pincel, a mão pesada com o sangramento da calçada.

— Onde você encontrou? — Patch perguntou, paralisado.

— Aileen. Minha esposa. Ela decorou este escritório meia dúzia de vezes, escolhendo faixas e cores. Essa pintura é a única constante. Até a porra da minha cadeira foi escolhida para não a prejudicar.

Patch se lembrou de sorrir quando o homem riu.

Riley enrolou as mangas da camisa para trás sobre os braços rechonchudos e pegou a carta em sua mesa.

—Você quer um serviço de biblioteca para os cavalheiros do Nível C.

— Sim, senhor.

O diretor Riley se inclinou para trás, a cadeira rangendo enquanto ele inclinava os dedos e franzia a testa, como se o que já havia sido decidido ainda deixasse espaço para pensar mais. Patch tentou não notar a atração da pintura, aquela dor baixa em seu intestino, em seus ossos. Ele tentou não ver o rosto de Sammy enquanto trabalhava, o de Saint quando ela passava para deixar um prato de comida para ele porque sua mãe não podia cuidar dele. Ele tentou não ver Nix, Misty, a Casa dos Loucos e a cidade de Monta Clare. Mas, principalmente, quando ele se deitava num silêncio estrondoso todas as noites, ele tentava não ver Charlotte.

— O Departamento Federal de Penitenciárias faz certas recomendações.

— Sim, senhor — disse Patch, e parou de prestar atenção por um tempo, pensando sobre como trabalhou duro no ano anterior, esforçando-se para manter a cabeça baixa o suficiente. Não reagindo quando uma briga no pátio saiu do controle, quando um motoqueiro de Kansas City o encarou e lhe deu um soco forte de direita. Patch caiu de joelhos, cuspiu o próprio sangue na terra e levou alguns chutes nas costelas. Naquela noite, ele tossiu muito e sabia que suas costelas estavam quebradas, mas não disse nada sobre isso no dia seguinte, apenas continuou seu trabalho na biblioteca.

Uma semana depois, a gangue do motoqueiro queria que ele se envolvesse em um esquema, Patch imaginou que fosse com drogas. Sua resistência custou-lhe alguns dentes quebrados, até que Blackjack controlasse a briga. Naquela noite, Patch estava deitado em seu beliche, engoliu seu sangue e observou a brisa forte perseguir a sombra em sua cela até de manhã. Uma mesa e um banco aparafusados à parede. Uma bacia de aço e vaso sanitário sem tampa. Às vezes, o cheiro de merda fluía pela passarela como um rio, rastejando sob as portas como uma lembrança do esgoto entre eles.

—Você tem uma filha, mas ela não o visita?

Perguntou o Diretor Riley, folheando um arquivo fino, repreendendo o crime como se fosse a primeira vez que ouvira falar dele. Como se não tivesse aparecido nos jornais, a história do pintor famoso que deu um único soco no querido veterinário da cidade que bateu com a cabeça quando caiu para trás.

— E você vai à capela?

— Sim, senhor.

O Diretor Riley concordou com a cabeça, como se isso desse legitimidade à pergunta.

— Na sua carta, você disse que estava disposto a entregar os livros pessoalmente, porque não podemos dispensar os homens. Ouso dizer que não é um lugar onde as pessoas querem passar mais tempo do que precisam.

— Eu quero... Eu recorro à leitura nos tempos difíceis. Me perco nela por um tempo, todos nós precisamos disso às vezes. As pessoas dizem que não merecem, que nenhum de nós merece. Mas estamos cumprindo nossa pena. Muitos de nós não respirarão o ar livre novamente. Ler não é um privilégio, senhor. Acredito que todos nós temos o direito de deixar nossos problemas e escapar para outro mundo, mesmo que apenas através da palavra escrita.

Patch ouviu as palavras saindo da boca de Cooper enquanto as proferia. Seis meses de prática. Uma única oportunidade.

— E as pessoas no andar C...

— *Sejam gentis e misericordiosos uns com os outros, perdoando-se mutuamente, assim como Deus perdoou vocês em Cristo.* — disse Patch.

— Certo — disse o diretor Riley.

Naquela noite, Patch não dormiu.

No dia seguinte, ele visitaria o andar C.

O corredor da morte.

189

Saint estava sentada atrás de sua mesa no Departamento de Polícia de Monta Clare quando o telefone tocou.

O delegado Michaels se retraiu ligeiramente quando transferiu a ligação.

— É da escola, chefe — disse ele.

Michaels era uma década mais jovem e muito ansioso, usava um uniforme tão alinhado quanto seu corte de cabelo, raspado nas laterais, e parecia um fuzileiro naval que dera um passo em falso e acabou pousando longe da ação.

Saint suspirou e olhou para a rua principal enquanto falava com Mildred, a secretária do diretor; as duas se tornaram muito próximas agora que Saint, de vez em quando, levava para a mulher uma fatia da torta de nozes da Padaria Monta Clare que ficava no caminho.

Ela caminhava devagar, ouvia o canto do início da primavera de um junco enquanto olhava para o alto e observava Mitch Evans pintando a placa para os oftalmologistas. A área de preservação florestal havia sido aprovada numa reunião do conselho da cidade que havia sido tão acalorada que Saint ameaçou sacar sua arma para dissuadir os presentes. Ela parou para pegar uma pinha de Monterey do chão, verificou seu tamanho e cuidadosamente a colocou no bolso.

Mitch ergueu a mão. Saint preferia que ele se ativesse à escada.

Ela passou por Sammy, que atravessou a rua com um saco de papel pardo, adivinhou para onde ela estava indo e riu porque percebeu a aflição em seu rosto.

Lojas antigas com fachadas novas; carros que não ousavam estacionar em fila dupla, então davam mais voltas em busca de uma vaga; o esqueleto branco pichado na parede era tão primitivo que Saint rapidamente identificou os culpados: um grupo de jovens do ensino médio. Ela os fez passar o fim de semana inteiro esfregando a parede juntos, enquanto o cheiro de acetona pairava pelo ar e os moradores zombavam da gangue quando passavam por eles. As pessoas comentavam que ela era mais durona do que Nix, trabalhava mais e era mais inteligente, importava-se mais com as pessoas e levava cada infração para o lado pessoal, por isso as taxas de criminalidade foram quase reduzidas a zero. Isso se dava por conta da percepção da população, a veterana do FBI que voltou para sua cidade natal a fim de se tornar a chefe de polícia mais jovem da história do estado do Missouri. O respeito e o medo ficaram aquém da aceitação, pois ela sempre carregaria o trauma de Jimmy Walters.

— Foda-se. E foda-se a igreja — Nix disse, quando ele parou a caminho da farmácia no primeiro dia dela, seu nome em letras douradas ainda na porta de vidro numa demonstração de respeito.

Em Monta Clare High, ela se sentou no corredor familiar para resolver a situação com Mildred.

O diretor era novo; a rotina, não. Saint não precisava defender o caso de Charlotte porque todos sabiam, todo mundo sabia. Saint achava inclusive que isso era parte do problema, pois concordou com a suspensão de uma semana.

Lá fora, elas caminharam sob o sol a pino, e a garota transbordava arrogância. Saint já não aguentava mais fazer vista grossa para as transgressões que carregavam a marca de um tal Patch Macauley.

— Você quer fazer isso? — Charlotte disse, mechas de cabelo loiras, pele tão pálida e delicada, apesar do fogo que fervia logo abaixo.

— Quem foi? — perguntou Saint.

— Noah Arnold-Smith.

Saint conhecia o garoto, o tipinho dele. Não sabia como ser mãe ou guardiã, independentemente dos desejos de Patch.

— Você deslocou o ombro dele.

— Você me ensinou — Charlotte retrucou.

Elas pararam à beira da Walnut Avenue, onde as casas grandes foram sendo lentamente reformadas, e carros estrangeiros ocupavam calçadas de paralelepípedos perto de gramados de capa de revista cercados por sálvia azul e íris-de-crista.

— Você não deveria ter feito isso — disse Saint.

— Ele agarrou minha bunda.

Saint pensou em Noah Arnold-Smith, e como ainda carregava aquele riso sarcástico. Seus pensamentos remontaram a Chuck Bradley e como ele tratava Patch e a ela própria.

— Mesmo assim... você não deveria ter feito isso, Charlotte.

— Você conhece a família dele. Sammy disse à vovó que a Sra. Arnold-Smith é a maior cuzona.

Saint desviou o olhar por um momento, mordeu o lábio inferior até doer, a mesma coisa que fazia toda vez que a garota xingava daquele jeito.

Saint se sentou no banco e esperou uma eternidade para que Charlotte se juntasse a ela.

— Vem aqui — disse Saint.

Ela olhou para o túmulo de Misty, as flores trocadas toda semana pela Sra. Meyer.

— Você vai contar à vovó o que eu fiz?

Saint balançou a cabeça.

Charlotte colocou o cabelo atrás da orelha.

— Ela está perto de cortar minha mesada. E eu preciso desesperadamente daqueles cinco dólares por semana que ela me dá, se eu quiser economizar o suficiente para começar minha vida nova em Las Vegas.

— Certo.

A garota engoliu em seco.

— Eu não preciso vir aqui... é como se fosse um lembrete de quem estou decepcionando.

— Não é isso...

— Faltam menos de quatro anos até que você possa parar de fingir que se importa comigo, Saint.

190

Saint havia lido livros para pais na pequena biblioteca de Pecaut, recebeu conselhos de Norma quando a menina fez greve de fome; do Dr. Caldwell quando a menina fez greve de sono. Ela havia consultado a Sra. Meyer quando as notas da garota caíram. As duas tomavam chá juntas todas as segundas-feiras à tarde, observando as nuvens do Missouri, tão cinza quanto suas preocupações. Todos os sábados elas passavam algumas horas com Sammy, enquanto Charlotte se trancava no antigo estúdio de seu pai e tocava Nirvana tão alto que Sammy começou a arrastar uma poltrona de couro para a calçada e se sentar sob o sol da tarde. Ela nunca pintou nem um risco.

Terças-feiras, depois da escola, Saint a deixava numa pequena casa nos arredores do Thurley State Park, onde Charlotte se sentava em total silêncio no escritório da Dra. Rita Kohl. As contas foram enviadas para sua avó, a psiquiatra silenciosamente maravilhada com o voto de silêncio predominante da menina.

Saint falou baixinho:

— Há outro artigo sobre o seu... sobre Patch no *The Washington Sun*. Minha avó recortou para você. Agora as pessoas colecionam o trabalho dele... As pinturas que você tem são...

— Ela pode pegar tudo e jogar no lixo.

A luz do sol passou pela torre. Saint tentou visitar Patch uma dúzia de vezes. Ela podia fazer a viagem com os olhos vendados. Ela podia distinguir cadeias de montanhas distantes, conhecia cada buraco no caminho de doze quilômetros. Ela sabia que o prédio era muito velho, as celas como gelo no inverno, uma fornalha no verão. Saint fez campanhas silenciosas por mudanças, acrescentou seu nome a petições por instalações mais humanas, para agilizar o cronograma de obras. Às vezes, ela chegava ao portão alto e permanecia do lado de fora, conversando com Blackjack, um homem gigante que era tão doce com ela que se esquivava quando falavam.

— O que você fez com Noah... — Ela sentiu a garota olhar para ela. — Da próxima vez, ele vai pensar duas vezes antes de fazer isso com outra garota — disse Saint.

—Você acha?

— Eu não sou boa nisso. Eu não tive uma... Eu tenho minha avó e a amo muito, mas ela não é minha...

Charlotte observou o túmulo.

— Eu quero que me deixem em paz. Eu não quero falar quando as pessoas me pedem para falar. Ou pintar. Ou dividir a merda de sentimentos que eu nem tenho. Eu não quero que passem a mão na minha bunda. Se eu quiser me enfurecer, vou me enfurecer.

Saint se levantou.

— Neste fim de semana vou ensiná-la a romper um testículo.

191

Norma disse uma vez a Saint que era preciso uma comunidade inteira para criar uma criança.

Embora ela não tivesse uma comunidade, na última sexta-feira de cada mês, Saint abria as portas da casa alta na Pinehill Cemetery Road e preparava uma refeição para sua avó, Charlotte, a Sra. Meyer e, com relutância ardente, Sammy.

Às seis, Charlotte saiu do quintal com uma jarra e ficou ao lado de Saint enquanto misturava fubá e farinha. Charlotte polvilhou um pouco de açúcar, bateu os ovos e o leitelho. Elas negociaram uma mesada de dois dólares por semana, mas, para isso, Charlotte deveria atuar como *sous-chef*. A menina aprimorou suas habilidades muito rápido, a ponto de Norma declarar seu pão de milho superior ao de Saint. Em resposta, Saint disse que a avó era uma traidora, e ameaçou nunca mais voltar a cozinhar.

A Sra. Meyer chegou com uma garrafa de vinho tinto e Sammy com duas garrafas de Buffalo Trace Bourbon.

Saint preparou o frango na frigideira enquanto Charlotte levou sua torta de mirtilo para o outro canto. A Sra. Meyer arrumou a mesa, as três mulheres trabalhando juntas na orquestra enquanto Sammy e Norma, discretamente, ficavam bêbados juntos.

Eles comeram na varanda, Charlotte observando o céu ígneo, sua avó ao lado dela.

— O frango mais doce que já provei — disse Norma.

— Mel da Charlotte — disse Saint.

— As filhas da puta só me picaram umas trinta vezes durante a produção. Esse gosto residual provavelmente é do meu sangue — disse Charlotte.

A Sra. Meyer suspirou. Ela usava uma jaqueta branca de lã natural, batom Dior e sapatos *mule* enfeitados com cristais. Cada vez que ela aparecia à porta, Saint silenciosamente anotava as combinações e procurava as mesmas roupas no Three-Rivers Outlet Mall. Ela ficava se perguntando se a senhora ia para algum lugar mais pomposo depois dali, até que Charlotte contou que sua avó agora só saía de casa para visitá-las.

Charlotte trouxe a sobremesa, que Sammy tentou recusar até que Saint ameaçou confiscar sua segunda garrafa.

— É o melhor mel que já provei — disse Norma, estalando os lábios, e Saint a ameaçou também. — Quer dizer... a produção da Saint era muito boa, mas a Charlotte aqui tem um verdadeiro dom com coisas da fazenda.

— É por isso que todos os meninos querem que eu os ordenhe? — Charlotte disse.

— Jesus! — Saint disse.

— Não blasfeme — disse Norma.

A Sra. Meyer suspirou mais uma vez.

— Charlotte é a coisa mais próxima que tenho de uma bisneta — declarou Norma. — Eu estava esperando pela Saint, mas o meu tempo por aqui está acabando, e o dela também. Não dá mais tempo de se apaixonar...

— E botar ovos? — perguntou Saint.

— Não precisa de homem para isso — disse Charlotte.

— Você não está falando de... Como se chama? — Norma falou arrastado.

— Doador punheteiro? — Sammy sugeriu.

— Jesus! — exclamou Saint.

— Que boca suja! — disse Norma.

— Está tudo uma delícia — disse a Sra. Meyer, com o objetivo de trazê-las de volta. Saint sorriu.

— Registrei Charlotte na Federação Americana de Apicultura.

— Às vezes, me preocupo que ela me conheça tão bem — Charlotte ironizou.

— Pode zombar o quanto quiser, mas acho que você venceria fácil o prêmio de Princesa do Mel deste ano — Saint disse, levantando a sobrancelha para Charlotte.

— E esse também pode ser o meu nome de stripper — disse Charlotte, para uma gargalhada profunda de Sammy.

Terminou quando o último vinho foi bebido, quando um Sammy bêbado deu um beijo de despedida na Sra. Meyer — que desviou com tanta elegância que o fez cair do degrau da frente e desaparecer num arbusto florido —, Saint se sentou ao velho piano e começou a tocar.

Ela observava a pintura da casa branca enquanto o fazia.

— Por que você sempre toca essa música? A Norma disse que foi a música do seu casamento — disse Charlotte, de pé atrás dela.

— Pertencia a outras pessoas muito antes de eu me casar.

— O Patch vai morrer lá? — Charlotte perguntou.

— Não.

— Que pena.

— Não diga isso.

— Não é possível que você acredite que exista um paraíso para pessoas como ele.

— É a única coisa pela qual eu rezo.

192

Vinte celas, dezoito delas em uso.

Barras vermelhas enferrujadas nos centros, onde os braços, às vezes, se inclinavam, as mãos flexionadas, as mangas laranja enroladas sobre os antebraços esquálidos. A luz natural vinha de uma linha de janelas opostas, altas demais para ver mais do que um céu bronze mosqueado.

Blackjack abriu o último portão e Patch puxou uma sacola de lona cheia de livros. Havia um serviço de biblioteca no passado, no final dos anos 1980, antes de o Diretor Riley fazer cortes no orçamento, mostrando que o mercado de penitenciárias não estava imune ao mundo exterior. Por dentro, as celas eram muito parecidas com as suas, talvez com um pouco mais de cor, os pôsteres numerosos, alguns cactos, um rádio tocando baixo. O primeiro homem foi Ricky Nelson, e Patch chutava que ele tivesse uns sessenta anos. Ele pediu cigarros e recusou leitura. O segundo homem era Howie Goucher, que nem se dirigia a Patch. Alguns caras fizeram uma seleção aleatória. Patch escolheu *Meridiano de sangue*, *A grande jornada* e *As aventuras de Huckleberry Finn*. Seus dedos percorreram *Gatsby*, a lembrança de sua filha o encontrando morto fez tensionarem sua mandíbula e seu pescoço.

Patch sabia que a espera média era de quinze anos numa cela de oito metros quadrados, também sabia que um quarto dos internos morreria antes que o estado pudesse matá-los. Ele sabia que eles eram mais propensos a doenças, desnutrição, psicose. O sono era interrompido a cada trinta minutos por contagens que chacoalhavam as fechaduras. Patch sabia que quatro por cento eram inocentes. Sem direitos religiosos, apesar do que a Suprema Corte decidiu. Patch sabia dessas coisas porque havia passado seu primeiro ano na biblioteca da prisão lendo, ouvindo e trabalhando em suas opiniões.

Então, quando ele chegou à última cela, ele desacelerou um momento para relembrar o passado, ouvir a voz no escuro, sentir o toque em sua pele.

O rádio cantou sobre olhos azuis pálidos.

O homem era mais magro, mantinha o cabelo bem repartido, as mãos ao lado do corpo. Ele olhou para suas próprias botas.

Por muito tempo, Patch não conseguiu encontrar as palavras que havia praticado.

Ele não conseguia nem se lembrar de respirar.

Ele não conseguia imaginar como um homem poderia existir por dezenove anos sem sequer um pingo de esperança. E então, finalmente, seus olhos se encontraram.
— Olá, Joseph — disse Marty Tooms.

193

—Você lutou tanto para viver, para no fim vir morrer aqui — disse Tooms.
— Eu pratiquei o que dizer — disse Patch.
— Certo.
— Mas agora que estou aqui... Eu só quero atravessar essas barras, agarrar sua garganta e fazer você me dizer onde ela está.
— Sinto muito — disse Tooms, e Patch olhou para ele, para as linhas que saíam de seus olhos, a maneira como suas mãos tremiam levemente, e viu que ele de fato sentia.
—Você disse que ela estava morta.
Tooms olhou para a janela, para o céu que se estendia sobre um mundo que ele havia perdido. Em sete meses, ele seria levado para uma sala com uma única janela. Tiras de couro amarrariam suas pernas, sua barriga e sua cabeça, e algumas sondas seriam inseridas no caso de suas veias falharem. O tiopental sódico o deixaria frio. O brometo de vecurônio paralisaria seus músculos. O cloreto de potássio impediria seu coração de bater. Depois de vinte anos de espera, sua vida terminaria em dez minutos. Os ativistas chegariam ao grande portão, acenderiam suas velas, cantariam e seriam testemunhas de suas próprias crenças. Eles ficariam em silêncio por aqueles dez minutos em que o governo realizaria um assassinato para vingar outro. As notícias locais cobririam isso, e falariam de um crime há muito esquecido, talvez notassem a ironia de que o único sobrevivente estava encarcerado naquela mesma prisão, embora isso em si não fosse tão incomum. Não haveria ninguém lá por Patch. Não haveria ninguém lá por Grace.
Patch viu Blackjack na porta.
—Você realmente a matou? — perguntou Patch, com um tremor na voz.
Marty Tooms manteve os olhos no horizonte.
E então começou a chorar.

194

Ela falava com Himes uma vez por mês.

Ele havia aceitado sua demissão com naturalidade, disse que ela voltaria, que ele entendia, mas que ela estava destinada a coisas maiores.

— Alguma novidade? — ela perguntou, enquanto olhava através da parede de vidro de seu escritório para o crepúsculo da rua.

— Se houvesse alguma novidade, você não acha que eu teria ligado?

— O que você está comendo?

— Um ovo.

— Inteiro. Como uma cobra.

— Eli Aaron. A cada mês, antes de falar com você, faço com que a equipe entre em contato. Nada.

— É possível que ele tenha mudado seu *modus operandi* — disse Saint. Era um medo do qual ela nunca se livraria. Todas as noites, quando ela se sentava na varanda com sua avó e um carro diminuía a velocidade na rua, ela sentia uma leve vibração no peito dizendo que ela tinha a responsabilidade de manter Charlotte a salvo de quem quer que estivesse lá fora.

— É. Carl Eugene Watts. Ele...

— Esfaqueada. Estrangulada. Estuprada uma vez. Armas. Mãos — ela falou com desapego.

— Esqueci com quem estou falando.

Em sua mesa havia uma xícara de café, e dentro dela leite morno. Em sua gaveta havia um romance.

— Irmã Isabelle usa lentes trifocais — disse Himes.

— Eu gosto que você saiba disso, Himes.

— Visão ruim. Boa chance de ela estar enganada.

— Você vai me enviar o arquivo do caso.

— Não vai adiantar nada.

Ele falava isso cada vez que se falavam.

195

Patch esperava todas as semanas por seu tempo com Marty Tooms em estado de agonia suspensa, não dormindo mais de uma hora na noite anterior, as perguntas saltando em torno daquelas paredes de pedra dura até que ele pegasse as mais pertinentes e arquivasse.

Ele ficou mais calado durante o dia, Cooper puxando-o de lado durante seu trabalho na biblioteca e perguntando sobre sua saúde mental. No quintal, ele observou homens grandes atirando aros enquanto caminhava pela cerca do perímetro. Os trabalhadores faziam levantar tanta poeira que Patch podia sentir a ardência em seus olhos. Em sua segunda volta, ele foi acompanhado por um velho conhecido como Rebocador por causa de seus crimes. Em 1964, ele estava apostando num barco fluvial de St. Louis quando o crupiê acertou uma sequência tão grande que Rebocador perdeu o dinheiro de um ano de aluguel. Rebocador o seguiu até o convés superior e o empurrou pra fora, alegando ao júri que ele só queria arrancar o sorriso debochado de seu rosto. Infelizmente para o Rebocador e para o crupiê, um rebocador estava passando no mesmo momento. Seis horas depois, pescaram o corpo do homem no rio Mississippi.

— Então você pode encomendar livros? — Rebocador perguntou.

— O que você quer? — perguntou Patch.

— Só estou jogando conversa fora, Pirata. Um homem não pode perguntar? — Rebocador tinha o pavio curto, como sua estatura, um pouco menos de um metro e meio. Patch falava principalmente com o topo de sua cabeça.

Eles caminharam outra volta.

— Ursula Andress.

— Como? — perguntou Patch.

— Honey Ryder.

Patch suspirou pesadamente.

— Dr. No, porra. A Bond girl. Úrsula Andress. Nascida em dezenove de março. Peixes. Estou apaixonado por ela desde 1955. Costumava imaginar o rosto dela quando eu...

— Jesus. Não consigo filmes.

— Estou entendendo as merdas que você tem naquela biblioteca. Livros de merda sobre produção de sabão. Quem quer produzir sabão numa prisão? Você sabe o quão perigosa é essa merda nos chuveiros daqui? E você não pode me dar nada com o meu amor nele?

Ele resmungou por mais algum tempo, a decepção palpável.

— Eu gostaria de pilotar uma dessas — disse Rebocador, e apontou na direção de uma escavadeira de esteiras. Ele usava seus cabelos brancos longos como o bigode que traçava o balanço descendente de sua boca. Ele carregava uma espécie de otimismo que Patch não tinha visto em homens que morreriam na prisão.

— Faz você se sentir maior? — perguntou Patch.

— Que porra isso quer dizer, Caolho? Eu dirigiria por essas cercas e as derrubaria durante o banho de sol. Ficaria observando eles lutarem.

Seu sorriso se transformou numa risada tão alta e maníaca que Patch adivinhou que o otimismo nasceu dos parafusos soltos em sua cabeça.

— É a única saída — disse Patch.

— A saída mais rápida.

Uma torre de vigia ficava a mil metros de distância.

— Alguém já conseguiu? — perguntou Patch.

O bigode do Rebocador se contorceu um pouco enquanto eles olhavam para a selva, a terra se curvando para a ravina.

— Não nos últimos quarenta anos. Sonny Parker. Túnel.

— Picareta?

Rebocador revirou os olhos.

— Ninguém sai daqui. Você vê aquela máquina ali? É uma broca de pilha. Leito rochoso do Missouri. Você não pode se aprofundar o suficiente sem intervenção mecânica.

Patch observou o núcleo de aço da broca, mais largo que seus ombros na parte das flautas.

— Então, como?

— Sonny tinha uma equipe. Você não sai de lugar nenhum sem ajuda. Então, sua equipe fez um buraco raso e abriu um túnel até a área da nova ala cinco. Apenas seis metros e eles estavam sob cada cerca. Este buraco tinha cerca de dez centímetros de diâmetro.

Patch franziu a testa.

— Pequeno o suficiente para um coelho.

Rebocador sorriu.

— Grande o suficiente para uma arma.

— Eles contrabandearam uma arma para a prisão?

— Sonny usou para sair, no estilo Dillinger.

Eles se viraram quando uma briga começou. Nada significativo até que Blackjack pegasse um dos homens e o jogasse contra a cerca.

—Você não está pensando em tentar algo, né, Pirata? — perguntou Rebocador.

Patch viu algumas gotas de sangue no chão, logo transformadas em pó.

— Não tenho para onde ir.

196

Naquela tarde, ele ficou do lado de fora da cela de Tooms e olhou para o lençol pesado pendurado por dentro das grades, bloqueando a visão de dentro. Com quase quarenta graus, Tooms havia construído um inferno para si mesmo em vez de encarar seus crimes. Patch olhou para trás e viu que Blackjack havia se retirado para o frio do escritório do capitão.

Quando ele começou a falar, viu os outros homens aparecerem, braços através das grades enquanto o rádio morria.

— Ela foi brilhante de maneiras que você não pode imaginar. De maneiras que não parecem reais quando conto às pessoas. Ela me tirou da escuridão e me mostrou seu mundo. Ela podia recitar poemas e histórias e conhecia fatos que eu achava que ela havia inventado. Ela sabia que os cães-da-pradaria se beijam, que os caranguejos fantasmas rosnam usando os dentes do estômago. Ela sabia que as impressões digitais dos coalas estão tão próximas das nossas que podem contaminar a cena do crime.

— Eu disse àqueles policiais que a culpa era do coala — gritou Ricky Nelson, provocando risos.

— Ela era gentil. Não existem mais muitas pessoas assim. Os policiais disseram que eu estava imaginando coisas, que parte disso deve ter sido criação da minha mente. Eu a conheço. Eu ainda a conheço. Eu sinto saudades dela. Eu a carreguei comigo todos os dias da minha vida. Você pode devolvê-la para mim, Tooms. Você está neste lugar, onde não pode fazer mais nada. Onde você não tem nada. Mas você pode fazer uma coisa boa. Está dentro de você. Apenas me diga quem ela era. Onde ela está enterrada.

Blackjack bateu com o bastão no metal enquanto Patch se distanciava.

No caminho de volta, ele entregou uma cópia de *A cor púrpura* para Howie Goucher na cela dois. Ele ficaria com o livro por um mês, e contaria a Patch tudo sobre a gloriosa Celie.

Um pouco depois disso, o corredor ficou silencioso quando Howie foi levado para longe deles.

197

— Quem é esse garoto com quem ela está saindo? — disse Norma.

Elas se sentaram juntos na varanda enquanto uma bela noite de primavera se desenrolava.

— Matt Leavesham — Saint disse, observando a rua, embora soubesse que Charlotte não voltaria do cinema por mais algumas horas.

— Eu conheço os Leavesham. A mãe tem diabetes. Por culpa própria — disse Norma.

Enquanto o ar esfriava um pouco, Norma pegou uma caixa e a apoiou ao lado de Saint.

— É do Himes — disse Saint, verificando o rótulo. — O arquivo do caso Eli Aaron.

— Ah, eu sei disso.

— Quando chegou?

— Você já está bastante ocupada.

Saint olhou irritada. Norma devolveu o olhar irritado.

— É importante, vó.

— Importante é cuidar daquela garota.

— Estou fazendo o melhor que posso.

Nas mãos de Norma estava um romance, as páginas amassadas. Ela usava um cardigã que Saint havia tricotado para ela.

— Há algo que queira me contar? — Saint se levantou, andou até a borda e se inclinou para tocar um balaústre, a podridão se instalando no corrimão inferior.

Norma balançou a cabeça, mas Saint viu em seus olhos.

— Não poupe meus sentimentos agora. Não após passar anos me tratando com frieza.

— Bobagem — disse Norma.

Saint olhou fixamente.

— Você estaria mais preparada se tivesse ficado com Jimmy.

Saint virou as costas por um momento.

— Ele não merecia mais tempo? — perguntou Norma, em voz baixa.

— Eu...
—Você abortou o bebê dele, Saint. E então se divorciou. Para quê?
Saint se virou.
— Ele não era um bom marido. Ele não estava...
— Ele não era o Joseph.
Saint conteve as lágrimas e respirou fundo.
— Não foi por isso...
— Os homens não começam como bons maridos. Você não deu tempo a ele. Jimmy é um bom homem. Eu sei disso. Fui eu que insisti para que vocês ficassem juntos. Eu fiz você dar uma chance a ele porque eu o vi na igreja, e eu sabia... Eu sabia que ele era o que você precisava. E você tentou ter um bebê, e quando isso aconteceu você...
— Por favor — disse Saint, sua voz mal se segurando.
Norma engoliu em seco.
—Você fez uma promessa a Deus. Você prometeu que se ele trouxesse Joseph de volta, você viveria bem a sua vida. Você iria...
—Você não entende. Jimmy, ele...
Saint interrompeu e parou. E, por um momento, ela olhou para sua avó, a mulher que a criara. E Norma se levantou, caminhou em sua direção e abriu os braços.
Saint entrou no abraço. Naquele momento, era só o que ela tinha.
Era a única coisa que a mantinha de pé.
— E quanto a Jimmy? — disse Norma.
Saint fechou os olhos e apoiou a cabeça no ombro da avó.
— Ele não é o Patch.

198

Saint se preocupou durante o jantar, atendeu a um telefonema da Sra. Meyer, que tinha visto o menino Leavesham na Drogaria Monta Clare e supôs que ele estivesse comprando preservativos ou algum tipo de sedativo para usar com sua neta. Saint desligou o telefone, voltou a se preocupar e lutar contra a vontade de ligar para a casa dos Leavesham e sacar a arma para a mãe diabética.

Às nove, ela andava de um lado para o outro.

Às dez ela fez ligações e, às onze, foi até o endereço dos Leaveshams, onde, pela janela, viu Charlotte e Matt se beijando na sala. Ela arrombou a porta e imobilizou Matt no papel de parede florido em seu corredor arrumado.

Saint alcançou Charlotte no final da Avenida Cotterham e pegou seu braço.

— Não me toque, porra — disse Charlotte, suas bochechas queimando.

Saint deu um passo para trás, seu rosto igualmente corado.

— Você quebrou o toque de recolher.

Charlotte olhou fixamente.

— Você não é minha mãe.

— E agradeço a Deus por isso todos os dias.

Saint falou as palavras antes que ela percebesse, antes que ela soubesse que mais tarde a estrangulariam de vergonha.

Houve um momento em que Charlotte tomou toda a força daquele golpe, sem fôlego até empinar.

— Suponho que se você fosse minha mãe, eu nem estaria aqui — disse Charlotte.

Saint deu um passo para trás.

— Não sei...

— É isso que você faz quando engravida, certo? — Saint balançou a cabeça.

Charlotte continuou, disse a Saint verdades que ela já sabia, como a garota tinha vergonha de morar com ela, de ser vista com ela.

— Você mantém esse segredo guardado. Coleta folhas e pinhas. Se senta na varanda com sua avó. Você não tem vida, então brinca com a minha. Você não conseguiu nem segurar seu marido. Você...

Saint sentiu isso crescer, sentiu a conversa com sua avó no início daquela noite. Saint sentiu o jeito como a garota olhou para ela, o jeito que todos em Monta Clare olhavam para ela. E ela não conseguia conter as palavras antes que elas saíssem dela.

— Ele me bateu.

Charlotte parou.

E as duas se enfrentaram na rua.

Saint fechou os olhos para a lua e as estrelas.

— Eu estava grávida e Jimmy… ele bateu. Ele me deu um soco no olho. E fraturou minha mandíbula… ela estala quando eu como.

Desta vez, Charlotte balançou a cabeça; palavras demais.

— Eu fui a um dentista porque um dos meus dentes caiu.

A rua morreu ao redor delas. A cidade, a floresta e o céu. E o que antes parecia tão bonito e seguro se perdeu.

— Minha avó disse que o ódio é um medo equivocado. E talvez ela esteja certa, porque todas as noites, quando eu me deito para dormir, ainda sinto medo de que ele venha fazer isso de novo. Não importa que eu seja uma policial. Não importa que eu carregue uma arma. Eu sinto medo…

Ela parou então porque viu o olhar no rosto de Charlotte.

E então Charlotte se virou e correu.

199

Saint rasgou a cidade. Ela acordou Michaels e dois auxiliares, tirou Sammy da galeria e encontrou a Sra. Meyer na rua principal.

Por uma hora, ela quase enlouqueceu, acordou metade da cidade e os fez percorrerem todas as ruas, a dor em seu estômago subindo até sua cabeça, a mesma sensação de duas décadas antes.Da Igreja São Rafael à Escola Secundária de Monta Clare, ela verificou seu relógio enquanto os minutos diminuíam para a tortura do anoitecer. Ela voltou para casa e viu Norma parada na varanda.

— Jesus — ela gritou, odiando-se totalmente.

— Ela vai aparecer.

— Quando e como?

Ela continuou a pé porque conhecia todos os caminhos.

Saint parou na casa dos Brayer e acordou Melissa e seus pais, fizera o mesmo na casa de Madeline Collins. Os únicos nomes que ela conseguia se lembrar da garota falando. Naquele momento, ela percebeu que não sabia o suficiente sobre a vida de Charlotte.

De volta à rua principal, ela viu Sammy confortando uma Sra. Meyer que chorava, a noite trazendo sobriedade, o medo que todos carregavam, todos aqueles que se lembravam de Patch e Misty, e o médico, Marty Tooms.

No antigo local da floresta, ela empurrou cordas de videira e procurou rastros com o brilho de sua lanterna, mas o chão era só pó. Ela sentiu o calor de sua arma queimando em seu quadril como um lembrete de que ela não era mais uma novata, de que ela atiraria primeiro se alguém se aproximasse da garota que era de Patch e, de certa forma, dela também.

Enquanto ela buscava pela floresta e corria pela Avenida Rosewood, viu a luz acesa na Casa dos Loucos. Sua respiração acelerou numa explosão de alívio quando viu Charlotte sentada na velha cadeira de seu pai, olhando para a televisão.

— Porra, Charlotte. Porra. Eu acordei metade da cidade e você está sentada aqui assistindo à televisão.

Charlotte não virou a cabeça da tela.

— Nas noites de sábado, assistíamos a filmes juntos.

Ela poderia tê-la repreendido, poderia ter acabado com a pouco relação que restava entre elas se não tivesse visto o que a garota estava assistindo.

O canal dramatizou o momento, dois anos antes, em que uma menina foi devolvida ao pai, os dois se abraçando de tal forma que até os repórteres ficaram em silêncio por um momento tão raro que quase foi esquecido.

Do lado de fora de um hospital texano, na grama artificial, os dois se abraçaram enquanto as câmeras cortavam para uma única foto da menina quando ela havia desaparecido duas décadas antes.

Eloise Strike.

Saint se engasgou não porque reconheceu o nome, mas o rosto. O rosto que ela tinha olhado na janela de Monta Clare Fine Art por três verões.

— Era a pintura dele — disse Charlotte.

Saint observou enquanto a história se desenrolava. O repórter contou como uma mulher de Arlington estava visitando sua irmã na cidade de Nova York quando se deparou com uma pintura pendurada na janela de uma pequena galeria em Tribeca. Ela parou porque reconheceu a garota. A mesma garota que ela viu na janela de uma casa suburbana perto de um ponto de acesso ao Fish Creek Linear Park, no Texas. Todas as manhãs, enquanto caminhava, via a garota sentada perto da janela traseira, olhando para a floresta. Ela não sabia que a garota estava sendo mantida em cativeiro, que ela não saía daquela sala há quase dois mil dias. A mulher entrou na galeria, ouviu um pouco da história e imediatamente ligou para a polícia.

— Jesus — Saint disse.

Só agora a menina e seu pai, Walter Strike, sentiram-se fortes o suficiente para compartilhar a história.

Saint se ajoelhou ao lado de Charlotte, respirou o perfume que ela usava, notou suas sandálias vermelhas, sua saia jeans e as presilhas douradas que ela usava no cabelo. Ela esperava que seu primeiro encontro tivesse sido exatamente isso. Não precisava ser amor; não precisava levar a lugar nenhum. Só tinha que ser uma noite em que ela pudesse escapar daquela escuridão.

Ela olhou para cima e viu as primeiras lágrimas nas bochechas da garota. Ela sabia que não deveria tentar confortá-la.

— O que você disse — Charlotte começou.

Naquele momento, ela sabia que Charlotte precisava de sua verdade mais do que Saint precisava de seu silêncio.

— Seu pai, ele fez isso por mim...

Ela reviveria aquele momento e se questionaria sobre a rede universal do destino, cada decisão reverberando como as asas de uma borboleta, buscando um padrão que havia sido traçado em outra vida.

Ela se perguntaria se isso teria feito diferença para qualquer um deles.

Mas quando ela se virou e viu Sammy na porta, com as bochechas pálidas, ela sabia que não havia ninguém no controle.

— Sua avó — disse ele.

200

Naquela noite, na UTI, Charlotte se recusava a ir embora, preocupada que suas ações pudessem ter causado o ataque cardíaco, não importando que Saint lhe contasse sobre a idade de Norma, o histórico familiar, o vício em mel, bourbon e fumaça de charuto. Ainda assim, ela deu de ombros, enrolou-se no banco e olhou para a televisão, para as notícias que não dormiam. Um serial killer da Califórnia; atentados a bomba em embaixadas; atualizações sobre uma colisão de trem em Indiana.

A Sra. Meyer se sentou ao lado de Sammy, que colocou seu casaco grande na cadeira dela porque se preocupava com a cor creme de seu vestido.

Saint conhecia bem a sala. Era um lugar que ela esperava que uma vida fosse salva, que uma história começasse e terminasse.

Pouco depois das três da manhã, uma enfermeira veio chamá-la, e ela ficou feliz que os outros dormissem. A enfermeira era velha e sábia e não precisava dizer a ela que o que estava acontecendo, pois Saint leu na tristeza de seu sorriso.

— Ela está pronta — disse ela, e Saint não lhe disse que ela mesma não estava.

Saint se sentou na cadeira ao lado de Norma e ficou sozinha apenas com a máquina que inflava o peito de Norma, as vibrações desbotadas de um coração que havia batido por tempo suficiente.

Ela olhou em volta para interruptores, vasilhas, máquinas e plugues. Ela olhou para a janela onde uma vez pressionou o rosto e implorou às estrelas que poupassem um menino que se tornaria um homem brilhante.

— Droga — disse ela, enquanto pegava a mão de Norma e pedia desculpas por xingar. A mão dela. Norma segurou a mão dela quando tinha sete anos enquanto atravessavam a rua. Quando ouviram pela primeira vez o zumbido das abelhas. Ela a pegou enquanto caminhavam para Monta Clare High, para a formatura. E agora era a vez de Saint pegar a dela.

Ela sussurrou:

— Prometi a Deus que não pecaria. Prometi a Ele que, se salvasse Joseph, eu viveria uma vida decente e não machucaria ninguém. E todos os dias eu seria gentil com as pessoas.

Ela pressionou a bochecha na mão de Norma.

— Pode parecer uma promessa grande demais, mas eu sabia que poderia fazer isso, vovó. Eu sabia que poderia fazer isso porque tinha você para me mostrar como.

Ela finalmente olhou para cima e viu sua avó, seus pulsos agora tão finos.

—Você me disse que eu me chamava Saint porque eu trouxe muita alegria a todos vocês. Mas eu me preocupo... Eu me preocupo se só tornei sua vida mais difícil. Você é a melhor de nós.

Eles tocariam os sinos da igreja.

— Por que nos apegamos às coisas ruins e esquecemos as boas? — Ela fez a pergunta à pequena medalha presa à manga de Norma, aos corredores vazios, aos bancos de vidro e couro verdes, ao teto de chumbo e ao relógio que os contava.

— Quero que me leve para tomar sorvete no Lacey's Dinner. Quero pedir a Deus que faça isso acontecer. Mas sei que já pedi muito.

Ela se inclinou e beijou a bochecha da avó.

— Sinto muito por ter te decepcionado, vovó.

Ela molhou o rosto de Norma com suas lágrimas.

201

— Eles confiscaram uma rodada de *Beaufort d'Été* — disse Sammy, lançando um olhar duro para o guarda.

Eles conversaram um pouco sobre o mercado, a demanda por suas obras era tão alta que Sammy disse que *Grace Número Um* provavelmente alcançaria sete dígitos. Patch permaneceu impassível, ignorando-o quando ele falou sobre garantir o futuro de Charlotte, porque Patch sabia que, graças a Misty e a avó da menina, Charlotte não precisaria de mais nada.

— Como ela está? — perguntou Patch.

Sammy ficou um pouco mais sério, olhou ao redor para os outros homens, a maioria sentada com suas famílias tentando se agarrar aos últimos fios de esperança, a perda estampada nos sorrisos das crianças com idade suficiente para entender.

— Ela... ela voltou a pintar.

— Sério?

— Nada de mais, talvez apenas para praticar. Desperdicei algumas telas.

— Obrigado, Sam.

Sammy acenou com a mão.

— Coloquei na sua conta.

— Preciso de um favor.

— Qualquer coisa — disse Sammy.

— Há uma caixa no sótão da Casa dos Loucos. Os únicos pertences que tenho de quando era criança. Dentro, há uma cópia da *Playboy*. Junho de 1965.

— Você sabe que a pornografia evoluiu muito...

Desta vez, Patch ergueu a mão.

Sammy baixou a voz.

— Eu tenho uma coleção que...

— Pare.

Eles se sentaram por um tempo.

E então Sammy afrouxou a gola de sua camisa Oxford. E ele disse a Patch que Norma havia morrido naquela manhã.

— Saint...

Sammy sorriu, balançou a cabeça.

—Você vai dizer a ela...

— Claro — disse Sammy.

Patch observou uma garotinha sentada em frente ao pai, desenhando algo, segurando um giz de cera com o punho fechado e riscando suas cores.

— Apenas diga a ela que eu...

— Eu vou.

Sammy se levantou e se moveu para deixá-lo.

—Você nunca perguntou — disse Patch.

Sammy fez a viagem uma dúzia de vezes, alegou que tinha coisas a resolver na região, mas Patch sabia que sua rede não se estendia a esses hectares perdidos. Ele compareceu na audiência de acusação, sentou-se na parte de trás e bebeu do frasco de prata esterlina, suas mãos tremendo um pouco enquanto a sentença era lida. Ele escrevia às vezes, nunca mais do que uma citação, muitas vezes o senso comum de Oscar Wilde. Outras vezes, ele enviava cartões postais de uma única cor, sempre um tom que Patch usava em seu trabalho. Patch os mantinha numa grande lata de tabaco que o Rebocador lhe dera. Sammy não era piegas o suficiente para dizer que sentia falta dele, que sentia falta de se sentar em silêncio na pequena varanda, bebendo uísque juntos e observando o funcionamento de Monta Clare.

—Você nunca perguntou por que eu fiz isso — disse Patch.

Sammy enterrou as mãos profundamente nos bolsos de seu blazer de veludo e endireitou seu chapéu de feltro de coelho.

— Eu nunca precisei.

202

Na próxima visita, ele contou a Tooms sobre a dança de Grace, de *sauter* a *tourner*, de *glisser* a *élancer*. Ele falou com o lençol pesado, tinha os ouvidos dos outros homens, que começaram a enchê-lo de perguntas sobre ela, suas palavras trazendo cor ao seu dia. Tooms não apareceu, então Patch colocou uma cópia de *O corvo* entre suas barras, a carta dentro quase tão grossa quanto o próprio livro. Ele não implorava mais ou pedia, em vez disso, escreveu um pouco de suas esperanças para o resto de sua própria vida, afirmando que não veria sua filha crescer, para se tornar muito parecida com a mulher que sua mãe era.

Patch se sentou no concreto, de costas para as grades.

Os outros homens perderam o interesse.

— Senti muito por sua mãe. Eu nunca te disse isso. Mas lamentei muito.

Patch não se virou para a voz, apenas sentiu Tooms, as costas contra as mesmas barras enquanto olhavam para lados opostos.

— Ela deu seu melhor — disse Patch.

— Não duvido disso, Joseph.

— Por que algumas pessoas falham tanto?

— Depende de com o que você está comparando.

Ao longe, Patch observou um rato correr.

— Você está com medo?

— Sim.

Patch se virou um pouco e viu sua forma, o perfil de um homem que ele sabia ser gentil.

— Como você veio parar aqui? — perguntou Patch.

— Quanto tempo você tem?

— Mais do que você.

Tooms riu então.

Patch riu também.

203

Na semana seguinte, eles se sentaram juntos por uma hora porque Blackjack foi chamado para apaziguar uma briga.

De costas um para o outro, como se diminuísse a pressão de alguma forma.

— Eu nunca quis ser médico — disse Tooms. Sua voz era suave, emanando compaixão e cuidado.

— Eu nunca quis roubar um banco — disse Patch. — Na verdade, isso pode ser uma mentira.

Tooms riu, um som que Patch ouvia com frequência e que, muitas vezes, também acompanhava.

— Minha irmã morreu quando eu tinha quatorze anos — disse Tooms.

— Como?

— Ela tinha engravidou aos dezenove anos.

Patch passou a mão sobre o cimento frio.

— Eu a encontrei. Não sei como ela conseguiu pendurar a corda em um galho tão alto. Inferno, eu nem sei como ela aprendeu a dar um nó daqueles. Ela nunca foi do tipo que gostava de atividades ao ar livre — disse ele, rindo, mas Patch ouviu aquela nota de choque que algumas memórias ainda carregavam.

Em troca, ele perguntou a Patch não sobre sua busca ou suas lutas, mas sobre si mesmo. Das coisas de que ele gostava. De Misty e, embora sentisse uma dor física, Charlotte.

— Eu me lembro, depois que seu pai se foi. Sua mãe veio me ver, e eu entendi que ela teria dificuldades — disse Tooms.

Patch ouviu sua voz, o tom suave.

— Você cuidou de mim — disse Patch.

— Não o suficiente.

— Ainda.

— Como pais, o que queremos para nossos filhos? — perguntou Tooms.

— Mais do que para nós mesmos.

— Então a régua está baixa no seu caso.

Patch sorriu.

— Sinto muito que esteja aqui, Joseph. Mas, caramba, como é bom ouvir sua voz.

204

Quando chegaram na rua principal, Saint viu todos os comerciantes parados na frente de suas lojas usando as roupas mais elegantes que tinham, a cabeça baixa, e em seguida eles se juntaram a ela. Naquela manhã, a cidade de Monta Clare lamentou a perda de um dos seus, e a imponente Igreja São Rafael rompeu suas antigas costuras, transbordando para os gramados. Aqueles que conseguiram entrar, foram agraciados por Saint, que tocou Chopin no órgão.

O Padre Franks comandou a cerimônia e, quando chegou a vez de Saint, seus joelhos tremeram conforme caminhou até a capela principal e ficou de pé no altar, e venceu seu luto focando na vida de Norma, que, à distância, era simples e honesta, mas de perto era um milagre de perseverança e amor. Ela olhou para a multidão de rostos, sendo alguns de passageiros da rota de ônibus e outros, de primos distantes que viajaram longas distâncias. Nix se sentou sozinho no canto mais afastado, sorriu quando ela cruzou seu olhar com o dele, embora ela visse um vazio que obscurecia o vitral, o trifório, o clerestório de cores.

Sammy foi para o canto oposto. Ele usava um chamativo terno de risca de giz e uma gravata branca e cor-de-rosa, e ao lado dele uma bengala de madeira de lei encostada na pedra.

A mente dela procurava Joseph Macauley, que deveria estar presente com eles. Ela havia recebido um cartão, um esboço simples da velha varanda numa noite de inverno, as três silhuetas sentadas lado a lado, nada além de um borrão. Ele usou apenas duas tonalidades.

Ao sol da manhã, eles repousaram o caixão de Norma no chão. Saint, certa vez, achou que talvez sua avó quisesse ser enterrada na cidade, ao lado do marido e da filha. Norma disse que não, que queria ficar perto da casa alta, das memórias que elas haviam feito lá.

Eles comeram sanduíches no pequeno gramado. A Sra. Meyer cuidou dos detalhes, pediu a Lacey que cozinhasse e Charlotte fizesse uma seleção de bolos.

Saint se esquivou de abraços, sorrindo com histórias que tinha ouvido inúmeras vezes. Ela olhou em volta à procura de Nix, mas ele já tinha ido embora; procurou Sammy, e o encontrou sozinho no banco.

Ele bebeu de um cantil, ofereceu-lhe um gole, que ela tomou e se arrependeu.

Foi no final do dia, enquanto Charlotte lia baixinho na varanda, que o telefone tocou.

Saint estava sozinha na cozinha.

Entorpecida enquanto ouvia a voz da Irmã Cecile.

— Eli Aaron acabou de nos fazer uma visita.

205

— No meu tempo estudando, nos meus anos de prática, nunca cheguei perto de encontrar algo fascinante do ponto de vista médico, aquela aflição extraordinária — disse Tooms.

Pela janela, Patch observou uma tempestade tomar conta da paisagem, cada raio de chuva sublimando, como se fosse uma exibição para eles.

— É uma sensação — disse Patch.

— Ah, sobre isso não há dúvidas. Mas é mais do que isso, sabe? Tira o apetite. Te impede de dormir, de pensar.

Patch ouviu o sorriso na voz de Marty enquanto falava.

— Você sentiu isso, então — disse Patch.

— Uma vez. Há muito tempo. Mas acontece que uma vez é mais do que suficiente.

— Quem era a dama?

Marty riu.

— Acho que talvez alguém errado para mim da maneira que menos contava. Nós nos apaixonamos e foi como... você sabe, quando, de repente, há significado. Verdadeiro significado e propósito.

— Como cores na escuridão — disse Patch.

— Sim. Exatamente isso. Nada é tão sombrio com essa pessoa no mundo.

— Como vocês se conheceram?

— Eu tinha apenas dezessete anos. Todo ano, meus pais contratavam jovens da região para ajudar na colheita. Era um trabalho duro, exaustivo.

— Diversão.

Tooms riu.

— Tão divertido que apenas uma pessoa da escola apareceu. Passamos aquele verão inteiro apenas nós dois nas terras da minha família. Conhecemos muito um sobre o outro. Tínhamos nossas diferenças, mas os fundamentos... Ser gentil estava enraizado, sabe.

Um bom coração. Não há muito no mundo mais importante do que isso.

Ambos se acomodaram em silêncio por algum tempo.

— O que aconteceu? — perguntou Patch.

— Corações foram quebrados, depois curados e depois quebrados novamente. Mas nós vivemos, Joseph. Assim como você. Vivemos e rimos, e nos amamos incondicionalmente. Então, quando acontecer, quando me levarem para aquela sala, eu sei que posso procurar uma única imagem em minha mente para me levar embora.

— Pinte para mim — disse Patch, o aço duro contra suas costas.

— Um sorriso. Não parece muito, mas quando foi direcionado a mim, eu tinha certeza de que era o único de que eu precisava.

A tempestade desapareceu de vista. Apenas a calma permaneceu.

— Há tanta coisa que eu não entendo — disse Patch.

— Não posso dizer onde ela está, Joseph.

Com isso, os dois se viraram.

E Patch viu claro em seus olhos.

— Porque você não sabe.

Tooms olhou para o portão, onde Blackjack procurava por sua chave.

— Mas você sabe de alguma coisa — disse Patch, seguindo seu olho. —Você tem que me dizer. Você não pode me deixar assim, Marty. Não depois de tudo.

Blackjack cruzou o chão de pedra lentamente.

Patch agarrou a mão de Marty através das grades.

— Por favor. Eu imploro… estou implorando, porra. Não posso passar o resto da minha vida assim.

Marty olhou para ele, com lágrimas nos olhos.

—Vejo você na próxima semana.

— E? — Patch prendeu a respiração, sentiu o suor nas costas quando o ar os deixou, o que restava era um pouco mais que um necrotério.

Tooms acenou com a cabeça.

Contaria a ele.

206

Patch escreveu cartas à Suprema Corte pedindo uma suspensão para o homem que o sequestrou, com a data de sua morte se aproximando como uma onda em águas calmas.

Ele escreveu aos ministros de uma dúzia de igrejas, pediu-lhes que pressionassem o promotor distrital para desacelerar o trem desgovernado. Ele leu livros sobre a história da pena de morte, tomos legais mais gordos que seu braço. Ele soube de brechas que não beneficiariam Tooms, precedentes que haviam sido estabelecidos e rescindidos.

Em seu primeiro mês, ele soube de Teddy Fawn Durston, um candidato democrata que concorreria a governador do Missouri. Patch encontrou uma entrevista de jornal antiga onde o homem falava de moratórias. Naquela noite, ele ligou para Sammy e lhe disse para doar vinte mil dólares para a campanha.

E então, em 14 de setembro, Cooper carregou uma cópia do *St. Louis Post-Dispatch* e gentilmente a colocou na mesa ao lado de Patch.

Patch leu.

— Sinto muito — disse Cooper.

Patch leu novamente, sabendo o que aconteceria, mas sem acreditar.

Em pouco mais de duas semanas, Marty Tooms seria executado e, com ele, Patch sabia, Grace também morreria.

207

Saint pousou na agitação do Aeroporto Internacional de Miami, passou por turistas e umidade crescente.

Sua camisa agarrou-se enquanto ela pegava seu Ford Crown Victoria e seguia vinte e sete quilômetros ao longo do 95 Express, o oceano segurando o horizonte, mas não sua atenção. Ela coordenou com Himes, chegou perto de agradecer ao próprio Deus pelo FBI ter aceitado a instalação de câmeras de vigilância do lado de fora da igreja onde Eli Aaron havia aparecido para pegar outro conjunto de rosários. Irmã Cecile contou como ele entrou na capela depois e acendeu uma dúzia de velas, disse à Irmã Isabelle que estava fazendo a obra de Deus, que estava indo para o sul, onde estava mais quente em muitos aspectos.

Eles tinham a placa.

Tinham a marca e o modelo da van.

Eles o rastrearam de volta pela cidade e depois o perderam, imaginando que ele havia trocado de veículo ou placa.

Bloqueios de estradas e postos de controle e uma dúzia de agentes percorrendo mil horas de imagens de vigilância. Eles mapearam a rota provável pela Filadélfia, ao sul pelas Carolinas. Eles o fizeram abraçar a costa, Wilmington, Myrtle Beach. O fizeram ir para o interior, para a Interestadual 81, Virgínia, pegando a Interestadual 77 através de Charlotte.

De qualquer forma, eles se juntaram em Jacksonville. Interestadual 95 em direção a Miami.

Eram dois mil quilômetros e mais do que o dobro disso em variações.

Demorou cinco horas para ser parado num pedágio a oitenta quilômetros de Boca Ratón. O homem que trabalhava no guichê notou que as placas eram diferentes, mas a foto da van que havia circulado era uma correspondência clara o bastante.

Saint abriu a janela para os sons do condado de Miami, o horizonte fraturado por arranha-céus cinza que se destacavam das cores.

— Estou indo atrás de você — disse ela.

208

O agente Gil, no segundo andar do prédio da Divisão de Miami, explicou o que tinham conseguido até agora.

— Ashlee Miller. Ela tem vinte e dois anos. Sequestrada duas horas atrás na esquina da Crystal Avenue. A van subiu na calçada.

— Maldito — Saint disse, enxugando o suor do lábio.

— Como ele as escolhe? — perguntou o agente Gil.

— Pecadoras.

— Isso restringe, então.

Saint suspirou com a frustração, o tique-taque do relógio, o tempo e as vidas passando de forma tão enlouquecedora.

Por uma hora, eles ficaram sentados no escritório sem ar. Agente Gil trabalhando no telefone, Saint reunindo o arquivo e as memórias.

— *Conte-me tudo o que você sabe sobre Summer Reynolds* — ela disse a Patch numa tarde de domingo.

Patch relembrou informações como se as mantivesse ali na vanguarda.

— *Ela tinha dezesseis anos quando desapareceu. Tinha um namorado que seu pai não aprovava.*

— Eu tenho o histórico. Dê-me outra coisa.

— *Ela tocava piano. Não era popular, mas não era solitária. Boa em matemática e talvez tenha pensado em se tornar professora.*

Saint suspirou.

— *E ela era uma escoteira.*

Saint franziu a testa.

— *Daquelas que vendem biscoitos.*

— *Uma escoteira das boas. Começou como Margarida e foi até Jovem Guia. Ela poderia mapear uma rota através de Big Bend sozinha. Armar uma barraca e caçar o jantar. A garota poderia sobreviver.*

Saint olhou para os outros arquivos.

— Ashlee Miller. Ela já foi acampar?

O agente Gil trabalhou no telefone, conseguiu o agente de campo na casa.

— A namorada disse que elas passaram o último fim de semana na Reserva Nacional de Ocala.

Saint sentiu o ar esfriar.

— Eli Aaron uma vez me disse que gostava de acampar. Talvez ele a tenha visto. Talvez ele tenha voltado para buscá-la.

O agente Gil agiu rápido, fez ligações, sabia que as placas provavelmente haviam sido trocadas novamente, mas fez com que todos os carros de patrulha da área se movessem ao longo dos acampamentos de Keys.

Demorou menos de uma hora para a ligação chegar.

209

Num sedã bagunçado, eles saíram da cidade até a Trilha Tamiami em direção à Reserva Nacional Big Cypress. De redes de madeira de lei a pinheiros e pântanos de capim, ela olhou para mais de um milhão de hectares de Everglades. A estrada o cortou sem piedade, uma praga na maravilha natural.

A ligação veio de um policial local que viu uma van que correspondia à sua descrição fora do acampamento Black Coal.

À frente, avistaram viaturas, quatro delas. Sirenes distantes diziam que mais estavam a caminho.

Saint sentia um calor tão brutal e tão pesado, que saiu de perto para abanar o rosto a fim de respirar.

O suor escorria enquanto os policiais se espalhavam.

Ao longo da margem, ela viu uma centena de pássaros aquáticos dos quais não sabia os nomes, os arcos deles lindos enquanto ela sacava sua arma e sentia a pressão do cabo afundar sua pele. Em sua mente, ela poderia tê-lo rastreado sozinha. Na realidade, foram necessários cinquenta agentes em onze estados para reunir seus conhecimentos até que chegasse até ele.

Eles se moveram juntos ao longo de terras que caíram em pântanos que contornaram com cuidado enquanto os mosquitos voavam. Saint não se moveu para afastá-los quando cruzaram uma passarela de madeira e encontraram uma trilha de caminhada.

Um soldado ergueu a mão, apontou para uma linha de sangue que levava a plumas de grama *muhly*, com um metro e meio de altura, um mar de púrpura caindo.

Eles se espalharam, cem metros entre eles enquanto caminhavam, suas armas prontas para um homem provavelmente deitado. Saint conhecia o protocolo, também sabia que mataria novamente se não o impedissem.

Ela deu passos na vegetação rasteira forjada a partir do escoamento, o Golfo do México fluindo por uma península agora rios e riachos. Lago Okeechobee e as águas que circundavam Kissimmee, desaguando na Baía da Flórida. Sua avó uma vez lhe disse que no inverno as pastagens eram campos, não inundados por meses preciosos como um submarino em ascensão.

Ela estava prestes a se virar e verificar o progresso quando tropeçou.

Saint gritou quando a viu.

Ashlee Miller estava caída de bruços.

Saint a virou rapidamente.

Bombeou seu peito.

E gritou.

210

Eles comeram em bandejas marrons em cima de mesas de metal polido com colheres de plástico rígido.

Rebocador pegou seu taco, manchado pela carne marrom. Ao lado, pãozinhos, as bordas começando a ficar verdes. A cada semana, um grupo de presos ocupava as mesas centrais da biblioteca e trabalhava numa ação coletiva liderada por Larry Medeau, um ex-advogado de Kansas City que matou a tiros seu jardineiro numa disputa por cardo-touro. Larry argumentou que a comida era tão abaixo da média que equivalia a uma punição cruel e incomum. Cooper publicou um livro sobre a rapidez com que um juiz o rejeitaria.

— Então eles vão matar o Tooms — disse Rebocador, limpando o milho dos dentes com a unha. — Você o vê quando entra lá?

Patch não respondeu.

— Nobre o que você faz. A maneira mais rápida de se livrar da ignorância é ler um livro. Tira a cada página que você vira, deixando o conhecimento entrar, sabe. Você quer seu taco?

Patch jogou para ele, olhou para cima e viu alguns caras com afiliados a gangues. Eles se afastaram, as mangas empurradas para trás sobre os antebraços tatuados, a tinta grosseira, os trevos brilhantes.

— Você os vê? — perguntou Rebocador, ainda comendo. Ele não olhou para cima ou ao redor uma vez.

— Sim — disse Patch, mordendo o pão.

Os homens ao lado deles se levantaram e saíram, a comida praticamente intocada.

— Você os desrespeitou? — perguntou Rebocador.

— Um tempo atrás.

— Eles não esquecem.

— Eles vão fazer isso aqui? — perguntou Patch.

Rebocador acenou com a cabeça.

— Peixe. Tem que provar seu valor. A mesma merda há trinta anos. Não posso culpá-los. Provavelmente receberam a mesma sentença que você. Então apoio pode vir a calhar, certo?

— Sei.

Patch tentou continuar comendo, mas sua boca secou, a massa parecia chiclete enquanto ele a engolia com água, suas mãos tremendo um pouco.

— Tarde demais para fazer o que eles querem? — perguntou Rebocador.

— Tarde demais.

Rebocador se levantou, acenou com a cabeça uma vez e depois seguiu em frente enquanto eles se aproximavam.

Houve um momento antes daquilo começar quando Patch sentiu o salão ficar quieto. As janelas altas vazaram o fim do dia. Uma dúzia de pilares sustentavam o telhado, pintados de branco e enterrados num piso revestido com borracha salpicada, a entrada de refeições pisada. Um dos dois parecia jovem, talvez um adolescente, com medo em seus olhos enquanto cruzavam em sua direção.

Patch sabia que tinha opções, nenhuma delas boa. Ele podia ficar de pé e correr, mas eles não perdoariam seu desprezo, não esqueceriam que uma vez ele ousou dizer não. Talvez ele vivesse para ver mais uma semana, uma semana em que perderia o resto de si. Perderia o garoto com o tapa-olho que saiu balançando porque estava em seu sangue. Provavelmente no sangue de sua filha. Ele pensou nos irmãos Barbarossa, navegando pelos mares flamejantes do norte da África quinhentos anos antes. O barba ruiva Aruj lutando quando o espanhol cortou seu braço. Patch sabia que poderia lutar mais, mas sabia que nunca poderia lutar contra seu próprio destino.

Então, quando o garoto puxou o cacetete de trás das costas e o grandalhão cerrou o punho, Patch respirou, pegou sua bandeja e desferiu o golpe.

211

A cela tinha sete por doze.

Sem janela, a cama tão perto do vaso sanitário que o colchão pressionava na borda. Rebocador uma vez disse a ele que as celas solitárias estavam fora de uso desde os anos 1970, mas com os operários derrubando o antigo bloco de sete, Patch se viu olhando para uma fatia da história que é melhor esquecer. As paredes de pedra respiravam úmidas, frias e escorregadias ao toque. As barras ficavam de frente para um banco de tijolos pintado com tinta de cal. A única luz vinha de lâmpadas amarelas.

Patch estava deitado no beliche, ambos os punhos inchados. Ele pegou leve com o garoto, mas mandou o grandalhão para a enfermaria. Ele sabia que as coisas seriam diferentes depois, que ele era um homem morto tanto quanto Marty Tooms.

Ele fechou os olhos e nos confins daquela cela descobriu que uma lembrança dela era mais fácil.

— Você sai daqui e não olha para trás. Nunca. Prometa que quando sair vai deixar tudo isso para trás — disse Grace.

— Você sabe que eu não posso fazer isso.

— Você pode. Saia e siga. Viva. Você deve isso a mim.

Naquele momento, naquela sala tão austera, ele se perguntou o quanto havia falhado, não apenas em encontrá-la, mas em todos os sentidos que uma pessoa poderia falhar.

— Pirata.

Ele ouviu a voz do garoto na cela ao lado da dele, um pouco anasalada, com o nariz quebrado.

— Você está bem?

— Sim, garoto — disse Patch.

Ele ouviu o menino respirando, uma linha de pedra os separava. Patch não o odiava. Não poderia odiar.

— Eu não... Não queria estar aqui.

Patch estudou suas próprias mãos.

— Não chore, garoto. Vai ser pior.

O menino chorou.

— Diga-me uma coisa — disse Patch. — Quantos anos você tem?

— Dezenove.

Patch ouviu um leve sotaque, raciocinou que era o nariz, talvez até alguns dentes soltos.

— A odontologia é a profissão mais antiga do mundo. Eles tiveram tempo o suficiente para praticar. Você estará sorrindo novamente em breve.

— Nós deveríamos matá-lo.

— Você vai.

Por um momento, ele se perguntou o que o menino havia feito, o que exatamente fez um adolescente ficar trancado pelo resto de sua vida.

— Qual é o seu nome?

— Eles... todos eles me chamam de Branco. Eu não tenho certidão de nascimento nem nada. Lou, ele é meu pai adotivo. Me chamava de Tommy, mas eu nunca senti isso, sabe. Talvez Tom. Apenas Tom.

Patch o ouviu falar por um tempo, sobre nada em específico, o garoto tentava afastar os próprios pensamentos, o peso do silêncio maior do que ele poderia lidar. Ele falava como uma criança, como se não percebesse que tudo iria envelhecer e morrer. Amigos que ele conheceu, lojas, garotas e lugares.

Patch sabia bem que a substituição seria gradual, até que ele fosse totalmente absorvido pelo sistema, com as páginas anteriores sendo viradas num livro que ninguém jamais leria novamente.

212

— Ele era mais durão do que eu pensava... a maneira como ele olhou para mim.

— Quem? — perguntou Patch.

— Diretor Riley. Quer dizer, o grandalhão me arrastou direto para o escritório do diretor, nem consertou meu nariz nem nada. Eu pingei um pouco de sangue lá fora.

Patch pensou no Diretor Riley, sabia que o homem faria com que alguns presos viessem limpar o chão antes que o sangue do garoto pudesse imprimir um lembrete de como ele exerca seu ofício.

— Ele gritou como se eu estivesse na escola ou algo assim... Vou te falar, por fora eu poderia ter...

— Ele é duro porque tem que ser. Não se preocupe com isso.

— Eu não estou... quer dizer, eu estava olhando bem para o lado dele, para aquela pintura que ele deixa pendurada na parede como se aqui não fosse uma prisão, mas um lugar mais chique.

Patch tamborilou os dedos na estrutura da cama enquanto pensava em sua pintura.

— Você viu? Eu acho isso... Você sabe como algumas pessoas podem simplesmente pintar, cantar ou tocar violão. Lou costumava dizer que isso pode ser ensinado, mas não é verdade.

— Você pode aprender isso aqui, Tom.

Outra fungada.

— Não daquele jeito. É como estar lá, sabe. Como se eu estivesse saindo e voltando pra lá. Você acha que posso pedir a eles que me tragam uma cópia ou algo assim, para eu colocar na minha cela?

Patch pensou no futuro do garoto, depois no seu próprio, tão cansado que sabia que a luta havia terminado. Tudo isso. Ele devolveria a chave da biblioteca e abaixaria a cabeça quando chegasse a hora, reconheceria que perdera novamente, assim como cada luta que já enfrentara. Ele faria uma oração silenciosa para que a morte de Marty Tooms fosse rápida. E então ele esperaria que a gangue o atacasse novamente, e dessa vez ele não reagiria. Ele não era um pirata. Ele não era pai ou amigo. Ele não fez nada nobre. Ele viveu um pouco de vida.

—Você acha que ele esteve lá? — perguntou o garoto.

Patch bocejou.

— Quem?

— O pintor. Você acha que ele esteve naquela cidade ou apenas viu uma foto ou algo assim? Quer dizer, nem tudo está correto, mas é muito parecido.

Patch abriu os olhos, a cela um borrão, o cheiro tão espesso que ficou preso em sua garganta. Ficou muito tempo sem falar nada, apenas repetindo as palavras do garoto em sua mente até a ficha cair.

— Do que você está falando, garoto?

— Alabama.

Patch foi até as barras, seus braços através delas enquanto se aproximava da divisão de pedra.

— Eu deveria saber disso. Cresci a duas cidades de distância. Mas pensando bem, era quase um mundo de distância. Eles têm até escolas chiques e tudo mais.

Patch agarrou as barras com força, o som desaparecendo até que tudo o que ele ouviu foi o fluxo suave de seu próprio sangue.

— A cidade... você está dizendo que é real? — perguntou Patch.

— Claro que é real, Pirata. Já estive lá uma dúzia de vezes. Costumava espionar as casas grandes quando eu tinha quinze anos, mas eles tinham muitos cachorros.

— Você tem certeza disso, Tom?

— Tenho.

— Qual o nome?

Patch prendeu a respiração e sentiu as velhas paredes começando a desmoronar. Seu corpo tremia, sua testa no aço enferrujado enquanto o momento corria.

— Grace Falls. A cidade na pintura é Grace Falls, no Alabama.

213

A menos de mil metros de distância, Saint estava sentada em seu carro no estacionamento, observando o prédio que abrigava seu único amigo.

Ela queria dizer a ele o quão perto ela chegou.

Como por causa dele ela os levou a Eli Aaron a tempo de salvar a vida de uma jovem chamada Ashlee Miller. Uma mulher que viveria sua vida.

Ela queria contar a ele como ela vasculhou o pântano, com a arma na mão e pronta para atirar, mas não conseguiu encontrar o homem que os levaria a Grace. Mas ela estava perto. Tão perto.

Na virada do dia para a noite, ela encontrou o bar mais próximo, pegou um banquinho e pediu bourbon, com as mãos apoiadas no balcão retorcido enquanto dois caras jogavam sinuca sob uma placa que piscava em vermelho sobre o feltro verde.

Uma televisão ocupava o canto superior acima de fotografias e banners pregados em painéis de madeira amarelados pelo toque da fumaça do cigarro. Saint colocou o copo perto do nariz e respirou o cheiro.

Ela fechou os olhos para murmúrios e conversas, até que sentiu que poderia estar ao lado da avó em sua varanda.

Ela os abriu apenas quando ouviu o repórter no Zoológico de Culpepper, parado diante de uma multidão enquanto marcavam a abertura do novo recinto. E então a dedicatória, *in memoriam* a Jimmy Walters. Saint olhou para o rosto dele, para o sorriso que ela lembrava, a decência que ela não tinha.

Ela lançou o copo e quebrou a tela da televisão.

Houve gritos.

Saint sentiu uma grande mão em seu ombro e foi gentilmente conduzida para fora.

—Você conhecia o homem na tela — disse Blackjack.

— Ele era meu... ele não era um homem. Não um bom homem.

Ele não perguntou se ela estava bem, apenas voltou para pagar a conta dela e cobrir os danos.

Ela engoliu o ar sob um céu que ela não culpava, não julgava e não entendia.

214

O Diretor Riley conhecia bem o suficiente as facções que compunham uma prisão, cada uma reinava em seu domínio, dos capitães aos guardas e aos presos. Cada uma tinha uma hierarquia e, e embora fosse apenas o seu nome que estivesse no topo, ele não se iludia achando que tinha controle total.

Então, quando Blackjack apresentou seu relatório, o Diretor Riley sabia que não teria sido Joseph Macauley quem começou o problema, mas o relatório também afirmou claramente que foi Joseph quem o encerrou. Riley cuidou para que o homem maior, Mick Hannigan, fosse transferido assim que deixasse a enfermaria. O menino, Branco, cometeu seu primeiro delito, então passaria um mês na solitária, depois voltaria para seu grupo, onde a gangue o puniria muito mais do que Riley jamais poderia. E quanto a Joseph, Riley teve um pouco de prazer em retirar seu acesso ao corredor da morte e, por sua vez, seu acesso à biblioteca, como se ele tivesse previsto isso muito antes.

— Não tenho prazer nisso — disse ele.

Patch permaneceu.

— Fique de olho — disse Riley. — E você sabe por que digo isso.

— Sim, senhor.

Blackjack o acompanhou de volta e entregou o saco de livros retirados das celas dos condenados à prisão perpétua.

Foi só quando Patch voltou para a biblioteca e começou a arquivar os livros devolvidos que ele sentiu.

Numa cópia batida da história de Janie Crawford que estava nas mãos de Marty Tooms.

Patch removeu um único envelope escondido bem o suficiente.

Ele olhou para ele, a caligrafia de Tooms era uma bela varredura de letra cursiva, tão arcaica que por um momento Patch não entendeu o nome na frente da carta.

E como ele sabia disso.

215

Patch tomou seu café da manhã com Rebocador, o barulho era alto demais, a mastigação pesada e o encontro dos dentes, os gritos e risadas enquanto comida jorrava das bocas. Houve alguns olhares porque ele havia lidado com a gangue um pouco bem demais, mas a maioria estava acostumada com isso; dois contra um nem sempre foi decidido apenas pela matemática.

Às três, Sammy apareceu e os dois se sentaram quase em silêncio. Sammy não fez piadas, não reclamou de Blackjack ou dos guardas, da viagem ou do calor na sala de visitas. Ele não perguntou sobre as mãos de Patch, ainda cortadas, o sangue seco escuro entre as linhas de seus dedos.

E quando chegou a hora, ele avançou e abraçou Patch com força.

— Eu nunca tive um filho. Acho que foi a maneira de Deus proteger o mundo. Mas, se eu tivesse…

— Então você esperaria que ele não ficasse como eu, Sam.

Sammy sorriu.

— Eu te devo… minha conta. Um homem de verdade liquida suas dívidas — disse Patch.

— Considere paga. Eu teria pago cem vezes, apenas pela honra de conhecê-lo.

Sammy o abraçou, a única vez em suas vidas.

Patch colocou o envelope no bolso interno de Sammy.

— Você é o garoto que salvou a garota Meyer — disse Sammy.

— A única coisa boa que já fiz.

— Ainda há tempo.

216

Elas desmataram grande parte do terreno por conta própria.

Durante um longo fim de semana, Saint e Charlotte trabalharam sob um sol forte, resmungando enquanto arrancavam folhas, curvando-se e cortando raízes de louro-da-montanha, hamamélis e mirtilo selvagem. Elas fizeram uma pausa para almoçar feijão com pé de porco e pão de milho que a menina havia aperfeiçoado. À sombra da casa alta e da memória de Norma, elas trabalharam ao som do zumbido das abelhas de Charlotte.

No domingo de manhã, um arborista veio e derrubou meia dúzia de carvalhos, não cobrou porque queria a madeira para o moinho de seu pai. Saint lhe deu alguns pedaços de bolo amanteigado. Charlotte resmungou porque ela tinha feito planos para cada migalha.

Elas pegaram suas pás e carrinhos de mão e voltaram ao trabalho, limpando uma área de trinta por trinta. Numa semana, o empreiteiro de Sammy viria construir as bases para o estúdio. Charlotte hesitou no início, disse a Saint que ela era louca se quisesse desperdiçar seu dinheiro assim, então acabou admitindo que poderia gostar de um pouco de espaço próprio.

— Não pense que vou acabar como o pirata, tornando todos vocês ricos — Charlotte disse enquanto olhavam as plantas na galeria.

— Sem chance alguma — disse Sammy, um pouco triste demais.

Charlotte se deparou com um abeto-de-douglas, encontrou um machado de cabo curto no depósito de lenha e o cortou até que seu ombro queimasse. Quando a árvore caiu, ela subiu na carcaça, olhou para baixo, cuspiu nela e a chamou de "sua putinha". Saint revirou os olhos.

No início da noite, o terreno estava limpo o suficiente para a máquina entrar.

— Sinto falta de Norma — disse Charlotte.

— As pessoas dizem que fica mais fácil, mas isso é apenas porque a cada dia ficamos um pouco mais perto de vê-los novamente.

Charlotte olhou para ela.

— Você vai dizer que acha que eu não acredito porque não vou à igreja — disse Saint.

— Eu vejo você orar.

— Talvez quando oramos não estejamos pedindo intervenção. Estamos apenas nos lembrando das coisas que importam. Você estraga tudo e pede perdão a si mesmo. Alguém se perde e você procura em sua própria mente a orientação para ajudá-lo.

Charlotte caminhou pelo perímetro da clareira, com os braços estendidos como se estivesse equilibrada na corda bamba.

— Acho que sua avó gosta do Sammy — disse Saint.

— Acho que tenho uma chance melhor de me tornar Princesa do Mel do que ele de pegar minha avó.

— Pegar?

Charlotte riu tanto que perdeu o equilíbrio e caiu. Ela xingou quando Saint se ajoelhou para ajudá-la a se levantar.

Sangue escorria de seu cotovelo.

— Tem alguma coisa afiada aqui embaixo — disse Charlotte.

Acima do sol se pondo num ângulo, a luz se espalhou violeta através da umidade pesada sobre as montanhas da igreja enquanto Saint segurava algo para o céu roxo.

— O que é? — Charlotte disse.

Saint colocou-o no chão, depois desenterrou outro, movendo-se rapidamente, lavrando a concreção até que a forma nascesse. Charlotte se ajoelhou na terra ao lado dela.

— Isso são...

— Ossos — disse Saint.

— Um monte de ossos.

Charlotte ficou de pé enquanto a brisa mudava as árvores espessas, dando vislumbres da terra atrás.

Onde ficava a velha casa dos Tooms.

Ela olhou para trás quando o policial Michaels saiu do portão lateral.

— O que é isso? — Saint perguntou.

— Houve um assassinato.

217

Saint viajou cem quilômetros até a pequena cidade de Darby Falls.

Ela viu as torres distantes de uma igreja e abaixou a janela porque naquele momento ansiava por ouvir os sinos.

A rua carregava uma sensação de completude, como se a memória da garota tivesse sido envernizada com bazares beneficentes, cercas brancas, desfiles de outono e gramados listrados. Um policial solitário esperou na frente.

— Ainda esperando a equipe forense — disse o policial. Ele era jovem, magro e ansioso.

— O vizinho disse que Richie não pegou seu jornal esta manhã. Espiou pela janela e o viu.

— Ok — disse Saint.

— Você sabe que Richie era um policial...

— Sim.

O policial ficou na frente. Ela sentiu sua raiva.

Dentro havia o movimento pesado de um relógio de pêndulo, o tapete verde branqueado empalidecido sob cada janela. Não havia cheiro algum no salão. Apenas Richie Montrose, com um único buraco de bala no peito. Era limpo e ordenado, e Saint sabia que a verdadeira bagunça seria encontrada atrás de seu corpo, infiltrando-se na manta cor de creme.

Ela sabia ler uma cena que não era tão complexa.

Richie conhecia seu assassino.

Talvez eles tenham se sentado e conversado primeiro.

Não houve luta, nada derrubado ou quebrado. Foi uma execução, alguém com a intenção de remover Richie do mundo com o mínimo de barulho possível. Um preço a ser pago.

Na lareira, Saint viu uma única foto numa moldura dourada.

Callie Montrose, congelada no tempo.

Saint se lembrou de ir à vigília da garota num momento tão distante, mas ela ainda podia sentir isso inteiramente.

E na mesa ao lado de Richie Montrose havia uma carta.

Saint pegou na mão enluvada, viu o envelope ao lado.
Richie Montrose.
Vejo você no inferno.
Saint levou menos de vinte minutos para localizar as imagens da câmera de segurança de um vizinho.
Quando ela assistiu, viu claro como o dia.
Ele não fez nenhuma tentativa de se esconder ou evitar ser visto.
Ela fechou os olhos.
Seu coração doía.

218

Saint dirigiu trinta e dois quilômetros para além das fronteiras de Monta Clare, longe das montanhas, ambas as janelas abriram para os vinhedos e barracas de frutas e, enquanto ela subia, uma rede de antigas rotas comerciais foi engolida principalmente pela vegetação da floresta.

A casa era cercada de cada lado pela varredura de campos. Ela parou na garagem e saiu para o ar pesado do verão, e por um tempo ficou parada e olhou para a casa dos Shaw do outro lado da rua, onde uma vez teve aulas de piano.

A casa de Nix era pequena para o lote, limpa e simples. A tinta branca fresca, a varanda lixada e envernizada. Enquanto caminhava pelo caminho, ela olhou para a cerejeira imaculada e perfeita.

Saint respirou fundo, sacou a arma, bateu e esperou.

Ela viu seu Ford estacionado e seus sapatos esmagando o cascalho. A terra se desdobrou até que a paisagem a parou; os campos distantes brilhavam quentes com canola. Alguns estábulos pareciam vazios. Um cortador de grama estava na sombra.

Ela tentou a porta da cozinha e seu estômago revirou um pouco quando a encontrou aberta.

— Chefe — ela chamou, por um momento esquecendo quem carregava o título, quem carregava a arma.

A cozinha era datada e limpa. Ela se moveu pelo corredor, o instinto a levando para a frente. A toca era brilhante, o tapete felpudo sintético profundo. Uma linha de vasos na janela explodiu com flores silvestres arrancadas da terra.

Três quartos, feitos para convidados que ela não conseguia imaginar que ele recebesse. Saint ouviu o barulho de água no banheiro. Ela manteve a arma apontada e gentilmente empurrou a porta.

O selo do tanque foi quebrado, o fluxo de água era constante.

Do lado de fora, sob a luz do sol, ela caminhou por um dos caminhos que levavam aos estábulos.

E então ela o viu.

Nix carregava uma pá e um sorriso.

Havia feno ensacado perto da porta, e ao longe alguns cavalos estavam pastando.

Ela manteve a arma apontada para ele.

— Do jeito que eu te ensinei — disse ele.

Ele não fez nenhum movimento para caminhar em direção a ela, e por isso, e um milhão de outras razões, ela o amava totalmente.

219

— Fui ver Richie Montrose — disse ela.

Nix continuava alto, ainda bonito, embora os anos quase o tivessem pegado. Ele cuidadosamente colocou a pá no chão, lenta e firmemente. Nix olhou para os cavalos.

— Animais inteligentes. Só tem um osso a menos do que nós, sabia? — Ela balançou a cabeça. — Eles tem visão trezentos e cinquenta graus. Principalmente monocular. A percepção de profundidade é pobre. Eles só veem a superfície.

— Às vezes, isso é tudo de que você precisa.

— Isso mesmo, garota. Você vê um corpo, descobre quem e como. O porquê não significa merda nenhuma quando tudo estiver dito e feito. Não aos olhos da lei.

Saint enxugou o suor de sua cabeça rapidamente, sua arma ainda travada nele.

— Mas eu ainda preciso saber.

— Aponte uma arma para alguém e a verdade aparecerá.

— E aqui estou eu, apontando uma arma para você — disse ela.

Ele sorriu uma vez, rápido, como se ela tivesse crescido sob seu olhar.

— Receio que a história não seja minha para contar, Saint.

— Eu odeio esse dia — ela disse, e embora seus olhos estivessem embaçados de lágrimas, ela era durona e não as deixaria rolar.

— Posso pelo menos pegar meu chapéu? Então você pode sair com um pouco do velho eu.

Ela conseguiu um sorriso.

— Claro, chefe.

Mais tarde, naquela noite, quando ela fechou os olhos, se perguntou sobre cada movimento que havia feito. E, se ela soubesse, se teria feito uma única coisa diferente.

Ela o observou entrar no estábulo e não reagiu até que a porta se fechou e o ferrolho deslizou.

Só então ela se moveu.

Saint correu para a porta.

E ela gritou e implorou, e ela esmurrou as madeiras serradas até que suas mãos se rasgaram.

Até que sua garganta queimou.
Até que ela ouviu o único tiro.
E ela se virou e pressionou as costas contra a madeira e deslizou para o chão.

220

Às sete e quinze daquela noite, enquanto Patch varria o chão da metalúrgica, a energia acabou.

Não era uma ocorrência incomum. Blackjack esteve reclamando dos trabalhadores semanalmente. O Diretor Riley raciocinou que todo o sistema seria revisado, com um gerador de nível comercial substituindo o antigo Kohler.

Até então, luzes piscavam enquanto a máquina principal ganhava força e o sistema de ventilação desligava. Patch ouviu gritos distantes de homens que sabiam que a noite seria insuportável, cada cela um forno. Ele não parou de varrer, mesmo quando as luzes brilhantes se apagaram e os amarelos de emergência tomaram seu lugar, os longos corredores escureceram, todo o lugar carregando um ar de icterícia, uma loja que logo fecharia.

Quando terminou, ele colocou sua vassoura, balde, panos e limpador de volta no armário de suprimentos, e então entrou no prédio e parou na biblioteca, onde Cooper estava terminando. Na última quinta-feira de cada mês, Cooper fazia um balanço, reclamava que o estado não pagava horas extras, mas que gostava do silêncio.

— Eu tenho que te entregar minha chave — disse Patch. — O Diretor disse para segurar até o fim do mês, até treinarmos alguém.

—Você me ajuda com essas caixas antes de ir?

Patch levou algumas até o depósito. Cooper o seguiu, os livros numerosos.

Quando terminaram, ele voltou, percorreu o mesmo caminho gravado em sua mente, duas esquerdas e depois virou à direita de volta para o bloco principal, onde a sala de estar estava vazia. Ele mexeu no tapa-olho, e então subiu os degraus de metal e entrou em sua cela, deitou-se em seu beliche e pescou um livro debaixo do colchão. O novo guarda o trancou pela noite.

Na biblioteca, Cooper tirou o chapéu da prateleira e o vestiu, carregou uma capa de chuva no braço e pegou sua bolsa de couro gasta. Dentro havia um único livro, uma maçã e uma cópia do *The Examiner*. Ele trancou a porta, caminhou em direção ao Bloco B e passou por duas portas, a fechadura travando por um momento.

Na mesa, ele deixou cair as chaves na gaveta e esperou até ser chamado.

Blackjack folheou a seção de esportes, assobiou baixo para si mesmo quando viu os Yankees indo em direção ao livro dos recordes, assobiou novamente para o Tiger perseguindo todos aqueles homens brancos.

— Eles acham que ele é o novo Jack Nicklaus — disse Blackjack enquanto olhava para a foto do menino, com um sorriso no rosto.

— Já era hora, embora não seja meu esporte — disse Cooper, enquanto saía, virava a página e assinava o livro.

— Nem o meu, mas talvez agora possa ser.

Cooper riu e levantou a mão para Blackjack, que apertou a campainha.

Se ele tivesse levantado os olhos do jornal, poderia ter notado.

Naquela noite, Cooper caminhou mancando levemente.

221

A ligação veio um pouco depois das nove e arrastou Saint de um sono interrompido.

Ela passou a tarde e grande parte da noite na casa dos Nix, lidando com o legista, escrevendo seu relatório e afastando os dois vizinhos que estavam perturbados ao pé da garagem. Havia peças que ela não conseguia encaixar, perguntas que flutuavam e às vezes eram tocadas, mas logo eram abandonadas.

Ela se sentou ereta quando ouviu a voz de Himes.

— Joseph Macauley escapou da prisão esta manhã.

Por um momento, ela ficou sentada desgrenhada, observando as paredes brilhantes de seu quarto, o pavor escorregadio que lentamente amanheceu.

— Ele trancou um funcionário da biblioteca num depósito esta manhã, roubou seu chapéu e chaves e depois desapareceu.

— Que porra você quer dizer com ele desapareceu?

A voz de Himes se manteve firme, embora ele estivesse claramente comendo.

— Os guardas dizem que ninguém saiu pelas portas.

Ela encontrou sua camisa.

— Os guardas o viram? Onde estão as malditas câmeras?

— A energia principal estava desligada. Os necessários geradores só fazem funcionar o que for absolutamente necessário. Ainda não tem ventilação, e eles têm uma situação e tanto lá. Uma grande briga estourou esta manhã. Um idoso chamado Rebocador os irritou e então foi o caos.

Ela abotoou a camisa com uma mão.

— Ele não pode ter ido longe. Quer dizer, eles fazem contagem, certo?

— Sim. Mas, como eu disse, a briga começou e ele só… Eles trancaram o lugar, bloquearam as estradas. Estou enviando Peterson e Lina…

— Farei o que puder.

— Eu sei disso.

— Ele vai ficar bem.

— Não acho que seja essa a preocupação.

— Ele não é uma ameaça — disse Saint.

Silêncio por um tempo.

— Ele matou um homem.

— Ele não é uma ameaça.

— Preciso enviar alguém até você? — perguntou ele, fazendo a pergunta como se estivesse se perguntando. — A filha dele está sob seus cuidados.

— Ele não é estúpido o suficiente para voltar para casa.

— Mas ainda assim, preciso?

—Você está me questionando. Fui eu quem atirou nele, eu que o levei...

— Não estou questionando você, Saint. Só estou me perguntando quanto a influência você tem nas áreas vizinhas. Estou com o mapa aqui, acho que você pode entrar em contato com quatro delegacias e colocá-las em ação.

Ela se pegou no espelho. Saint sabia quem ela era.

— Não estou fora há tanto tempo assim, Himes. Eu sei como fazer uma caçada.

—Vai voltar para fazer essa última?

222

Patch sentou na floresta do lado oposto à Monta Clare High.

A madeira estava coberta por glórias-da-manhã. Ele nunca havia sentido um ar tão doce.

Quando o sol nasceu, ele viu seu reflexo num lençol freático e, por um momento, o pânico tomou conta enquanto ele alisava freneticamente o cabelo e desejava ter se barbeado.

Alguém uma vez disse a ele que as coisas ruins não importam se você optar por não repeti-las. Mas quando ele viu os primeiros grupos de crianças entrando para começar o dia ele sabia que as segundas chances eram as mais difíceis de ganhar e, às vezes, estavam fora de alcance, não importa o quanto você as desejasse.

Ele se sentou naquele velho carvalho caído por uma hora, até que ela apareceu.

Patch não estava preparado para o quão bonita sua filha havia se tornado.

O momento se estendeu muito além das montanhas de St. François que os mantinham naquele quadro maravilhoso. Quando ele deu passos em direção a ela, sentiu-se diminuir, até os quatorze anos, sentado ao lado de sua mãe.

Ele estava prestes a gritar, para que ela soubesse. Mas então ele viu a viatura passar pelos portões e voltou para o meio das árvores.

Ele não a merecia.

Ela não fez nada para merecê-lo.

223

Saint a encontrou no portão principal e se apoiou no capô da viatura.

— Seu pai fugiu da prisão esta manhã — disse Saint.

Charlotte não reagiu de início.

Ela usava um vestido de verão, seu cabelo loiro grosso preso numa única trança holandesa que se enrolava sobre um ombro. Mesmo assim, quando os alunos atrasados passaram, eles lançaram olhares para ela como se ela fosse algum tipo de animal exótico, tão propenso a mostrar os dentes quanto a ignorá-lo.

— Há uma chance de ele vir aqui, e se ele vier, você precisa me dizer. Para o bem dele, você precisa me dizer. Tem policiais por aqui... Policiais em todos os lugares. Eles vão atirar primeiro e perguntar depois.

Elas dirigiram pela cidade, deixaram o carro perto da velha ferrovia e caminharam juntas para a floresta. Saint diminuiu a velocidade perto daquele lugar, a memória teimosa.

— Já te aconteceu de você ter certeza de algo, mas tentar se convencer de que aquilo não é real? — perguntou Saint.

— Papai Noel. Peguei minha avó comendo os biscoitos dele quando eu tinha seis anos. Mesmo assim não me impediu de acreditar completamente. Nunca contei pra ninguém.

— Porque uma vez que você fala, se torna real.

Saint fixou os olhos na água enquanto falava, não querendo ver o mundo ao redor.

— O que eu disse antes... Jimmy Walters... o homem morreu quando...

— Eu já sei o bastante.

— Você raramente sabe tudo sobre alguém. Não por muito tempo. E muitas vezes, quando você o faz, é tarde demais. Jimmy era gentil e decente. Até que ele não era mais. As partes boas, elas ainda deixam muito espaço para as ruins...

Ela observou uma garça tão quieta que desacelerou o coração com o canto das cigarras. E então ela sentiu a mão de Charlotte deslizar para a sua e segurá-la com força.

Saint segurou as lágrimas.

— Eu não queria soar como mãe. Eu sei que não mereço ser, para ninguém. Eu só queria ser sua amiga. Porque eu nunca... Desde que eu tinha treze anos, eu nunca tive outros amigos.

— Antes você disse que talvez ele viesse aqui.

Saint assentiu.

— Ele não vai vir. Não por mim. Eu nunca venho em primeiro lugar — disse Charlotte.

— Isso não é...

— Lembro da primeira vez que o conheci, disse a ele que Grace era sua conexão com o arco-íris. Coisa besta de criança. Mas... Mas acho que talvez todos tenhamos apenas uma, Saint.

224

O assassinato de Montrose foi deixado de lado quando Saint virou todo o seu foco a Joseph Macauley.

Ela passou a tarde atendendo a ligações de Himes, do Departamento do Xerife do Condado de Alwyn e de todos os outros departamentos de polícia em algumas centenas de quilômetros ao redor. Ela não disse, mas sabia que Patch havia passado a maior parte de sua vida procurando, então ela tinha poucas dúvidas de que ele havia aprendido uma coisa ou outra sobre se esconder. Ela viu o rosto dele nas notícias locais, depois no noticiário nacional às seis. O noticiário noturno seguiu uma dúzia de avistamentos. Eles deram uma pitada de sabor quando mostraram o quadro que fora publicado no *The New York Times*, falaram de suas pinturas, sua história, o fato de que ele era um pirata desde o nascimento.

— Ele é muito famoso — Michaels disse, sentado no canto de sua mesa, bíceps grossos sob a camisa, ansioso como se estivesse esperando uma pistola de partida disparar. — Não tem como as pessoas não notarem o tapa-olho.

O Diretor Riley ficou na frente da prisão e respondeu a perguntas como um político indisposto. Saint não gostou do olhar dele. A humilhação evidenciou seus traços mais cruéis. Ele disse ao povo do condado de Alwyn para trancar as portas, mas também para não se preocupar; eles o encontrariam e o colocariam de volta onde ele pertencia. Eles mostraram policiais batendo de porta em porta, com cães esticando suas coleiras pela floresta ao redor.

No início da noite, ela atravessou a rua e o encontrou no andar de cima, na varanda, brindando ao céu enquanto os sinos da igreja tocavam.

Ela notou a garrafa de Laphroaig, o número quarenta estampado.

— Você está comemorando alguma coisa, Sammy?

Ele serviu uma dose para ela e ela finalmente se sentou.

Eles observaram a desaceleração da rua principal enquanto um céu machucado reinava sobre o topo das montanhas.

— Ouvi falar de Nix. Eu o vi ontem mesmo. Ele pegou algumas correspondências pra mim, sabia o endereço quando eu perguntei. Sempre cuidando de todos, sabe — disse Sammy.

Ela ignorou o zumbido de seu rádio, imaginou Michaels atendendo chamadas em vez de ficar trancado no escritório. Ela pensou em todos os anos que viveu e encontrou Nix em cada um deles.

— Eu sei o que a imprensa não sabe — disse ela.

Sammy, com a pele bronzeada, a gravata solta e as abotoaduras douradas sobre a mesa.

— O que você sabe, Saint?

— Eu sei que às sete da noite de ontem um trabalhador da construção civil cortou um cabo principal que alimentava a prisão.

Sammy bebeu.

— Quer dizer, aquele cabo é blindado e grosso, e o cara foi até lá com uma serra circular.

— Erros são cometidos.

— Talvez. Mas então tem o Cooper, o cara que trabalha na biblioteca. Ele é alto como Patch, magro e tão forte quanto ele. Mas ele está trancado lá e não pode sair nem nada. E então tem o guarda que fez a última contagem, que jura que Patch estava na cela. Quer dizer, ele diria isso; caso contrário, está encrencado também. E tem o Blackjack no portão naquela noite, que viu Cooper sair, mas deixou seu posto pela manhã porque um veterano começa uma briga na contagem matinal.

Sammy se inclinou um pouco para trás e acendeu um charuto.

— Temos todas essas pessoas. Algumas delas são limpas, certo? Nós verificamos o passado delas; afinal, você precisa ter uma ficha limpa para conseguir o emprego, pra começo de conversa. Mas os federais estão em cima disso. E eles têm departamentos inteiros apenas para passar cada um desses caras a limpo até o último segredo que já guardaram na vida vir à tona. Entendeu?

Sammy passou a mão por seus cachos.

— Nem um pouco.

— Se houver dinheiro, se ele for rastreado até você...

— Você quer que ele morra lá dentro?

— Maldito seja, Sammy.

Ele ergueu as duas mãos.

— Eu não tive nada a ver com isso.

— Eu quero acreditar em você.

Ele observou a cidade.

— Mas?

— Eu sei que você o ama tanto quanto eu.

225

Depois de vinte e quatro horas de busca infrutífera, eles cobriram cento e sessenta quilômetros ao redor da prisão.

O trabalho na nova ala foi interrompido, a maioria dos prisioneiros estava em estado de frisson e os guardas mantiveram a cabeça baixa. Policiais locais rastejaram sobre cidades próximas, verificando celeiros, silos e bunkers. Os agricultores acordaram à noite com lanternas em suas terras. Um homem foi preso em Arrow Port simplesmente porque havia perdido um olho no Vietnã. Lanchonetes estavam cheias de policiais de fora da cidade tomando café, já cansados da perseguição.

Em Monta Clare, os repórteres ficaram na base da rua principal e falaram do pirata. Eles foram até a Casa dos Loucos e a fotografaram, tão bonita porque Charlotte agora cuidava dela todas as semanas. Ela chamou isso de investimento. Saint sabia que era um pouco mais do que isso.

No final da manhã, o Diretor Riley estava tão bravo que enfiou a mão no armário de vidro ao lado da pintura. Sua secretária pegou um lenço para o corte e depois bateu em retirada porque seu péssimo humor reverberava em todo o ambiente. Ele convocou guardas e gritou com eles, suas bochechas vermelhas enquanto a saliva voava e pousava em seus rostos. Ele demitiu o novo guarda e toda a equipe de construção, embora os eventuais atrasos fossem custar caro.

— De quem ele era próximo? Alguém deve saber de alguma coisa — Riley cuspiu.

Meia hora depois, Rebocador foi retirado do pátio e sentou-se na frente do diretor.

— Foi você que começou a confusão — disse Riley.

— Sem ventilação... este lugar não é adequado nem para gado.

— A contagem da manhã não aconteceu por sua causa.

Riley bateu a mão na mesa entre eles e emitiu todos os tipos de ameaças. Rebocador alisou o bigode, cruzou uma perna sobre a outra e olhou para a pintura e depois para os painéis finos e o tapete persa.

— Certa vez, ouvi dizer que não há nada mais perigoso do que um homem sem nada a perder.

— O que diabos isso significa? — perguntou Riley, olhando para Blackjack, que deu de ombros.

— Significa... que também não há nada mais frustrante para você do que um homem sem nada a ganhar.

Riley andou de um lado para o outro, pesando de quantas maneiras ele poderia piorar a vida do velho e a probabilidade de isso funcionar.

— O que você quer?

Uma hora depois, um barbeiro foi buscado na cidade de Hartville. Ele trabalhava ali mesmo no escritório do diretor, o cabelo branco do Rebocador caindo no tapete de pelúcia. O topete subiu alto, as laterais e a parte traseira foram cortadas curtas. O barbeiro estendeu um espelho e Rebocador sorriu para si mesmo.

— Ainda é assim que eles usam?

Blackjack abaixou a cabeça para sombrear o sorriso, mordeu o lábio inferior quando Rebocador pediu um barbear úmido e um pouco de manteiga de karité para refrescar a pele.

— Também gosto de um pouco de óleo de caroço de damasco para cuidar do bigode. Vocês ainda vendem isso? O barbeiro olhou para Blackjack, que olhou para Riley, que saiu da sala. Rebocador levantou a mão; tinha levado isso mais longe do que esperava.

Quando o barbeiro foi despachado, a sala foi aspirada e o diretor voltou, Rebocador recostou-se na cadeira.

— Quero garantia de que você o trará de volta em segurança. Ele é o homem mais decente que já conheci.

Riley acenou com a cabeça.

— Ele tem uma garota lá em Dakota do Norte. Bismarck. Não há nada mais forte do que os desejos do coração.

Riley ordenou que Blackjack levasse Rebocador direto para a solitária.

Eles saíram juntos para o sol em silêncio.

Na porta, Blackjack entregou ao Rebocador um grande livro sobre produção de sabão.

— Cooper disse que isso chegou para você.

Naquela cela pequena e úmida, Rebocador respirou a riqueza do óleo de sândalo, deitou-se no colchão e abriu o livro.

Dentro estava a edição de junho de 1965 da *Playboy*.

Ele virou para a imagem de doze páginas e sorriu para Ursula Andress.

E então ele fechou os olhos e sorriu novamente, desta vez pensando em Riley e seus policiais indo mil e quinhentos quilômetros na direção errada.

226

Cento e sessenta quilômetros ao sul, Patch estava sentado à beira do penhasco, seguindo o curso sinuoso do rio Mississippi até a curva em forma de ferradura. Seu cabelo estava aparado bem curto, o rosto barbeado. Ao lado dele, uma mochila de couro azul com roupas, dinheiro e quase tudo o que ele precisaria. Ele a encontrou no porta-malas do carro de Cooper antes de abandoná-lo a alguns quilômetros de qualquer lugar.

Ele usava um boné que sombreava seu rosto e, embora isso o incomodasse terrivelmente, ele deixou o tapa-olho no bolso e colocou óculos escuros.

Patch caminhou até que o pôr do sol dissolvesse a água com tons de ferrugem do concreto ao abstrato, e terra e céu se encontrassem por um instante que ele desejou poder pintar.

Ele encontrou um bosque e se deitou ao lado dele diante dos juncos, usando sua bolsa de travesseiro enquanto esperava o anoitecer. No dia seguinte, os postos de controle se moveriam e ele cruzaria para o Tennessee.

No dia seguinte, estaria mais perto dela.

227

Saint dirigiu quarenta e cinco minutos até um complexo de apartamentos tão sem alma que a lembrou de seus primeiros dias como agente.

Assim como aconteceu durante a caça a Eli Aaron, Himes a reintegrou temporariamente, deu-lhe acesso a tudo o que eles tinham e disse-lhe para usar o que precisasse. Ela não precisaria de muito.

Cooper morava sozinho em um lugar desprovido de vida. Suas roupas estavam penduradas em um cabideiro aberto. Um único sofá em frente a uma única janela que dava para um estacionamento, as persianas fechadas, mas a luz brilhava e iluminava o homem que a olhava sem interesse.

— Você passou por um momento difícil — disse Saint.

Ele era alto e magro, e seu rosto carregava o tipo de simetria que deveria ter passado confiança enquanto ele dava sua declaração. Ela comparou com a declaração original, e percebeu que ele não havia mudado a história.

— Eu não tenho nada contra você, nenhum histórico. Nada — ela disse. O escritório da prisão estava lotado e a linha do Diretor Riley estava tão ocupada que a secretária simplesmente a desligou.

Ele falou sobre a vida pacata, trabalhando por uma década em bibliotecas públicas antes de aceitar o emprego em Hannington. Sem esposa ou filhos, sem menção aos anos anteriores.

— Haverá mais perguntas. Você deveria contratar um advogado — disse ela, enquanto se levantava para sair. Ele a acompanhou de forma educada enquanto ela se dirigia para a porta.

Foi quando ela se virou que viu.

Uma única fotografia ao lado da cama.

Ela foi até lá, impressionada com a semelhança da garota de cabelos escuros na foto. Saint pegou a pequena moldura de ouro, a única demonstração de vida no lugar.

Como uma memória esquecida.

Ou um lembrete.

Ela o estudou atentamente, tão desbotado que era difícil identificar detalhes, os lábios carnudos e os olhos verdes tão familiares.

Saint olhou para ele novamente, então deu um passo em direção à porta.
—Vamos nos ver novamente, Sr. Cooper.
— Na verdade, Cooper é meu primeiro nome.
Saint se virou.
Desta vez, ele encontrou os olhos dela e sorriu.
— Meu sobrenome é Strike. Meu nome é Cooper Strike.

228

As vans de notícias partiram. Lacey foi se esvaziando até que apenas os habitantes locais permanecessem, e com panquecas de creme doce, salsichas e café, Saint ouviu enquanto a conversa finalmente se voltava para Nix.

O ritmo havia diminuído o suficiente para que eles lamentassem o homem que manteve a ordem na cidade por quase trinta anos. Alguns idosos levantaram xícaras de café.

Charlotte pegou sua torrada, então as duas caminharam até Monta Clare High.

— É hoje à noite — disse Charlotte. — Eles vão executar o homem que levou Patch.

— Sim. Você quer falar sobre isso?
— Vai doer?
— Não.

Charlotte olhou para ela, com a boca apertada.

— Deveria. Por que ele vai ter o luxo de partir tão tranquilamente?
— Aposto que muitas coisas não foram fáceis para Marty Tooms nos últimos anos.

Na delegacia, ela recebeu um telefonema de Himes, que disse que Patch provavelmente estava indo para Dakota do Norte, onde o Diretor Riley disse que tinha uma menina. Saint revirou os olhos e o contou a ele sobre Cooper Strike.

— Joseph Macauley trouxe sua irmã desaparecida para casa — disse Himes.
— Devolveu sua vida.

Saint desligou a tempo de ver Jasper sair de seu escritório de advocacia e atravessar a rua. Ele se sentou em frente a ela e tirou fiapos da lapela.

— Nix deixou a casa para você.
— Como assim?

Jasper tirou um lenço com monograma do bolso e secou o suor da testa.

— Ele deixou seu testamento comigo na manhã anterior... antes que acontecesse.
— Por quê? — perguntou ela, uma pergunta que ele não soube responder.

Ele colocou uma pilha de papéis e um molho de chaves em sua mesa.

— Vai demorar um pouco para resolver, mas caso você queira manter o local arrumado. Eu sei que ele tem cavalos.

— O que diabos eu devo fazer com um cavalo? — ela perguntou.

Ele verificou seu reflexo no armário de vidro atrás dela, seu cabelo grisalho emprestando-lhe um ar de distinto, apesar do comportamento oportunista.

— Acho que ele não tinha mais ninguém.

Saint voltou para casa sozinha, onde encontrou um examinador forense chamado Stevie Harris no quintal, com sua van tecnológica do outro lado da garagem. Saint quase se esqueceu dos ossos que encontraram no quintal.

Os dois caminharam até a clareira, o trabalho atrasou alguns dias.

— Você está construindo? — perguntou Stevie.

— Um estúdio.

Stevie estava lá há uma hora, cavou um pouco, mas parou quando ficou claro o suficiente. Ela não trouxe uma equipe; o trabalho era de baixa importância.

— Os ossos... canino — disse Stevie. Seu cabelo era comprido, mas preso, seus olhos escuros e cansados. — Estiveram lá por muito tempo.

Saint agradeceu, voltou para a van para vê-la se despedir quando Stevie pescou algo de uma sacola transparente e entregou a ela.

— Encontrei isso ao lado deles. Você pode jogá-lo fora.

Saint olhou para a pingente dourado simples, coberto de sujeira, alguns fios de couro a entrelaçavam. Dentro de casa, o telefone tocou e ela chegou bem a tempo de atender a ligação.

229

Himes falou com a boca cheia sobre alguma coisa.

— Trouxemos o trabalhador da construção civil que cortou a energia, mas não chegamos a lugar nenhum. Guy é um veterano e falou como se realmente tivesse apenas cometido um engano.

— Nome?

— Owen Williams.

Saint beliscou a ponta do nariz.

— Deixe-me adivinhar, filha chamada Lucy?

Ela ouviu o farfalhar do papel, mas não precisou esperar pela resposta.

Saint atendeu outra ligação, desta vez da Penitenciária James Connor, e agradeceu ao Diretor Thompson por entrar em contato com ela.

Eles conversaram um pouco, com Thompson incapaz de esconder a alegria de sua voz quando perguntou pelo Diretor Riley.

— Eu só queria saber se Joseph Macauley era próximo de alguém durante seu tempo encarcerado com você. Eu sei que foi há muito tempo, mas...

A voz de Thompson era rica e suave.

— Apenas um guarda. Cuidava bastante dele. Fora isso, não me lembro. Você acha que ele fez alguma conexão que levou a isso?

— Não. Estou verificando os detalhes, só isso. Esse guarda, qual era o nome dele?

— Darnell Richardson.

Saint vasculhou sua memória, mas não encontrou nada, então agradeceu ao homem e arquivou a informação. Em seguida, subiu ao sótão, o espaço tão quente que o suor se acumulava, seus antebraços escorregadios enquanto procurava a caixa. Ela soprou a poeira, arrastou a caixa escada abaixo sobre seu ombro e, pela primeira vez em doze anos, abriu o arquivo do sequestro de Macauley.

Ela esperava que algo lhe revelasse para onde ele estava indo, onde havia estado. Ela tocou a fita no alto-falante grande, quase sorrindo ao ouvir sua voz.

De volta a Grace e tudo o que ele lembrava, ela virou as páginas de seu primeiro caso, colou anotações no quadro de seu escritório e contou cada fotografia e transcrição da entrevista. Relatórios de solo da fazenda Tooms. Impressões digitais e análise de materiais. Ela trabalhou até tarde da noite, Charlotte com sua avó, Saint parava apenas para se sentar na varanda quando sua mente ficava cheia demais. Ela encontrou seu antigo mapa: locais onde ele havia roubado bancos, se encontrado com famílias, pintado cenas que Grace havia pintado para ele.

Era início da noite quando ela se voltou para Tooms. Ela se recostou na velha cadeira de couro, respirou o cheiro de fumaça de charuto e, por um momento deslumbrante, não conseguiu acreditar que nunca mais conseguiria falar com a avó.

— *Nós já falamos sobre isso. Eu estava procurando o cachorro* — a voz de Marty Tooms encheu a sala. Saint fechou os olhos e o viu claramente. Mesmo após sua prisão, ele não desistiu de sua versão da verdade.

— *Não sei a raça, talvez seja um cruzamento, porque suas pernas eram muito compridas e suas orelhas pendiam quase até os olhos. Comprei uma coleira para ele por precaução... Eu sei que, às vezes, eles os pegam. Dei o nome de Scout. Comprei uma coleira para ele também. Eu tinha medo que ele acabasse em algum abrigo. Que ele acabasse morto sem nenhum direito.*

— *Então você acredita no direito à vida?* — Nix disse.

Saint franziu a testa com a pergunta.

Tooms ficou em silêncio por um longo tempo.

— *Você não acredita em brincar de Deus?* — Nix disse, calmo em sua voz.

— *Eu sou médico. É meu trabalho brincar de Deus. Passo minhas horas de devoção tentando melhorar nisso.*

— *Para salvar vidas, mas não as tirar.*

— *Dizem que é humano, mas não consigo deixar de pensar que é assassinato independente do disfarce.*

Sua história parecia bater, sua razão de estar na floresta naquela manhã.

Nix novamente, com seu tom implacável, era como ouvir um fantasma.

— *Então, ele só aparecia de vez em quando. E você o alimentava? E então ele parou de aparecer, e você o procurou, mesmo que ele não fosse seu. Era um vira-lata perdido.*

— *Você não gosta de cachorros.*

— *Já gostei. Uma vez.*

Uma tosse.

— *Não sei o que dizer. Ele simplesmente aparecia nas minhas terras, às vezes, vindo pela floresta. Era muito magro. Eu queria... Acho que ajudar está no meu sangue.*

Ela tocou a gravação tão alto que o silêncio estalou. E então ela rebobinou, tocou de novo e pegou o mapa de Monta Clare. Ela notou os limites da terra enquanto ele contava que o cachorro apareceu pela floresta.

Ela traçou a linha e chegou à terra de sua avó, os arbustos com nós apertados demais para passar.

Muito apertado para um humano passar.

Saint se levantou e pegou o pingente dourado do lixo. Ela abriu a torneira quente e lavou a sujeira, depois esfregou gentilmente com uma escova de aço, revelando o que estava por baixo.

Ela olhou para as letras fracas, então traçou um dedo sobre as curvas recuadas.

SCOUT

230

Um dia em Union City sob um sol forte.

Ele caminhou desde o primeiro raiar de luz, parando apenas para notar o lago, que mais parecia um pântano. Os galhos de salgueiro encharcados que provocavam a água, suas raízes afundadas sob favos de algas. Ele viu troncos, formações arenosas e ciprestes distantes. Fez questão de respirar tudo isso. Ele andou em três ônibus, de cabeça baixa, mas ninguém o notou ou se importou muito. Quando eles passaram pelos carros da polícia, ele respirou fundo, cansado demais para se preocupar, perto demais para voltar atrás.

Nas ruas da cidade, ele mantinha o boné puxado para baixo, mas se movia com casualidade enquanto espiava vitrines, e depois se acomodava numa cabine de canto numa cafeteria e tomava um café. Ele ficou à sombra do primeiro monumento aos mortos confederados desconhecidos, por um momento pensou em seu pai. Ele pegaria uma rota estranha, embarcaria em qualquer ônibus que saísse cedo. O primeiro deixaria Union City às oito e meia da manhã seguinte. Ele voltaria para Evansville, onde passaria pouco mais de cinco horas esperando pelo 1167, que cruzaria o estado durante a noite.

Às quatro da manhã, enquanto os primeiros cardeais cantavam, ele partia para o Alabama.

231

Naquela noite, Saint sentou-se em sua mesa com o arquivo Macauley.

Patch descarrilou seu pensamento, sua forma de processar. Os acontecimentos entre Richie Montrose e Nix representariam mais trabalho do que tudo que já tinha feito desde que assumiu.

Michaels atendeu uma ligação, sua namorada reclamando pelas horas extras. Embora Saint tenha dito a ele para ir para casa, ele resolveu ficar por lá como se soubesse que seria necessário.

Ela repassou tudo o que sabia e o que precisava descobrir.

Nix pegou sua arma e dirigiu cinquenta minutos até Darby Falls, onde entrou na casa de Richie Montrose e disparou um único tiro em seu peito. Ela sabia que Tooms poderia estar dizendo a verdade sobre o cachorro, mas também sabia que isso não significava nada. Que ele poderia estar fazendo a busca, e viu em Misty uma oportunidade. Tantas variáveis, e nada fazia sentido além do que já era fato. O sangue de Callie Montrose foi encontrado na fazenda de Marty Tooms.

Ela estava prestes a sair quando o telefone tocou. Saint esperava ouvir a voz de Himes, mas em vez disso era Lucy Alston do laboratório.

— Tenho algumas impressões digitais para você — disse Lucy.

— A carta — Saint disse, sua mente sendo remetida a Richie Montrose e ao envelope que encontrou ao lado dele. *Vejo você no inferno.*

— Consegui uma correspondência com Nix.

— Certo.

Saint fechou os olhos e esfregou as têmporas no início de uma dor de cabeça.

— Mais nada?

— Na verdade, tem mais duas. Coletado com clareza do papel. — Saint agarrou o fone com força. — Batem com Martin Tooms e... Joseph Macauley.

232

Saint usou a chave para entrar na casa de Nix.

Mal havia passado um dia, e ela sentiu o vazio como uma dor alojada no fundo de seu peito. Uma luz vinda do corredor, com tonalidade alaranjada, deixava tudo com um ar sombrio, mas também suave. Ela foi de cômodo em cômodo, mas não encontrou nada demais. Nenhum sinal de vida fora de seu trabalho, nenhum indício da profundidade do homem que ela admirou durante toda a sua vida.

Contas de serviços públicos e seguro de veículos. Detalhes de uma conta corrente que carregava pouco mais de vinte mil dólares. No armário do banheiro, ela encontrou Advil, colônia, espuma de barbear e pasta de dente. Não havia nada escondido no fundo de seu armário atrás de suas camisas sociais, calças azul-marinho e uniforme velho.

Ela ficou na janela do quarto dele e olhou para a terra para o espaço entre as colinas como se as nuvens pesassem muito lá fora. E então ela se lembrou de seus últimos momentos. Como ela o analisou e não viu medo, apenas aceitação de um final que ele esperava. Ela pensou em seu rosto, como ele havia surgido de calça e camisa, embora tivesse vindo do estábulo.

Seus olhos quase conseguiam vê-lo.

Havia muitas estrelas enquanto ela caminhava, sua lanterna como guia enquanto ela se aproximava do estábulo. Os cavalos já haviam sido recolhidos por um vizinho com espaço suficiente.

Ela respirou fundo enquanto abria a porta pesada, e encontrou o interior bem cuidado, todo o feno vermelho já varrido.

Saint puxou uma corda para ascender a luz de uma lâmpada nua, mas não viu nada e suspirou, até que olhou para cima.

A escada era forte, e ela colocou os pés com cuidado enquanto abria a escotilha e emergia numa reserva de espaço de loft cuidadosamente fechada e isolada. Ela entrou. As caixas estavam empilhadas no alto, e no centro havia uma única cadeira de balanço.

Ela cuidadosamente pegou uma caixa, sentou-se na cadeira e começou a abrir os álbuns.

Centenas de fotos.

Nix ao longo dos anos.

Ela as analisou, fotos desde que ele era novato, seu bigode mais fino naquela época.

E então fotos de antes.

Ela se recostou atordoada.

Pois aquilo contava o início de uma história que durou toda uma vida. Ela escolheu outra, tirada do rio Meramec, seus sorrisos puros e bonitos. Ela viu o Dia de Ação de Graças e invernos brancos, verões fáceis e caminhadas nas montanhas. Embora a maioria, ela notou, tenha sido tirada nos mesmos hectares de terra. Um santuário do qual ela lutou para entender a importância.

O Chefe Nix uma vez disse a ela que amar e ser amado era mais do que se poderia esperar, mais do que suficiente para mil vidas comuns.

E então, na prateleira, como se tivesse sido colocado para ser descoberto por acaso em alguma data distante, ela viu uma única carta.

E no envelope, o nome dela.

233

Ela acordou o delegado Michaels, disse-lhe para calar a boca e ouvir. E então ela disse a ele para ligar para o escritório do juiz distrital Mark Cully. Para ligar para o escritório do procurador-geral John Lester. Para entrar em contato com a Suprema Corte do Missouri. Para acordar a porra do estado inteiro.

Marty Tooms era inocente.

— Eu posso fazer tudo isso — disse ele. — Mas em pouco mais de uma hora Marty Tooms será executado.

Saint correu para a viatura e piscou as luzes ao entrar na rodovia. Ela ligou para a prisão enquanto dirigia, as linhas todas ocupadas. Apenas o juiz Cully tinha uma linha direta. Os pneus cantaram quando ela passou por uma fila de caminhões, uma mão no volante e a outra ligando para o Projeto Vida. O telefone tocou tanto que ela já estava uma pilha quando Michaels ligou.

— O Tooms não tem advogado. Não tem ninguém para fazer as ligações.

— Você falou com o Cully?

— A linha está bloqueada. Manifestantes.

— Caralho, Michaels. Pegue o carro, vá até o Cully, agarre aquela cara gorda dele e faça com que ele te ouça.

— Sim, chefe.

Ela sabia que ele iria, uma ordem direta era o que Michaels mais amava na vida.

Ela iluminou quilômetros de escuridão, as luzes azuis apontadas para uma manada de veados, seus olhos pretos captando o luar, quando Saint viu algo piscando no painel. O medidor de combustível no vermelho. Ela gritou todos os palavrões que conhecia enquanto espancava o painel. Saint manteve o pé no chão até que o carro morreu, e ela quase teve um surto.

Num trecho abandonado da rodovia, ela plantou os pés no meio da estrada e sinalizou para um velho jipe, puxou o motorista de seu assento e apontou a arma para o rosto dele quando ele fez menção de resistir. Ela fez a volta com o carro e o deixou comendo poeira. Abriu as janelas para o calor da noite, xingou a si mesma por ter esquecido o celular na viatura. Sem rádio, sem tempo para parar numa cabine telefônica, sem ter como saber se alguma de suas mensagens havia chegado.

Ela sintonizou o rádio e encontrou uma estação de notícias debatendo sobre a pena de morte, a mesma coisa todas as vezes. O carro pesado estremeceu quando ela passou de cem por hora, depois acendeu o pisca-alerta e invadiu a pista contrária da estrada, passando por um velho que ergueu o punho para fora da janela de seu Dodge.

Quando ela viu a placa, a curva e as luzes, sentiu sua adrenalina aumentar. Guardas foram trazidos da categoria B em Fordham e montaram um bloqueio na entrada da pista. Ela passou por placas de estrada fechada e pegou a estrada de terra aos setenta por hora, cada solavanco a fazendo pular de seu assento enquanto segurava o volante com força. A menos de um quilometro das luzes da prisão, ela encontrou um bloqueio móvel, com os pés cravados na terra e o caminhão amarelo engatado a ele vazio.

Ela pulou do jipe e correu, seus tênis na poeira quando finalmente atingiu o caos. Os repórteres lançavam suas lentes sobre cartazes pesados enfiados no solo que declaravam a "Vida humana sobre a vingança humana", "O assassinato premeditado promove a sociedade violenta". Ela passou apressadamente por grupos sentados no chão, as mãos unidas em oração liderada por um pastor e ao lado dele um homem com uma fina cruz de madeira branca. Velas queimaram e os policiais mantiveram a paz na noite mais violenta.

Saint abriu caminho até a entrada, gritou para os guardas que a empurraram pra longe, sem notar seu distintivo, mais do que pronta para problemas. Ela gritou seu nome e classificação, perguntou por Blackjack e Diretor Riley. Foi ignorada.

Saint sentiu o pânico aumentar à medida que os gritos se intensificavam. Ela abriu caminho mais fundo na multidão. Somente quando ela ouviu aquelas primeiras notas, e os reunidos cantavam sobre sua presença a cada hora que passava, ela enxugou as lágrimas e verificou o relógio e viu aquele ponteiro dos segundos fazer sua aproximação final naquele dia.

Não temo nenhum inimigo.

Ela pensou em Nix e Tooms, e Patch e Misty, e na convergência aleatória de inocência e culpa. Ela pensou em duas décadas dispostas como um caminho tortuoso. Sua avó acima deles esperando para pastorear outro para o reino perdido.

— Merda — ela chorou. — Onde você está? Por que tudo depende de nós?

Saint fez sua oração silenciosa.

Sacou sua arma.

Apontou para o céu e o quebrou com fogo.

234

Eles se sentaram juntos.

Tooms não foi algemado. Não havia nenhum vestígio das horas anteriores, de quão perto ele havia chegado de perder a vida. Ela ficou maravilhada com o que uma pessoa poderia suportar.

— Como foi a última refeição? — ela perguntou.

Ele riu, a tensão derramando dele.

— Queijo quente. Não há refeição melhor nesta terra.

Ela percebeu a entonação e sorriu.

O céu noturno passou pela janela quando ele finalmente começou a falar.

— Ainda me lembro do cheiro daquela manhã. Verão... tem uma sensação diferente em Monta Clare, certo. Antes que o calor acorde para o dia. Nix criou um cachorro quando era mais jovem. Eu acho que se você gosta de cachorros, entende como eles são da família. A cara dele quando aquele vira-lata apareceu...

Ela o deixou falar; a exaustão do dia anterior ardia em seus olhos, sua pele e ossos.

— Eu estava procurando por Scout.

Saint sorriu.

— Eu o encontrei. Ele perturbou a colmeia em nosso quintal. As abelhas matam para proteger sua rainha, mesmo que isso signifique dar suas próprias vidas.

Blackjack bateu, colocou dois cafés no chão, mas não antes de Saint notar seu crachá.

Darnell Richardson.

Por um momento, ela olhou para ele, o sorriso e a bondade nos olhos daquele grande homem. Ela suspirou quando ele os deixou, com a sensação de não ter mais certeza do que estava acontecendo.

Tooms respirou fundo.

— Eu sei o que você fez por essas garotas — disse Saint.

Ele não falou, mantendo o juramento de que morreria para protegê-las.

Ela sorriu novamente.

— Você deu a elas uma chance quando ninguém mais o faria. Talvez você tenha salvado vidas.

— Mas não todas elas.

Ela pensou nele visitando escolas secundárias, andando do lado de fora caso fosse procurado. Apenas estar lá para que elas soubessem que não estavam sozinhas. Ela pensou nas meninas, algumas não mais velhas do que ela naquela época, aparecendo na casa da fazenda e sendo levadas para o quarto onde ele tirava uma vida para salvar outra. Nenhuma pergunta era feita e nenhuma culpa era atribuída. Meninas de cidades religiosas, de famílias implacáveis. Ricas. Pobres. Ele lhes deu suas vidas de volta. E então alguém descobriu.

— Conte-me sobre Eli Aaron — disse ela.

— Eli Aaron era um homem mau. Eu sabia disso no dia em que ele entrou na escola para fotografar as crianças. Eu o ouvi, com Misty Meyer e com outras garotas. Então fui até a casa dele, para que ele soubesse que alguém o estava observando.

— E ele...

— Ele me avisou que alguém estava *me* observando.

— É por isso que encontramos seu DNA na casa de Aaron.

Ele assentiu.

— Era assim que ele as escolhia. Ele estava fazendo a obra de Deus. Ele escolhia pecadores penitentes. As meninas grávidas que vieram até você para um aborto.

Tooms não disse nada.

— Você poderia tê-las avisado — disse Saint.

— Eu pensei que ele estava apenas pegando o dinheiro delas, prometendo torná-las modelos. Quando ele me disse que sabia o que eu estava fazendo, eu me preocupei com elas. Que ele poderia contar aos pais ou algo assim. E eu tentei dizer a elas, mas nem sabia seus nomes. Era mais seguro para elas assim.

Saint fechou os olhos.

— Então você passou a esperar do lado de fora das escolas. Para tentar avisá-las para serem cautelosas.

— Eu deveria ter feito mais para protegê-las.

Ela colocou a mão sobre a dele.

— Você fez o suficiente. Você fez tudo.

Não havia orgulho, nenhum senso de fazer o que é certo. Ele declarou um fato porque era apenas isso.

— Você me disse que matou Grace — disse ela.

Ele se endireitou um pouco.

— Tratei a mãe de Joseph por mais de uma década. Eu a vi piorar. Era meu dever informar os Serviços Sociais.

— Mas você não o fez.

Ele balançou a cabeça.

— Eu falhei totalmente com aquele menino.

—Você mentiu sobre assassiná-la.

Ele assentiu.

— Ele perdeu muito de sua vida. E eu sabia que ele passaria o resto de seus dias procurando. Nix me disse que ela não era real. Que Joseph a imaginou.

—Você me escreveu... você queria me dizer por que sabia que Nix não concordaria com isso.

— Eu dei uma saída para Joseph. Eu fui condenado à morte, de qualquer maneira. O luto faz parte da vida. É o desconhecido que realmente nos arruína.

Ela pensou em Patch.

— Quando vi Joseph aqui, chorei naquela noite porque sabia que havia falhado. Eu sabia que tinha feito a escolha errada. Ouvi-lo falar, oferecer compaixão e esperança quando ele mesmo não tinha nenhuma. Eu não merecia olhá-lo nos olhos. E então ele escapou. E naquelas horas em que me sentei com o capelão e esperei que me matassem, usei minha última oração para pedir que ele nunca mais voltasse.

235

Saint respirou fundo porque sabia o que viria. Mas ela não estava de forma alguma pronta para isso.

— Conte-me sobre Callie Montrose.

Marty Tooms começou a chorar. Ele não parou para respirar, para explicar. Ele apenas chorou de uma forma difícil de testemunhar, um desvendar de uma história que ele havia guardado dentro de si com tanta força e por tanto tempo.

Quando ele se acalmou, ele bebeu um pouco.

— A hemorragia. É sempre um risco, mas tinha tanto... Eu simplesmente não conseguia parar o sangramento.

Saint não tinha percebido que ela estava chorando também.

— Eu não sabia que ele voltaria, e ele veria isso no meu rosto, porque eu nunca poderia mentir para ele... — ele chorou de novo.

Um som doloroso.

— Quem? — Saint perguntou, mas sabia.

Ela pensou nas fotografias. Saint conhecia o amor, ela sabia que era costurado nos menores gestos, nas gentilezas pouco percebidas. E ela sabia que era responsável pelos maiores e mais sombrios atos, os sacrifícios e a dor mais crua.

E quando Tooms falou seu nome, ela ouviu em sua voz.

— Nix.

— Naquela primeira noite em que apareci em sua casa... — ela começou.

— Foi a noite em que Callie morreu. Você levou Nix à minha casa e ele viu o que eu tinha feito. Eu disse a ele para reportar, mas ele não quis.

— Então ele escondeu isso — disse Saint.

Tooms assentiu, como se não conseguisse mais encontrar energia para falar.

— Você o conheceu na escola — disse ela, e por um momento encontrou um sorriso.

— Eu o amei desde a primeira vez que nos falamos. Claro, era diferente naquela época, com a igreja e tudo mais. O julgamento.

— Talvez não tão diferente assim — disse ela.

— Nós nunca escondemos. Apenas não a anunciamos. Tínhamos nosso lugar na fazenda, e nos isolamos do mundo e apenas...

— Viveram — disse ela.
Ele sorriu.
— Com amor.
Saint pensou por um momento.
— Ele não sabia o que você estava fazendo? Ajudando essas meninas grávidas?
— Eu nunca teria contado a ele. Isso o colocaria numa posição impossível. Eu só... eu vi o que estava acontecendo. Inferno, o que ainda está acontecendo lá fora.

Ela pegou a mão dele, e foi um momento que o surpreendeu. Talvez fosse porque ele não sentia o calor havia muito tempo, ou porque não sentia que merecia. Mas quando Saint olhou para ele, ela não viu nada além de coração.

— Nix não queria que você dissesse a verdade?
— Ah, ele queria. Ele vinha me visitar todas as semanas. Mais de mil vezes ele ameaçou, esbravejou e quase surtou. Ele me disse para contar ao juiz que eu estava ajudando as meninas. Que por isso que o sangue estava lá.
— Mas você não queria se safar.
Tooms enxugou os olhos.
— Eu jamais trairia Callie. Ela merecia minha proteção na morte, como havia feito em vida. Eu não trairia Nix. E eu sei como isso soa.
— Nobreza, Dr. Tooms. Não parece nada além de nobreza.
— Callie estava grávida. Você sabe disso. Mas quando ela estava lá, quando começou a sangrar, quando começou a morrer, ela me disse quem era o pai.

Saint respirou fundo e pensou em Nix e Richie Montrose. E ela pensou em Patch e Eli Aaron. Ela pensou nas melhores e nas piores pessoas, e como as duas tantas vezes colidiram.

— Eu não poderia contar a ninguém sem trair Callie — disse Tooms.
— Então, como que o Nix...
— Ele sempre suspeitou que algo estava errado. Callie foi vê-lo um pouco antes de desaparecer. Levava quatro viagens de ônibus apenas para encontrar algum policial que não fosse ligado ao pai dela.
— Nix a mandou de volta — disse Saint.
— A garota saiu um pouco dos trilhos, e então ele achou que era melhor lidar com o pai.
— Com o pai que a estuprou — disse Saint, vazia.
— Escrevi para Richie. Eu precisava que ele soubesse que alguém sabia. Que ele não viveria seus dias em paz. Escrevi para Richie e dei a carta para Patch. Eu pensei que ele daria para Sammy postar.
— O que dizia? — Saint perguntou, embora soubesse.
— Algo que precisava ser dito. Algo que eu não poderia enviar por aqui porque teria sido visto como uma ameaça quando eles verificassem minha correspondência.

Ele respirou fundo, se acalmou um pouco.

— Callie Montrose. Onde ela está agora? — perguntou Saint.

— Eu nunca perguntei. Apenas disse a Nix que ela merecia descansar em algum lugar bonito. Em algum lugar onde ela nunca mais seria incomodada ou perturbada novamente.

Saint exalou até que seus ombros caíssem.

Ela o abraçou por um longo tempo e, quando se virou para sair, refletiu sobre o preço da confiança, o peso de oferecê-la e o custo de traí-la.

236

Passando por antigas fazendas de estilo neoclássico e terras de difícil acesso, longe de qualquer lugar, ele manteve o rosto perto da janela de vidro e observou a confluência iluminada pela lua enquanto a cidade adormecida se erguia como uma próspera reflexão tardia. O Planalto de Cumberland perdido na distância para cumes florestais sobre uma terra que carregava uma história tão fraturada.

Numa cabine telefônica, ele fez a ligação.

— Sinto muito — disse ele, quando ouviu a voz dela.

— Você não deveria ligar — disse Charlotte, quase num sussurro, embora soubesse que Saint estava na delegacia. — Por que você fugiu?

— Acho que a encontrei.

— Ela é real — sussurrou.

— Uma cidade chamada Grace Falls. É como a pintura, Charlotte.

— Há policiais procurando por você. Está no noticiário. Saint disse que eles vão...

— Eu vim falar com você. Eu vim para lhe dizer que...

Do outro lado, ele ouviu a porta da rua.

Ele ouviu Saint chamar a garota.

Ele ouviu o tom de discagem.

237

O telefone tocou quando Saint estava prestes a subir na cama, o longo dia quase acabando.

No banheiro, ela jogou água no rosto. Blackjack observaria Tooms enquanto ele era levado de volta para sua cela. Com o tempo, as perguntas seriam respondidas, até então Saint ligou para Jasper e disse-lhe para ir para a prisão, onde Tooms seria mantido. Jasper resmungou sobre a hora, sóbrio com a revelação, salivou pensando na atenção que isso geraria. Saint não sabia o que o futuro traria, mas sabia que Marty Tooms sairia livre nos próximos dias; qualquer que tivesse sido seu erro, ele cumpriu sua pena. Ele pagou o suficiente.

Saint ouviu enquanto Himes falava.

Cansada demais para invocar raiva porque, no fundo, ela sabia que ele estava certo em ter grampeado sua linha telefônica.

Ela verificou Charlotte e a viu dormindo.

A garota não perdoaria a traição.

Mesmo que Saint trouxesse seu pai de volta em segurança.

238

Patch não conseguiu dormir depois daquilo, sentiu cada momento naquele ônibus como uma vida inteira de espera, seu estômago vazio.

Em Rowan Bridge, uma mulher se levantou para ir ao banheiro e olhou para ele por tanto tempo que ele pensou em sair em Birmingham. Em vez disso, manteve a calma e esperou a hora passar, a noite ainda quente o suficiente para que o motorista mantivesse a janela abaixada.

Uma hora depois do amanhecer, Patch pegou sua pequena bolsa do assento e saiu para sentir o ar do Alabama. Alguns carros passaram devagar até chegarem ao topo da colina e caírem no meio escuro. Uma lua cheia se manteve enquanto o sol nascia a leste do horizonte.

Na cidade fluvial de Montgomery, ficava a cúpula branca da capital do estado.

As ruas se encheram de sons de trabalhadores do primeiro turno enquanto Patch pegava seu último ônibus da cidade, com a cabeça apoiada no resto até que ele saiu, verificou seu mapa e respirou fundo enquanto caminhava os últimos quilômetros.

Ao ver a placa, ele estendeu a mão e tocou as letras.

GRACE FALLS

239

Ele passou por casas de família e avenidas sinuosas, chegou à rua principal e parou porque já conhecia o lugar. Ele quase esfregou os olhos com a visão, quase estendeu a mão para verificar se era real. Cada edifício fora tirado de sua pintura. Ele conseguia ouvir a voz dela como se fosse momentos antes.

Vou te dizer do que sinto falta. Sinto falta de quando a lua desliza por baixo d'água e deixa tudo azul. Sinto falta das quatro faces do tempo. Sinto falta de estradas de tijolos amarelos e homens de lata. Sinto falta de madeiras prateadas.

Toldos verdes pendiam sobre arcos alvejados, tijolos vermelhos colocados como tapete real no centro da calçada. Ele caminhou até o relógio com mostrador dourado, olhou para a hora como se estivesse congelada há vinte e cinco anos. Os bordos prateados seguravam o horizonte.

No restaurante Lua Embaixo D'água, ele se sentou atordoado numa cabine vermelha e pediu café a uma garota jovem demais para parecer tão cansada. Ele observou o despertar de uma cidade que sentia conhecer bem, tentando ignorar as reviravoltas frenéticas de seu estômago enquanto as pessoas caminhavam para a padaria e o supermercado.

—Você se perdeu ou algo assim?

Ele olhou para ela. Ela usava um avental e seu cabelo caía em ondas castanhas. Olhos sérios, mas os cantos de sua boca se divertiam.

—Você quer café?

— Não, obrigado. Eu não estou perdido. Não acho que estou perdido.

Patch ficou lá por uma hora, até que a luz do sol aqueceu a rua e a fonte na outra extremidade derramou água sobre a piscina de pedra ao seu redor. Era uma cidade bonita, não muito diferente de Monta Clare. Ele olhou para as cicatrizes que cruzavam seus dedos. Ele viu uma mulher com um carrinho de bebê se curvar para mexer com uma criança. Vidas normais cintilavam como vaga-lumes, tão luminosas que ele queria alcançá-las e segurá-las por algum tempo.

—Você diz que não está perdido, mas tem aquele olhar, como se talvez estivesse, mas é teimoso demais para pedir ajuda. Meu pai era assim. Certa vez, ele dirigiu cento e sessenta quilômetros na direção errada porque era orgulhoso demais para pedir ajuda.

Patch sorriu.

— Você acha que é coisa de homem?

— Pode ser — disse, assentindo.

Seu crachá dizia Katie e ela se sentou em frente a ele, inclinou-se e esfregou as panturrilhas.

— Nove horas em pé.

— Deve ser difícil.

Ela acenou com a mão.

— Difícil é não conseguir pagar as contas. E por aqui tem muita gente rica, então as gorjetas são decentes. A menos que os policiais entrem, trate o lugar como um lar. Uma vez até agarraram minha bunda como se o distintivo lhe desse mandado.

— A verdade é que estou procurando algo, mas não sei realmente onde estou.

Ela sorriu.

— Então me diga, há quanto tempo você está perdido?

— Não me lembro de uma época em que não estivesse.

Atrás dela, uma pequena televisão estava fixada na parede do canto. Ele sabia que alguns dias antes ela poderia ter visto seu rosto nela.

— Quer me dizer o que está procurando?

Ela ergueu uma sobrancelha.

— Uma casa.

Ela levantou a outra para combinar.

— É... era branca.

— Você está procurando uma casa branca no sul.

Ela sorriu.

— Há uma longa entrada de automóveis que chega até ela, com árvores altas de cada lado. Árvores que se estendem como se estivessem dando os braços para proteger as pessoas que andam sob elas.

Ela parou de sorrir e ouviu.

— E grama tão verde que poderia ter sido pintada. E canteiros de flores sob janelas guilhotina, ervas daninhas brilham como fogueira.

Ela parou de esfregar as panturrilhas e fez sinal para que ele continuasse.

— Há persianas nas janelas e uma varanda que circunda todo o edifício. Há uma escada que serpenteia do quintal para o quarto, e no inverno você pode vê-la, porque as árvores que rezam perdem folhas até que a casa surja como um floco de neve num dia de verão.

Ela olhou para ele.

Ele engoliu em seco, com medo de perguntar sobre o que ele via nos olhos dela.

—Você conhece a casa?

Katie sorriu lentamente.

— Sim. Eu conheço a casa.

240

Saint pousou no Aeroporto Internacional Birmingham-Shuttlesworth a menos de vinte e quatro horas depois de ter salvado a vida de Marty Tooms.

Ela correu pelo aeroporto, passou por viajantes cansados carregando malas, encontrou o balcão do aluguel de carros e pegou seu Taurus.

Saint abriu a janela para sentir o ar do Alabama, encontrou a rodovia e acelerou.

241

A Casa Branca ficava a menos de dois quilômetros da cidade.

Shadblow se inclinava a menos de um quilômetro da cerca sinuosa ao lado de trilhas de flores. Um rio cortava o caminho, e Patch se aproximou e viu todo o tipo de peixe.

Ele andou devagar, como se soubesse que era a última parada numa ferrovia há muito esquecida.

E à medida que se aproximava do metal ornamentado, a cada passo ele perdia um ano de sua vida, até que ele não tinha nada além de treze anos novamente.

Ele encontrou os portões enferrujados separados o suficiente para deixá-lo passar.

E assim como ela disse, as árvores se curvaram acima dele, seus braços entrelaçados em oração enquanto ele notava a grama muito verde. Então, quando a casa ficou exatamente como ela pintou, ele sabia que a havia encontrado.

Um espelho da Casa dos Loucos, apenas um pouco mais rendida ao tempo. Havia sinais de uma restauração que poderia levar uma vida inteira, as janelas com moldura de madeira apodreceram, o estuque quebrou e o caminho rachou e ficou irregular.

Ele deu os últimos passos em algo que era como um sonho, cansado demais para sorrir, para fazer qualquer coisa além de pressionar a cabeça levemente contra a madeira pesada. Grandes pilares de rosa branca descascada de ambos os lados. O arco acima carregava vidro manchado de cinza.

Ele levantou a mão, bateu e deu um passo para trás.

242

A mais de mil quilômetros de distância, o garoto Tom White chegava ao seu terceiro dia na solitária, aproximando-se de noventa horas, seu corpo não estava acostumado a tamanha tensão. O colchão fino como papel numa cama de aço. O cheiro queimava sua garganta; o gotejamento constante de água marrom do cano enferrujado que perfurava a parede logo acima ficava mais alto a cada queda até que ele colocou os dedos nos ouvidos. Seu estômago doía de fome. Até então, ele pensava que era durão. Durão como tinha sido na escola, quando conseguia bater nos outros até que não aguentassem mais. Durão como quando seu pai adotivo começou a espancá-lo. Naquele momento, ele soube que levaria uma surra, porque o Diretor Riley avisou que era para deixá-lo lá até que aprendesse que sua mente não era mais dele.

Ele chorou de vergonha.

Então ele se levantou e pressionou o rosto contra as barras, e gritou até que o guarda o ouvisse.

— Preciso ver o diretor — disse ele.

O guarda apenas olhou, esperando.

— Eu sei onde está o pirata.

243

Patch esperou cinco minutos, bateu uma dezena de vezes e depois espiou por uma janela embaçada pelas estações, onde as algas se agarravam à cobertura.

Lá dentro, ele viu pisos nus, uma grande sala de recepção onde flores silvestres estavam em garrafas de leite vazias, o único sinal de calor numa sala onde venezianas de madeira estavam apoiadas em janelas altas tão finas que Patch só podia imaginar a mordida do inverno.

Outra janela e ele viu papel de parede amontoado pelo rodapé e deixado lá amarelado pelo sol. Ele se moveu ao longo de canteiros afundados onde não cresciam flores ou ervas daninhas, e colocou as mãos em concha no vidro e viu mais quartos vazios em tons de degradação, um com algumas latas de tinta ao lado dos pés de uma escada de madeira.

Descendo pela lateral da casa, ele chegou a jardineiras de pedra e flores silvestres roxas e uma pequena fonte de água que tinha secado há muito tempo.

A grama havia sido cortada, mas o tamanho do terreno era esmagador, e ao longe Patch viu dois celeiros e, além disso, colinas que seguiam um amplo arco ao redor da terra.

Ele tentou a porta dos fundos, mas a encontrou trancada e, através de uma vidraça rachada, viu um balcão de cozinha forrado com potes e mais potes de geleias e conservas caseiras. Ele viu um fogão. Viu sinais de vida.

Ele estava prestes a dar a volta na casa quando ouviu o leve crepitar de um trovão.

Patch olhou para cima quando a tempestade se aproximou.

244

Saint diminuiu a velocidade enquanto revirava a cidade de Grace Falls e observava as crianças brincando livremente por uma rua larga onde as árvores se erguiam a cada cinquenta metros. Ela parou e verificou o mapa. Casas grandes ocupavam lotes largos, a camélia em negrito contra tábuas brancas. Ela traçou um dedo sobre a rota enquanto atendia a ligação e ouvia Himes.

— Você está aí? — perguntou ele.

— Estou.

— Peguei imagens de satélite da cidade. Eu sei onde fica a casa.

Saint agarrou o telefone com força enquanto lhe dava o nome da estrada. Ela observou uma mãe passear com seus filhos, o mais novo nas rédeas. Uma nuvem de tempestade distante se acumulou.

— Ouvi dizer que os policiais estaduais do Alabama estão se movendo com o comando local — disse Himes.

— Eles vão atirar pra matar.

— Então encontre-o primeiro.

245

No primeiro raio, Patch correu para o celeiro mais próximo que ficava na crista do campo de trigo ao lado da casa.

Ele abriu a grande porta para seis vãos, as baias entre eles vazias. Uma escada do outro lado levava a um sótão que ele não conseguia ver.

A chuva caiu com tanta força que ele fechou a porta pesada atrás de si.

Escuridão total.

As lembranças dos últimos dias o dominaram, o medo e a esperança, a exaustão absoluta de tudo aquilo.

Ele se sentou em ripas de madeira duras, cheirou feno e fechou os olhos.

O céu fez coro e choveu mais forte no velho telhado enquanto ele se perguntava o que havia encontrado, certo de que era a casa dela, mas sem saber se ela morava lá desde então, se o lugar havia sido vendido ou simplesmente deixado em ruínas.

Não havia mais onde procurar, nenhum caminho que ele não tivesse percorrido, nenhum canto de sua mente que não tivesse sido peneirado.

Patch se deitou e engoliu em seco, e por um momento miserável sentiu lágrimas transbordarem em seus olhos enquanto tentava não sentir a devastação que havia causado, as vidas que ele ditou em sua busca por uma garota que consumira os melhores anos de sua vida. De menino até homem. De Monta Clare a roubar bancos, de exposições de arte até a prisão. Ele havia perdido uma filha, uma amiga, um amor e um pai. Ele havia perdido mais do que jamais poderia contar.

E quando ele sentiu uma mão deslizar na sua, ele sabia que estava em sua mente, que não poderia ser real. Que talvez nunca tivesse sido real.

Sua respiração ficou presa quando ela soltou e traçou seu caminho até o peito dele e através da cavidade de sua garganta.

Seus dedos se moveram através de suas lágrimas enquanto ela gentilmente acariciava sua bochecha.

Ele tentou sacudi-la de sua cabeça, tentou voltar para a realidade, mas então ela falou num sussurro que ele podia se lembrar, de uma memória que ele nunca esqueceria.

— Alguém me disse uma vez que você podia ouvir um sorriso.

E quando ele falou, ele tinha treze anos e teve a chance de fazer tudo de novo.
— Besteira.
Sua voz começou a falhar.
— Diga alguma coisa e eu lhe direi se está.
— Embora esteja escuro, sempre vou te encontrar. Embora você seja mais forte do que eu, sempre me certificarei de que você esteja segura. Para mim, você sempre virá em primeiro lugar.
—Você está sorrindo.
— Porque é verdade.
Ela pressionou a cabeça contra a dele.
— Grace — disse ele.
— Sim.

246

As Tropas Estaduais do Alabama varreram a cidade de Grace Falls, indo de porta em porta, exibindo fotos e verificando garagens. Eles bloquearam as duas estradas dentro e fora da cidade enquanto esperavam pelos policiais do condado de Dallas. Agentes do escritório do FBI em Birmingham foram destacados. A chuva caiu em ondas, então coletes à prova de balas pesados foram fechados e bonés puxados enquanto as botas arrastavam a lama.

Quando chegaram à rua principal, eles se dividiram em quatro equipes e tentaram manter a calma enquanto os moradores irritados voltavam para casa para buscar espingardas e se agachar até que as duas tempestades passassem.

Dentro do Restaurante Lua Embaixo D'água, eles encontraram uma garçonete chamada Katie Mitcham sentada nos fundos, despedindo-se do turno da noite com um café, um cigarro e um nível de diversão que irritou o policial estadual Sadler enquanto ele a pressionava sob um toldo que cedia com o peso do outono.

— Estamos procurando por este homem — disse Sadler, e Katie tirou a fotografia dele e apertou os olhos.

— Bonitão.

— Ele é um assassino.

Ela olhou um pouco mais enquanto ele esperava, e então balançou a cabeça.

— Eu não vi ninguém assim.

247

Patch não conseguia respirar.

Por um longo tempo ele a agarrou com força, e ela o segurou como se ele fosse o salva-vidas que ela havia perdido. Ele pressionou os lábios na divisão de seus cabelos e a respirou.

Ele passou as mãos pelos braços dela e subiu pelas costas até a nuca. Ele traçou o rosto dela levemente e sabia com certeza, pois era um rosto que ele havia pintado cem vezes e sonhado outras mil.

O alívio não veio. Seus ossos doíam por ela, assim como seu coração e sua cabeça, e ele agarrou o tecido de seu vestido com força, suas mãos e seu corpo tremendo.

E enquanto um relâmpago brilhava e abria caminho através das lacunas na altura da empena, ela foi iluminada.

A delicada curva de seus lábios, o verde de seus olhos. Ele olhou para a pele dela, pernas, pés e mãos. Seu cabelo era ruivo, seu vestido apertado na cintura estreita. Um espelho da *Grace Número Um*, tão perto que era como se ela não pudesse ser real.

— Eu te encontrei — disse ele.
— Eu esperei por você — disse ela.

248

Saint saiu da cidade à sombra da tempestade e dos policiais locais, as viaturas chegando a dois dígitos à medida que a notícia se espalhava. A chuva bateu no para-brisa, caindo com tanta força que por um momento ela parou no meio da estrada tranquila e esperou, procurando uma pausa, procurando calma, por mais distante que estivesse.

Ela viu a casa à distância.

A mesma casa que ficou pendurada na parede acima de seu piano por toda sua vida.

Saint observou como uma miragem, como se a qualquer momento ela fosse desaparecer.

Ela levou o carro até os portões, saiu e partiu para a garagem a pé, sem tentar se proteger da chuva, sem perceber que seu cabelo estava emaranhado e suas roupas encharcadas.

Saint bateu na porta, seguiu os passos de Patch enquanto ela contornava a casa e espiava pelas janelas, procurava vida, mas sem encontrar nada.

Ela olhou para a terra que se afogava sob a nuvem da meia-noite, o trovão tão profundo que ela sentia cada rugido.

Seus olhos encontraram os celeiros.

Um deles em tom de vermelho que não havia desbotado, a madeira ainda nova. Ela atravessou a grama, não hesitou quando um raio atingiu o horizonte, o ar carregou quando ela chegou ao celeiro vermelho e gentilmente empurrou a porta.

249

Eles estavam deitados lado a lado na escuridão num espelho de antes.

— Você não pode estar aqui — disse ela, e havia algo frenético em suas palavras. — Mas estou feliz que esteja.

A chuva diminuiu o suficiente para que ele pudesse ouvi-la respirar em seu ouvido.

— Estou te procurando há muito tempo.

— Eu fiquei aqui. Bem aqui. Eu nasci nesta casa, e parece ótima, mas está caindo aos pedaços, e não temos dinheiro para deixá-la como antes. Mas eu sabia que se me mudasse nunca mais te veria. Então eu implorei a ele para nos deixar ficar.

Ele agarrou a mão dela como se não fossem estranhos, como se conhecessem um ao outro.

— Você é real — disse ele.

— Você era meus sonhos e meus pesadelos. Eu vivi esse momento mil vezes. Mas agora você tem que ir.

Ele balançou a cabeça, sentiu aquele fogo ainda queimar por dentro.

— Por quê?

Ela apertou a mão dele com muita força.

— Caso meu pai te encontre.

250

Estava escuro lá dentro.

Saint sentiu o cheiro primeiro.

O produto químico tão forte que ela levou a mão à boca por um momento até que seus olhos se ajustassem.

Ela distinguiu formas, uma cadeira e armários de metal, algumas mesas de aço e uma bacia, e nas paredes havia papéis que ela não conseguia entender.

— Patch — ela chamou baixinho, porque a tempestade estava diminuindo, apesar dos últimos relâmpagos, os espasmos da morte.

Ela viu bandejas de plástico, pinças, papéis. Numa prateleira havia garrafas.

Produtos químicos para revelar filmes.

Saint chegou ao outro lado do celeiro, parou diante de uma parede falsa e apertou os olhos na escuridão para distinguir os papéis.

O trovão parou tão repentinamente quanto começou.

E quando o sol surgiu através da chuva forte e a luz caiu pela porta aberta, só então ela viu o que estava olhando.

A garota na fotografia estava apavorada.

Lágrimas escorreram por suas bochechas.

Apertando os olhos para a câmera, seus óculos faltando.

Saint olhou para seu eu adolescente enquanto sacava sua arma.

Uma mão encontrou sua boca.

E sufocou seu grito.

251

Ela o arrastou pela mão, seu corpo magro, mas forte, enquanto ela abria a porta pesada e a luz caía sobre ela completamente.

Grace.

Ele tropeçou atrás dela, recuou um pouco apenas para encará-la.

Ver que ela era real, parada ali enquanto a chuva encharcava seu vestido, seu cabelo e sua pele de porcelana.

Ele tentou puxá-la de volta para o celeiro, mas ela recuou com a mesma firmeza, seus olhos selvagens enquanto suas unhas cravavam em sua pele.

Grace caiu de joelhos, e lutou para se levantar enquanto a chuva caía.

Patch segurou sua mão.

Ela se endireitou, seus olhos olhando ao redor enquanto ela o empurrava com tanta força que ele caiu para trás.

— Vá agora. Você viu que estou aqui. Que eu estou bem.

Ele se manteve firme, enxugou a chuva do rosto, empurrou o cabelo para trás e balançou a cabeça.

— Não vou deixá-la de novo.

A raiva explodiu nela quando o empurrou mais uma vez.

— Você tem que ir. Eu não preciso ser salva.

Outro empurrão.

— Afaste-se de mim. Vá embora daqui. Você não entende.

Ela estava chorando, desesperada, em pânico, mas ele se manteve firme e pegou suas mãos enquanto ela tentava empurrá-lo novamente, e ele a puxou para perto enquanto ela soluçava em seu peito.

— Ele vai te matar, Patch. Ele me prometeu isso. Ele jurou. E ele não quebra uma promessa.

— Me fala o que aconteceu.

Ela fechou os olhos com força, como se ele estar lá fosse apenas um sonho enquanto ela falava. Grace contou-lhe como ela havia crescido na bela casa, até que sua mãe adoeceu e faleceu. Ela não tinha outra família, então seu pai foi procurado, e ele a arrastou com ele por todo o país, de estado em estado numa missão que ela não conseguia compreender.

— Eli Aaron é seu pai.

Ele disse, atordoado.

Ele levou um momento enquanto, lentamente, duas décadas de peças faltando começaram a se encaixar para formar uma pintura que quase o destruiu.

— Eu era muito jovem para saber — disse ela.

— Não é sua culpa.

— E então, quando o entendi, estava com muito medo de...

— Ele não me matou — disse Patch.

Ela gritou:

— Eu implorei a ele. Você não pecou. Você usava uma cruz. Na cabeça dele, ele estava fazendo a obra de Deus. Mas ele achou que você o tinha visto e que sabia onde ficava a casa. Então ele manteve você lá. E eu me esgueirei quando pude.

— Ele queria levar Misty.

— Ele a viu na capa do jornal. O dia em que Jane Roe ganhou seu caso. E ele não se esqueceu do rosto dela.

Patch pensou em Misty segurando aquele cartaz, sorrindo porque, pela primeira vez, a decência humana venceu. Ele pensou naqueles momentos em que Grace saía, os horrores que ele imaginou agora eram diferentes, mas não menores.

Ela afastou o cabelo dos olhos.

— Por trezentos e sete dias você foi meu, Patch. Você era minha conexão com algo real, algo real e puro. Eu poderia ter sido alguém diferente. Essa é a coisa sobre a escuridão. Você poderia olhar para mim e não ver as coisas que eu tinha visto. Eu poderia te ensinar tudo o que aprendi nos livros, tudo o que vi quando viajamos. Eu poderia levá-lo aonde eu precisava que você fosse, para consertar o que eu não podia.

Ele agarrou a mão dela com tanta força, com medo de que ela pudesse escorregar dele novamente.

— E então a garota apareceu. Eu a vi nas câmeras.

Ele pensou em Saint. A pessoa mais corajosa que ele já conheceu.

— E eu queria que ela puxasse o gatilho. Para acabar com tudo. Mas então eu vi a fumaça. E eu senti o calor. E você estava tão doente, mas eu te arrastei para fora e te deixei. E meu pai me levou. Existem centenas de formas de ir embora dessas terras que a polícia não sabe.

Ela estava chorando mais.

Ele se moveu para dizer a ela que estava tudo bem, mas sabia que não estava. Nada estava bem.

— Eu vi as lanternas e os policiais, e eu sabia que você ficaria bem, porque você tinha uma mãe, e você tinha amigos, uma escola e uma vida. E você poderia superar isso. Você poderia me superar.

Eu não superei, ele pensou. *Eu não conseguiria.*

— Voltamos para o Alabama.

— Você não foi à polícia?

Ele viu o terror em seus olhos, medo que ele conhecia bem. Medo que tirava partes de você até que você não conseguisse mais acessar sua própria mente.

— Ele me mataria. Têm câmeras aqui. Tem um quarto igual àquele em que você foi mantido. E quando ele me deixa lá... Fico muito grata quando ele volta. Estou muito grata por ver a luz novamente.

Patch morreu por ela, por seu pesadelo que durou muito mais do que o dele.

— E então eu vi você no jornal. Você era apenas uma criança, mas suas pinturas. A casa. Esta casa.

Ele voltou sua mente para aquela primeira exposição em Monta Clare.

— Meu pai também viu. Ele prometeu que se eu tentasse escapar ele te encontraria depois de me matar. Ele não mente, Patch. Ele nunca mente.

Ele pressionou a testa contra a dela.

Ele pensou na busca pelas meninas desaparecidas. Ele pensou em Saint e Sammy, Charlotte e Norma. Ele pensou na Casa dos Loucos. Apesar de tudo o que passou, ele teve uma vida. E Grace não. Ele sentiu seus músculos se contraírem, uma dor na boca do estômago, o fluxo de sangue em suas veias.

— Tudo o que eu sempre quis foi ser normal, Patch. Consertar esta casa porque ela guarda as únicas lembranças decentes que tenho. É tudo o que eu sempre sonhei. Você acredita em segundas chances?

— Eu acredito, Grace. Contanto que não haja lembretes, nada que a chame de volta.

— Eu preciso que você saia. Eu preciso que você vá e siga em frente, e esqueça de mim, assim como eu vou esquecer de você.

— Nós...

Grace sorriu.

— Não existe nós. Não teremos nosso final feliz. Eu não consigo viver uma vida normal aqui. Eu não posso voltar para a escuridão. Eu nunca posso fazer isso de novo. Não é...

— Seu pai — disse ele. — Onde ele está?

Grace balançou a cabeça, mas ele percebeu.

O único olhar por cima do ombro para o celeiro atrás dela.

Ele se moveu em direção a ele.

Ela gritou para ele parar.

252

Eli Aaron manteve a mão pesada em volta de sua garganta, sua traqueia sendo esmagada enquanto ela chutava e se debatia.

Sua arma pousou atrás dela, perto da porta.

— Poesia — ele sussurrou.

Ela pegou trechos de um rosto muito calmo e comum, como se ele estivesse espremendo uma laranja, seus antebraços travados com força como sua boca.

Saint levantou o joelho com força. A joelhada o desequilibrou apenas por um momento.

Ela captou flashes dos arredores, mais garotas fotografadas, as fotos penduradas em fios exatamente como o celeiro de tantos anos atrás. Ele se apoiou totalmente nela, sem nenhum indício de que estava satisfeito ou de que havia perdido o controle.

Mais forte, as veias em seu pescoço como minhocas, o menor grunhido como se algo selvagem vivesse dentro dele.

Saint chutou novamente, se debateu e arranhou seu rosto.

Seus olhos vermelhos, esbugalhados e desbotados.

Não houve momento para reflexão, nem para pensar em suas vitórias e fracassos, seus ganhos e perdas. Nem para pensar em Charlotte e sua avó, Jimmy e Patch.

Em vez disso, ouviu um tiro e Eli Aaron perdeu parte do crânio.

253

Patch a ajudou a se levantar e sair para a luz.

As nuvens de tempestade se desmantelaram até que o azul esboçasse o horizonte. Saint caiu de joelhos, vomitou e tossiu quando Patch se ajoelhou ao lado dela e colocou a mão em suas costas.

—Você está segura — ele disse.

—Você o matou — disse Saint.

Ela ofegou, tossiu novamente e sentiu a dor queimar sua garganta, seu peito fraco. Ela se recostou e ele se ajoelhou ao lado dela, tirou o cabelo de seus olhos e pressionou a mão levemente em sua bochecha. Então ela o viu. Ela pensou em Tooms e Nix, pensou em Monta Clare e em quão longe eles haviam se afastado de casa.

A arma estava no chão e, com o coração pesado, ela a pegou e se levantou.

Seu sorriso encontrou suas lágrimas.

Ela estendeu a arma, no nível do peito dele.

Ele olhou para a arma, para a firmeza de suas mãos.

Patch se virou e não correu, em vez disso, levantou as mãos numa rendição que quase a quebrou.

Saint pensou em suas memórias, na casa grande que despertava em sua cidade, em encontrar Charlotte assistindo televisão, no trabalho de seu pai de juntar famílias em meio à perda de toda a esperança.

— A casa — disse ela. Ela olhou para ele, pensou no passar dos anos, em como ele era um menino e agora é um homem, uma sombra na luz. — Diga-me que era ela, Patch.

— Era ela.

Ele olhou na direção do celeiro, onde Grace estava escondida esperando o fim. Então Saint chorou. A busca havia terminado.

—Você vai cuidar dela — disse Patch.

—Você sabe que vou.

—Você toma conta de todos, Saint.

— Menos da pessoa mais importante.

—Você faz a coisa certa. Sempre. E eu te amo por isso.

Ela manteve a arma apontada, enxugou as lágrimas.

— Eles estão vindo atrás de você, garoto.

Ele sorriu.

— Acho que já estão aqui, Saint.

Ela tirou as algemas do cinto.

— Como está Charlotte? — perguntou ele, enquanto a observava.

— Ela está bem.

— Ela é durona, como a mãe. E como a amiga.

— E como o pai.

Ao longe, ela ouviu o canto das sirenes, os guardas fechando o cerco. Em algumas horas, ele voltaria para a prisão, onde pagaria pelo crime que havia cometido. Saint sabia que o destino não reservava coisas boas para todas as pessoas, não importa o quanto lutassem.

— No começo eu pensei que alguém muito inteligente tivesse te ajudado a escapar de lá. Talvez com ajuda de dinheiro. Alguns subornos. Mas então percebi que era preciso muito coração. Desejo de corrigir algo que estava errado — disse Saint.

—Você já me pegou. Você não precisa…

— Eu não vou. Não estou interessada em quem exatamente ajudou você a escapar. Embora eu pudesse adivinhar quem estava orquestrando. E ele nunca sobreviveria com comida comum — disse ela.

Ele respirou fundo e olhou para o celeiro, onde Grace estava parada como um fantasma, como uma visão que ele poderia finalmente abandonar.

Patch sorriu para ela enquanto falava com Saint.

— Então é assim que termina.

Ela deu um passo mais perto.

— Arrependimentos?

— Poucos demais pra mencionar.

Saint o abraçou com força.

Atrás deles, as nuvens se separaram para um arco-íris que eles não notaram.

As sirenes ficaram mais altas.

Eles se mantiveram juntos.

Saint não o deixaria ir.

Amar e ser amado era mais do que se poderia esperar, mais do que suficiente para mil vidas comuns.

Ela não tinha entendido até aquele momento.

Mitos e Lendas

2001

254

Era uma bela manhã de primavera quando Sammy saiu da galeria para a rua principal.

Ele tomou café com Mary Meyer, os dois confortáveis o suficiente na companhia um do outro para se sentar com seus jornais, ele franzindo a testa para Carter e Castro sorridentes enquanto ela lia sobre a investigação abrangente que agora cobria dezessete estados. Liderados pelo FBI e pela chefe de polícia Saint Brown, eles usaram as transcrições da entrevista com Joseph Macauley para mapear uma trilha detalhada da vida de Eli Aaron. Eles haviam recuperado o último corpo do condado de Pearl River, perto do Pantanal de Hemmsford. O conforto era pequeno, mas para as famílias era uma chance de descansar a dor e começar o processo de luto. Não houve menção a Grace em nenhum jornal ou reportagem.

— A justiça foi feita — disse ela.

— E levou apenas três décadas — disse Sammy.

— Karma, Samuel. Você acredita?

— Mais a cada dia.

— Ficando romântico comigo — ela disse.

— Ainda consigo imaginar o rosto de seu pai.

— Se você tivesse terminado de se divertir... — ela perguntava isso com frequência, e ele sorria, como se não fosse satisfazê-la com uma resposta.

— Eu diria ao seu pai, e ao pai de Franklin, para irem se foder. Eu deixaria o Rothko onde estava, porque eu já tinha algo muito mais bonito para ganhar a vida.

Ela revirou os olhos, mas não conseguiu lutar contra o sorriso, e então virou a página e anotou a listagem. Naquela noite, ele a levaria para o recém-reaberto Palace 7, onde veriam o retorno de *Cleópatra*.

Ele pegaria a mão dela. Ela deixaria.

255

Às nove, Sammy verificou seu relógio de bolso, levantou-se e beijou sua bochecha e, à luz do sol, entrou no carro que estava à sua espera.

Ele se afundou no couro macio e fechou os olhos para o silêncio do motor. Enquanto eles faziam uma ampla curva ao redor da cidade de Monta Clare, ele abriu a janela para o ar fresco, enquanto os jardins da frente floresciam e ele respirava contente.

O motorista quase perdeu a curva, a pista parecendo um entalhe na natureza. Na velha casa da fazenda, Sammy desceu e apreciou a vista, das planícies da pastagem até as montanhas de St. François. Era um lugar que ele nunca tinha visitado antes, mas agora ele entendia o encantamento.

Ele encontrou Marty Tooms atrás da casa, cavando um pedaço de trepadeira. Quando Tooms o viu, ele se levantou e ofereceu um sorriso, embora agora fossem perfeitos estranhos.

— Você deve ser do banco — disse Tooms, limpando a mão no jeans escuro e a estendendo. — Falei com o Sr. Fulbright, e ele disse que estava tudo bem se eu arrumasse o terreno antes do leilão neste fim de semana. Para ser honesto, não havia muito o que fazer.

Sammy sorriu.

— Isso porque ouvi dizer que o velho chefe de polícia costumava vir todo mês cuidar da terra. Ele era todo coração, sabe.

Marty sorriu, por um momento foi incapaz de encontrar suas palavras.

— Existem alguns lugares onde as boas lembranças são mais fáceis de encontrar. Você encontrará um comprador agora que as pessoas sabem a verdade, tenho certeza. Espero que eles amem como... como eu e o chefe fizemos.

— Eu não sou do banco, Marty.

Tooms manteve o sorriso, mas franziu a testa um pouco. Ele estava alto, muitas marcas referentes aos últimos anos. Sammy sabia que ele havia alugado um pequeno apartamento a duas cidades de distância. Nos dias em que trabalhou num depósito de madeira em Preston, nos fins de semana em que foi voluntário no Thurley State Park, marcou árvores e verificou trilhas, portões e ilhotas. Ele foi libertado sem alarde, não reivindicou ser compensado porque, por sua própria admissão, ele havia feito coisas erradas.

Eles encontraram o corpo de Callie Montrose enterrado sob os galhos cor de algodão-doce da cerejeira nas terras de Nix. Saint se sentou no pequeno banco ao lado, assim como Nix havia feito por vinte anos, e levou um momento para se lembrar das complexidades simples da vida à medida que as cores se espalhavam da coroa.

Sammy sabia que certo e errado eram termos subjetivos, também sabia que alguns homens estabeleciam seu próprio preço na redenção.

Eles caminharam em direção à casa.

Tooms manteve os olhos baixos até que Sammy tirou o envelope grosso do carro.

Ele notou que as mãos do homem alto tremiam um pouco quando ele a abriu e folheou as páginas.

— Eu não entendo — disse Tooms.

— A terra é sua, Marty. A casa, os hectares. As memórias. Tudo o que seus olhos alcançam. É tudo seu de novo.

Tooms olhou ao redor.

— Alguém deixou uma pintura para você. Vale uma boa quantia em dinheiro. Tomei a liberdade de lhe conceder um empréstimo usando-a como garantia e comprar essas terras porque sei que Ernie Fulbright está cansado de mantê-las nos registros.

Tooms limpou a garganta.

— Uma pintura?

— Uma pintura que passei os melhores anos da minha vida contemplando. Uma pintura que eu gostaria de deixar pendurada onde está. Ao lado das outras. Porque elas me lembram de... De um amigo. Esse é o seu pagamento com juros. Podemos resolver depois alguns detalhes menores e, claro, você pode vê-las sempre que quiser. Ou, se achar melhor, você pode me mandar pro inferno.

Tooms olhou para ele.

— Eu sei que isso não faz muito sentido para você, mas talvez faça quando você a ver.

256

Na galeria, Sammy segurou a porta e conduziu Tooms para a sala onde Callie Montrose ocupava espaço na vasta parede branca que percorria a profundidade da construção.

Houve um momento em que Tooms não falou, apenas olhou, a pintura tão ofuscante e brilhante.

Sammy o deixou lá por um longo tempo, compartilhando um momento com a garota que ele tentou salvar, a garota por quem ele deu sua vida, certo de que faria isso de novo sem pensar duas vezes.

E então, Tooms olhou para a pintura à esquerda, aquela que muitos diziam ser a verdadeira joia de uma coleção que renderia muitos milhões.

— *Grace Número Um* — Marty disse, lendo a placa.

— Recém-adquirido. Fiz a mesma oferta que fiz a você, só que para uma jovem no Alabama. Ela usará o dinheiro para transformar sua casa num lar — Sammy disse com um sorriso.

Depois disso, eles se sentaram na varanda no calor suave da primavera, Monta Clare seguindo abaixo deles.

Por um bom tempo, Marty Tooms não soube o que dizer, mesmo quando Sammy lhe entregou um cheque junto com a casa. O único trabalho que ele teria era o de cuidar de sua terra, novamente em seu nome, suas memórias seguras.

— E a pintura na janela? — perguntou Tooms.

— A Casa Branca. Acabei de adquiri-la de… De uma amiga querida.

— Você não as vende?

Sammy sorriu.

— Eu sou um colecionador, Marty. E esta coleção está entranhada no tecido de Monta Clare, como um folclore. Como um lembrete de que, às vezes, mesmo que as perspectivas não sejam boas, a esperança pode vencer.

— Obrigado — disse ele, finalmente.

— Não é bem a mim que você precisa agradecer — disse Sammy, dando um gole no bourbon de carvalho envelhecido.

— Joseph Macauley — Tooms disse, e finalmente abriu um sorriso. — Não sei onde posso encontrá-lo.

Sammy ergueu o copo em direção ao céu.
— Aí é que está: ninguém sabe.

257

Saint fez a viagem sozinha.

Ela dirigiu quilômetros de estrada com apenas as planícies ondulantes do Noroeste e o aperto dos nervos como companhia.

No baú estava tudo o que ela tinha: presentes datados com cada um de seus anos; cartas e cartões. Conchas que ela encontrou, conchas intactas, caramujos com manchas verdes e roxas de óleo, e um tritão que sussurrava o som das ondas quando pressionado contra seu ouvido. Uma folha de magnólia, um conker e uma pena de pomba. Uma pinha de Monterey que sobreviveu intacta porque ela a envernizou levemente. Ao lado de cada um, ela anexou um pequeno cartão que contava onde ela estava quando o encontrou.

Havia fotos que ela mesma havia tirado: o sol se pondo sobre as montanhas de St. François; névoa matinal sobre os telhados de Monta Clare. A velha igreja onde sua avó estava deitada ao lado de um chefe de polícia que moldou sua vida; a rua principal e a colmeia de Charlotte; a casa alta onde ela viveu as melhores partes de sua vida. Ela embalou recortes que encontrou num baú embaixo da cama de Norma, cada caso em que trabalhou, de Joseph Macauley a assaltos a bancos e homicídios. No dia em que os encontrou, ela se deitou na cama de Norma, enrolou-se num cobertor e sentiu o amor e o orgulho de sua avó envolvê-la. Um único livro, *Onde vivem os monstros*.

Em sua carta final, ela escreveu sobre Charlotte, sobre como a garota veio para ficar quando elas eram quase estranhas, de como ela resistiu até recentemente, quando Saint descobriu que a confiança era uma via de mão dupla. De como Charlotte era muito brilhante, a cada dia deslumbrando-a com uma postura e facilidade que Saint esperava que ajudasse a abrir o mundo para ela. Ela incluiu um único esboço que Charlotte havia feito, as duas sentadas na varanda, uma memória reabastecida todas as noites, independente do clima.

Foi durante esses longos dias e meses, durante jantares com sua avó e Sammy, que Charlotte lentamente entendeu seu pai, e então foi para seu pequeno estúdio, onde a arte lhe deu a saída que ela estava procurando. E embora Sammy tenha declarado que seu trabalho era uma merda, ela cresceu em talento, e com o talento veio a confiança. Na escola, suas notas se estabilizaram e subiram, e apesar de uma fila de meninos interessados, ela passava os fins de semana caminhando pelo Thurley State Park, onde notava que Saint parava para sorrir para o homem alto que mantinha as ruas limpas, com seus olhos gentis e sorriso sempre presente.

Saint contou a ele como Charlotte estava indo para a faculdade, para Boston, onde sua mãe havia estudado. Mas Charlotte acabaria estudando direito. Infectada com a necessidade de seu pai de ajudar os outros, ela já havia se comprometido a dedicar seu futuro a defender os pobres, a quem Sammy definiu como praticamente todo mundo em comparação com a jovem princesa de Monta Clare.

Quando Saint chegou ao gramado do condado de Madison, ela passou por pontes cobertas e encontrou o vilarejo de Robins Elk, parou num posto de gasolina e mexeu no vestido que Charlotte escolhera para ela.

Demorou dez minutos para encontrar a terra, a trilha forjada na largura de pneus que levava a uma casa de fazenda com telhado vermelho grandiosa e perfeita.

Ela parou ao pé das terras e abriu o porta-malas. Dentro havia uma caixa com interior de couro da cor de semente de castanha-da-índia, as fivelas de latão polidas, a base forrada com algodão macio. Ela passou muito tempo escolhendo, certificando-se de que os presentes estavam bem distribuídos, as letras encadernadas, a cronologia correta.

Ela tirou com cuidado, colocou ao lado da caixa de correio e não ousou pensar nele lá dentro, crescendo naquela casa, livre naquela terra tão bonita que ela sentiu uma onda de saudade ficar ainda mais pesada.

Ela poderia estar bem, poderia ter voltado segura sabendo que não interrompera sua vida até que ele tivesse idade suficiente para saber, se ela não tivesse sido vista da grande janela da cozinha da casa da fazenda.

Saint ficou lá com a cabeça baixa enquanto a mulher cruzava a longa calçada. Foi só quando ela se aproximou que Saint a reconheceu do quarto do hospital tantos anos antes. Candice Addis, tão mulher e mãe que Saint alisou seu próprio vestido e se amaldiçoou por estar usando-o com tênis.

Um tempo se passou entre elas e então Candice a abraçou com força, e Saint fez tudo o que pôde para não quebrar ali mesmo em seus braços.

Candice deu um passo para trás, avaliou-a e sorriu.

— Sempre esperei que você viesse.

Candice a levou a um pequeno banco à sombra de um bordo prateado, e juntas elas conversaram. O rendimento da fazenda, os preços dos hectares, o trabalho de Saint e como Candice a vira no noticiário quando o jovem escapou da prisão.

— Você estava lá? — Candice disse, olhos castanhos um pouco arregalados com o pensamento.

— Eu estava.

— Mas você não o encontrou?

Saint pensou naquela tarde, como os policiais estaduais chegaram à grande casa branca. Como ela tirou Grace da cena e trabalhou com Himes para mantê-la longe da mídia. Como juntos eles ouviram uma história que deixou até Himes incapaz de comer. Grace disse a eles que queria ficar na casa, onde sua mãe morava. Saint entrava em contato com ela com frequência, certificando-se de que ela tinha apoio. O caminho seria longo e difícil, mas com a liberdade veio a esperança.

— Joseph Macauley escapou — Saint disse, assim como ela disse a Himes, que a observou por algum tempo, as rodas girando rápido e depois parando porque ela havia lançado alicerces tão fortes que não podia ser questionada. Ela sabia em seu coração o que era bom e certo. Ela não precisava mais de seu crachá para validação.

Elas falaram sobre Theodore, de como ele se destacou em esportes, matemática, inglês, praticamente tudo o que fazia. Por um longo tempo, Saint ouviu, suas bochechas doendo enquanto Candice falava sobre um menino tão bom.

— Claro, ele sabe sobre você. Você gostaria de conhecê-lo?

Saint olhou para a casa e além dela antes de se segurar.

— Deus... Essa escolha não é minha. Eu só... — Ela engoliu em seco, resoluta, cada limite desmoronando enquanto ela respirava fundo e lutava contra o tremor em suas mãos, mordendo o lábio inferior para parar o tremor.

— Eu só queria que ele soubesse...

Talvez tenha sido a lembrança de Jimmy não a deixando terminar, não a deixando dizer a ele que havia visitado a clínica, mas não continuou com o aborto porque uma vez ela havia feito uma promessa a Deus, uma promessa que a fez ver seu amigo voltar em segurança do próprio inferno, uma promessa que a fez ser excluída, ser uma pária na pequena cidade que ela tanto amava.

Talvez fosse a lembrança da maneira como ela se afastou de seus socos e chutes e embalou a vida que crescia dentro dela.

Ou talvez tenha sido simplesmente o toque que a fez desabar, a maneira como a mulher mais velha a abraçou e disse que estava tudo bem. Levou tudo o que lhe restava para não deixar seu pequeno corpo se despedaçar de soluços, para se concentrar em como a terra era bonita atrás da casa, a cruz de riachos alimentados por nascentes, quatrocentos hectares de terra arável que seriam dele.

— A fazenda — disse Saint.

Candice olhou para a terra deles.

— Você vai... Vai ficar tudo bem.

Por mais de uma dúzia de anos, Saint havia recorrido aos escritórios de advocacia de Jasper e Coates para que acompanhassem as contas da Robins Elk Farm, sentindo-se tranquilo nos anos de fartura e ansioso quando os lucros diminuíam.

— Estou esperando a nova lei agrícola, mas Nicholas... Ele disse que preferia perder o lugar a produzir demais — disse Candice, e em seus olhos Saint viu o único traço de preocupação. Ela se lembrava um pouco de Nicholas, de todos aqueles anos atrás, quando ela lhes entregou seu filho e os melhores pedaços de seu coração.

— Há algo na caixa, algo para... Para agradecer. Não é nem mesmo dinheiro que ganhei. Eu tinha uma pintura e... E eu a vendi para Theodore, mas eu sei que ele vai ajudá-la...

Candice tentou balançar a cabeça, dizer que não, mas quando a viu implorar, viu sua necessidade, ela simplesmente a abraçou mais uma vez.

Elas se levantaram, e Candice a seguiu até o carro, mas não antes de Saint ouvir quando o vento finalmente parou.

— Você cria abelhas? — perguntou Saint.

Candice sorriu.

— O Theodore cria. Ele encontrou uma velha colmeia enterrada na floresta. O mel mais doce que já provei.

Saint esperou até que ela estivesse longe daquelas terras, até que Candice e a fazenda desaparecessem no espelho, para só então parar na beira da estrada e chorar.

Chorar pela garota que ela já foi.

E pelo homem que ele se tornaria.

258

Foi uma pequena exibição.

Principalmente familiares e amigos, embora Daisy Creason tenha trazido uma câmera e prometido um quarto de página no *The Tribune*. Embora seu cabelo estivesse grisalho há muito tempo e sua mão tremesse um pouco enquanto escrevia em seu caderno, ela se lembrava de uma exibição semelhante quase três décadas antes.

Charlotte usava um vestido amarelo simples, o cabelo amarrado para trás e apenas um leve toque de maquiagem. E ela trabalhou na sala com facilidade, sem esforço, sorrindo para seus amigos, apressando clientes em potencial como Sammy havia lhe ensinado.

— Você sentirá falta dela quando ela for para a faculdade — disse Saint.

— Melhor assistente que já tive — disse Sammy.

— Certa vez, ela vendeu uma gravura de Rosenquist para um turista que entrou para usar o banheiro. Era claro que ele não podia pagar. A coisa mais linda que eu já vi.

— Que lindo.

Sammy usava uma jaqueta de smoking de sarja jacquard de cetim, deixou três botões de sua camisa sob medida abertos para o peito bronzeado e ficou no canto mais distante da Monta Clare Fine Art, pela primeira vez contente em não ser o anfitrião.

Saint caminhou lentamente, observando cada uma das paisagens, desejando que sua avó estivesse ao seu lado, para que ela pudesse apontar cenas de sua cidade, da floresta e da água diante dela.

A maioria, ela notou, carregava um pequeno adesivo vermelho ao lado da placa com comentários.

— Ela é popular — disse Saint.

— Licitante por telefone — Sammy disse, girando seu uísque.

— Sempre procurando a próxima grande novidade.

Mary Meyer seguiu sua neta com orgulho descarado. Ela usava um vestido de noite de seda bordado floral, e Saint não pôde deixar de admirar o refinamento das mulheres Meyer, sua mente em Misty, em quão largo seu sorriso poderia ter sido.

— Eu vi você no jornal — disse Sammy.

Saint deu de ombros, como se não fosse nada.

A Medalha do FBI por Honra ao Mérito. Himes apertou a mão dela, posou para uma foto com um cachorro-quente escondido nas costas enquanto elogiava seu trabalho na busca por Eli Aaron. Ela teve pesadelos algum tempo depois, ainda via o rosto dele naquele celeiro do Alabama e acordava suando, apenas para descobrir que Charlotte havia escorregado para a cama ao lado dela, a garota fingindo dormir até que o coração de Saint se acalmasse o suficiente. De manhã, ela teria ido embora. E elas não falavam sobre isso.

Quando o último vinho foi bebido, a última pintura vendida e os visitantes caíram nos braços de uma noite de verão, Daisy pediu uma última foto da garota e sua família.

Charlotte se colocou entre Saint e sua avó, então chamou Sammy para se juntar a elas.

Sammy balançou a cabeça. Ele sabia que não era a peça que faltava naquele quebra-cabeça em particular.

— Por favor, vovô — disse Charlotte.

— Não me chame assim — disse Sammy, levantando o dedo e enchendo mais um copo de Dalmore.

Do lado de fora, Charlotte trancou a porta.

À frente, Mary Meyer pegou o braço de Sammy e os dois caminharam em direção à colina.

— Às vezes, eu os imagino fazendo sexo — Charlotte começou.

— Jesus — Saint disse.

— Mas então penso que não tem como ele ficar com o pau duro com toda essa bebida.

Saint assentiu sombriamente e não contou à garota sobre a maré de pílulas azuis varrendo o país.

— Você acha que ele é um bom homem? — Charlotte disse, e olhou para Saint com aqueles olhos.

— Não.

Charlotte olhou para a igreja.

— Mas ele tenta — disse Saint, e sorriu.

— Posso ir ver a mamãe? Às vezes, a vovó me dá uma grana extra quando digo a ela que visitei.

— Claro.

E enquanto Charlotte visitava sua mãe, Saint ficou algum tempo sentada diante de Norma e Chefe Nix. Ela não orava mais, embora ainda acreditasse. Completa e absolutamente.

Se ela tivesse virado a cabeça, poderia ter notado o carvalho e, na hora certa da luz do sol, as iniciais fracas ainda esculpiam em seu rosto.

Às vezes, ela o imaginava em algum lugar, pintando, trabalhando, vivendo o tipo de vida pequena que não interferia. Charlotte falou mais dele, naquele primeiro ano correu para o telefone quando tocou, ou corria para a caixa de correio quando o carteiro chegava. Ela assistia ao noticiário todas as noites, atormentava Saint para verificar com Himes todas as semanas. Por um tempo, seu pai iluminou o noticiário nacional, mas Saint sabia que com o tempo o calor esfriaria até o dia em que seu nome escaparia da memória, às vezes, sussurrado nos pátios da prisão como o homem que superou o Diretor Riley e metade da força policial do Missouri. Himes contou a ela os rumores de que ele havia roubado outro banco no Texas antes de cruzar para o México, que provavelmente estava morto, que suas pinturas agora mudavam silenciosamente de mãos por milhões de dólares que de alguma forma foram canalizados para ele. Ela não acreditou em nenhuma das histórias. Eram apenas mitos e lendas.

Foi enquanto subiam os degraus rangentes até a varanda da casa alta que Charlotte viu.

O pequeno pacote levava o nome dela.

— Admirador secreto — disse Saint.

— É melhor não ser o Noah novamente. Seu testículo acabou de se recuperar.

Charlotte se acomodou no balanço da varanda enquanto Saint entrava em casa e preparava cacau, uma rotina passada por gerações. Uma rotina que ainda a fazia sorrir todas as noites enquanto elas se sentavam juntas e observavam vaga-lumes brilhando nas montanhas de St. François.

Saint pegou duas canecas e se acomodou ao lado da garota, que havia tirado os sapatos e se sentado no assento.

Saint sentou-se ao lado dela, só então percebendo o que Charlotte segurava em suas mãos.

O jarro brilhava.

Charlotte o segurou ao luar, as cores mudando de escarlate para amora.

Sobrenatural.

Incrivelmente belo.

— O que é? — Charlotte disse.

Saint respirou fundo.

— É mel. Mel roxo.

259

Nas brasas do verão, elas carregaram a caminhonete de Saint e partiram uma hora antes do amanhecer.

Duas semanas antes, Charlotte faria a viagem para Boston, onde Saint já havia planejado visitar com frequência, mesmo que apenas para levar à garota uma comida caseira decente.

Por pouco mais de mil e quinhentos quilômetros, elas planejaram a rota preguiçosamente, apenas destacando algumas paradas que fariam ao longo do caminho.

Uma viagem, não de mãe e filha, mas de amigas. Amigas que passaram por tanta coisa juntas.

Elas desviaram em Mount Vernon e seguiram uma longa curva em direção a Nashville. Charlotte usava jeans e colocava os pés descalços no painel enquanto cantava junto com Dolly Parton e Hank Williams, Loretta Lynn e, claro, Johnny Cash.

Quando chegaram ao hotel, os ouvidos de Saint estavam zumbindo de tanto fazer barulho e sua boca doer de tanto rir.

— Você canta como sua mãe cozinhava — disse Saint.

Elas comeram frango frito e passearam pelas passarelas brilhantes, Charlotte imitando Elvis enquanto posava para uma fotografia diante das luzes da Music Row, seu lábio superior tremendo até Saint se dobrar de tanto rir.

Elas pararam na Floresta Nacional Cherokee, a garota ficando quieta enquanto o céu carmesim sobre as montanhas dos Apalaches ficava tão exuberante que refletia o brilho dos desfiladeiros profundos do rio. Eles caminharam algumas horas e Saint tirou fotos de tartarugas de caixas orientais e lagartos de cinco linhas, juncos e falcões peregrinos. Com o tempo, ela encheria outro álbum, sua mente em Theodore enquanto ela colava cuidadosamente as fotografias que ele poderia um dia olhar.

Numa cachoeira que caía em cascata sobre cumes e rochas avermelhadas, Charlotte parou e se virou para ela.

— O que eu disse... Sobre não querer você como mãe...

— Eu sei — disse Saint.

— Quero dizer. Você é tudo. E você...

— Eu também sei disso.

Charlotte a abraçou rápida e fortemente.

Um dia depois, o horizonte se estendia além da Blue Ridge Parkway. Elas jogaram jogos, observaram adesivos de para-choque e atribuíram pontos ao notar *O QUE JESUS FARIA?*, *MERDAS ACONTECEM* e, à medida que se aproximavam do destino, *OBX*.

Elas pararam para almoçar, Charlotte batendo o pé na grama, embora Saint pudesse ver a maneira como seus ombros se apertavam, seu sorriso um pouco menor enquanto ela se acalmava. Não foi uma viagem com um destino ou objetivo claro. Nada foi dito, embora a esperança se aquecesse suavemente na boca do estômago.

O pote de mel roxo carregava um rótulo.

E depois de um dia esculpindo o Piemonte, elas chegaram à Fazenda Hillcrest.

Não era um lugar que apareceria em nenhum guia e, como Charlotte encontrou potes correspondentes nas prateleiras, Saint assumiu o risco calculado de mostrar uma fotografia dele para a jovem que trabalhava no balcão.

Um aceno de cabeça.

Um sonho que talvez sempre estivesse fora de alcance.

Charlotte não falou muito depois, enquanto dirigiam sem rumo por um planalto de colinas baixas, a terra começando a se achatar em direção a planícies costeiras distantes.

— Ele está mantendo você segura — disse Saint.

— Ele pode estar morto — disse Charlotte.

Elas passaram mais um dia se movendo pela Carolina do Norte em silêncio intenso. Enfrentaram trânsito enquanto saíam de Raleigh.

— Aquele adesivo de novo — Saint disse, e Charlotte percebeu e sorriu.

As letras OBX e, ao lado, uma caveira e ossos cruzados.

Elas viram meia dúzia de vezes enquanto dirigiam em direção aos apartamentos.

Numa parada de caminhões longe de qualquer lugar, Charlotte parou no carro ao lado deles e olhou para outro adesivo de para-choque.

Este carregava as mesmas letras, só que em vez de uma caveira e ossos cruzados, trazia o rosto de um pirata.

— O que isso significa? — perguntou ela, para o grandalhão descendo do carro.

Ele era alto e, sob ombros largos, havia uma barriga saliente.

— Outer Banks, Carolina do Norte — ele disse, e deu um sorriso a Saint.

— Por que tantas pessoas têm? — Charlotte disse.

Outro sorriso, desta vez um pouco mais largo.

—Você já esteve no Caribe?

Charlotte balançou a cabeça.

—Você vai para Outer Banks e nunca precisará.

Charlotte apertou os olhos para o sol poente.

— E o pirata?

O homem se apoiou no capô de seu carro.

— Esse é Barba Negra, é claro.

— Barba Negra — Charlotte disse, num sussurro.

— O pirata, Edward Teach. De todos os lugares do mundo, ele escolheu se esconder em Outer Banks.

260

Outer Banks. Cento e sessenta quilômetros de costa aberta.

De marfim, areia e água, rochas tão claras adornadas por baixo.

Elas andavam devagar através de pequenas cidades e armadilhas de turistas. Charlotte usava um chapéu de abas largas e ficava na areia observando as barbatanas brancas de veleiros distantes além do crescente de ilhas-barreira.

Por marinas movimentadas.

Enseada do Pirata.

Porto Seguro.

Nomes que evocavam o tipo de final pelo qual Saint orava. Para Charlotte. Para si mesma.

Elas levaram dias procurando, sua esperança subindo e descendo com as ondas. E foi à medida que as ilhas diminuíam junto com os turistas que elas chegaram ao porto final.

Quando o calor diminuiu e o sol começou a cair, viram os primeiros barcos de pesca começarem seu retorno.

Charlotte ficou de pé, com os pés na água enquanto mantinha os olhos fixos em cada embarcação, com as mãos ao lado do corpo. Saint ficou para trás, contando os barcos, sua respiração superficial enquanto outro parecia cheio apenas de habitantes locais.

Ela sentiu o coração da garota e depois a quebra quando os barcos começaram a diminuir.

Um pôr do sol disparava cores que se estilhaçavam sobre a água.

Charlotte se virou uma vez, e Saint fechou os olhos para as lágrimas da garota.

Ela estava prestes a se levantar para pedir desculpas, quando viu.

O veleiro era branco, talvez com quinze metros de comprimento, e cortava a água com tanta graça. O convés era uma teca branqueada pelo sol. A luz encontrou o casco, que foi pintado novamente. Saint olhou para Charlotte, que assistiu, por mais um momento, como se esperasse outro turista.

E então eles seguiram o mastro. Saint sorriu quando viu.

A bandeira era pequena. Preta.

A caveira e os ossos cruzados se iluminavam sob o céu queimado.

Ela se recostou em uma rocha, sentindo a agitação em seus músculos, em seu coração, enquanto Charlotte permanecia imóvel enquanto o barco diminuía a velocidade e parava na pequena doca no final de um longo píer.

Ele estava de pé no casco, o momento congelado quando ele a viu.

Patch saltou do barco. Seu caminhar se transformou em corrida quando Charlotte começou a se mover em sua direção.

Eles se encontraram na beira da água, o sorriso de Patch transportando Saint de volta a um tempo que ela temia ter perdido para sempre.

A dois passos um do outro, a menina hesitou.

E então ele abriu os braços.

E Charlotte correu para eles.

261

Estava quente o suficiente para Charlotte se deitar no convés.

E sob as estrelas, ela caiu num sono satisfeito.

Saint se sentou ao lado de Patch, o veleiro balançando suavemente. Ele observou sua filha e Saint o observou.

Seu cabelo claro, sua pele dourada.

Saint não perguntou como ele havia sobrevivido, como ele havia comprado o barco e ficado tão escondido. Ela não precisava, pois pela escotilha viu uma bela garrafa de conhaque e, ao lado dela, dois copos de cristal de fundo pesado.

— Penso em você — disse ele.

Ela sorriu.

— Pensei que você tivesse deixado o país.

— Certa vez, prometi a Charlotte que sempre estaria aqui para ela.

— É um risco.

— E nós dois sabemos que eu não assumo muitos riscos.

Saint riu.

— Eu fico por você também — disse ele, encontrando os olhos dela.

Ela virou a cabeça por um momento, respirou fundo.

— Tivemos sorte de te encontrar — disse ela.

— Eu navego todos os dias, volto ao pôr do sol. Eu sonho… Cada vez que entro, sonho em ver vocês duas esperando por mim.

— O que você faz em alto-mar o dia todo?

— Eu pinto.

—Você pinta?

Ele contou a ela sobre Grace, sobre as cartas que ela enviara que, às vezes, chegavam a cem páginas. Ela escreveu sobre sua infância, as memórias que tinha da mãe, da grande casa que compartilharam e a bela cidade que lhe deu o nome. E das meninas desaparecidas, cujos túmulos ela planejava visitar, cujas memórias ela compartilharia com suas famílias esquecidas. Grace contou como ele a manteve viva com suas pinturas, sua história, sua força para corrigir seu passado, para encontrar sua paixão. Amar. Grace enviou fotos da casa branca, dos celeiros demolidos, e em cada um ele viu não o tamanho da tarefa em mãos, mas apenas o lento surgimento da esperança contra as mais duras probabilidades.

Em sua última carta, ela contou como uma vez perdeu a fé, uma vez orou por nada mais do que a sobrevivência. Mas como, embora a história deles fosse contada agora, era uma história cujo fim ainda não havia sido escrito.

Por sua vez, Saint contou a ele sobre Charlotte. E de Theodore. E por uma hora ele sentou e ouviu, sorriu e riu, e enxugou suas lágrimas.

E só quando ela terminou, ele pegou a mão dela e cuidadosamente a conduziu pela escotilha, a escada íngreme, a cabana que se abria com simplicidade.

Simples e funcional, exceto pela parede, onde uma única memória estava na tela.

— Guardei o melhor para o final — disse ele.

Ela parou diante da pintura, a única que ele havia guardado para si. Embora mais tarde, quando chegasse a hora de partirem, ele insistiria que ela a levasse.

Saint conhecia bem a cena.

Imensamente valiosa, mas para ninguém além dela.

Saint sorriu ao olhar para as duas figuras deitadas sob as estrelas, suas cabeças lado a lado, seus pés ao norte e ao sul de uma bússola.

O pirata de treze anos.

E a apicultora que salvou sua vida.

AGRADECIMENTOS

Meus leitores. Eu sou um escritor lento, mas quero que vocês saibam que não é porque eu não trabalho duro. Obrigado por me esperarem. Obrigado por me enviarem mensagens, fotos, presentes, gentileza e apoio. Espero nunca os decepcionar, e amo todos vocês. Completa e absolutamente.

Charlie. George. Isabella. Finalmente estou tranquilo com todas as vezes que errei, mas apenas porque elas faziam parte de um caminho muito específico que me levou a vocês. Todas as palavras são escritas para vocês. E Victoria, por ser uma mãe tão maravilhosa. A vida não tem sido fácil para nós, mas sei que finalmente saímos seguros do outro lado.

Emad Akhtar. Há muito tempo ouvi rumores de seu talento, e então pude experimentar por mim mesmo. Algumas pessoas são colocadas nesta terra para fazer coisas incríveis. Você é uma dessas pessoas. Obrigado por tornar os últimos quatro anos os mais criativos da minha vida. Por ver a história que eu queria contar e me guiar em direção a ela com habilidade, humor e intensidade. Eu te amo.

Amy Einhorn. É difícil saber o que dizer aqui. Percorremos um longo caminho desde *Duchess*, e você continuou apostando em mim desde então. Existem pouquíssimas pessoas na minha vida que demonstraram tanta fé, e serei eternamente grato a você e à sua incrível capacidade de me levar ao livro que eu tinha certeza de que estava além de mim. Eu não sou particularmente inteligente ou talentoso, mas você me faz sentir as duas coisas.

Cathryn Summerhayes. Você seria meu "você pode fazer apenas um telefonema" porque você sempre melhora as coisas. Eu não estaria aqui sem você. Eu te amo.

Jennifer Joel. Por ser destemida. Por me tornar um contador de histórias melhor e saber exatamente como lidar com cada situação. Eu respiro mais fácil só por ter você na minha vida. E fico muito mais gordo depois de nossas refeições em Nova York. *Mas nem pedimos crème brûlée de milho?*

Jason Richman. Estou profundamente apaixonado por você desde aquele primeiro almoço. Obrigado por ser tão gentil, talentoso, inteligente e paciente. Por ver essa história de maneiras que eu nunca poderia. E por ser um parceiro fenomenal para beber. Tanto vinho. Tantas buscas.

Jordy Moblo. Ninguém esperou mais tempo e com mais (im)paciência por este livro do que você. Obrigado por ouvir meu discurso sinuoso tantos anos atrás. Por ficar ao meu lado e me guiar com tanta visão e coração. E, principalmente, por ser meu amigo. Eu te amo, amigo.

Katie McGowan. Por mudar minha vida. Por expandir meu paladar. Por ser a campeã mais apaixonada das minhas histórias.

Aoife MacIntyre e a equipe de Direitos Autorais.

Ellen Turner e Sandra Taylor. Eu nunca entro em pânico, porque vocês são as melhores. Eu realmente não sei o que faria sem vocês. Obrigado por contar ao mundo sobre este livro.

Tom Noble, a única pessoa que conheci tão adorável quanto o verdadeiro Thomas Noble, e Ellie Nightingale, pela magia de marketing.

Katie Espiner. Por permitir que Emad pague a mais.

Anna Valentine. Por Paul Bearer.

Sarah O'Hara e Millie Prestidge. Pelas habilidades editoriais.

Jen Wilson, Catherine Worsley, Esther Waters (não, obrigado, estou comendo carne agora) e a brilhante equipe de vendas. Este livro não estaria em lugar nenhum sem vocês.

Nick Shah, Steve Marking e Tomas Almeida. Pelas obras de arte que rivalizam com as de Patch.

David Shelley e todos na Orion. Por me fazer sentir parte de sua família incrível.

Elaine Egan, Jim Binchy, Siobhan Tierney e todos na Hachette Ireland. Contando os dias até que eu possa vê-los novamente.

Karin Burnik, Louise Stark, Katrina Collett, Anna Kennedy e todas as equipes da Hachette Austrália e Nova Zelândia. Eu amo vocês.

Annabel White e equipe CB.

Sindhu Vegesena e equipe CAA.

Annabelle Janssens e equipe UTA.

Adorável Jess Molloy. Pelos níveis ridículos de beleza.

Felicitas von Lovenberg, Anne Scharf e todos da equipe Piper.

Richard Herold e todos da equipe Natur & Kultur.

Meus maravilhosos editores internacionais. Por mostrar ao mundo o que podemos fazer.

Helena Carr. Por tentar me ensinar: gramática, americanismos, geografia e ortografia básica. Eu sei que sou seu pior aluno. Obrigado por nunca desistir.

Robin Slutzky. Por avisar que não posso ter quatro personagens chamados Mitch.

Conor Mintzer. Estou com saudades. Vegas.

Para todos os livreiros, clubes do livro, blogueiros e revisores que dedicaram aos meus livros seu precioso tempo. Vocês mudaram minha vida. Eu sempre serei grato.

Mãe. Sou muito grato por tudo que você fez por mim.

Papai. Tem sido um ano difícil. Obrigado por me mostrar como se faz.

Jenna Bush Hager. Por ser tão legal e atenciosa desde o início. Percorremos um longo caminho, mas isso parece o começo.

Sue Naegle. A guia mais segura e habilidosa para colocar palavras na tela. Também pelos aconselhamentos de relacionamento, por ser meu coaching de vida e por me fazer rir.

Gubbins. Não há ninguém no mundo em quem eu confie mais com isso, e ninguém no mundo com quem eu prefira comer ostras.

Todos no Universal Studios Group.

Nick Mateus. Nickelback. Nicarágua. Pelas reuniões de produtores / alegrias em Soho House / por ser muito legal.

Tommy Kail. A Angélica / Eliza para minha Peggy.

Jennifer Todd e todos na Twentieth TV.

Sinéad Daly. Por se importar tanto quanto eu faço.

Disney. Embora esse rato seja terrível para fazer negócios.

Maria Summerhayes. Minha primeira leitora, e sempre a primeira a colocar um sorriso no meu rosto.

Margaret, Richard e Dan. Pela bondade sem fim, comida, vinho, piscina e fatos obscuros sobre Luton.

Laura e Ade. Pelas ocasiões especiais e por financiar a ascensão interminável dos soldados de infantaria.

O Tom Wood. Você disse uma vez que em toda amizade há um doador e um tomador. Estou trabalhando nisso. Não desista de mim. Apenas vá ao spa comigo. Vou levar toalhas (de mão).

Isabelle Broom. Por me aturar quando não sou tão fácil de ser amigo.

Lisa Howells. Se eu tiver que me sentar num campo de trigo em chamas, fico feliz se você estiver lá para cuidar de mim.

Rebecca Tinnelly. Pelos almoços de Alka-Seltzer Gino. Por agarrar minha bunda sempre que poso para uma foto. Pose de assustada é o novo biquinho.

Meus amigos autores. Por me deixar sentar à sua mesa. Por serem tão generosos com suas palavras de apoio.

Siobhan O'Neill. Sempre.

Nicci Cloke. Minha cura para ressaca da Pixar. Meu presunto. Pelos filmes nostálgicos. Areia movediça. Manteiga que finge ser queijo. Por nunca me deixar jogar Wordle. Pela agitação, pelas delícias, pela magia e pelas coisas incríveis no geral. Eu te amo.

Vejo todos vocês novamente em mais quatro anos. (Talvez antes, Amy e Jenn, eu prometo.)